DARTANA

ANDRÉ VIANCO

DARTANA

FÁBRICA231

Copyright © 2016 by André Vianco

FÁBRICA231
O selo de entretenimento da Editora Rocco Ltda.

Direitos desta edição reservados à
EDITORA ROCCO LTDA.
Av. Presidente Wilson, 231 – 8º andar
20030-021 – Rio de Janeiro – RJ
Tel.: (21) 3525-2000 — Fax: (21) 3525-2001
rocco@rocco.com.br
www.rocco.com.br

Printed in Brazil/Impresso no Brasil

Preparação de originais: Balão Editorial

CIP-Brasil. Catalogação na fonte.
Sindicato Nacional dos Editores de Livros, RJ.

V668d	Vianco, André
	Dartana / André Vianco. – 1ª ed. – Rio de Janeiro: Fábrica231, 2016.
	ISBN 978-85-68432-84-6 (brochura)
	ISBN 978-85-68432-85-3 (e-book)
	1. Romance brasileiro. I. Título.

16-34913	CDD-869.98
	CDU-821.134.3(81)-8

Há tantos para agradecer depois dessas páginas. *Dartana*, dos meus livros, foi aquele que mais consumiu minha mente, minha imaginação e minha vontade. Foi um livro desafiador e foi mágico completar esta nova jornada.
Dedico esta obra à querida Eugênia Ribas Vieira, a segunda pessoa a acreditar que esta história era possível.
Também dedico a minha família, que pacientemente me deixou enlouquecer aos poucos para que eu pudesse cumprir meu destino no Combatheon.
É preciso também dedicá-la a vocês, meus queridos leitores e leitoras, que aguardaram tanto por esta nova aventura.

PARTE 1

COMBATHEON, O DEVORADOR DE ALMAS

CAPÍTULO 1

Jeliath olhava curioso para o pequeno saco de couro aberto na palma de sua mão. O saco, e as pedras em seu interior, tinha sido presente das feiticeiras de Dartana quando elas souberam, no Hangar, que aquele jovem queria se afastar do que fazia o seu falecido pai, que era lenhador, e permitiram que Jeliath se tornasse um pastor e ajudante delas.

Para Jeliath, a conquista tinha sido dupla. Estar perto do Hangar, e a serviço delas, era a melhor maneira de se aproximar de qualquer raro traço de conhecimento ou migalha de revelação possível naquele mundo onde ninguém conseguia juntar os pensamentos e entender o que os cercava. Somente elas, as feiticeiras, recebiam a luz do conhecimento através dos deuses que visitavam o Hangar de Dartana. Elas falavam sobre pensamento. Durante as junções, as feiticeiras tentavam explicar ao povo que não alcançava o conhecimento, ao povo que era vítima da maldição que deixava suas mentes vazias, sobre o dom de pensar, de juntar o saber com o fazer. Elas chamavam isso de inteligência. Por conta da maldição, com exceção das feiticeiras, que tinham uma ligação mais forte com o místico, nenhum dartana conseguia alcançar o saber. Por isso as junções atraíam tantos dartanas. O povo ficava fascinado quando as feiticeiras se juntavam, falavam sobre o saber e davam a alguns felizardos uma centelha de pensamento.

O dia em que os olhos de Tazziat pousaram sobre os seus foi uma gota desse saber que a feiticeira de Dartana depositou em sua mão na forma de um saco de couro com pedras e com uma explicação que deixou o jovem pastor deslumbrado. As pedras ali dentro serviam para contar as haitas, assim ele poderia saber quantas haitas ele tinha aos seus cuidados. Cada pedra representaria uma haita pastando. Jeliath não conseguiu dormir aquela noite, encantado com aquela fatia de saber: uma haita, uma pedra!

Num dia bom, elas davam mais que sacos com pedras aos afortunados que, porventura, chamavam sua atenção. Tinham erguido a casa em que ele morava com sua mãe há três gerações, quando o pai dele ainda nem mesmo tinha nascido. Por conta disso, ele e a mãe doente, que tinha uma perna ruim, possuíam um lugar seco e quente para dormir, e agradeciam muito por isso a todo deus de guerra que se apresentava no Hangar.

A maioria da população de Daargrad, a única cidade de Dartana, vivia num aglomerado fétido de barracas e tendas erguidas em mutirões guiados pelo saber das feiticeiras. Foram elas também que ensinaram os homens e mulheres de Daargrad a cavar as valetas que conduziam o esgoto a céu aberto para longe do Hangar das feiticeiras. Apesar do poder de cura que as feiticeiras guardavam para a guerra, as tendas eram cheias de gente doente, implorando por alívio aos seus males, passando os dias de joelhos, esperando uma porção de massa comum para forrar seus estômagos ou alguns segundos de atenção das feiticeiras para serenar suas enfermidades enquanto rezavam que o novo deus de Dartana não tardasse a se levantar do Hangar para marchar. O Hangar de pedras servia para isso, para completar o mistério daquela vida miserável que levavam em Dartana. O Hangar, como sempre e sempre foi dito, era o lugar onde o deus de guerra despertava. O deus viria para que o povo, sem saber, fizesse a única coisa que poderia fazer para encerrar a maldição do pensamento. O povo de Dartana marcharia atrás de seu deus de guerra para lutar, para combater junto ao portento divino, para fazer com que seu deus de guerra fosse o campeão contra outros tantos deuses. As pessoas sabiam que quando esse dia maravilhoso chegasse, Dartana estaria livre de sua maldição. Ao novo deus de guerra caberia salvá-los de todas as calamidades que os mantinham naquele estado sombrio, apartados do saber espontâneo e de qualquer tecnologia que pudesse tornar suas vidas mais confortáveis ou iluminadas. Por isso se aglomeravam e rezavam, sonhando com o dia em que o saber não seria mais proibido aos viventes de Dartana.

As pessoas que não suportavam a tristeza e o fedor de Daargrad afastavam-se do Hangar e habitavam grutas encontradas nas escarpas do monte Ji-Hau ou nos pequenos casebres erigidos e ofertados de vez em quando pelas protetoras do povo. Essas cabanas eram esparsas, poucas podiam ser vistas a curta distância, mas ainda assim o povo que vivia na floresta, sem estrutura alguma, sentia-se vizinho e procurava ajudar e amainar a miséria uns dos outros.

Jeliath odiava a razão daquela penúria. Desde pequeno, ouvia as feiticeiras contando sobre a maldição. Diziam que criaturas invisíveis aos olhos de carne rondavam as pessoas e se alimentavam de todo e qualquer fio de pensamento que brotasse em suas cabeças. Eram os *vorazes*. Criaturas invisíveis e tão mágicas quanto as feiticeiras, enquanto os dartanas dormiam, devoravam de dentro da cabeça todo conhecimento ou pensamento que se juntasse, impedindo que os dartanas aprendessem ou que repetissem feitos que poderiam melhorar a vida de todos. Jeliath já tinha vivido aquela experiência, sabia o que era a angústia da maldição e o desespero que o acompanhava quando, por algum motivo, tinha um lampejo e via as coisas com mais clareza. Durava um segundo. Sua pele se arrepiava inteira quando ele percebia que tinha algo se desvendando nos meandros da mente e então, como uma brasa fraca, a imagem da ideia se apagava, sendo-lhe roubada. Jeliath sabia que seu pensamento tinha sido, de alguma forma, devorado.

Logo depois de decidir ser um pastor, esforçando-se para imaginar como manteria suas haitas separadas das dos outros, Jeliath sentiu-se atingido por um relâmpago enquanto andava pela floresta. Viu galhos velhos e secos caídos no meio do caminho, que o forçaram a desviar o trajeto quando passou com suas crias e, como num milagre, numa brecha na maldição, como se um *voraz* tivesse com a barriga entupida de outros pensamentos, percebeu que aqueles galhos atrapalhavam o seu caminho a todo instante e estabeleceu uma ligação. Seus olhos se encheram e sua pele se arrepiou ao estabelecer que as haitas agiriam assim também. Não conseguiriam passar através dos galhos. Teriam de desviar. Freneticamente, Jeliath passou o dia apanhando galhos secos nas redondezas e os levando para sua casa e, junto da parede de fora da casa, aquecida pelo forno, isso por total acaso, ele começou a montar a sua cerca de galhos secos, emparelhando e enroscando-os para que não se soltassem e então deu uma forma aos obstáculos que as feiticeiras, mais tarde quando souberam da façanha, chamaram de cercado. Naquela tarde, empolgado, com a mente trabalhando e dando respostas a todas as suas indagações, Jeliath conseguiu em sua casa algumas tiras de couro e, com lágrimas nos olhos de tanta alegria e de imaginar que não, não era um idiota, conseguiu unir alguns dos galhos a outros galhos por meio de nós usando as tiras para prender os galhos maiores. Jeliath tremia. Como tinha pensado naquilo? As feiticeiras já tinham ensinado o nó para a família dele, pois assim conseguiam amarrar os couros de pehalt que calçavam em seus pés e canelas.

A maldição tinha adormecido? A fome dos devoradores de pensamentos tinha acabado? Um deus de guerra ainda existiria no Combatheon e teria finalmente vencido todos os outros deuses para libertar o povo de Dartana? Não era isso. As feiticeiras teriam alardeado o fim da maldição. Ele vivia o que as feiticeiras chamavam de "lacuna". Um momento em que a maldição fazia vista grossa para alguém, permitindo que essa pessoa tocasse o manto do saber, unisse pontos soltos diante de seus olhos e criasse com a mente algo simples e pequeno, apenas para escarnecer dele mais tarde. Jeliath não queria perder aquele conhecimento. Na verdade, o jovem pastor queria saber mais. Entender mais. Era tudo o que queria nessa vida. Ajudar a sua mãe a escapar do sofrimento daquela existência sombria e estática pela qual transitavam em Dartana. Espalmou as mãos satisfeito com o cercado. Era tão claro que funcionaria! Poderia amarrar quase tudo o que existia com aqueles nós! Os mesmos de prender as botas! Jeliath sentia-se feliz, ele olhava para seu cercado e para as pessoas que iam se aglomerando ao redor, bestificadas com aquela construção feita pelas mãos de um igual e não por uma feiticeira.

Então Jeliath colocou suas haitas dentro do cercado e, naquele dia, nenhuma pedra tinha sobrado dentro do saco. Estava tudo bem e suas haitas estavam a salvo dentro da cerca, não iriam se perder e nem se misturar aos rebanhos de outros pastores. As feiticeiras vieram, também ficaram espantadas e comovidas com o jovem pastor tocado, de alguma forma, pelo saber. A mãe de Jeliath, Zelayla, estava apreensiva, mas seu temor se arrefeceu quando a manhã chegou, como se ela tivesse se esquecido. Naquela manhã, Jeliath foi interpelado logo cedo por um de seus vizinhos, pedindo que o ajudasse a fazer outra cerca igual àquela. O dartana queria saber como unir os galhos e prendê-los daquela forma. Jeliath sabia que era algo simples, muito simples, que tinha que ser feito, mas, para seu desespero, ele não sabia o que era. A maldição do pensamento tinha-o atacado durante a noite e roído o que tinha aprendido, como uma ratazana faminta, levando embora tudo o que era preciso para ajudar seu vizinho. Aquele novo dia, diante de tamanha frustração, Jeliath passou-o todo com raiva de si mesmo, pois tudo o que lembrava era que estava faltando algo simples, muito simples, para que a cerca fosse reproduzida.

Jeliath voltou ao presente e fixou o olhar nos dois seixos ainda dentro do saco. As feiticeiras de Dartana tinham aberto uma fresta no terreno frio da sua mente, gravando uma trilha morna até um cantinho seguro onde conseguiram fazê-lo aprender um pequeno truque e mantê-lo longe da sanha dos *vorazes*. Se sobrassem pedras dentro do saco, significava que o mesmo número de haitas não tinha voltado do pasto e não tinha entrado no cercado. O pastor olhou para a longa fileira de pedrinhas aos seus pés e depois para as haitas que se aninhavam junto à parede da casa onde ficava o forno, buscando ali o calor que vinha de dentro. Eram mais espertas do que qualquer dartana quando precisavam se aquecer para não morrer de frio.

Como podia tê-las perdido?! Era isso que o intrigava enquanto tentava rememorar o caminho. Àquela manhã, tinha decidido ir mais longe do que os outros dias, para perto do monte Ji-Hau, na parte da floresta onde tinha encontrado as pedras negras que agora usava quando uma nova haita se juntava ao bando ou nascia e, depois e com muito mais frequência, para acender o fogo de sua casa com maior facilidade do que quando usava as outras pedras. O problema é que aquelas pedras novas, que chamaram atenção a princípio pela coloração negra e aspecto poroso, iam diminuindo com o tempo, por razão inexplicável, seus tamanhos mudavam depois de raspá-las umas contra as outras. O pastor começou a suspeitar que, de alguma forma, elas se gastavam como as lamparinas presenteadas pelas feiticeiras. Aqueles objetos de fazer luz e fogo que sempre pediam mais sebo e gordura para continuarem acesos, como tinham ensinado as intermediárias do conhecimento. Jeliath também percebeu que as pedras do Ji-Hau eram melhores para afiar a faca e o pequeno machado, outros instrumentos ofertados pelas feiticeiras quando ele fez dezenove anos e ainda era um lenhador, igual ao pai. Época em que ainda era amigo de Jout, o rapaz que tinha lhe roubado um amor. Agora Jeliath tinha as pedras. De boca em boca os vizinhos souberam delas e de sua facilidade para fazer fogo e, nem um ciclo depois de Jeliath descobrir esse bom emprego das lascas negras do monte Ji-Hau, elas já começavam a ficar difíceis de encontrar, obrigando-o a ir cada vez mais fundo na floresta. Era lá, buscando as lascas negras, que ele tinha se distraído, rodeado de coisas interessantes para ver no meio da mata. Ficou curioso como os pássaros brasavivas faziam o ninho e conseguiam prender tão bem aquele emaranhado de gravetos e barro nos galhos das árvores de um modo que nem o vento e nem mesmo a chuva conseguiam derrubá-lo. Os brasavivas moravam melhor que muitos dartanas. Às vezes, os animais de Dartana pareciam mais espertos que o povo, os bichos pareciam não ser alvo dos *vorazes*.

Distraído com esses pensamentos miúdos, acabou deixando duas de suas haitas para trás, sem notar a falta delas. Agora o jovem pastor, mascando um pedaço amargo de mato, se aborrecia por ter que voltar até o alto da colina, perdendo quase metade do dia. O bando ficaria no cercado pela manhã e iria sozinho, assim poderia ir mais depressa. As haitas paravam demais, esfomeadas ou sedentas, percorrendo trilhas que nem ele mesmo conhecia, e se deixava levar por elas, pois sabia que muitas vezes, apenas acompanhando aqueles animais, encontrava coisas novas para observar e tentar vencer aquela sombra que lambia sua cabeça e os olhos, impedindo que enxergasse com clareza, desviando-o dos caminhos do saber, minando sua intuição e sua mente. Talvez tivesse sido assim, distraído com as pedras de fazer fogo, que tivesse perdido suas haitas. Esse era o nome que tinha dado às rochas negras do Ji-Hau e que sua mãe repetia e pelo qual, por conta da alegria de matraquear com as vizinhas, as pedras tinham ganhado fama.

Agora, revisitando o lugar onde apanhara as pedras, Jeliath também visitava suas memórias sobre o assombro com elas. Por mais que o rapaz olhasse para aquelas rochas, não conseguia entender a razão de elas fazerem faíscas com mais facilidade que as outras pedras que encontrava no entorno de sua casa. Elas tinham que ter algo de diferente. Mas o quê? Jeliath apertou os olhos e enfiou os dedos no meio dos cabelos como se espremer a cabeça fosse expurgar os devoradores de pensamentos e tirar de lá do fundo o segredo daquelas rochas. Na próxima junção com as feiticeiras, na cerimônia do Sangue para a vinda, ele perguntaria a razão das faíscas. Ele, simplesmente, precisava saber.

Jeliath temia que o conjunto de saco de couro e pedras ofertado pela feiticeira Tazziat talvez fosse o seu quinhão de "conhecimento" nessa vida. Tinha medo de não aprender mais nada. O simples possuir daquele saco já o arremessava para outras indagações. Por exemplo, ele tinha olhado para aquele conjunto inúmeras vezes, tentando desvendar como elas conseguiam unir as partes de couro que formavam o saco daquela forma tão bonita e delicada, sem que fosse necessário amarrar com dúzias de tiras grossas, como faziam com os couros que vestiam seus esqueletos para que não andassem desprotegidos o dia inteiro, ora com a pele ardendo com os espinhos do sol, ora batendo os dentes quando o sol dormia. Só sabia que o presente da feiticeira era uma dádiva e um tormento, posto que ela o ensinara a saber quantas haitas tinham em seu rebanho e ele conseguira transmitir aquele saber adiante para dois amigos, quando a lição da feiticeira ainda estava fresca na memória.

Jeliath, voltando de sua busca pelas haitas, adentrou a casa aborrecido, guardou seus apetrechos e colocou sobre a mesa duas codornas que ainda sangravam, junto com as pedras novas que tinha trazido. O fogo estava aceso. O pastor sentou-se no toco de madeira que lhe servia de cadeira e baixou a cabeça olhando para o altar vazio na cozinha. Há anos o último deus de guerra tinha partido, levando parte de sua família e de sua esperança, deixando ele e sua mãe sozinhos para trás. Ele cresceu com a imagem de Starr-gal sobre o altar. O deus de guerra de luz azul claríssima. O deus que tinha levado sua irmã Hanna como uma construtora de Dartana. A irmã que tinha pulado a janela do quarto durante uma noite quente e fugido atrás de um soldado.

Ela havia se juntado à campanha de Starr-gal não pela fé e a vontade de livrar o povo da maldição do pensamento, mas por algo muito mais poderoso que isso. Ao completar dezoito anos, Hanna tinha deixado a mãe e o irmão mais novo, fazendo com que Jeliath se tornasse o responsável pela casa aos doze. Esse amadurecimento se deu à força, porque sua mãe, a partir daí, não conseguira se recuperar, chorando dia após dia, durante um ciclo e meio, lamentando a perda da filha. Nem mesmo a nova esperança do assunto do novo deus de guerra, marchando por eles em busca da vitória no outro mundo, as terras do Combatheon, serviu de alento para aquela mulher que já tinha perdido um marido e três filhos para os deuses de guerra que tinham acordado no Hangar das feiticeiras. Zelayla também tinha assistido a um filho pequeno definhar com o Mal do Peito quando o indefeso Pelioth, aos seis anos de idade, morreu nas mãos da doença que carregava tantas crianças de Dartana.

O pai de Jeliath, Farial, tinha partido há onze anos, levando também os irmãos mais velhos, marchando atrás de Ogum, o deus de guerra de luz verde. As estátuas dos deuses ficavam nos altares enquanto acreditassem que o deus estava marchando com o exército de Dartana, lutando para salvá-los da maldição, no outro lado do manto, na terra de guerra chamada Combatheon.

Todos os dias os dartanas que não podiam marchar, porque eram muito velhos ou porque ainda eram muito novos, dedicavam horas e horas às orações, prostrados em frente às estátuas dos deuses, pedindo que o deus de guerra vencesse a guerra e libertasse o povo da maldição do pensamento. Ser um órfão em Dartana não era grande coisa nem motivo de comoção. Em todas as casas, as histórias se repetiam. Quando um deus de guerra surgia, as feiticeiras voavam coloridas, pintadas pela energia da divindade que chegava, riscando o céu de dia e de noite, avisando nos lares de Daargrad e no entorno sobre o novo deus que estava chegando e conclamando o povo para a apresentação.

Era hora de lutar por Dartana, inúmeros homens e mulheres peregrinavam até o Hangar das feiticeiras e lá eram escolhidos, sendo separados em novos soldados, novos construtores e novas feiticeiras. Quando o deus de guerra estivesse pronto, se desvencilharia do berço onde nascia e marcharia pelo desfiladeiro até o Portão de Batalha que, em tempos normais, era só uma imensa parede de rocha negra no fim do desfiladeiro, mas não quando um deus marchava. Quando isso acontecia, a parede se acendia na mesma cor luminosa do deus de guerra e refulgia, abrindo uma passagem, o caminho para o Combatheon, o lugar de onde nenhum dartana jamais voltava, onde deuses de todas as estrelas disputavam pela libertação de seus povos, onde a maldição dava uma pausa e permitia que os construtores pensassem e construíssem armas para o seu deus e seus soldados, seguindo as ordens ditadas pelas feiticeiras de Dartana, as únicas que conseguiam conversar com as divindades e entendê-las. Aos que ficavam para trás, como Jeliath e sua mãe, restava dobrar os joelhos e acender velas, orando ante uma representação do deus de guerra numa estátua de barro, esperando que a batalha fosse vencida e suas cabeças fossem encharcadas pelo saber.

CAPÍTULO 2

Com uma rara folga no meio da semana e uma tarde agradável a sua frente, Glaucia não tinha pensado duas vezes em escapar com a pequena Doralice para uma tarde de passeio no parque e com uma prometida passada no shopping antes de voltar para casa. Fazia tempo que não comprava roupas novas para a menina, que espichava durante aquele semestre corrido. Ela precisava gerenciar seu tempo melhor. As aulas que dava na universidade e as pesquisas que supervisionava a absorviam de tal maneira que, muitas vezes, esquecia-se de si mesma e dos entes mais próximos.

Depois de três horas assistindo à pequena patinar e pedalar pelas alamedas arborizadas, as duas se alimentaram com pastéis e sorvetes e ficaram deitadas na grama, olhando para o céu na tentativa de adivinhar as formas das nuvens que eram tocadas pelos aviões em rota de aterrissagem no aeroporto de São Paulo. O smartphone de Glaucia tocou e ela se sentou, enquanto Doralice continuou deitada, ouvindo a conversa ao seu lado, lutando para que o picolé de morango cremoso não derretesse.

— Vou começar às dez da manhã, no começo da semana, terça-feira. Você vem? — perguntou a mulher. — Ah, não acredito que você está ocupado todos os dias, Álvaro! Podia dizer aí para os seus chefes poderosos que o diretor de segurança deles quer ficar orgulhoso assistindo a sua irmã mais nova dar a aula magna para a turma de medicina. É a primeira vez que faço isso, seria uma honra ter minha família lá.

Doralice terminou o sorvete enquanto Glaucia insistia com o irmão.

— Você que sabe. Já perdi minhas esperanças com você mesmo. Só vou acreditar que estará lá se o vir entrando pela porta do auditório. — Glaucia riu no final, dando a impressão de que não se importava.

Enquanto ela desligava e devolvia o celular para a bolsa, Doralice reparou o semblante entristecido da adulta.

— Se você quiser, eu vou assistir a essa aula magna.

Glaucia sorriu e bagunçou o cabelo da pequena.

— Obrigada, mas amanhã seu tio tem outros planos, inclusive pra você. Ele quer que você aproveite bem as férias.

— O tio é sempre tão ocupado, né?

— Sim. Ainda mais agora que virou diretor de segurança. Você está perdida. Vai ver a gente cada vez menos.

— É uma empresa grande, né? Ele disse que vai precisar viajar para o mundo todo. Peru, Namíbia, Letônia.

— É. É uma multinacional de tecnologia biomecânica, pequerrucha. Nem vou perguntar se você sabe o que é isso porque sei que você presta atenção em tudo o que seu tio fala! Já tem até o itinerário dele. Letônia. Eu sei que fica na Europa, mas não me pergunte onde.

— Queria ir com ele, conhecer o mundo todo. Deve ser divertido morar em um lugar todo novo, diferente de tudo que você conhece, tudo, até as pessoas.

— Deve. Só não sei quanto às pessoas, Dora. Elas não mudam tanto de um lugar para outro, por dentro e por fora.

— O tio é um homem importante. — Glaucia sorriu e passou a mão na cabeça da menina que lambia o picolé cremoso que escorria pelo palito. — Eu também te acho importante, tia. Você é cardiologista. Quando eu crescer também vou querer ser médica, igual a você.

— Você é bastante estudiosa e responsável. Já está num bom caminho. Sempre lendo. Siga em frente. Conhecimento nunca é demais.

Doralice sentou-se e ergueu os olhos para a tia. Lambeu o sorvete e ficou calada um instante até que a pergunta brotou de sua boca.

— Os meus pais gostavam de viajar, tia?

Glaucia parou, olhando para o rosto da sobrinha e vendo nela o rosto do irmão caçula. A médica se abaixou, ficando na mesma altura dos olhos da sobrinha.

— Eles gostavam, sim. Gostavam muito. Te levavam para cada buraco!

— Tia...

— Sim.

— Você acredita em Deus?

Glaucia suspirou e continuou olhando a pequena nos olhos. Balançou a cabeça em sinal negativo.

— Não, não acredito em Deus.

— Mas tudo bem se eu acreditar?

A médica arqueou as sobrancelhas, surpresa com a pergunta.

— Claro que está tudo bem! Acreditar em Deus não é ruim. Eu não acredito na Bíblia e nas coisas que certas igrejas inventam. Acredito que temos um espírito, uma alma. Só não acredito que seja do jeito que as pessoas dizem que é. Acho que perdi minha fé, mas você pode acreditar em Deus e em tudo isso. Ter fé é uma coisa linda, minha querida. — Doralice sorriu e abraçou a tia. — Por que está me perguntando isso?

— Nada. Por nada. Só estava pensando nisso na noite passada.

— Sabe no que eu estou pensando bem agora?

— Não.

— Já ficamos um montão aqui no parque, no meio da natureza, agora é hora de irmos para o shopping comprar roupas novas!

— Eba! Estou precisando de uma jaqueta nova e cheia de brilho.

— Sim, senhora.

As duas se levantaram do gramado, espalmando pernas e nádegas, removendo folhas e gravetos que tinham aderido às roupas.

— E quero assistir ao novo *Pânico em Marte*.

Glaucia olhou para Doralice erguendo a sobrancelha.

— A senhora tem idade para assistir a isso?

Doralice ergueu os ombros.

Glaucia levantou o celular e falou:

— Assistente, classificação indicativa de *Pânico em Marte* e horário das próximas sessões, por favor.

— Procurando, doutora Glaucia — respondeu a voz automática do assistente virtual. — Classificação indicativa para *Pânico em Marte* é de dezesseis anos. Sessões mais próximas, 14:20, Shopping JK, 14:40, Shopping Iguatemi, 15:00, Shopping Villa-Lobos.

Glaucia torceu os lábios e encarou a pequena, que juntou as mãos em forma de prece.

— Por favor, tia! Por favor!

— Assistente, uma meia e uma inteira para a sessão das 15:00 no Shopping Villa-Lobos, por favor. Cartão de crédito American Express cadastrado.

— Perfeitamente, doutora Glaucia. Entradas adquiridas para a sessão das 15:00 no Shopping Villa-Lobos, confirmado. Certificação pelo sistema de reconhecimento de voz.

— Ok, assistente. Obrigada.

Glaucia baixou o celular e sorriu para a sobrinha.

— Que maravilha! Eu vi o trailer, tia. Os astronautas-soldados estão presos numa base de colonização marciana, mas aí surgem vampiros espaciais que querem tomar a base. Só que os vampiros não contavam com as armas dos astronautas, que são soldados também. Tem um montão de explosões e tiros nesse filme, tia! — disse a garota com as mãos erguidas como se segurasse armas, entusiasmada.

— Vamos. Temos pouco tempo para achar a jaqueta perfeita agora, astronauta-soldado Doralice! Vamos!

As duas correram até o carro estacionado na entrada do parque.

CAPÍTULO 3

— Nunca tive medo de ter que seguir com elas, Parten, mas aí veio esse pesadelo e me deixou apavorada — queixou-se Thaidena, crispando o rosto, rememorando a visão que teve durante o sono. — Eu só via pedaços de corpos, para todos os lados, nossos amigos e vizinhos gritando e elas, as feiticeiras, congeladas no ar, olhando para aquele lago de sangue e morte e eu não conseguia fazer nada, nada! Era como se eu estivesse presa, amarrada, não conseguia ajudar ninguém. Foi algo horrível para mim.

O namorado suspirou fundo e encarou os olhos dela. Nunca tinha visto Thaidena tão agoniada com um pesadelo, mas sabia que, se ela realmente estivesse naquela situação de paralisia, teria vivido no pesadelo uma tortura impossível de medir.

— Eu não estava preocupada comigo, Parten. Só queria poder fazer alguma coisa! Nunca tive medo de ir ao Combatheon, ser escolhida pelas feiticeiras e marchar como uma soldado atrás do meu deus de guerra, mas agora estou apavorada! Você consegue entender?

— Eu não fui apontado por nenhuma delas, Thaidena, nunca. Talvez você não seja escolhida também e possa ficar aqui comigo, onde é muito mais seguro.

— Quando elas começam a voar e deixam o Hangar para escolher, sinto um frio na barriga, uma angústia.

— Isso é medo, disso eu entendo!

— Não estou com medo, Parten! É, sei lá, uma angústia. Será que vou ser uma boa soldado um dia? Quando elas ganharem a cor do próximo deus de guerra e vierem atrás de nós, nos cheirando, farejando nossas vísceras, procurando em nossos olhos aqueles que dariam bons guerreiros ou bons construtores...

— Ou boas feiticeiras também, elas encontram várias feiticeiras que estão escondidas nesses corpinhos disfarçados de meninas normais.

Thaidena balançou a cabeça em uma negativa e tirou a faca da bainha de couro presa na canela.

— Cheiro de feiticeira eu não tenho. Dá o que fazer quando tento apanhar uma caça para engrossar o caldo da janta de minha casa. Os bichos não me escutam, não me esperam! Só correm! Também nunca tive o menor jeito em arrumar ou inventar qualquer coisa que prestasse. Nunca tive um lampejo como o Jeliath teve.

— Na família dele sempre aparecem construtores. Os irmãos dele construíam. Hanna inventava coisas de vez em quando.

— Só me resta ser uma soldado. Temo não estar preparada e ser mais estorvo do que útil.

— Já coragem para tacar pedras contra o bando de Jout nunca faltou.

— Nem fale daquele sujeito insuportável que meu coração parece que vai pular pela boca. Tenho vontade de agarrar aquele estúpido pelo pescoço e afundar minha faca de caça naquela garganta bonita dele.

— Hum. Agora ele tem uma garganta bonita?

— Eu quis dizer que ele fala demais, Parten. Para de ciumeira.

— Então aquieta seu peito. Respira fundo. As feiticeiras não vão perder tempo olhando para uma magrela como você. Não é forte para combater ao lado de um deus de guerra.

— Olha quem fala! Até parece que você é uma montanha de músculos, Parten! Ah! Ah!

O rapaz franziu a testa e exibiu o braço forte. Parten não era um brutamontes, mas, como todo garoto da sua idade, tinha o corpo marcado pela musculatura que se desenvolvia e chamava a atenção das meninas de Dartana.

— Minha mãe estava morrendo de medo que elas me chamassem para ser soldado. Mas, felizmente, até agora não fui chamado. Elas não me quiseram. E pelo amor do deus de guerra que caminhará pelo desfiladeiro, não vão me chamar mais! Estou livre!

— Primeiro é preciso existir um novo deus de guerra, Parten. Só assim poderemos marchar para o Combatheon.

— Torço para que ele demore e para que eu seja velho demais para ir para a guerra. Prefiro ficar aqui, com as pessoas que eu gosto, com você, do que me arriscar do outro lado da luz, num lugar que nem sei se existe mesmo.

Thaidena ergueu as sobrancelhas e curvou a boca.

— Elas estão começando a ficar agitadas, meu amor. Talvez você não tenha tanta sorte.

— As feiticeiras?

— Exato.

— Mas elas ainda estão presas ao chão quando saem do Hangar. Se elas acenderem, aí sim, eu vou ficar preocupado.

— Eu ficaria feliz. Tenho medo de ir, tenho medo de morrer, mas eu sei que só assim poderemos ajudar nossa gente. Só colocando nossos braços para lutar ao lado do nosso deus.

— É por isso que eu adoro você. Já não tenho tanta certeza. Quando Jout fala sobre a passagem pelo Portão de Batalha, fico em dúvida, mesmo, sobre o que acontece do outro lado. Fico pensando se existe mesmo um outro lado. Já você tem certeza por nós dois!

Thaidena riu do comentário do namorado, levantando-se do gramado e limpando as folhas e gravetos que aderiram ao corpo, colocando sua faca de caça na bainha. Parten também se levantou e espreguiçou-se. Som de besouros voando e o chilrear das aves no entorno encheram-nos de realidade.

— Já é hora de voltar?

— É. Já passou da hora do almoço e fiquei aqui tagarelando com você a manhã toda sem conseguir um único bichinho para forrar a barriga. O jeito vai ser ir até as feni-voadoras, pegar um pouco de feni.

— Boa sorte. Eu não chego perto daquelas colmeias por doce nenhum. Da última vez que fui com você, elas quase me picaram — disse o rapaz abraçando a cintura da namorada.

Thaidena riu novamente, olhando para o namorado.

— Você nem chegou perto delas, Parten! Estou vendo que as feiticeiras fizeram bem em não te chamar para ajudar nosso exército. Você só iria atrapalhar com essa bravura toda.

— Não nasci para ser soldado, Thaidena. Não consigo nem matar pássaros para comer. Fico pensando que o bichinho pode ser a mãe de um monte de outros passarinhos e não tenho coragem de matá-lo.

— Pode deixar, valentão, se eu conseguir um bom punhado de feni, eu levo um pouco pra você adoçar a boca e encher a barriga.

Os dois riram novamente até que Thaidena calou-se e ficou com os olhos nervosos fitando o namorado, que a segurou pelo braço mais uma vez.

— Quando chegar a hora, fica quietinha. Não olhe as feiticeiras nos olhos. Acho que elas ainda não querem soldados. Não tem nenhum sinal de que um deus novo surgirá no Hangar.

— Bem que eu queria um deus novo, Parten. Dartana precisa disso. Precisa de esperança. As crianças estão morrendo com o Mal do Peito e os adultos estão indo atrás delas com o desespero. Toda vez que chega um deus novo ao Hangar, o desespero murcha e a esperança volta para nossa gente. Temos no que acreditar de novo.

— Eu sei, Thaidena. Mas todo mundo fala das marchas antigas. Nunca nosso deus venceu a guerra do Combatheon. Nunca!

— Mas temos que acreditar, Parten! Talvez as coisas mudem com o próximo deus de guerra. Tenho fé que nosso próximo deus irá nos livrar dessa maldição, que tapa nossos olhos e nossas mentes. Acredito tanto nisso que às vezes me divido.

— Como assim? Se divide? Você está falando difícil, igual às feiticeiras.

— Tenho tanta fé de que nosso próximo deus nos salvará que fico curiosa para saber o que existe do outro lado. Você não?

— Não. De jeito nenhum. Eu quero é ficar aqui, com meus amigos, com minha mãe. E você não deveria nem pensar nisso. Livre-me de passar por aquele Portão de Batalha. Jout disse que do outro lado não deve existir nada. Que essa marcha é uma ilusão que as feiticeiras colocam em nossa cabeça só para nos controlar.

— E por que elas mandariam tanta gente atrás de uma ilusão, Parten? Que controle é esse que esvazia nosso mundo e leva embora nossa gente?

— Elas querem que a gente sinta medo e que fique aqui, ao redor do Hangar, servindo-as e vivendo de seus presentes, como essa sua faca com a cinta de couro na canela. Se só elas tiverem o controle do saber, nós faremos tudo por elas.

Thaidena não respondeu. Continuaram descendo a suave colina relvada, afastando-se das árvores da floresta, enquanto ela pensava no que Parten havia dito. Seu intelecto reduzido não a ajudava a encontrar palavras para rebater aquele pensamento idiota de Jout. Ele era o mais esperto de seus amigos, mas sua revolta contra a marcha do deus de guerra a deixava confusa e isso acabara por afastá-los. Thaidena sabia que Parten não era um dartana corajoso. Ela não ligava, pois sabia que ela teria coragem o suficiente para os dois quando a hora chegasse.

Poucos minutos depois, quando chegaram à trilha do vilarejo, encontraram Eldora, a irmã mais nova de Dabbynne. A jovem dartana disse que as feiticeiras estavam rondando os casebres e as grutas onde viviam as pessoas aos pés do monte Ji-Hau para que se apresentassem no Hangar. Elas tinham começado a escolher.

— Então é verdade, Eldora? Um novo deus de guerra está a caminho de Dartana?

A jovenzinha ainda não tinha tamanho para ser uma guerreira ou mesmo ser escolhida e treinada como feiticeira, mas já sofria com o temor da partida dos demais, do afastamento eterno a que eram submetidos os que iam e os que ficavam.

— Sim. A mãe de todos os deuses depositou sua semente no Hangar de Dartana. Um deus virá.

Parten sentiu o sangue gelar nas veias. Tinha pavor da guerra. Tinha medo de ter um dedo apontado para sua fuça e ser obrigado a marchar atrás do exército de sua terra, mas, acima de tudo, tinha medo de ficar sem Thaidena.

— Elas já acenderam? — perguntou a namorada dele para a menina.

Eldora balançou a cabeça em negativa.

— Agora que o deus de guerra está no berço, não vai demorar para que acendam e rasguem os céus de nossa terra, deixando luz por onde passam.

Mesmo com a barriga roncando, Thaidena sabia que o feni ficaria para outra hora. Iria ao Hangar das feiticeiras. Precisava saber, agora, se seria ou não escolhida para ajudar o exército de Dartana na marcha que não tardaria a começar.

* * *

Parten suspirou fundo e apertou os braços da namorada, num misto de abraço e aflição, tentando quebrar a tensão daquela hora. Ela se soltou quando a fila andou.

O sol alaranjado estava no alto do céu, transformando aos poucos o ar do descampado ao redor numa manta sufocante. O suor descia dos cabelos castanhos e emaranhados de Thaidena em gotas grossas, despontando através de madeixas castanhas. A garota dartana era alta e forte, quase da mesma altura do namorado. O corpo, talhado pelas longas caminhadas para coletar frutas e pelas caçadas na floresta no entorno de Daargrad, conferia uma magnética imponência à silhueta de Thaidena. Sua pele era morena e bronzeada, e seu rosto era harmonioso e atraente, dotado de lábios largos e finos e olhos castanhos e serenos. Por ser aplicada, em sua casa sempre havia comida suficiente para o dia, recorrendo poucas vezes à massa comum doada aos famintos pelas feiticeiras de Dartana. Tudo bem que em sua casa só viviam ela e uma irmã e que nunca viam um banquete, mas estavam longe de serem as únicas tocadas pela miséria, e também longe de morrerem de fome. Tinham o que bastava.

O desamparo era uma marca daquele mundo, onde as pessoas não conseguiam estocar comida nem criar rebanhos, sobrevivendo do que apanhavam nas florestas e bosques, os mais fracos das carcaças que tombavam à beira do rio e da massa comum que as feiticeiras proviam e distribuíam pela manhã em frente ao Hangar, e que nunca era suficiente para alimentar a todos que tentavam viver no entorno da casa divina. Essa incapacidade de evoluir transformava todo aquele amontoado de pessoas num aglomerado de miseráveis, que apenas assistiam a uma incessante e frustrante sucessão de alvoradas e crepúsculos, desesperançados, vendo aflorar uma centelha de alento quando um deus de guerra surgia no Hangar, porque sabiam que tinham um novo guerreiro para o qual marchar rumo a outro mundo para lutar por suas almas. Quando o deus de guerra caminhava, a centelha se transformava e a esperança ardia em cada dartana, agora imbuídos da esperança de um dia dar o direito ao povo daquela terra de evoluir e legar um futuro melhor e menos sofrido aos descendentes. O divino tinha aquele efeito inebriante de terror e euforia, costurando linhas que uniam os habitantes da escura Dartana e um dia os levariam ao encontro do sublime.

Thaidena deu mais um passo quando a fila se moveu, ficando cada vez mais próxima da entrada do Hangar de pedras das feiticeiras e mais próxima ainda da angústia e da resposta. Assim que a primeira feiticeira surgisse, ela saberia se ficaria para trás ou se seria escolhida para viajar através das estrelas atrás do seu deus de guerra quando ele marchasse. Ela queria seguir. Queria ajudar o seu povo e o seu campeão.

Ali onde estavam era bem diferente da mata em que tinham passado a tarde conversando e rindo. O silêncio e a calma da colina relvada foram trocados pela balbúrdia das pessoas que passavam no entorno do Hangar das feiticeiras, das crianças correndo, sujas, próximas às barracas que se juntavam nas vielas do acampamento de Daargrad e pelo fedor do esgoto empoçado nas canaletas.

— Eu sei que a maioria de nós treme por dentro quando está chegando a hora, Parten, mas algo me diz que dessa vez venceremos, meu amor. Fico dividida entre ficar com minha irmã e com todos os outros que não querem lutar, só para assistir às mudanças que se darão em nosso mundo, e ir atrás do nosso deus de guerra e combater cada batalha ao lado de todos aqueles que farão a mudança acontecer.

— Você não será escolhida, Thaidena. Ficará aqui, ao meu lado. E se tem tanta fé de que nosso deus de guerra será o vencedor dessa vez, fique comigo, e faça como você mesma disse. Fique e veja o que mudará. As feiticeiras dizem que nossas cabeças conseguirão aprender as coisas que elas sabem. Seremos tão carregados de conhecimento quanto os deuses que surgem aqui. Elas sempre contaram isso nas junções.

Thaidena passou a mão no rosto de Parten e sorriu para o namorado.

— Para que isso aconteça, precisamos ter muita gente boa lutando do lado de lá, Parten. Nosso exército vai precisar de tanta ajuda quanto for possível. — Thaidena fez uma pausa olhando para as pessoas na fila e para as que andavam nas vielas miseráveis de Daargrad, muitas delas com os ossos visíveis por culpa da fome, e então voltou a olhar para Parten. — Eu simplesmente não vou conseguir ficar aqui, Parten. Meu destino é ajudar. A cada passo que damos nessa fila, minha barriga gela, porque essa certeza começa a crescer.

— Todos ficam entusiasmados quando as feiticeiras acendem na cor de luz do novo deus, mas depois todos são engolidos por aquela parede iluminada. Ninguém volta e nada muda em Dartana. Nada acontece.

— Você está parecendo o Jout. Ele é um homem sem fé, Parten. Você precisa crer em nosso deus para que as coisas se modifiquem. Se não acreditarmos em nosso deus de guerra, nosso mundo ficará sempre na mesma! As crianças continuarão sendo levadas pelas doenças e ninguém poderá fazer nada para transformar isso.

— Como você pode ter certeza de que existe alguma coisa do outro lado do Portão de Batalha? Ninguém voltou de lá para nos provar que o que as feiticeiras nos contam é verdade, e que esses deuses que se levantam no Hangar não são uma ilusão. É essa a pergunta de Jout que as feiticeiras se recusam a responder.

A garota guardou silêncio. Não sabia o que pensar. O discurso de Jout já havia chegado a muitos ouvidos e começara a desagradar às feiticeiras que falavam do pecado de não acreditar em suas palavras e o quão caro a rebeldia de Jout poderia custar a todos. Um deus de guerra sem preces seria um deus de guerra sem energia para combater. A crença no poder do deus era uma coisa viva que emanava de cada dartana quando esses colocavam os joelhos no chão, ligados à terra, e lançavam preces a seu deus. Essa fé alimentava o deus como a massa comum alimentava a carne.

Quando Jout começou a repetir sua suspeita para todos que tinham ouvidos, acabou se retirando de Daargrad, pois a maioria dos crentes que se prostravam diante das feiticeiras, cegos pela fé, começaram a persegui-lo pelas ruas e a atirar-lhe pedras, querendo calar a voz dele. Jout sofria porque aquele único pensamento tinha vindo a sua cabeça. Uma suspeita. Uma pergunta para a qual ninguém tinha resposta. Ele não pensava mais do que as feiticeiras! Ele sequer pensava direito. Tinha raiva de sua ignorância, mas não conseguia calar aquela pergunta em sua cabeça. E se não houver nada lá do outro lado do Portão de Batalha? Por que ninguém nunca voltou do Combatheon? Seria tudo uma farsa? Uma enganação imposta pelas feiticeiras para controlar os que viviam as penúrias ao redor do Hangar de pedras?

Jout sentia-se diferente dos demais, mas não se alegrava com isso. Queria nunca ter tido a dúvida. Queria ter a fé cega e marchar atrás do próximo deus de guerra como todos fariam, mas não podia deixar que fizessem isso. As junções, a promessa de libertação, os próprios deuses de guerra, era tudo uma ilusão. Jout, o rebelde, retirou-se para a floresta, passando a viver apartado das feiticeiras. Tinha um casebre no meio das árvores, por conta de um presente que elas tinham legado a sua família gerações atrás por enviarem tantos membros para os deuses de guerra. Na sua casa não havia família, o que certamente tinha sido a semente para essa discórdia, a fissura em sua alma por onde a dúvida se infiltrou. Jout cresceu sozinho naquele lugar desde os doze anos, quando o irmão mais velho partiu atrás de Starr-gal. O pequeno Jout era ainda uma criança e se tornou coletor de frutas para sobreviver. Ele se ajoelhava diante do Hangar das feiticeiras, implorando por massa comum. Só mais tarde permitiram que se tornasse lenhador, carregando seu machado pelas florestas ao redor, abastecendo sua casa e também o Hangar com a madeira que coletava.

Quando cresceu, com a casa e o coração vazios, Jout começou a ouvir a pergunta batendo em sua cabeça, persistindo e corroendo sua adoração pelas feiticeiras. A dúvida germinava: haveria mesmo algo de bom naquela marcha? Deprimiu-se, ficando semanas sem sair de casa, com a barriga roncando e sendo visitado pela voz. A voz que insistia na pergunta. A voz que o apartava das feiticeiras.

A voz só se calou quando ele se levantou do casebre e emprestou sua boca para lançar a indagação aos outros. Agora, a casa vivia cheia, acomodando órfãos rebelados que encontravam vestígios de sentido no discurso do inconformado dartana. Jout voltou a se alimentar e se fortaleceu, longe das feiticeiras, evitando-as, ignorando o chamado para as junções.

Era muito comum ver Jout e seu bando deixarem o casebre para trás e enveredarem pelas encostas do Desfiladeiro da Partida, fazendo fogueiras e conversando a noite toda, vislumbrando um jeito de deter o poder das feiticeiras e provar que eles, os mortais, estavam mais próximos da verdade com suas incertezas. E era frustrante. Ao redor do fogo, sempre que um plano se formava em sua cabeça, Jout, dono de uma sagacidade incrível, se comparado a qualquer outro dartana, sentia esse fio de ideias e conclusões se dissolver quando a noite chegava.

Agora, a fila de seleção seguia adiante, levando Thaidena, Parten e mais um grupo enorme de miseráveis adiante. As feiticeiras de Dartana já podiam ser vistas, paradas em cima das colunas de rochas que demarcavam a entrada para o Hangar. Trajavam túnicas brancas, encardidas pelo tempo, com as barras sujas e esfarrapadas, e olhavam do alto os rostos que se amontoavam na fila. Sem dizer nada, as feiticeiras apontavam um ou outro, separando pais de filhos, esposas de maridos, irmãos de irmãos, esfarelando famílias, alimentando o estômago insaciável do monstro que era a marcha ao Combatheon com as vidas tristes daqueles pobres miseráveis selecionados. Os escolhidos tinham de entrar no Hangar; depois, seriam separados do resto da população para começar o preparo para a marcha, como soldados, construtores ou feiticeiras novatas. Essas três classes de guerreiros é que tornavam a marcha possível, cada equipe cumprindo seu papel no campo de batalha, servindo ao glorioso deus de guerra que lutaria até a morte para defender a terra e libertar o povo em troca da adoração de um mundo inteiro aos seus feitos, e, esses guerreiros, que marchariam a seu lado, seriam chamados de sua legião, de campeões, e teriam a honra de existir para todo o sempre ao lado do grande deus de Dartana.

Aquela legião de libertadores atuaria no campo de batalha de forma organizada, os soldados eram os guerreiros que, empunhando espadas e novas armas, deveriam proteger os construtores e as feiticeiras, ao manter os guerreiros inimigos afastados do seu deus de guerra a qualquer preço. Os construtores deveriam ficar próximos ao deus de guerra, no início do combate; as feiticeiras, nas junções, diziam que em algum momento o deus visitaria as estrelas para aprender a construir armas novas, ficando vulnerável durante o tempo em que a visita de seus olhos faria a outros mundos e dependeria, naquele momento, da defesa dos seus guerreiros. Quando o deus de guerra voltasse a abrir os olhos, conclamaria os construtores para construir, diriam as feiticeiras, porque elas eram as únicas que entendiam as palavras dos deuses de guerra, e elas transmitiriam aos construtores as instruções para criar a arma nova que o deus de guerra tinha visto em outro mundo através de seus jarros. Contavam as feiticeiras em seus rituais no Hangar que nesse momento os construtores então construiriam as armas conclamadas pelo deus de guerra.

No chão mágico do Combatheon, os construtores estariam livres da maldição do pensamento e naquele novo lugar, ao mesmo tempo místico e sombrio, sua mente estaria livre para aprender, para entender o que as feiticeiras falavam e conseguiriam juntar os ingredientes e as peças, como se um toque do deus entrasse em sua cabeça e as fizesse entender e imitar as armas enxergadas em outras estrelas. Durante esse tempo, seria crucial que os soldados protegessem as feiticeiras, já que eram as únicas que falavam com os deuses e também as que tinham poder para curar os soldados feridos nos campos de batalha. Por isso, caso perdesse suas feiticeiras, o exército estaria condenado, pois nenhum construtor entenderia as ordens de seu deus. Se ficasse sem construtores, igualmente estaria perdido, pois nenhum soldado construiria tão rápido quanto um construtor; e se ficasse sem soldados, todo o exército desmoronaria quando fosse necessário defender o deus de guerra no momento em que ele congelasse os movimentos para se conectar com os jarros através do imenso manto de estrelas. As feiticeiras ensinavam que todos deveriam lutar por todos para manterem o deus de guerra em marcha. Um por todos e todos por um.

* * *

Thaidena e Parten seguraram a respiração quando se aproximaram das imensas pedras que circundavam a entrada do Hangar das feiticeiras. Eram grandes rochas colocadas ali, como pilares e vigas, cada travessão era feito de uma peça cinzenta e inteiriça, formando em seu conjunto uma curva. Segundo as feiticeiras, a formação circular de rochas existia desde sempre, colocada na semente de cada mundo, para que cada mundo existente no universo crescesse e tivesse a chance de um dia ver um deus de guerra surgir e marchar para libertar seu povo da maldição do pensamento.

Dali de onde estavam, já podiam escutar o choro dos que chegavam à frente e eram escolhidos. Ouviam a marcha dos que se afastavam e as vozes das conectadas ao divino. As estranhas mulheres que cuidavam do Hangar em que os deuses de Dartana germinavam de tempos em tempos. Eram criaturas temidas por muitos, acumulando uma mistura estranha de atração e medo quando percebidas. Eram seres curiosos que traziam presentes ou condenação; agora era o tempo da condenação. Apontavam para quem deveria marchar com o exército de miseráveis, para que todos buscassem um futuro melhor, perseguindo os passos do deus de guerra. Diziam que os escolhidos deveriam erguer o rosto e se orgulhar de terem a chance de serem provados ao lado do deus de guerra. Fora as vestes características, até pareciam dartanas comuns, mas, quando acendiam com a energia do deus em trânsito para Dartana, ficavam ainda mais sombrias, com suas roupas velhas e esfarrapadas ganhando vida, gravitando como a ponta de seus cabelos, que pareciam sempre em movimento, como se nossos olhos as encontrassem debaixo d'água.

Quando a energia ficava mais forte, e elas começavam a brilhar na cor do deus vindouro, elas também flutuavam como nuvens ou como pássaros assombrados tocados pelo sol. Seus olhos eram estreitos e amendoados, quase sempre ocultos por uma fuligem negra que cobria a pele, formando máscaras, e então mudavam de cor. Eram as mentoras que tentavam e insistiam para que Dartana não sucumbisse sob seus cacos de vez. Elas pediam que todos se mantivessem agrupados, indo, insistentes, de vila em vila, de casa em casa, dizendo aos moradores que era preciso ter coragem, que era preciso acreditar no deus de guerra de Dartana, que um dia se levantaria do Hangar, trazendo mais uma vez um rio de esperança para os corações daquele mundo escuro. Um deus que libertaria Dartana da maldição que mantinha homens e mulheres de toda a terra conhecida envoltos pelo véu que roubava o entendimento.

Havia prova de que os pensamentos elevados existiam, pois de vez em quando um ou outro ser vivente de Dartana sentia o calor e o espocar de uma ideia na mente, o florescer e a agonia do pensar. Ainda que fossem sementes que não produziam mais frutos do que aquele simples cintilar da existência de todo um mundo de conhecimento e sabedoria, resultando em uma simples montagem de uma cerca, de um cabresto para um animal ou uma arma para a caçada que jamais era replicada, essas brasas de pensamento faziam o povo ficar admirado e crente de que o que as feiticeiras falavam nas junções era verdade e que um dia haveria um campeão desperto no Hangar, que sobrepujaria deuses guerreiros de outros mundos e seria o libertador de Dartana. Então, por ora, elas levavam luz em forma de candeias para dentro dos lares de algumas famílias agraciadas com sua atenção, ensinando a alguns raros cérebros, que conseguiam apreender alguma coisa do que lhes era dito, como extrair a gordura de haitas ou cabras, de gado ou qualquer outro bicho, para que fosse colocada dentro dos potes que mantinham a chama viva, fazendo assim perdurar o fogo. Essas pessoas eram marcadas e distintas entre os outros dartanas, posto que, uma vez tocadas pelas feiticeiras, recebiam uma graça e podiam, algumas vezes, ajudar quem vivia ao redor com o reduzido conhecimento recebido como dádiva.

Nem todos sorriam e se alegravam ao serem presenteados, uma vez que sabiam que um dia o presente de saber seria cobrado, e os que conseguiam reter a dádiva seriam alistados como construtores de Dartana. Figuras ambíguas eram as feiticeiras que, de tempos em tempos, erguiam paredes, ainda que simples, de pau e barro, transformando-as em habitações que abrigavam no mesmo cômodo de cinco a quinze membros de uma mesma família, quando não mais. Era espantoso vê-las fazendo o chão se abrir e os galhos de árvores se entrelaçarem, elevando as paredes e depois cobrindo os telhados, chamando-as ao final de "casas". Casas que ficavam apinhadas de gente, mas forneciam proteção e um abrigo que podia ser chamado de lar. Casas que se esvaziavam, deixando para trás apenas velhos e crianças, quando chegava o momento de marchar.

As criaturas voadoras e mágicas exalavam esse perfume doce de uma das mãos e espalhavam espinhos pelo caminho com a outra, primeiro o presente, depois o fardo, posto que a maldição nunca cessava e sempre um deus novo surgia para carregar consigo mais vidas atrás da inescapável marcha. Colossos impressionantes, em altura e músculos, em energia e divindade, seguidos por milhares de soldados, construtores e feiticeiras que garantiriam seu caminho à vitória. Sempre que um novo exército marchava, desaparecendo engolido pelo Portão de Batalha, que se apagava assim que o último guerreiro cruzava sua luz, uma dúzia de feiticeiras ficava para trás.

Eram elas que distribuíam esperança e conforto aos lares espatifados, violentados pela separação de seus membros, com filhos doentes sendo carcomidos pelo Mal do Peito, que assolava os infantes de toda Dartana, ao cuidado de mães chorosas que ficavam ao lado das crianças até que o calor da vida abandonasse seus corpos, sem ter remédio que solucionasse aquela enfermidade, a única que as feiticeiras não podiam dar conta com suas ervas.

Os habitantes daquela terra não tinham noção do que era um mundo, pois em Dartana ninguém navegava, ninguém ousava vencer as grandes águas que rodeavam toda a terra, nem persistia nas longas caminhadas em todas as direções em que já tinham arriscado se afastar, na esperança de encontrar o conhecimento após uma montanha, sendo vencidos pelos cumes do Ji-Hau, pelo frio e a neve, ou incapacitados pela falta d'água nos longos desertos; retornavam ou morriam sem frutos e sem novas perspectivas. Apesar da imensidão das terras que tinham ao redor, a grande maioria dos dartanas vivia e morria nos arredores do Hangar, ilhados em meio à miséria e à tristeza. Os que eram escolhidos para a marcha confortavam os que ficavam para trás, pois entendiam, após os discursos das feiticeiras, que era missão de cada um que respirava dar mais esperança aos que ficavam, pois seriam esses, deixados na escuridão de Dartana, que construiriam um mundo melhor após a vitória do grande deus de guerra. Esse entendimento era provido pela mãe Variatu, que tocava a alma de cada dartana quando nascia, fazendo seus corações entenderem os outros corações. O resto eram sombras.

Por isso, as feiticeiras entoavam nas junções que precisavam de heróis no Combatheon. Pessoas com capacidade para erguer as mais gloriosas armas para o deus de guerra de Dartana. De mulheres e homens valentes para construir armas e dizimar os exércitos inimigos, de feiticeiras para manter o exército como um só, e de soldados que vencessem os adversários, abrindo caminho para o deus de Dartana sagrar-se campeão. E quando Jout e os mais descrentes perguntavam como as cabeças inúteis de Dartana poderiam construir qualquer coisa para um deus, elas, as feiticeiras, tornavam a repetir o que sempre anunciaram: "O deus de guerra proverá conhecimento. O deus iluminará suas mentes e colocará tudo o que precisam saber lá dentro." Explodiam urras e exclamações, vozes ávidas imploravam para que um deus de guerra chegasse logo, para que marchassem atrás daquele novo senhor em busca de salvação para seu mundo. Outros clamavam por uma chance de entrar no Combatheon e fazer qualquer coisa que fosse diferente daquela vida miserável e tediosa, dentro das casas precárias daquelas terras, afinal de contas, o que seria pior que viver nas sombras de Dartana? Outros ainda iam como mártires, com o único desejo de salvar os que ficavam para trás, sorrindo na despedida, repetindo as feiticeiras e prometendo um amanhã melhor como consolo. Contudo, existia o medo que fazia com que muitos se encolhessem, assustados, pois sabiam que do Portão de Batalha não havia retorno. Uma vez que marchassem para o Combatheon, jamais voltariam a ver sua gente de novo. Ninguém tinha voltado após atravessar aquela luz para confirmar que tudo o que diziam as feiticeiras era verdade. Marchar atrás do deus de guerra era um ato de fé. Os escolhidos sabiam que estariam apartados para sempre. Ainda que habitando um mundo triste, bastava viver e ter amigos para se apegar até mesmo à miséria. Muitos tinham medo e por isso, quando as feiticeiras de Dartana sentiam a chegada de um deus e organizavam aquelas audiências em que escolhiam os que precisavam marchar para o Combatheon, eles se escondiam, choravam e não queriam ir.

Para a sorte de Dartana e de seu novo exército maltrapilho, a maioria dos corações não aceitava viver nas trevas do conhecimento, não se vergava diante da responsabilidade imposta pelo destino, seguindo como um rebanho imenso, resignado, sabendo que não podia deixar o deus de guerra marchar sem um suporte condizente a suas costas. Sabiam que quanto mais dartanas marchassem, maiores seriam as chances de êxito, e até mesmo as feiticeiras começavam a enfraquecer e a temer jamais verem um deus colosso levantar-se da piscina do Hangar, naquela terra onde foram eleitas para ser as interlocutoras das divindades. Então, nessas ocasiões de julgamento e escolha, as feiticeiras ficavam concentradas, silenciosas, seus olhos buscavam os melhores candidatos, os mais fortes e vistosos, os que poderiam alimentar a esperança como gordura nos candeeiros de Dartana.

Talvez tenha sido por isso que o dedo de uma delas levantou-se e apontou para Thaidena, fazendo o sangue da jovem gelar nas veias ao ver o chamuscar brilhante amarelado nos olhos da feiticeira que lhe encarava. Thaidena segurou forte o braço do namorado Parten e balançou a cabeça negativamente.

— Você, filha de Dartana. Você irá marchar atrás de seu deus. Irá honrar nossa terra e trazer luz ao nosso mundo — disse a feiticeira-mestra.

Thaidena ainda estava com o ar preso na garganta e então olhou para Parten, que balançava a cabeça negativamente.

— Quando o deus chegar, você será um de nossos soldados, menina de Dartana.

— Não, senhora! Ela não vai! Ela não sabe lutar, nunca treinou com armas.

Os olhos amarelados da feiticeira convergiram para o jovem ao lado da menina.

— Não fale por mim, Parten! Tenho medo de ir através da luz do Portão de Batalha, mas meu maior medo é ficar e não ajudar minha gente.

A feiticeira sorriu e continuou olhando para os dois.

— Ela tem que ficar aqui comigo, senhora. Não nos separe!

Thaidena afastou Parten dela.

— Eu tenho que ir, Parten! Fui escolhida. Eu vou!

Parten baixou a cabeça consternado e balançou-a negativamente.

— Você não tem que ir, Thaidena. Ninguém é obrigado.

— Nosso exército vai precisar de toda ajuda possível. Não vou me perdoar se ficar e nosso deus de guerra for vencido.

— Muito bem dito, menina guerreira. A glória de Dartana está nesta jornada — disse Tazziat. — Meus olhos brilharam ao encontrar com os teus olhos, filha. Certamente há de fazer algo importante em benefício de nosso deus, em glória aos filhos de Dartana.

— Não sei lutar, não sei combater, mas darei minha vida a nosso deus de guerra se for preciso.

Tazziat sorriu, enquanto Parten fechou o rosto. Thaidena se aproximou do namorado para apaziguá-lo, mas foi repelida. Consternado, o rapaz deixou a fila do Hangar, abandonando a feiticeira e a namorada para trás.

CAPÍTULO 4

— Eu te chamei aqui porque não quero falar disso por telefone. Acho que temos que encarar isso juntos — disse Álvaro, com a voz sussurrada.

Glaucia olhou para o corredor após a sala grande do irmão. As luzes estavam apagadas e as portas dos quartos estavam fechadas. Suspirou e tornou a encarar o rosto sério de Álvaro debaixo de um spot de lâmpada acesa na sala. Ele era sempre assim, pesado e preocupado. Costumava fazer tempestades em copo d'água.

— Se você esperou a Doralice dormir pra gente conversar, só posso supor que seja por causa dela.

— Ela te disse alguma coisa estranha esses dias? Agiu esquisito?

Glaucia franziu a boca para baixo num esgar e levantou os ombros. Foi até a bancada e pressionou o botão da cafeteira que emitiu um estalo enquanto a água esquentava.

— Não. Nada de mais. Por quê?

Álvaro levantou-se, caminhando com meias de lã preta, foi até o corredor escuro sem fazer barulho e voltou. O relógio de ponteiros da sala se movia e mesmo o seu ruído baixo podia ser ouvido pelos dois irmãos. Uma fresta de luz da lua entrava pela janela da larga varanda, vencendo a cortina cerrada, iluminando parcialmente a superfície dourada de um telescópio bojudo num tripé. O resto da grande sala permanecia na penumbra, acolhendo a intriga dos irmãos.

— Ela disse, outro dia, que tem uma deusa falando com ela.

Glaucia mordiscou o lábio. Agora sabia por que estava ali. Sabia por que todo aquele drama do irmão. Suspirou fundo e encarou Álvaro enquanto ele se sentava a sua frente. Ela bebericou seu café quente e não disse nada.

— Falou que sonhou com uma deusa e que uma deusa falou com ela. Acredita?

A médica balançou a cabeça em sinal positivo.

— Acredito, Álvaro. É comum nessa idade. Ela assiste de tudo na internet, sei lá. Talvez esteja curiosa, só isso.

— Não me venha com essa conversa de "curiosa", Glaucia. A gente tem que ficar esperto nesse papo dela. Eu não quero que aconteça de novo.

— Ei! Ei! Espera aí. Você está sendo precipitado.

— Tenho que ser. Mais que isso, temos que ser, você e eu — disse ele, apontando para a irmã. — Da última vez que não nos precipitamos, que deixamos o barco correr solto, deu no que deu.

— Deu no que deu? Nosso irmão se matou, Álvaro. Se mataram, na verdade. Ele e a mãe da Dorinha.

— Exato. Exato. É disso que estou falando.

— Você disse "deu no que deu". Isso é muito mais do que "deu no que deu".

— É que começou com esse papo de ouvir coisas na cabeça. De dizer que estava seguindo um deus de sei lá de onde! Essa piração!

— Eu acho que é coincidência, Álvaro. Acho que ela só está curiosa. Está com saudades. Queria ter um pai e uma mãe ao lado dela. Quer saber mais deles. Pensa? Você não ia querer?

— Faz tempo que ela não implica com isso nem pergunta nada.

Glaucia de novo torceu os lábios.

— Que foi? Conheço essa sua cara — disse o irmão, colocando uma dose de uísque no copo.

— Quando a levei no cinema no começo da semana, ela perguntou se eu acreditava em Deus, o que era Deus, essas coisas que as crianças perguntam. — Glaucia tomou mais um gole de café e coçou a cabeça. — Mas não me disse nada de estar ouvindo uma voz.

— Queria que você a levasse até a universidade e fizesse um exame na cabeça dela. Não estou gostando disso.

— Não tem nada de errado com ela, Álvaro. Sua sobrinha só está curiosa, só isso.

— Se eu pudesse mudar uma coisa no mundo ia mudar isso.

— Deus?

— Religião. Ia acabar com tudo. Essa história ridícula de entregar sua vida para uma coisa que não existe não me desce pela garganta.

— Você está sendo extremo. A fé é uma coisa bonita. Existe em nossa cultura desde que o primeiro homem existiu.

— Mas tem mais gente fazendo merda com isso do que coisas boas. Esses pastores que roubam o dinheiro do povo, iludem, dizendo que Deus está cuidando delas em troca de dinheiro. É ridículo. E eles são café pequeno, o Estado domina as pessoas através de suas crenças.

— As pessoas precisam acreditar em alguma coisa além disso aqui, Álvaro. A vida é horrível e sem propósito. Eu queria acreditar como nosso irmão acreditava. A vida não pode ser só isso, é enlouquecedor.

— Nosso irmão achou que era mais e foi muito pior. Acreditou que estava conectado com um deus, que precisava ajudar um deus. Dizia que ouvia e via por ele. Não dei ouvidos, achei que era só mais uma mania do Renato, sempre cheio desses papos de espírito, de mentalização. Como fui estúpido!

Glaucia estendeu a mão e segurou a do irmão.

— Ei. Não se culpe. Foi duro para todos nós. Eu também me senti mal por não escutá-lo. Em não acreditar nele. Talvez eu e você, que não acreditamos nessas coisas do outro mundo, talvez a gente é que esteja errado, Álvaro.

— Duvido. Por mim, eu explodiria todas essas igrejas.

— Você está precisando relaxar. Por que não vai pra praia com a nossa baixinha? Ela ia adorar dar uma volta de lancha com o tio dela.

— Eu preferia que você fizesse os exames. Se ela for igual a eles? Eu não suportaria perdê-la porque não prestei atenção aos sinais de novo.

— O Renato e a Jéssica sempre acreditaram em tudo, Álvaro. Eles eram crentes, acreditavam em uma força maior, em anjos, em forças que podiam atuar em nosso favor.

— Nisso eu não acredito e nem quero acreditar. Somos nós, homens e mulheres, que fazemos nosso destino. Nosso irmão e nossa cunhada sofriam de esquizofrenia e deixamos isso passar. A Doralice, geneticamente, tem todas as chances de desenvolver esse quadro.

— Não estou pedindo para você acreditar em tudo isso. Mas, olha, posso parecer ridícula, mas sabe o que nosso irmão faria agora se fosse ele cuidando desse assunto?

— Ia mandar rezar uma missa pra filha?

Glaucia riu e balançou a cabeça.

— Não. Muito mais simples.

— O quê?

— Ia mandar a Dorinha na dona Dadá.

— Dona Dadá? Não! De jeito nenhum! De onde tirou isso agora? Você é médica, caralho! Seja lúcida! O que a Dorinha precisa é de um psiquiatra, do melhor psiquiatra que pudermos contratar.

— Para com isso, Álvaro. Quantas vezes nós não fomos à benzedeira da mamãe?

— Não. Se sua solução é essa, pode ir embora agora. Não quero Dorinha em contato com essa mulher nunca mais! Não quero perder Doralice para essas maluquices, para essas alienações religiosas. Ela é inteligente demais para se contaminar com isso. Me admira muito você vir com uma solução dessas!

Glaucia deu de ombros. Preferia agir de outra forma. Não queria ver a sobrinha, ainda criança, às voltas com medicação pesada. Seu irmão nunca tinha sido diagnosticado como esquizofrênico. Faltavam muitos sintomas para enquadrá-lo definitivamente nessa doença. A morte de Renato e da esposa ainda era um ponto que evitavam debater e relembrar. Era doloroso demais.

CAPÍTULO 5

Jeliath conduzia as haitas ao longo do rio. Se nenhum outro pastor tivesse levado suas desgarradas, elas poderiam estar por ali, em algum lugar, vagando e pastando. Seguiria até o meio do dia à beira do rio e depois se afastaria, para o mesmo ponto, ao sopé do monte, onde tinha ido buscar as pedras de fazer fogo na tarde anterior. Tinha seguido aquelas desgarradas desde a alvorada, quando escutou balidos depois do morro ao se banhar no rio. Ia tocando-as com a ajuda de um bastão longo e flexível e mantendo os olhos no céu. Já tinha visto dois imensos karanklos sobrevoando o alto das árvores. Bastava uma distração à margem da água para que as aves descessem e levassem mais uma delas. Os karanklos eram tão fortes que Jeliath já tinha escutado mais de uma história em que os famintos bicudos desciam das nuvens e levavam crianças apanhadas no sono, às margens do rio Massar. Eram aves temidas e sua presença persistente sobrevoando uma casa era sinal de má sorte. Diziam que a morte era o cheiro favorito daquelas aves.

As haitas faziam barulho, saltitando num fio d'água raso que escapava pela beira do Massar, onde se formava uma piscina muito procurada pelos pequenos que gostavam de brincar e se refrescar. Àquela manhã, todo o percurso estava deserto e o som das mulheres lavando as peles tinha ficado bem para trás, onde as águas do rio corriam mais rápidas e existiam pedras salientes para bater o couro e as roupas ofertadas pelas feiticeiras. Os caminhos vazios confirmavam a conversa que Jeliath tivera com a mãe na noite anterior. Elas já estavam escolhendo. A mãe Zelayla tinha escutado no rio que muitos já estavam em Daargrad para serem vistos e escolhidos. Jeliath jantou calado o ensopado, mas ele sabia o que ela queria. Ela queria que a conversa se estendesse e que ele comentasse o seu desejo de se juntar ao exército dos crentes. A mãe não sabia, mas o rapaz já tinha tomado sua decisão há muito tempo. Apesar de toda sua vontade de aprender e das revelações das feiticeiras, que diziam em suas reuniões no Hangar que aqueles que seguissem o deus de guerra saberiam guardar conhecimento e fazer com que esse conhecimento se transformasse em armas para seu exército, Jeliath sentia que tinha que ficar em Dartana, lutando contra sua vontade e contra sua curiosidade. Sua mãe estava envelhecendo e a perna dela não sarava nem mesmo na época em que as feiticeiras ainda tinham os passes de luz. Os preparos de ervas que elas deixavam amenizavam a dor no joelho, mas não bastavam para sarar. Como o mistério do Mal do Peito, algumas doenças não eram curadas pelas feiticeiras.

Seus feitiços também pareciam enfraquecer à medida que a lembrança do último deus de guerra se distanciava, quanto mais um deus de guerra demorava para voltar, mais fracas as feiticeiras pareciam. Jeliath não poderia deixar sua mãe lançada à própria sorte naquele mundo. O jovem pastor abaixou-se às margens do Massar e encheu a palma da mão com água, sorvendo o líquido fresco. As haitas continuavam subindo, mascando grama, quando ele se ajoelhou mais e enfiou as duas mãos, fazendo a água molhar seus cabelos e também a nuca. O dia seria quente para todos em Dartana. Quando se levantou e voltou a seguir seu bando, tocou-as com a vara, fazendo-as se desviarem de um estreito de pedras que adentrava a floresta. A maioria continuava seguindo a margem e subindo, rumo ao alto, caminho pelo qual se seguisse por mais uma hora e meia alcançaria o ninho de pedras de fazer fogo onde tinha feito sua última colheita. Notou que três delas comiam lassins, pequenas frutas roxas e bastante sem graça para os dartanas, mas que agradavam as haitas e que, numa certa época do mês, os animais perseguiam com maior frequência. Ninguém sabia explicar. As fêmeas iam atrás das lassins e ficavam se esfregando em seus ramos, algumas chegavam até a se prender nos arbustos, subindo nos galhos, pois passavam horas esfregando a cabeça e o pelo espesso nas frutas mais maduras. Era divertido observá-las fazer isso e suas consequências. Elas não pareciam querer comer as frutas, apenas se lambuzavam com as mais maduras e roxas, pintando todo seu pelo. Os pastores brincavam que elas entravam na época das haitas roxas. Não eram todas, duas ou três num bando, mas deixavam todos os machos doidos, porque depois de lambuzadas elas voltavam e se deixavam lamber pelos machos até que toda a gosma da fruta fosse retirada, ficando com os pelos lisos e brancos mais uma vez. Vencia a festa da lambeção o macho haita mais afoito ou com o par de chifres maior. Os criadores de haitas não sabiam a razão daquela mudança de tempos em tempos, mas sabiam que era uma coisa tão antiga quanto Bara aparecer e sumir no céu de Dartana. Foi pensando sobre o roxo das haitas fêmeas, nesse costume curioso e no caminho que aquelas duas mais teimosas faziam, que Jeliath teve um estalo. Agarrou mais firme o cajado e afastou as duas da trilha, obrigando-as a subirem o rio com o resto do rebanho, enquanto ele parou ali no começo da trilha e, num lampejo ainda maior de raciocínio, perguntou-se se as haitas sumidas não tinham seguido aquela trilha na tarde anterior buscando arbustos de lassins com frutas maiores e mais cheirosas, enquanto ele sonhava com as pedras de fazer fogo. Elas gostavam de lassins e podiam estar na época das haitas roxas. Jeliath estremeceu. Era muita informação flutuando e se esbarrando em seu cérebro sedento por compreensão.

Jeliath embrenhou-se na mata e começou a seguir a trilha acidentada, tomando cuidado com as pedras soltas que deixavam o caminho traiçoeiro, beirando uma fissura no chão rochoso e erodido que ia se abrindo, margeada pelos arbustos de lassins. O coração de Jeliath batia acelerado. Ele sabia que ali os arbustos de lassins aumentavam. Sabia porque os arbustos davam uma flor da mesma cor da fruta. Apesar das bolotas de lassins serem pequenas, e precisar de um bom número delas para encher uma das mãos, aquelas flores eram grandes e belas e o botão tinha um dia especial, em que se abria inteirinho, soltando um cheiro doce e inebriante. Era ali que Jeliath apanhava ramas de flores de lassins e as colocava furtivamente debaixo da janela de Dabbynne, sua amiga e também paixão não correspondida. Dabbynne era a dartana mais bela que ele conhecia e sonhava com o dia em que ela notasse que ele não era só um amigo, mas sim um homem que a desejava e a queria para toda a vida. Para aumentar seu sofrimento, Dabbynne amava outro. Era, há mais de um ano, namorada de Jout, o descrente. Jout era inimigo das feiticeiras e impressionava a todos, pois, igual a elas, também fazia reuniões, subindo em pedras e aglomerando pessoas enquanto falava. Jout não acreditava no outro lado do Portão de Batalha. Suas palavras chegavam aos ouvidos dos dartanas, que repudiavam suas ideias. Contudo, Jeliath e muitos outros jovens ficavam fascinados com o que ele dizia, simplesmente porque dizia. De alguma forma, ele tinha "pensado" naquilo e conseguia criar imagens que nenhum outro dartana conseguia. Criara a dúvida e dizia que não deveríamos todos acreditar cegamente nas feiticeiras. Jeliath tinha uma inveja mortal de Jout, porque de algum modo ele pensava melhor que os outros e o pastor queria isso para si. E mais do que isso, Jout queria o coração de Dabbynne, os olhos de Dabbynne e sua atenção. Jeliath queria o amor da garota mais do que queria o conhecimento.

* * *

Em Dartana, as pessoas não tecem e nem fiam, não sabem o que é a costura delicada e precisa e apenas juntam peças de couro com tiras grossas quando as feiticeiras as chamam e ensinam a usar ossos finos e longos para atravessar o forro felpudo extraído das haitas. Alguns até tinham a sorte de conseguir algum efeito interessante com aquele modo rude de cobrir o corpo, trançando tiras, amarrando peças que ziguezagueiam pelas canelas ou pelos ombros, protegendo o corpo do frio ou do sol. Calçavam botas feitas com as peles mais grossas dos animais, algumas mães recebiam calçados mais resistentes e adornados, talhados pelas feiticeiras, dádivas impregnadas com o gosto amargo da troca. Elas vinham, visitavam e presenteavam. Mas um dia voltavam e enchiam o ar de tristeza, levando embora tudo o que aquelas pobres mães tinham.

Zelayla, junto de outras tantas mulheres, tanto maduras quanto jovens, que começavam a ajudar ou formar agora suas famílias, submergia algumas de suas peças de couro e também um punhado das do filho Jeliath nas águas do rio Massar. Ali era onde as águas corriam mais agitadas junto às pedras, e ficavam mais frias. Zelayla afundava as roupas e depois as batia nas pedras, e, quando estavam quase secas pelo sol, voltava a empurrá-las para dentro da água, num trecho em que o rio fazia uma longa curva sobre um platô de rocha cinza, onde a água era mais serena e as mulheres tagarelavam sobre o dia enquanto terminavam a lavagem.

Zelayla, como a maioria das mulheres de Dartana, não tinha muitos motivos para sorrir, mas mesmo assim divertia-se ao se manter atualizada a respeito do que acontecia nos lares das amigas, saber das paixões dos corações jovens, sobre as ervas que uma tinha tentado numa ferida sem precisar do auxílio das feiticeiras. Combinavam de se juntar para ir até a casa de uma ou de outra que tinha um pequeno convalescendo do Mal do Peito, para que juntas orassem para o deus de guerra da vez e para a deusa-mãe, Variatu, que haveria de amparar todas as mães de todos os mundos apartados do saber, já que a deusa da vida era mãe de todos os deuses de guerra que surgiam no mundo, que do ventre dela, do meio de suas pernas, como do meio das pernas de qualquer mulher dartana, a vida surgia. As mulheres no chão de Dartana pariam para servir os filhos divinos da deusa.

Também usavam os encontros à beira do rio para combinar visitas, como fazia sua amiga Lanadie, que antes da doença dos filhos apreciava ir até sua casa nos finais de tarde para tomar uma cuia quente de chá de ervas apanhadas por Jeliath e contar sobre as travessuras dos meninos. Contudo, aquela manhã tinha sido diferente. As bocas estavam caladas e as mentes ocupadas com pensamentos brumosos. Alguém havia dito, não sabiam se era verdade, que a piscina do Hangar tinha acendido, fazendo o berço gelatinoso se remexer, anunciando que a chegada de um novo deus de guerra era iminente. Devia ser verdade, pois fazia algumas luas que as feiticeiras começaram a se agitar, formar filas na entrada do Hangar e já tinham começado a escolher. Uma das meninas que vivia ali, perto do rio, já fora escolhida para ser soldado. Em breve, a jovem Thaidena seguiria sozinha para o acampamento do general Mander em Daargrad.

Zelayla ergueu os olhos e viu Lanadie, quieta, parada, olhando para o nada. A amiga, antes tão luminosa e sorridente, mal aparecia desde que o Mal do Peito pegara suas crianças, fazendo dela refém das oitenta noites de vigília, cuidando para que os pequenos não morressem sufocados durante a noite com a viscosa regurgitação que vinha da garganta, despejando água em seus peitos quando esquentavam, e colocando panos molhados na testa para tentar vencer a brasa que as feiticeiras não sabiam curar. Se a amiga aparecia durante o dia, chorava, lamentando a piora lenta e fatal das crianças, que já não brincavam e nem se alimentavam direito, sem forças para sair do leito. Zelayla segurava as lágrimas para dar força para a amiga, e, para esconder sua imensa tristeza e ampará-la, tinha de se esforçar e dizer que as oitenta noites passariam e seus filhos logo estariam correndo de novo, serelepes, pelas margens do rio. Zelayla conhecia todo o martírio de assistir a um filho definhando com o Mal do Peito.

Ela havia sido mãe de cinco lindas crianças. Pelioth fora seu quarto filho e, aos seis anos, caíra nas garras da doença tinhosa, perdendo as forças e respirando de forma cada vez mais difícil. Ele não conseguiu vencer as três Baras Inteiras. Quando as crianças sobreviviam às oitenta noites, o tempo exato de Bara mostrar-se por completo três vezes no céu, melhoravam, não esquentavam mais e o peito ia ficando cada vez mais leve, até estarem plenas e peraltas mais uma vez, como se nunca tivessem sido tocadas tão de perto pela morte. O pequeno Pelioth tinha ido bem, lutando de forma valente até a terceira semana. Zelayla chorou por dias e noites sem querer sair de casa. Lanadie tinha estado lá, ficado ao seu lado, incentivado a pobre mãe a superar a perda do pequeno. Lanadie tinha cuidado de Jeliath, o filho caçula de Zelayla, que tinha apenas quatro anos quando o irmão pereceu. Zelayla demorou a se refazer. Ficava na cama o dia e a noite e quantas vezes ela não havia ficado como a amiga que via agora há alguns metros à frente no rio? Imóvel, presa em memórias de quando o filho estava livre daquele mal, sendo criança e brincando com as haitas, com as aves e na água do rio. Zelayla tinha sido marcada pela dor, de tudo que provavelmente sua amiga sentiria e sabia bem como seria difícil para ela deixar que queimassem o corpo dos filhos. Na ocasião, Zelayla, como muitas mães de Dartana, sucumbira à fúria e ao ódio, detestando cada um dos deuses que já marchara pelo desfiladeiro de Dartana. Se as doenças não levavam os filhos, eles levavam. Dos cinco filhos, dois mais velhos tinham ido atrás dos deuses, com seu marido, mais tarde foi também Hanna, sua única menina, como construtora do deus, só que os pés da filha não trilharam o caminho da fé. Os pés de Hanna seguiram atrás da paixão por um soldado. Agora, sobrara apenas

Jeliath, seu caçula. Seu coração se enregelava toda vez que o filho tinha um fiapo de ideia, uma luz de pensamento e construía pequenas coisas. Ela negava, mas sabia que, como os outros irmãos e o pai, Jeliath era dono de uma mente curiosa e tinha lá seu quinhão de esperteza. Seria impossível esconder esse saber das vigilantes feiticeiras. Zelayla só torcia para que o tempo passasse e nenhum deus marchasse, de forma que seu filho envelhecesse ao seu lado. Não suportaria outra partida.

Se fosse verdade o que as bocas diziam, ela faria Jeliath jurar que não iria com as feiticeiras de Dartana. Queria que o filho ficasse dentro de casa para não ter o azar de cair sob os olhos das inquisidoras. Os rumores deviam ter começado nas vielas de Daargrad há dias, pois sabia que outro motivo da angústia da amiga Lanadie vinha da decisão do marido, Mander, um dos soldados mais antigos do novo exército de Dartana, de encabeçar a próxima marcha ao Combatheon. Lanadie dizia que Mander só falava disso desde que os meninos caíram doentes. Disse que seria o melhor guerreiro e o melhor general, que, se tivesse a chance, iria ao Combatheon e venceria em nome de seu deus de guerra, a qualquer preço, para que os filhos fossem salvos do Mal do Peito, para que mãe nenhuma chorasse outra vez por conta daquela desgraça. Ele prometera às feiticeiras que derrubaria cada inimigo à frente de seu exército e faria o deus de guerra de Dartana sagrar-se campeão em troca do conhecimento para curar as crianças. Assim, tinha convencido as feiticeiras de que seria o general correto. Alternando entre carinhoso e consternado, Mander dizia que ela saberia que ele estava bem e vivo quando visse os habitantes de Dartana operando verdadeiros prodígios, vencendo, como prometiam as feiticeiras, o véu do desconhecido, afastando as sombras e a miséria daquelas terras. Alguém aprenderia sobre as doenças, todas as crianças seriam curadas e toda a luta dele como general e a separação de suas almas teriam valido a pena.

Agitada com pensamentos que sacudiam dentro de si, Zelayla não servia de consolo para a amiga. Queria poder dizer que aquilo tudo ia passar num piscar de olhos, mas o sofrimento passado com cada pedaço seu levado ao Combatheon não a encorajava a abrir a boca. Zelayla também era uma viúva de Dartana. Também vira filhos e filhas serem devorados pela parede de luz do Portão de Batalha, estivera sentada no leito, ao lado do filho, quando o Mal do Peito fez seu Pelioth parar no meio de uma sibilante puxada de ar e não mais mover a boca e os olhos, restando a ela dias e noites de choro sofrido. Por isso, muitas vezes terminavam essas lúgubres reuniões caladas, cada qual com suas lágrimas derramadas. Lanadie partia da casa da amiga para a sua, voltando a velar o sono difícil dos filhos, machucando os joelhos de tanto se prostrar diante da estátua de Starr-gal, o último deus de guerra de Dartana, a quem oferecia preces sem fim, mas sem esperança de que seriam ouvidas do outro lado do desfiladeiro.

Zelayla tirou as peças de couro do rio, uma a uma, e as colocou numa cabaça cortada ao meio, encontrada pelo filho Jeliath. Esse era um dos poucos conhecimentos comuns do povo de sua vila, sabido há muitos e muitos anos, e que era imitado em muitos lugares de Dartana. A casca seca do vegetal servia para carregar água e guardá-la, guardar objetos e levar a roupa suja para a beira do rio. Zelayla caminhou poucos metros, aproximando-se de Lanadie, que, finalmente, notou sua presença e fingiu um sorriso. Zelayla começou a estender as peças molhadas sobre as pedras enegrecidas da borda, em que a luz do sol ardia mais forte e em menos de uma hora teria suas roupas secas e prontas para voltar para casa. Entretida com a tarefa, não reparou que boa parte das lavadeiras havia parado suas atividades e colocado a mão em concha sobre os olhos, mirando na direção da trilha por onde desciam do morro até o rio. Era Menia, vizinha de Lanadie, que ficava em sua casa, vigiando os filhos doentes quando a amiga precisava se ausentar. Quando notou as lavadeiras voltadas para o morro, se virou e viu Menia descendo a trilha rápido demais, agarrando-se aos ramos dos arbustos, quase correndo. O rosto distante e encoberto pelas sombras não podia ser decifrado, mas os saltos perigosos sobre as pedras fizeram seu coração se acelerar. Zelayla suspirou fundo, prevendo que más notícias estavam para chegar. Qual dos dois tinha perecido? Ralton e Ásper eram gêmeos, Ralton, um pouco mais alto, deixara o apelido de "o pequeno" para Ásper. Justamente o segundo estava mais debilitado, perdendo as forças mais rápido e seus ossos começavam a aparecer em todo o corpo; pontudos e assustadores, os olhos do menino tinham ficado enormes nos últimos dias, presos dentro da pele seca do rosto. Zelayla se lembrava dele saudável, brincando com os filhotes de haitas de Jeliath com um sorriso radiante e inocente, correndo pela frente da casa.

Agora, bem mais perto do rio, o rosto de Menia era pura aflição. Ela corria em direção a Lanadie, que se virou e se assustou com a presença da amiga e babá. Ergueu as mãos ao rosto e caiu de joelhos na margem do Massar. Contudo, Menia passou direto pela vizinha e continuou correndo, enfiando os pés nas águas frias do Massar, fazendo as lavadeiras abrirem caminho e parando diante de Zelayla, que levou as mãos espalmadas e trêmulas ao rosto, tocado pela surpresa e a apreensão.

— Jeliath?

— Você precisa vir comigo, Zelayla. Precisa ter força no espírito, minha amiga.

Zelayla se agarrou à Menia e partiu coxeando, deixando as roupas para trás.

* * *

Zelayla se aproximou da multidão, apoiada ao ombro de Menia. Tinha deixado seu bastão para trás e agora o joelho cobrava seu preço, a cada passo parecia que espinhos perfuravam as juntas. A dor não vencia seu coração aflito, então Zelayla continuava avançando rio acima. Reconheceu o bando de haitas de Jeliath, perambulando pela grama da colina, enquanto uma fila de curiosos em procissão adentrava a floresta, margeando os arbustos de lassins e a fenda pedregosa que se abria no terreno até alcançarem uma clareira. Estavam aglomerados junto a uma nova fenda no rochedo, no meio da clareira onde, de tempos em tempos, desabava um boi ou haita sem que fosse possível dar solução para os animais perdidos, já que o fosso era fundo e estreito e os bichos eram pesados demais. Zelayla sentia o coração apertado, por mais que Menia e Lanadie dissessem que nada de ruim tinha acontecido a Jeliath, que o filho estava vivo, as mães nunca sossegam até que estejam com as crias entre as mãos, mesmo que sejam crescidas e vistas como adultos pelos outros. Jeliath já era homem feito, mas curioso demais, sempre ia muito longe com aquelas haitas, não se satisfazia apenas em ser um pastor. Ela temia que um dia Jeliath partisse pelos campos de Dartana e nunca mais voltasse. Ela sabia por que ele recusara seguir a ocupação do pai. Um lenhador ficava sempre na mesma região e fazia todo dia a mesma coisa. Jeliath queria ficar perto das feiticeiras, queria falar com elas e perguntar o porquê da pedra de fazer fogo dar faíscas. Queria saber por que o rio Massar só corria numa direção e nunca ao contrário. Queria saber mais sobre as coisas que aconteceriam depois do Portão de Batalha quando sua mente seria inundada de conhecimento. Era essa avidez por saber, essa insatisfação com o que alcançava, que enchia o coração daquela mãe de Dartana de terror.

Ele podia ter se metido em alguma confusão. Podia ter caído naquele fosso e estaria agora preso, com os ossos das pernas quebrados; ela sabia o que era sentir dor nos ossos, sabia. Quando acordava, era pior. Algumas horas eram necessárias até que as ferroadas nas juntas amenizassem. Não queria isso para seu filho, tão jovem. Precisava vê-lo. A distância, a visão daquela multidão ao redor de um ponto da fenda só tinha aumentado sua aflição, juntando com o rosto preocupado com que a amiga fora alertá-la à beira do rio, só podia antever uma desgraça. A imagem do filho caído no fundo do fosso se repetia, uma hora com uma perna quebrada, agarrado a uma haita querida de seu rebanho, outra hora via a cabeça amassada, com uma ferida aberta por onde sangraria lentamente até a morte, sem que ninguém conseguisse tirá-lo de lá. Contudo, a cada passada intempestiva e dolorida em direção à fenda, notava que as pessoas abriam caminho maravilhadas e, em vez de terem o pesar estampado na face, demonstravam interesse em segui-la. Algumas ainda sorriam e lançavam exclamações que não combinavam com a tragédia. Diziam "Fantástico", outros proferiam sentenças de completa estupefação, como "Pelos deuses de Dartana! Jamais pensaria isso!", outros, "Sua família é especial, senhora!".

Então os últimos abriram passagem em frente ao buraco. Jeliath não estava lá embaixo, estava ali, na borda da vala, alisando os pelos sujos da haita. Os olhos de Zelayla brilharam de alegria, porém o sorriso que brotara largo foi murchando pouco a pouco. Os olhos encheram-se de lágrimas enquanto o filho proporcionava a ela a confirmação de seu maior temor.

— Veja! Consegui tirá-la do buraco! Agora, jamais outra haita vai ficar nessa vala. Veja!

Às costas do filho, um grupo de galhos amarrados com tiras de couro formava dois suportes, um de cada lado da vala, com um bambu grosso e liso atravessando por cima da boca de pedra. Jogada sobre a trave, pendia uma corda feita de tranças de couro, Jeliath há muito tinha aprendido a fazer aquela corda numa das visitas ao Hangar, como prêmio pelas peles de haitas levadas mês após mês durante todo o último ciclo. A corda amarrada à trave de bambu, um metro acima da boca da fenda, deslizava para o fundo, levando um rapaz amarrado pela cintura, e depois foi tracionada para cima com certa facilidade pelas mãos de dois curiosos, trazendo uma segunda haita caída lá no fundo, balindo desesperada, mas segura nas mãos do rapaz.

— Eu vou melhorar os apoios dessa trave, mãe. É só conseguir galhos mais fortes que será mais seguro. A corda desliza fácil pelo bambu, veja, e as pessoas ficam mais leves na ponta da corda. Posso passar a gordura das lamparinas no bambu, assim acho que deve ficar mais fácil ainda! As feiticeiras talvez saibam explicar por que isso acontece. Nunca mais ninguém ficará preso no fundo de um fosso em Dartana. Funciona, mãe.

Zelayla aproximou-se e desferiu um tapa no rosto de Jeliath. A multidão calou-se por um instante e o silêncio só foi cortado pelos balidos das haitas resgatadas.

Jeliath baixou a cabeça, envergonhado. Foi quando, para surpresa de todos, uma voz quebrou o silêncio, vindo do alto, fazendo todas as cabeças se erguerem para o céu.

— Você dará um belo construtor, Jeliath — murmurou de forma rouca Tazziat, a líder das feiticeiras de guerra.

Zelayla virou-se, gelando ao ouvir aquela voz, defrontando a feiticeira que pairava no ar.

A multidão começou a murmurar. A feiticeira tinha uma recém-adquirida aura dourada. Seu brilho e o fato de flutuar confirmavam o que todos diziam. O berço do Hangar estava ativo e um novo deus de guerra estava a caminho, crescendo no ninho gelatinoso, e logo um gigante se levantaria e marcharia por Dartana mais uma vez. Elas tinham ascendido e agora podiam voar.

— Não se atreva, feiticeira. Jeliath é tudo o que me resta.

Tazziat flutuou sobre a vala e ao redor da engenhosa construção do rapaz.

— Como funciona? — perguntou a feiticeira.

Jeliath, atendendo Tazziat e contrariando a mãe, com o rosto ainda marcado e ardendo, forçou um sorriso e apanhou a haita. O pastor afagou o animal, tentando inutilmente acalmá-lo. Soltou a haita com gentileza pela boca da fenda e ela escorregou pelas paredes de pedra, indo bater no fundo lamacento do buraco, balindo desesperada. Jeliath olhou ao redor e encontrou o rosto conhecido de Parten.

— Venha, Parten, vamos mostrar pra ela.

— Eu não entro aí de jeito nenhum.

— Confie em mim.

Parten aproximou-se da beira da fenda. Cabiam uns oito homens de pé ali dentro. Ele olhou para Jeliath e balançou a cabeça em sinal negativo.

— Eu vou — ofereceu-se Dabbynne, surgindo no meio da multidão.

Jeliath ficou mais surpreso com a chegada de Dabbynne do que com a presença da feiticeira. Um misto de vergonha e alegria flutuava em sua cabeça. Será que ela viu o tapa?

— É bom que isso funcione, Jeliath — disse a garota estendendo a ponta da corda para o amigo. — Como é que se faz isso?

Nullgox, o pehalt de Dabbynne, olhou o buraco e ficou de pelo eriçado, voltando até sua dona.

— Calma, Nullgox. Se ele me derrubar, você morde ele.

Jeliath sorriu para a amiga e amarrou a corda em sua fina cintura, enquanto Dabbynne sorria para ele, entusiasmada com a experiência. O jovem pastor deu um nó duplo, como fazia em suas sandálias, sob o olhar curioso da multidão.

— Confie em mim — pediu ele.

Dabbynne parou de sorrir e olhou para baixo, para o buraco escuro, mal vendo a sombra da haita lá no fundo. Nullgox passou entre suas pernas, quase a tirando do chão. O felino era grande e pesado e parecia desconfortável com a experiência.

Tazziat acompanhou interessada toda a operação, vendo a jovem descer pelo buraco sombrio, pendurada pela corda de couro que deslizava sobre a trave de bambu e, depois, ser puxada com facilidade por Jeliath e Parten, que mal pareciam se esforçar para erguer Dabbynne e a gorda haita. A feiticeira dourada, encantada com a engenhosidade do pastor, viu que a trave cilíndrica de bambu girava com a corda, facilitando o trabalho dos rapazes.

— Ele é tudo que me restou — murmurou a mãe, amargurada com o interesse da criatura mágica que pairava acima da fenda, hipnotizada pelo feito de seu filho.

Tazziat desceu até o solo e segurou as mãos de Zelayla.

— Seu filho será um bom construtor para o novo deus de Dartana — disse a feiticeira e depois olhou para o jovem. — E eu não tenho dúvidas de que Jeliath será o melhor deles. Ele será o chefe dos construtores de Dartana. Nunca vi tamanho prodígio numa mente tão pouco desenvolvida. Sob os olhos de nosso deus de guerra, Jeliath será o guardião do conhecimento do nosso povo. — Tazziat virou a cabeça para o rapaz estático. — Apresente-se à feiticeira-mestra no Hangar, Jeliath.

Os olhos do rapaz se arregalaram. Como seria o guardião do conhecimento se ainda não sabia de nada? Ficava honrado com as palavras da feiticeira, mas tinha medo. Dabbynne aproximou-se e deu-lhe um abraço apertado.

— Estou muito feliz por você, meu amigo. Ao menos alguém está feliz em nossa vila — disse ela para Jeliath.

O pastor notou o sorriso de Dabbynne se apagar rapidamente. As outras pessoas, se aproximando para felicitá-lo, acabaram afastando os dois, mas Jeliath queria falar mais com a garota por quem estava apaixonado. Vê-la se afastando com o rosto nublado por alguma preocupação acabou por minar também sua própria alegria e energia. Jeliath baixou a cabeça como se algo a estivesse pressionando, um sono inesperado se abateu sobre ele. Não fosse aquele momento de euforia, Jeliath se deitaria para descansar. O jovem mergulhou os dedos em seus cabelos fartos e se sentou sobre uma pedra. Tinha medo de fechar os olhos, dormir e esquecer o que havia aprendido. Precisava gravar aquela ideia nova na mente antes que lhe fosse roubada.

Zelayla, inconformada, abordou mais uma vez a feiticeira.

— Não leve meu filho, por favor, eu lhe peço, Tazziat. Eu vou no lugar dele! Também sei construir. Eu imploro, Tazziat, deixe meu filho aqui.

— Não chore mais, mulher. Esse é o destino de todos os que nascem em Dartana.

— Não chore, Zelayla, eu pedirei para que Mander tome conta de seu filho — acalentou Lanadie.

— Como? Como Mander fará isso? — perguntou Zelayla.

— Se o deus de guerra está mesmo vindo, Mander será o seu general. Ele cuidará de Jeliath como se fosse filho dele — Lanadie respondeu.

— Lanadie, Lanadie, junte-se a mim e chore. Esses são os dias finais. Depois que eles cruzarem o Portão de Batalha, amiga da vida e da dor, nunca mais veremos meu filho ou seu marido.

Lanadie abraçou a velha amiga e ambas choraram, enquanto a feiticeira desprendia-se do chão e voava em direção à floresta.

Dabbynne, que já se embrenhara na mata, tomando o rumo de sua casa entre as árvores, disposta a ouvir o gorjear dos pássaros, enquanto tentava afastar a imagem de Jout de sua cabeça, não notou a aproximação da feiticeira. Tazziat desceu silenciosamente a sua frente, assustando-a.

— Tazziat... — murmurou Dabbynne.

A feiticeira de guerra ficou calada, olhando para Dabbynne.

Dabbynne guardou silêncio enquanto seu coração se acelerava e Nullgox, o pehalt de estimação, parava ao seu lado, erguendo o focinho e farejando a feiticeira-líder. A garota temia esse encontro. Tazziat poderia selecioná-la para juntar-se ao exército de Dartana como uma soldado. Todo mundo sabia que Dabbynne era boa com as facas que carregava e era uma boa caçadora, disputando com Thaidena em talento. Dabbynne também sabia que a amiga de toda a vida já tinha sido escolhida e estava disposta a partir rumo ao Combatheon para engrossar as fileiras. Já Dabbynne tinha negócios inacabados com Jout. Havia terminado o relacionamento de mais de um ano e, há alguns dias, não se tocavam mais nem partilhavam os mesmos caminhos. Jout tinha enjoado dela, ela sabia. Talvez porque não concordasse com as ideias do rebelde.

— Você está diferente — disse Tazziat, finalmente rompendo o silêncio. — Bem diferente.

Dabbynne baixou a cabeça, enquanto Tazziat aproximou-se e cheirou-a algumas vezes. Nullgox grunhiu quando a feiticeira tocou sua dona, eriçando seu pelo das costas outra vez.

— Quieto, Nullgox! Ela não é inimiga.

O pehalt fechou a boca, escondendo as presas, e rodeou as pernas de Dabbynne duas vezes, ficando aos seus pés.

— Virou mulher. É isso. Uma bela mulher — Tazziat sorriu para Dabbynne. — Preciso de sua ajuda.

— O que quiser, minha senhora.

— Quero que diga para o rebelde que nosso deus está vindo e ordene que ele fique fora do caminho. Não quero levantes nem confusão quando a marcha se aproximar. Nosso povo parte para a guerra e está disposto a morrer em nome de nossa terra. Jout tem o dom de agitar as massas e fazê-la duvidar de nossas palavras e propósitos.

— Mas ele é só um garoto. Como pode representar tanto problema?

— As palavras dele enfraquecem a fé em nosso deus de guerra, isso já é motivo suficiente para que uma de nossas feiticeiras de guerra interrompa sua língua. Sorte dele não ser tempo de sacrifícios.

Dabbynne encolheu os ombros sem entender onde a feiticeira queria chegar.

— Jout é um jovem encantador. Isso confunde quem o escuta, não é verdade?

Dabbynne balançou a cabeça negativamente sem saber o que responder.

— Jout Dartana é só um tolo. Tem uma mente fértil e seria um excelente construtor de armas, imaginativo, corajoso. Mas empregando essa habilidade apenas para contestar o que doutrinamos, faz de si próprio um grande imbecil.

Dabbynne mordeu os lábios para não falar mais nada. Concordava com a feiticeira de guerra. Jout era teimoso. Suas ideias não tinham cabimento, mas não queria externar suas emoções para a feiticeira.

— Vá até ele e diga que o quero longe do Hangar e longe da marcha de nosso deus de guerra.

— Sim, senhora — concordou Dabbynne.

Tazziat aproximou-se ainda mais e cheirou longamente os cabelos de Dabbynne. O brilho dourado da feiticeira chegou a luzir contra a pele da jovem dartana.

— Vá, mulher. Avise seu par.

Num piscar de olhos, Tazziat já tinha se elevado e sobrevoava a copa das árvores. A aura dourada estava mais forte do que alguns minutos atrás e Dabbynne sabia o que isso significava. O deus de guerra já crescia em seu berço.

CAPÍTULO 6

Àquela noite, a casa estava mais silenciosa e triste do que de costume. Um silêncio ruim que dava frestas para um choro sentido que de vez em quando escapava do quarto ocupado pela mãe. Jeliath estava agitado demais para dormir e, por isso, estava do lado de fora, respirando o ar frio da noite, deixando nuvens de vapor escapar pela boca a cada expiração. Olhava para as estrelas. Aqueles brilhos distantes que eram moradas de outros deuses, tal como ensinavam as feiticeiras. Ele tinha ido ao Hangar ao fim da tarde, ignorando os protestos da mãe. Mesmo que afinal se recusasse a marchar com o exército de Dartana, sua curiosidade o impedira de esquecer o chamado da feiticeira de guerra, Tazziat.

As feiticeiras se dividiam em classes e eram todas, de alguma forma, temidas. Nas de guerra, misturavam-se anciãs e novatas, que eram preparadas para marchar ao lado do deus de guerra quando a hora chegasse. Cabia a elas a comunicação entre o deus e os construtores e soldados. Eram bélicas, sempre carregavam na cintura adagas afiadas e agiam como vigilantes de toda a Dartana, executando penas aos que roubavam e matando os que matavam. Eram as mais respeitadas e próximas dos simples cidadãos de toda a Dartana pelo fato de compartilharem o mesmo destino quando o deus de guerra chegava. Elas também marchavam e, num ato de fé, atravessavam juntas o Portão de Batalha. Sempre que o deus de guerra colocava os pés no desfiladeiro e a marcha tinha seu início, o deus escolhia a feiticeira favorita, aquela que sentaria em seu ombro e iria ao seu lado até o fim.

As feiticeiras anciãs eram as que ficavam para trás, as seis mais velhas, garantindo que o conhecimento das estrelas, gravado dentro de sua mente desde as primeiras feiticeiras que existiram em Dartana, continuasse a ser passado para as mais novas. Eram essas feiticeiras que garantiam a massa comum, as que decidiam a quem seriam dados presentes, utensílios e até mesmo o erigir de uma casa.

As feiticeiras mais temidas eram chamadas de imaculadas. Eram feiticeiras puras, que jamais deixavam o Hangar; elas proferiam as palestras e contavam ao povo nos encontros semanais toda a história de Dartana. Eram elas também que diziam quando o outro mundo precisava de alimento para trazer o novo deus de guerra ou quando a mãe de todos os deuses estava triste ou enfurecida e precisava do sangue de Dartana para acalmá-la. Nessas épocas terríveis, as feiticeiras de guerra saíam para trazer para as imaculadas uma multidão de dartanas que paravam sob seus olhos e tinham suas almas observadas. Os que eram escolhidos pelas imaculadas para os rituais do Sangue para a vinda eram levados até o berço seco do deus de guerra e ali eram sacrificados em nome da mãe de todos os deuses. Quando o berço recusasse o sangue, expurgando-o de suas paredes, fazendo com que as gotas escarlates pingassem ao contrário, desprendendo-se para o céu, significava que a manta sagrada da mãe de todos os deuses e o berço logo ascenderiam para que uma nova vida viesse: a vida, a carne e o espírito de um deus de guerra.

E foi isso que Jeliath tinha visto à tarde quando foi autorizado a entrar no Hangar das feiticeiras para falar com a anciã chefe. O berço estava brilhando, dourado, sem que nenhum sacrifício fosse pedido. Tratava-se de um retângulo de pedras grossas e claras, tão firmemente grudadas e pesadas que a gosma, que agora brilhava dourada da mesma cor e intensidade que a aura das feiticeiras tinha ganhado, não vazava para fora. Era essa gosma que era chamada pelas feiticeiras de manto dos mistérios, onde Jeliath viu uma semente que pulsava, o mistério mais importante em seu mundo se desdobrando diante dos olhos. Um deus de guerra estava vivo, evoluindo e a caminho. A semente que ele vislumbrou rapidamente, antes de ser chamado pela anciã, tinha o tamanho de uma laranja, mas Jeliath sabia que em poucas horas aquele ser teria o tamanho de um titã, extravasando a altura das paredes de rocha do Hangar, podendo ser visto de toda Daargrad.

Ao olhar para as estrelas mais uma vez, Jeliath se pegou pensando se haveria em cada uma delas, nesse momento, um construtor imaginando se feiticeiras de guerra sonhavam em ser feiticeiras favoritas. Pensava se nesse mesmo momento exércitos se preparavam para combater na terra da guerra, o Combatheon, enquanto deuses sementes esparramados pelo manto negro do firmamento, pelas mãos da deusa mãe, Variatu, pulsavam e cresciam, enchendo de esperança suas terras. As feiticeiras de Dartana diziam que sim. Que muitos mundos eram cobertos por esse véu mágico e invisível, que impedia que suas mentes evoluíssem, e que somente por meio do bater de espadas e do derramamento de sangue um exército teria o direito de livrar seu mundo desse horror de nada saber ao cruzar o Portão de Vitória e, da próxima vez que isso acontecesse, seria o deus de guerra de Dartana e seus soldados, feiticeiras e construtores que livrariam para sempre a sua terra natal da ignorância.

CAPÍTULO 7

Enquanto Jeliath imaginava os pretensos construtores, tendo sonhos e elucubrações a respeito de outros mundos, sua adorada Dabbynne também tinha perdido o sono e, como ele, estava entregue a lembranças e pensamentos.

Ela não tinha ido direto à casa de Jout, primeiro, porque estava cansada, passara o dia com sono logo depois de se encontrar com Tazziat, talvez pela caminhada, talvez pelo calor. Segundo, porque conhecia muito bem Jout, ele já teria ouvido o agito sobre as feiticeiras iluminadas, brilhando douradas, já teria escutado que as feiticeiras de guerra convocavam os cidadãos para a fila na frente do Hangar, selecionando os que marchariam atrás do deus de guerra. Ela não queria ver Jout, não estava em seus planos. Ainda nutria sentimentos pelo ex-namorado. Tinham ficado juntos muito tempo, se deram muito bem por alguns meses e, além de tudo isso, Jout era o sonho encarnado de qualquer garota dartana. Era alto, com ombros largos, que serviam para aninhar qualquer menina no meio de seu tórax musculoso. O trabalho de lenhador tinha desenhado bem seu corpo e muitos acreditavam que Jout tinha muitos seguidores em seus sermões no meio da floresta mais por conta da atração física que exercia sobre as garotas do que propriamente pela lógica do que tentava propagar entre as vilas e ruas de Daargrad.

Na verdade, todos acreditavam nas feiticeiras. O fato é que, de tempos em tempos, depois de muitos ciclos, um deus surgia dentro do Hangar. Ele se levantava e marchava para o Portão de Batalha. Não havia eloquência suficiente naquele mundo para vencer esse fascínio. A visão do colosso, seus passos fazendo o chão de rochas do desfiladeiro tremer e reverberar, era muito mais convincente do que os discursos desesperados do jovem lenhador. Acontecia que muitas meninas de Dartana iam aos sermões e os rapazes seguiam atrás; depois de Jout proclamar suas palavras e contestar tudo que ensinavam as feiticeiras, os jovens viam-se reunidos, longe do cenário sombrio que eram as junções dentro do escuro Hangar de pedras das feiticeiras. Podiam se soltar, descontrair, conversar, rir e, é claro, se embrenhar na floresta e deixar os corpos se tocar, deixar o calor da vida esparramar-se por sua pele e seus lábios se encontrarem e experimentarem o êxtase da paixão.

E como ela experimentara aquele êxtase com Jout! Seu rosto quadrado com olhos negros e profundos, o queixo marcado por uma barba macia e juvenil, que roçava seu pescoço quando se beijavam loucamente, recostados às árvores úmidas da floresta. Dabbynne resistiu por meses, uma vez que nenhum rapaz a tinha tido antes, mas foi impossível resistir mais a Jout e a sua voz suave em seus ouvidos. Ele a amava, ela sabia, não precisaria nem dizer, mas disse numa noite de Bara Inteira, que derramava sua luz pela noite e permitia que os jovens aproveitassem a floresta durante toda a madrugada. Pelo mesmo tempo, Bara iluminou o leito onde se amaram, deitados sobre as folhas das árvores, embalados pelo ritmo dos vaga-lumes e o sussurro do Massar. Dabbynne achou que ia morrer naquela noite, tamanha a intensidade de todas as sensações que cercaram seu corpo. Os beijos ardentes de Jout não se limitaram à sua boca e aos seios, os lábios do namorado percorreram pacientemente cada centímetro de sua pele, deixando-a sem forças para se mexer ou resistir. Mas ela não queria resistir. Queria se unir a Jout como nunca tinha se unido a ninguém. Então, as mãos fortes do jovem lenhador encontraram o caminho entre suas coxas, fazendo Dabbynne gritar ao descobrir um prazer que jamais sonhara ser possível. Ela amava aquele homem com todas as forças de seu corpo, e por muitas e muitas noites de Bara Inteira o casal repetiu aquele encontro cheio de energia e desejo. Dabbynne só não passou a viver com o lenhador em sua casa por conta dos irmãos menores. Eldora ainda não estava pronta para cuidar da casa sozinha. O caçula, Math, era muito ligado ao grupo de Jout e um bocado suscetível à influência do rebelde.

Talvez pensar demais na família tenha sido seu erro. Jout, cada vez mais, se dedicava a falar contra as feiticeiras e a criar uma verdadeira oposição às ideias que sempre dominaram a mente de todos os dartanas de fé. A função do povo era essa, ajoelhar-se e rezar para o deus de guerra, sem contestar o que as feiticeiras imaculadas diziam. Acreditar nas feiticeiras e nos deuses era a única verdade que existia até então. Os encontros de Jout começaram a ficar cada vez mais numerosos e inflamados. Dabbynne não concordava com Jout. Amava-o profundamente, mas acreditava que, sim, tinham que marchar atrás do deus de guerra para que as coisas melhorassem em sua terra. Não haveria outro jeito mágico das pessoas começarem a deter conhecimento e progredir com os pensamentos, criando as coisas que as feiticeiras diziam que todos seriam livres para criar a partir da vitória do deus de guerra. As feiticeiras diziam que havia forças no universo que queriam que as coisas fossem assim, que os habitantes dos planetas tivessem para sempre a mente coberta e vivessem na absoluta miséria, forçando a existência meramente a se arrastar pela vida, um dia atrás do outro, sem nada construir ou conquistar. As feiticeiras diziam que sem marchar atrás do deus de guerra viveriam escravos da ignorância.

Era justamente essa ideia que Jout negava a todo instante. Ele não acreditava no Portão de Batalha. Dizia que os deuses de guerra eram uma ilusão produzida pelas feiticeiras para manter o povo com medo e a seu dispor. Jout era um homem sem fé alguma. Para ele, os deuses não existiam agora e nem nunca tinham existido.

Dabbynne não suportou ficar a seu lado, sabendo que os pais já tinham marchado para o outro lado, com os olhos rasos d'água por deixá-la para trás, ainda menina, com a responsabilidade de cuidar dos irmãos mais novos. Os pais, cheios de fé, foram atrás de Starr-gal, prometendo que venceriam a guerra e que tudo em Dartana mudaria. Dabbynne orou todas as noites aos pés das estátuas de barro de Starr-gal. Chorou noites seguidas, tentando manter seus irmãos alimentados e prontos para assistir às mudanças prometidas para aquela terra, narrando a eles histórias que nunca aconteceram. O tempo passou, os joelhos sararam e as mudanças não chegaram.

As feiticeiras disseram que eram muitos os deuses adversários e que o Combatheon não era uma terra fácil de se viver. Era preciso ser muito forte para derrotar os inimigos e era preciso acreditar do fundo da alma que era possível dobrar aquele desafio. Somente os que acreditassem por completo em seu deus de guerra alimentariam as energias do deus que marchava e fariam dele um campeão. Era preciso ter fé. Engolfada pelos pensamentos, pelo desapontamento com a descrença absoluta de Jout, que acabou separando-os quando seus corpos mais se queriam, Dabbynne acabou adormecendo. Ao amanhecer, ela não poderia se furtar ao pedido de Tazziat. Iria encontrar o lenhador que não acreditava nos deuses e pediria que ele deixasse o povo em paz nesse momento em que o medo e a esperança cresciam em Dartana.

* * *

A garoa caiu silenciosa durante toda a manhã, deixando o gramado em frente à casa de Dabbynne encharcado, o que protelou sua ida até a casa de Jout. Ainda assim, o sol brilhava alto no céu e as nuvens tinham ido embora com o vento, trazendo de volta o calor característico dos morros próximos a Daargrad.

Dois pedaços robustos de troncos trazidos por Jout há meses serviam de cadeira na frente de sua casa. Dabbynne observava Nullgox correr atrás de dois esquilos, contornando "a árvore da sua casa", como eles costumavam chamar a frondosa yaba branca que ficava a quinze metros da porta do casebre. A yaba era uma árvore alta e cheia de galhos grossos, porém flexíveis, que tinha servido para horas intermináveis de brincadeiras para os irmãos quando crianças. Talvez por conta da yaba, os pais tivessem pedido às feiticeiras uma casa bem naquele canto do morro. A árvore, além de sombra e lindas flores, dava um fruto doce, carnudo e em tão boa quantidade que, quando amadureciam, não era incomum vizinhos surgirem para apanhar algumas dúzias das frutas cheirosas e adocicadas. Cada uma enchia facilmente duas mãos adultas. Agora não era época das frutas, que cresciam quando o tempo esfriava, marcando o final de mais um ciclo em Dartana. A família de Dabbynne costumava encher ao menos três cabaças e ofertá-las às feiticeiras anciãs no fim do ano. Distraída com Nullgox,

Dabbynne só reparou na chegada de Eldora quando a irmã estava sentada a sua frente, no segundo tronco.

— Acordou cedo? — inquiriu Eldora.

— Antes da chuva. Não dormi bem a noite passada.

Nullgox alcançou um dos esquilos e o prendeu com sua pata dianteira. Ágil, arrancou a cabeça da criatura com uma mordida certeira.

— Não me acostumo a vê-lo fazendo essas coisas, Dabbynne.

Dabbynne encolheu os ombros e voltou a olhar para Nullgox se alimentando.

— Ele também tem fome. Precisa comer alguma coisa.

— E por que você não dormiu? Estava tão dorminhoca à tarde. Sonhando com Jout e seus braços fortes a te apertar?

Dabbynne riu e balançou a cabeça em sinal negativo.

— Antes fosse isso. Mas tinha a ver com ele, sim. Por mim, eu não veria mais o desgraçado. Ele já está de enrosco com outra garota!

— É, eu sei.

— E nem me contou? — perguntou Dabbynne.

— Eu ia contar, mas não queria te azucrinar.

— Ontem, a feiticeira Tazziat me parou para conversar. — Dabbynne mudou de assunto.

— Mentira!

— Juro. Ela quer que eu vá falar com Jout. Acredita numa coisa dessas? Não quero nem chegar perto dele e ela quer isso.

— Então você estava no meio daquela multidão que foi ver Jeliath tirando a haita do buraco? — inquiriu Eldora.

— Não só estava como entrei no buraco para demonstrar para a feiticeira como a invenção dele funcionava. Jeliath foi chamado para ser o líder dos construtores nessa marcha.

— Pobre Zelayla, vai ficar sem outro filho.

— É. Todo mundo falou isso.

— Ele arrasta uma asa pra você, sabia? Vive falando de você por aí.

— É, eu sei. Mas é só um bom amigo. Não sinto nada por ele.

— Nem quando ele deixa as ramas de flores aqui na nossa porta?

— Você acha que é ele?

— Claro que é! Ou acha que é o Jout tendo uma recaída?

Dabbynne apertou os lábios e ficou olhando para a porta, relembrando as flores que encontrara outro dia. Botões de lassins. Nunca tinha pensado em Jeliath como um par.

— E o que ela quer que você fale com o bonitão?

— Que peça a Jout que se afaste do Devorador de Almas e do Portão de Batalha.

Eldora franziu a testa.

— O que foi?

— Nada — desconversou Eldora.

— Eldora, eu te conheço muito bem. Quando você faz essa cara, eu sei que sabe de alguma coisa e está mentindo pra mim.

— Ah! É o Math que tá metido de novo com o bando do Jout. Eu não sei o que estão tramando, mas o Math disse que Jout teve uma ideia e que ele deveria era ser um construtor de Dartana e não um rebelde.

Dabbynne ficou séria, tentando decifrar as palavras da irmã. Se ela dizia que ele deveria ser um construtor era porque Jout tinha conseguido algo maior. Não era fácil estender os pensamentos e adivinhar o que qualquer pessoa podia tramar por trás das palavras e do comportamento. Era parte da maldição do pensamento, banhando os dartanas nas águas da ingenuidade. Ainda mais difícil seria prever o que Jout faria, agora que o deus de guerra crescia no Hangar das feiticeiras. Só havia um jeito de descobrir.

Dabbynne levantou-se e apanhou um graveto no chão, torcendo a haste flexível da yaba, tentando aliviar a tensão que se instalara. Ver Jout agora era prioridade, tirar Math do bando era outro assunto que não poderia esperar. Não queria o irmão envolvido com os rebeldes. Lembrava-se de Math, logo após a partida dos pais atrás de Starr-gal, fazendo suas orações fervorosas, ofertando sua energia e adoração ao deus de guerra que salvaria Dartana. Math estava mudando por causa de Jout.

Dabbynne arremessou o graveto para perto do tronco da yaba branca. Nullgox, que perseguia um bando de esquilos que tinha desentocado de outra árvore, correu em direção à yaba e apanhou o graveto arremessado pela dona.

As irmãs se entreolharam e sorriram.

— Nunca o vi fazendo isso, Dabby.

— Nem eu — constatou Dabbynne.

Nullgox foi até o graveto, o apanhou com a boca e ficou parado, olhando para Dabbynne.

— Vem, Nullgox! Traga pra mim!

O pehalt obedeceu à dona e, lentamente, gingando como os felinos, foi depositar o graveto aos seus pés.

Dabbynne apanhou novamente o graveto e olhou para a irmã.

— Vamos ver se ele é tão obediente assim.

Dabbynne atirou o graveto novamente em direção à yaba, fazendo-o voar alto.

— Pega, Nullgox!

O pequeno pehalt partiu em disparada, como se fosse atrás de um esquilo, saltou endiabrado, apanhando o graveto ainda no ar e voltou, arfando, com a língua de fora. Apesar de seus parcos três palmos de altura, por ainda ser um animal jovem, o pequeno intimidava aqueles de quem se aproximava por conta de suas longas e quádruplas fileiras de dentes. O pehalt soltou o graveto aos pés de Dabbynne mais uma vez e ficou olhando para sua dona, como que aguardando o próximo comando.

— Nossa, Dabby, mande-o morder o saco do Jout! — disse a menina, arrematando com uma risada.

— Eu nunca o vi assim, Eldora. Ele vive por aí como se eu nem existisse, só se lembra de mim quando trago caça para casa.

— Você sempre foi a preferida dele, Dabby. Todo mundo fala do jeito que ele te segue pelas colinas, do jeito com que fica do seu lado.

— Nullgox, vem aqui!

O animal, de pelo amarelado e brilhante, salpicado de pintas negras que formavam trilhas serpenteantes, aproximou-se da dona, arfando e com a grande língua para fora, parando bem a seus pés.

— Viu?

Eldora olhou para a irmã e sorriu.

— Que foi?! Qualquer bichinho que valha alguma coisa vem quando a dona chama.

— Ah! Pelos deuses do Hangar! Como você está implicante! Ele é um pehalt, eles são todos ariscos e independentes... Ele nunca obedece ninguém.

— Se ele morder o Jout eu fico impressionada, Dabbynne.

— Nullgox!

O pehalt apontou o focinho na direção da dona, soltando um rugido fino, próprio dos filhotes.

— De pé!

O bicho atendeu prontamente, ficando sob duas patas, equilibrando-se com algum custo.

Dabbynne exibiu um sorriso vitorioso, ao qual Eldora respondeu com um levantar de sobrancelhas, um pouco mais interessada, e abaixou-se, pegando outro graveto da árvore.

— Espera que vou arrumar uma coisa que pode impressionar se der certo — insistiu a irmã, desconfiada.

Enquanto o pehalt mantinha-se equilibrado em duas patas, Eldora caminhou até perto da grande yaba e atirou com força o graveto para o alto dos galhos onde ele se prendeu, emaranhado pelos ramos.

— Se ele pegar esse graveto, aí sim, vou ficar impressionada.

Dabbynne fez uma expressão de contrariedade e balançou a cabeça.

— Mas ele ainda é filhote, não sobe em árvores!

— Só manda pegar. Quero ver se te obedece mesmo.

Dabbynne encheu o peito de ar e soltou bem devagar. Tinha suor brotando na testa. Olhou para o galho e depois para o pequeno pehalt. Um zunido fino começou em seu ouvido e ela podia ouvir o pulsar do próprio coração.

— É mais fácil eu ordenar Jout a encher-me de beijos e dizer que vai largar aquelas maluquices do que fazer meu Nullgox subir em uma árvore.

— Mas veja o lado bom, Dabbynne, se você me provar que seu pehalt é tão obediente, vou ser a primeira a ajudá-la a adestrá-lo para trazer Jout arrastado pelos dentes para cá, orando para o próximo deus de guerra.

As duas riram até doer a barriga. Porém, levando a tarefa a sério, a menina voltou ao estado de concentração, voltou a fazer aquela expressão fechada, inspirando longamente e espirando devagar. Quando o zumbido voltou ao ouvido, seus olhos se encontraram com os do pehalt. Apontou para o graveto soltando um grito tão forte e repentino que até mesmo Eldora assustou-se e ficou com o pelo arrepiado, dando dois passos para trás.

— TRAGA!!!

O animal disparou, arrancando grama do chão a cada passada vigorosa. Nullgox tinha se transformado numa arma. Abaixou-se numa fração de segundo retraindo sua musculatura e então deu um salto magnífico para um pehalt daquele tamanho. Não foi à toa que as garotas arregalaram os olhos e soltaram um grito, quando viram o bicho em pleno ar. Nullgox era um filhote e, apesar do espetáculo inesperado, suas garras passaram no vazio. Não chegou nem perto do galho almejado.

Eldora soltou o ar de espanto e começou a rir para irritar a irmã.

Dabbynne, por sua vez, olhou novamente para o galho e, transpirando e ainda tomada por aquele momento diferente, tornou a gritar:

— Traga, Nullgox!!!

O pehalt, recuperado da queda, arqueou o corpo e iniciou nova carreira. Dessa vez saltou contra o tronco largo da árvore e tentou cravar suas diminutas unhas, que não suportaram o peso do corpo. Contudo, não se deu por vencido, tomou distância da árvore e retornou correndo, dando outro magnífico salto que o levou à metade da altura necessária. Ele se agarrou ao tronco e fincou as garras pontudas na grossa casca da árvore, começando a miar assustado.

— Traga o galho! — berrou a menina, mantendo a mão estendida na direção do alvo.

O animal subiu mais meio metro e tombou novamente.

— Traga! — bradou.

— Calma, Dabby... Ele vai se machucar.

— Cale a boca! Não interfira! — Dabbynne encarou o pequeno pehalt e ordenou novamente: — Traga!

Nullgox babava exaurido, mas, sob o comando da dona, não ousou desistir. Tomou distância, correndo mais uma vez, e, repetindo o último salto, agarrou-se à árvore, mas caiu, bateu a cabeça contra uma pedra, lançando um gemido de dor, mas tornou a ficar de pé, pronto para obedecer.

— Traga!

— Chega, Dabbynne! Ele vai se machucar! — implorou Eldora.

O pehalt tentava desesperadamente escalar o tronco da árvore, lançando as patinhas para cima, arranhando a casca firme do caule, mas voltou a cair, mais uma vez batendo as patas nas pedras logo abaixo, cambaleando para o lado devido ao cansaço.

— Traga o galho! Eu ordeno!

O pehalt chacoalhou a cabeça que sangrava, foi dando marcha a ré, mas, antes que saltasse, outra coisa assombrosa sucedeu.

Descendo das alturas, num mergulho avassalador, um grande karanklo aproximou-se da árvore, abrindo as asas e freando, batendo contra os galhos da yaba e fazendo a folhagem solta esparramar-se para todos os lados, assustando as garotas e o pehalt, que se encolheram contra o chão. Os karanklos, quando se aproximavam dos habitantes de Dartana, causavam pavor à grande maioria. Tudo isso pelas histórias contadas e nunca vistas dos que diziam saber de um parente distante ter sido atacado por aqueles enormes portentos dos ares, donos de asas enormes e bicos pontudos que pareciam feitos de pedra e que furavam a carne de qualquer bicho como as lâminas das facas ofertadas pelas feiticeiras. Um dos vizinhos de Dabbynne afirmou ter visto um karanklo perfurar, com uma única bicada, o crânio de um equithalo, que tombou morto na hora. Eldora correu para o lado do indefeso Nullgox, para colocá-lo no colo enquanto o imponente karanklo pousava lenta e inofensivamente junto a Dabbynne.

A menina tinha o coração disparado e os olhos fixos na criatura. Nunca vira um pássaro daqueles tão de perto. Estava tão perto que sentiu o hálito quente da ave assim que ela colocou o graveto aos seus pés e ergueu a cabeça para soltar um silvo agudo e assustador. Enquanto Eldora estremeceu de pavor, Dabbynne simplesmente não conseguia se mexer ou temer a ave. O karanklo estava sob seu controle.

Bem longe do transe da dona, Nullgox saltou do colo de Eldora, que agora sorria nervosamente, percebendo que a ave estava, de alguma forma, dominada. O teimoso pehalt correu até o graveto, apanhando-o com os dentes e colocando-o ainda mais próximo dos pés da dona, fazendo graça. A grande ave farfalhou as asas e arrulhou duas vezes, mantendo seus assustadores olhos imensos grudados aos de Dabbynne.

— Vá — murmurou a jovem.

Só após o comando da garota o pássaro voltou a se mover e então bateu asas e voou, ganhando o céu azul. Eldora aproximou-se da irmã, enquanto observava o karanklo se afastar. Olhou para o pehalt e o galho e depois para os olhos dourados da irmã.

— Feiticeira.

Então Dabbynne saiu daquele estado catatônico, abalroada pela palavra da irmã. Não era verdade! Aquilo fora apenas por acaso. Estava gritando para Nullgox. Então sua voz deve ter chamado a atenção do karanklo. Não sabia explicar por que a ave tinha apanhado o galho que ela queria. Mas era só por acaso.

Os olhos de Eldora estavam cheios d'água agora. O rosto ardia como se estivesse junto às labaredas de uma fogueira. Não sabia o que era aquilo, como tinha feito, mas só queria que Dabbynne negasse, dissesse que não era uma feiticeira que conseguia fazer-se entender pelos animais. Queria que ela negasse que tinha o dom das línguas. Mas Dabbynne estava assustadoramente parada, aceitando aquela palavra lançada ao vento. Eldora não aguentou mais e irrompeu em prantos, ao entender que havia acabado de perder a irmã mais velha, ela iria marchar ao lado do novo deus de guerra que germinava; saiu correndo e enfiou-se dentro de casa, largando para trás a garota paralisada.

Dabbynne, com uma lágrima descendo do rosto, olhou para o vulto de Eldora perdendo-se dentro de casa e depois procurou a silhueta do imenso pássaro que girava em círculos, agora muito distante, muito alto, no céu azul de Dartana.

— Eu não sou feiticeira— murmurou Dabbynne. — Não quero ir embora.

— Agora suas palavras têm poder, filha de Dartana.

Tazziat desceu de seu voo dourado no meio do terreno em frente ao casebre das meninas.

— Não chore, nova feiticeira. Agora que vai se unir ao exército de Dartana, quero que seja uma das mais bravas de todas nós. Você tem muita força, Dabbynne. Será uma excelente feiticeira guerreira.

Dabbynne secou as lágrimas que desciam pela face e encarou Tazziat.

— Preciso partir agora?

— Sim. Todos vocês, todos os seres especiais e valentes de Dartana estão sendo convocados para servir ao seu novo deus de guerra. Vá, acalme o coração de sua irmã e tome cuidado com o que fala. As palavras não são mais apenas palavras. Você tem poder, feiticeira de Dartana.

CAPÍTULO 8

— Eu quero ir, amor de toda minha vida. Sabe que te amo mais que tudo, mas é chegada a hora de seu marido liderar os soldados que irão ao Combatheon.

— Não devia querer, Mander. Não devia — disse a mulher, com lágrimas nos olhos.

— É mais que querer, amor de toda minha vida. É mais que querer, é minha sina.

Mander olhou para o outro lado do cômodo. Sobre um amontoado de palhas que servia de leito, estavam seus dois filhos varões, Ralton e Ásper, queimando em febre, molhados de suor, vitimados pelo Mal do Peito. Mander já tinha visto muito daquilo. Havia perdido amigos na infância, já tinha visto a cunhada sucumbir quando era uma menina e ele era apenas amigo de Lanadie, aquela dartana que hoje era sua esposa e sua alegria.

A mulher abraçou-o forte e o apertou o mais que pôde.

— Pense nessa despedida como algo amargo que terá que provar antes de saborear a mais doce das frutas, sentir o mais agradável dos aromas e escutar as risadas mais gostosas dessas terras. Eu parto para te dar a certeza de que nossos filhos abrirão os olhos mais uma vez e encherão essa mãe adorável de abraços e beijos. Eles crescerão fortes e serão robustos como o pai e, no futuro, quando te abraçarem, sentirá como se fosse eu mesmo que o fizesse. Será como se eu sempre estivesse aqui sem que pudesses me ver.

— Ah, Mander, Mander, você sempre foi dono de falas bonitas para me agradar. Apesar de ser visto como bruto pelas mulheres e selvagem pelos homens, comigo sempre fala assim, com doçura, com paixão. De que me adiantarão as risadas de Ralton e Ásper se o pai não as ouvirá também?

— A glória no Combatheon é cheia de mistérios, amor de toda minha vida. Talvez, quando eles rirem, sua alegria cruze as estrelas e alcance meus ouvidos e será como se vocês estivessem lá, próximos de mim, no momento da minha vitória.

— Você nunca guerreou, Mander. Faz poucos meses que foi até o Hangar e proclamou-se o general de Dartana.

— Meus filhos nunca estiveram à beira da morte. Salvar minhas crianças dessa partida ingrata será a força que moverá meus músculos e minha espada. Se, para salvar nossos filhos, eu tiver que arrancar a cabeça de mil inimigos por dia até a vitória, é o que eu farei.

Lanadie afundou a cabeça no peito do amado, pranteando sua partida.

— Pense que quando eles abrirem os olhos, nunca precisarão cruzar aquele Portão de Batalha. Nenhum deus mais se levantará no Hangar e o nosso deus de guerra será venerado para todo o sempre como o libertador de Dartana. Estaremos livres da maldição.

Lanadie caiu de joelhos aos pés de Mander, chorando convulsivamente. Ele suspirou fundo, segurando o saco de couro a suas costas. Precisava partir e entendeu que a esposa era a primeira oponente em sua jornada.

— Não faça isso comigo, Lanadie, minha vida. Não faça isso. Logo você, a dartana que tem mais fé em tudo, não pode esmorecer agora, não pode me deter aqui.

Lanadie secou as lágrimas do rosto e olhou para cima, para o marido. Mander não sabia quais seriam os inimigos que encontraria do outro lado do Portão de Batalha, não tinha ideia das batalhas ferozes que atravessaria, mas tinha certeza de que nenhum ser do outro lado do desconhecido seria capaz de feri-lo de forma tão dolorosa quanto ela e seu olhar.

— Eu te amo, Mander.

O general de Dartana estendeu a mão para a mulher e puxou-a para cima.

— Escuta, meu amor, juro, juro que conseguirei levar o deus de Dartana à vitória. Juro que vou arrancar o coração de cada adversário que cruzar o caminho de nosso senhor de guerra. Juro que marcharei qualquer distância para que nosso novo deus seja o campeão e que, se houver algum jeito, qualquer um, juro com todo meu coração que voltarei pra você, Lanadie, para que saiba que eu venci.

— Não faça juras que não poderá cumprir, Mander. Ninguém volta do Combatheon.

— Ah! Não duvide de mim, minha vida. Ninguém que foi para lá era casado com uma dartana tão linda e saborosa. Ninguém que foi para lá estava tão apaixonado por sua mulher. Ninguém amava tanto seus dois filhos.

Lanadie debulhou-se em lágrimas mais uma vez e tapou a boca do marido com os dedos. Ela sabia que ele queria encantar seus ouvidos, mas tudo o que conseguiria com aquelas palavras seria semear mais saudade e angústia. Quando percebesse que ele cruzara o portão e o havia perdido para sempre, seria insuportável. A mulher, aos soluços, desvencilhou-se dos braços do marido e correu para fora de casa.

Mander levou alguns instantes para finalmente se mover. Ficou fitando os filhos deitados nas esteiras, pálidos e fracos, por um longo momento. Sabia que jamais voltaria a vê-los. Também sabia que a distância pouco importaria. Faria o impossível para que fossem libertados daquele mal. Com os pés pesados, foi em direção à porta para tentar acalentar a esposa, mas, ao chegar à frente da casa, seu coração quase parou. Lanadie estava caída sobre a grama.

A madrugada escura escondia todo o cenário, pouco da luz prateada de Bara alcançava o chão do terreiro. Mander andou até o corpo da esposa e olhou ao redor, forçando os olhos para entender o que acontecia. Depois de alguns passos, chutou algo que fez barulho e rolou. O general de Dartana encontrou a cuia umedecida e voltou para os pés da esposa desmaiada. Ele cheirou o recipiente, já adivinhando o odor acre que encheria sua narina. As mulheres conheciam um pouco das ervas que cresciam aos pé do colosso Ji-Hau. O mirrado conhecimento era transmitido oralmente de feiticeiras para as mulheres de Dartana, que por sua vez também ensinavam às filhas os poderes das ervas, tanto para aromatizar as águas quanto para aplacar um mal, amassando folhas, frutos ou sementes, produzindo pequenas poções. E elas conheciam usos mais poderosos e perigosos, quando precisavam que a consciência abandonasse a mente ferida por algumas horas, quando a dor de alguém era insuportável após uma fratura longe das feiticeiras, ou quando os pais serrem tomados pela aflição insuportável ao ver os filhos serem levados pelo Mal do Peito ou viam seus entes partindo para o outro lado do manto de luz, sem suportar a separação. Nessas horas sombrias, muitos recorriam às cascas de quiri, que, amassadas, vertiam um óleo amargo, com um cheiro muito característico, que Mander tinha reconhecido de pronto. O homem arremessou a vasilha em meio a um grunhido e balançou a cabeça.

— Por que fez isso, meu amor? Por quê?

Mander colocou a esposa no colo e a carregou para dentro de casa, deitando-a ao lado dos filhos inconscientes. Era um guerreiro, mas não conteve as lágrimas ao olhá-los pela última vez. Apesar de todas as promessas lançadas à mulher, sabia que era a última vez que os via nessa vida. Ajoelhou-se e beijou a testa de Ralton primeiro, depois do mais novo, Ásper. Por fim, encontrou os lábios imóveis da mulher e demorou-se respirando junto com ela.

O general de Dartana apanhou novamente a trouxa de couro e colocou-a às costas. Saiu da casa e arrastou uma larga madeira que servia de porta da moradia, cobrindo sua entrada. Suspirou fundo e caminhou para a noite, em direção ao acampamento. Logo o novo deus estaria desperto e pronto para marchar. A guerra se aproximava.

CAPÍTULO 9

Jout chegou até à beira do desfiladeiro. A garganta era chamada, não por acaso, de O Devorador de Almas. Por aquela estreita passagem, marcharia mais uma vez todo o exército de Dartana, levando para o outro lado do Portão de Batalha, que sempre acendia brilhando na mesma cor do deus da vez. Jout tinha visto as feiticeiras. Nos primeiros dias, elas tinham uma aura suave, levemente dourada, quase indiscernível, e já tinham começado a voar. Agora, poucos dias depois, elas brilhavam, cruzando os céus de Dartana, deixando um rastro dourado atrás de si. O rebelde sabia que aquilo significava que o deus de guerra estava quase pronto dentro do útero da mãe de todos os deuses, dentro do berço de mistério, do manto gelatinoso em que seu corpo crescia. Logo que ficasse em pé, como que dominado por cordões mágicos, atrás dele, milhares de dartanas que tinham fé cega o seguiriam.

Jout até achava bonita a procissão. As feiticeiras voariam ao redor da cabeça do deus, pois só elas entendiam suas palavras, e traduziriam para os construtores e soldados. As feiticeiras diziam que todos os que entregassem suas vidas nas mãos do deus de guerra, seguindo-o para o outro lado, seriam iluminados em outra vida caso o deus lograsse vencer todos os adversários dentro do Combatheon; essa seria a recompensa aos vencedores. Diziam que cada um deles era peça-chave naquela luta gloriosa. Os soldados deveriam defender o deus de Dartana a qualquer preço, sem nunca tirar os olhos das feiticeiras, pois sem elas, auxiliando o exército, como soldados e construtores entenderiam o que ordenava e queria o deus? Como os construtores fabricariam as máquinas de matar que seu deus de guerra mostraria? Sem a voz das feiticeiras, o exército de Dartana estaria perdido, separado do gigante divino. Jout achava curioso, dentro da lógica das feiticeiras, o fato dos construtores também serem soldados, pois teriam que arriscar a vida construindo e abastecendo os guerreiros de Dartana com armas que o deus vislumbraria depois de cruzar o Portão de Batalha.

A lenda das feiticeiras dizia que o deus de guerra de Dartana precisava sempre levantar do Hangar e marchar ao Combatheon, porque só lá, do outro lado, ele conectaria seus olhos de deus a outros olhos, centenas, milhares talvez, perdidos no céu negro da criação de tudo que existia além do céu de Dartana. O divino alcançaria esses olhos em outras estrelas. Olhos que moravam em outros mundos, e que olhariam para coisas que seu deus queria que olhassem. Então, os soldados, mais que tudo, teriam também que defender os construtores. Imagine um exército no Combatheon sem construtores? Haveria coisa mais inútil do que um exército sem armas? As feiticeiras sempre repetiam essa pergunta durante as junções para os fiéis ao deus de guerra à beira do Hangar.

Elas, por outro lado, consolavam os sobrecarregados soldados, dizendo que nunca lutariam sozinhos. O deus de Dartana também teria um olhar muito especial para com seus bravos guerreiros e ele próprio se encarregaria de defender os homens de frente. Haveria exército mais incapaz do que um sem soldados? Nas junções, as feiticeiras diziam que dentro do Combatheon aquele exército maravilhoso se tornava um organismo único, uma máquina de guerra que, se apoiada nesse círculo de proteção de suas classes, venceria os combates mais extremos prometidos dentro do campo de batalha.

Jout achava aquela conversa toda muito bonita e muito sedutora. E sabia, em seu âmago, que era isso mesmo que aquelas malucas queriam. Seduzir os tolos e os crentes para que entregassem suas vidas ou as de seus muitos filhos e filhas, acreditando que aquele sacrifício sem fim seria o caminho para a evolução de Dartana, para o extermínio daquela maldição que não deixava que suas mentes apreendessem o que tinham ali, diante dos olhos. Era frustrante não conseguir decorar quais frutas nasceriam ao terem suas sementes colocadas no chão. Era frustrante não saber como proteger a entrada de sua casa dos roedores noturnos que invadiam os cômodos. Era frustrante ter uma casa erguida pelas feiticeiras a sua frente, de forma tão simples, e não conseguir imitá-las porque sua cabeça não conseguia entender como deixar uma parede em pé. Aqueles relâmpagos de engenharia, de clareza e perspicácia, eram efêmeros e raros demais para suportar.

Uma certeza apavorante tomara conta da mente de Jout tempos atrás, quando seus pais se foram, deixando-o sozinho naquela terra. Eram as feiticeiras de Dartana a razão da ignorância. Eram elas que tinham o poder que mantinha a mente de todos que se aproximavam do Hangar nas trevas. Eram inimigas do conhecimento porque queriam o povo miserável, implorando aos seus pés por qualquer rastro de inteligência e salvação. Dominando o povo, as feiticeiras sempre receberiam haitas em seu templo. Sempre receberiam as rochas reluzentes que mandavam tirar do fundo das cavernas. Acumulariam as peles dos animais que conclamavam serem suas por direito. Eternamente abastecidas pela lenha trazida pelos lenhadores. Alimentadas pelas frutas apanhadas pelos coletores. Tudo para que fossem abastecidas e providas por aquele povo devoto e fiel.

Por isso, ele tinha se afastado. E parecia que cada vez mais estava com a razão, pois eventualmente lambia uma centelha de imaginação que se esparramava pela mente, enchendo-o de uma esperança real no lugar daquela idiotice de marchar atrás de um deus inventado pelas feiticeiras de Dartana. Tinha tido um desses clarões de pensamento à beira do desfiladeiro chamado O Devorador de Almas, o caminho por onde o exército inteiro de Dartana teria de passar para alcançar o Portão de Batalha. Se o exército passaria por ali, estava mais do que claro para Jout que o deus de Dartana também passaria por aquela garganta estreita. Quando a ideia se formou, instalando-se ruidosamente em sua cabeça, ele começou a passar mal, perdendo o controle da respiração e sentindo o coração subir pela garganta. Ele temia esquecer tudo o que via. Eram coisas demais em sua mente. Então, desenhou no chão, com um graveto sobre o barro, uma linha indo em direção ao precipício, para que não esquecesse o principal. O deus de guerra passaria pela garganta estreita. Bem ali, onde seus olhos miravam aquele momento. E seria ali que o deus de guerra seria golpeado por um mortal. O deus de Dartana poderia ser vencido por meia dúzia de mortais, meros dartanas, inconformados, rebelados e descrentes na falácia das feiticeiras. Jout provaria que não existia esperança alguma no Combatheon.

CAPÍTULO 10

Jeliath viu a mãe apertar as tiras de couro de sua trouxa de parcas vestes pela enésima vez. Tentava se colocar na pele da mãe, não era difícil entender aquelas lágrimas que teimavam no rosto dela. As lágrimas estavam ligadas à tristeza. Disso todo dartana sabia. Não deveria ser fácil ver sair de seu ventre cinco crias, alimentá-las com o peito e com a seiva da própria vida, dedicar aos filhotes tanto amor para vê-los ir desaparecendo, tragados como oferenda a um natimaldito deus de guerra ou arrastados pelas garras visíveis e pesadas da morte, quando vinha vestida de Mal do Peito.

Jeliath compreendia toda a dor que a mãe sentia, mas seu corpo inteiro clamava para partir para a guerra, como se fosse algo inopinável, compulsório, como se não pudesse alimentar outro desejo do que o de seguir as pegadas de seus semelhantes. Primeiro, muitos deuses atrás, quando Jeliath era ainda um garotinho, o colosso batizado pelas feiticeiras de Ogum, o guerreiro de olhos brilhantes e aura verde, despertou seu pai, Farial, quem partiu. Jeliath era tão pequeno que mal guardava a fisionomia do pai e dos irmãos mais velhos. Só sabia o que todos sabiam: que o pai era um belo dartana, fiel e crente, forte e destemido, que foi um dos primeiros a chegar ao acampamento, assim que o deus despertou levando orgulhoso consigo seus dois filhos mais velhos para servirem de soldados ao deus de guerra na luta por Dartana. Todos diziam que Farial e os filhos, Boulden e Hellzur, partiram da vila em imponentes equithalos, chamando a atenção de todos por onde passavam, fazendo despertar nos olhos de muitos a esperança há tanto tempo adormecida, posto que naquela data havia muito um deus não despertava no Hangar. Houvera um hiato tão prolongado que muitos começaram a perder a fé nas feiticeiras e em seus deuses antecessores, minguando as preces ao deus anterior a Ogum. As feiticeiras imaculadas aumentaram os sacrifícios conforme a população de desvalidos crescia no entorno de Daargrad e então aconteceu da mãe de todos os deuses escutar o clamor daquela gente e regurgitar seu sangue, fazendo o chão do Hangar incendiar-se de azul e a gosma que dormia no berço se acender, recebendo a nova semente da deusa mãe. O berço borbulhou no Hangar, e não tardou para que formas inexplicáveis começassem a se juntar e a constituir um corpo divino. Ogum levantou-se radiante, emanando esperança e fé para o povo de Dartana. Seu vigor físico e seu tamanho colossal hipnotizavam a todos que o olhavam. Ogum partiu, seguido de um exército sem precedentes. Dartana, uma vez mais, exalava esperança, a perspectiva da liberdade daquele manto de escuridão embriagava a todos.

Vãos festejos seguiram-se aos primeiros dias após a partida. A esperança ardeu por meses e meses, até que as primeiras vozes resmungaram a inexistência de mudanças. Continuavam obtusos, continuavam cegos, continuavam incapazes de avançar no vasto campo do conhecimento, sem poder plantar ou prosperar, reféns das margens do rio Massar, das frutas que as árvores davam e da boa vontade das feiticeiras. Outras vozes disseram que se devia dar tempo ao tempo. As junções repetidas pelas feiticeiras contavam que no Combatheon existiriam muitas batalhas. Muitas batalhas não são vencidas em poucas noites. Era preciso esperar. E na miséria esperaram.

Esperaram até que anos e anos após a marcha de Ogum se passassem, sua partida fosse esquecida, as estátuas nos altares dentro dos casebres de Daargrad e toda Dartana perdessem a importância e as chamas das velas e das candeias que ofereciam luz e adoração ao deus de guerra se apagassem como o coração dos miseráveis. A fé de Dartana dormiu, e os sacrifícios voltaram a encher o berço de sangue e as vilas, de horror.

No quarto ano, quando a mãe de todos os deuses mais uma vez recusou o sangue, o Hangar tornou a ver a luz brotar no berço de pedra e a gelatina da mãe de todos os deuses recebeu a semente de uma nova criatura divina e um novo deus de guerra, de carne e osso, começou a se formar, muitos tinham nascido desde então e os que eram jovens quando Ogum partiu agora eram homens e mulheres fortes e, mais uma vez, uma leva de dartanas deixou os lares para seguir Starr-gal, o colosso de brilho azul-claro, deixando para trás mães e mulheres chorosas, que terminariam seus dias sozinhas, em casas violadas pela tristeza e a solidão sem ter testemunhas para sua passagem pelos dias de existência.

Com esse novo deus, Jeliath, órfão de pai e sem os irmãos mais velhos, Bouden e Hellzur, como companheiros, assistiu ao lado da mãe à traumática decisão da sua única irmã, Hanna, uma jovem de 18 anos na ocasião, de seguir com o exército em marcha. A mãe tinha chorado e implorado com todas as forças e desespero tão comum às mães de Dartana, pedindo que Hanna ficasse. Ela disse que precisava ir. Precisava estar ao lado de Starr-gal e ser também uma construtora. Por fim, comovida com o pranto de Zelayla, Hanna disse que não iria. A mãe então começou a chorar de alegria e preparou um banquete naquela noite.

Jeliath tinha doze anos e também havia ficado feliz com a decisão da irmã. Gostava muito de Hanna. Ela fazia bonecos para ele, usando galhos e tiras de couro. Trazia sempre yabas doces e era muito paciente com suas perguntas insistentes. Como os bons irmãos sabem fazer, Jeliath e Hanna guardavam um segredo. Hanna estava apaixonada e prometera seu amor a um jovem da vila, que ela veria partir para o Combatheon como soldado; ela era dona de um amor que se perderia atrás das misteriosas luzes azuis que separavam Dartana do desconhecido. Como ele sobreviveria do outro lado se ela não estivesse lá para construir as melhores armas? Jeliath sabia que a irmã não queria ficar sem aquele amor. Sabia que ela chorava na cama de palha por causa dele, Sindor.

O bom irmão ficou calado na noite em que escutou a voz de Sindor do lado de fora da casa e calou-se mais ainda quando seus olhos encontraram os da irmã. Ele e Hanna ficaram mudos por um longo instante, então, enxugando as lágrimas nos braços, a irmã continuou a rastejar até a janela e saltou pelo buraco, perdendo-se na noite escura de Dartana, seguindo para a marcha de Starr-gal, movida não pela fé, mas pela paixão.

Foi naquela noite que Jeliath sentiu-se o menino mais sozinho do mundo. Sozinho, porque tinha sido um bom irmão e tinha deixado

Hanna partir atrás de quem amava. Sozinho porque tinha sido um mau filho e não moveu um fio de cabelo para alertar a mãe que perdia a filha. Aquele sabor amargo tinha ficado por muito tempo em sua boca, fazendo com que se entregasse com tal dedicação à mãe, como se cada pedido da genitora prontamente atendido o deixasse mais distante daquela traição. Quase havia esquecido o sabor, mas esta noite, sete anos depois de ver Hanna partir, voltava pleno, reavivando as lembranças enquanto cruzava a porta e tomava o rumo do acampamento dos soldados, tapando os ouvidos com sua vontade para não ouvir os clamores da mãe e nem seu choro desesperado. Se ouvisse a mãe, temia que a culpa ficasse maior que a curiosidade, forçando-o a abandonar o desejo de se juntar àqueles que lutariam no Combatheon e trariam luz para Dartana.

Tinha sido escolhido o chefe dos construtores. Isso tinha mexido com ele e com sua curiosidade. Sabia que poderia fazer a diferença naquela luta. Buscaria todo o conhecimento possível no Combatheon para fazer seu deus e seus amigos campeões. Alguma coisa no peito dizia que dessa vez venceriam. Então a mãe ao menos teria mais alguns anos de vida, com mais sorrisos no rosto, sabendo que o filho havia partido e sido um herói de verdade. O filho dela tinha conseguido fazer com que o deus de Dartana vencesse e os libertasse da maldição. Ele tinha partido como chefe dos construtores. No entanto, para sua surpresa, ao virar-se para a porta da casa, olhando para a mãe pela última vez, contornada pela luz bruxuleante da candeia na cozinha, encontrou um rosto calado e cansado de chorar. Aquela senhora já havia sofrido tanto que não tinham sobrado mais lágrimas ou forças para lutar contra o inevitável. A velha mãe levantou a mão e forçou um sorriso.

— Boa sorte, construtor de Dartana.

Quem diria? Agora era Jeliath quem chorava. Duas lágrimas desceram pelo rosto e ele voltou até a mãe e lhe deu um abraço apertado.

— Te amo, mãe. Nunca vou te esquecer.

— Também te amo, filho. Vou sentir muito sua falta. Mas fazer o quê? É para isso que as mães são feitas em Dartana. Para parir e ver os filhos partirem para a guerra.

Jeliath apertou a mãe mais uma vez e tomou seu rumo, secando as lágrimas dos olhos. Não podia esmorecer agora. A trilha escura à sua frente era velha conhecida e, mesmo sem a luz de Bara para iluminar o caminho, o jovem construtor sabia onde pisava. Jeliath ainda estava ensopado por aquele desconforto imensurável, quando seus ouvidos voltaram ao mundo, ouvindo um barulho na trilha de chão de terra. Colocou-se alerta. Olhou para trás. Já não via sua casa nem mesmo o brilho distante da candeia acesa. O céu estava negro, coberto por nuvens, um vento refrescante afastava o calor insuportável que havia feito durante o dia. Jeliath estacou. De novo o barulho vindo da escuridão que trancava sua visão. Com os ouvidos ouriçados, pensou que um bicho, um predador, rastejava em sua direção. Podia ser também um inofensivo pehalt caçando no gramado baixo. Sua pele arrepiou-se conforme a audição viajava pelo entorno. Voltou a andar vagarosamente. Não era nenhum nem outro. Pehalts e predadores não falavam. Eram pessoas. O rapaz seguiu adiante e chegou ao entroncamento do caminho. Abriu um sorriso, conhecia aquele par de vozes.

— Jeliath! — exclamou Thaidena ao quase trombar com o amigo.

— Que susto, irmão! — soltou Parten. — Pensei que fosse um bicho.

— Estão indo?

— Se está falando do acampamento, acertou. Thaidena foi escolhida como soldado de frente — explicou Parten. — Eu resolvi ir junto dela. Sabe como ela é desajeitada, não é, Jeliath? Vai precisar de alguém olhando suas costas, mantendo-a longe do perigo.

— Mais desajeitada do que eu com minhas haitas? Duvido.

— Sua mãe deixou você vir, cara? Não acredito! — exclamou a garota, surpresa com a presença do amigo.

— Ela até preparou minha trouxa de mantas. Ela sabe como eu sou. Sempre quis saber o que tem do outro lado.

— Essa é nova. Todo mundo achava mais fácil sua mãe botar fogo na casa com você dentro do que te ver seguindo o exército de Dartana.

— Acho que ela se conformou com nosso destino. Ninguém até hoje nasceu em Dartana para ser feliz. Nós vamos mudar isso. Venceremos e faremos todo mundo feliz.

— Caramba, Jeliath. Você falando desse jeito me deixa até mais confiante.

Thaidena aproximou-se de Jeliath até que suas feições ficassem visíveis no escuro.

— Permanecermos vivos já será uma tarefa e tanto. Fique perto de mim, Jeliath, que eu cuido de você e do Parten. Não quero perder meus amigos. Agora essa outra parte aí, fazer todo mundo feliz. Não te parece um fardo grande demais?

— Não, Thaidena. Meu pai e meus irmãos foram para lá querendo isso, minha irmã foi atrás de um amor. Estou indo porque quero honrar todos eles. Ter um objetivo faz com que o fardo pese muito menos.

— Ainda assim estou espantada com a atitude de sua mãe — repetiu Parten.

— Eu estou espantado é de te ver aqui, Parten. Pensei que só viria amarrado — brincou Jeliath.

— Ele está amarrado. Amarrado no meu coração — brincou Thaidena.

— Você deve ser uma feiticeira disfarçada de soldado, meu amor.

O trio riu e continuou andando.

Jeliath também estava espantado com a passividade da mãe. Talvez ela tivesse finalmente entendido que era dever de todo dartana lutar para dar fim àquela maldição. Só quando fosse dissolvida é que todos poderiam tentar viver em paz, livre das trevas do pensamento e finalmente donos do direito de rastejar para uma vida melhor do que aquela.

Começaram a andar, retomando o caminho, contudo, mais uma vez pararam ao ouvir passos vindos do entroncamento. Ficaram calados. Era um homem forte, com uma trouxa de couro amarrada ao ombro. Ele passou perto deles sem olhar para os lados. Tinha os olhos inchados. Como muitos que encontrariam no caminho, havia chorado ao se despedir. Não teriam ficado tão impressionados em trombar com outro que, como eles, não sabia o que esperar do outro lado do Portão de Batalha, mas ele?! Aquele homem era a rocha na qual os soldados se apoiariam durante a marcha e nos combates que viriam. Era o general de todos os soldados.

— Mander... — sussurrou Thaidena.

— Será que está com medo?

— Acho que não, Parten. Queria perguntar, mas é melhor o deixarmos em paz.

A estrada voltou a ficar silenciosa por um instante. A noite avançava e o ar ia ficando mais frio.

— Eu não queria ver tanta gente sofrendo — murmurou Thaidena. — Por que essa marcha não é mais fácil?

— Ele deve saber o que está por vir. As feiticeiras devem ter preparado o espírito dele. Devem ter usado sua magia para que ele soubesse o que vamos enfrentar e não deve ser nada bom o que ele viu.

— Cala a boca, Parten. Ele está sofrendo porque está deixando a esposa e os filhos para trás.

— Vou ser o chefe dos construtores — balbuciou Jeliath. — Farei as melhores armas possíveis para todos vocês.

Tão entretidos ficaram que nem notaram o vulto de Mander parando metros à frente.

— Ei! — gritou o general.

Os jovens estacaram, petrificados pelo brado do comandante.

— Vão ficar cacarejando aí a madrugada inteira? O acampamento não irá até vocês, vocês é que têm de ir ao acampamento.

— Nós também vamos para o acampamento, senhor Mander! —rebateu Parten.

— Então vamos! Rápido!

— Com o senhor?

— Não. Com sua mãe!

Parten ficou roxo na hora.

— É claro que é comigo. Andem logo! Prometi à mãe de Jeliath que cuidaria do couro dele, fiquem perto dele que estarei olhando por vocês todos. Fiquemos juntos, sempre.

Parten colocou a mão no ombro de Jeliath.

— Agora eu não saio de perto de você, amigo.

— Minha mãe pediu para tantos. Vai ter tanta gente olhando por mim que tenho medo que ninguém olhe para frente — brincou Jeliath.

Os três amigos juntaram-se ao general de Dartana. Quer melhor companhia para entrar no acampamento do que a do general?

— Vocês foram recrutados como soldados?

— Sim, senhor — respondeu Thaidena.

— Eu serei construtor, senhor.

Mander olhou para Jeliath com o rabo de olho sem parar de marchar.

— As feiticeiras falam muito de vocês, construtores. Espero que construam rápido uma forma de vencermos essa guerra.

— Também espero, senhor.

Mander passou a mão na cabeça de Jeliath.

— Vou ficar de olho em você, pode deixar. Nenhum inimigo vai atrapalhar seu trabalho. Meus filhos dependem de suas armas.

— O que as feiticeiras tanto falam dos construtores, senhor?

Mander olhou de rabo de olho mais uma vez, continuando a caminhada.

— Elas dizem que vocês são os alvos preferidos das armas inimigas. Que os inimigos tentam matar primeiro os construtores, para que nosso exército não tenha armas nem defesas para a luta.

— Ah, tá — respondeu o rapaz com voz enfraquecida pelo choque da notícia, com imagens de agonia e morte assombrando sua mente.

Thaidena e Parten também arregalaram os olhos e compartilharam a surpresa de Jeliath. Thaidena deu a mão a Parten e a apertou para confortá-lo. Sabia o esforço que o namorado estava fazendo só para continuar a seu lado.

— Mas não se preocupe. Já disse que vou ficar de olho em você. Seus amigos serão treinados como todos os soldados a morrerem primeiro, a darem a vida para salvar os construtores, se for preciso. Não se preocupe.

Foi a vez de Jeliath olhar com olhos esbugalhados para os amigos.

Parten soltou a mão de Thaidena e parou de andar, começando a tremer. Thaidena retrocedeu e pegou a mão do namorado de novo.

— Pare com isso! Ou você vem como um soldado ou fica aqui como um rato!

O grupo voltou a caminhar, cada qual com seus pensamentos, questionando internamente se seria mesmo uma boa ideia andar ao lado de Mander. O raro conhecimento também lhes parecia parte maldição naquele momento.

— Sua esposa não quis acompanhá-lo até o acampamento, senhor?

Foi a primeira vez que Mander parou de marchar. Encarou Parten com os olhos cerrados.

— Ela entupiu-se de óleo de quiri.

— Pelos deuses, senhor!

— Não se preocupe, garota. Ela vai viver. Fez isso para suportar a dor de minha partida. Não ver meus pés me levando de encontro ao meu fim.

Parten sentiu um frio na barriga. Era isso que aconteceria quando cruzassem para o outro lado do desfiladeiro? Seria o fim deles todos? Sua respiração acelerou-se. Talvez fosse melhor mesmo ficar ao lado de Jout.

— Ela deve amar muito o senhor — continuou a soldado, quebrando o silêncio.

— Ela me ama, sim. E eu a ela. Mas que novidade há nisso? Minha história não é menos triste que a do construtor ou mesmo a sua, menina, que deixa família para trás. Estamos unidos por esse fardo. Temos que ser fortes no momento da partida, ou seremos apenas um amontoado de covardes. — Mander fez uma pausa e olhou nos olhos de Parten. — Essa terra é triste demais, precisamos acabar com isso. Precisamos transformar Dartana com nossas espadas e lanças de guerra. Sejamos todos corajosos.

Parten engoliu em seco e balançou a cabeça em sinal positivo.

— Algum de vocês já viu o deus de guerra? — inquiriu Jeliath. — Será que ele é forte e poderoso?

Thaidena e Parten balançaram a cabeça em sinal negativo, acompanhando as passadas largas de Mander.

— E o senhor, general? Já viu nosso deus?

— Não me interessa, Jeliath. Não importa a aparência dele e nem seu tamanho. Eu só preciso dele para passar por aquele Portão de Batalha e acabar com cada um dos inimigos que tiverem o azar de cruzar o meu caminho. Se nosso deus não for forte o bastante, nós seremos. Eu vou libertar Dartana dessa maldição e vou salvar meus filhos dessa doença, custe o que custar.

Thaidena tocou o braço do general e encarou-o.

— Posso não ser o seu melhor soldado, senhor, mas pode contar comigo para o que der e vier. Lutarei até o fim por Dartana.

— Contarei, sim, filha. Contarei com cada um de vocês. Desta vez, lá dentro do Combatheon, não haverá exército capaz de me derrubar. Ninguém tocará nosso deus de guerra e a glória será de Dartana. Eu prometo.

O quarteto ficou em silêncio um segundo. Uma espécie de energia corria entre eles agora, como se um pacto tivesse sido feito. Estariam juntos, lutariam juntos e venceriam juntos, até o final.

Foi Mander quem voltou a caminhar, sendo seguido pelo trio de inexperientes guerreiros, para eles era como se a marcha ao Combatheon tivesse começado ali, no meio daquela trilha.

CAPÍTULO 11

— Você teve o meu coração e o meu corpo, Jout Dartana! Teve minha alma! E poderia ser para sempre se quisesse, porque eu nunca deixaria de te amar.

Jout prestava atenção em Dabbynne, mas sua expressão era tensa e ele estava pronto para sair dali.

— O que você pede é impossível!

— Impossível? Você não pode fazer isso por mim? Nunca pedi que deixasse suas ideias de lado. Achava incrível que você conseguisse imaginar essas coisas, mas é tudo mentira, Jout. Olhe nos meus olhos!

O rapaz encarou os olhos dourados de Dabbynne. Até mesmo a pele da ex-namorada já começava a brilhar.

— Eu sou uma delas! Sou uma feiticeira de Dartana e vou seguir com o meu deus para onde quer que ele me leve. Esta é a verdade.

— Se você voltar para me contar o que existe do outro lado, vou acreditar, pode crer.

Dabbynne balançou a cabeça negativamente.

— Por que você não fica aqui comigo e com o seu novo poder me ajuda a desmascarar as feiticeiras?

— Como assim? Você está louco? Já disse! Olhe para mim! Eu sou uma feiticeira. Isso quer dizer que é tudo verdade. Nunca quis ser feiticeira, mas agora os animais me escutam!

— Elas podem te fazer brilhar, pode ser parte do truque delas. Elas sabem que a gente tem um lance. Sabem que a gente se amava.

— Amava? Agora você não me ama mais?

— É impossível amar alguém que não acredita em você, Dabbynne! É impossível!

— Também acho! Acho que perdi meu tempo vindo até sua casa!

Dabbynne levantou-se e começou a vestir suas peças de couro. Tinha passado a noite com Jout, sabendo que aquilo seria uma despedida. Não esperava que ele, de uma forma mágica, marchasse ao lado dela para o outro lado do manto de luz, mas pensava que ao menos teria sua promessa de que não interferiria no caminho do deus de guerra. O povo precisava de união naquele momento sublime, quando entregavam suas almas ao divino e moviam seus corpos através do desconhecido. Tudo o que tinham eram as palavras das feiticeiras e a presença do filho divino da mãe de todos os deuses. Do que mais precisariam para crer? Dabbynne enrolou as tiras de couro da bota e olhou para Jout já de pé, também se vestindo.

— Eu te amo, Jout Dartana, mas não vou abrir mão do que eu acredito para ficar com você. Se eu sair por aquela porta sem que você me prometa que não vai dividir o povo antes da marcha, não irá me ver nunca mais.

— Eu não te amo mais, Dabbynne. Você só pensa em você! E de que adianta prometer alguma coisa. Você vai para o Combatheon e não nos veremos nunca mais mesmo, porque não vou me juntar a esse bando de loucos! Vou ficar aqui e lutar pelo meu povo, pela verdade!

— Vou partir e fazer a mesma coisa. Quando vir as coisas mudando ao seu redor, quando perceber que seu pensamento está livre para aprender e evoluir, agradeça a nós que partimos e lutamos em seu lugar!

Dabbynne deixou a casa, enfurecida. Seu rosto estava lavado pelas lágrimas. O sol já se levantava e não teria nada de bom para contar a Tazziat quando voltasse ao Hangar. Fora uma tola imaginando que Jout esqueceria seus ideais e ficaria ao seu lado. Dabbynne tinha que esvaziar o coração e esquecer que um dia havia conhecido aquele lenhador.

* * *

Dabbynne sentiu o sangue gelar quando adentrou o Hangar das feiticeiras. Já estivera ali com as amigas e com a mãe, dúzias de vezes, participando de junções das feiticeiras, mas dessa feita tudo era diferente. Agora ela olhava para o misterioso conglomerado de pedras com olhos de feiticeira. Agora, era uma delas. O tom dourado em sua pele parecia pulsar e ficar mais forte a cada passo que dava em direção ao prédio. Ela acenderia como elas acenderam um dia. Assim que a energia do deus de guerra corresse mais forte em seu corpo, ela sairia do chão e aprenderia a voar; a partir daí, Dabbynne seria olhada pelos outros, de longe, com aquele estranhamento nos olhos, carregado de respeito e medo, rastros velados e inseparáveis deixados à passagem de uma feiticeira de Dartana. Nessa nova Dabbynne, não haveria espaço para o amor. Seu coração seria apenas de seu deus de guerra. Sua missão seria fazer o deus vencer a guerra e nada mais. Não levaria nenhum vestígio de Dartana consigo e buscaria esquecer tudo que tinha vivido nos braços de Jout.

Mais uma vez sentiu um arrepio percorrendo a pele ao encarar as pedras retangulares, de pé, como pilares, algumas com traves de rocha unindo-as no topo, outras solitárias, mas todas fazendo parte de um misterioso círculo largo e cativante, onde o vento penetrava e uivava. No centro do círculo, brilhava o berço de pedra em que o deus de guerra era gerado, emanando uma luminosidade azul e de onde se levantaria pronto para a marcha.

Finalmente, ela iria ao Combatheon, ao encontro de todos os ancestrais, lugar onde, vencendo ou perdendo, em nome de seu deus de guerra, jamais voltaria. Jamais veria Jout. Seus irmãos, Eldora e Math, ficariam para trás. Não mais vagaria pelas ruas de Dartana, rindo com os amigos e amigas que outrora só pensavam em brincar, namorar ou simplesmente observar toda aquela gente miserável que perambulava pelas ruas do centro da cidade de Daargrad, levando suas vidas adiante. Teve raiva de si mesma quando percebeu que as lágrimas teimavam em seu rosto e que possivelmente sua irmã já notara seu sofrimento.

Jout, Jout, Jout. O ex-namorado assombrava sua memória que, sem que ela quisesse, revivia os beijos ardentes que a paixão de sua vida lhe dera por todos os dias em que se entregaram, um ao outro, como se nunca mais fossem se separar, como se pudessem ser felizes. As mãos firmes e decididas do homem que gostava descobrindo seu corpo, sua pele. Ela era dele e ele era dela. Como esquecer um amor tão intenso? Dabbynne não sabia, mas, se existisse um feitiço para isso, descobriria, Tazziat lhe diria, lhe ensinaria. Tinha que esquecer essa angústia que esfarelava seu peito e se concentrar na fagulha de orgulho que germinava no mesmo lugar antes ocupado pelo amor. Cedo ou tarde, essa labareda se tornaria uma chama, um incêndio que a dominaria por inteiro. Ela era uma feiticeira de Dartana.

A feiticeira nova continuou andando em direção ao altar das feiticeiras, ladeada pela irmã mais jovem. Eldora falava, impressionada com a quantidade de pontos de fumaça que subiam do imenso acampamento abarrotado de pessoas nos arredores do Hangar, tentando conversar, enquanto Dabbynne seguia calada. A irmã falante reclamava de não ter encontrado Math para trazê-lo à despedida, lamentando que ele estava ainda metido com o grupo de Jout, o daninho. Voltou a falar das colunas de fumaça. Eram os futuros soldados voluntários para a marcha iminente ao Combatheon para defender o deus de Dartana. Aqueles voluntários eram, na grande maioria, gente cansada da miséria de seus lares e que, como voluntários, recebiam primeiro a massa comum ofertada pelas feiticeiras todas as manhãs. Diziam que estavam prontos e que queriam a guerra mais do que tudo. A imensa maioria era composta de homens, brutos e rudes, que só faziam brigar o dia inteiro, treinando com espadas e lanças, as únicas armas ofertadas pelas feiticeiras de Dartana, que anunciavam nas junções que o verdadeiro saber das armas viria logo após a passagem de luz.

Dabbynne olhou para a irmã Eldora e, solidária na angústia, apertou a mão dela. Sabia muito bem a razão do rosto de Eldora ter sucumbido às sombras. Nenhuma das duas sabia quanto tempo mais teriam juntas. O amor doía de forma diferente. Dabbynne ainda estava confusa e os sentimentos fervilhavam dentro de si. Tinha separado seu coração para o deus de guerra e não queria que a irmã sofresse, mesmo assim não encontrou palavras para confortá-la. Muitas vezes, ainda que o deus não estivesse desperto, as feiticeiras anciãs exigiam que as reveladas ficassem separadas de suas famílias no Hangar, onde começaria a instrução para a servidão durante a guerra, preparando-se para seguirem ao Combatheon quando o deus levantasse. Dabbynne e as acompanhantes pararam surpresas sobre as rochas que formavam uma escada até o altar de recepção. Dali puderam ver o interior do berço pela primeira vez. O deus de guerra já estava imenso, o que indicava que a marcha não tardaria. Podiam ver seu corpo enrodilhado, como ficavam os bebês das dartanas em seu ventre, mas aquele ser divino era imenso, contando com braços, pernas e trajes de guerra. O brilho azul do manto de Variatu ia sucumbindo ao dourado, lavando as paredes do Hangar, tornando seu interior ainda mais místico. Praticamente irreconhecível.

Conforme continuavam subindo os degraus, a temperatura do ar ia diminuindo. Ao menos três dúzias de novatas com a pele brilhando suavemente, mas ainda muito longe da aura das feiticeiras anciãs, esperavam sua vez de serem recebidas. A fila foi rapidamente diminuindo, as feiticeiras novatas entravam por uma passagem no topo da pedra, enquanto os parentes que as acompanhavam desciam por outra escadaria, separando-se para sempre.

Eldora segurou a mão da irmã e a abraçou, chorando copiosamente. Dabbynne manteve a calma. Não adiantava chorar. Ao que parecia, sua marcha começava agora.

— Fique bem, minha irmã. Lutarei para que tudo mude.

Eldora levantou a cabeça, secando as lágrimas, e abraçou Dabbynne mais uma vez.

— Tudo mudará, eu sei.

— Cuide bem do Math e do Nullgox. Tudo o que importa pra você agora é o nosso irmão. Afaste-o de Jout. Nada de bom vem daquele homem. O meu pehalt tem mais juízo que o Math.

— Vou cuidar dele — respondeu Eldora, soluçando.

— Se quiser ficar aqui, irmã, vou entender.

— Deixa disso, Dabbynne. Mais que tudo, quero te acompanhar agora. Tenho medo, mas também orgulho de ti. Ficarei com você até o fim — afirmou Eldora.

Dabbynne tentou manter o sorriso perante o calor do carinho da irmã, a despeito do frio e do vento. Queria dizer tantas coisas para a irmã, mas a cada minuto que passava sentia-se mais e mais vazia, como se uma espada tivesse arrancado seu coração. Logo a indiferença começaria a tomar lugar em suas atitudes. Dabbynne não amaria mais ninguém nessa vida, assim não correria o risco de sentir falta ou saudade de dartana algum. As irmãs ficaram unidas até que Dabbynne parou diante da mestra das feiticeiras guerreiras, Danuba.

— Seja bem-vinda, filha de Dartana.

Uma segunda feiticeira guerreira, de nome Nini, indicou a escadaria para Eldora continuar seu caminho.

Eldora abraçou mais uma vez a irmã e apertou-a com todo o carinho.

— Eu te amo, Dabbynne — disse, olhando nos olhos da irmã feiticeira.

Dabbynne ficou parada por um momento, olhando para Danuba, que estendia a ela uma túnica nova. Ela olhou para sua irmã e ergueu o queixo enquanto sua pele adquiria um tom dourado ainda mais intenso.

— Vá embora.

Eldora começou a soluçar e só se moveu porque a feiticeira Nini a conduziu até os primeiros degraus. Ela desceu a escadaria do Hangar olhando para a figura do deus de guerra que pulsava dentro da gelatina dourada, pranteando e lembrando-se daquele rosto também dourado que a mandou partir. Aquele não era mais o rosto de Dabbynne.

Enquanto isso, no alto da escadaria, Dabbynne apanhou a túnica de feiticeira das mãos da anciã Danuba. A feiticeira mestra tocou sua mão levemente enquanto passava a peça alva para a novata e seus olhos se arregalaram. Danuba abriu a boca, mas não disse nada.

— Retire tudo o que tem nesse mundo e vista sua nova existência. Agora você não é mais nada além de uma feiticeira de Dartana.

Dabbynne baixou a cabeça e tirou a roupa e a bota de couro negro na frente da anciã. Quando vestiu o manto fino e alvo, Danuba passou em sua cintura a larga faixa de tecido azul-claro, dando voltas desde o quadril até um pouco abaixo dos seios, marcando sua silhueta.

— Filha de Dartana, o que carrega dentro de si?

Dabbynne sustentou o olhar espantado da feiticeira mestra e balançou a cabeça negativamente.

— Não carrego nada dentro de mim, senhora. Apenas quero seguir o meu deus. Tudo que trouxe até aqui ficará para trás. Nada mais tenho. Apenas minha adoração ao nosso deus de guerra.

Danuba passou a mão no rosto de Dabbynne, guardando uma expressão enigmática que não revelava alegria ou descontentamento.

— Por quem você foi escolhida?

— Tazziat, senhora.

Danuba abriu a boca mais uma vez, com ar grave, mas foi interrompida por Nini.

— Mestra Danuba! Veja!

Os olhos das feiticeiras guerreiras e das novatas na escadaria acompanharam a ponta do dedo de Nini. O berço estremeceu e o que restava de luz azul desvaneceu. Um pulso dourado engolfou todo o berço e a gelatina que amparava a divindade em seu interior e a luz jorrou para o alto, como um farol varando as nuvens.

— Ele está despertando, mestra. Nosso deus vai marchar!

CAPÍTULO 12

O trio de amigos aproximava-se do centro de Dartana, Daargrad, quando Parten estacou no caminho, apontando para o alto. Um jato de luz dourada se erguia do interior do Hangar e jorrava para o céu. Mesmo com o lusco-fusco da alvorada manchando o horizonte, o trilho de energia era perfeitamente visível de qualquer ponto de Daargrad. Parten chegou a ficar tonto ao girar, olhando para o alto, procurando o fim daquele raio de luz, sem encontrar.

O que começou como murmurinho se transformou em alaridos e logo as ruas de Daargrad foram tomadas pela população agitada, pelos soldados vindos de todas as vilas para atender o chamado das feiticeiras. Gente saía de suas casas e das várias barracas em frente ao templo das feiticeiras, admirando e saudando o facho de luz, em parte eufóricos, em parte aterrorizados. Tinham ouvido tantas vezes aquela história que souberam de imediato o que significava. O deus de guerra tinha despertado. A marcha não tardaria.

— Nossa hora chegou — lamentou Parten.

— Só tem um jeito de sabermos, meu amor. Vamos ao Hangar.

— Nem precisamos chegar lá para saber, vejam! — alertou Jeliath, apontando para o alto.

Eles viram a silhueta de sete feiticeiras voando contra o céu azul-escuro, deixando um trilho dourado para trás.

— Estão indo para as vilas avisar que o deus despertou!

— Quem tinha que vir já está aqui ou a caminho, Jeliath. Elas estão espalhando a novidade faz dias — disse Thaidena.

— Mesmo assim, eu quero ir ao Hangar ver com meus próprios olhos o nosso novo deus de guerra. As feiticeiras já devem ter começado a fazer as estátuas para distribuir para a população.

— Talvez precisem de ajuda para entregar as estátuas nas vilas mais distantes.

— Não arrume desculpas, Parten. Já chegamos até aqui, estamos sob os cuidados do nosso general, não é hora de recuar.

— Não fui treinado para ser soldado. Nem sei como se segura uma espada.

— Pensasse nisso antes. Você veio porque queria ficar comigo. Agora fique até o final.

Jeliath mordiscou o lábio inferior. Seu coração batia forte. Agora tudo se confirmava. Não haveria mais volta. Marchariam em poucos dias rumo ao Combatheon. Ele não queria admitir para Thaidena nem para Parten, mas estava eufórico e ansioso. Não via a hora de começar a construir.

CAPÍTULO 13

Álvaro estava inquieto. Acordou com a boca seca e a sensação de que algo estava errado, como se alguma coisa, escondida na escuridão daquele quarto, pudesse tocá-lo enquanto ele dormia. Algo ruim, que velava seu sono, olhando-o de perto e respirando ao seu lado. Sua mão alcançou a coronha da pistola, que ficava presa na cabeceira da cama. Então escutou um barulho distante, um objeto rolando no chão, mas não no quarto.

A mão foi até a luminária sobre o criado-mudo, empurrando as sombras para os limites do cômodo. Eram 3:40 da manhã. O diretor de segurança do conglomerado de interesses, que tinha como fachada as atividades luminosas da TechGalaxy, o responsável pelas questões de segurança patrimonial e de inteligência da gigantesca indústria que financiava e controlava inúmeros desenvolvedores de tecnologia de armamento e biotecnologia ao redor do mundo, nesse exato momento sentia-se inseguro em sua própria casa. Como muitos dos executivos mais importantes da TechGalaxy, bastava Álvaro premer por alguns segundos uma discreta protuberância no anel que usava na mão esquerda que um enxame de carros e helicópteros se colocaria em movimento, rastreando o dispositivo para restabelecer o contato e a segurança do executivo da corporação. Ele mesmo havia desenvolvido os protocolos e tinha palestrado para os principais executivos, dizendo que não precisavam ser econômicos no uso do dispositivo. Era para isso que ele e sua equipe eram muito bem pagos. Contudo, ao alcançar o interruptor do quarto e inundá-lo de luz, a sensação ruim desvaneceu. Seguiu pelo corredor, notando a luz da luminária acesa. Parou ao final, em silêncio, vendo Doralice de costas, mexendo em sua valise. Às vezes, acontecia da sobrinha acordar no meio da noite, mas nunca a vira fuçando suas coisas de trabalho. A valise era codificada, como tinha conseguido abrir?

— Dora! — bradou o tio, querendo assustar a menina.

Ainda de costas, sem se sobressaltar, Doralice continuou os movimentos.

Álvaro estranhou aquilo e avançou lentamente em direção à sobrinha, que movia os braços cada vez mais rápidos.

— O que está fazendo?

Álvaro alcançou a sobrinha quando ela batia a valise, tornando a fechá-la. Ela estava imóvel, com o olhar vago à sua frente. Álvaro olhou para o outro lado escuro da sala e tornou a encarar a sobrinha. Piscou os olhos várias vezes, ao ter a impressão de que os olhos de Doralice tinham as pupilas roxas e não castanho-claras. Alarmado, bateu a mão no interruptor e iluminou a sala.

— Dora! O que está acontecendo aqui?

A sobrinha olhou para ele. Seus olhos não tinham nada de roxo e agora ela parecia vê-lo de fato. Ela sorriu.

— Perdi o sono, tio.

— Por que estava mexendo na minha valise, como conseguiu abri-la?

— Ah! Eu não abri. Só estava olhando pra ela. Ela tem um segredo aqui — disse a menina, tamborilando o dedo em cima de um sensor de leitura de digitais.

Álvaro apanhou a valise e examinou-a por fora. Estava travada, mas não estava antes. Passou o dedo médio e depois o anular pelo dispositivo. A maleta emitiu um apito curto e uma luz led verde piscou rapidamente. Abriu-a diante dos olhos curiosos de Doralice. A menina voltou a ficar estática ao ver as quatro pistolas dentro da caixa. Álvaro fechou com um golpe seco, olhando sério para a menina.

— Eu vi você mexendo aí dentro, Doralice. Nós já conversamos sobre as coisas que o tio traz pra casa, não é? Você não é burra nem nada.

Doralice baixou a cabeça, desapontada.

— Talvez tenha sido ela.

— Ela? Quem? — perguntou o tio, olhando ao redor rapidamente.

— A minha amiga, tio. Ela queria ver as armas. Talvez ela só tenha visto, mas eu não mexi.

Álvaro ficou calado olhando para Doralice. Estava ainda com a boca seca e morrendo de sede. Vira a maleta aberta. Disso ele tinha certeza.

— Ela me disse que meus pais eram iguais a mim. Que podiam ouvir os deuses. Isso é verdade, tio?

Álvaro sentou-se e abraçou a sobrinha. Não era dado a externar sentimentos mais profundos, mas, sentindo o calor e a fragilidade de Doralice entre seus braços, foi inundado pelo passado. O agente de segurança começou a chorar e soluçar. Doralice esperou um pouco e então afastou o tio para olhá-lo nos olhos.

— Não fique assim, tio. A minha amiga é uma deusa e só quer armas para lutar no seu mundo. Ela tem uma guerra a sua frente e precisa libertar seu povo. Não vai acontecer nada comigo. Ela contou o que aconteceu com meus pais, mas disse que não vai acontecer comigo se o senhor me proteger. O senhor vai cuidar de mim, tio Álvaro?

Álvaro passou a mão no rosto da sobrinha e forçou um sorriso.

— É claro que vou, querida. Agora tente dormir. E se essa deusa, sua amiga, voltar a conversar com você, peça a ela que venha falar comigo primeiro.

Doralice deu um sorriso ligeiro e saiu saltitante para o quarto. Parou a porta e abriu-a. Antes de entrar olhou para o tio sentado na sala.

— Ela virá falar com você, titio. Ela já me disse.

CAPÍTULO 14

O sol de Dartana descia no horizonte, esparramando a noite. O vento soprava mais rápido como fazia todas as noites em Dartana, indiferente ao impressionante facho de luz dourada que subia ao céu, rasgando o lusco-fusco, como se nada houvesse mudado naquele mundo. Durante o dia e a tarde, desde que o clarão tomou seu lugar, a procissão de fiéis adoradores do deus de guerra não cessou, confessando a qualquer espectador desavisado que algo muito importante havia mudado naquelas terras.

Belenus era o seu nome. Em pé, ainda dentro do retângulo de pedra, Belenus permanecia imóvel e de olhos cerrados, comunicando-se apenas mentalmente com Danuba. O gigante, com treze metros de altura, tinha se libertado da gelatina do berço e sua figura varava as colunas do círculo de pedras que o rodeava. A cabeça dele era estreita para aquele corpo e alta, protegida por um impetuoso elmo guarnecido por lâminas metálicas, com as pontas vergadas para frente em seu centro. Uma armadura cor de barro cobria todo o corpo e dos ombros subiam proteções metálicas, também fornidas de espinhos de ferro que protegiam as laterais e a nuca do gigante de guerra. Apesar da aparência bélica do colosso, seus olhos ainda fechados lhe davam um ar pacífico, como se fosse uma estátua, imóvel, no Hangar. Belenus era o dono do brilho dourado que emprestava a suas feiticeiras, mas, diferente delas, a luz dourada girava em seu corpo como se fosse uma segunda pele, lançando pequenos filamentos que chicoteavam no ar, ao redor, sem desprender-se daquela aura magnética. Todos sabiam que, quando a próxima alvorada raiasse, o exército de Dartana marcharia atrás do gigante.

Por isso, todos se agitavam com os preparativos para a partida. Não deveriam levar nada além de seus corpos e suas armas. O Combatheon a todos proveria, lá existiria também a massa comum que alimentaria os corpos dos soldados, e o deus ordenaria que a terra desse aos construtores o que fosse preciso para construir. O Combatheon era uma terra feita para a guerra e ele alimentava a guerra com generosidade.

Os soldados se reuniram ao fim de Daargrad, no começo do desfiladeiro, onde esperariam a passagem de Belenus para segui-lo. Os da frente e os recém-chegados conheciam Mander e ouviam suas palavras de incentivo, evocando a bravura em cada um deles, dizendo para que não temessem o desconhecido e sim o fio da espada inimiga. Lutariam todos juntos para salvar sua terra. Cresceram ouvindo as histórias das marchas e agora era a vez deles partirem ao encontro do destino.

Jeliath, muito mais tímido, proclamado o líder dos construtores, não sabia o que dizer às centenas de garotos e garotas que se amontoavam a sua frente. Nunca tinha sido líder de nada. A única coisa que guiara na vida fora um bando de haitas. Quando lhe faziam perguntas sobre o que construiriam, ele só podia responder que seriam armas. Quando perguntaram como as construiriam, repetiu as palavras que Danuba lhe ensinara: "Nosso deus de guerra nos proverá de conhecimento."

Dabbynne recebia agora seu quinhão de preparação. Todas as novatas trajavam as batas brancas feitas de fios de haitas, que ganharam na chegada ao Hangar, ornadas com uma faixa azul, que dava voltas na cintura, e agora voavam, também riscando o céu de dourado, promovendo um espetáculo acompanhado por muitos olhos extasiados.

Era ainda mais fria aquela altitude. Dabbynne não sabia como tinha começado, mas acompanhava as anciãs em seu primeiro voo. Ela simplesmente desejava e seu corpo, infestado da magia emprestada por Belenus, flutuava na direção escolhida, aumentando e diminuindo a velocidade segundo sua vontade. Era mágico. Seus olhos se encontravam com os olhos dourados acesos das outras novatas. Elas sorriam encantadas com o dom místico, enquanto Dabbynne mantinha seu rosto sério, tentando entender como poderiam estar tão felizes. O medo parecia ter-lhes escapado por um momento, permitindo que aproveitassem a novidade de serem criaturas aladas. Dabbynne desejou subir um pouco mais e assim seu corpo fez, dessa forma podia ver o bando de feiticeiras passando em boa velocidade, começando a girar acima do Hangar, formando um anel luminoso ao largo do facho de luz que se perdia no céu negro, manobra que chamava a atenção das pessoas que ficavam cada vez menores lá embaixo.

Ao redor do Hangar, já existia uma multidão considerável que se espremia, aproximando-se ao máximo das bordas da construção de pedras. As pessoas aproveitavam o quanto podiam, pois logo as feiticeiras expulsariam todos dali, para garantir a passagem do deus de guerra rumo ao desfiladeiro. Dabbynne, sem se dar conta, pairou sobre o Hangar e não seguia mais as feiticeiras. Seus olhos estavam fixos no portento divino, imóvel sobre o berço de rocha. Ela começou a descer lentamente, até ficar diante da imensa cabeça de olhos cerrados de Belenus, observando sua pele grossa e azulada, recoberta pela energia dourada. A armadura de guerra era perfeita, chapas largas de um metal que ela desconhecia protegiam o peito e o abdome de seu deus, também desciam por suas longas e grossas pernas. Dabbynne pegou-se imaginando de onde vinha aquela força que fazia Belenus brilhar, partindo dele para todas as feiticeiras, e tendo o poder de fazê-la flutuar tão longe do chão. Um frio na barriga a consumiu por eternos dois segundos, nos quais ela imaginou o que aconteceria se aquela força parasse de exercer sua função por um instante. Quanto tempo levaria para cair e espatifar-se contra as rochas do Hangar? A queda seria rápida e mortal e seu coração vazio nunca mais voltaria a pensar em Jout. Sorriu pela primeira vez, desde que se juntara àquelas criaturas mágicas. Mais uma vez, seus olhos foram para o deus de Dartana. Ela ficou parcialmente hipnotizada por um tempo, adorando-o e permitindo que a energia de seu deus e a vontade de servi-lo habitassem dentro de si. Só isso e nada mais. Belenus era o deus de guerra de seu povo, vindo de outro lugar mágico para existir em Dartana e fazer aquela massa de milhares marchar atrás dele porque esse era o destino de todos que nasciam e viviam em seu planeta. Um novo deus de guerra, que tinha sido enviado para libertar o povo dos grilhões da ignorância. Um deus por quem ela lutaria até a morte, se fosse preciso. No meio dessa hipnose, Dabbynne pegou-se de olhos fixos nos olhos fechados de Belenus. Então, aquelas imensas pálpebras se abriram e Belenus fitou-a nos olhos. Dabbynne não conseguiu desviar seu olhar, o corpo, a audição ou mesmo a mente daquele espetáculo. Ainda que Danuba, Tazziat e dezenas de outras feiticeiras gritassem agora seu nome, Dabbynne não conseguiu livrar-se da atração de Belenus, caindo e aproximando-se lenta e suavemente do rosto do deus de guerra.

— Dabbynne! — gritou mais uma vez a feiticeira-mestra.

Ela sentiu um empurrão contra seu corpo, como se uma rajada de vento, concentrada no ombro esquerdo, a tivesse abalroado. A novata olhou para a anciã e flutuou ao seu encontro, envergonhada. Dabbynne olhou mais uma vez para trás. Os olhos de Belenus ainda a perseguiam.

Dabbynne era pura eletricidade ao perceber o que tinha acabado de acontecer.

— Ele está olhando para mim! — disse para a anciã.

A velha feiticeira tocou a novata e fez com que ela parasse de levitar. Olhou para outras feiticeiras ao redor e suspirou fundo. Não era comum aquilo e, provavelmente, muito cedo para afirmar, contudo era possível que ele, o deus de Dartana, já a tivesse escolhido. Danuba voltou a olhar para Belenus e o gigante voltava a fechar os olhos. Ele ainda não estava pronto e ela sabia disso.

— Tazziat...

A feiticeira atendeu a mestra, aproximando-se suavemente e também tocando o solo. Seus olhos ainda brilhavam num dourado agradável e tranquilo.

— Pois não, senhora de todas as feiticeiras.

— Quero que você a prepare pessoalmente — disse a feiticeira-mestra, apontando para Dabbynne. — Ela vibra uma energia tão intensa que até mesmo nosso deus incompleto já a notou. Tenho minhas suspeitas, mas isso seria impossível. Nunca vi uma feiticeira assim antes.

As demais guardaram silêncio, então a mestra tornou:

— Dabbynne irá ao Combatheon.

— Assim será feito, mestra. Dabbynne será uma feiticeira guerreira.

CAPÍTULO 15

Os quatro olhavam para as estrelas enfeitando o céu negro. Era noite de Bara Viva e um longo e estreito arco luminoso se pendurava no firmamento, iniciando um novo ciclo. Bara estava mais apagada do que o normal, já que os olhos de todos convergiam para a lança de luz dourada que subia até perder-se no firmamento. Os rebeldes estavam acampados no meio da floresta, num platô de pedras no meio da subida ao cume do desfiladeiro Devorador de Almas.

Tinham chegado lá ao anoitecer e entraram a madrugada conversando e aguardando por alguma novidade vinda do Hangar das feiticeiras. Teriam que se antecipar ao exército se quisessem colocar o plano de Jout em ação. A fogueira crepitava enquanto Math atiçava o fogo com um graveto, depois jogava mais galhos para alimentar o fogo, fazendo com que brasas voassem para o alto. Dois coelhos despelados assavam estendidos em uma vara de bambu inclinada sobre o fogo, era o jeito de assar que se passava de geração em geração sem que nunca mudasse. Uma parte do bando de Jout, formado por uns vinte moleques, estava preocupado com a fogueira, imaginando se as feiticeiras não viriam atrás deles. Math tinha dito que era pouco provável e a palavra final de Jout acabou por encerrar a discussão. As feiticeiras tinham mais o que fazer, agora que o facho de luz dourada estava iluminando o céu de Daargrad. Jout também disse que a irmã de Math, Dabbynne, tinha passado a noite anterior com ele, tentando convencê-lo a não se intrometer na farsa das feiticeiras. Dependendo do que ela tivesse dito a Danuba, talvez isso bastasse para que achassem que eles se aquietariam.

— Você crê que existam mais mundos como o nosso lá no céu, Jout?

O jovem rebelde jogou um pedaço de galho ao fogo e suspirou antes de responder a Math.

— Nunca. Por que existiriam, Math? As feiticeiras contam histórias demais.

— Mas no que você acredita?

— Sei no que não acredito. Não acredito nessa ladainha de Variatu, a deusa-mãe. Agora, quem crê nas feiticeiras acredita que os otários que marcham ao Combatheon estão indo para lá encontrar outros deuses que vêm de outros mundos e querem a mesma coisa.

— É, faz sentido. Por isso que estava aqui pensando se em outros mundos esses raios de luz já estão lá, anunciando a partida. Faz todo sentido, Jout.

— O que faz sentido nesse papo?

— Isso. Acho que a Mãe de Todos os Deuses não é só mãe de Dartana. Deve ser mãe de tudo. De todos os mundos.

Jout riu largamente, enquanto Math parecia embaraçado, sem entender a graça no que tinha acabado de dizer. Outros membros do bando acompanharam a risada do líder rebelde sem terem pistas também do que se passava.

— Por que está rindo de mim?

— Porque acho exatamente o oposto do que você acabou de dizer, Math. É por isso que estamos aqui, perto do topo do desfiladeiro.

— Jout, pelo amor dos deuses, seja claro. Nós não conseguimos pensar como você. Não é justo caçoar de nossa ignorância.

Jout parou com a risada sarcástica e encarou os rapazes e garotas a sua frente.

— Minha mãe teve quatro filhos.

— Não conheço seus irmãos — rebateu Galiza.

Jout olhou para a garota, censurando-a e então, quando todos se calaram novamente, ele continuou.

— Minha mãe tem quatro filhos. Cuida deles até que possam ficar de pé. Então minha mãe serve aos seus filhos quatro facas para que arranquem o coração um do outro.

O acampamento afundou ainda mais no silêncio. Só o crepitar da fogueira em seus ouvidos.

— Sua mãe é louca — disse Brent, outro dos rebeldes, amigo de Jout.

— Não existe uma mãe que faça isso — juntou Galiza.

— Entenderam agora o que estou dizendo? — perguntou Jout, olhando para Math e então colocando a mão em seu ombro. — Se Variatu existir, o que é ela?

O grupo de ouvintes continuou calado, sem saber o que dizer.

Jout levantou os braços, com os olhos arregalados e a boca aberta, estupefato.

— Gente! Como uma mãe ordena que seus filhos se matem? É bizarro demais!

Math ficou calado por um longo tempo. Jout era perspicaz. Ele jamais teria pensado naquilo. O amigo tinha toda a razão. Qual mãe daria vida a um filho para que se engalfinhasse contra um irmão, combatendo até a morte? Nenhuma. Aquilo esfriou os pensamentos de Math. Então talvez não existisse vida em outros mundos, como as feiticeiras diziam. Elas contavam que Dartana era um mundo flutuando num manto em que estavam outras terras amaldiçoadas e que somente o deus vencedor livraria a sua da maldição, um mundo de cada vez, incontáveis vezes. Mas era tudo mentira. Jout tinha descoberto. Contudo, por que as feiticeiras mentiam? O que era aquela coisa brilhante e estacionada dentro do berço de pedra?

Um burburinho cresceu entre os ouvintes. Todos pareciam desapontados, como o irmão de Dabbynne.

— Quer saber mais, Math? — continuou Jout.

— Diz.

— Você se pergunta se existem outros mundos, eu me pergunto se existe outro lado depois do brilho do Portão de Guerra.

— Conheço esse seu temor.

— As feiticeiras falam demais, contam muitas histórias inventadas. Mas por que sacrificam tantos de nós? E se nada existir depois do Portão de Guerra. Se não existir Combatheon nem nada?

— Para onde vão nossos irmãos e irmãs? — questionou Brent, sentando-se ao lado de Math e encarando Jout.

— Alguma vez, nesses anos todos de vidas e vidas indo para além daquela luz, você já ouviu falar de alguém que voltou do Combatheon? Que trouxe notícias?

— Mas, mas é impossível! As feiticeiras dizem que quando vamos ao Combatheon não tem volta. Que os deuses marcham para o combate, que encontram outros deuses e, quando um deus de Dartana vencer, ele e seus guerreiros irão para o paraíso, para um outro ciclo de existência. Viverão na glória eterna e então o véu da ignorância irá nos deixar, seremos livres aqui embaixo. Eles não pagarão um preço, eles receberão uma recompensa!

— Ainda assim, Math, você não acha meio estranho isso? Nunca, nem nas velhas histórias, alguém ter voltado do Combatheon para nos dizer como é que é?

— Olha, Jout, eu te adoro, cara, mas você tá falando besteira. Estranho seria se alguém voltasse.

— Não acho. Teríamos que ter alguma confirmação. O fato de ninguém voltar só alimenta meu medo.

— De que não exista um Combatheon...

— Mais que isso, Math. Mais perigoso que isso.

— E qual é o seu maior medo?

— De que todos os nossos amigos, pais e filhos estejam indo ao encontro da morte.

— Mas por que as feiticeiras fariam isso? Eu não entendo essa parte da história. Se elas querem ter poder sobre o povo, é preciso que o povo esteja aqui e não morto.

— Não sei. Talvez seja uma encenação ou uma provação.

— Prova-o-quê?

— Provação. Um meio de testar se merecemos ou não nos livrar dessa suposta maldição do véu da ignorância. Talvez o que devamos fazer seja justamente o que estamos fazendo aqui ao redor dessa fogueira, talvez sejamos os verdadeiros salvadores de Dartana.

— Explica devagar, Jout. Não estou entendendo nada — pediu Galiza.

— Talvez caiba a nós salvar nosso mundo. Essa conversa de marcha pode ser um teste das feiticeiras. Talvez o Combatheon seja aqui mesmo, ao nosso redor, em Dartana, e não além daquela luz misteriosa do Portão de Batalha. Talvez o povo tenha que se recusar apenas uma vez a seguir esses deuses para provar que tem miolos e saberá como usá-los, que é digno de receber o saber e evoluir.

— Jout, Jout... caramba, irmão. É por isso que me juntei ao seu bando. Você é muito doido, cara. Eu nunca teria pensado numa coisa dessas — soltou Bert.

— Como as tartarugas que nascem à beira do lago e se arrastam do ninho para a água sem nunca terem estado na água, os deuses existem apenas para levantarem-se no Hangar e marcharem em direção à luz do Portão de Batalha, porque simplesmente existem só para isso. É tudo uma ilusão. Talvez, uma única vez, não tenhamos que sair do lugar. Pode ser a maior provação, acreditar em nós mesmos e não em deuses inventados pelas feiticeiras!

— Jout... Não. Você não quer...

— Eu vou impedir o deus dessa vez, Math. Vou matar o deus de Dartana. Eu vi um meio, em uma faísca de imaginação. Se nós conseguirmos acertá-lo poderemos salvar nosso povo e salvar sua irmã.

A conversa dos dois foi interrompida quando Parten surgiu ofegante no acampamento, colocando todos em alerta.

— Parten!

O rapaz respirava fundo, demonstrando que tinha vindo o mais rápido que podia. O suor descia de seu cabelo e cobria seu peito nu. Pegou um odre com água ao lado da fogueira e virou em sua boca.

— Veio só? — perguntou Jout, enquanto muitos dos rebeldes se levantavam e se colocavam em alerta.

— Claro! Ela nem sonha que estou aqui, por isso preciso voltar logo — disse, entre os goles de água e a respiração arfante.

— Os soldados prenderam alguém do bando?

— Não — respondeu o soldado. — Mas ele vai marchar, assim que amanhecer. Agora é pra valer.

— Pela Mãe de Todos os Deuses! — exclamou Math.

— Math, desperte todos! Nos preparamos justamente para esse momento. Vamos impedir que essa desgraça continue!

— Preciso voltar agora. Thaidena já deve estar me procurando.

— Mexa-se, Math! É hora de agir!

O garoto sentiu o sangue gelar. Sabia muito bem por que seguia Jout. Fazia isso para driblar a pasmaceira de seu dia a dia. Não ligava muito para aquelas coisas, de se era verdade ou mentira o que as feiticeiras diziam. A realidade é que queria, sim, que um dia a maldição acabasse, como prometiam. Mas enquanto esse dia indeterminado não chegava, queria viver da melhor maneira, viver aventuras aos montes, estar ali, na floresta com os rebeldes. Achou que se cansaria de Jout e seu bando antes que um deus novo surgisse no Hangar. Respirou fundo e mordeu o lábio. Tinha ficado a seu cargo despertar todos os rebeldes. Tinha ficado a seu cargo dar início aos preparativos enquanto Jout estava afundado em expectativas mais sombrias.

O líder rebelde nunca esperou ser compreendido pelos demais. O povo era estúpido demais para pensar sozinho. Apenas comiam a massa comum que brotava no Hangar e ficavam satisfeitos em amanhecer respirando. Jout não entendia aquela marcha cega atrás de uma criatura que desaparecia atrás de um portão de luz levando tantos amigos, irmãos e pais, deixando para trás desgraça e miséria para aqueles que passavam a adorá-lo. Jout daria fim àquela crença imbecil e sem sentido e talvez um dia alguém lembrasse e o apontasse na rua com desprezo ou orgulho, dizendo, olhem, lá vai o homem que matou o deus de Dartana.

CAPÍTULO 16

O zunido da esteira do aparelho de ressonância eletromagnética encheu a pequena sala até parar, extraindo o corpo de Doralice do seu bojo. A voz metalizada de sua tia chegou até ela pelos alto-falantes da máquina.

— Pronto, gatinha, acabou.

— Eu estou legal? — perguntou a menina, sentando-se com a ajuda de um auxiliar.

— Tudo indica que sim, mas logo, logo meu amigo aqui, o doutor Eduardo, vai nos contar tudo.

— Eu não estou louca, né? O tio Álvaro acha que estou louca porque estou ouvindo a voz da minha amiga.

Eduardo olhou para Glaucia, enquanto a doutora se levantava e ia abrir a porta para ajudar a sobrinha a se vestir. Quando abaixou-se aos pés dela, recolocando os tênis da menina e começando a amarrá-los, levantou o rosto e sorriu.

— Você não está louca, querida. E saiba que seu tio não acha isso. A gente só quer saber o que está acontecendo. O titio Álvaro ama você e nunca deixaria nada te acontecer.

Doralice ergueu o pé.

— Tá. Eu sei. E também sei amarrar meus tênis, não sou mais criancinha.

— Se apresse. Falta só mais uma coisa.

— Ah! Outro exame. Não tem mais picada hoje, né? — reclamou a menina, passando a mão no curativo na dobra interna do cotovelo.

— Vamos logo, pare de moleza. Não estava dizendo que já é adulta e tal e coisa. Agora aguenta!

* * *

Horas mais tarde, depois de almoçarem, Glaucia e Doralice chegaram ao distante bairro na periferia de Osasco, onde Glaucia e seus irmãos tinham brincado tanto e crescido. Tudo estava diferente. Os terrenos baldios tinham sumido, os matagais e campinhos de várzea tinham dado lugar a condomínios vistosos fornidos de altas torres. As ruas de terra há muito haviam desaparecido e o carro da médica, comandado pelo GPS, seguiu sem problemas até o bairro de sua infância. A casa da dona Dadá ficava a cinco quarteirões de onde Glaucia tinha morado e, mesmo sem GPS, ela teria encontrado o local. A frente da casa da benzedeira continuava igualzinha, um muro baixo caiado de branco, com um portão de ferro antigo, bem mais antigo do que ela mesma. No quintal, dois cachorros latiam debaixo do abacateiro. A casinha humilde, mas grande e cheia de quartos, ficava no fundo do terreno, coberta por telhas escuras de amianto, e lutava para continuar intocada frente à voraz especulação imobiliária.

— É aqui — anunciou a tia.

Doralice, apertando forte em sua mão um bicho de pelúcia em forma de lagartixa, suspirou e abriu a porta.

— Não quer deixá-la no carro para não perder?

— Não vou perder. É minha lagartixa favorita, tia.

As duas pararam ao portão e Glaucia bateu palmas para avisar de sua chegada. Os cachorros aumentaram o ladrar, obrigando Doralice a tapar os ouvidos, enquanto surgia à porta da casa de paredes brancas e roupas penduradas no varal o vulto de uma senhora idosa que caminhava com dificuldade, amparada por uma bengala.

— Pode entrar. Carece de ter medo dos *cachorro*, não.

Doralice olhou espantada para a tia.

— Eu preferia que a senhora os prendesse, dona Dadá! A menina está assustada.

— Não estou, nada. É você que está com medo de entrar, tia!

A velha pareceu se esforçar para ouvir e enxergar a madame bacana que estava parada na frente de sua casa. Desceu os dois degraus da varanda de chão vermelho e parou no terreiro, olhando para os cachorros debaixo da árvore e a dona do lado de fora.

— Se a senhora veio até aqui, por que não acredita *ni* mim? Pode entrar, *fia*. A fé tem que começar aí de fora.

Glaucia olhou para a sobrinha, para os cachorros e, sem graça, balançou a trava do portão que precisava de lubrificação, obrigando-a a torcer a barra para cima e para baixo diversas vezes. Ela colocou a sobrinha à sua esquerda, enquanto os cães nervosos e soltos ficavam no lado direito do quintal, parados embaixo do abacateiro.

— Vem, filha. Pode vir.

As duas avançaram até se encontrarem com a velha ao pé da escada e então, como num passe de mágica, os cães pararam com a algazarra e simplesmente deitaram no chão de terra, assoprando a poeira com seus focinhos escuros.

Doralice sorria para eles.

— Eu sou Glaucia. Filha da dona Rute, que vinha muito aqui quando a gente era bem pequeno.

— A gente quem? — perguntou a velha, franzindo a testa, tentando resgatar na memória uma conhecida Rute.

— Eu, meu irmão Álvaro e o mais novinho e atentado, o Renato. Natinho, todo mundo chamava de Natinho.

A velha arregalou os olhos.

— Mentira que é você, Glaucinha! Menina, como você cresceu! Tá ficando velha que nem eu, olha só!

Glaucia riu e finalmente as duas se abraçaram.

— E por que veio aqui me ver? O que essa velha fez de bom para merecer visita tão importante?

— A mamãe trazia a gente aqui para a senhora benzer, proteger a gente.

— Ih, filha! Isso faz tanto tempo! As pessoas parece que não *acredita* mais nisso, não.

— Mas a senhora benze ainda?

— É claro que benzo, *fia*! Tiro mau-olhado, bucho virado, faço tudo *inda*. Vem pra cá. *Vamo entrá, vamo entrá.* Só não repara a bagunça na sala, *fia*. As minhas *neta tá tudo grande*, tudo *arrumaro* emprego e agora a vó velha tem que se virar sozinha.

O trio entrou na sala escura. Antigos retratos na parede, um altar com meia dúzia de santos ficava pendurado perto da porta que ia para a cozinha, com velas acesas e um copo com uma rosa ao lado da imagem de São Jorge.

— Vamos pra cozinha que lá tá tudo arrumadinho. As *energia* têm que *tá boa* pra *trabalhá, fia*.

A velha acomodou as visitantes nas cadeiras da cozinha e saiu para o terreiro mais uma vez. Voltou com um maço generoso de arruda.

— Vem, pequena. Quem é você?

— Eu...

— Ela é filha do Natinho. Lembra do Natinho?

— *Chiu*, moça. Deixa a menina falar. Agora é ela que vai falar.

— Tudo bem, dona Dadá. Eu só queria dizer que eu trouxe ela por...

— *Chiu, fia*. Fica quieta um pouquinho pra dona Dadá fazer o que tem que fazer.

Glaucia contorceu-se na cadeira com vontade de levantar e ir embora, mas inspirou fundo e se calou.

— Quem é você? — perguntou, olhando no fundo dos olhos de Doralice.

— Meu nome é Doralice.

— Doralice, certo. Certo, *fia*. E quantos anos você tem? Fala pra vó.

— Tenho dez anos.

— Tá. Fecha os *olho* com a vovó — pediu dona Dadá, colocando a mão velha e enrugada sobre os olhos da menina.

Dona Dadá molhou a arruda num grande copo d'água e baixou a cabeça, começando uma reza miúda, sussurrada.

Doralice ficou calada, de pé e quietinha, enquanto Glaucia observava tudo apreensiva. Não era ligada à religião e nem a seus rituais, não sabia ao certo por que estava ali. Talvez porque não entendesse a fé e a crença nas coisas imateriais e sua mãe sempre falara com muito respeito da dona Dadá e do quanto ela ajudava quem precisava. Dona Dadá acreditava na metafísica, no que estava oculto.

A benzedeira ergueu o maço de arruda e começou a passar pelo corpo da menina, que permaneceu calada e estática, enquanto recebia o passe e escutava a voz cadenciada da velha entrar nos ouvidos. Dona Dadá ia passando os ramos de arruda rente aos braços da menina e cobrindo o peito dela com sinais da cruz. A voz saía balbuciada, quase inaudível. Levou uns três longos minutos, até que pousou a mão no topo da garota e sorriu, abrindo os olhos em seguida. Doralice continuou de olhos fechados, quieta.

— Pode abrir os olhos, *fia* — comandou a velha.

A menina continuou imóvel, enquanto a benzedeira olhava para Glaucia, que guardava uma expressão preocupada.

Gentilmente, dona Dadá recolocou a mão na cabeça de Doralice e repetiu a ordem para que ela abrisse os olhos. A menina obedeceu, abrindo os olhos rapidamente e encarando a velha. Dona Dadá fez um sinal da cruz, olhou para Glaucia rapidamente e voltou a encarar a menina.

— Doralice? Você está me ouvindo?

A menina fez que sim com a cabeça.

— Você precisa dizer.

— Estou te ouvindo, vovó.

— Quem está contigo? É da luz ou é do escuro, minha *fia*?

Doralice olhou para a tia e depois para a benzedeira.

— Eu não sei.

— Ele fala com você, *fia*?

— Falá, vovó. E é ela.

— Quem é ela? Ela já te disse?

— Eu ainda não ouvi seu nome, mas ela disse que é uma deusa — explicou a menina.

— E o que ela quer, *fia*? Já te pediu alguma coisa?

Doralice apenas balançou a cabeça em sinal positivo. Glaucia estava com o coração disparado, quase saindo pela boca.

— Você precisa dizer — falou a benzedeira.

— Ela quer que eu aprenda. Disse que sou muito esperta.

— Quer que você aprenda o quê?

A menina se aproximou da velha e sussurrou a resposta em seu ouvido.

— O que você disse, Doralice? Pode falar para a titia! — inquiriu a médica, aflita.

Doralice balançou a cabeça em sinal negativo.

A benzedeira endireitou o corpo e pediu que a menina fechasse os olhos novamente e ficasse parada. Mais uma vez fez sua reza e começou a passar os galhos de arruda em torno do corpo da criança.

Quando Glaucia colocou Doralice dentro do carro, travou a porta e voltou andando rápido pelo terreiro, com os cães ladrando debaixo do abacateiro. A velha estava parada na porta de casa, olhando para ela e para o vulto da menina dentro do veículo. Ela afastou-se e fechou a porta em uma velocidade surpreendente para alguém que se movera tão devagar o tempo todo.

Glaucia, surpresa e imóvel no meio da varanda, viu uma portinhola se abrir.

— Dona Dadá, por favor, não me deixe assustada. Eu não acredito nessas coisas, por isso vim procurar a senhora para me ajudar.

— Não acredita! Pois devia! Você vai precisar de muita fé para salvar sua sobrinha! Vá embora e me deixa rezar pela alma dela!

— Me diga o que ela disse, pelo amor de Deus!

— Ela disse que fala com uma deusa. Disse que a deusa quer que ela encontre armas para ela. Eu não sei o que é que está dentro da sua sobrinha, mas você vai precisar ser muito forte e acreditar em Jesus e em nosso Pai de Luz com toda a força do seu coração. Abra seu coração e sua mente para acreditar, dona Glaucia. Só volte aqui depois que acreditar ou eu não poderei fazer nada por vocês.

A velha bateu a portinhola, deixando Glaucia aturdida na frente de sua casa.

CAPÍTULO 17

Os equithalos se agitaram quando o chão começou a tremer. Mander segurou as rédeas de sua montaria, sentindo o peso da lança de guerra, feita de um longo e maciço galho, com uma ponta longa e afiada por facas de gumes largos. A arma ia presa a suas costas por uma tira de couro com um suporte de bambu. Construir as lanças, os suportes, os arreios e os estribos das montarias em número suficiente e a tempo tinha sido a primeira tarefa de Jeliath e seu time de construtores. Eles começaram atrapalhados e com um bocado de medo de não terem tempo de atender a todos os soldados do exército, mas aquilo não passava de um treino, de um meio de começarem a se comunicar e a produzir em velocidade, organizados sem pensar demais, sob a tutela e os ensinamentos das feiticeiras guerreiras. Outras armas, muito mais eficazes e complexas, viriam durante a marcha e todas as batalhas que viveriam do outro lado do Portão de Batalha. Para construí-las, cada construtor tinha recebido um grande e pesado martelo e ficara longos minutos olhando para a ferramenta.

Por que as feiticeiras escondiam o que sabiam? Era isso que Jeliath se perguntava ao precisar fazer força para tirar o pesado martelo do chão. Elas disseram que com aquela ponta pesada ele moldaria as primeiras armas que seriam pedidas por Belenus. Ela bateria contra o ferro quente que o deus de guerra providenciaria. Jeliath agora se sentia oprimido. Como ele faria isso? Como faria o ferro tomar forma de armas para Dartana? Tazziat o tinha tranquilizado, pedindo que deixasse o coração leve. Do outro lado do portal de luz, nada seria como em Dartana. O Combatheon era um lugar em que os pensamentos faziam sentido, onde as mentes podiam raciocinar para fazer a guerra.

As feiticeiras-líder vieram até Mander. Sentiram que o espírito do general estava focado no que precisava. Mander queria mais que tudo entrar naquele combate. Seria um grande líder à frente de 622 soldados. Trezentos deles montados em garbosos equithalos, montarias confiáveis, vigorosas, velozes e de grande disposição para longas marchas. Em sua maioria, os equithalos tinham a pelagem toda branca, contando com uma crina curta e ouriçada, com pelos ásperos e uma cauda comprida e pesada o suficiente para derrubar alguém distraído quando o animal a balançava. Além dos soldados, o exército ainda contaria com 142 construtores, ávidos por conhecimento e prontos para construir o que lhes fosse ordenado para manter viva a chance de vitória de Dartana, liderados pelo jovem Jeliath.

— Belenus está a caminho — proferiu Tazziat, para Mander. — Nossa marcha começa agora, general de Dartana.

Tazziat e sua companheira partiram novamente rumo ao Hangar e, ao segui-las com o olhar, foi a primeira vez que o comandante do exército de Dartana viu o deus desperto e marchando. Belenus avançava, rodeado de suas 96 feiticeiras guerreiras, que giravam ao redor enquanto ele se movia lentamente, fazendo o chão tremer a cada passo, carregando em sua mão direita uma espada de lâmina larga e grossa, pronta para rasgar ao meio o primeiro inimigo que ousasse cruzar seu caminho. A armadura de Belenus era um espetáculo à parte. A proteção para a guerra cobria-o da cabeça aos pés, com uma coloração marrom que misturava à sua aura dourada, sua malha de energia divina parecia ter vida própria e línguas de ouro serpenteavam sobre aquela pele de luz. O elmo de guerra tinha longas lâminas que guarneciam o topo de sua cabeça. As lâminas eram curvadas para frente, como a imagem de Bara Viva, e certamente causariam imenso dano se Belenus projetasse a cabeça contra um adversário de seu tamanho, usando-a como arma. A armadura protegia o peito e também as pernas, terminando em seus pés, com cravos curtos e pontudos que rasgavam a rocha a cada passada. Belenus era uma criatura impressionante, um deus de guerra pelo qual todos os dartanas lutariam e dariam suas vidas, se preciso fosse. Mander olhou para os lados vendo os brilhantes olhos de seus soldados, cheios de esperança e de vontade de luta. Olhou para trás, para a estrada que levaria ao vilarejo, onde repousavam sua esposa, Lanadie, e seus filhos doentes. Tudo o que Mander queria era salvar sua família, vê-los em paz.

O deus atravessou o caminho aberto por seu exército de miseráveis, que se tornariam grandes guerreiros quando passassem pelo portal de luz, rumo ao Combatheon. Lá, soldados seriam soldados e construtores aprenderiam a construir em uma velocidade que inimaginável em Dartana. Durante o tempo das batalhas, sua mente estaria livre para aprender, guardar conhecimento e, acima de tudo, receber o saber que Belenus transmitiria a suas feiticeiras. O colosso divino alcançou a garganta de rochas do desfiladeiro e rumou para o estreito, começando a ser seguido pelos soldados montados e depois pelos construtores, carregando tochas acesas, já que o fim da madrugada preservava um resto de escuridão. Contudo, Belenus e suas feiticeiras acesas lançavam tanta luz ao redor que as paredes do desfiladeiro se cobriram de amarelo.

* * *

Não muito longe dali, Jout foi quem avistou as luzes bruxuleando contra as pedras da garganta. O exército de Dartana estava em marcha. Olhou para o grupo e subiu em uma rocha.

— Escutem, escutem todos! — bradou ele, chamando a atenção de cada um. — Agora chegou o momento de levarmos a cabo o que viemos fazer. A hora que muitos de nós esperávamos para provar que o que eu digo e vocês sentem em seus corações chegou.

O grupo de rebeldes começou a se reunir atrás de seu líder, que havia imaginado aquela possibilidade e sonhado com aquela armadilha montada para apanhar o deus de Dartana.

— Quando atacarmos o novo deus de guerra, muitos não nos entenderão. Estejam preparados para encarar a ignorância de frente. Todos aqui sabem que não poderemos jamais vencer um exército tão numeroso como o que acompanha o deus, mas deixaremos para todos nossa mensagem, nosso grito de protesto. Seremos sempre lembrados como os infiéis, os que não acreditaram na mensagem das feiticeiras.

Um silêncio avassalador tomava o alto do desfiladeiro, só quebrado pelo vento forte que corria sobre as pedras e a folhagem das árvores.

— Seremos perseguidos, seremos presos, seremos linchados até a morte. Aviso que um temporal se aproxima, mas não devemos nos dobrar. Quem de vocês quiser virar as costas para mim e para nossa missão, que parta agora, enquanto ainda há tempo. Não serão julgados por nenhum de nós aqui no topo do desfiladeiro. Eu mesmo sinto medo, sinto as pernas fraquejarem quando imagino o tamanho do exército que nos aguarda. Somos poucos, mas seremos grandes se tivermos sucesso. Um dia, nossos nomes serão lembrados como aqueles que libertaram a mente do povo de Dartana.

Novamente o silêncio se instaurou no promontório de rochas. Jout, elevado, mantinha os olhos de seus seguidores presos aos seus. O jovem rebelde parecia investigar o coração de cada um daqueles aflitos.

— Se quiserem partir, não serão julgados. Por ninguém.

Nenhum deles arredou o pé.

— Contudo, se vencermos a corrente de opressão mantida pela cegueira dessa fé que propagam as feiticeiras e pelo medo que elas esparramam por nossas terras, se conseguirmos quebrar esse ciclo, seremos lembrados como heróis de Dartana. Seremos responsáveis por livrar o nosso povo da miséria e das garras da morte certa além da luz do Portão de Batalha, do além, um lugar que nem sabemos se existe de fato. Ajam com seus corações essa noite, amigos e amigas, e lembrem-se dessa noite para sempre. Hoje vamos matar o deus de Dartana!

Jout saltou da pedra sob brados e urras de incentivo lançados pelos seguidores. Lançou um olhar para o fundo do desfiladeiro, o melhor lugar para uma emboscada. Os batalhões de soldados, construtores e o grupo de feiticeiras já se enfileiram, caminhando no máximo oito pessoas por fileira, serpenteando entre as pedras, acompanhando os passos titânicos daquela imensa criatura que encabeçava a marcha, fazendo o ar sacudir e a terra vibrar a cada passada.

Jout engoliu saliva e sentiu o coração acelerar. O deus de Dartana era maior que seu predecessor. O jovem rebelde parou à frente de uma pedra oval com altura três vezes superior à sua. A pedra era larga e maciça e devia pesar toneladas. A rocha estava posicionada estrategicamente à frente de um sulco natural na borda do desfiladeiro, um declive que serviria de descarga para o imenso projétil que ganharia velocidade assim que os muitos braços de seus aliados impulsionassem a pedra, fazendo-a despencar perigosamente contra a fileira que marchava vinte metros abaixo. Jout costumava ir até aquele ponto da floresta e se sentava naquela rampa que descia até o desfiladeiro. Dali ele podia ver as centenas de metros de distância onde acabava o estreito de rochas, uma parede cinza e morta que ondulava como se um lago a tivesse coberto com águas douradas, imitando a cor do deus de guerra que marchava em sua direção.

Foi ali que ele pensou a primeira vez. Nunca ninguém conseguiu lhe explicar por que pensava um pouco mais que os outros. Não conseguia construir as cabeças dos machados com os quais cortava as toras em seu trabalho, mas conseguia imaginar o que aconteceria do outro lado daquela parede mágica. Foi ali, refletindo sobre o futuro, caso não seguisse o próximo deus, que soltou uma pedra de sua mão, sem querer, do tamanho de um punho, e a viu rolar pela rampa até um veio para onde as pedras sempre corriam quando as arremessava. Os seixos fizeram o mesmo percurso todas as repetidas vezes. Então arremessou um maior, que conseguiu carregar com seus próprios braços e o viu imitar os irmãos menores. A pedra projetou-se por uns dois metros em um ângulo e depois despencou em queda reta, atingindo o meio do veio pedregoso do desfiladeiro em poucos segundos. Ainda que Jout não compreendesse nenhuma das leis físicas empregadas naquele arremesso, sabia que construíra uma armadilha perigosa e que teria sucesso. Jout soltou um seixo pequeno, deixando sua mente teimosa se acalmar. A pedrinha rolou ligeira e, como todas as vezes, jogou-se ao ar, buscando o chão. Assim faria a rocha imensa para as suas costas e, se ela caísse na hora certa, esmagaria a cabeça do deus que marchava exterminando toda aquela ilusão criada pelas feiticeiras de Dartana.

* * *

Tazziat voava metros à frente, destacada do grupo de feiticeiras. Olhou para trás uma vez, vendo o deus de guerra avançando, com a sua feiticeira favorita sentada em seu ombro. Tazziat sorriu. Dabbynne era uma novata e tinha chamado a atenção de Belenus de forma surpreendente. Ela possuía algo a mais em relação às outras feiticeiras. Tazziat não sabia o que era, mas Dabbynne era vibrante. Era bom estar perto dela.

A feiticeira guerreira pousou no topo de um rochedo e ficou admirando a marcha se aproximando. A cada passo, o chão sacudia. Os soldados em formação, montados em seus equithalos, enchiam-na de orgulho. Mais atrás, vinham os soldados a pé, carregando a lança nas mãos e, atrás deles, protegidos, os construtores de Dartana.

Os ouvidos de Tazziat chamaram sua atenção para o leito do desfiladeiro. Uma pequena pedra rolava, afastando-se dela, indo chocar-se contra a parede do rochedo do outro lado. Tazziat ergueu os olhos para as bordas da garganta, mirando o topo por alguns segundos. Um novo passo de Belenus fez o chão tremer e os pedriscos soltos vibraram. Tazziat manteve-se vigilante, varrendo com os olhos as bordas do desfiladeiro, cismada. Virou para a direita. O Portão de Batalha estava há algumas centenas de metros. Ali era onde o desfiladeiro ficava mais estreito. O lugar perfeito para uma emboscada, caso existisse algum inimigo a se preocupar. Tazziat fechou os olhos por um breve segundo e então saltou da ponta do rochedo, voando em direção a Danuba, a mestra feiticeira guerreira.

* * *

Jout e mais cinco rebeldes estavam debruçados sobre a borda do despenhadeiro. Seus olhos assombrados acompanhavam a volumosa massa que adentrava o estreito canal. Estavam cegos pela fé! As fileiras de tochas iluminando a escuridão não cessavam de entrar na boca do desfiladeiro. Jout voltou a fixar os olhos no deus que ainda encabeçava a fila. Era uma ilusão incrível! Os olhos do jovem encheram-se de lágrimas. Os deuses não deviam partir. Se eram donos de tanto conhecimento, por que não ficavam em Dartana e ensinavam sua magia e seus conhecimentos para os mortais? Os deuses, já que eram divinos, deveriam compartilhar, ter compaixão agora, antes de sumirem na luz do Portão de Batalha. Mas eles nunca esperavam. Simplesmente se levantavam do Hangar e marchavam para o Combatheon, com pressa para a guerra, autômatos, como as tartarugas que rompiam as cascas e marchavam para as grandes águas. Um misto de grandiosidade e melancolia ficava para trás e a esperança diluía-se gradualmente após o imenso exército de Dartana desaparecer. Jout fixou os olhos no novo deus de guerra. O elmo que usava não seria páreo para o peso da rocha. O jovem olhou para os amigos que seguravam as escoras e levantou a mão.

— Esperem!

O deus avançava, passos largos e pesados, carregando atrás de si toda a gente de Dartana.

— Esperem!

Ele se aproximava de onde a pequena pedra tinha caído e onde a grande pedra também ia cair.

— Esperem!

Jout viu uma feiticeira voando em direção às outras. Seu coração gelou. Torceu para que Dabbynne não estivesse entre elas e, caso contrário, que não ousasse chegar muito perto do deus.

— Esperem!

Mais três passos colossais e o gigante estaria na mira.

O chão estremecia cada vez que os pés do titã batiam contra o solo, fazendo várias pedras pequenas rolarem espontaneamente de encontro ao leito do caminho.

— Esperem!

Jout, tenso, transpirava. O que viria depois? Como seria lembrado por aquilo? Por ter destruído a ilusão de muitos, mas poupado tantas vidas? O deus de Dartana podia ser poderoso em muitas formas, mas certamente não tinha o poder de prever o que lhe aconteceria, do contrário evitaria o que estava prestes a apanhá-lo, suas feiticeiras já estariam ali, em cima daquela rocha, segurando-a no lugar, e todos os rebeldes teriam os braços amarrados para o sacrifício. A inexistência dessas coisas só encorajava o jovem rebelde a continuar com seu plano louco. Jout não conseguiu evitar um sorriso, ainda embebido pelo nervosismo. Era tarde demais para o deus evitar a morte. A cabeça do gigante estava na mira.

— AGORA!!!

As escoras foram removidas e a rocha foi empurrada. Jout deu um passo para o lado, afastando-se do sulco bem a tempo do grande bólido passar rolando de forma irregular devido ao formato ovalado, produzindo um barulho amedrontador e crescente, fazendo com que o chão também tremesse. Os olhos do jovem brilharam quando viu a rocha despregar da parede, arremessada no vazio, como se existisse um tipo de mão invisível guiando-a e puxando-a para baixo, como todas as coisas soltas no céu, desprendendo-a em uma queda silenciosa e libertadora.

Lá embaixo, os que viram a pedra surgir no topo do desfiladeiro, contornada pelos primeiros sinais de luz no céu, seguraram a respiração por um segundo e, assim que perceberam que a imensa rocha cairia próxima a seus corpos, começaram a gritar e a correr, abandonando suas posições.

Mander agarrou-se às rédeas de seu equithalo, que tinha se assustado com a algazarra dos soldados que gritavam, lutando, assim como os montadores sob seu comando, para controlar seu animal.

As velhas feiticeiras mantiveram-se flutuando, fazendo um círculo metros para trás, agora longe do colossal deus de guerra, parecendo que não teriam tempo de ajudá-lo contra essa armadilha.

* * *

No topo do desfiladeiro, Jout e seus amigos berraram extasiados quando viram a pedra atingir em cheio a cabeça do gigante dourado. O impacto fora preciso e o resultado, avassalador. Assim que afundou no topo do elmo do colosso, a peça de proteção deformou-se por inteiro, fazendo com que a cabeça de Belenus se achatasse, produzindo um vívido e tétrico som de ossos se partindo. O gigante ainda deu mais um passo para frente e, no seguinte, cambaleou. Então seu corpo imenso perdeu completamente o equilíbrio e desmoronou contra o chão, levantando uma longa nuvem de poeira, que encobriu o deus vencido, sem que ele ao menos alcançasse o Combatheon.

— Conseguimos! — bradou Math, eufórico, correndo para abraçar Jout.

Muitos outros vieram, contudo, foram repelidos pelo líder.

— Esperem! Tem algo esquisito nisso aí. Foi fácil demais.

— Como assim? Olha lá! Ele já era! Ninguém mais vai à toa para o Combatheon.

— Calma! Só vou acreditar quando o vir deitado, sem vida!

— Nós acertamos a cabeça dele! — gritou Galiza.

— Ele tombou, Jout! Por Variatu! O que mais você quer ver?

— Preciso ver com meus próprios olhos, Math. Eu preciso vê-lo morto para acreditar.

— Estamos perdidos — murmurou Brent.

— Ele é imenso e quando andava tudo sacudia, Galiza, por que quando caiu nada tremeu?

Galiza, Math e os demais ficaram calados. Seus olhos, tensos e angustiados, voltaram-se para a nuvem de poeira que ia, pouco a pouco, se desvanecendo.

— Não! — gritou Galiza.

Para imensa surpresa do grupo rebelde, quando a nuvem assentou, não havia deus algum caído no leito da garganta de pedra. Havia a gigantesca rocha arremessada, agora feita em pedaços que formavam um amontoado, encimado por uma feiticeira solitária, que estava em pé, de braços abertos, olhando desafiadora para o topo do desfiladeiro, erguendo seu cajado.

Então, metros para trás, no meio do círculo em que as outras feiticeiras pairavam, lá estava ele, Belenus, íntegro, sem ferimento algum, imponente e salvo, o deus de Dartana. De alguma forma aquelas malditas encantadas tinham conseguido prever o ataque de Jout e confirmavam, de certa forma, o que o rebelde sempre desconfiara. O deus de guerra era uma ilusão! Sentiu um gosto amargo na boca, se tivesse maior cognição, o jovem rebelde chamaria aquele episódio de irônico. O impressionante titã dourado caminhou até a grande rocha, fazendo o chão e as paredes do desfiladeiro voltarem a vibrar. Quando Tazziat se afastou e ganhou altura, aplicou um golpe único de punho fechado, transformando a montanha de pedaços que restaram do projétil em uma nuvem de poeira. As partículas flutuaram por longos e silenciosos segundos e, quando se assentaram, a multidão que marchava atrás de Belenus urrou em absoluto delírio. A manobra da resistência, além de falhar no seu objetivo principal, tinha dessa vez servido de combustível para inflamar ainda mais a fé cega naquele ser nascido no Hangar. O jovem rebelde sabia que ele e seu grupo estavam indefesos e seriam vítimas fáceis da vingança de Belenus e suas feiticeiras.

Mal esse pensamento cruzou a mente de Jout, ouviu-se um brado às costas do grupo. Inúmeros soldados que faziam parte do grupo que marchava surgiram das sombras, cada um carregado por uma feiticeira, e reverteram a emboscada em prol do deus de Dartana, acuando os rebeldes contra a borda do despenhadeiro, deixando-os emoldurados pela luz da alvorada que ganhava o céu.

— Rendam-se ou serão lançados para baixo! — bradou Anoch, o soldado líder do pelotão.

Um a um os rebeldes foram postos de joelhos e colocados com as mãos sobre a cabeça frente às estacas afiadas apontadas em sua direção.

Jout olhou para baixo, avaliando as chances que teria caso saltasse. Será que conseguiria se agarrar a alguma das tantas saliências de pedra?

— É uma queda e tanto para arriscar, filho. Se você se estropiar, não conte com as feiticeiras para repararem o estrago.

Em menos de um minuto, todos foram capturados e rendidos. Eles tiveram as mãos amarradas à frente do corpo, em trio, pelas feiticeiras, e rumaram para o leito do desfiladeiro, escoltados pelos soldados.

O grupo de rebeldes foi recebido a cusparadas pelos mais afoitos, que cercaram a procissão dos amotinados capturados. Foram levados perante o deus e envolvidos pelas feiticeiras e soldados que traziam tochas.

Dabbynne pousou próxima a Jout e encarou friamente o olhar dele. Jout parecia mais envergonhado do que animado em rever aquela que tinha sido sua companheira, mas logo, pelo comando de sua vaidade, o jovem recuperou as feições duras que trazia desde o alto do desfiladeiro. Não sorriu, não lhe mandou sinal algum de que estava feliz em revê-la. Ele não queria proximidade com ninguém que compactuasse com aquela insanidade que era mandar multidões para perderem a vida, sem chance alguma de regressarem para suas casas e seus entes mais amados. A mágoa de Jout não era Dabbynne fazer parte das feiticeiras. Ela acendera e isso não se escolhia. A mágoa vinha do fato de Dabbynne jamais ter acreditado nele.

Math encolheu-se, evitando os olhos da irmã. Estava envergonhado de ter chegado até ali. Por que não escutara Dabbynne e Eldora? Por que não estava do lado delas em vez do de Jout? O garoto tremia e suas mãos atadas às mãos de Galiza não conseguiam disfarçar o temor. Galiza virou os dedos e segurou as mãos do menino.

— Não tenha medo — sussurrou a rebelde, tentando acalmá-lo.

Jout encarou os olhos dourados do deus de guerra, aguardando por sua sentença. Não havia temor algum. Quando olhou para os olhos de Dabbynne, nesse momento, sentiu-se inseguro e assustado. Achou que ela gritaria em sua defesa, que imploraria por seu perdão, mas nos olhos de Dabbynne encontrou um imenso vazio. Era como se ela não estivesse ali e nada existisse por dentro de sua ex-namorada, como se agora ela fosse habitada apenas por aquela energia dourada que lhe tingia os olhos. Dabbynne não habitava mais aquele corpo encantado. O rapaz virou o rosto mais uma vez, afastando seus olhos dos dela.

Jeliath rompeu a barreira de soldados, abandonando a formação de construtores, trazendo o pesado martelo apoiado no ombro. Estava queimando de curiosidade e queria ver com os próprios olhos aqueles que haviam ousado tentar ferir o deus de Dartana. Conhecia alguns dos rebeldes, todos jovens como ele, mas, diferente de sua crença pessoal, eles não tinham mais esperança nos numerosos exércitos que deixavam Dartana a cada vez que um deus novo surgia no Hangar. Estimulados por Jout, perderam a fé e não acreditavam mais nas histórias das feiticeiras, nos velhos contos sobre o véu da ignorância, e que um dia um deus de Dartana deixaria aquelas terras com um exército capaz de atendê-lo e fazê-lo ser vitorioso no Combatheon.

Os rebeldes ficaram enfileirados, de três em três, à frente do deus. A luz que resplandecia da pele de Belenus banhava de dourado a face de todos ao redor. Eram 32 jovens de idades e feições variadas, ao menos dezesseis mulheres. Eram lenhadores, colhedores, caçadores e pastores.

Belenus nada disse aos rebeldes. Seus olhos cor de ouro passaram sobre os cativos e depois foram até as feiticeiras.

Danuba, a feiticeira-mestra, pousou sobre uma pedra pontiaguda, ficando a três metros acima da cabeça da massa de soldados e prisioneiros e então apontou para Jout.

— Você, conhecido líder dos rebeldes, foi quem tramou contra o nosso deus?

Dabbynne voltou para o ombro de Belenus, assistindo ao julgamento de Jout lá de cima, apoiando sua mão ao pescoço largo do titã. Sabia que se Jout assumisse sua culpa, possivelmente seria morto, esmagado pelo próprio deus ou feito escravo e permaneceria à disposição das feiticeiras e líderes do novo exército que porventura se formasse nos arredores de Daargrad. Encontrou seu irmão atado junto à Galiza e outra jovem. Sentiu pena de Math. Não queria vê-lo pagando pelo erro de Jout, mas sabia que o irmão seguira o rebelde com seus próprios pés, mesmo com ela e Eldora advertido do risco e das consequências.

— Sim, fui eu, feiticeira. Os demais não têm culpa de nada. Foram convencidos por mim.

A feiticeira gravitou até Jout e passou a unha comprida no nariz do rapaz.

— Nobre de sua parte, menino. Nobre. Mas não vejo uma lança em sua mão e nem outra arma que nós feiticeiras pudéssemos ter construído. Isso então deixa claro que nenhum deles foi forçado a seguir seus desejos.

Foi a vez de Tazziat gravitar até o topo da pedra antes ocupada pela mestra Danuba.

— Aceita que por sua vontade quis tirar a vida de Belenus?

— Aceito.

— Louco! — bradou Mander.

— Não! Louco eu não sou! — bradou Jout de volta.

— Já aceitou que é um traidor de Dartana, isso me basta para que sejam todos tratados como escravos e saiam daqui amarrados.

— Posso ser chamado de traidor do seu deus, mas nunca serei chamado de louco. Loucos são vocês que marcham atrás desse monstro sem saber para onde vão!

Belenus curvou-se um pouco dessa vez e rosnou.

Muitos dos que ouviram as palavras de Jout não conseguiram evitar expressões de espanto, externadas pelo rosto ou pela garganta.

— Nós e muitas antes de nós sabemos por que todo o povo marcha para o Combatheon, menino rebelde. Vamos até as terras além da luz para glorificar nosso deus em combate e fazer dele um campeão. Muitas antes de mim disseram que quando nosso deus invicto marchar para o Portão de Vitória, Dartana se verá livre da maldição que cobre nossa terra. Os homens que constroem serão livres para construir. Os que semeiam serão livres para semear. Todas as mentes de Dartana perderão o véu que as impede de absorver o que o mundo colocou a nossa volta para ser descoberto, mas estamos impedidos de enxergar.

— É sempre a mesma ladainha, Tazziat. Sempre! E por muitos acreditarem nessa conversa de maldição e de glória que perdem suas vidas assim que cruzam aquele portão de luz. Quantos voltaram do Combatheon para nos dizer o que há lá? Quantos deram sinal de vida depois de partir?

— Nenhum de nós é autorizado a voltar, Jout. Já dissemos isso inúmeras vezes a você.

— Meu pai teria voltado se houvesse um jeito, Tazziat. Ele jurou que viria me contar. Se não voltou é porque não tem como voltar. Ao cruzar os portões de luz deixamos de existir. Tudo acaba.

Danuba começou a rir.

— Pobre criança egoísta. Ah! Ah! Ah! Acha mesmo que só você sofreu a perda de um pai?

— Não, não acho, feiticeira. Mas essa marcha insana ao Combatheon é igual a um corte profundo que não para de sangrar. O sangue só vai parar de verter da ferida quando não existir mais vida em Dartana.

— E o que quer que façamos, criança? Que sentemos todos ao redor da massa comum e esperemos que a vida melhore? Isso não combina nem mesmo com você. Veja onde sua indignação e insatisfação o trouxe! É admirável sua coragem. Vejo até sabedoria para criar essa armadilha. Você deveria ser um construtor no Combatheon, um líder na guerra, não um açoite contra seu próprio povo. Poderia até mesmo alcançar a graça de ser um general. Deveria atravessar a luz e arremessar pedras sobre as cabeças de nossos adversários, não sobre o deus de Dartana.

— Não acredito em suas palavras e nem na ilusão desse deus.

A multidão soltou protestos e novamente cusparadas que logo foram repreendidas por Tazziat.

— Veja quão interessante é esse impasse — disse Danuba, calmamente. — Você interrompeu a marcha de Belenus porque não acredita em Belenus. Contudo, tem fé em outra coisa. São duas crenças diferentes, lenhador de Dartana.

Jout ficou calado. As palavras de Danuba pareciam ter ficado numa nuvem que ele não conseguia atravessar. Ela fazia uma comparação entre sua descrença e sua crença.

Jeliath, que ouvia tudo de perto, sentiu um frio na espinha. Os construtores eram levados em alta estima pelas feiticeiras. Jeliath saiu da abstração momentânea ao escutar a voz de Jout responder à feiticeira Danuba.

— Não sou contra o povo, feiticeira, sou contra essa marcha imbecil atrás dele! — berrou, apontando o dedo insolente para Belenus.

Belenus levantou o corpo rugindo e ergueu a mão ao alto, descendo-a com todo o peso e ferocidade. Um infeliz rebelde bem ao lado de Jout desapareceu sob a massa de dedos e músculos do deus, esparramando uma nuvem de sangue para os lados, tingindo o rosto de Jout de vermelho e levando-o ao chão com um puxão em seus punhos que estavam amarrados ao amigo desintegrado. Muitos gritaram apavorados e centenas afastaram-se de Belenus. Apenas Jout, Mander, Jeliath e as feiticeiras permaneceram imóveis, ainda que temerosos e sujos pelo sangue espirrado.

— Brent... — choramingou Galiza.

Jeliath só não correu porque ficou entorpecido pela visão. A pessoa ao lado de Jout tinha simplesmente deixado de existir. Nunca mais veria uma noite de Bara Inteira. Nunca mais arremessaria uma pedra contra um deus. Belenus era poderoso e inclemente.

Jout levantou-se com os olhos esbugalhados revelando o pavor em ter visto um amigo desaparecer em uma fração de segundo por culpa de sua língua ferina.

Dabbynne, impassível até então, sentiu-se aliviada por não ter sido Math o escolhido para a demonstração de poder de Belenus.

— Leve-os daqui! Que sejam escravos úteis do que mortos imprestáveis — ordenou o general. — Garoto inconsequente. Parece que sua cegueira acabou de repente, bastou o sangue de um inocente para lavar seus olhos.

— Não sou cego, Mander — redarguiu o rebelde com a voz baixa, acusando o golpe.

— Não precisamos de chorões ao nosso redor, menino. Cada uma das centenas que te cercam deixou suas casas, vendo ficar para trás esposas, filhos, irmãos, mães e pais que não puderam vir para lutar, do contrário viriam também. Ninguém nessa terra suporta mais essa maldição. Seguimos Belenus com o coração e a coragem para fazer dele um deus campeão e terminar de uma vez por todas com o sofrimento em nossa terra. Acha que sua valentia também não é fruto do sofrimento comum a todos? Sua rebeldia foi semeada pela miséria de Dartana, filho. Reclama um pai ausente porque também é vítima da indignação que queima o coração de todos os pais que marcham para o Combatheon. Enquanto servirem as feiticeiras aqui em Dartana, você e seus seguidores terão bastante tempo para entender minhas palavras e aceitar seu grande erro e talvez, no futuro, caso nosso exército falhe, seja você, Jout, nosso próximo comandante. Mas estou certo de que esse fardo nunca chegará aos seus ombros, menino. Pois te digo e te prometo, como prometi a minha amada Lanadie, que vela a febre de meus dois filhos, vou atravessar a luz e fazer do nosso deus o campeão. Seu fardo, jovem Jout rebelde, será receber essa dádiva e salvar nosso mundo da escuridão da ignorância, lamentando nunca ter tido coragem de lutar ao nosso lado.

Jout deixou os olhos presos aos de Mander por um instante. Aquele homem de olhos verdes e barba vermelha realmente acreditava que alguma coisa existia do outro lado. Falava com uma convicção tão energética que até mesmo ele, o líder dos rebeldes, por um átimo, balançou em suas certezas.

— Eu acredito mais em sua força, comandante, do que nesse deus que marcha para a morte.

Belenus urrou mais uma vez e de sua garganta escapou uma voz gutural, rouca e metalizada, vertendo palavras incompreensíveis para os simples combatentes. Contudo, as feiticeiras dotadas do dom de compreender as múltiplas línguas de seus deuses entenderam a ordem do colosso de Dartana e, involuntariamente, Dabbynne balançou a cabeça de forma negativa, surpresa, mas manteve-se ainda pousada sobre o ombro de Belenus.

Tazziat voou para o alto da pedra uma vez mais e apontou para Jout e o bando de rebelados:

— Nosso deus ordena que os rebeldes sejam sacrificados para sua glória e seu poder.

Os soldados e construtores que tinham mais uma vez se aproximado voltaram a cercar os rebeldes e empurraram o bando apavorado para perto de Belenus.

Galiza chorava copiosamente e, tomada pelo medo intenso, caiu desequilibrada de joelhos aos pés da feiticeira Danuba.

— Por favor, Danuba, senhora das feiticeiras. Interceda por nós. Não quero morrer.

— Tarde demais, filha. Tarde demais. Deveria ter medido seus atos antes de se juntar a esse inconsequente mortal contra um deus guerreiro.

As mãos dos rebeldes começaram a ser amarradas para trás pelas feiticeiras guerreiras e seus corpos deitados no chão.

Dabbynne tocou o pescoço do gigante mais uma vez e Belenus virou o rosto para sua feiticeira favorita. O gigante acocorou-se para se aproximar dos sentenciados, observando suas feiticeiras agirem.

Jeliath acompanhava a ação, observando a repetição de movimentos que as feiticeiras faziam para dar o nó.

Belenus observava a preparação dos rebeldes, acocorado, ficando mais próximo de seu povo, com um sorriso de expectativa adornando o rosto iluminado.

Jout foi o último a ser amarrado e deitado ao chão. Então, Mander e os soldados mais fortes apanharam no leito rochoso pedras pesadas e postaram-se acima dos rebeldes, cada um deixando um deles entre suas pernas e ergueram as pedras acima de suas cabeças. Arremessando-as com toda força era como ceifariam as vidas em sacrifício ao deus de Dartana.

Mander olhou para Jout entre suas pernas. O garoto virou a cabeça para o lado e premeu o rosto, calado, esperando a morte. Ainda que não implorasse por sua vida, seu corpo trêmulo e seus olhos apertados revelavam o temor incontrolável que ardia em sua alma.

— NÃÃÃOOOOO!

O grito foi tão potente que ecoou pelo desfiladeiro.

Todos os olhos, incluindo os de Belenus, convergiram para Dabbynne, que flutuava pouco acima dos ombros do colosso divino. A jovem feiticeira planou em direção à frente do deus, que se levantou encarando seus olhos.

— Meu senhor, permita que esses miseráveis sofram muito mais servindo ao exército de Dartana. Se forem carregados conosco, ao Combatheon, sofrerão conosco durante as batalhas duas vezes mais do que sendo mortos agora. E se formos mortos durante as guerras vindouras, então eles também morrerão.

Um silêncio assombroso cobriu as palavras da feiticeira.

Então Belenus riu e sua gargalhada foi como um trovão.

Danuba voou para perto de Dabbynne com o ódio estampado no rosto, com um gesto empurrou a pequena feiticeira da frente de Belenus, mesmo sem tocar-lhe com as mãos, e falou bem perto dos olhos do deus.

— Peço perdão, senhor. Essa menina é uma feiticeira novata. Não entende que o mais importante para uma feiticeira é fazer prevalecer o desejo de nosso deus. Ela quer preservar a vida de seu irmão que está entre os rebeldes.

Belenus riu mais uma vez, mais comedido, e seus olhos perseguiram Dabbynne, que pairava inconstante a sua frente. A voz do deus tornou a sair de sua garganta, poderosa, fazendo vibrar as paredes do desfiladeiro, forçando muitos dos presentes a taparem seus ouvidos:

— Sou um deus, feiticeira! Posso ver o seu coração e também ver o quanto ama esse ignorante. Seu pedido me ofende, feiticeira, não tem fé em mim.

— Por que diz isso, meu senhor? — perguntou Danuba, intrigada e assustada com as palavras do deus de Dartana.

— Porque eu de tudo sei, feiticeira de guerra. Ela, a favorita, afirma que eles sofrerão duas vezes mais. Uma porque verão o Combatheon com seus próprios olhos e saberão que esse nanico é um mentiroso sem fé. Mas a novata também prova que não tem fé ao dizer que quando morrermos eles morrerão também.

Danuba e Tazziat olharam contrariadas para Dabbynne, que se mantinha próxima ao deus de guerra.

— Não, meu deus, certamente há um equívoco nas palavras de Dabbynne, meu senhor. Ela é uma feiticeira novata. Ela não sabe usar as palavras dos deuses ainda.

— Não! — gritou Dabbynne uma vez mais. — Não me enganei com as palavras, meu deus! Quero que esses infiéis sofram conosco. Quando toquei em você, deus glorioso, eu vi as batalhas que nos esperam.

— Dabbynne... — balbuciou o deus, olhando fixamente para a feiticeira novata.

Os olhos do deus liberaram um clarão que tomou todo o leito do desfiladeiro e cegou momentaneamente os que não protegeram os olhos.

— Ah! Ah! Ah! — riu Belenus. — Você viu as batalhas, feiticeira novata? Eu vi o fundo do seu coração bem aqui e bem agora e sei coisas que você ainda não sabe. Seu coração está seco, você não se move mais pelo amor e ainda assim quer ver a vida dele poupada. Não vejo batalhas árduas para mim, pequena feiticeira diferente, mas sei de coisas que estão escondidas aos seus olhos e de vontades que ainda se desenvolverão em suas entranhas, mas nenhum deus tem poder de saber o que se passará no Combatheon. O futuro é feito a cada palmo, a cada metro avançado.

Sua voz articulando palavras incompreensíveis saiu de sua grande boca, sacudindo as rochas soltas mais uma vez, como um trovão. Dessa vez, as feiticeiras não traduziram a mensagem do deus que só cabia às feiticeiras.

— Contudo, Dabbynne nova, o Combatheon não reservará a nosso povo grandes surpresas. Tudo o que foi dito por suas irmãs antigas será confirmado. Confie no seu deus. Se meus predecessores não satisfizeram seu povo, se não foram agraciados com a destruição da maldição é porque vocês não foram dignos de receber um deus de guerra libertador como eu. Certamente não há no Combatheon criatura mais forte que Belenus e nem mais caridosa. Tornarei aquele que será meu também num dos meus mais valorosos guerreiros. Não posso ver como será, mas esteja certa de que a vitória virá através da minha força e da minha energia. Acredite! Tenha fé no seu deus de guerra, Dabbynne nova.

— Senhor...

— Chega! — rugiu o deus, fazendo dessa vez com que rochas rolassem pelas encostas. — Mesmo você, feiticeira, a quem vi primeiro, não ouse me contradizer! Se prezar tanto pela vida dessas crianças insolentes, se prezar tanto pela vida do homem que secou seu coração, permita que eu empregue o castigo que agora vejo mais justo. — Belenus virou seu rosto para Tazziat, enquanto Dabbynne corava devido à menção a sua antiga paixão. — Traduza, feiticeira! Diga que Jout é um descrente e ficará para trás, para ver as mudanças acontecendo ao redor e saber que deixou Dabbynne, a dartana que ele mais ama, partir para lutar em seu lugar, porque ele é um fraco infiel. Todos os rebeldes serão escravos da humilhação e todos carregarão a culpa por terem derramado sangue inocente querendo combater a verdade divina. Depois de meus homens, nenhum outro deus de guerra passará pelo Portão de Batalha. Dartana será livre da maldição por minha força e por meu exército. Sem minha energia e sem meu general, não se chegaria a lugar algum! Jout, o infiel, deve ficar para trás e herdará a vergonha e o fardo de ter que me venerar, como um filho, como um pai.

Tazziat bradava alto, traduzindo para os soldados, construtores e cativos tudo o que as palavras do deus diziam, reproduzindo inclusive a intensidade e inflexão empregadas pela divindade.

Mander empertigou-se sobre seu equithalo. O deus de Dartana falava dele e suas palavras o fortaleciam perante os soldados.

Belenus olhou para baixo, encarando seu general, os soldados e construtores e virou seu corpo em direção ao Portão de Batalha. Inspirou fundo e soltou outra ordem num berro:

— Dartana!!! Marchar!!!

As feiticeiras acenderam os olhos. Era a primeira ordem de guerra do deus de Dartana. Os olhos amendoados das feiticeiras fulguravam de um dourado ressonante ao dourado dos portões de guerra que estavam a poucas centenas de metros logo à frente.

— Dartana! Marchar! — gritaram as feiticeiras para soldados e construtores, voando sobre as colunas, por sobre centenas de metros de cabeças que se espremiam no estreito corredor.

Como uma onda sonora, o time de construtores começou a gritar, movido pela emoção, e os brados foram para as centenas de soldados e tomaram todo o desfiladeiro.

Belenus retomou a marcha interrompida, cada passo um terremoto, avançando em direção ao Portão de Batalha.

Às suas costas as colunas avançavam.

Mander e seus homens levantaram Jout, Math e os demais rebeldes. Por ordem do deus, não seriam mais executados e seriam deixados ali, com os pés afundados no sangue do inocente Brent, livres de seguir o exército de Dartana.

Jout olhou para a face dos amigos que alcançou. Estavam mudos e amedrontados, todos, como ele, mortificados com o fim brutal de Brent. O jovem rebelde encarou por um instante os olhos dourados e brilhantes da feiticeira que um dia tinha amado e então cuspiu em sua direção.

Dabbynne manteve a face dura; ainda que seu deus tivesse mencionado Jout em suas palavras, ela nunca pedira pela vida do homem que um dia tinha amado. Para todos, tinha intercedido apenas pelo amor que devotava ao irmão caçula. Alçou voo mais uma vez, sem rumo, como uma libélula perdida numa tempestade. Foi a voz do senhor de Dartana chamando-a que a tirou daquele desequilíbrio momentâneo.

— Venha, feiticeira nova, volte para cá, esse é o seu lugar — ordenou o deus, dando um tapinha no próprio ombro, continuando a marcha em direção ao Portão de Batalha. — Você é uma feiticeira nova e irá aprender a amar e defender seu deus de guerra. Esqueça as coisas desse mundo por enquanto, chegará a hora certa de voltar a pensar nelas.

Sob o olhar de aprovação das outras feiticeiras, Dabbynne avançou. Belenus passava a preencher um espaço que já fora de um mortal. Um espaço que ficara vazio em sua alma e também em seu coração.

Dabbynne pousou, sentindo a pele fria do deus de Dartana. Ela olhou-o com admiração, esquecendo o rebelde de uma vez por todas.

— Por que me escolheu, senhor?

A voz de Belenus soou mais uma vez, rouca e surpreendente.

— Um deus bom ama manter sob seu olhar aqueles que de igual o amam.

As feiticeiras, planando ao redor, sorriram para Belenus e Dabbynne, até que a voz do deus de Dartana tornou a ser ouvida.

— Um deus sábio deve manter sob o seu olhar aqueles que despertam sua preocupação.

CAPÍTULO 18

Álvaro passeava com a sobrinha pela exposição de Leonardo da Vinci, deixando a garota se divertir com as réplicas das tantas invenções do gênio florentino. Achava que o melhor remédio para aquele momento era afastar a sobrinha de qualquer experiência religiosa, evitando alimentar o assunto que estava mexendo tanto com ela. A menina precisava passear, brincar com outras crianças e ser motivada pelo intelecto e não pelo intangível. Em mais alguns anos, ela estaria numa faculdade, poderia ser engenheira como ele ou até mesmo cirurgiã, como a tia. Tudo dependia dela e de seu esforço próprio em deixar para trás a triste história de seus pais.

Álvaro afastou-se alguns passos do grupo de adolescentes barulhentos ao ser fisgado pela lembrança de Renato, dos momentos mais tensos de loucura, quando os olhos dele ficavam arregalados e o irmão não escapava de uma ruminação de palavras desconexas. Fosse o que fosse, tinha contagiado Jéssica, a mãe de Doralice. Distraído, Álvaro revia Renato em sua mente, obcecado pela adoração a um deus que dizia ser um guerreiro de outro mundo, que um dia viria à Terra para um novo tempo. Para isso, ele, Renato, tinha sido eleito como o profeta desse deus em nosso planeta, para preparar sua chegada. No começo, Álvaro achava que era mania do irmão, outra fase de suas loucuras habituais de mochileiro de pouso incerto. Mas Renato prosperou. Angariou seguidores, fundou uma comunidade que preparava a chegada do novo senhor celestial aos confins da Terra. O deus de Renato falava com ele e com Jéssica. Pedia devoção. Pedia oração e preces sem fim. Renato emagrecia, possuído pela voz e pelos olhos do deus que, através dele, queria ver as coisas na Terra, armas de guerra principalmente. Glaucia, subindo na carreira de cirurgiã cardiologista, não tinha tempo para as maluquices do irmão. Álvaro, por sua vez, não queria contato com aquele papo de gente doida que se enfiava no meio do mato para cultuar um deus que ninguém tinha ouvido falar.

Álvaro já tinha raiva da igreja naqueles tempos, lembrando do passado e da infância humilde, quando o pai dizia que não podia comprar para ele um tênis novo para a escola porque tinha que pagar o dízimo. Sempre o dízimo. O pastor fazia seu pai e sua mãe acreditarem que entregar os dez por cento do que ganhavam era a regra mais sagrada da igreja, a norma mais rígida da Bíblia, e que prosperidade alguma atingiria aquele lar se não o fizessem. E o pai pagava o dízimo. No final, os filhos se afastaram da casa em que só se falava da vontade de Deus e onde tudo o que era "do mundo" era proibido. Quando Álvaro disse que não queria ir mais à igreja, o pai rompeu relações com ele, dizendo que o filho mais velho era cria do diabo. Quando o mais novo foi embora, para viver a vida com os amigos da faculdade, o pai disse que o conhecimento era invenção do demônio e só afastava as pessoas de Deus e da família. Talvez fosse verdade. Depois de estudar, era difícil se reconciliar com a fantasia escrita no livro que o pai e a mãe idolatravam. Álvaro se remoía vendo o casal entregar a vida inteirinha para uma coisa que nunca tinham visto, que nunca tinha entrado em seu lar, a não ser na voz do pastor, que fazia visitas para garantir que suas ovelhas e suas carteiras polpudas não se afastassem do rebanho. Quando o pai teve um infarto, ainda jovem e forte, por sorte teve tempo de ser levado para o hospital em que a mãe e a irmã, ainda estudante, se revezaram por duas semanas. Os médicos diziam que era sério, mas que o pior já tinha passado. Logo seu Marcos saiu da UTI e pôde ficar no quarto. Os irmãos da igreja foram em grupos, prestando visita, fazendo orações e o pastor, disse à mãe que seu Marcos só não tinha morrido pela interferência de Deus, do Senhor Misericordioso, porque seu Marcos era uma ovelha seguidora e temente. No dia da alta, voltando para casa, dizendo o quanto estava feliz por Deus ser bom com ele, o táxi em que viajava com a mãe foi atropelado por um ônibus de uma banda de forró. O motorista, que tinha dirigido a noite inteira, levando os músicos para três bailes diferentes, dormiu ao volante na entrada da cidade. Seu Marcos morreu na hora, enquanto dona Conquista ficou imobilizada em uma cadeira de rodas até o fim da vida. Nenhum músico de forró morreu nem o motorista sonolento. Apenas seu Marcos, a ovelha cordata. Álvaro só tinha raiva da religião até então, mas quando Renato entrou naquela obsessão sem fim, culminando com um suicídio em massa para levar as almas dos seguidores de sua seita para perto do deus guerreiro, que não mais respondia as suas orações, Álvaro passou a odiar religião, de qualquer tipo. Depois dessa breve viagem ao passado de sua família, seus ouvidos voltaram ao presente. A algazarra da criançada tinha crescido e um segurança da exposição gesticulava nervosamente para ele.

— Sim?

— Senhor, por gentileza, tire sua filha dali. Ela está se excedendo! Tira ela rapidinho antes que quebre alguma coisa e cobrem do senhor — reclamou o segurança.

Álvaro olhou para o alvoroço e encontrou Doralice além da faixa que cercava as réplicas das máquinas de guerra projetadas por da Vinci, abaixada junto a uma delas, escutando protestos e insultos das crianças ali perto, com inveja da audácia da menina, que tinha avançado os limites e brincava com uma miniatura de uma catapulta de assédio feita de madeira e inventada pelo gênio florentino. Álvaro saltou o cercado, chamando pela sobrinha, que não respondia. Monitores estavam atrás dela, também chamando a criança, que continuava imersa na observação do mecanismo, movendo suas peças e experimentando o funcionamento da máquina. Quando Álvaro abaixou-se de frente à sobrinha, assustou-se ao perceber novamente a cintilação púrpura, fugaz, em seus olhos de criança. Álvaro agarrou Doralice no colo, que começou a espernear como nunca tinha feito antes na vida, gritando a plenos pulmões, chorando e pedindo para ficar.

— Eu quero ver mais armas! Me deixa! Eu preciso aprender! Eu preciso mostrar pra ela! Me soltaaaaa!

CAPÍTULO 19

Parten marchava ao lado de Thaidena. Ambos seguiam montados em equithalos, na primeira fileira de soldados, bem próximos ao general. Mander havia prometido e cumprido que cuidaria deles. Parten sentia menos medo por conta disso. Tinham acabado de ouvir Tazziat enaltecendo o poder de Mander, aclamado pelo próprio deus de guerra. Mesmo com isso diminuindo seu medo, o terror da visão do Portão de Batalha se aproximando fazia com que quase saltasse para a garupa da sela de Thaidena. Parten não conseguia entender de onde vinha tanta coragem para mover sua namorada para frente. Ela queria ajudar o exército e não estava mentindo, como prova estava lá, na primeira fila de cavaleiros, porque queria estar ali e não porque pensava que era mais seguro andar perto de Mander. A cada passo que Belenus avançava, mais próximo o exército de Dartana ficava do imenso Portão de Batalha, erigido em tempos tão distantes que nem mesmo as feiticeiras sabiam contar por quem e como aquela maravilha tinha sido construída, era mais um dos mistérios daquilo que chamavam de Dádivas do Universo.

O Portão de Batalha era composto por três arcos de pedra seguidos, cada um a uma distância de trinta metros do outro. Os arcos atravessavam o cume do desfiladeiro, emoldurando a parede, cinza que jazia ao final. O último arco contornava o cimo da parede que dava a impressão de ser ali o fim da marcha. Mas não era. A parede, fria e acinzentada, que no dia a dia parecia um obstáculo intransponível, modificava-se conforme o exército de Dartana aproximava-se, liderado pelo colossal Belenus. A cada passo dado mais grossa ficava a película brilhante que se acendia sobre a parede, aumentando seu aspecto líquido, como se um lago de ouro estivesse ali, em vez da rocha da parede. O dourado, que era quase imperceptível a distância, agora estava vivo e fulgurante, como se labaredas líquidas de ouro quisessem escapar do Portão de Batalha e alcançar Belenus. Quando o gigante chegou ao primeiro arco, o brilho era tão intenso que alguns dos dartanas, dotados de olhos mais claros que outros, foram obrigados a cobri-los para conseguir avançar. Assim que Belenus alcançou o segundo arco, das paredes laterais uma misteriosa névoa começou a se desprender, caindo e fluindo como se fosse um riacho avançando pelo leito do desfiladeiro, cobrindo os pés dos soldados e construtores que tiveram cuidado redobrado ao caminhar.

Nesse momento, os soldados de Dartana urraram e o brado percorreu todas as fileiras do imenso exército.

Jeliath prendeu a respiração quando a névoa encobriu seus pés. Pela primeira vez na vida, ele via os portões do Combatheon tão de perto, vivos, cumprindo as promessas ouvidas nas junções de fé. A visão daquela maravilha dourada, viva e luminosa, bem diante de seus olhos, era milhares de vezes mais bela do que a concebida em sua mente pelo contar das histórias das feiticeiras. Jeliath, o jovem líder dos construtores, sentia-se mais do que nunca parte daquela massa que marchava rumo ao desconhecido. Alguma coisa no fundo do peito dizia-lhe que, sim, salvariam Dartana daquele inferno inclemente da ignorância. Finalmente, seu povo, sua terra, sua gente poderia ser livre daquele véu místico que impedia que guardassem o conhecimento e um dia seriam lembrados como os que marcharam para mudar o mundo. Era disso que se tratava aquela caminhada atrás daquela criatura gigante. Esperança. Belenus carregava a esperança em sua mão direita e segurava a longa espada na mão esquerda. Com ela e com a ajuda daqueles pequenos ao redor, Jeliath sabia de alguma forma que o deus de Dartana salvaria seu povo. Jeliath sentia-se queimando de contentamento. Tudo se confirmava e sua inquietação só fazia aumentar a cada passo. Não existia medo. Ele sabia que aquilo era a fé que as feiticeiras tanto profetizavam. O que Jeliath mais queria era atravessar aquela parede de luz e finalmente experimentar aquilo pelo que tanto ansiava. Nas junções de fé, as feiticeiras repetiram tantas e tantas vezes que a terra do Combatheon era a terra do pensamento livre. Ali haveria uma trégua da maldição para que os exércitos guerreiros se enfrentassem. Para construir, era preciso saber e o deus e as feiticeiras os fariam saber! Sobreviveria ao final o mais inteligente. Em troca desse poder, desse pensamento livre, Jeliath não hesitaria um instante em obedecer a Belenus. Construiria para ele. Com seu martelo em um ombro e a trouxa de farrapos no outro, Jeliath seguiu em frente.

Belenus estava chegando ao terceiro arco. Debaixo daquela construção ancestral, queimava o brilhante Portão de Batalha, a coluna de energia que era entrada para o outro mundo. Dabbynne estava certa de que só ela sentira aquilo. Uma sensação, ainda que tênue e rasteira, mas com um significado gigantesco no cenário em que estava inserida. A feiticeira novata, ainda pousada no ombro do deus de Dartana, com a mão apoiada no pescoço da imensa criatura, sentiu diminuir a velocidade da marcha quase que imperceptivelmente quando ele ia dar o passo decisivo de encontro ao portão de luz. Dabbynne sentiu Belenus vacilar uma fração de segundo, como se o deus, defronte àquilo a que veio ao mundo, dissesse: "Eu também tenho medo. E se não houver nada lá?"

A feiticeira novata sentiu o coração bater acelerado, mas manteve-se firme, agarrada ao seu deus, assim que ele cruzou a luz. Dabbynne não ousou olhar para trás e buscar apoio nos olhos das outras feiticeiras ou soldados. Não queria que compartilhassem aquela incômoda sensação. A dúvida breve de Belenus. Por outro lado, de forma egoísta, sabia que não havia melhor forma de partir de Dartana do que aquela, sentada no ombro do deus de guerra. Assim que o titã avançou, Dabbynne prendeu a respiração. A luz parecia material, algo que a atingiria e a lançaria do alto. Não foi assim. A luz envolveu deus e feiticeira, como um convite a seus espíritos, reconfortante e, de maneira inexorável, engoliu-os, puxando-os do chão de cascalho, tirando os pés pesados do colosso do contato com o solo, tragando-os para dentro da muralha brilhante. O som que tomou os ouvidos da feiticeira era grave e ululante. Dabbynne lembrou-se das muitas vezes em que mergulhara a cabeça nas águas do rio Massar. Era o som de estar no fundo da água. Seus olhos estavam tomados pela luz, mas, diferente do sol, essa luz não esquentava. Aquilo durou dois segundos e então veio a ventania, que empurrou deus e feiticeira para frente, como se não tivessem peso. Tinham sido engolidos completamente pelo portal de guerra.

Atrás deles, um a um os batalhões de soldados e construtores iam sendo tragados pela muralha dourada, entregando seus corpos ao deus de Dartana sob a vigilância do olhar de Danuba. O medo entre as fileiras aumentava, alguns choravam e outros pensavam em virar e fugir, desistindo da marcha; contudo, as feiticeiras, flanqueando a passagem, lançavam olhares vigorosos que arrefeciam o medo e devolviam os soldados às suas jornadas.

Thaidena e Parten ergueram os olhos para a boca do desfiladeiro. Lá em cima o céu já ia ganhando a luz do dia, contudo, logo à frente, apesar da paisagem impregnada pelo brilho dourado igual ao do Hangar dos deuses, a visão era sombria ou, ao menos, a percepção do que se via dava esse tom mais soturno. Todos iam desaparecendo quando eram engolfados pela vívida muralha de luz. Thaidena encarou o namorado e aquiesceu com a cabeça, perdendo por instantes aquele ar tão decidido e de coragem irrefreável. A exemplar soldado de Dartana bateu com os calcanhares na barriga de seu equithalo, fazendo-o se mover para frente, com os demais. Thaidena nada disse, mas sabia que Parten estava sendo muito corajoso naquele momento, talvez como nunca tivesse sido em toda sua vida, ao decidir acompanhá-la para o desconhecido.

— É agora, Parten! Chegou nossa vez! — gritou Thaidena, com os cabelos castanhos voando e encobrindo parte do rosto, arrastados pela voracidade do ar que era engolido pelo portal de luz. — Quer mesmo isso, Parten? Quer mesmo seguir o deus de Dartana?

Parten mirou a muralha de luz de onde nunca outro dartana voltou. Sua boca estava seca e a pele, fria. Um vento gelado e cortante confluía pelo desfiladeiro, e a corrente de vento era engolida pela boca do Combatheon.

— Meu pai antes de mim marchou ao Combatheon, Thaidena, e o pai do meu pai também. É nossa sina rumar para o desconhecido. Acho que não tenho escolha.

— Tem sim! Você escolheu cuidar de mim! Você é mais corajoso do que pensa, Parten.

Os dois se olharam mais uma vez antes de baterem com os calcanhares no vazio dos equithalos, obrigando-os a seguir em frente.

Engolfados pela massa de soldados que marchavam, Parten e Thaidena foram engolidos pela fulgurante muralha de energia.

* * *

Dabbynne abriu os olhos. A ventania que tinha aumentado ao chegarem ao final do desfiladeiro tinha triplicado de intensidade, empurrando-a para frente, afastando o deus de guerra e sua feiticeira para longe da muralha de luz. O deslocamento de ar era tão poderoso que a obrigava a proteger os olhos dos fios de cabelos vermelhos que esvoaçavam e repicavam em seu rosto. Assim que conseguiu ver ao redor, Dabbynne percebeu que ainda estavam cercados de rochas e o chão era o mesmo, cheio de cascalhos. O desfiladeiro continuava metros para frente, onde se abria num vasto horizonte, como se simplesmente a ventania os tivesse feito dar meia-volta. A feiticeira favorita olhou para trás meia dúzia de vezes antes de perguntar:

— Belenus, o que aconteceu? Nossa passagem deu errado?

O deus de Dartana riu com sua voz rouca e poderosa misturada à ventania. Tirou-a do ombro com a mão direita, apoiando-a sobre seus dedos e olhou-a nos olhos.

— Já passamos, pequena. Aqui é o Combatheon. Não sente o cheiro das batalhas?

Dabbynne limitou-se a balançar a cabeça em sinal negativo. O desfiladeiro a sua frente, encimado por nuvens plúmbeas, que emitiam relâmpagos que cruzavam o céu, era um bocado decepcionante. Tudo era igual a Dartana. Dabbynne virou-se para trás, ouvindo os cascos dos primeiros equithalos batendo contra os pedriscos do chão. Mander, o general, surgia, também de olhos arregalados, espantado com o mesmo cenário, tão similar ao de onde tinham acabado de partir, experimentando, como ela, aquela sensação de estranhamento. Dabbynne sorriu para o general enquanto voltava, flutuando, para o ombro do gigante que marchava adiante.

Tazziat foi a segunda feiticeira a passar e voou ligeiro até alcançar Belenus e emparelhar ao lado da feiticeira preferida do deus de guerra.

— Venha, Dabbynne. Vamos cumprir nossa primeira tarefa.

— Qual é?

— Investigar se nosso exército está em segurança.

Dabbynne saltou do ombro de Belenus e voejou até diante dele. O deus sorriu e Dabbynne sabia que podia seguir. De alguma forma, desde que Dabbynne vira os olhos do deus de Dartana pela primeira vez, soube que tinham selado um pacto. Ela era dele e ele era, estranhamente, dela. A feiticeira virou-se para Tazziat, que tinha disparado à frente, deixando um rastro de luz pelo desfiladeiro. Como voava rápido!

— Venha, Dabbynne! — gritou lá da frente.

A voz de Tazziat entrou fundo no ouvido de Dabbynne. A feiticeira novata tremia. Todos os sentidos estavam amplificados naquele novo ambiente. Desejou voar rápido como Tazziat e o corpo obedeceu, afastando-se de Belenus e deixando para trás um rastro de luz.

Jout estava profundamente errado. O outro lado existia!

— Cuidado, feiticeiras! Sem vocês, nossa guerra está perdida! — trovejou o deus de Dartana.

* * *

Mander foi o primeiro cavaleiro a chegar. Sentiu o corpo envolvido por fios de luz e o vento forte praticamente agarrá-lo para dentro da muralha fulgurante. Seu animal empinou uma vez e girou em seu eixo até se aquietar. O vento tornou-se mais forte, não era possível enxergar nada ao redor. Mander teve medo do desconhecido, mas não teve dúvida alguma. O som da ventania ficou tão alto que não conseguia ouvir a marcha dos homens e seus olhos foram cerrados por culpa da luminosidade tão intensa. Os equithalos relinchavam agitados, precisando de habilidade dos montadores para que se aquietassem e voltassem à formação.

O general de Dartana viu seu deus caminhar com a feiticeira favorita em seu ombro até que Tazziat os alcançou e as duas partiram adiante.

No primeiro instante, ele teve a impressão de continuar em Dartana. Não era possível! A mesma garganta a sua frente, como se fosse apenas o apêndice, o final do desfiladeiro por onde tinham entrado. O rochedo ia diminuindo em altura depois de um quilômetro e então o horizonte se mostrava vasto e lá, sim, desconhecido. O céu sobre o desfiladeiro estava amarelado e sem nuvens, no entanto, após a planície que conseguia enxergar, via nuvens negras e relâmpagos cortando o céu escuro.

O general olhou mansamente para os soldados e, estugando sua montaria, fez o equithalo se adiantar, no que foi imitado pelos que já tinham chegado, dando passagem para as outras centenas de soldados e construtores que vinham logo atrás.

Thaidena e Parten aproximaram-se em suas montarias e passaram a acompanhá-lo pelo lado direito, enquanto Anoch, o chefe de um dos batalhões de soldados de Mander, aproximou-se pela esquerda.

— É aqui então a prometida terra das guerras, meu senhor?

Mander olhou para trás mais uma vez. Os soldados montados já tinham passado e agora vinham os soldados a pé, misturados aos homens de Jeliath. Várias feiticeiras surgiam, voando, deixando aquela cortina de luz dourada. Mander olhou para seu guerreiro, Anoch, ao seu lado, e balançou a cabeça em sinal positivo.

— E o que fazemos agora, senhor?

Mander suspirou, observado por Thaidena e Parten. O general puxou a rédea de seu equithalo e desmontou. Ele se abaixou e agarrou alguns pedriscos, depois os observou na palma da mão. Olhou a primeira vez mais detidamente para os cantos do desfiladeiro. Entre rochas e pequenos arbustos secos que tinham teimado em crescer, viu os ossos de alguém que já tinha sido um soldado de Dartana. Mander aproximou-se do esqueleto, notando que tinha um capacete e uma espada. Apanhou o capacete, que assentou bem em sua cabeça. Quando puxou a espada, parte do esqueleto se desfez, vindo com ela embainhada e presa a um cinto. Mander olhou para Anoch e os soldados. Ergueu a espada na horizontal, uma extremidade em cada mão, como se segurasse algo sagrado a se ofertar ao divino e, ainda olhando para os soldados, falou:

— É tudo real. Não restam mais dúvidas.

Mais soldados foram se aglomerando em torno de Mander e Anoch, segurando as rédeas de seus equithalos.

— Você me perguntou o que faremos agora, Anoch. Respondo que agora vamos lutar até o fim e só vamos parar quando tivermos derrotado cada um de nossos inimigos nessa terra nova. Lutaremos pelos meus filhos e pela minha mulher que deixei para trás. Cada um de vocês deve arrumar um motivo tão bom quanto o meu para erguer suas armas e não errar o alvo quando atacarem, só assim seremos campeões no Combatheon. Só assim faremos o que nossos antecessores não conseguiram.

* * *

Jeliath e os demais construtores mais próximos não conseguiam parar de lançar olhares curiosos para os lados, uns cutucando os outros, saindo da linha de marcha para satisfazer sua curiosidade, carregando sobre os ombros pesados martelos. Poucos tinham notado, mas os construtores jamais deixariam aquilo passar despercebido. Próximo às encostas do desfiladeiro, havia restos de armas jogados ao chão, fragmentos de objetos usados por exércitos passados que convidavam à observação. Jeliath foi o primeiro a destacar-se do grupo, em frenética corrida, em instantes dezenas deles estavam revirando as pedras e procurando pedaços do que já tinham sido ferramentas de guerra, peças que podiam fechar a mão em cabos feitos de materiais que desconheciam, que lembravam enfeites feitos de dentes de grandes feras, usados por algumas das feiticeiras imaculadas. Lâminas perfurantes feitas do raro metal que as feiticeiras apresentavam quando ofertavam presentes aos moradores de Dartana. Elas chamavam algumas daquelas ferramentas de facas, outras, de adagas e as maiores eram as espadas, que ficavam apenas nos arredores do Hangar, onde os soldados treinavam para um dia estar ali, no Combatheon, e saber usá-las contra os inimigos. Agora ali estavam e precisavam de muitas mais. Seus olhos sequiosos por saber também encontraram capacetes, que se encaixavam em sua cabeça, e outras partes de peças em couro e metal, que se amarravam como as roupas de couro que as feiticeiras tinham ensinado há muitos e muitos anos o povo de Dartana a se proteger do frio e do sol. Mas aquelas peças eram diferentes, tinham o precioso metal, usado nas facas e espadas, esculpidos com a forma do peito dos homens, formando um casco rígido. Jeliath apanhou um desses e ergueu acima da cabeça, sorrindo. Era lógico!

— São armaduras! Como a armadura que protege o corpo de Belenus. Essas armaduras protegerão nossos soldados!

Sarzel trouxe uma placa até seu próprio peito, enquanto outros construtores se distraíam com o que encontravam no meio de ossadas e, sem cerimônia, iam se apropriando das novidades.

— Sim, Jeliath! É claro como água! São defesas para o corpo dos soldados. Podemos fazer.

— E servirão muito bem em nossos corpos também! — acrescentou Danvar, lembrando aos companheiros construtores que eles também precisariam de proteção e não só os soldados. — Precisamos melhorar essas formas para nós, não é, meninas? — completou a construtora, olhando para as outras.

Jeliath sorriu para Danvar, percebendo que ela estava com a razão. As quatro armaduras que tinham encontrado até agora serviriam apenas para soldados homens, mas o exército de Dartana contava com muitas mulheres soldados e construtoras. A única classe que se constituía de um gênero apenas era a das feiticeiras.

Jeliath e os demais construtores foram se esparramando próximos às encostas, onde iam surgindo cada vez mais esqueletos dos restos do que um dia fora o exército de Dartana. Por alguma razão desconhecida, aqueles guerreiros tinham resolvido morrer ali, juntos, perto do Portão de Batalha, talvez na vã esperança de que um dia ele se iluminasse e eles pudessem voltar para casa. Os construtores abandonaram a marcha, entretidos com os artefatos que capturavam sua atenção. Jeliath ainda analisava a armadura, tentando entender seu funcionamento. A frente e as costas, que deveriam ser unidas com tiras de couro, protegeriam a frente e a retaguarda do combatente, caso uma pedra fosse lançada contra ele. Talvez fosse até resistente a algo mais afiado, como os gumes cortantes dos restos daquelas espadas, impedindo que a lâmina machucasse a pele do guerreiro e oferecesse a chance de que ele contra-atacasse. Os construtores trocavam olhares e sorriam cúmplices, comentando entusiasmados sobre as hipóteses uns com os outros, até Jeliath chamar um soldado e, de fato, prender a armadura ao dorso do rapaz. O garoto brindado com a proteção sorriu e outros vieram ver o primeiro feito dos construtores de Dartana, ainda que usando restos de construções anteriores. Isso demonstrava que as histórias contadas nas junções das feiticeiras eram reais. No Combatheon, as almas dos construtores e soldados se abririam para o conhecimento da guerra, o saber já trafegava em sua mente naquele lugar onde não havia a maldição que aprisionava seus pensamentos. Em poucos segundos, tinham tido a clareza de enxergar além do que estava em suas mãos, vendo aquelas peças presas aos corpos de soldados, decifrando para que serviriam aquelas carapaças em batalha. Era como se uma venda tivesse sido retirada de seus olhos, era como se a maldição fosse quebrada. Eram construtores de Dartana e, para a glória de sua terra e de seu deus de guerra, sabiam agora, confiantes, que construiriam o que fosse ordenado.

Jeliath percorreu novamente o terreno com os olhos. Sua mente estava faminta e havia outros tesouros lançados à superfície do campo, semicobertos por grãos de areia e pequenos seixos que o vento forte e constante empurrava. Sua vontade era lançar-se ao chão e cavar ao redor de cada crânio que via, e eram muitos! Porém outra curiosidade o chamava, como um encanto. Podia ver o final do rochedo, as pedras que afunilavam a garganta diminuíam gradativamente, até se nivelar ao solo e revelar uma fatia do horizonte. Jeliath sorriu e olhou para a jovem Danvar, que ainda estava ao seu lado.

— Olhe, Danvar. Existe todo um mundo novo logo adiante.

A jovem retribuiu o sorriso de Jeliath.

— Logo conheceremos toda essa terra, senhor Jeliath. Conheceremos tudo enquanto lutamos por Belenus.

Jeliath perdeu o sorriso e olhou para o deus colossal que se afastava lentamente. Ele nunca tinha esquecido, mas Danvar havia dissolvido aquela sensação de sonho em que seu espírito ainda se encontrava, estavam ali para a guerra e ela inevitavelmente começaria.

Ao mesmo tempo que essa revelação veio à mente do líder construtor, Jeliath olhou para trás, sentindo a ventania que ainda empurrava os cabelos daqueles que deixavam a luz dourada do portal. Ao fazer isso, ele viu Nullgox. Para sua surpresa, o pehalt de Dabbynne também tinha atravessado o portal. O bicho andou até perto dele e começou a lamber um osso junto à parede do desfiladeiro. Sentou-se e ergueu a cabeça, farejando o ar, já desinteressado com os restos mortais de um velho dartana. O líder dos construtores olhou novamente para o Portão de Batalha e viu os últimos soldados passarem. Finalmente, Danuba, a feiticeira guerreira, surgiu, garantindo que todos os membros do exército tinham atravessado. O vento cessou repentinamente, fazendo com que muitos olhassem para trás. Todos capturados pela curiosidade. Jeliath olhava para os cabelos revoltos de Danvar a sua frente. Eles que, até agora, estavam apontados e balançando na direção da planície desconhecida para onde rumava o exército de Dartana, começaram a oscilar, com seus fios tomando a direção oposta. Uma brisa leve começou a soprar de volta ao Portão de Batalha e ela logo se tornou uma ventania tão forte que muitos se abaixaram e outros tantos rolaram no chão.

Mander e seus cavaleiros precisaram mais uma vez lutar com as rédeas dos equithalos que se agitaram, brigando para manter o batalhão todo no lugar. O vento poderoso que tinha invertido seu caminho aumentou ainda mais a força, enchendo o corredor do penhasco com pedriscos e poeira.

— O que está acontecendo, Thaidena?

A soldado estava agarrada ao pescoço de sua montaria, posto que tinha perdido as rédeas do animal. Parten, também inexperiente com cavalaria, fazia o que podia para manter-se em pé. Os gritos de Mander ficaram difíceis de ouvir. O equithalo de Thaidena saltou, lançando a garota por cima de sua crina, fazendo-a voar para o alto e ser arrastada pelo vento quando bateu forte no chão.

— Thaidena!!!

Jeliath olhou para o Portão de Batalha e a feiticeira Danuba empregou força em seu voo mágico para não ser engolida pelo vento. Então a parede dourada explodiu numa língua de luz, cegando momentaneamente a todos. Quando Jeliath conseguiu ver novamente, o Portão de Batalha desaparecera e o que restava ao final do desfiladeiro era apenas uma parede cinzenta de rocha, completamente apagada e sem graça.

Assim que o clarão dourado passou e Mander recuperou a visão, ele levantou o rosto, sentindo um cheiro adocicado e perigoso que convergia com a leve brisa que agora soprava para dentro do desfiladeiro. Era o cheiro que o fogo destilava depois de consumir a carne. Mander bateu com os calcanhares em sua montaria e avançou, instigando seus homens a fazerem o mesmo.

— Venham! Nosso deus de guerra está em perigo!

O desfiladeiro encheu-se com o trotar de centenas de equithalos que tentavam se organizar e seguir o líder.

Thaidena era socorrida por Miriam, uma das feiticeiras novatas que já tinha aprendido a lançar sua luz dourada de cura. A energia soltava-se das mãos da garota e percorria a pele de Thaidena, que se contorcia de dor e gemia. Os filamentos dourados, parecendo serpentes de fumaça, enrodilhavam as feridas abertas no joelho e no ombro da guerreira que tinha tombado de sua montaria, enquanto, aflito, Parten assistia à namorada ser socorrida pela energia de cura. Parten também olhava para trás, vendo Mander afastar-se com os demais guerreiros. Um alvoroço desorganizado tomou conta do chão do desfiladeiro. Ouviu Jeliath correndo aos berros, com seus construtores, pedindo que avançassem e seguissem os soldados, enquanto ele e Thaidena iam ficando para trás. Quando voltou a observar a namorada, encontrou os olhos castanhos de Thaidena. Era a primeira vez que via o medo no rosto da amada. Os lábios finos e longos estavam crispados de dor. Parten, segurando as rédeas dos equithalos para não se dispersarem, ajoelhou-se ao lado da namorada. Thaidena parou de chorar e forçou um sorriso para Parten.

— Eu estou bem. Nem está doendo mais.

Parten olhou para as feridas, elas estavam quase fechadas. Era incrível! Em Dartana, as feiticeiras tinham rituais de cura, mas só emanavam sua aura mágica quando o deus de guerra germinava no berço e por um período após sua partida. Ali, no Combatheon, a magia era visível e as feridas, que levariam dias e dias para se fechar, já estavam praticamente curadas.

— Miriam, você aprendeu direitinho.

— Acredite, Parten, estou tão surpresa quanto você. Não imaginei que seria tão rápido!

Thaidena forçou a coluna, projetando o corpo para frente.

— Calma, não se levante ainda, Thaidena. Eu não terminei — protestou a feiticeira guerreira.

A soldado, teimosa, levantou-se e, quando deu o primeiro passo, o joelho não suportou a marcha e ela caiu, sendo amparada pelo namorado. Miriam concentrou suas mãos no joelho da garota, enquanto Parten levava os equithalos até um dos arbustos secos, tentando prendê-los aos galhos. Parten deu dois nós e apertou-os, para ter certeza de que os animais não escapariam antes que Thaidena estivesse pronta para montar. Quando deu dois passos de volta ao encontro da namorada, estacou, surpreso, congelado, e olhou para trás. Nós! Como tinha feito aquilo? Tinha lhe parecido tão óbvio! Todas as cordas poderiam se transformar em nós! Poderia prender quantos equithalos quisesse! Voltava sorridente para contar a novidade para a namorada quando os olhos dourados da feiticeira ficaram imóveis, juntos com os de Thaidena. Miriam ergueu o braço e saltou, alçando voo, disparando na direção de Belenus, que se perdia adiante.

Parten olhou na direção apontada. O exército de Dartana marchava majestosamente rumo ao campo aberto ao final da proteção do desfiladeiro, Mander e os cavaleiros tinham disparado, levantando poeira e tentando alcançar o colosso divino. Bem à frente deles, acima de Belenus, uma misteriosa e perigosa esfera incandescente voava pelo céu, deixando um risco alaranjado no ar do Combatheon. Era uma pedra. Como voava, Parten não fazia ideia. Ela vinha em direção à garganta, em direção ao deus de Dartana. Ela começou a cair e, então, explodiu!

* * *

Segundos antes, Mander tinha entrado em alerta. O cheiro da carne queimada dominou seus sentidos e, instintivamente, soube que aquilo era obra do Combatheon. As feiticeiras, em todas as junções dirigidas especialmente aos soldados, tinham repetido à exaustão. A guerra no Combatheon acontecia em todo lugar, a todo instante. Algo queimava a distância, longe demais dos olhos dos que marchavam; como general e responsável pelo sucesso de Dartana, tinha que preparar seus homens o quanto antes. Encontrar as forjas que deveriam estar próximas da garganta, comandar as feiticeiras, que mediariam com o deus de guerra e trariam do outro mundo os planos de construção de armas aos construtores. Orquestrar e defender tudo isso era sua responsabilidade e o seu trabalho no Combatheon. Mander olhou ao redor. Seus homens ainda estavam entretidos, contemplando o leito pedregoso da garganta, admirando os achados, as peças de guerra e os incontáveis esqueletos de guerreiros que tinham vindo até a garganta para morrer, para perder suas vidas antes deles. Como as teriam perdido? Mander sentiu os pelos da nuca eriçarem-se e então berrou para que todos saíssem dali e o seguissem.

* * *

Momentos antes da surpresa de Parten e da preocupação de Mander, Belenus rumava em passos confiantes para a boca do desfiladeiro que se alargava cada vez mais. Sua espada, agarrada à mão direita, ao lado de seu corpo, zunia a cada passada. A maioria de suas feiticeiras já tinha lhe alcançado e um grupo delas, junto com sua preferida, tinha se adiantado. A garganta, que em seus trechos mais estreitos tivera cerca de oito metros de largura, abria-se agora com o cimo das rochas caindo e descortinando um corredor largo com cerca de vinte metros, fazendo com que a percepção do horizonte se ampliasse cada vez mais.

Belenus cerrou os olhos, observando as perigosas colunas de fumaça que riscavam o céu tão diferente de Dartana, colocando o exército inteiro em alerta. O cheiro de fumaça ficava cada vez mais forte. O Combatheon ardia e o deus de guerra sabia que, não muito longe dali, dois exércitos se enfrentavam. O cheiro da morte encheu as narinas do gigante de Dartana, que olhou para a colina à esquerda. Lá no alto, viu os primeiros cavaleiros oponentes que fugiam de um inimigo desconhecido começando a descer o terreno, lutando por suas vidas. O som repetido de pequenas explosões atraiu os sentidos de Belenus e ele viu dois dos cavaleiros adversários despencarem de suas montarias. Uma rocha incandescente surgiu do alto da colina. Ela não tinha sido arremessada em sua direção, mas fora enviada por uma máquina de guerra. Belenus sorriu. Precisava vê-la. Uma máquina capaz de lançar projéteis daquele tamanho e natureza era, sem sombra de dúvidas, uma máquina incrível que conseguiria matar muitos inimigos. Belenus parou ao ver as feiticeiras se afastando. A esfera de fogo caiu metros à frente, explodindo e esparramando pedaços que escaparam, girando e silvando em todas as direções, eliminando mais meia dúzia daqueles cavaleiros em fuga.

* * *

Dabbynne sentiu o corpo todo incandescer, sentia novamente aquela pressão ao redor da pele, algo como eletricidade percorrendo pernas e braços, esparramando euforia pelos poros, uma sensação de ansiedade crescente fazendo o coração bombear cada vez mais rápido. Tazziat emparelhou ao seu lado, sorrindo, com as madeixas negras flutuando, parecendo querer despregar da cabeça da feiticeira.

— Você também está sentindo?

Dabbynne concordou com a cabeça.

— É o Combatheon, querida irmã! Exatamente como diziam as antigas. Exatamente!

Dabbynne subiu mais. Tal qual Dartana, o Combatheon também era dotado de um céu. Contudo, era um céu acobreado, puxando para o amarelo. Fora da garganta de pedras, era bem diferente da paisagem de casa. À direita da saída do desfiladeiro, o céu estava carregado de nuvens escuras, que se afastavam lentamente, transmitindo à jovem feiticeira algo completamente novo e inesperado. Estava longe de casa. Estava longe de Dartana. Tinha viajado pelas estrelas em cima do ombro de seu deus de guerra. Escapando do desfiladeiro, as feiticeiras encontraram nuvens baixas que se moviam mansamente, encobrindo o chão e deixando apontar rochas mais altas aqui e ali. Junto de Tazziat, Dabbynne cobriu a planície que se abria ao final da garganta de entrada por onde vinha o exército de Dartana marchando atrás de Belenus. As duas pararam um segundo, olhando para trás. A ponta do elmo de Belenus começava a surgir onde a passagem de pedra baixava. Voltaram-se para frente e se impulsionaram pelo céu. Após a extensa planície, o terreno se dobrava num aclive, subindo para outro terreno também pedregoso e árido, dotado de rochas de inúmeras formas que subiam íngremes contra o céu, como lâminas. Existia pouca vegetação naquela região do Combatheon.

Tazziat freou bruscamente, empalidecendo sob o brilho dourado que corria pela pele.

Dabbynne também parou e ambas ficaram olhando, chocadas, para o que viam. Centenas de cavaleiros fugiam de um aglomerado de soldados. Dois gigantes trocavam golpes com armas muito diferentes das de Belenus. Não eram nuvens baixas que tampavam sua visão. Era fumaça. Fumaça vinda da guerra, de corpos queimados pelas bolas de fogo que cruzavam o céu.

Feiticeiras com um brilho roxo sobrevoavam em boa quantidade a cabeça do deus inimigo, com adagas erguidas, descendo em sequência e golpeando e distraindo a criatura que tentava continuar marchando, ajudando seus guerreiros no solo.

De repente, uma daquelas surpreendentes bolas de fogo desprendeu-se de uma máquina de madeira, lançando-a para o alto e na direção das duas feiticeiras. Tazziat puxou Dabbynne pelo braço, enquanto a feiticeira preferida lançava um derradeiro olhar para trás. Dabbynne não olhava para a bola incandescente que passava nesse instante acima de sua cabeça. Ela olhava para uma das feiticeiras de brilho roxo. A feiticeira inimiga a olhava de volta, parada no ar, percebendo as duas dartanas fugindo a uma boa distância.

Dabbynne saiu de seu estado de estupor e partiu atrás de Tazziat, que já despontava. A imensa bola incandescente cortou o ar, esquentando-o a sua volta, voando certeira para o desfiladeiro onde o exército de Belenus ainda se concentrava. Dabbynne sentiu o sangue gelar nas veias diante de tão inesperada visão e perigo. Felizmente o voo do projétil perdeu força, e a esfera de rocha explodiu antes de atingir Belenus ou o exército de Dartana. A guerra já tinha chegado aos seus conterrâneos.

* * *

Quando o general de Dartana alcançou o seu deus de guerra, a pedra voadora já tinha explodido. Mander viu as feiticeiras Tazziat e Dabbynne aproximarem-se, gritando, para alertar Belenus. Estavam apavoradas. Foi então que o general entendeu a razão. Uma turba de cavaleiros montados em estranhos animais descia a colina distante da garganta onde o exército de Dartana estava. Mander ouviu explosões e, quando puxou as rédeas, paralisando seu equithalo aos pés de Belenus, pôde ver feiticeiras púrpuras e esmeraldas voando acima da colina, cruzando colunas de fumaça que riscavam o céu amarelo do Combatheon. À direita, para onde os soldados fugiam, o céu ficava negro e era cortado por raios que eventualmente faiscavam. A guerra estava lá, sem aviso algum, diante do seu exército despreparado. Por um segundo, Mander não sabia o que fazer, teve vontade de gritar para as feiticeiras, que viessem ao chão e lhe dissessem o que fazer. Não tinha armas! Não estavam preparados! Daí veio o vislumbre. Elas diriam que ele tinha que lutar. Tinham apenas as lanças nas mãos e dois exércitos diante de si. Exércitos que já tinham evoluído, exércitos que deveriam ser evitados, como disseram as feiticeiras tantas vezes. Dartana tinha chegado sem nada e deveria se preparar antes de confrontar o primeiro oponente. Por outro lado, eram talvez dois exércitos debilitados pelo combate. Um deles em fuga, enquanto o mais forte estava desesperado pela vitória. Se apanhasse dois exércitos com uma única investida, derrotaria dois deuses, tendo chance de liquidar os inimigos antes que a doença levasse seus filhos em Dartana. Era para isso que estava ali. Para aproveitar todas as chances de vencer e salvar os filhos o quanto antes. Mander girou em seu equithalo, bradando para os soldados e erguendo a lança, convidando-os à batalha. Mander iria contra o conselho das feiticeiras. Mander sabia que tinha sido escolhido para comandar os guerreiros de Dartana porque tinha fome de vitória e não temia o combate. Faria qualquer coisa para ter uma chance de poupar a vida de seus filhos. Os guerreiros corresponderam ao seu chamado e, em questão de segundos, passaram por um aturdido deus de guerra.

Belenus, ainda decidido a observar a distância, bradou para as feiticeiras.

— O que eles estão fazendo?

— Quer que eu os pare, meu senhor?

— Não. Deixe-os sentirem o gosto do Combatheon e prepararem seus espíritos.

Nesse instante, uma segunda pedra do tamanho de dois equithalos surgiu do alto do morro. Como a primeira, ela vinha silvando e produzindo um traço de fumaça negra no céu, com chamas alaranjadas tremulando ao redor, prontas para desprenderem-se para todos os lados e abraçar o maior número possível de inimigos. Diferente da primeira, essa pedra era maior e vinha mais alto, muito mais alto. Mander, prevendo a desgraça, fez os soldados interromperem a disparada. Todos olhavam para o alto. O bólido voador passou entre os cavaleiros e as feiticeiras de Dartana, que flutuavam a boa distância, projetando uma tenebrosa sombra sobre os cavaleiros, passando até mesmo por cima de Belenus, que não se moveu um centímetro a sua passagem, observando-a aterrissar catastroficamente dentro da garganta, onde seu exército estava desprevenido e enclausurado, explodindo e esparramando chamas para todos os lados. Só então as feiticeiras romperam a inércia, enquanto Mander olhava incrédulo para o que acabara de suceder. A pedra tinha acertado em cheio os soldados e os construtores de Dartana! Eles estavam sendo atacados!

* * *

Quando a esfera flamejante arrebentou-se contra o chão de pedra, espatifando-se, lançando projéteis incandescentes de todos os tamanhos em todas as direções, Jeliath tombou ao solo, arremessado como dezenas dos que estavam próximos à área de impacto. O ar ficou quente e jogou a todos como um golpe de martelo, fazendo com que gritos de dor e horror infestassem os ouvidos. O líder dos construtores levantou-se zonzo em meio à fumaça que entrava pelo nariz e pela boca, fazendo-o cuspir uma saliva cinza e tossir. Seu ouvido zumbia e as pernas não lhe obedeceram. Jeliath caiu de joelhos e amparou-se com as mãos sobre o leito de pedras da garganta enfumaçada. Tossiu novamente, enquanto seus olhos ardiam. Notou sangue na mão e levou-a à testa, a única parte do corpo que doía e queimava, como se um bando de feni-voadoras o tivesse picado. Não conseguia saber ao certo quando tinha começado a tremer, se foi ao ouvir os berros de Mander ou ao ver a pedra já quase no chão, voando de forma incompreensível. Talvez a tremedeira tivesse iniciado quando seus dedos afundaram em um extenso corte na testa, entrando em seus cabelos. O fato é que ele, Jeliath, tremia.

A guerra era aquilo. Dor, fogo e fumaça. Jeliath reuniu forças e se levantou. Do alto dos corpos caídos, nas janelas propiciadas pelo movimento da fumaça, destacava-se a sombra do gigante deus de Dartana. Vendo-o se aproximar, Jeliath sentiu uma eletricidade percorrer seu corpo, sabia que alguma coisa estava prestes a acontecer. As histórias contadas pelas feiticeiras diziam que no Combatheon o deus fazia seu exército lutar e seus construtores construir. Era para isso que estava ali. Ainda trêmulo, Jeliath buscou pelos amigos ao redor. Um rapaz, da sua idade, tinha o peito amassado e fumegante. Um pedaço da pedra ardente havia entrado e queimado seus órgãos. Jeliath virou-se, enquanto os passos de Belenus faziam o chão estremecer, retrocedendo, sem parar, à proteção do desfiladeiro, ladeado por suas feiticeiras de guerra que também tentavam entender o que estava acontecendo.

Todos tinham sido apanhados de surpresa. As primeiras feiticeiras se soltaram da aura de Belenus e desceram, notando que muitos dos soldados e construtores próximos ao impacto do projétil estavam gravemente feridos. Jeliath deu a mão a duas construtoras, colocando-as de pé. Uma era Danvar. Não parecia machucada, mas chorava e também tremia, bastante desorientada. Mander desmontara de seu equithalo e andava entre os feridos e aturdidos. Bradava ordens e tentava retomar o controle de seu exército, organizando fileiras de soldados que deveriam se preparar para combater, caso os inimigos convergissem para o desfiladeiro de Dartana. Jeliath não conseguia falar, atônito. Só sabia que tinha que se juntar aos outros construtores e esperar pela ordem de seu deus de guerra. Seus olhos vagaram pelo chão pedregoso e um calafrio subiu pelas costas ao notar uma quantidade considerável de corpos imóveis. Eram os primeiros mortos do Combatheon.

* * *

Mander olhava para o horizonte a sua frente. Fogo e fumaça subiam depois do vale de onde tinha vindo a primeira pedra voadora. Mais explosões causadas pelas pedras voadoras eram ouvidas a distância. Seus homens tinham que estar prontos, ainda que só carregassem lanças de madeira. Ele olhou para o chão, além de uma fileira de oito soldados mortos, no paredão do desfiladeiro, um velho soldado olhava para ele e ria com seus dentes brancos e sua caveira exposta, coberta por um antigo capacete. Precisavam de armas! Precisavam de proteção. Mander correu até o soldado esqueleto e arrancou-lhe a espada, a bainha de couro e também lhe tomou o capacete, que prendeu à própria cabeça. Tornou a montar seu equithalo e chamou mais quatro homens que voltaram à frente do desfiladeiro. Agora notava nas duas laterais da boca do caminho construções erguidas, provavelmente pelas antigas feiticeiras que um dia estiveram ali. Eram restos de paredes cor de barro que abrigavam bancadas onde espadas inacabadas jaziam cobertas por grossas camadas de poeira. Mander quase podia ver os fantasmas dos persistentes construtores de Dartana de outrora, tentando forjar a vitória para o seu povo. Piscou os olhos e voltou ao presente, onde suas vidas e Dartana, mais uma vez, estavam em risco. O general direcionou sua visão para o alto da colina.

Os exércitos em luta eram imensos. Até mesmo os homens em fuga estavam em número superior ao seu exército inteiro. Os soldados do exército mais forte trajavam armaduras. Todos os componentes. As vozes das feiticeiras, vindas das junções, sussurravam em seus ouvidos. No Combatheon, com a mente livre, a memória aderia à experiência e à informação recebida e se amalgamava com pedaços de histórias que já tinha escutado, formando um tecido em sua mente que mostrava o futuro. Os soldados inimigos possuírem as armaduras era lógico! Estavam no Combatheon há mais tempo que eles! Tempo precioso que seus deuses de guerra usaram para visitar os avatares além das estrelas e trazer para seus construtores planos de armas e defesas que eles usufruíam agora. Mander olhou para trás e sorriu ao perceber que Belenus estava imóvel.

Belenus estava se preparando e logo o deus de guerra de Dartana também traria planos de outro mundo para que erguesse suas próprias armas e defesas para os homens seguirem na luta. Tempo era o material mais caro no Combatheon. Tempo era o que os filhos de Mander não tinham em Dartana. Tempo que seus homens não tinham agora para se prepararem e aprenderem a usar suas armas, tirando o melhor proveito delas. Mander deixou os olhos fixos no combate acima da colina. Eles se esparramavam e desciam, via espadas e armaduras e ouvia o som do retinir de metais, os gritos distantes e o som das montarias batendo contra o solo. Equithalos! Os dois exércitos montavam equithalos. Eram diferentes. Os do exército mais forte tinham seis patas! Mander, mais uma vez, chamou a atenção dos soldados, ordenando que permanecessem reunidos, percebendo que o pior cenário se desenhava à frente de um comandante que não tinha tido tempo de se preparar para a batalha, não tinha tido oportunidade de traçar uma estratégia e nem mesmo de armar suas tropas. Eles seriam massacrados pelos soldados que se aproximavam, montados em animais que corriam mais que os de Dartana.

Os olhos do general varreram a boca do desfiladeiro mais uma vez. As ruínas poderiam servir de proteção. Poderiam dar a chance de se prepararem um pouco mais, de resistirem um pouco mais. Aproveitariam o embate a que assistiam e atacariam quando tivessem um inimigo fragilizado. Não podiam perder aquela oportunidade. As paredes antigas dariam a chance de recolherem as armas e as armaduras das campanhas antigas, vestir capacetes, elmos, carregar espadas e adagas. Tinham que resistir àquele ataque que se avizinhava para terem a chance de lutar de verdade. E tinham que rezar para Belenus, para que o deus de guerra interferisse e fizesse com que nenhum daqueles dois exércitos em conflito notasse Dartana desprotegida, indefesa e recém-chegada. Mander sabia que seria difícil escapar daquele confronto, pois, se ele estivesse no comando do outro lado, não daria chance alguma a um inimigo fraco e indefeso.

* * *

Thaidena também se levantou com o ouvido zumbindo. Estava longe da fumaça e do fogo, mas o deslocamento de ar tinha carregado seu corpo como uma folha seca. Viu Jeliath cambaleando no meio da fumaça. A testa dele estava lavada de vermelho e ele parecia perdido enquanto tirava as pessoas do chão. Contudo, apesar de mover-se como alguém embriagado, havia urgência nele ao juntar os outros construtores. Thaidena ergueu os olhos e viu Belenus além da fumaça. O deus de guerra estava imóvel, com algumas de suas feiticeiras voando ao redor de sua cabeça como se formassem uma imensa auréola. As demais estavam no chão, fazendo o que Miriam tinha feito por ela. Quando o zumbido deixou seus tímpanos, Thaidena conseguiu escutar o som da guerra. As pessoas caídas a poucos passos dali gemiam e choravam. Foi como se um raio do céu atingisse seu corpo, finalmente despertando Thaidena do torpor. Ela precisava ajudá-los! Estava no Combatheon para isso. Para ajudar o exército de Dartana. Ficar imóvel e assustada por conta do ataque de uma pedra de fogo voadora não ajudaria ninguém.

— Parten! — gritou a jovem soldado. — Parten! Cadê você?

Thaidena não estava machucada, Miriam tinha feito um bom trabalho. Pedaços de rocha de fogo tinham se esparramado para todos os lados e muitos dos caídos tinham labaredas agarradas em suas roupas de couro, queimando-os e deixando-os aos berros, sendo socorridos por quem estava por perto. Um braço se levantou do meio de um atemorizante amontoado de corpos caídos.

— Thaidena... — murmurou.

A soldado passou sobre o monte de gente, pisando sobre os corpos e agarrando o braço erguido, tirando Parten debaixo de outras duas pessoas. Teve que fazer força para levantá-lo, amparando-o em seu ombro.

— Você está bem?

Parten tentou firmar os passos, mas as pernas falharam.

— Estou tonto. O que foi aquilo?

Gritos de dor ao redor. Cheiro de carne queimada e fumaça.

— Não sei! Alguma coisa caiu do céu. Vou arrumar uma feiticeira para você — respondeu Thaidena.

— Estamos no Combatheon ainda? — perguntou Parten.

— Sim. Tente andar! Mander está levando todos para o fim do desfiladeiro.

— Precisamos ajudá-lo, Thaidena.

Thaidena parou por um segundo e olhou para o rosto sujo de fuligem de Parten. Ela abriu um sorriso largo e começou a arrastar o namorado o mais rápido que pôde.

— Nós vamos. Ande.

CAPÍTULO 20

Jeliath corria com a testa sangrando e dolorida, mas a urgência em reunir seus construtores e colocá-los junto às feiticeiras superava qualquer dor. Ele tinha que ajudar o deus de Dartana, tinha que fazer o que as feiticeiras proclamavam nas junções, apregoando que apenas os construtores poderiam fazer as armas saírem do veio da terra quando o metal fosse apontado pelo deus de guerra. Eles domariam o fogo e dariam forma às espadas e adagas, às armaduras e aos capacetes e supririam tudo o que o exército de Dartana precisasse para sagrar-se campeão da contenda. Jeliath limpou o suor e o sangue da testa sem lembrar-se da ferida, fazendo a lembrança das picadas de feni-voadoras voltar com toda a dor que se esparramava pela cabeça.

O líder construtor atravessou a cortina de fumaça que persistia no desfiladeiro e olhou para o imenso Belenus, imóvel. Ele estava visitando as estrelas e outros planetas, com os soldados a seus pés e as feiticeiras girando no alto, acima de seu elmo, imóvel e indefeso. As feiticeiras aguardavam Belenus retornar com o comando de construção de novas armas. Apesar da inércia do deus, Jeliath via Mander com mais quatro em disparada com seus equithalos, afastando-se do emaranhado confuso e perdido de Dartana. Jeliath sabia o que Mander queria. Mander precisava de informação. Precisava ver o exército inimigo para se preparar melhor para o combate e proteger Belenus naquele momento crucial. O líder dos construtores também organizou os comandados ao recuperar sua calma e sua visão, a dor não importava agora. Sua ferida esperaria pelos cuidados de uma feiticeira mais tarde, depois de se recuperarem daquele ataque surpreendente.

Jeliath apontou para os velhos esqueletos esquecidos pelo tempo, recostados nas rochas e nos cantos da garganta de chegada, pedindo que os construtores prestassem atenção. Aquelas sobras eram de dartanas que tinham morrido há muitas campanhas, tal como eles morriam agora, encurralados por um exército imenso que queria a vitória. A ordem que deu era que coletassem todas as armas que encontrassem. Elas serviriam de molde para que, no caso de sobreviverem, fossem reproduzidas em larga escala para equipar o exército de Dartana. Jeliath correu até a boca da garganta, adentrando ruínas de antigas forjas, como as feiticeiras contavam nas junções, encontrando lá dentro as bancadas e as armas ainda mal moldadas, abandonadas, como se os construtores tivessem sido apanhados num piscar de olhos e simplesmente tivessem desaparecido da face do Combatheon. Era ali onde ele e os construtores dominariam o fogo e construiriam suas armas, enquanto lutassem próximos ao Portão de Batalha. Dentro da forja, assim que tocou na espada inacabada, Jeliath sentiu um impulso dentro de si que escureceu sua visão imediatamente. A voz de Belenus soprou em sua mente e os pequenos olhos ficaram dourados por um milésimo de segundo.

— Eu... Eu sei como fazer uma espada! — berrou Jeliath, eufórico.

Danvar, que estava ao seu lado, também sorriu e, tocando a espada, também ficou imóvel por um breve momento, até que seus olhos cintilaram rapidamente.

— Precisamos acender os fornos da forja! — ela gritou, também tocada pelo saber de Belenus.

— Sim — concordou Jeliath, apanhando um elmo no chão e trazendo para o seu olho o cintilar mais uma vez. — Precisamos do fogo para fazer as espadas e os capacetes, acredito que as armaduras sejam feitas da mesma maneira. Precisamos de metal! Belenus está nos contando como construir! Não sei como ele faz isso, mas está fazendo.

— Atenção! Apanhem todos, o máximo de espadas e armaduras que encontrarem! Temos que proteger e armar nossos soldados! — berrou Danvar, como que prevendo o próximo pedido de Jeliath.

* * *

Momentos antes, Dabbynne e Tazziat voavam desenfreadas de volta a Belenus, mas não conseguiram chegar ao deus de guerra antes que a segunda rocha incandescente passasse acima de suas cabeças.

— Temos que avisar nosso deus sobre as máquinas de guerra! — gritou uma surpresa Tazziat.

— Eles miraram em Dartana, de propósito? — preocupou-se Dabbynne.

A pedra começou a descer, errando Belenus por pouco. Entretanto, o estrago ainda foi grande, pois, ao passar por cima do deus imóvel, o gigantesco bólido de rocha espatifou-se dentro do desfiladeiro, esparramando detritos incandescentes ao redor, apanhando em cheio o desprevenido amontoado de confusos soldados e construtores.

Dabbynne lançou um olhar para o horizonte vendo o aclive que terminava num planalto repleto de pedras escarpadas e aspecto desértico onde, num ponto, os espigões rochosos eram tão densos que pareciam uma floresta de árvores com troncos sólidos e sem galhos. Era lá que o grosso dos dois exércitos travava sua batalha.

Dabbynne acelerou seu voo, olhando para trás a todo instante, enquanto seguia em frente, tentando alcançar Belenus o quanto antes. A lateral da colina foi se enchendo cada vez mais de contendores. Por conta das rochas fumegantes, não restavam mais dúvidas de que Dartana tinha sido notada, Dabbynne queria estar ao lado de seu deus de guerra e junto de suas irmãs para ouvir as ordens de batalha e defendê-lo a todo custo. A feiticeira zuniu no céu dourado, deixando seu rastro de luz amarela para trás. Assim que recuperou a respiração, pousou no ombro do deus que continuava estacionado próximo à boca do desfiladeiro, mirando a colina com tranquilidade.

— Já os vi também — retumbou a voz metálica da entidade, chamando a atenção de todas as feiticeiras que pairaram ao seu redor.

— O que podemos fazer pelo senhor, meu deus?

— Vigiem e mandem meus soldados ficar a postos para me defender.

Belenus continuou olhando placidamente para os guerreiros descendo a colina, trocando golpes e disparos de armas que ele nunca tinha visto antes. Além da máquina de arremessar pedras de fogo, outra arma dos mortais parecia bem poderosa. Era empunhada por um soldado, e mais dois precisavam ficar junto dele para ajudá-lo a manuseá-la. A arma emitia o som de explosões rápidas e os inimigos que tinham o azar de ficar a sua frente tombavam magicamente ao chão, com os corpos esvaindo-se em sangue. Belenus sorriu. Era impressionante. O deus de guerra olhou para Danuba.

— Precisamos de armas. Vigiem.

— Pois não, meu senhor.

— Vou me conectar agora.

As feiticeiras planaram à frente do deus de Dartana. O brilho dourado de seus corpos mágicos diminuiu sensivelmente e muitas perderam altitude, tendo que remanejar a força para voltar à altura do rosto de Belenus. Todas pararam boquiabertas diante do deus, assistindo aos fios de energia desprenderem de seus corpos e unirem-se à aura de Belenus. Dabbynne lembrou-se da última junção, onde Danuba explicava o mundo do Combatheon e a conexão do deus com seus avatares em outros mundos.

Nesse momento, Belenus estava parado e vulnerável, como uma estátua, enquanto se conectava com outro mundo. Dabbynne, mordida pela curiosidade, saltou do ombro de Belenus, vendo também sua aura dourada confluir para a cabeça do seu deus. A feiticeira novata, igual às irmãs, parou na frente de Belenus, olhando para seus olhos abertos, mas tão diferentes. As pupilas tinham se dilatado quase que completamente, deixando em seus olhos dois buracos negros que pareciam girar lentamente, emoldurados por uma finíssima linha dourada que brilhava. Belenus não estava mais no Combatheon. O deus de guerra tinha partido para buscar armas.

CAPÍTULO 21

— Amanda, você está me escutando? — perguntou novamente Isabel.

Isabel estava preocupada, a amiga estava contando quem o Teodoro estava pegando no time de revezamento 4x100. As quatro meninas eram lindas, atléticas como tinham que ser as corredoras, mas se ele estivesse pegando a Crica, poxa, isso seria um golpe baixo. Isabel detestava a Crica e aquela cara de franguinha de "olha como eu sou adolescente", mesmo já tendo passado dos vinte. Crica era uma aparecida duma figa que adorava se exibir para todos os caras e o Teodoro era um otário de cair na dela. Pensar nos dois juntos fazia o sangue de Isabel ferver.

Isabel e Teodoro tiveram um namorico no começo do ano e dos treinos da temporada. Isabel era do time de polo aquático, enquanto Teodoro era do de arco e flecha. Estavam lá para assistir à competição de fim de semestre. Mal tinham sentado na arquibancada, de frente onde as atletas de lançamento de dardo estavam competindo, e Amanda tinha começado a tagarelar, até entrar no assunto do Teodoro, dizendo que sabia qual das quatro atletas ele estava pegando. Amanda tinha prevenido a amiga que ela ia ficar de cara com toda aquela situação e a putaria que estava rolando no alojamento dos atletas visitantes. Daí aquilo. Ela ficou imóvel, olhando para o campo lateral, em que a turma do arco e flecha estava reunida, ajustando seus equipamentos para a competição que viria logo depois das provas de velocidade. Os arqueiros começavam a tirar seus arcos da maleta e a tensionar as cordas. Isabel lembrou-se que Amanda tinha entrado naquela letargia quando escutaram, ainda que de longe, a gritaria dos atletas depois que Teodoro deu um disparo só para esquentar, fazendo sua flecha cravar na mosca. Típico do exibicionismo do Teodoro. Isabel bufou e segurou a amiga pelos ombros.

— Amanda — chamou Isabel. — Amanda, fala comigo, você está me assustando.

Isabel acompanhou o olhar da amiga. Um dardo voava para o outro lado do campo, indo cravar no gramado a 42 metros de distância, arrancando aplausos da plateia. Quando Isabel se virou mais uma vez, Amanda olhava novamente para o lado, para os arqueiros. *Teodoro Exibido da Silva* disparou outra flecha. Essa voou bem mais distante, acertando o segundo alvo e, mais uma vez, arrancando gritos e risadas do grupo que o cercava.

— Amanda. Fala alguma coisa.

Amanda apenas colocou a mão no ombro de Isabel e moveu a amiga para o lado, descendo a arquibancada em linha reta, saltando pelas cadeiras numeradas com precisão e velocidade, pisando de encosto em encosto, de forma robótica.

— Amanda! Para com isso! Você está parecendo uma louca!

A arquibancada, com meia dúzia de gatos-pingados, formada por jovens atletas, amigos e famílias, olhou para a garota que gritava e alguns apontaram para Amanda, que continuava descendo, mal desviando-se das cabeças que encontrava pelo caminho, arrancando protestos de alguns do espectadores.

Isabel correu até a escadaria, imaginando por que Amanda tinha feito aquilo. Descia apressada e ainda preocupada quando parou e colocou as mãos na boca.

— Amanda!

Amanda chegou ao fim da arquibancada e continuou olhando fixamente para os atletas de arco e flecha. Sem cerimônia alguma, agarrou-se à grade que separava a arquibancada do campo de provas e arremessou-se para o outro lado, bateu forte lá embaixo e colocou-se de pé depois de cair inacreditáveis quatro metros, continuando sua marcha em direção aos arqueiros e arqueiras, mancando. Isabel correu e parou na grade. Só conseguiria alcançar a amiga se desse ela também aquele impressionante e perigoso salto, de outra maneira teria que subir as escadarias e seguir pelo corredor dos vestiários até alcançar o campo de provas onde os atletas competiam até o limite, para esfregar na cara uns dos outros quem era o melhor do torneio.

Incrédula, Isabel continuou observando Amanda dali mesmo, com os dedos enfiados no alambrado, vendo-a seguir decidida, ainda que a cada passada dura seu pé se dobrasse na junta com o tornozelo, revelando uma lesão dolorosa. Isabel sentia calafrios só de pensar no que tinha acontecido com o pé da amiga. Adeus o ano inteiro para o judô. Isabel ainda não sabia o que estava acontecendo com ela, só sabia que Amanda estava fora de si.

Ainda agarrada à grade, Isabel viu Amanda aproximar-se de uma atleta de lançamento de dardo e ficar paralisada, por alguns instantes, contemplando-a arremessar seu dardo. Isabel percebeu um juiz de prova aproximar-se e gesticular, acabando por impeli-la dali, mas como Amanda recusava-se a se retirar do estádio, Isabel viu o árbitro correr até um dos seguranças, que acionou o seu rádio. Enquanto isso, *Amanda Ensandecida da Silva* chegou até os arqueiros quando Lena, amiga da equipe de Teodoro, fazia um disparo. Assim que a atleta lançou a flecha, Amanda tomou o arco de suas mãos, sob protestos, sendo cercada por uma aglomeração nada amistosa de arqueiros.

Amanda sentou-se no gramado e começou a tensionar o arco. Toda vez que alguém se aproximava dela, era repelido por golpes que ela lançava com o próprio arco. A confusão só parou quando cinco seguranças voluntários, desarmados, aproximaram-se e usaram força para remover Amanda dali, que começou a gritar como uma desvairada.

Mais tarde, quando Isabel comentava o ocorrido com Teodoro, o ficante disse algo intrigante. Quando os seguranças chegaram e começaram a arrastar Amanda, ela gritou a plenos pulmões palavras que eram incompreensíveis, como se, por um instante, ela falasse em outra língua ou estivesse possuída por um demônio.

CAPÍTULO 22

Mander estava firme em sua posição, que mantinha a garganta de pedras fechada. Os cavaleiros do exército inimigo estavam mais perto, mas agora pareciam seguir para uma trilha, com o exército maior e mais preparado, prevalecendo em cada ataque, empurrando o exército menor e seus cavaleiros para longe. Mander sabia o que aquele batalhão de cavaleiros inimigos estava fazendo com o exército menor. Estava minando as forças do inimigo, afastando o maior contingente possível e usando o menor número de seus homens. O restante do exército de armaduras negras se ocuparia de abrir caminho para o seu deus de guerra golpear mortalmente o deus inimigo e assim selar o destino daquele exército menor que se encontrava sangrando e morrendo no Combatheon. Mas, mesmo sendo inferior em números, o exército menor lutava bem, defendia-se bem e estava cansando seus oponentes, derrubando também muitos dos guerreiros de armaduras negras. Talvez, após o desfecho da batalha, o general do grande exército precisasse reagrupar seus homens e descansar, o que daria a chance de Mander atacá-los mais bem preparado e, até mesmo, criar uma estratégia para vencer aquele oponente. Não arredaria o pé dali de modo algum. Estava no Combatheon para lutar e não para fugir. Só precisava encontrar um ponto fraco naquela legião de assassinos para sobrepor-se e vencer.

* * *

Jeliath e Danvar, mais quarenta construtores que tinham escutado o comando, corriam ao redor das ruínas apanhando as espadas que encontravam no chão. Muitas estavam em perfeito estado, outras, partidas e eram logo descartadas; em poucos minutos, já tinham reunido ao menos setenta daquelas armas, carregando-as para as linhas de soldados e cavaleiros formadas pelo general de Dartana.

— Mander! Veja!

Jeliath entregou a arma ao comandante. Instintivamente, Mander empunhou a peça de metal e madeira, que era maior do que aquela que tinha arrancado do esqueleto. Tinha dois gumes que, ao serem testados, ainda estavam afiados. A empunhadura terminava numa esfera sólida de ferro com pequenos espinhos.

— Cuidado com a perna, senhor! — recomendou o construtor.

Mander sorriu para Jeliath, olhando para seu rosto sangrento, passando a espada anterior para o soldado ao lado e tomando para si a que o construtor acabara de lhe entregar.

— Eu que deveria cuidar de você, garoto. Não você de mim. Como está isso aí?

— Parou de sangrar. Acho que vou sobreviver.

— Obrigado pela espada. Agora corra. Precisamos de mais, muito mais. — Os olhos do comandante brilhavam.

Jeliath voltou correndo até as ruínas do que já fora uma forja dos construtores de Dartana, dessa vez com seus construtores trazendo tantos restos de armaduras quanto puderam encontrar. Danvar estava ocupada, reunindo mais construtores que tinham se perdido na bagunça após a explosão da pedra flamejante, e com eles recolhia o que encontrava de armas nas encostas do desfiladeiro. Se tudo desse certo, conseguiriam aparelhar ao menos um terço dos soldados de Dartana.

Jeliath e seus homens começaram a distribuição das armaduras, mais uma vez o líder dos construtores parou ao lado de Mander. Ao general, estendeu um elmo que cobria sua cabeça inteira e protegia também seu rosto barbudo, deixando os olhos verdes cintilantes mais vivos ainda.

Mander mal teve tempo de apreciar o objeto trazido pelo construtor, posto que a terra tremeu ao redor e os equithalos voltaram a se agitar e a empinar, forçando os montadores a brigar com as rédeas. O general olhou para trás, temendo encontrar outra nuvem de fumaça na entrada da garganta provocada pela queda de mais um arremesso, mas não era isso. Era Belenus movendo-se em direção aos construtores. A voz do deus de Dartana trovejou às margens das forjas ancestrais, chamando a atenção do numeroso exército, em especial de seus construtores. Os que não estavam mortos, mesmo feridos, disputavam espaço ombro a ombro para estarem ali e ouvirem de frente seu deus de guerra.

O general que, por um segundo, ficou feliz porque os equithalos dos inimigos tinham se desviado, franziu novamente o cenho, olhando para a feiticeira Tazziat que se aproximava e traduzia as preocupantes palavras de Belenus.

— O deus diz que temos que marchar! É lá que os gigantes lutam e é para lá que nós vamos! — disse a feiticeira, apontando para as colunas de fumaça que levantavam a grande distância.

— Precisamos de armas primeiro! — protestou Mander. — Eles arremessam pedras de fogo e nós arremessamos isso! — queixou-se, mostrando a lança de madeira.

Belenus olhou para seu general, que tinha erguido a lança, e juntou as sobrancelhas, insatisfeito.

— Você não tem fé em mim!

Logo a frase foi traduzida pelas feiticeiras, em uníssono.

Mander olhou para o alto, seus olhos dançavam entre as feiticeiras e o seu deus.

— Claro que tenho fé no senhor, nosso deus de guerra. Só não tenho fé nessa vareta! Precisamos esperar, precisamos de mais armas!

— Um deus de guerra não espera! Um deus de guerra marcha!

Mais uma vez as feiticeiras funcionaram como caixas acústicas, transmitindo a informação traduzida ao mesmo tempo para Mander.

— Como quiser, senhor. Meu sangue é seu sangue — rendeu-se Mander, apesar de ainda achar que a espera seria bem oportuna.

Belenus olhou para os construtores e inspirou fundo, e quando sua voz escapou de sua boca ela soou mais alto que um trovão, chacoalhando as ruínas e os pedriscos soltos no chão. Os equithalos se agitaram e os olhos de todos no exército estavam pasmos e fixos no deus de guerra. Sua ordem tinha sido clara e sua voz não precisou ser traduzida.

— Dartana! Construir!

Os olhos do gigante faiscaram na luz dourada, enquanto todos os construtores caíram de joelhos ao chão. Jeliath olhou para a jovem Danvar ao seu lado. Por uma fração de segundo, seus olhos cintilaram como os do deus de guerra e os das feiticeiras. Jeliath olhou para os lados, todos eles ainda estavam no chão. Sentiu um embrulho no estômago e um zunido agudo no ouvido, então Jeliath tombou com a testa ferida sobre o chão de pedra. A dor não importava, ele sentia um formigamento subir do solo para a testa e da testa indo para dentro de seu ser. Jeliath levantou-se urrando, enxergando as armas de guerra que seu deus queria e, quando terminou o seu grito e olhou para os lados, todos os construtores estavam na mesma posição, com os corpos levantados, os braços abertos e as bocas abertas porque também tinham gritado. Estavam unidos em pensamento ao deus de guerra!

As feiticeiras tinham descido até as ruínas das velhas forjas e, com seus cajados, desenhavam no chão um arco e uma flecha na frente de pequenos grupos de construtores revelando a eles como montar as armas pedidas por Belenus. Elas também desenharam uma longa vara, muito parecida com a lança de madeira que carregavam, mas os construtores sabiam o que fazer. Belenus não queria armas de madeira. Belenus queria armas, com pontas agudas, de ferro. Ele queria destruir os inimigos.

Mander e seus soldados montados acalmaram os equithalos e olharam para o deus. O general tinha sentido o corpo inteiro sacudir com o comando de Belenus e agora, olhando para a forja, achava inacreditável. As centenas de construtores se moviam, como que animados por uma força invisível, fazendo-os correr para os lados, indo para a garganta e voltando para a forja com materiais. Logo o fogo trazido nas tochas começou a ser repartido pelos construtores e as forjas de Dartana ganharam vida.

CAPÍTULO 23

Bousson puxou as rédeas de seu zirgo. O animal interrompeu a marcha, permitindo que ele, o general supremo do exército de Ahammit, observasse o campo de batalha. Todos os seus gul mais uma vez cumpriam exemplarmente suas missões. O exército de Dallarin estava repartido em oito frentes e todos os guerreiros que serviam ao deus de guerra Pellvar estariam mortos antes do fim do dia. Pellvar era o terceiro deus de guerra a cair diante de suas tropas, aumentando o moral de seus homens e agradando a sua adorada deusa de guerra, Alkhiss.

Bousson chegou à beira da colina; parado ali, no cume, tinha uma visão privilegiada. As catapultas tinham feito um trabalho estupendo, abrindo as fileiras do exército de Dallarin, levando a vida de centenas de soldados em poucos segundos, minando sua coragem e abrindo caminho para as espadas e as armas dos soldados. Armas que tinha sido vistas por Alkhiss, num planeta distante, a que chamavam de Terra. A favorita do general era a cuspidora. Quando a vira pela primeira vez na tenda dos construtores de Ahammit, Bousson fizera questão de cumprimentar em pessoa o chefe dos construtores, tamanho seu entusiasmo. Hoje, ela havia provado que os levaria à vitória. Cuspindo pequenas esferas de metal em alta velocidade, varrendo e perfurando tudo o que aparecesse à frente.

Eles tinham construído cinco delas e prometeram fazer mais. Bousson sorria, enquanto olhava colina abaixo. Escutara o som de um Portão de Batalha se fechando, indicando que um novo e incauto exército, com seu deus de guerra, havia chegado ao Combatheon. Agora, confirmando o que ouvira, podia vê-lo, à frente de seu exército, dando passos em sua marcha crua, funcionando como um deus de guerra deveria funcionar. Bousson olhou para trás, enchendo-se de orgulho de seu novo feito. Alkhiss, a deusa de guerra de Ahammit, retirava a cimitarra curva e longa do ventre de Pellvar, o deus agonizante de um mundo chamado por seus habitantes, ainda esperançosos e crentes, de Dallarin, mundo que agora estava fadado a viver outro longo período de ignorância e miséria, até que um novo deus de guerra acendesse no Hangar de suas feiticeiras. O general fez seu zirgo girar sobre as seis patas e contemplou o campo de batalha.

Alkhiss estava diante do colosso moribundo, amparando seu ombro, segurando-o pela armadura para que ele não tombasse imediatamente. Alkhiss, a deusa de guerra de Ahammit, saboreava aquele momento. Ela possuía o corpo esguio e cinzento, a barriga era côncava e ia se esbranquiçando cada vez mais, até chegar ao centro. Como todos os deuses de guerra, que vinham da Mãe de Todos os Deuses, ela não tinha umbigo. Os deuses surgiam pela vontade de Variatu e não pela carne mortal. Alkhiss tinha uma cauda alongada e escamada, terminando numa ponta oblonga que soltava um leve ruído toda vez que ela a sacudia. O corpo da deusa era coberto por um brilho púrpura, como se possuísse uma membrana flamejante sobre a pele. Os olhos eram acobreados e as pupilas, finas, verticais e estavam sob um elmo vermelho. Do topo da proteção, escapava um longo feixe de pelos, como a longa cauda de um zirgo, adornando sua cabeça reptiliana. De sua boca, projetada para frente, emergiam duas presas que, em última instância, serviriam como armas num ataque intempestivo. Alkhiss viu os olhos de Pellvar se fechando e então soltou sua mão, deixando o deus de guerra desfalecer aos seus pés, lentamente. Embainhando sua cimitarra de cinco metros de altura, Alkhiss assistiu ao último suspiro do seu par divino.

Por causa da morte de Pellvar, as feiticeiras de Dallarin apagaram. O brilho verde suave que percorria seus corpos foi minguando até desaparecer por completo assim que a cabeça de Pellvar tombou de lado, com a boca aberta e sem vida. As que voavam despencaram das alturas, algumas delas perdendo a vida dessa maneira ingrata. As que lutavam no chão perderam força e logo foram partidas pelas espadas dos ahammitianos. Uma visão melancólica, sem dúvida. Uma feiticeira apagada era a certeza de que seu deus de guerra estava morto.

Graças à estratégia sustentada pelos gul de Bousson, a morte continuaria a se esparramar pelo vale, onde o exército de Ahammit pressionaria os flancos do exército de Dallarin, exterminando os soldados de Pellvar, o deus morto. Bousson calculava que em meia hora não sobraria nenhum daqueles desgraçados. O general de Ahammit baixou o elmo e virou a montaria de seis patas para o imenso deus dourado do outro lado do vale. Era um novo deus a entrar no Combatheon, mais alto e mais forte que Alkhiss, mas não era mais poderoso, e nem ele ou seu exército de farrapos estavam prontos para o que iriam enfrentar. Eram recém-adentrados nas novas terras. Era certo que os construtores do novo deus de guerra, como os de Ahammit semanas antes, lutavam para entender o novo mundo, extasiados com as ondas de saber invadindo sua mente.

Ouvir o turbulento grito do deus dourado deixava claro que a primeira ordem de construção tinha sido dada. Eles ainda eram ignóbeis e estavam desarmados. Seriam necessárias muitas horas até que as forjas fossem acesas e os fornos chegassem à temperatura ótima para malhar o ferro. Tratava-se de presas fáceis. Bousson olhou para Alkhiss. Ela marchava em sua direção porque também fora chamada pela voz do inimigo recém-chegado, e também sabia que aquele era um momento único. Era como um presente do destino que regia as guerras do universo, posto que o Combatheon era terra vasta e poderia levar semanas até que os batedores de Ahammit encontrassem qualquer pária. Encontrar um povo novo era como encontrar um filhote ferido e indefeso, bastava erguer o pé e esmagar a cabeça da criatura. E seria assim. Bousson sabia que seu exército esmagaria os novatos.

O general levou a cornucópia à boca e assoprou, chamando a atenção dos guerreiros. Logo outros sopros se juntaram ao primeiro e então milhares de pés marchavam em direção à imensa deusa de Ahammit, deixando para trás uma legião de corpos mortos. Era o som da guerra enchendo o ar. Iriam lutar e ser campeões pela segunda vez no mesmo dia.

* * *

Mander não gostou daquele barulho. Lembrava as feiticeiras de Dartana quando convocavam todos para as junções no Hangar. Intuía que, como ele, outros generais também teriam um alto nível de determinação, lutariam com bravura e sem medo para salvar seus povos e honrar os entes que tinham ficado para trás. Mander também sabia que era ele o general que mais queria aquela vitória, que mais precisava daquela vitória para sua família e que, para ele, o tempo contava. O general precisava que cada um de seus homens fizesse o melhor, mesmo que parecesse impossível vencer o exército oponente que se reunia no topo da colina.

Os inimigos eram numerosos e muito bem-aparelhados. Tinham acabado de dizimar um exército inimigo e pareciam, claramente, ter sede por mais sangue. O topo da colina foi se tingindo de preto e vermelho. Por trás do general de Dartana, ele escutava o ressoar de metal e a agitação na forja, contudo, o som vindo do alto da distante colina, promovido pelo tropel das montarias de seis patas do inimigo, lembrava que não havia tempo para os construtores de Dartana copiarem as novas armas e nem para os soldados ou as feiticeiras ficarem prontos.

— Soldados de Dartana, preparem-se para nossa primeira batalha!

Mander viu os cavaleiros com olhos assustados, alguns com pedaços de armaduras, outros com espadas antigas entregues pelos construtores, muitos aparelhados apenas com uma única lança de madeira. O general sabia que a batalha mais difícil estava diante de si. O exército oponente já conhecia as armas e as usava muito bem. Mander não podia dizer o que se passava em seu coração para os homens, mas se pudesse diria que estava com medo e que todos deveriam lutar com todas as forças e toda a determinação, porque não seria nem um pouco fácil combater aquele exército que vinha em direção a Belenus.

— Pela honra e esperança dos que ficaram para trás, em nosso mundo, lutem como se não houvesse amanhã! Lutem com toda a garra! Matem o máximo possível desses miseráveis e, se sobrevivermos a esse ataque, prometo a vocês que o caminho até o Portão de Vitória será só um passeio!

Thaidena e Parten olharam para as colunas de fumaça no alto da colina, perdendo-se no horizonte, era de lá que viera aquele apito rouco e longo. Depois que a colina encheu-se de guerreiros, eles começaram a avançar, correndo, montados em seus equithalos de seis patas. Conforme se aproximavam, Thaidena notou que até as montarias do exército oponente tinham armaduras como a dos cavaleiros. Thaidena olhou para Parten. O namorado, cabisbaixo, puxou a espada da bainha. Thaidena olhou para a dela. Jeliath havia entregado aos dois, pessoalmente. Era tudo o que tinha para lutar. Uma espada e a vontade de ajudar o exército de Dartana.

Belenus via além do topo da colina. Avistou o primeiro oponente. Primeira, na verdade. Era uma deusa de guerra, Alkhiss, e seus olhos cor de bronze emitiam um brilho púrpura, que marcava sua aura e também o espectro das feiticeiras. A deusa de guerra trazia uma cimitarra na mão, juntando-se ao seu exército de outro mundo para o ataque contra ele, Belenus. As feiticeiras de energia roxa rodeavam a cabeça de Alkhiss, que já tinha alcançado o horizonte da colina, revelando-se para os mortais de Dartana. Belenus escutou muitas exclamações. Dabbynne, sua favorita, sentada em seu ombro, olhou para ele.

— Ela está vindo, pequena favorita. A luta será dura, mas fique perto de mim, eu farei com que vençam. Cuidarei de vocês. Esse é o meu destino.

Eram todos diferentes, mas muito iguais. Todos naquela terra lutariam até a morte. Belenus olhou para seu povo. O destino de Dartana seria selado em poucos instantes. Seus soldados não estavam prontos como os soldados de Alkhiss, mas ele não poderia se esconder nem recuar. O Combatheon era uma terra para lutar. Era uma terra onde os deuses de guerra não retrocediam. Todos tinham que cumprir seu papel: seguir em frente. Belenus fechou os olhos e invocou seus poderes de guerra, inspirou fundo e, quando arfou, linhas de energia correram para as feiticeiras que souberam imediatamente o que fazer. Era hora de carregar a mente daqueles homens com a compreensão da guerra e do destino que ali enfrentariam. Era hora de deixá-los saber lutar. As feiticeiras começaram a girar cada vez mais rápido ao redor da cabeça de Belenus, agarrando os fios de energia dourados que saíam dos olhos e da boca, até que estivessem também, igual ao deus de Dartana, resplandecendo em ouro, energizadas. Depois, desceram todas ao mesmo tempo, voando entre as colunas dos soldados, tocando sua mente e passando de um a um a compreensão da guerra.

Quando Dabbynne chegou a Mander, o general encarou-a por um instante, então fechou os olhos, recebendo seus dedos delicados no crânio.

— Saiba. Compreenda. Vença — sussurrou Dabbynne.

Mander sentiu um torpor misturado a ansiedade. Os dedos da feiticeira mergulharam em sua cabeça como se não fossem carne, atravessando os ossos até conectarem-se com a alma dele, despejando lá dentro uma profusão de emoções que enregelaram seu coração. Mander estava aos soluços quando abriu os olhos, as lágrimas desciam pela face e seu amor e adoração por seu deus de guerra faziam seu corpo se dobrar sobre o animal e, igual a ele, os guerreiros que estavam no chão caíram de joelhos, emocionados e voltados para Belenus.

A guerra no Combatheon tinha se revelado a todos ao mesmo tempo e não importava qual arma teriam em suas mãos, lutariam por Belenus, dariam suas vidas por Belenus e fariam de Belenus o deus único a caminhar naquelas terras. O deus de Dartana era o único digno de admiração e fidelidade, e eles dariam o sangue e seus corpos para a batalha.

* * *

Jeliath não sabia o que dizer aos construtores que estavam a sua volta. Depois de Belenus ter iluminado sua mente, todos sabiam que precisavam alimentar o fogo da fornalha. Por isso, correram aos destroços das pedras flamejantes e de lá trouxeram pedaços da rocha ainda incandescente para acender as fornalhas de Dartana. Porém, a sabedoria carregava uma benção e uma desgraça. Sabiam que os fornos levariam horas para ter força para modelar o ferro. Não produziriam uma seta ou lança como as vistas pelo deus Belenus em outro mundo, antes que aquele tropel de pés em marcha encontrasse os soldados do general Mander. O construtor sabia o que tinha que ser feito, mas também sabia que não tinha tempo.

— Corram! Rápido! Encontrem madeira! Encontrem combustível para as fornalhas! — bradou Jeliath, tirando os construtores do torpor.

— Não vai dar tempo! — gritou Danvar em resposta.

— Eles estarão sobre nós antes de construirmos o primeiro dardo — juntou Sarzel.

Dardo? Jeliath conhecia a palavra, agora que Sarzel tinha falado. O deus de Dartana mostrara os materiais necessários para construir a lança, e alguma voz em seus pensamentos a tinha chamado de dardo.

— E o que vocês querem fazer? Hein?! Ficar aqui lamentando até que a morte nos alcance? Viram apenas os dardos? Podemos construir arcos e flechas também!

Danvar e Sarzel não tinham resposta pronta para Jeliath.

— Vocês, alimentem o fogo! — disse, apontando para a fileira de fornalhas. — Vocês, aí atrás, corram pelo desfiladeiro, encontrem mais armas e mais armaduras. Nossos homens vão lutar com o que tivermos nas mãos. Quando terminarem de recolher, voltem até aqui. Vamos ver o que podemos fazer com a madeira que temos à disposição, nosso exército terá arco e flechas na próxima batalha, se ela acontecer.

Jeliath juntou-se às dezenas de homens que corriam pelo desfiladeiro, deixando o martelo na forja, para voltar a revirar os esqueletos de antigos guerreiros de Dartana, tirando dos ossos dos dedos as armas que encontrava. A maioria era de espadas longas e pesadas, o que tornava a tarefa difícil, pois, devido ao peso, logo precisava passar para algum construtor de mãos vazias para que fossem conduzidas aos soldados de Dartana. Outras armas eram peculiares, terminavam em massas redondas de ferro, que, como martelos, serviriam para quebrar os ossos dos oponentes, garantindo uma morte sangrenta e dolorosa.

Tudo foi juntado, apanhado e carregado às pressas até a linha de soldados, para tentar reforçar as defesas, ampliar o poder de ataque do minguado exército de Dartana frente ao poderoso exército de Ahammit. Algo vibrava em seu interior ao olhar para tantos soldados. Eram milhares. Milhares. Não entendia o conceito, mas as quantidades estavam se agrupando em sua mente depois que Belenus a tocara. Milhares de soldados. Jeliath agora podia contar sem as pedras. Ia precisar contar e saber as quantidades para "cozinhar" na fornalha.

***

Bousson olhou para o lado e acenou para o comandante de tropas. Pardeglan-ix, líder de todos os gul de Ahammit, ergueu o braço protegido pelas defesas de sua reluzente armadura negra, com os dedos fechados, cobertos por uma fina luva de couro. Todos os gul, líderes de batalhões, infantarias e artilheiros, repetiram o gesto. Bousson fez um sinal com a cabeça e então Pardeglan-ix baixou o braço, apontando para frente. Os batalhões de zirgos foram os primeiros a disparar, afastando-se do restante do exército, deixando uma cortina de poeira para trás.

Alkhiss começou a marchar atrás de seus zirgos em disparada, dando passos de gigante que faziam o chão da colina vibrar.

Bousson permaneceu no alto da colina, assistindo aos seus gul conduzirem os soldados colina abaixo, com cimitarras e lanças em punho, para garantir que os guerreiros montados nos zirgos não deixassem um inimigo vivo. Muitos deles ainda traziam feridas da batalha contra o imenso deus de Dallarin, contudo abria-se uma chance imperdível diante de seus olhos, matar um segundo deus de guerra no mesmo dia. Algum general já teria atingido aquela glória no Combatheon? Bousson vira as estátuas de muitos deuses vitoriosos por lá. Aos pés de alguns, reservavam um pequeno espaço para a representação de seu general. Certamente aqueles homens tinham feito atos incríveis, como o que ele estava prestes a completar, para merecer aquela honraria. As estátuas de pé contrastavam com os corpos caídos dos titãs que foram abatidos, perfilando-se num lúgubre Cemitério de Deuses, território pelo qual tinha passado em silêncio ao lado dos batedores. O cemitério ficaria mais cheio até o fim do dia.

* * *

Os inimigos vinham. Vinham velozes e sabiam que o exército de Dartana estava despreparado. A única coisa concreta que os dartanas tinham era a vontade de resistir e proteger o deus amado. Mander olhou para os lados para ver os inexperientes Parten e Thaidena, que terminavam de colocar elmos, olhando assustados para os equithalos inimigos que se aproximavam. Espadas longas eram carregadas pelos construtores de Dartana, trazidas e erguidas pelos guerreiros. Os inimigos viriam com força total. Talvez confiantes demais. Mander tinha que tirar proveito daquela soberba, da certeza que os inimigos tinham de que esmagariam os dartanas.

— Mantenham as espadas erguidas, crianças! — bradou Mander. — Mantenham as espadas erguidas e busquem acertar o pescoço ou o ventre do inimigo. O coração é um alvo pequeno e difícil. Cortem seus braços e barrigas, afastem-se e cortem o próximo e depois o próximo. Quanto mais cortarem, mais soldados inimigos sairão de combate, morrerão aos poucos, esvaindo-se em sangue. Cortem rápido e cortem muitos. Avancem com as lâminas em punho. Eles ouvirão os gritos de seus iguais e irão querer fugir de guerreiros tão perigosos quanto nós!

Os soldados ao redor urraram, erguendo as espadas, ansiando pela batalha.

Os equithalos se agitavam conforme os inimigos ficavam mais próximos.

Belenus olhou para seu general e sorriu. Era esse o espírito.

— Lutaremos contra a deusa Alkhiss. Seu exército vem de uma terra chamada Ahammit — proclamou o deus com voz de trovão. — Eles estão aqui há mais de um mês e seu exército é muito bom com as armas.

As feiticeiras, em conjunto, traduziram o que o deus tinha dito.

Mander encarou seu deus e fez um sinal com a cabeça.

— Podemos vencê-los, meu senhor? — perguntou no final.

Belenus olhou novamente para Mander e disse:

— Qualquer exército pode vencer, general de Dartana. Tenha fé no deus a sua frente. — E então começou a marchar para o campo de batalha, levando consigo as feiticeiras de Dartana que ainda repetiam as palavras do deus para seu general.

Mander puxou seu equithalo para frente e começou a bradar para as fileiras de cavaleiros e soldados.

— Lembrem-se dos que ficaram para trás! Eles contam com vocês! Podemos vencer esse inimigo! Belenus acabou de dizer que todo exército pode ser vencido! Temos que acreditar em Belenus! Temos que persistir!

O coração de Thaidena batia disparado. Ela havia pensado em tudo que aconteceria depois que cruzassem o Portão de Batalha, só não esperava encontrar a guerra assim, tão rápido. Nas junções, as feiticeiras contavam que haveria tempo de se preparar para glorificar o deus de Dartana. O olhar silencioso lançado para Parten, ao seu lado, disse tudo. Agora era ela quem estava com medo.

* * *

O trotar dos zirgos enchia o terreno com o som da guerra. Os soldados de Ahammit vinham com espadas nas mãos e carapaças cobrindo os corpos, impelidos pelos urros em conjunto dos soldados mais próximos ao gul do batalhão. A estratégia seria a mesma do recente combate. As catapultas lançariam pedras de fogo sobre as fileiras de soldados inimigos, repartindo-os e isolando suas forças, deixando mais fácil para a artilharia derrubar o maior número possível com as cuspideiras recém-criadas pelos construtores de Ahammit. Então, dois batalhões, com quatrocentos soldados montados cada, estrangulariam os infelizes e desarmados adversários que tinham acabado de chegar à arena de guerra. Os batalhões de zirgos não parariam. Entrariam entre as fileiras, desferindo golpes mortais com suas cimitarras afiadas, sem diminuir a velocidade e sem entrar em combate corpo a corpo. Com isso, manteriam a velocidade de ataque, ferindo o maior número possível de soldados e, saindo do meio do exército inimigo, fariam a volta e retornariam, aí sim, para matar um a um dos que tinham resistido à primeira investida.

Bousson sabia que os adversários pereceriam rápido. Não tiveram tempo de construir uma mísera arma sequer. Não fariam frente aos armamentos já avançados que Alkhiss trouxe para o exército de Ahammit com suas idas aos avatares. Armas que lançavam projéteis a grande distância e que perfuravam o couro mais duro que encontrassem pela frente. Com aquelas armas, que os construtores chamavam de cuspideiras, a vitória sobre qualquer outro exército estava garantida. Ahammit triunfaria, Bousson seria o general que livraria sua terra do manto da ignorância e todos aqueles novos conhecimentos seriam levados para os seus, que sofriam, apartados do conhecimento que fluía luxuriante no Combatheon. Era por aqueles que tinham ficado para trás que cada um deles lutava.

***

— Aqueles que treinaram comigo, preparem-se! É chegada a hora de combater! Ainda não temos armas e couraças como o exército inimigo, mas temos a paixão pelos que estão no nosso coração! Lembrem-se! Atacar é nossa melhor defesa. Cortem tudo e todos a sua frente. Só caiam depois de derrubar pelo menos cinco deles.

Thaidena e Parten nunca haviam treinado com Mander ou qualquer outro guerreiro. Foram apanhados às vésperas do combate. Tinham medo. Medo de lutar, de morrer, de não conseguir matar o inimigo. Ainda que tentassem fortalecer um ao outro com palavras, não contavam seus maiores medos um ao outro. O medo de perder o outro. O medo de não estarem juntos nunca mais. Era por isso que lutavam agora, para permanecerem juntos, para despertarem num novo dia, em que o exército de Dartana teria vencido aquele inimigo súbito.

Parten despertou quando o grito de Mander ganhou o campo de batalha, fazendo com que centenas de urros semelhantes também se propagassem. O ar foi preenchido pelo som das centenas de cascos de equithalos disparando ao mesmo tempo, bem como centenas de pés de soldados começando a correr, avançando contra o tropel de inimigos que se aproximavam. Porém Parten permaneceu estático, imóvel, enquanto Thaidena, numa ilha de ternura e silêncio, num hiato que pareceu eterno, agarrou a rédea de seu equithalo aproximando ao máximo os dois e simplesmente passou a mão no rosto. Então a voz de trovão de Belenus o tirou da inércia. Belenus também soltou um grito de guerra, acompanhando seus guerreiros, rodeado pelas feiticeiras, levando o exército de Dartana de encontro ao primeiro de muitos combates. Tudo estava em jogo. Thaidena ergueu a espada e seu rosto mudou do oceano de paz para a carranca de uma combatente destemida. Parten seguia a amada no campo de batalha, quando podia olhava para trás, para o desfiladeiro. Queria voltar, queria atravessar a parede do fundo e fugir daquela guerra. Sabia que seria impossível vencer aquele confronto. Balançando sobre o pelo do equithalo que corria sobre o terreno pedregoso atrás de Thaidena, Parten só pensava em não morrer e, se possível, trazer Thaidena ilesa ao final do confronto. Sem ela, a vida não teria sentido algum.

* * *

Jeliath olhou para os construtores ao redor e baixou a cabeça um segundo. Os fornos não esquentariam a tempo, nenhuma peça de guerra seria construída, enquanto não conseguisse calor para moldar o ferro. Seriam inúteis ali, entrincheirados nas ruínas da forja.

— Tragam os martelos ou qualquer coisa que sirva para moer a cabeça do inimigo!

Os homens ficaram parados, estáticos, olhando para Jeliath.

— Aqui seremos inúteis! Muitos serão mortos nesse primeiro confronto. Só temos uma chance de continuar a defender Dartana. Peguem o que encontrar e lutem!

Jeliath foi o primeiro a se mover, agarrando seu martelo com uma massa do tamanho de sua cabeça, empunhou a ferramenta e deixou a forja. Pouco a pouco, os outros construtores, atinando sobre as palavras do líder, entenderam que aquela era a melhor saída. Era tudo ou nada. Eles foram tomando em suas mãos martelos e ferramentas que ainda não conheciam, mas que serviriam, como Jeliath recomendou, para quebrar algumas cabeças.

* * *

Mander bateu com os calcanhares em seu equithalo. Assim, conseguiu tomar a frente de seus homens e, erguendo sua espada, contagiou os guerreiros com sua bravura. Ele a viu logo depois da primeira fileira de soldados inimigos. A titânica deusa adversária, Alkhiss, tinha os olhos púrpuras e um elmo em sua cabeça. Ela brandia uma espada diferente da de Belenus, recurvada e intimidadora. Mas a deusa era menor que Belenus e tinha um rabo reptiliano que lembrava o de um daligar, criatura que vivia nas águas do Massar, era dotada de boca e cauda enormes. Mander baixou os olhos para os guerreiros oponentes que chegavam em montarias estranhas e continuou correndo e berrando, com todo o exército de Dartana em seus calcanhares. Não desviou seu olhar da primeira fileira nem mesmo quando as imensas esferas voaram alto no céu, projetando suas sombras perigosas no caminho. Eram as pedras de fogo que cairiam sobre os guerreiros que estavam atrás. O chão tremia com os equithalos diferentes dos inimigos se aproximando. O choque dos dois exércitos seria brutal.

A primeira rocha voadora explodiu contra o chão, fazendo gritos sobrepujarem o tropel. A segunda estourou no ar, destruída pelo punho fechado de Belenus, protegendo seus guerreiros mortais.

Já a primeira fileira de inimigos montados alcançou Mander, que se abaixou, acertando sua espada na última pata da criatura à sua esquerda. A espada cravou nos músculos do animal e quase foi arrancada de sua mão, mas então deslizou, lançando um líquido marrom que fez uma trilha por onde seguiu. "Sangue", pensou Mander. O animal coxeou e o soldado montado caiu, tendo sua cabeça arrancada pela espada de um dartana logo atrás.

Mander virou-se para frente, a tempo de aparar com a espada um golpe com um cajado que vinha de encontro à cabeça. Rodou para a direita, deixando o equithalo passar e se jogou à esquerda desviando-se do seguinte. Atrás de si, gritos e sons de metal se encontrando com o metal, o barulho da guerra enchia os ouvidos pela primeira vez e o impressionante é que ele estava gostando daquilo. Tinha crescido ouvindo aquelas histórias e a promessa de guerra. O general de Dartana conseguiu o que queria ao evitar o encontro com a última fileira de equithalos de seis patas.

Agora era Dartana contra aquilo à sua frente, os inimigos guerreiros eram maiores que os dartanas, mas eram delgados, pareciam até mesmo frágeis. O primeiro que Mander matou tinha uma couraça cheia pelo peito e pelo abdome e também um elmo protegendo a cabeça pontuda. A arma do inimigo era uma espada curva como a da deusa, bem menor, com quase três palmos de comprimento. O general Mander não tinha tempo para pensar nos detalhes, tinha que ganhar tempo e aumentar as chances de seu exército menor vencer o inimigo. Rasgou o braço do adversário que segurava a espada e, no segundo golpe, fez a cabeça dele rodopiar no ar, solta do corpo. Não viu direito o seguinte, pois estava próximo demais, não teria tempo de amparar o golpe que se desenhava no ar, só podia antecipar e evitar a lâmina, por isso jogou o ombro contra o peito do inimigo com todo o impulso que conseguiu, fazendo o braço armado do oponente passar por cima de seu ombro e ouvindo o ar escapar do peito do surpreso soldado que soltou a espada e caiu de costas contra as pedras. Antes que o ahammitiano pudesse pensar no que tinha dado errado, viu Mander pular de cima do equithalo e a espada do dartana enterrar-se em sua garganta. Foi nesse momento que veio o primeiro hiato. O som da guerra mordia seus ouvidos e o general viu que seus soldados engalfinhavam-se com os outros. Mander conseguiu olhar para trás a primeira vez antes de ser abordado pela direita. De relance, viu um mar daqueles seres espigados, avançando contra seus homens despreparados. Lanças voavam pelo céu, de modo ineficaz, poucas delas cravando no inimigo bem protegido pelas couraças.

As montarias inimigas empinavam suas patas, enquanto os soldados montados nelas atacavam com lanças de ferro, muito mais eficientes, os dartanas no chão. Mander sabia que não existiria vitória contra aquela fúria e aquela força. Viu muitos de seus homens mortos, mas também muitas espadas dartanas atravessando as couraças dos guerreiros da deusa de olhos roxos. O guerreiro que corria à sua direita, vindo ao seu encontro, foi captado por sua visão periférica, o suficiente para fazer Mander se virar a tempo de golpear a espada erguida em sua direção. O oponente resistiu ao golpe, perdendo o equilíbrio por um instante, não o suficiente para cair, e se realinhou. O adversário do general ergueu a espada curva mais uma vez. Mander acertou o ombro do inimigo, que quase teve o braço decepado, soltando um urro e um jato de sangue marrom para frente e para trás, sujando o rosto do general dos dartanas. O inimigo cambaleou para frente quando Mander o segurou pelo pescoço, enquanto o espigado ferido caía de joelhos aos seus pés. O inimigo ergueu o rosto, fazendo o elmo cair e pela primeira vez Mander viu a face inteira de um deles. Tinham a pele escura, acinzentada e os dentes amarelos e escuros. Os olhos eram negros com uma bola amarela no centro, rasgados na vertical, como os pehalts de Dartana. A cabeça não tinha cabelos, era lisa e encaroçada, sugerindo um couro espesso recobrindo os ossos. E ele sorria. Mander cerrou os olhos e ergueu a espada tarde demais. Sentiu um golpe à sua esquerda, abaixo das costelas e uma dor lancinante tomou todo seu abdome. Cambaleou para trás e puxou a fina e longa lâmina que se enterrara em seu corpo, trazendo a mão cheia de sangue. Um ahammitiano estava parado à sua frente. Mander caiu de joelhos, ficando ao lado daquele que o tinha acertado antes e arrancado o elmo. A criatura ergueu a cabeça e riu, fazendo Mander se arrepiar.

— Morreremos aqui, soldado — disse o oponente.

Mander abriu a boca. Como era possível entendê-lo? Eles eram criaturas de mundos diferentes. As feiticeiras diziam nas junções que a única linguagem que se entenderia no Combatheon seria a da guerra.

Mander olhou para a ferida, o sangue minava abundante, sua visão foi se afunilando até que um negrume absoluto tomou sua visão, fazendo-o cair ao lado do inimigo morto. Não conseguia se mover, não conseguia gritar. Gritar para quê e para quem? Seu deus estava em combate e nada poderia fazer. Os sons das montarias e das espadas se chocando entravam em seu ouvido como se viessem de um lugar muito distante. Ninguém o ajudaria. Mander sangraria até a morte.

* * *

Belenus estilhaçara a pedra no ar. As feiticeiras se afastaram e começaram a voar de encontro aos soldados. O gigante avistou sua oponente e, de forma mecânica, dirigiu-se a ela. Era a deusa que interessava, mais nada. Era ela que ele queria. Assim que acabasse com a inimiga, seu exército poderia respirar e se preparar adequadamente para o próximo combate, já que teriam um deus a menos na guerra à frente. Belenus seria adorado e reverenciado por todo um planeta e em troca lhes daria sabedoria. Mais duas pedras de fogo tomaram o céu rumo ao deus. A primeira foi destruída por outro potente soco de Belenus, mas a segunda passou à direita, espatifando-se ruidosamente contra o solo, esparramando detritos imensos e incandescentes, dizimando dezenas de soldados de uma só vez. O exército de Dartana se enfraquecia frente à Ahammit. O exército de Dartana sangrava.

* * *

O som das espadas rasgando a pele dos amigos e fazendo com que gritos arrebentassem contra seus ouvidos tinha tirado Parten de si. Ele não enxergava mais Thaidena. Gritava o nome da namorada, enquanto mais espadas batiam umas contra as outras e o barulho da morte picando os corpos dos soldados de Dartana fazia o covarde enlouquecer. Quando Parten deu por si, seu equithalo corria para dentro da garganta de pedras de Dartana. Sua mente tinha apagado e o corpo o tinha levado para o mais longe possível do combate. Parten saltou da montaria e sentou-se ao lado de uma pedra, procurando recuperar o controle de sua respiração.

Ele chorava de forma descontrolada, limpando as lágrimas do rosto. Quando olhou para as mãos, estavam cobertas de sangue. Aquela visão o fez se levantar e gritar desesperado, apalpando a testa e retirando o elmo para investigar a cabeça. O sangue não era dele. Não podia ser. Um equithalo se aproximava em disparada. Um soldado em cima dele acenava para Parten, que recolocava apressado o elmo.

Quando o equithalo parou ao seu lado, Parten ergueu os olhos e viu. O soldado não acenava. O soldado tinha as costas transfixadas por duas flechas e o rosto estava fendido no meio, pintando as costas do equithalo de vermelho. Parten voltou para a rocha e ficou ali sentado, sofrendo sozinho, olhando para o mar de guerreiros em confronto centenas de metros a sua frente, de onde vinham mais gritos de dor e cheiro de morte. Thaidena, sozinha, estava lá. Tremendo, Parten levantou-se e derrubou o soldado morto do equithalo, usando a montaria para voltar ao campo de batalha. Tinha que encontrar Thaidena e salvá-la daquele fim terrível que a guerra prometia a todos os contendores.

* * *

Jeliath era o primeiro da turba de construtores, agarrado a um martelo grande e pesado, que viu a primeira fileira de inimigos montados girar a sua frente, engolfados por soldados. O construtor parou, gesto que foi repetido pelos parceiros que foram ficando ao seu lado, nenhum ousando ultrapassar o maluco construtor que decidira bancar um soldado, amontoando-se ao seu lado. Alguns olhavam para a onda de inimigos, outros para as rochas fumegantes que cruzavam o céu em direção a Belenus, Jeliath olhava para as armas dos inimigos.

Os soldados montados adversários, protegidos por imponentes armaduras ajustadas a seus corpos, usavam lanças longas, que perfuravam os dartanas que se aproximavam, muitas vezes cruzando seu peito em um golpe só. Os que marchavam no chão, também protegidos por armaduras reluzentes negras e roxas, avançavam golpeando com espadas recurvadas, movimentando-se de forma organizada e estudada, vencendo cada oponente em seu caminho. A atenção de Jeliath e dos construtores recaiu sobre as armas dos inimigos. As espadas de Ahammit, apesar de menores, pareciam bem mais leves, tornando os ataques mais rápidos e ágeis. O construtor olhou para os semelhantes e balançou a cabeça. Parados não seriam úteis. Tinham que ajudar como podiam.

Jeliath voltou a correr, erguendo o martelo acima da cabeça e gritando, perseguido pelos demais construtores. Uma daquelas imensas pedras caiu contra homens e mulheres de Dartana, ceifando um bom punhado de vidas. Jeliath continuou em frente, gritando e empolgando os homens que o seguiam. Os pés deslizavam sobre as pedras escorregadias, lavadas pelo sangue de dartanas e ahammitianos. Jeliath lançou o golpe impulsivo escutando o braço do inimigo ser esmagado. Seus parceiros também alcançaram os alvos, avançando para o campo de batalha, aberto, ao final das ruínas e da boca do desfiladeiro. Jeliath ergueu mais uma vez o martelo e enterrou no rosto surpreso do soldado que tentava virar-se e enfrentar seu algoz. O sangue marrom do inimigo espirrou para todos os lados e os soldados de Dartana gritaram, urrando ferozes, o que fez com que uma coluna daqueles ahammitianos desse um passo para trás. Os construtores avançaram com as marretadas contra as montarias e soldados inimigos, enquanto os soldados de Dartana se refizeram e reempunharam as espadas, voltando à carga. Jeliath olhou para o lado, surpreso com o resultado de sua investida, talvez os soldados conseguissem vencer aquele conjunto de guerreiros tão bem armados e paramentados com suas armaduras. O sorriso ainda estava no rosto quando a fileira de montarias inimigas se abriu e os soldados oponentes correram.

— Eles estão fugindo! — gritou Danvar, ao seu lado. — Ataquem! Matem quantos puder!

Soldados e construtores redobraram seus esforços. A oportunidade de acabar com centenas de inimigos estava bem diante deles. Então começaram a correr cegamente atrás dos que se retiravam. Os urros e gritos de investida se intensificaram e quando Jeliath percebeu a armadilha era tarde demais para avisar os amigos.

O líder dos construtores encerrou a corrida ao ver que os guerreiros que fugiam, na verdade, abriam caminho para quatro máquinas montadas no chão, sobre uma armação de madeira que as sustentava. A arma, que parecia vários tubos de taquara unidos por um cinturão de metal, estava apontada para o grupo. Então o campo de batalha se encheu de explosões, enquanto aqueles tubos giravam sobre um eixo fazendo fogo e fumaça escapar de cada uma de suas bocas giratórias. Jeliath viu dezenas de amigos caírem no chão conforme as bocas das armas eram movidas horizontalmente. O líder dos construtores não soube o que fazer, hipnotizado por segundos cruciais, tentando entender aquela máquina de guerra, tentando desvendar seu funcionamento e como seus amigos estavam sendo atingidos por um tipo de força mágica que os arremessava para trás e os fazia tombar de costas, gritando de dor.

A cabeça de Danvar, bem ao seu lado, perdeu numa fração de segundo um pedaço, quando foi atingida pela magia da máquina inimiga. Jeliath caiu no chão, escutando zumbidos cadenciados passando ao lado e sacudindo os corpos de seus companheiros. Ele sentiu um soco potente no peito e outro na barriga. As pernas perderam as forças e ele também caiu no chão, horrorizado e com uma corrente de dor esparramando-se por todo o corpo. Tentou levantar-se para arrastar Danvar até uma das feiticeiras. Olhou para o rosto da amiga e apavorou-se. Uma massa escapava por dois buracos na cabeça, seus cabelos, caídos sobre as pedras, estavam empapados de sangue. Danvar não se movia. Tinha sido apanhada pela morte, carregada para longe do Combatheon, os olhos imóveis não estavam mais ali.

Jeliath tremia. Virou-se para o lado, os ouvidos zumbindo a cada nova explosão. Olhou para o campo de batalha vendo um mar de dartanas caídos e agonizantes, gemendo e gritando. Mander! Onde estava o general? Jeliath virou-se de costas ouvindo os zunidos voltarem a passar sobre ele e seus amigos. Mais uma vez, uma ferroada atingiu seu corpo, agora nas costas, arrancando do jovem construtor um grito lancinante. Jeliath ergueu a cabeça, as máquinas ainda giravam, cada uma precisava de quatro soldados inimigos para mantê-la em pé e movia suas bocas na direção em que apontavam. Jeliath olhou para Belenus marchando. O gigante de Dartana aproximava-se da deusa de Ahammit.

— Belenus, ajude-nos — murmurou Jeliath, no fim de suas forças.

* * *

Dabbynne e Tazziat lutavam contra as feiticeiras de Ahammit, voando rápido e tentando manter-se próximas ao seu deus de guerra. As feiticeiras bailavam ao seu lado, para manter o caminho do deus da guerra delas livre. Os soldados estavam com dificuldades contra o numeroso e bem preparado exército de Ahammit e coube às feiticeiras manter afastadas as armas que eram apontadas para Belenus. Não tinha sido tarefa fácil até ali e, à medida que muitas das feiticeiras de Dartana eram arrastadas para longe pelas inimigas voadoras, a luta de Dabbynne e Tazziat também se tornava mais vigorosa, exigindo toda sua concentração e força. Tazziat, como veterana, tinha mais controle sobre os movimentos e também conseguia derrubar muitas das inimigas lançando golpes de energia, que bloqueavam o caminho das feiticeiras púrpuras de Ahammit. Com o efeito do bloqueio invisível que Tazziat criava, elas não morriam, infelizmente, mas as feiticeiras de Dartana ganhavam tempo para seu deus. Dabbynne ainda não conhecia a magia das feiticeiras, havia aprendido apenas as lições de cura, mas nenhuma delas tinha tido tempo para parar e curar os soldados ou construtores.

O exército de Dartana estava ruindo abaixo de seus pés, sobrando apenas como esperança as habilidades de guerra de Belenus para salvá-los daquele combate inesperado. Durante todo o caminho, Belenus tinha usado a espada para varrer vários soldados inimigos, inclusive partindo duas daquelas máquinas de arremessar bolas de fogo e uma menor, que cuspia fogo por suas várias bocas e tinha derrubado dezenas de soldados de Dartana de uma vez só.

Belenus golpeava o chão com o gume afiado de sua espada, partindo inimigos ao meio. Também tinha agarrado, em pleno voo, pelo menos cinco das feiticeiras inimigas, arremessando, inclemente, seus corpos contra o chão de pedra. Por fim, ele alcançou Alkhiss e os colossos divinos começavam a trocar seus primeiros golpes de espada. Tazziat e Dabbynne continuaram voando, afastando-se do deus de guerra por um momento. Dabbynne desceu rente ao campo de batalha, comovendo-se com a quantidade de corpos mortos. Ouviu choro e gemidos. Queria parar e ajudar, mas, se parasse agora, seria alcançada pelas feiticeiras de Ahammit e não teria tempo de curar ninguém.

* * *

É estranho como certas mentes funcionam. Quando a espada não aparou o golpe e a lâmina inimiga enterrou-se em seu abdome, ele sabia que era o fim. No calor de uma batalha daquela proporção, o barulho abafado que escapou de sua boca foi inaudível. Somente as armas falavam. Sentiu a energia se esvair e o som de tudo ao redor se resumir a um murmúrio. A morte era igual para todos, de Dartana ou de Ahammit, de qualquer um dos mundos que entrava em conflito nas terras áridas do Combatheon. A morte era igual para soldados, feiticeiras e construtores. Era igual também para ele, o colosso, Belenus, que sentiu os joelhos se dobrarem quando a lâmina saiu de sua barriga, derrubando sangue divino numa torrente vívida e preocupante. Existia dor nos deuses. O corte aberto queimava. Sua mente, ligeiramente nublada, queria erguer a espada para golpear mais uma vez. A cimitarra de Alkhiss chiou no ar e a lâmina atravessou seu pescoço. O Combatheon ficou mais leve para Belenus. O corpo decapitado tombou para a frente, enquanto a cabeça girou no ar inúmeras vezes até bater no chão de pedras. A guerreira de Ahammit, de brilho púrpura, abriu um imenso sorriso e enterrou a cimitarra ensanguentada na bainha, girando o corpo e marchando, afastando-se do campo de batalha enquanto os guerreiros vitoriosos uivavam de júbilo e alegria. Naquele dia, haviam derrotado não um deus, mas dois. Tinham massacrado o futuro de dois exércitos.

Do alto da colina, impávido em seu zirgo, Bousson também sorriu, ergueu a espada curva e acenou para seus gul. Os comandantes sopraram novamente as cornucópias, conclamando o exército a se retirar, deixando para trás um campo rico em agonia, semeado com corpos agonizantes e regados ao sangue da batalha de onde germinaria vigorosa a morte. Logo, os gemidos e clamores cessariam e o silêncio daria lugar à decomposição daquele exército miserável e aqueles campos remotos do Combatheon conheceriam a solidão, a paz e o silêncio, por anos e anos, até que um novo exército de Dartana marchasse por aquele desfiladeiro de pedras.

Dabbynne e Tazziat não conseguiram sustentar voo com o brilho dourado de suas peles diminuindo cada vez mais e enfraquecendo rapidamente. Dabbynne despencou das alturas e, mesmo usando toda sua concentração, não conseguiu retomar o voo, apenas variou a velocidade da queda o suficiente para não morrer com o impacto contra o lago de sangue e de corpos onde mergulhou. Sentou-se, gemendo e chorando de dor e pânico, temendo que as feiticeiras púrpuras continuassem no encalço. Ela não era a única. Uma confusão de gemidos e prantos entrava por seus ouvidos, fazendo com que Dabbynne erguesse as mãos e tampasse as orelhas. A feiticeira novata desfaleceu, sem mais forças para se levantar ou manter-se acordada. Tudo doía. Abriu os olhos quando sentiu um toque áspero na bochecha, subindo pelo rosto. Abriu um sorriso ao reconhecer Nullgox. Seu pehalt de estimação cruzara o Portão de Batalha e estava ali, tentando ajudá-la a continuar no mundo dos vivos.

— Nullgox, como você conseguiu chegar aqui?

O animal lambeu-a mais uma vez, tirando uma lágrima que descia de seu rosto.

— Está com sede, é isso?

Então, o grande felino começou a rosnar e empertigou-se, curvando as costas e tocando o queixo no ombro do guerreiro.

A feiticeira novata ergueu a cabeça e tombou para trás quando percebeu paradas a sua frente, pairando no ar, duas feiticeiras inimigas, de cabeças estreitas e longas, que a encaravam. As ahammitianas traziam adagas nas mãos. Aquela inimiga com quem já havia cruzado seu olhar deitou-se sobre ela.

Nullgox soltou outro rosnado ameaçador, pronto para saltar sobre a feiticeira de Ahammit.

— Quieto, Nullgox! — ordenou Dabbynne.

O pehalt abriu a boca, exibindo fileiras de dentes serrilhados, perigosos e pontiagudos, e soltou um miado ameaçador. Quando Nullgox saltou contra aquela próxima à Dabbynne, a segunda voou como um raio, acertando o corpo do protetor de Dartana. Nullgox emitiu um chiado de dor e desapareceu, correndo pelo mar de mortos enquanto a inimiga exibia a adaga suja de sangue.

— Nullgox... — murmurou Dabbynne.

A feiticeira abriu um sorriso e também ergueu a adaga para ganhar impulso e força para o golpe final. Com a outra mão, tocou a barriga de Dabbynne para ter apoio conforme inclinava ainda mais o corpo de forma ameaçadora. Dabbynne prendeu a respiração e fechou os olhos esperando o impacto. Então tudo ficou silencioso por um longo tempo. Confusa, Dabbynne abriu os olhos e viu a feiticeira parada, encarando-a com uma expressão de pura surpresa, sem se mover e nada dizer, parecendo uma estátua de sal.

— Vilai, você vê o que eu vejo? — perguntou a inimiga, quebrando a imobilidade.

A segunda feiticeira de brilho roxo se aproximou, olhando para Dabbynne e para o rosto perplexo da companheira de armas.

— Impossível, Ugaria.

— Elas acabaram de entrar... mesmo assim, isso não é permitido. O que está acontecendo aqui?

— Veja. Ela ainda tem um pouco de energia.

Ugaria aproximou-se novamente de Dabbynne, agora deixando de levitar e pousando os pés sobre a imundície do campo de mortos. Dobrou-se sobre Dabbynne e olhou para a pele ainda com uma pequena fração de luminosidade.

— Você fede, pequena feiticeira.

Dabbynne respirava profundamente, com o corpo rígido e a morte à espreita. Não entendia do que falavam e não imaginava qual seria o próximo movimento.

Ugaria guardou a adaga e elevou o corpo, tornando a levitar, ficando ereta acima de Dabbynne. Limpou o sangue das inimigas do peito de sua armadura e tornou a olhar para a feiticeira chamada Vilai.

— Curioso. Devo matá-la?

Vilai apenas ergueu os ombros e olhou novamente para Dabbynne, com um rosto sério e altivo. A armadura sobre o peito das duas feiticeiras brilhava, suas vestes eram bem-acabadas e seus cabelos, ornados e presos de maneira nunca vista em uma feiticeira de Dartana.

— Não vou matá-la. — Ugaria olhou para Dabbynne e sorriu. — Fique aqui e apodreça.

O estranho episódio terminou assim, com as duas inimigas voando de volta a sua deusa de guerra, poupando Dabbynne. A novata tentou sentar-se, mas as costas doíam. Os cabelos estavam empapados em um líquido viscoso de cor escura. As mãos cobertas de sangue e as pernas presas debaixo de uma montanha de corpos. Dabbynne deitou-se e pranteou copiosamente, olhando para os dedos. O brilho dourado tinha desaparecido quase completamente. Dabbynne recostou a cabeça nos corpos atrás de si e começou a respirar lentamente. Era o fim. Belenus, o deus de guerra de Dartana, estava morto.

PARTE 2

O DEUS MORTO

CAPÍTULO 24

Jeliath abriu os olhos e ficou um longo momento calado, olhando para o céu. Não sabia se anoitecia ou se já amanhecia. Só sabia que existia um pouco de luz acima das colunas de fumaça que sua visão contemplava. Garoava e o céu roncava após relâmpagos lançarem clarões assustadores. O corte em sua cabeça ainda ardia, o corpo inteiro doía e o jovem construtor sentia sede. Um fluxo de raciocínio coerente demorou a formar-se, mas assim que Jeliath lembrou-se de onde estava e por que havia caído ali, no meio de todos aqueles corpos, sentou-se imediatamente, apalpando-se e ficando com uma expressão de puro espanto no rosto. Estava vivo! A barriga doía ao inspirar. As costas ardiam, lembrando-lhe que tinha sido machucado pela máquina de cuspir projéteis. A máquina que havia matado Danvar. Jeliath olhou para o lado e lá estava ela, sua amiga construtora, com os dois olhos abertos, com a mesma expressão e os mesmos ferimentos. Jeliath abraçou Danvar e chorou, soluçando. Apenas depois de um longo tempo teve coragem de soltá-la e colocar-se de pé.

Jeliath olhou ao redor. Um mar de corpos para todos os lados. A maioria esmagadora era de dartanas, mas havia um ahammitiano aqui e ali. A garoa que o arrancara suavemente do mundo dos mortos começou a engrossar, virando chuva. No primeiro passo, tropeçou no corpo de Sarzel, com pequenas perfurações na pele e metade do rosto desaparecido por conta do golpe de alguma arma pesada e brutal. Podia ver dentro da cabeça do amigo, carne e ossos cortados por uma ferramenta afiada. O olho que restara estava imóvel como os de Danvar, a vida fora passear em outro lugar, deixando para trás aquela casca inanimada.

Para todos os lados, o que se via era morte. O corpo imenso de Belenus parcialmente encoberto por uma neblina que corria pela superfície de pedra do longo cemitério de dartanas. Todos os sonhos trucidados pelo exército inimigo. Ninguém em Dartana saberia da sorte compartilhada por aquele mar de mortos e, pior, tudo tinha sido tão rápido e imprevisível que todos os que tinham ficado para trás naquele mundo triste e estúpido estariam ainda fazendo preces por aquele deus morto, acreditando que seus destinos seriam alterados.

Jeliath olhou para a mão, involuntariamente pousada sobre a ferida na barriga. Olhou para a palma manchada por sangue fresco e vermelho. Estava tonto. Aquilo não ia bem. A testa também doía e sabia que, apesar de não estar dolorida como os ferimentos da barriga e da cabeça, havia tomado outra fisgada daquelas no peito e nas costas. Ele interrompeu a caminhada. Seus olhos vasculharam as colunas de fumaça, limpou-os com a outra mão, secando a água que se acumulava. Um barulho e o sussurrar de algumas vozes chamaram a atenção. Jeliath chegou a sorrir. Sobreviventes! Outros como ele tinham escapado. As vozes vinham na direção em que o corpo de Belenus estava. Jeliath ouviu também um grasnido. Mesmo com a chuva e a fumaça, criaturas aladas desciam das nuvens e bicavam os corpos mortos. Eram carniceiros como os karanklos, aves agourentas que anunciavam a chegada do fim. Apesar dos bicos longos e curvados nas pontas, aqueles karanklos do Combatheon eram maiores, no mínimo três vezes, e certamente poderiam levar nas garras um dartana adulto vivo. Tinham penas amarelas e eram até mesmo bonitos, com seus bicos vermelhos que se misturavam ao sangue morto. Um deles pareceu erguer a cabeça e encarar Jeliath. Era uma ave grande e seu olho negro fez sua barriga gelar, como se anunciasse que em breve cuidaria dele também.

Jeliath olhou para Belenus, o deus morto, e terminou de contornar seu corpo, em busca das vozes, mas, quando chegou aos pés do gigante, viu criaturas diferentes dos dartanas apanhando armas e pertences dos soldados mortos. Abaixou-se, estarrecido, e tapou a boca com a mão, para impedir um grito. Eram criaturas diferentes, soldados de outro exército. Reviravam os mortos, evitando os dartanas e, ao depararem com um ahammitiano, arrancavam-lhe as armaduras e as armas de combate. Um deles gesticulou; eles olharam em volta. Jeliath abaixou-se mais, fingindo imobilidade, deixando o olho cerrado, quase fechado, mas preservando visão suficiente para vê-los disparando dali, temendo a aproximação de alguém. Começaram a fugir. Trajavam também armaduras, cobertos por uma túnica longa que ia até as canelas. Traziam espada na cintura, o elmo na cabeça revelava pouco da fisionomia. De repente, o medo tornou-se menor que a curiosidade, assim que o jovem construtor sobrevivente se pegou pensando de onde aqueles dois tinham vindo e para onde iam carregando o saque. Conforme começaram a se afastar, Jeliath deixou os pés do deus morto de Dartana e começou a persegui-los, com passadas incertas e fracas. Até mesmo sua voz quando escapou de sua garganta carecia de potência.

— Ei!

Jeliath correu na direção dos fugitivos, saltando sobre braços e pernas de conterrâneos abatidos.

— Ei! Voltem aqui!

As criaturas, mais ágeis e livres das feridas que o jovem construtor carregava, valeram-se da névoa densa, desaparecendo por completo. Aflito, Jeliath tentou aumentar a velocidade, mas a cada passo forçado sua barriga doía mais e a visão nublava. Estava perdendo sangue. Sabia que estava perto de morrer. Só queria entender. Tinha chegado ao Combatheon para entender. Então se sentia no direito de descobrir uma última coisa. Queria saber por que aqueles dois saqueavam os mortos. Seus pés dançavam no chão escorregadio, era cada vez mais difícil manter-se de pé. Era sangue, sangue de dartanas que empapava o chão.

— Voltem e lutem, desgraçados! O que querem?

Jeliath, mais uma vez, chorava, caindo de joelhos e socando o peito de uma dartana morta. Era uma menina nova, teria dezessete anos, no máximo.

— O que vocês querem? O que querem?

— Jeliath!

O construtor ergueu a cabeça, sentindo os pelos dos braços se eriçarem. Uma voz feminina, conhecida, o chamava. Vida. A vida pulsava dentro de outro dartana.

— Jeliath... Aqui.

O jovem dartana se colocou de pé e girou sobre si mesmo, confuso com a névoa e com a audição ainda afetada pela batalha. A chuva voltou a ser uma garoa fina e fria.

— Você também está vivo, estou tão sozinha.

Jeliath reconheceu a voz. Seu coração se acelerou.

— Dabbynne. É você?

— Aqui, perto de nosso deus.

Jeliath olhou para o corpo de Belenus. A visão oscilava, ele estava prestes a perder os sentidos. Não viu sinal de Dabbynne junto ao colosso. Estaria tendo uma alucinação? Um último momento de alegria antes de partir para o outro lado do manto? Ver Dabbynne seria um bálsamo no meio daquele mar de desgraça.

— Jeliath!

A voz vinha da direita. O construtor virou a cabeça lentamente. O corpo de Belenus estava à esquerda, mas a cabeça isolada do gigante estava metros à frente, separada do pescoço.

Saltando mais duas dezenas de corpos, Jeliath alcançou a cabeça de Belenus, vencendo a neblina e avistando a feiticeira deitada ao queixo do imenso deus de pele dourada. Agora a pele do deus não refulgia e estava estranhamente opaca. Dabbynne mantinha um brilho pálido e misterioso, ajoelhada junto a Belenus. A menina feiticeira soluçava.

— O que será de nós agora, Jeliath?

O construtor aproximou-se, passando por mais sangue e corpos. Tantas vidas levadas de uma vez só. Não havia mais o que fazer e nada mais em que pensar a não ser aliviar o sofrimento dos poucos sobreviventes. Jeliath ajoelhou-se ao lado de Dabbynne. A feiticeira estava abatida e parecia ferida.

— Está machucada?

Dabbynne balançou a cabeça negativamente.

— Não no corpo.

Jeliath entendeu.

— Eu vi gente aqui pegando coisas dos soldados.

— Eles chegaram faz tempo, Jeliath. Não tive forças para espantá-los, me perdoe.

— Perdemos a guerra, Dabbynne. Perdemos o conhecimento. Foi tudo muito rápido.

— Não tenho força para curá-lo, Jeliath. O que eu faço?

Jeliath olhou para a amiga. Lágrimas desciam do rosto da garota.

— Todos morreram.

Dabbynne levantou-se e ergueu os braços com as mãos espalmadas em direção a Belenus.

— O que vai fazer?

— Tentar curá-lo.

— Impossível, Dabbynne, ele está morto. Você não brilha mais como brilhava antes.

— Mas não estou apagada. Veja.

Jeliath aproximou-se mais. Realmente, Dabbynne ainda tinha uma luz dourada muito sutil, mas existente.

— Eu queria passar essa força para ele.

Jeliath abaixou os braços da amiga a quem sempre amara e balançou a cabeça negativamente. Ela abraçou-o e chorou por alguns minutos. Jeliath já não tinha mais lágrimas para derramar.

— Foi tudo muito rápido. Eu tinha tanta coisa para aprender. Queria tanto salvar nossa terra.

— Talvez haja um jeito. Não é justo que termine assim.

Dabbynne afastou-se dos braços de Jeliath. Fechou os olhos e invocou seu poder de feiticeira. A pele ganhou um brilho dourado pálido e um fluxo luminoso correu dela para Belenus. Jeliath levantou-se, animado com o que via. Dabbynne, de alguma forma, estava...

— Argh! — gemeu a feiticeira, afrouxando os braços, dobrando as pernas e perdendo o resto de sua luminescência dourada.

— O que foi?

— Não tenho mais forças. Está tudo perdido. Tudo acabado, Jeliath. Deixamos nossa terra para nada.

— Eles, do outro lado do portal de luz, não têm nem ideia do que aconteceu com a gente. Estão fazendo preces para um deus morto.

— Eu tentei. Tentei ajudá-lo.

— Não chore, pequena — escapou a voz enfraquecida do deus.

Jeliath e Dabbynne saltaram, assustados.

— Venha, favorita, venha. Não se entristeça.

Encararam a imensa cabeça decepada, sem o elmo. Abaixo do queixo de Belenus restava metade do pescoço. Os olhos e a boca estavam abertos.

— Eu vou encontrar as outras, Belenus, vamos curar você. Sobrou alguma energia em nossos corpos. Podemos ajudar.

— Não há tempo, pequena. Nem eu nem você temos forças para tal façanha.

— Mas eu ainda brilho! Veja!

— Você é uma exceção, pequena favorita. Por isso a escolhi.

— Exceção? O que isso significa?

— Você é diferente de todas as outras feiticeiras que já pisaram no Combatheon. Completamente diferente.

— Não tive tempo de aprender tudo, senhor. Queria construir coisas incríveis para o nosso exército.

Belenus não respondeu a Jeliath, seus olhos acompanhavam apenas os olhos de Dabbynne.

— Você é especial, Dabbynne. Não merece terminar aqui, desse jeito. O tempo é o maior dos inimigos no Combatheon.

Dabbynne chorou mais, arqueando os ombros.

A chuva aumentou a intensidade em uma pancada breve, fazendo os pingos ecoarem sobre a armadura e a pele dos mortos. A cabeça iluminada de Belenus guardou silêncio por um breve momento, emprestando algo de solene àquele instante.

— Nos perdoe, senhor, se não o defendemos de seus inimigos.

— Venha, pequena, aproxime-se e não se entristeça. Esse era o meu destino. Minha energia partirá em pouco tempo e a carcaça será sepultada no Combatheon com todos os outros perdedores. Se estou aqui ainda a falar, é por sua causa.

Dabbynne obedeceu, soluçando, e aproximou-se do imenso rosto do deus caído. Sua mão pequena tocou o lábio do titã. Olhou para os dedos, novamente o leve brilho dourado cobria a pele.

— Não perca seu tempo, filha — ecoou a voz fraca. — Mesmo que todas as suas irmãs estivessem aqui, não há feitiço ou poder que pudesse reverter o que foi feito.

— Você vai morrer, senhor. Estamos perdidos.

— Ah! Ah! Ah! — riu o deus. — Um deus não morre, criança. Voltarei a ser parte do todo junto a minha mãe, Variatu. Em um novo dia, em um novo Hangar, Belenus se levantará para marchar e combater. É para isso que existimos, feiticeira. Marchar e combater.

— Não salvará Dartana...

— Não, filha. Não salvarei seu povo. Peço desculpas se agora morrem comigo as esperanças depositadas em mim. Você, com sua energia, que ainda brilha, apesar da minha morte, é a responsável por meus lábios ainda se moverem antes da minha transição. Isso nunca aconteceu antes. Está acontecendo por causa do vindouro. Ele é forte. Para uma feiticeira que parecia vazia, você traz dentro de si um grande segredo. Nunca uma feiticeira cruzou o Portão de Batalha assim. O vindouro está presente e alimenta-se de sua energia e em seu mistério ele a alimenta de volta, a aumenta. É tão incrível que eu queria ficar aqui só para assistir.

Jeliath e Dabbynne olharam para trás ao escutar o som de passos. Mander vinha mancando. Como Jeliath, trazia a mão sobre a ferida. O cabelo vermelho também estava empapado de sangue e o rosto coberto por lama e morte iluminava os grandes olhos verdes. Dabbynne voltou a olhar para Belenus, tentando decifrar as palavras do gigante agonizante.

— Graças a sua força, favorita, você ainda carrega o vindouro e retém energia, e eu ainda falo enquanto deveria estar mudo, aguardando minha mãe carregar minha consciência para as estrelas e transformar-me em uma nova semente. Sua condição única criou um elo entre a vida e a morte. Seu coração transbordará de amor e fará toda a história do seu povo mudar.

— Meu coração está seco, meu senhor. Eu o esvaziei de todas as coisas para não mais sofrer nesta vida. Só existe a minha adoração a você dentro de mim.

— Não, pequena feiticeira. Existe muito mais dentro de você. Minha energia míngua, mas ainda tenho força para deixar-lhes, aos sobreviventes, um quinhão dessa energia cósmica antes de partir. Vocês terão força para continuar e cumprirão uma grande aventura.

Mander enrugou a testa, aproximando-se. Do que Belenus estava falando? Será que a mente do deus perdera o juízo?

— Nosso general tem sede de continuar, de libertar Dartana.

— Mas, senhor, precisamos que nosso deus de guerra marche ao nosso lado.

— Minha marcha acabou aqui, feiticeira novata. Cale-se e receba a minha dádiva. Deixarei a você, a feiticeira diferente de todas as outras feiticeiras, meu presente vindouro. Também presentearei seus amigos, construtor e general de Dartana.

O trio ficou calado. As palavras de Belenus soavam incompreensíveis. Mander sabia que era impossível continuar a jornada de Dartana sem um deus de guerra. A única força que o moveria seria a vingança. Aquele exército que os tinha assolado não dera a menor chance de Dartana se preparar para o confronto. Ainda que fosse o destino dos deuses de guerra marchar um contra o outro, Ahammit tinha tirado de Mander seu bem mais precioso: a esperança de salvar os filhos. Com isso tinham ganhado um inimigo perigoso. Tudo o que Mander queria naquele momento era curar as feridas e então partir atrás do general de Ahammit e arrancar sua cabeça, como Alkhiss tinha feito com seu deus.

— Muitos dizem que quando os mortais chegam ao fim da vida eles veem toda ela diante dos olhos. Não sou um mortal. Então, o que eu vejo agora é o futuro. Você, feiticeira, poderia receber tanto poder, tanta força, mas darei toda essa energia para o vindouro, para que o proteja. Ele será tão único que mudará o mundo e, na hora certa, ele a fará a criatura mais forte dessas terras sombrias. Ele não é apenas mais um mortal. O vindouro é parte meu, será o primeiro e único dartana parte de um deus.

Dabbynne não entendeu, mas sentiu o sangue gelar na veia. O que ele queria dizer com o "vindouro"? Como assim, parte de um deus?

— Estamos acabados, meu senhor — lamentou-se Jeliath.

Belenus riu novamente. Um riso fraco. Sua voz contudo ainda escapava com aquela eletricidade que fazia os pelos dos dartanas se arrepiar.

— Eu estou acabado, aqui e agora, construtor. Vocês, não. Vocês, ainda podem se divertir um bocado nos campos do Combatheon. Basta que desejem e que mantenham a sede.

Jeliath lembrou-se dos assaltantes de corpos. Aquilo não parecia diversão.

— Estou partindo. Venha aqui, pequena, fique na minha frente. Vocês também, construtor e general.

Dabbynne ficou no meio. Sentiu um calafrio e segurou a mão de Jeliath, parando em frente ao rosto deitado de Belenus, ainda tentando decifrar aquelas palavras. Jeliath olhou para a sua mão atada à de Dabbynne e foi a primeira vez que um sorriso voltou a sua boca. No alto do céu escuro, revoluteavam nuvens carregadas, a luz não chegava ao chão e o campo de corpos estava novamente silencioso.

— Soltem as mãos. A cada um cabe uma dádiva, não deixem que se misturem. A você, menina, que carrega agora o filho que também é parte meu, dou a semente de minha energia e, com essa força divina plantada em você, garanto que essa criança nascerá. Meu corpo perece hoje, no campo de batalha, mas minha essência renascerá na criatura que carrega nas entranhas. Com ela, vocês chegarão à vitória.

Os dartanas obedeceram e viram brotar da boca de Belenus uma esfera de luz. Os olhos do deus se acenderam, fazendo Dabbynne sorrir. Ele não estava morto! Ainda tinha energia! Belenus abriu a boca e soprou na direção do trio. Dabbynne e Jeliath tentaram se firmar sobre as rochas e o sangue, mas a inesperada corrente de ar foi poderosa demais. Mander tombou de joelhos, sentindo-se tonto pela falta de sangue, suas forças começaram a abandonar corpo. Jeliath cravou as mãos nas pedras, infestando os dedos com o sangue dos mortos, que tornava o sulco liso, tirando sua estabilidade. Os dois foram lançados para cima, mas, em vez de voar, uma força sobrenatural os manteve levitando próximos a Belenus, enquanto a luz dourada do deus envolveu-os. Então caíram sobre os corpos dos soldados.

O silêncio brutal que adveio do estranho episódio era opressor. A chuva havia parado e Jeliath sentia o mundo rodar. O construtor ficou de quatro e vomitou um líquido negro e assustador, como se seu estômago estivesse tomado por sangue morto. Dabbynne ficou caída entre dois corpos mutilados, chorando e soluçando. O construtor precisou olhar para Belenus novamente para entender.

A cabeça do gigante de pele azul e brilho dourado estava completamente apagada e cinza, os olhos rachados e duros, como se sua cabeça tivesse se tornado uma imponente escultura de pedra. Belenus estava morto. Mander levantou-se. A tontura desaparecera e a ferida não latejava mais. Conseguiu ficar de pé e andar firme até a dupla de sobreviventes. Jeliath apanhou Dabbynne no colo e caminhou pelo mar de mortos indo em direção à forja dos construtores, onde alguns fornos permaneciam acesos. Dabbynne chorava com emoção, agarrada aos braços do amigo. Recostou-se com ela junto a uma das paredes das ruínas dos construtores, seus conterrâneos que lá estiveram antes dele e que, de igual, tinham perecido como o exército de Mander. Dabbynne afundou o rosto em seu peito e, em meio a soluços, pareceu adormecer. O general acompanhou-os, calado.

Todos tinham recebido aquela descarga de energia de Belenus ouvindo as últimas e enigmáticas palavras do deus de guerra, mas sem entendê-las ou sentir que algo tivesse mudado. Jeliath nunca ouvira falar de um deus louco, mas podia ser o caso. Feiticeiras não têm filhos. Nunca tiveram. As palavras que lançara a Dabbynne davam a entender que ela trazia uma criança dentro de si. O que seria perfeitamente possível, porque ela havia estado com Jout por muito tempo, mas mulheres grávidas não se tornam feiticeiras e feiticeiras não engravidam. Se uma menina que se torna feiticeira estiver prenha, ela perde o bebê assim que passa para o Combatheon — foi o que sempre contaram as feiticeiras nas junções. Foi então que os olhos de Jeliath se arregalaram. Era exatamente isso que podia estar acontecendo diante de seus olhos. Eles mal tinham passado o Portão de Batalha quando entraram em confronto. Dabbynne não teve o tempo de sangrar e expelir o filho proibido. Ela já tinha se engajado na luta pelo deus de Dartana e, nos seus segundos finais de vida, Belenus a presenteou com essa vida. Ele dissera exatamente isso. Que daria sua energia para o vindouro. Jeliath olhou para Mander, mas o general, sentado ao seu lado, mirava o campo de batalha à frente e o mar de mortos.

O céu começava a se abrir e lâminas de luz rasgavam o melancólico horizonte. A mente de Mander estava em algum outro lugar, não ali. O mar de corpos caídos parecia convidá-los, os três sobreviventes, a mergulhar em suas entranhas e se afogar na tragédia, partindo de uma vez. Jeliath acomodou-se junto à pedra, olhando para o campo, tentando enxergar os estranhos visitantes que vira mais cedo, também tentando entender o que Belenus quisera dizer com aquela história de presentes. Depois do sopro, fora a tontura que o arrebatara nos primeiros segundos, nada havia mudado. Pensou em inquirir Dabbynne, mas ela estava quieta, talvez estivesse dormindo. Não moveu um músculo, temendo despertá-la. Lá, mergulhada e protegida no mundo de Régula, estaria muito melhor do que no mundo dos despertos. Jeliath ajeitou-se contra a parede e fechou os olhos.

* * *

Jeliath acordou com sede. Precisava de água. Dabbynne não estava mais apoiada em suas pernas e o entorno estava escuro. O céu do Combatheon era negro durante a noite e não se conseguia discernir nem um metro à frente. Não havia nem Bara inteira nem meia Bara enfeitando e iluminando o céu daquele lugar.

— Dabbynne! — gritou o construtor.

— Silêncio! Não grite. Estou aqui.

Jeliath virou-se na direção do sussurro sem conseguir enxergar a interlocutora.

— Não grite. Eu ouvi algo. Veio dos mortos.

Jeliath rastejou na direção da voz. Podia ouvir a respiração acelerada de Dabbynne.

— O que você ouviu?

— Eu estava procurando Nullgox. Ele está ferido.

— Nullgox? O seu Nullgox?

— Claro!

Jeliath calou-se olhando para Dabbynne. Será que todos estavam enlouquecendo?

— Pareciam vozes. Depois passos. Voltei para cá, mas não consigo enxergar nada nem sentir nada. São como fantasmas.

— E Mander? Onde ele está?
— Não sei, Jeliath. *Chiu.* — As vozes estavam perto.
— Acha que podem ser eles?
— Quem?
— Os bandidos. Eles estavam tomando coisas dos mortos.

Silêncio. Jeliath não ouviu nem resposta nem som vindo do mar de mortos. Sua mente revia a batalha. As rochas flamejantes que tinham se apagado. Relembrava os gritos. A aflição. O momento em que foram surpreendidos. O que eram aquelas armas? Como era possível alguma coisa fabricada pelas mãos daqueles seres expelir tantos projéteis em tão pouco tempo? Não era de surpreender o resultado. O deus ludibriado pela experiência da guerreira oponente. Alkhiss arrancandou-lhe a cabeça. A espada do gigante batendo contra o chão de pedra após receber o golpe. O brilho do metal contra o chão. Então, Jeliath ouviu. Um murmúrio. Eram duas vozes na escuridão. Ele precisava saber quem estava do outro lado. Rastejou para dentro das ruínas até o forno aceso. Rapidamente, com uma lança e pedaços de arbusto que amarrou com agilidade, improvisou uma tocha, voltando até Dabbynne.

— Jeliath? Perdeu a razão?
— Agora podemos vê-los!
— E eles também poderão nos ver!

Jeliath agarrou um martelo de construtor no chão.

— Que vejam! Estou cansado deste lugar. — E gritou, brandindo o martelo: — Eu sei que estão aí!

Jeliath avançou com cautela e então contornou o primeiro forno que viu. Algo brilhava no chão, um rastro que avançava na escuridão.

— Aqui... — gemeu uma voz fraca.

Jeliath baixou o martelo e deu mais dois passos na direção da voz, erguendo a tocha para atiçar a chama.

— Pelas feiticeiras! Mander! Quer nos matar de susto?

Jeliath aproximou-se do general ainda perturbado e seus olhos se desviaram para o rastro de sangue onde terminava em pés descalços e sujos.

— Só consegui tirar esses três — disse, apontando para o lado.

Jeliath ergueu mais a tocha e andou pela forja, fazendo a luz subir e revelar os corpos.

— Parten! Thaidena! — Jeliath sorriu fugazmente. Os amigos estavam gravemente feridos. Toda aquela trilha de sangue vinha de seus corpos.

Jeliath manteve a tocha alta examinando o terceiro corpo. As vestes, ainda que rasgadas e esfarrapadas, deixavam claro que era uma feiticeira.

— A feiticeira está viva?

— Está quase morta — rebateu Mander. — Melhor chamar aquela outra para ver se pode fazer alguma coisa. Tem mais gente gemendo no meio daquele mar de mortos, mas agora estou cansado demais para voltar. Cuide deles, soldado.

— Sou Jeliath, senhor. Não sou um soldado. Sou um construtor.

— Será um soldado agora, como esses três.

— Acalme-se, senhor. Precisa descansar. Passamos por maus bocados hoje.

Jeliath torceu o rosto ao descer a tocha, examinando o corte. Uma abertura extensa, de ao menos dois palmos na armadura improvisada do general, revelava uma ferida perigosa. Como sobrevivera àquela ferida era uma incógnita. Jeliath pensou em pedir que se deitasse, mas, por sua própria experiência, depois do golpe de energia de Belenus, não sentia mais dor e nem mesmo fraqueza, era como se o deus o tivesse curado.

— Busque-os, soldado. Busque todos que encontrar. Vou precisar dos meus soldados.

— Por quê?

— Porque vou continuar a lutar.

— Não pense nisso agora, general Mander. O senhor está ferido, é bem feio.

— Tolice. Pensei que estivesse louco e delirasse, mas Belenus realmente nos curou.

Jeliath voltou-se mais detidamente para o trio amontoado. Eles tiveram a mesma sorte. Dabbynne chegou silenciosamente. O construtor olhou para ela e segurou suas mãos.

— Você tem que ajudá-los, Dabbynne. Precisa curá-los.

Jeliath separou os guerreiros, deixando Parten deitado de costas e também virou o corpo de Thaidena. O rosto de Dabbynne iluminou-se ao perceber uma feiticeira no meio deles e se emocionou ao ver quem era.

A luz da tocha iluminou o rosto da feiticeira ferida e moribunda.

— Tazziat! — gritou, agoniada, Dabbynne.

Nem mesmo as feiticeiras tinham sido bem-sucedidas na primeira e derradeira luta. Tazziat, desprovida do brilho mágico, jazia ao lado dos dois soldados, com o peito subindo e descendo muito rápido, o abdome lavado de sangue, com as mãos pressionando uma ferida.

— Tazziat, minha amiga!

A feiticeira ajoelhou-se ao lado da outra e dobrou-se, aflita, sobre a ferida.

— Traga a luz, Jeliath. Tenho que ajudá-la.

Jeliath abaixou um pouco mais a tocha que crepitava. A chama diminuiu um pouco e ele percebeu que precisava alimentá-la. Olhou para os fornos acesos antes da batalha, alguns ainda tinham brasas quentes dentro.

— Venha, vamos levar os feridos para perto dos fornos. Está mais quente lá.

Jeliath conseguiu sorrir naquele momento sombrio ao lembrar-se rapidamente de suas haitas. Elas sempre procuravam a parede do lado de fora da casa, onde ficava o forno da cozinha. Eram mais espertas que os dartanas. Jeliath, junto de Dabbynne, transferiu Tazziat para o calor do forno ainda em brasa. A chuva parou completamente, deixando apenas o ar frio da primeira noite no Combatheon a tirar nuvens de vapor da boca a cada respiração. Dabbynne ajoelhou-se em frente à Tazziat e ergueu suas mãos. O brilho dourado que não deveria mais durar após a morte de seu deus de guerra ainda estava ali, esmaecido, porém existente. A feiticeira preferida olhou compadecida para a amiga. O lume do forno deixava a jovem novata ver parcialmente as feições e o corpo da amiga, mergulhada nas sombras. O peito da feiticeira ferida subia e descia rapidamente, e seus cabelos estavam empapados pelo suor que nascia na testa.

— Tazziat, deixe-me ver como está isso — pediu a novata.

Dabbynne não obteve resposta e não sabia se a amiga estava consciente. Os olhos permaneciam fechados, e os braços, tesos. Ela afastou delicadamente a mão de Tazziat da ferida. Precisou desenrolar a faixa azul-clara da cintura, lavada pelo sangue que escapava do machucado. Quando os olhos alcançaram a ferida, ela sentiu o sangue gelar nas veias. Um pedaço de espada inimiga estava enterrado na pele de Tazziat. Dabbynne caiu sentada e com a boca aberta, resfolegando. O corte sangrava profusamente a cada respiração de Tazziat. Dabbynne, trêmula, levou a mão até o pedaço quebrado da espada de lâmina fina e cortante e puxou-a de um golpe só. Tazziat arregalou os olhos e soltou um grito de dor que encobriu toda a forja, enquanto da ferida vertia uma cachoeira de sangue vivo e quente.

Dabbynne caiu sentada para trás, assustada com a reação da amiga e, ainda tremendo e assustada, a novata encontrou os olhos da veterana, que estremeceu e bateu a cabeça contra o chão de terra e deixou todos os músculos relaxarem de uma vez. Era como se a vida tivesse abandonado aquele corpo. A respiração, quase imperceptível, e o suave subir e descer de seu abdome mostravam o contrário. O sangue parou de jorrar, mas Dabbynne não sabia se aquilo era bom ou se era o sinal do fim. Lágrimas desciam de seus olhos. Tazziat morreria em questão de segundos. Mais uma vez estendeu as mãos sobre a ferida, agora acessível, e deixou que sua energia, ainda opaca, transitasse da ponta dos dedos para a pele aberta. As serpentes douradas de energia caíram sobre a carne rasgada e começaram a se infiltrar. Dabbynne sabia que a magia estava fraca e temia que não houvesse tempo para a cura, contudo, aos poucos, o corte foi diminuindo e desaparecendo debaixo da ponta de seus dedos próximos.

Jeliath, afastado da feiticeira, preocupado com a escuridão que os cercava, olhou ao redor, vendo colunas altas, com peças de metal presas em sua face dois palmos acima da cabeça. Aproximou-se com a tocha e ficou um instante olhando para aquele objeto. O que faziam ali? Jeliath olhou para trás, para o forno aceso, vendo o corpo suavemente dourado de Dabbynne e pouca coisa do corpo da feiticeira apagada. Vasculhando as ruínas, descobriu dentro de um dos fornos, protegidos da chuva, gravetos e trapos de tecidos velhos. Poderia fazer outra tocha como a que segurava, talvez arrumar um pouco de banha da barriga de um equithalo morto, como as feiticeiras faziam com as haitas. Mas tinha apenas duas mãos. Uma segurava a tocha e a outra o martelo. Não queria soltar sua única arma, ainda que o mar de mortos fosse um mundo de silêncio. Então, seus olhos foram para um dos suportes presos às velhas colunas. Em todas as colunas que via, lá estavam eles, prontos para segurar lampiões, labaredas iluminando toda a forja. A forja que não poderia parar seus trabalhos nem mesmo no breu da noite.

Jeliath produziu a nova tocha e encaixou-a no suporte. Sabia que não deveria durar muito porque logo os gravetos seriam consumidos pelo fogo. Precisava de tochas que durassem mais, muito mais. Rapidamente, Jeliath juntou mais gravetos e mais palha seca de dentro de outro forno, formando uma nova tocha e prendendo-a em outro suporte. Repetiu a ação e logo tinha ao menos oito tochas ardendo e iluminando aquele pedaço das ruínas.

Ele não sabia como, mas as ideias ferviam em sua mente. O pensamento estava juntando os fragmentos. Era como conectar pedaços que se pertenciam, que sempre estiveram ali, diante de seus olhos, mas que a razão deles aos dartanas sempre fora negada. Ele sabia que podia melhorar e muito a iluminação e deixar aquele canto mais seguro e confortável para ajudar os amigos feridos. Jeliath deixou seu estupor de orgulho e conquista ouvindo a voz chorosa de Dabbynne.

— Não morra, Tazziat. Não morra. Não me deixe sozinha aqui. Eu não sei o que fazer.

Jeliath abaixou-se ao lado, segurando uma tocha acesa.

— Cure-a! Faça aquilo que tentou fazer com Belenus! — agoniou-se o construtor.

— Não consigo! Veja como está a minha aura. Quase não a enxergo mais. Usei toda a força que tinha, a ferida se fechou, mas ela ainda está de olhos cerrados, com se estivesse morta, Jeliath.

— Você precisa tentar, Dabbynne, precisa reunir mais poder de cura. Thaidena e Parten também estão feridos.

Dabbynne lançou um olhar aos guerreiros ainda afastados, recostados ao outro forno.

Jeliath pegou Thaidena no colo. A amiga tinha várias perfurações pequenas na armadura, como se também tivesse sido atingida pela arma cuspideira de fogo. Thaidena abriu os olhos por um breve segundo, reconhecendo o amigo.

— Jeliath. Você está vivo! Graças a Belenus!

Thaidena começou a gemer quando foi deitada ao lado de Tazziat.

— Dabbynne, precisamos de você. Ela está perdendo muito sangue.

A feiticeira novata chorava de desespero. Fora levada para o Combatheon para usar o seu poder de cura e salvar os soldados de Dartana para que seu deus marchasse. Com seu deus morto e sua energia debilitada, sentia-se perdida, com vontade de não estar mais ali. Dabbynne apertou os olhos e mordeu os lábios, sentindo uma fisgada no abdome que a remeteu a horas atrás, quando Belenus lhe disse as palavras que a deixaram ainda mais confusa. O vindouro. Ela estava tonta e a dor a tinha desconcentrado, fazendo com que tocasse o chão com os joelhos. Belenus tinha lhe dado uma dádiva. Tinha lhe passado um sopro de poder. Agora, sentia suas entranhas em chamas. Dabbynne bateu a testa no chão, gemendo de dor, apertando a pele da barriga.

— Dabbynne... O que está acontecendo? — perguntou o construtor, preocupado.

— Dor. Muita dor.

— Dabbynne, não faça isso comigo. Você não pode apagar como eles.

— Eu... Não... Estou... Apagando, Jeliath. Fique quieto um minuto, pelo amor de Belenus!

Jeliath rodeou Dabbynne com a tocha. A feiticeira deitou-se de lado, ainda se contraindo e segurando a barriga. Jeliath também se lembrou de Belenus. Ele dissera que Dabbynne não carregava mais um imortal. Carregava o vindouro. Parte de um deus. Jeliath rodeou Dabbynne mais uma vez. Não era possível. As palavras de Belenus! Ele dizia que Dabbynne carregava dentro dela! Dabbynne estava...

— Grávida! Estou grávida, Jeliath! Grávida de Jout!

O rosto de Jeliath ficou pálido. Não podia ser aquilo. Dabbynne não podia estar grávida. Muito menos daquele estúpido que não se importava com ela, que havia se recusado a marchar e ajudar seu povo.

— Jeliath, está doendo! Eu... Eu o sinto dentro de mim! É meu filho, filho de Jout e também parte deus.

— Como pode ser? — tartamudeou Jeliath.

Dabbynne sentiu outra forte pontada e soltou novo grito.

Jeliath afastou-se dois passos.

Dabbynne rolava no chão de pedra, como se os dedos fossem afundar em sua barriga e arrancar o pequeno ser que deveria existir dentro de sua carne.

— Jeliath! — gritou Dabbynne.

O construtor jogou a tocha no chão e correu, ajoelhando-se ao lado da garota que amava secretamente. Segurou firme sua mão. Da mão de Dabbynne, pequenas centelhas escapavam, esparramando pelo chão e enchendo o solo de partículas de luz. Ela respirava rapidamente, com o ar entrecortado. Aos poucos, o rosto franzido foi relaxando e sua expressão tornou a serenar.

— Jeliath... — sussurrou.

— Estou aqui, Dabbynne. Nunca sairei do seu lado.

Dabbynne olhou nos olhos de Jeliath, sentindo-os cheios de verdade. O amigo construtor, que levava flores escondido para ela e as deixava debaixo de sua janela, sem nunca dizer nada, estava ali do seu lado e não Jout. Jout a abandonara e abandonara a fé em seu deus. Jeliath tinha lutado por Belenus, lutado por todos como pôde, juntando os construtores para salvar os soldados. A luta tinha sido vã, mas era ele quem estava ali, e esteve do seu lado quando Belenus soprou sua energia final.

— Eu vou... Acender de novo!

Um clarão varreu a forja de Dartana cegando Jeliath momentaneamente. Quando a visão voltou aos poucos, Dabbynne não estava no chão. Jeliath olhou para cima e ela pairava pouco além de sua cabeça.

— Dabbynne... Isso é inacreditável.

Ela estava fulgurante e seus olhos eram duas bolas douradas de energia pura. A feiticeira desceu e tocou o chão. As partículas de luz se levantaram, girando ao redor por um breve instante.

A feiticeira reluzente curvou-se sobre Tazziat e linhas douradas escaparam de seus dedos, encobrindo todo o corpo da feiticeira veterana.

A intervenção de cura durou poucos segundos e então Dabbynne sussurrou:

— Cure.

Tazziat inspirou fundo e torceu a coluna, erguendo o abdome, o ar escapou de sua garganta causando um ronco estranho. A coloração de sua pele voltou e um instante depois ela brilhava, dourada, como se Belenus nunca tivesse morrido e seu corpo não jazesse a poucos metros dali.

Dabbynne abriu um sorriso largo e arregalou ainda mais os olhos quando notou as pálpebras de Tazziat se abrirem e viu as pupilas douradas da feiticeira antiga. A ferida de Tazziat desaparecera completamente. A feiticeira veterana soltou-se do chão e começou a flutuar, indo para perto de Dabbynne.

— Enquanto meus olhos estavam fechados, sonhei com Belenus — revelou a feiticeira aproximando-se ainda mais. — Você salvou minha vida, porque ele, Belenus, me convidava para a longa jornada ao lado de Variatu, a deusa-mãe.

Os três ficaram em silêncio. Tazziat viu a sombra pálida de Thaidena a distância.

— Mas ele soltou minha mão quando viu a sua. Belenus disse que eu deveria voltar e ajudá-la. Aquela que carrega o vindouro.

— Para que voltar se ele se foi, minha irmã? O que faremos aqui?

— Vamos lutar. Essa é a vontade de nosso deus. Que continuemos o que ele começou.

— Isso eu prometo — disse uma voz dura e rouca.

Os olhos do trio foram de encontro às sombras de onde ressurgia Mander, trazendo sobre os ombros uma pilha de espadas de Ahammit.

— Irei lutar até meu último suspiro. Os que assassinaram nosso deus de guerra e destruíram nosso exército não terão paz enquanto eu viver. Aquilo que Belenus disse ser a nós um presente, nossos inimigos chamarão de maldição.

As feiticeiras ficaram caladas como se as palavras do general ressoassem profundamente em suas almas. Como iriam lutar sem um deus? Essa era a grande indagação na mente delas.

— Curem meus soldados — ordenou Mander. — Precisaremos de todos que estiverem vivos para lutar.

Dabbynne flutuou até Thaidena enquanto Tazziat flutuou até Parten. Eram os únicos vivos ao redor. Deixaram fluir seus feitiços de cura e logo os dois soldados estavam dormindo, recuperando-se, longe dos dedos finos da morte.

Por enquanto, Mander contava com um construtor, duas feiticeiras e dois soldados adormecidos. Aquele bando de seis, no momento, era todo o exército de Dartana.

CAPÍTULO 25

Quando a luz lavou o horizonte, olhando para o campo de mortos, foi a primeira vez que Mander se curvou após o sopro de Belenus, não pela dor, que as feiticeiras tinham feito sumir com seus passes energéticos, mas, sim, dobrado pelo peso da realidade diante de seus olhos. Ele havia falhado. Tinha feito com que acreditassem na vitória, que amanheceriam vivos aquele dia e que marchariam pelo Combatheon mais fortes, mais armados e mais preparados. Mander sentia-se culpado por toda aquela perda. Eram homens e mulheres que, iguais a ele, estavam ali não apenas pelo próprio couro. Tinham cruzado o Portão de Batalha para lutar por aqueles que tinham ficado para trás, na terra escura de Dartana, onde as mentes nada aprendiam, onde as crianças morriam do Mal do Peito, onde viver era uma tortura e a esperança só surgia quando um deus despertava e marchava pela estreita garganta de pedra. Ninguém em Dartana podia sequer sonhar que já tinham perdido toda e qualquer chance de serem salvos. Distantes do outro lado do manto de luz, ignoravam que o destino estava novamente selado e que a agonia e a ignorância reinariam novamente por todo um novo ciclo, até que depois de muito tempo tivessem o direito a um novo deus despertar no Hangar. Não imaginavam que o exército de Dartana estava morto e que não havia mais nada a fazer. Velhos e velhas, crianças e covardes estavam ajoelhados, rezando para uma estátua de barro que deveria estar sem cabeça. As orações que enviavam a Belenus eram vãs.

Mander respirou fundo e ergueu a cabeça, mirando o mar de corpos mortos à frente. Também corpos dos inimigos. Muitos. Tinha sido um bom combate, mas sem chance de vitória. Ao longe, do sopé da colina até o topo, outro campo de cadáveres debaixo do sol, os restos mortais do primeiro exército abatido por Ahammit. Se tivessem chegado mais tarde, quando o exército já tivesse se afastado, teriam outro futuro, teriam a chance de se armar. De enviar soldados em equithalos a dias de distância para observar os exércitos. Belenus instruiria os construtores. Buscaria armas em outros mundos e contaria às feiticeiras, que repassariam aos construtores. Fariam armas e armaduras e seriam páreo para o arrogante general de Ahammit. O deus de guerra seria venerado pelos guerreiros e a fé em sua imagem e sua glória guerreira alimentaria seu poder. As orações vindas de Dartana fariam Belenus marchar com mais confiança, intimidador aos olhos dos inimigos. Todos na velha Dartana se ajoelhariam no Hangar e adorariam Belenus, e seu poder seria ainda mais intensificado. E graças à fé e às espadas, Belenus se sagraria o deus de guerra, campeão daquela campanha. O sonho de Dartana seria realidade e as trancas invisíveis que não deixavam o povo ver e aprender seriam abertas, e sua mente seria livre para reter o conhecimento. A luz, finalmente, chegaria àquele mundo. Era tudo isso, enfim, que a deusa de Ahammit tirara de seu povo.

O general sabia que não poderia salvar Dartana, contudo, seu peito não se aquietava mais e a memória dos filhos lançados à própria sorte assombrava seu pensamento constantemente. Estava cego pelo desejo de vingança e uma coisa ele sabia. Usaria a chance que Belenus lhe dera para tirar tudo de Ahammit e seu general desgraçado. Ahammit não teria a glória de vencer essa campanha e Mander se tornaria o tormento e o fantasma daquele povo. Sabia que seu deus estava morto e nada restava de seu exército e de sua esperança. Ele mesmo teria morrido, se não fosse salvo pelo sopro de energia da cabeça de Belenus. Ele também estaria morto no meio dos soldados. Então, com prazer, se tornaria o ladrão da esperança de Ahammit. Destruiria seus soldados, suas feiticeiras e a própria deusa de guerra, se fosse possível, fazendo-os experimentar o mesmo sabor amargo que descia agora pela garganta. Era para isso que ele ainda existia.

* * *

Dabbynne flutuou acima do mar de mortos. Quantos seriam os dartanas assassinados pelo exército de Ahammit? Ela nunca contara antes, mas sabia-se que as feiticeiras podiam contar. Dabbynne pousou ao lado da cabeça de Belenus. O deus guerreiro morto. Cercado pelos soldados que tentaram em vão salvá-lo da deusa adversária, que, implacável, enterrara uma espada curva no corpo do gigante. Belenus não teve tempo de construir suas armas. Mas o fato de ela ter acendido novamente e flutuado até ali, e ter tido energia para curar Tazziat, possuía um significado imenso. De alguma forma, Belenus vivia dentro dela. De alguma maneira, deixara um pouco de sua energia magnânima circulando de forma mágica nas veias da feiticeira, para que ela continuasse sua jornada. Mais que isso. A energia de Belenus ainda existia e Tazziat, mesmo que fraca, também tinha os olhos vibrando na cor dourada do deus. Assim que Belenus tombara, todas as feiticeiras haviam perdido o poder e somente ela e Tazziat sobreviveram ao ataque das púrpuras do exército de Ahammit.

Dabbynne ergueu a cabeça e olhou a distância. Havia colunas de fumaça subindo ao céu junto à linha do horizonte. Certamente, um acampamento, em que os guerreiros de Ahammit festejavam a vitória dupla. Era lá que estavam as feiticeiras inimigas, que estranhamente tinham lhe poupado a vida e ceifado a de tantas outras iguais. Por que a deixaram viver? Dabbynne alçou voo novamente, percorrendo o campo de mortos e mirando as colunas de fumaça. As lágrimas não chegaram a seus olhos porque já estavam secos. Não havia mais o que prantear. Parou o voo quando notou três sujeitos carregando o corpo morto de um guerreiro de Ahammit. Dabbynne desceu e cerrou os olhos, atenta, tentando desvendar o que faziam e também perceber se eles a tinham notado. O trio fazia força, carregando o corpo pesado. Para quê? Por que aquele? Iam vencendo os corpos mortos ao redor, desviando de braços e cabeças de dartanas, afugentando as nuvens de insetos e estranhos pássaros que bicavam os cadáveres. Pensou em levitar até mais perto, mas logo desistiu. O que faria? Tomaria o corpo? Nem era o corpo de um dartana. Era algum ahammitiano pego pelos homens de Mander. Olhou para trás. Mander estava longe, olhando também para as colunas de fumaça e provavelmente imaginando um jeito de ir até lá e arrancar as vísceras do general inimigo. Dabbynne recuou até as ruínas da forja, onde Jeliath tinha mantido aceso um dos fornos e martelava como um louco um pedaço incandescente de metal. Era como se fosse tomado por algum espírito dos ancestrais, como se tivesse endoidecido. Mas ele agora tinha que parar. Era com ele que precisava conversar.

— Jeliath!

O rapaz continuou batendo o martelo contra o pedaço de ferro em brasa, que ia se espichando, lentamente, a cada golpe.

— Eu os vi.

Jeliath parou o martelo. Suor escorria de suas têmporas e ombros magros. Ele respirava de forma profunda e rápida, cansado.

— Eles estão lá, juntos dos mortos. Estão carregando um dos ahammitianos.

Jeliath soltou o martelo e apanhou a espada.

— Falou com Mander?

— Não. Ele está hipnotizado, olhando para as colunas de fumaça do acampamento de Ahammit.

— Fez bem. — Jeliath recuperara o controle de sua respiração. — Acho que fez bem. Quero vê-los antes que Mander os mate... Quantos são?

— Vi seis.

— Acha que são perigosos?

— Não sei. Não cheguei perto deles, nem me viram.

Jeliath apanhou uma espada e um elmo.

— São ahammitianos? Vieram carregar os mortos para os funerais?

— Não sei, Jeliath! Não sei! Não parecem ahammitianos. Não cheguei perto o bastante para descrevê-los, já disse. Estão cobertos com roupas longas, parecem feiticeiros.

— Não há feiticeiros, somente as dartanas ou as ahammitianas; as fêmeas são feiticeiras.

— Em nossa terra, sim. Aqui é o Combatheon.

— Vamos! Vamos ver quem são os intrusos e desvendar de uma vez por todas esse mistério.

Dabbynne puxou a mão suavemente.

— Não, Jeliath. Tazziat e eu ainda procuramos sobreviventes.

Jeliath, que já avançava, olhou para trás.

— Faz bem, Dabbynne. Torço para que consigam encontrar mais alguém vivo dentro desse mar de mortos. Quer que eu fique ao seu lado?

Dabbynne sorriu, achando graça na preocupação. Estava desacostumada a demonstrações de carinho.

— Não, Jeliath. Sei o quanto você é curioso. Se eu pedir para você ficar...

Jeliath continuava dando passos para trás, afastando-se da forja e olhando Dabbynne nos olhos.

— Vai, corre logo antes que desapareçam!

— Obrigado, feiticeira!

— É Dabbynne.

Jeliath ficou olhando para Dabbynne mais um instante, caminhando de costas, com o coração acelerado. Ela não dissera nada demais, mas só por sugerir intimidade o havia tocado. Olhou para as ruínas e viu Tazziat voltando a tratar de Parten com sua energia de cura. Os ferimentos do amigo deveriam ter sido muito profundos, pois, durante a noite, Dabbynne e Tazziat deram vários passes de luz dourada sobre seu corpo, sem que ele recobrasse a consciência. Tazziat parecia um bocado melhor. Planando quando queria, ainda que por distâncias curtas, revelava que Dabbynne estava poderosa. Thaidena havia se recuperado plenamente, ajudando a feiticeira a cuidar do namorado, dando água dos odres dos soldados na boca de Parten. Estava curioso a respeito dos homens misteriosos que rondavam o campo de batalha, apanhando coisas dos mortos e até mesmo levando alguns corpos. Ter companhia de uma soldado poderia ser uma boa ideia. Não era bom com armas, o que tinha feito ontem tinha sido um ato extremo e de pura e total necessidade. Parecia que ainda era um construtor, pois tudo o que via se transformava em sua cabeça, iluminando-se e mostrando que cada coisa poderia se destinar a tantos outros propósitos. Jeliath queria construir tudo o que imaginava. Contudo, esse ânimo exaltado logo arrefecia. Construir para que se Belenus estava morto?

Seus olhos encontraram a figura de Mander, parado, junto ao campo de batalha. Como Dabbynne havia dito, o general parecia obcecado pelas colunas de fumaça no horizonte, revelando a posição do exército de

Ahammit. Jeliath aproximou-se em silêncio. Mander não era uma boa opção. Ele não teria paciência para observar os visitantes e descobrir o que queriam ou quem realmente eram. Os pássaros rapineiros tinham começado seu festim, bicando a pele dos indefesos e abrindo ainda mais as feridas. Os que sobrevoavam o mar de mortos guinchavam, prolongados e estridentes, das alturas. Jeliath olhou ao redor sem ver sinal dos invasores anunciados pela feiticeira.

— Preciso de sua ajuda — disse Mander, assustando-o com uma aproximação furtiva.

— Bem, na verdade eu é que pensava em pedir sua ajuda, general.

— Precisamos queimar nossos mortos. Não quero deixá-los virar comida de karanklos, ou seja lá o que essas coisas possam ser.

— São maiores que os karanklos, senhor. Bem maiores.

— Então comem mais rápido.

— E o que pensa em fazer?

— São muitos. Precisamos de fogo, muito fogo. Você pode fazer isso, construtor? Eu vi suas tochas.

— Aquilo foi só um improviso. Posso extrair gordura dos equithalos e fazer lamparinas de verdade. Agora eu sei como.

— Não precisamos de gordura. Precisamos queimar nossos homens. Não vamos conseguir enterrá-los. Estarão todos podres e inchados em mais um dia.

— Isso vai levar muito tempo, senhor.

— Vai. Vai, sim. Mas não tenho nenhum outro lugar para ir hoje. Você tem?

— Não exatamente.

— Pare de rodeios, construtor. O que está querendo dizer?

— Dabbynne viu gente de fora apanhando o corpo de um ahammitiano, senhor.

Os olhos de Mander faiscaram.

— Podem ser soldados de Ahammit vindo buscar seus mortos.

— Ela não se aproximou o suficiente para identificá-los, senhor, mas pode ser o caso.

Mander começou a caminhar sobre os corpos, pulando braços e pernas e tirando a espada da bainha. Jeliath reparou que Mander caminhava com firmeza, diferente de quando o viu se aproximando de Belenus no dia anterior. O sopro do deus tinha curado todos eles. Mander parecia sólido e disposto a uma boa briga e era isso que ia acontecer caso deparasse com os saqueadores de corpos.

Jeliath esforçou-se para acompanhá-lo.

— Isso nunca mais vai acontecer — disse Mander.

O construtor não sabia o que aquela frase enigmática queria dizer.

— Do que está falando, general?

— Isto. Esta tragédia. Olhe para estes corpos. Todos mortos. Pais e mães de Dartana. Irmãos e filhas.

Jeliath olhou para baixo e, em menos de cinco passos, reconheceu três rostos. Amigos de sua terra.

— Não deixarei isso acontecer nunca mais. Tanta morte.

Uma suposição começava a se desenhar na mente do construtor.

— Essa será minha missão, Jeliath. Não deixar que isso se repita.

— O que quer dizer, senhor?

— Atacarei os inimigos de nosso deus e deixarei o Combatheon limpo das ameaças. Assim que uma nova guerra começar, nosso campo estará seguro para a chegada de nosso novo exército. Talvez seja essa a saída. Talvez seja essa a missão que Belenus me deixou de herança. Matar todos. Assim, o Combatheon será sempre uma terra segura para nossa gente.

Alguns achariam Mander obstinado. Jeliath achava que ele estava louco. Um novo exército?! Isso levaria muitos e muitos anos, até que fosse possível. E quanto a eles, os poucos sobreviventes? O que aconteceria? Morreriam ali, naquelas terras, esquecidos do outro lado do portal de luz para sempre?

CAPÍTULO 26

O acampamento estava em festa. Soldados e construtores confraternizavam enquanto a imensa deusa estava sentada sobre uma grande rocha, imóvel, como se também fosse feita de pedra. Ugaria sabia que sua deusa não estava lá. Alkhiss estava conectada em um avatar, sondando um mundo distante através de seus olhos, vendo coisas que ainda não existiam no Combatheon, coisas que se tornariam armas para dizimar os inimigos nas contendas à frente. O general Bousson, pela primeira vez em dias, descansava em sua tenda, ainda que trajasse a armadura de batalha, relaxado, e bebia galu fermentado. Tinham derrubado dois deuses e, naquele novo dia, até a nova noite, os soldados estavam livres para comemorar e descansar. Os feridos teriam tempo para tratar seus machucados, deitando sobre eles as ervas que as feiticeiras trouxeram de Ahammit. Batedores e feiticeiras foram enviados na direção revelada por Alkhiss. Os deuses de guerra sempre sabiam para onde marchar, para onde conduzir o exército, enquanto os olheiros do general adiantavam-se para falar do caminho, onde estavam e quantos eram os adversários e, principalmente, quais as armas à disposição. Tudo correndo na mais perfeita ordem e dentro do planejado. Como fora dito tantas e tantas vezes nas junções do Hangar de Ahammit, sua deusa de guerra seria vitoriosa e seu mundo seria limpo das trevas de uma vez por todas.

Ugaria, a feiticeira favorita de Alkhiss, sentia o coração acelerado quando pensava na missão que tinham e nos resultados que isso desencadearia em seu mundo. Ali, naquelas terras secas e rochosas, já sentia seu interior iluminado pelo saber. Era como se um pouco de Alkhiss entrasse em cada um de seus devotos, seguidores e adoradores. Além de sentir, Ugaria podia ver essa magia acontecendo em todos os lados. Os construtores estavam exultantes com novas ideias todos os dias. Construíam armas poderosas que Alkhiss via em outros mundos e vinha lhes mostrar. Os construtores compreendiam a ordem e, de forma quase milagrosa, sabiam o que fazer para reproduzir a arma ilustrada pela mente da deusa de guerra. Alkhiss dizia-lhes onde o chão era rico em ferro e os construtores começavam a trabalhar. Longe da forja de Ahammit, do Portão de Chegada, improvisavam com barro grandes fornos em que esquentavam as pedras do chão e faziam com que virassem água e se moldassem ao que queriam, batendo incansavelmente os martelos contra a terra quente e vermelha. Ugaria sempre sorria ao ver os construtores atarefados e fazendo com que coisas incríveis fossem materializadas para o exército. Eram como feiticeiros também. Faziam a sua magia.

A feiticeira voou até a deusa e pousou aos seus pés. Ugaria colocou-se de joelhos ao sentir-se tocada pela energia benéfica e púrpura que emanava de Alkhiss. Estava conectada a sua mestra, sua senhora divina. Dobrou o corpo e tocou a testa no chão, enquanto repetia palavras de adoração à deusa.

— Levante-se, Ugaria — ordenou a voz metálica e poderosa do ser superior.

Ugaria atendeu e permitiu-se olhar nos olhos de Alkhiss.

— Diga-me, minha favorita. Foi-me contado que uma inimiga foi poupada por suas mãos. É verdade?

Ugaria arregalou os olhos. Sua deusa tinha ouvido falar da intrigante feiticeira de Dartana.

— Sim. É verdade.

— O que tinha a inimiga de tão especial para merecer sua piedade?

Ugaria olhou para trás, vendo outras feiticeiras se reunindo para ouvir o relato. A favorita de Alkhiss ficou corada e sua voz não saiu no primeiro instante. Não queria falar da jovem feiticeira prenha para sua mestra. Ugaria olhou para as colegas luminosas buscando os olhos de Vilai. A companheira linguaruda não estava ali.

— Diga-me, o que tinha de especial?

— A jovem feiticeira de Dartana tinha vida dentro dela.

— Dartana?

— Sim. É o nome da terra de onde ela veio e para onde jamais voltará, minha senhora.

— Todos temos vida, preferida. Por que a vida lhe causou espanto? Explique.

— Ela possuía vida DENTRO dela. Uma nova vida, minha senhora.

Alkhiss, que havia elevado o rosto, voltou-se para Ugaria mais uma vez e sorriu.

— Fascinante. Não era para ser assim.

— Concordo, senhora. Ao menos às feiticeiras de Ahammit sempre foi negado o dom de copiar a vida e parir um filho.

— A pequena Dartana está grávida?

— Sim. Assim, eu senti quando a toquei e jamais errei sobre uma prenha em minha vida de feiticeira.

— Ela não é uma ahammitiana.

— Mas é feiticeira. Feiticeiras não devem parir. Assim nos foi ensinado desde sempre.

— Quero vê-la. Traga-a para mim.

Ugaria não conseguiu esconder a surpresa.

— Ela não é nossa feiticeira, senhora. O que pode querer com ela, uma feiticeira derrotada e imunda?

Alkhiss virou a cabeça reptiliana de lado e seus olhos miraram a líder das feiticeiras de seu exército. Ugaria entendeu a mensagem do olhar e não emitiu uma palavra, uma indagação sequer. Apenas assentiu e decolou contra o céu plúmbeo e carregado de nuvens, deixando um rastro purpúreo para trás. Ugaria voou até se afastar do exército de Ahammit e, ao ter certeza de que estava sozinha, arremessou-se contra o solo, mirando o chão lamacento. Seu corpo submergiu parcialmente e logo ela colocou-se de joelhos, tremendo da cabeça aos pés. Ela era a preferida de Alkhiss! Era a feiticeira que deveria chamar a atenção de sua senhora! Ugaria soltou um grito visceral, enquanto a lama escorria de seus cabelos e rosto. O que Alkhiss, sua deusa, queria com a feiticeira prenha? Por que queria vê-la? Enxugou as lágrimas que desciam em sua face e olhou para trás. Era ela, Ugaria, a favorita. Nenhuma outra feiticeira merecia os olhos ou os pensamentos de sua deusa de guerra. Nenhuma! Nem mesmo a sobrevivente prenha de Dartana.

CAPÍTULO 27

Thaidena passava a mão na barriga onde duas feridas haviam se formado. Outro caroço estava no seio direito, onde um projétil se encravara em sua pele. Lembrava-se das fisgadas e depois da sua força desaparecer e ela cair inconsciente. A dor havia diminuído bastante depois de um novo passe de energia de Dabbynne. Agora, a feiticeira fazia a mesma coisa em Parten mais uma vez, que, finalmente, tinha acordado aos berros, como se revisse os instantes finais de sua consciência durante a batalha. Todas as feridas estavam fechadas, portanto, nos últimos passes de energia, as feiticeiras tinham se concentrado na cabeça e parecia que tinha funcionado.

Parten sentou-se assim que foi acalmado pela namorada. Olhou o entorno da forja, estranhando a presença de Tazziat e Dabbynne ao seu lado.

— Estou vivo... — murmurou, depois de uma pausa.

Thaidena sorriu para o namorado.

— Onde estão todos? Para onde foram? Estão atrás de Belenus?

Sem saber, Parten dera as respostas parcialmente. Todos tinham, sim, partido atrás de Belenus.

— Estão mortos, Parten.

O soldado levantou-se, apoiando-se ao barro do forno a suas costas e logo levantando a mão por causa do calor.

Parten colocou as mãos sobre o rosto e cambaleou para frente. Thaidena atirou-se sobre o namorado, abraçando-o forte.

— Você tinha razão, Parten! Vir para o Combatheon foi uma loucura. Eu não consegui ajudar nenhum deles nem uma vez sequer.

Parten retribuiu o abraço de Thaidena, compreendendo a dor da namorada que queria tanto colaborar para a vitória de Dartana. A morte de todos os amigos era algo estarrecedor demais para ela suportar.

— Você lutou ao meu lado, Thaidena. Talvez eu não estivesse vivo se não ficasse atrás de você.

Thaidena chorava no ombro de Parten e ali ficou por alguns minutos.

— Estão todos mortos? — perguntou novamente Parten, assim que ela se acalmou.

A soldado secou os olhos e puxou Parten até os limites da forja para que o namorado tivesse uma ideia do tamanho da desgraça.

— Dabbynne e Tazziat sobreviveram, graças a Belenus, e nos curaram. Sem seus passes de energia, nós dois também estaríamos no meio desses corpos.

— Por Belenus, que tragédia.

— Mander e Jeliath também sobreviveram.

— Jeliath... — balbuciou Parten.

Thaidena, olhando para os mortos no campo de batalha, já se sentia sortuda em estar viva. A pergunta que vinha recorrente em sua mente era: viva para quê? Havia escutado Mander e Jeliath conversando, sobre Belenus morto. O que fariam agora? Mander parecia ainda tomado por um tipo de certeza maluca de que deveria continuar lutando. Como? O que tinha movido os pés de Thaidena até ali era o desejo de ajudar o exército, mas agora que não havia exército pelo qual lutar, temia perder seus passos, errar os caminhos. Para que viveriam naquelas terras sem um deus de guerra?

Parten sentou-se e pediu água. A namorada apanhou um dos odres trazidos por Jeliath e ofertou-o ao namorado. Parten recostou-se a um dos muros da velha forja e, em pouco tempo, estava dormindo. Parecia cansado, abatido com tudo o que tinha visto e ainda sofrendo dos reflexos dos ferimentos recém-curados.

A jovem guerreira andou até perto dos mortos. Os corpos estavam mudando. Sofrendo o mistério da passagem, sabia que dentro deles não existiam mais os companheiros que deveriam estar se preparando para lutar contra um novo exército, em um novo Combatheon, talvez até mesmo sentindo a falta dos que tinham ficado para trás. Tiveram azar. Só podia ser isso. As lendas das feiticeiras diziam que no Combatheon teriam armas e força para o combate, mas não tiveram a menor chance contra os inimigos. Os oponentes chegaram em uniformes poderosos, que continham os golpes de Dartana e tornavam a luta desigual. E como eram belos! Suas armaduras negras revestiam os corpos de forma perfeita, terminando em elmos longos, com penachos vermelhos na ponta. Enquanto Dartana era um exército de maltrapilhos desarmados, o exército de Ahammit parecia algo que os sujos e despreparados dartanas nunca seriam. Thaidena não tinha palavra para descrevê-los. Só de olhar para as armas e armaduras, os guerreiros de Dartana tinham se sentido intimidados e se enchido de medo. Ela não conseguia imaginar o exército de Dartana dotado de tamanha organização nos movimentos e capaz de construir armas tão poderosas quanto aquelas. Armas que cuspiam ferrões que vararam seu corpo. Armas que projetavam pedras incendiadas e imensas que só eram paradas pelos potentes socos de Belenus. Como poderia ter salvado os amigos? Thaidena perguntava-se repetidas vezes a mesma questão. Ela falhou com todos. Deixara que o exército fosse dizimado. Não tinha prestado para nada para seu general. Não teriam chance alguma contra nenhum exército daquele tipo, mas Mander queria lutar. Mander estava sendo consumido pelos miolos.

Thaidena voltou até onde Parten se recostara. O namorado abriu os olhos ao ouvir seus passos.

— Menos dor agora?

Parten fingiu um sorriso.

— Logo estarei novinho em folha.

— Os furos que os soldados inimigos abriram se fecharam graças a Dabbynne e Tazziat. Elas, sim, sabem cuidar de sua gente.

— Pare de se lamentar, Thai. Estamos vivos e temos um ao outro ainda. Só isso importa agora. Meu maior medo sempre foi te perder.

Thaidena abaixou-se e beijou o namorado. Ele tinha razão. Tinham um ao outro e era tudo o que importava no momento.

CAPÍTULO 28

Jeliath estava há cinco minutos debruçado sobre o corpo de um soldado ahammitiano. Os olhos e a mente dele, mais faiscantes do que nunca, lutavam para entender aquilo. A proteção que descia pelo peito do soldado inimigo ia até a parte baixa do ventre, ali tinha uma forma côncava e um ponto fraco, deixando parte do abdome exposto à lâmina de uma espada. Mas a armadura era linda e impressionante mesmo assim! O que mais tinha magnetizado o curioso construtor era a forma como a couraça era presa ao corpo do soldado. Demorou para entender. Uma peça em forma de anel girava cinco voltas para dentro na lateral da couraça, enroscando-se e prendendo-a com mais firmeza, à medida que ele girasse aquele anel. Era intrigante e engenhoso. Poderia imitar aquilo se precisasse! Aqueles anéis juntavam as armaduras do peito em dois pontos abaixo das axilas do guerreiro, depois em dois pontos na lateral do corpo, perto do quadril, repetindo a sequência do outro lado. Tudo era preso de forma firme e eficiente e acreditava que o próprio soldado teria sido capaz de, sozinho, dar o ajuste final. Os anéis se prendiam a espetos de metal, mas, diferentes dos espetos lisos, aqueles tinham sulcos que prendiam aos anéis. Era incrível! Era genial! Os ahammitianos não estavam encalacrados na prisão de ignorância como os dartanas ainda experimentavam na ocasião em que chegaram. Assim que compreendeu o funcionamento dos pregos girou todos os anéis, removendo completamente a carcaça. Colocou os anéis na algibeira de couro e carregou as couraças debaixo dos braços. Precisava mostrar para Mander. Não era só a engenhosidade daqueles anéis que encaixavam nos pinos metálicos que o fascinava. Era também a habilidade de fazer formas com o ferro. Lascas de ferro se encaixavam de uma forma graciosa, se sobrepondo, como as costas de um tatu, deixando o guerreiro com boa parte do dorso bem protegido. Tinha também a coisa da cor. Como conseguiam mudar a cor do ferro? Aquela cor ficara linda nas armaduras e também emanava temor. Parecia que dava mais imponência ao exército. Se tivesse outra chance na vida, faria aquilo. Seria o líder dos construtores de um exército temido e respeitado.

Jeliath alcançou Mander minutos mais tarde. Ele estava no alto de uma rocha, voltado para o lado das colunas de fumaça, perdidas no horizonte, provavelmente calculando quanto tempo de distância estariam do exército de Ahammit. Ainda devaneando sobre como faria para derrotar, sozinho, toda uma força que seus homens reunidos foram incapazes de suportar. Mander estava ficando louco e Jeliath sabia disso.

— General, algum sinal dos invasores?

Mander baixou os olhos por um instante, olhando para a armadura no chão.

— Um pouco tarde para armaduras, não acha, construtor?

— Pelo seu olhar insistente para Ahammit, talvez não seja tarde. Posso fazer algo melhor, fazer com que fique adequado ao corpo. Fazer com que o senhor dure mais na batalha que quer travar.

— Vai construir armas para um soldado apenas, Jeliath?

Jeliath olhou para a armadura e para trás, além dos mortos. Duas colunas de fumaça subiam da forja de Dartana. Uma era da fogueira das feiticeiras, outra vinha do único forno aceso.

— Não sei quanto a você, general, mas eu não tenho muito mais o que fazer.

— Temos uma missão, Jeliath. Não podemos deixar essas aves devorarem nossos amigos. Precisamos queimar nossos mortos.

Jeliath bufou. Mais uma vez a história dos mortos. Mander tinha passado o dia inteiro falando que iria até o acampamento de Ahammit matar todos e, pelo visto, ainda queria voltar antes do pôr do sol para queimar todos os corpos dartanas.

— Para quê? Deixe que os karanklos cuidem deles, senhor. Será mais rápido.

— São irmãos e irmãs de Dartana, pais e mães que vieram porque acreditavam em Belenus, que acreditavam em mim.

— O senhor já me disse isso, general. Fomos todos vítimas da mesma armadilha, senhor. Como poderíamos adivinhar que cruzaríamos o Portão de Batalha e daríamos de cara com aquele exército? Seus construtores sabiam muito mais do que os nossos. Eles estavam preparados e nós não.

— Vou acabar com todos eles, não se preocupe.

— Eu queria saber como! — explodiu Jeliath, olhando para Mander e batendo os braços ao longo do corpo.

— Com uma espada e uma armadura. Desde que Belenus me deu aquele sopro, minha mente só pensa nisso. Eu irei até lá e vou arrancar a cabeça de cada um daqueles soldados. Um de cada vez. Até o último. Armarei emboscadas, serei mais vil e traiçoeiro do que eles.

— Matando um por um? Um de cada vez? Sério?

— Exato. Não vou desistir, Jeliath. Tem que ter um jeito.

— Acho que Belenus acabou soprando loucura para dentro de sua cabeça, general!

Mander agarrou Jeliath pelo pescoço e fechou o rosto. Sua respiração rápida fazia o bigode vermelho ir para frente e para trás. Jeliath arregalou os olhos achando que agora era o seu fim.

— Não estou louco! Nem um pouco, Jeliath! Só estou determinado a tirar deles o que tiraram de mim.

Mander abriu a mão, fazendo Jeliath cambalear para trás, pisando na gosma de sangue velho e morto. Jeliath saltou para um veio seco e limpo, evitando pisar novamente nos mortos.

— Eles tiraram meu exército e minha esperança.

Jeliath ficou calado, comovido com as palavras e a angústia de Mander. Louco ou não ele só falava a verdade. Jeliath lembrou-se dos filhinhos de Mander, que estavam agora em Dartana, sem chances de serem curados do Mal do Peito. Lanadie veria os filhos definhar até o último dia. Antes, o general acreditava que teria tempo de salvar Dartana da escuridão do pensamento e que encontrariam um jeito de curá-los com ervas ou remédios. Alguém teria a mente iluminada para a cura. Agora Lanadie não sabia que estava sozinha e que os filhos só sobreviveriam se fosse por obra do acaso.

— Belenus te deu mais inteligência, eu ouvi. Se quiser ser útil para a minha empreitada, vá até a forja e faça uma espada poderosa, leve como a deles e mais afiada.

— Sem querer ofender, Mander, acha mesmo que conseguirá fazer qualquer coisa contra o exército de Ahammit?

O olhar de Mander ficou sombrio novamente, mas não havia raiva dessa vez. O general virou-se, olhando para as colunas de fumaça marcadas no horizonte.

— O que tenho a perder, Jeliath? Eu já estou morto, igual a qualquer um dos meus soldados caídos nesse chão — revelou, apontando para o mar de mortos. — Você mesmo disse, construtor. Eu não tenho muito mais o que fazer.

* * *

Jeliath dera uma volta pelo mar de mortos, tentando imaginar uma maneira mais eficiente de empilhar os corpos dos soldados de Dartana e também procurando algum sinal dos visitantes avistados anteriormente por Dabbynne. Enquanto Mander tinha uma obsessão mórbida por vigiar as colunas de fumaça do acampamento de Ahammit, ele tinha a curiosidade de querer desvendar o que queriam aqueles usurpadores de mortos. De onde vinham? Para onde iam? Pertenciam a qual exército? Tinha até receio de comentar sobre suas indagações para Mander. O general via qualquer sombra como um inimigo mortal agora. Parten e Thaidena continuavam na forja. Estavam abatidos e desmotivados. Fazia horas que não via Dabbynne. Assim sendo, só restara ele e Mander para amontoar os cadáveres e essa atividade parecia que preencheria toda sua existência no Combatheon de agora em diante. Já tinham feito pelo menos oito pilhas, cada uma com mais de vinte soldados e construtores. O campo de batalha começava a ganhar ramificações e trilhas, por onde era possível caminhar sem pisar em mãos e pés de gente morta. Os soldados inimigos ficavam onde tinham caído e, ao que parecia, ali apodreceriam, pois nenhum homem de Ahammit tinha vindo até o campo de batalha. Mander não pronunciava uma palavra enquanto carregava os corpos, mas cada vez que depositava um guerreiro ou guerreira de Dartana o general se abaixava e sussurrava algo em seus ouvidos e fechava os olhos daqueles que estavam abertos. Quando estavam na décima pilha, Thaidena ofereceu-se para ajudar. Mander pediu que ela apanhasse as armas caídas. Todas. Jeliath já estava cansado quando começaram a se aproximar do corpo do deus morto. Belenus parecia uma montanha azul e fria, e dele nenhuma esperança emanava. Afastado do corpo uns bons metros, Jeliath olhou para o rosto de pedra do deus, mais escuro do que quando ouviu dele as últimas palavras, parecendo ainda mais rochoso. O sopro carregado de energia que tinha feito levitar, a ele, Dabbynne e o general. O riso metálico do deus dourado encheu seus ouvidos, era como se o escutasse uma vez mais. Belenus dissera que eles três ainda poderiam se divertir nos campos do Combatheon. O que aquilo queria dizer? Não tinha nada a ver com carregar corpos, certamente, pois não estava sendo nem palidamente divertido levar aquela tarefa a cabo. Tanta gente conhecida. Tanta gente morta.

— Jeliath! — sussurrou Thaidena.

O construtor, abstraído, levou um susto e virou-se para a amiga que andava curvada, valendo-se de uma pilha de corpos como escudo.

— Tem gente estranha aqui.

Imediatamente a visão dos visitantes veio à mente. Agora, ele estava desperto e mais bem preparado para enfrentá-los.

— Eles estão pegando as armas e as armaduras dos ahammitianos.

— Quantos são?

Thaidena virou-se para o amontoado de corpos e levantou a cabeça um pouco. Ela tremia. Havia enfrentado um exército imenso no dia anterior e agora tremia.

— São quatro.

— Por que está tremendo?

— Não sei. É um mau pressentimento.

— Estão armados?

— Estão agarrando armas, Jeliath! Então, estão armados!

Jeliath adiantou-se pela trilha e foi até o final, em silêncio. Contou quatro estranhos cobertos por mantos. Controlando o nervosismo e o medo, respirou devagar, deixando os olhos passar pela ameaça. Andavam devagar, abaixavam-se quando encontravam uma espada ou uma seta. Colocavam tudo em um grande caixote, um compartimento feito de madeira unida por pregos, mas que deslizava graciosamente, sobre uma dupla armação redonda. Um dos homens puxava o caixote e as armações redondas, uma de cada lado, giravam. Era intrigante. Podiam colocar peso sobre elas. Jeliath abaixou-se mais, sem conseguir esconder um imenso sorriso. Como eram inteligentes! Se colocassem equithalos na frente do aparelho poderiam deslocá-lo sem fazer nenhuma força! Os animais dariam o impulso. Faria um artefato daquele para Mander cruzar a distância, levando também muitas armas de guerra. Se era isso que o general queria, teria. Jeliath lutou para controlar-se e deixar os olhos reunirem mais informação. Eram quatro, como Thaidena dissera, mas não eram iguais. Tinham altura e pele diferentes, mas os rostos estavam escondidos sob capuzes longos, impedindo que suas feições fossem investigadas. Não pareciam pertencer a um exército. Aquela sensação era estranha. O que estariam fazendo ali? De onde tinham vindo?

— Vamos matá-los?

Jeliath quase deu um pulo.

— Não, Thaidena. Não são ahammitianos. Não vamos matá-los.

— Podem ser de outro exército. Vamos chamar Mander, ele saberá o que fazer.

Jeliath agarrou Thaidena e a abaixou.

— Não! Ele não vai dar nem tempo da gente explicar.

— Explicar o quê, Jeliath?

O construtor apontou para a carroça.

— O que é aquilo?

— É o que eu estou tentando descobrir. Notou como aquela peça redonda facilita o trabalho. Ela gira e carrega o peso da caixa.

— Como pensaram nisso?

— Não sei. Só sei que entendi como funciona. E posso fazer uma igual. E posso fazer uma melhor. Só preciso de madeira e pregos. Preciso desenhar na areia e gravar na mente.

— Como eles pensaram uma coisa dessas?

— A pergunta certa é a seguinte, Thaidena: como nós nunca pensamos?

— A maldição. É isso, Parten — disse ela, confusa.

— Você me chamou de Parten. Tá com saudade do seu namorado?

— Cala a boca! Mas é isso, Jeliath! As feiticeiras não mentiam quando diziam que existia uma maldição que não nos deixava aprender.

— Infelizmente tudo vai continuar igual para os dartanas em nossa terra, Thaidena. Tudo. Não vencemos.

Thaidena abaixou a cabeça, como se a realidade pesasse como um equithalo. Eram duas desgraças separadas por um portal intransponível. Ninguém voltava do Combatheon. Em Dartana, ninguém sabia que Belenus já estava morto e que o exército de sua terra se desintegrara.

— Mas agora precisamos saber quem são esses caras e o que estão fazendo aqui. Venha — indicou Jeliath.

— E Mander?

— Mander está fora de si. Eu não quero que eles morram.

— Por quê? — perguntou Thaidena.

— Porque eles têm aquela coisa que gira. Devem ter outras coisas também. Quero ver mais. Quero aprender. Preciso saber, Thaidena! Não vim tão longe para nada. Poderia estar morto aí atrás dessa pilha, mas não, estou vivo. E quero saber.

Thaidena não sabia o que responder, apenas ergueu os ombros, olhou para trás um segundo como se quisesse a companhia de Parten. Sabia que o namorado não estava totalmente restabelecido, então era melhor que ficasse para trás, descansando. Ela iria com Jeliath, protegeria o amigo construtor.

* * *

O estranho quarteto abandonou o mar de mortos assim que encheu a caixa com armas e armaduras. Agora, muito mais pesado, o estranho artefato de carga precisava de ao menos dois deles para o transporte. Thaidena chegou a sussurrar no ouvido de Jeliath que poderiam dar conta dos dois que andavam atrás, distraídos, antes que a dupla que puxava pudesse fazer qualquer coisa. Jeliath foi taxativo que não queria ataques e nem mortes. Queria apenas descobrir para onde iam. Conhecimento era a arma mais poderosa. Precisavam saber a qual exército e a qual deus de guerra aqueles quatro pertenciam. Eram diferentes uns dos outros, então poderiam trabalhar para mais de um exército, para mais de um deus de guerra. Só depois de aprender com aqueles ladrões é que Jeliath os entregaria à loucura de Mander, para que o general fizesse o que bem entendesse deles.

O construtor e a guerreira moveram-se lentamente, silenciosos como um pehalt, seguindo os invasores. Jeliath foi o primeiro a se queixar.

— Estou com fome. Desde que chegamos aqui, não comi nada.

— Minha barriga também está roncando, Jeliath.

A perseguição continuou, assim como a fome. Se parassem para procurar algo que distraísse a barriga, poderiam perdê-los de vista. Olhando para trás, agora o mar de mortos não fazia mais parte da paisagem, que foi mudando de rochas secas para um terreno mais baixo e mais frio, onde um pouco a vegetação começava a aparecer às margens do caminho e a cada quilometro avançado se tornava mais presente. No horizonte, podiam apenas ver os imensos karanklos, voando em círculos, pontuando o lugar onde repousavam as pilhas de cadáveres. Do outro lado, as colunas de fumaça que indicavam o acampamento de Ahammit. Decididamente, aqueles quatro não rumavam para o exército que tinha dizimado Dartana. Roubavam para outro exército.

Os olhos de Jeliath passearam pela paisagem sem conseguir ver sinais de fumaça que indicariam outro acampamento massivo naquela direção que tomaram. Aonde estavam indo? Com a espada que tinha apanhado, Jeliath fez um risco no chão. Precisariam voltar. Olhou para a ponta do risco que tinha alinhado diretamente com uma árvore solitária no alto da colina. Lá em cima começava o terreno pedregoso até o mar de mortos e a forja de Dartana.

— Veja, Jeliath.

O construtor olhou para Thaidena abaixada contra um tronco e depois para os invasores parados adiante no caminho. Olhou para o chão úmido onde não havia vegetação, só um chão barrento, molhado pela chuva da manhã. Por onde o caixote sobre a estrutura giratória passava, ele deixava uma trilha no chão, com sulcos fundos, revelando que estava pesado. Jeliath riu de si mesmo. Era só seguir aqueles sulcos que voltariam para o mar de mortos. Depois o rosto ficou imóvel, tomado de assombro ao perceber o quanto sua mente havia mudado. Por que em

Dartana eles não eram livres para fazer essas associações tão simples? Seguir o sulco significava voltar para casa. Era claro, mas em Dartana ele nunca teria pensado assim.

— Será que nos viram?

Jeliath abaixou-se junto a Thaidena, saindo de seu torpor intelectual. Entendeu a preocupação da garota. O quarteto estava parado e circulava o caixote, olhavam para trás e para frente, e conversavam entre si. Suas vozes chegavam baixas a seus ouvidos, não parecia haver indignação. Ao contrário, segundos depois estavam rindo, descontraídos. Era como ver quatro dartanas despreocupados, voltando com suas haitas para casa depois de levá-las para se alimentar no campo, comentando sobre as coisas do dia. O lugar onde tinham parado era coberto pelas copas das árvores e o chilreio de diversas aves chegava aos seus ouvidos.

— Vamos ficar aqui. Devem ter cansado de puxar aquilo.

— Igual à gente.

— Mais que a gente, Thaidena. Estão carregando as armas. Pegaram muitas.

— Aquela caixa deve estar pesada.

— Exatamente. Talvez queiram o metal. Para fazer alguma outra coisa.

— Minha barriga continua roncando.

Jeliath também estava faminto, mas fazia tanto tempo que não comia que a barriga parecia ter esquecido. Estreitou os olhos, observando os intrusos. Estavam tirando as vestes e as jogavam ao chão. Decididamente, eram diferentes. Três eram mais baixos do que ele, sendo que dois pareciam do mesmo exército, pois tinham a mesma pele de cor amarelo-claro. Um era escuro como a noite e, no lugar da boca, tinha um bico curvo, lembrando uma ave. A pele era bem diferente na textura também. O quarto era mais alto que ele e tinha pelos cobrindo todo o corpo. A cabeça achatada era enfeitada com longos bigodes laterais e orelhas pontudas.

— Ele parece um pehalt — arrematou Thaidena, sorrindo.

Jeliath tinha pensado a mesma coisa ao lembrar-se do pehalt de Dabbynne.

— É. Um pehalt grande e perigoso — disse Jeliath, vendo o estranho tirar um cinto com uma espada embainhada.

O ser parecido com o Nullgox era musculoso e ágil. Era o que mais olhava para trás.

Jeliath sentiu o sangue gelar ao vê-lo com o rosto levantado e imóvel. Ele estava farejando! Igual a um pehalt.

— Veja aquilo, Thaidena!

Só agora Jeliath percebia que a guerreira não estava mais ao seu lado.

— Thaidena! — sussurrou.

Seus olhos se voltaram aos invasores nus. Eles andaram por uma depressão e sumiram de seu campo de visão.

— Droga!

Indeciso se descia até onde os invasores tinham desaparecido ou se saía à caça da amiga, Jeliath ficou parado no mesmo lugar por alguns instantes.

— Thaidena!

Rodeado por árvores e mato, escutava o zumbido de insetos passando, voando diante dos olhos. O canto dos pássaros quebrando o silêncio que se formou na espera. Então, ouviu passos vindo do matagal e, por fim, Thaidena surgiu, sorridente, com o rosto sujo de uma massa amarela.

— É doce, prove — sugeriu, empurrando um pedaço de galho, infestado daquela massa grudenta.

— Doce? O que é?

— Não sei. Só sei que tinha um bicho pendurado em um galho numa árvore comendo isso. Ele se assustou comigo e correu, abandonando o banquete.

— Mas o que é isso?

— Prove, Jeliath! O cheiro é ótimo.

Jeliath passou o dedo sobre a gosma amarela. Era porosa e viscosa. Realmente cheirava bem. Cheiro doce. Resistente, abriu a boca, vacilando no último segundo com o dedo próximo aos lábios, tempo suficiente para uma pequena porção descer pela ponta do dedo e escorrer para o chão, viscosa, brilhante e cheirosa.

— Deixa de ser medroso, construtor. É uma delícia, prove!

Jeliath tocou o dedo levemente na língua. Uma sensação estranha a princípio. A coisa amarela era fria. Thaidena não estava brincando.

Era bom! Muito bom! Abriu um sorriso para a companheira. Dividiram a porção, mastigando em silêncio e deixando a massa dissolver-se na língua que formigava. Não era duro, era como a massa comum, mas tinha aquela película viscosa ao redor. Impossível não se lembrar das feni-voadoras de Dartana que produziam o doce feni.

— Vou pegar mais.

— Não, espere — ordenou o construtor, segurando Thaidena pelo braço.

Jeliath balançou a cabeça para o lado indicando o tronco à beira da trilha.

— Eles sumiram.

Thaidena arregalou os olhos e viu o caixote abandonado no caminho.

— Eles desceram bem ali e sumiram.

— Será uma caverna? Será que escondem corpos ali?

— Não sei. Não os vi levando nada das carroças.

— E se eles desceram ali para chamar reforços, mais gente?

Jeliath franziu a testa. Não pensara nisso. Lembrou-se do pehalt farejando.

— Até poderia ser, Thaidena, mas acho que não é nada disso.

— Como sabe?

— Pelas feiticeiras, Thaidena! Por que ficariam pelados para chamar reforços?!

Thaidena arregalou os olhos mais uma vez.

— Pelados?

— É. Os quatro.

— Isso já está esquisito demais, Jeliath. Melhor a gente ir para a forja e voltar com Mander e Parten. E as feiticeiras também.

Jeliath não queria voltar. Não agora. Ainda tinha muitas indagações. Antes de se dar conta, já estava descendo pela trilha e se acercando do caixote. Caminhou silenciosamente até encontrar o caminho pelo qual tinham descido. Era uma trilha de pedras dentro da mata que descia até sumir no meio dos galhos das árvores e dos arbustos. Voltou de mansinho até o caixote e começou a examiná-lo. Madeira e pregos, como tinha imaginado. Olhou debaixo da caixa e estudou como as madeiras que giravam estavam presas. Sorriu e chamou Thaidena.

— Olha! Veja como é fácil fazer isso! Por Belenus, como nunca pensamos numa coisa dessas?!

Thaidena, lançando um olhar pela trilha de pedras que os intrusos tinham seguido, tornou a olhar para Jeliath.

— Dá pra falar mais baixo, construtor?

— Mas isso é incrível, Thaidena! Simplesmente incrível! Se eu tivesse visto uma coisa dessas antes, teria feito algo para o nosso general. Essa caixa, isso pode ser feito em uma escala maior e podemos prender equithalos para puxar. Com várias dessas, o exército pode carregar mais armas, mais água, mais comida. Depois de uma batalha, da qual a gente saia ao menos vivo, podemos carregar os feridos sem perder tempo esperando que se curem no chão. Você pode não perceber, Thaidena, mas isso aqui é maravilhoso!

Thaidena se impressionou com a excitação de Jeliath. O construtor tinha razão.

— Podemos fazer maior e com algo para os guerreiros se segurar. Vocês podem arremessar suas lanças, ou simplesmente empunhar lanças ou espadas daqui de cima — continuou o entusiasmado construtor.

— Pena que você não imaginou isso antes, não é? Agora nosso exército todo está morto, inclusive nosso deus de guerra.

Jeliath calou-se por um segundo. Thaidena o fazia lembrar-se da verdade. O que podia fazer se sua mente fervia com novas ideias motivadas por cada coisa que via a sua frente?

Vozes.

— Estão voltando! — gritou Thaidena.

Jeliath e a guerreira voltaram para trás do tronco. Em dois minutos, a caixa já estava mais uma vez em movimento, seguida pela dupla de dartanas. Quando chegaram novamente ao pé da trilha que o quarteto desceu, Jeliath parou para checar. O que tinha ali? Por que haviam parado? A curiosidade foi maior que a cautela e Jeliath desceu o mais rápido que conseguiu pela trilha de pedras, que a certa altura convergia-se numa escadaria, terminando num encantador lago de águas cristalinas, iluminado pelo sol que fendia as árvores.

Os invasores tinham parado para se banhar e beber água. A resolução era simples. Jeliath ficou com os olhos presos num brilho verde que refulgiu no fundo do lago. Sentou-se na beirada e se abaixou, sorvendo água. Viu novamente o brilho e depois outro. Logo dezenas de peixes luminosos, com forma de serpentes, começaram a girar próximo a ele. Por que faziam aquilo? Como podiam brilhar como se tivessem comido fogo, como se fossem lamparinas de uma feiticeira de Dartana? Jeliath levantou-se espalmando as mãos e voltou para a trilha onde Thaidena mantinha o quarteto sob vigilância. Já tinham ido longe naquela perseguição e descobrir onde aqueles estranhos viviam poderia trazer-lhes mais conhecimento acerca daquela terra desconhecida. Era isso o que Jeliath mais queria e em o que mais acreditava: conhecimento. Só assim poderia ajudar o seu general louco em sua missão suicida contra Ahammit.

***

Mander voltou à forja. Encontrou Parten de pé, ao lado da feiticeira Tazziat. Ela estava com o rosto sulcado e parecia exaurida, como se tivesse passado todas as suas forças para o guerreiro novato, que agora andava de um lado para outro, girando o braço onde tinha o ombro ferido. O corte imenso havia desaparecido, o ombro parecia novo em folha e, segundo a feiticeira, também as tonturas tinham ido embora.

— Cara, como são boas com essas mãos! — exclamou o soldado, refeito.

— Onde está o construtor? — Os olhos de Mander passaram do soldado para a feiticeira.

— Ele e Thaidena sumiram. Estou pronto para ir atrás deles — interferiu Parten.

— E Dabbynne?

Tazziat se moveu passando pelo muro da ruína e apontou para a garganta de pedras.

— Ela quer voltar.

Mander olhou para a garganta por onde tinham marchado confiantes no dia anterior.

— Para Dartana?

— Sim. Ela está chorando. Disse que quer ter seu filho em sua casa.

— Chorar não vai levar ninguém de volta. Precisamos seguir em frente — disse o general, apontando para o horizonte.

— Normalmente, nós, as veteranas, temos palavras para consolar uma novata. Acontece que nem eu e nem ninguém nessa terra sabemos o que fazer por Dabbynne. Nunca vi uma feiticeira prenha.

Mander virou-se para Tazziat e ficou olhando-a por um instante.

— Ela vai mesmo ter um filho, aqui?

Tazziat deu de ombros.

— É o que parece, general.

Mander bufou e olhou para a garganta, coçando a cabeça de cabelos sebosos e ruivos. Uma feiticeira grávida. O que isso poderia significar?

— É melhor que todos se acostumem com ela assim, diferente. Precisamos de todas as mentes aqui e agora para lutar.

— Belenus se foi, Mander! Quantas vezes teremos que lhe dizer isso! — gritou a feiticeira, gastando suas últimas forças e caindo de joelhos, dobrada.

— Belenus se foi, mas nós ficamos. É nosso dever vingar cada vida perdida. Ele nos disse que viveríamos uma grande aventura. Aventura, nesse mundo, significa combate.

Parten aproximou-se de Tazziat e amparou-a.

— Cuide dela, Parten. Ela também precisa melhorar. Precisa estar pronta para os novos confrontos.

— Chega disso, general. Ninguém aqui quer mais pegar em espadas. Nossa luta acabou.

Mander pousou os olhos em Parten. O general estava com o rosto franzido e pesado. Ele apontou para as colunas de fumaça no horizonte.

— Meu dever é continuar. Um general só serve para isso, menino. Um soldado também.

— Nosso deus de guerra morreu, Mander. Não adianta mais erguer espadas e tomar vidas. Sobreviver foi um milagre.

Mander riu e colou seu rosto em Parten.

— Sobreviver foi uma maldição, filho. Uma maldição.

O general deu as costas ao guerreiro e andou em direção ao fundo da garganta antes que tirasse sua espada contra um garoto. Seu coração estava enchendo-se de algo que ele não gostava. Toda vez que ouvia aquela afirmação, o estômago se revirava. A imagem de seus filhos e de sua esposa inconscientes, após tomar as ervas amargas, voltavam a sua frente, como se ainda estivesse lá em Dartana, como um fantasma que não podia tocá-los, defendê-los ou ajudá-los. Os inimigos tinham que pagar aquele preço e esse sentimento começava a transbordar e a tornar o ódio algo incontrolável, um sentimento de que até mesmo ele tinha medo.

* * *

Dabbynne chorava com a cabeça recostada ao paredão de pedras. Tinha arremessado sua energia dourada contra a parede de pedras. Tinha recebido um presente de Belenus, que era ter sua energia de feiticeira para manter o seu bebê mesmo com o deus morto. Tinha recebido força para continuar viva. Só não entendia por que deveria continuar viva numa terra de mortos. Como gerar uma nova vida em um ambiente tão hostil?

— Então é você a preferida do deus morto?

Dabbynne assustou-se com a voz rouca que vibrou às suas costas. Jogou o corpo contra a parede de rocha querendo atravessá-la e cair nas terras de Dartana. A feiticeira ahammitiana pousou a sua frente, resplandecendo na cor púrpura de sua deusa viva.

— Como é que consegue manter o brilho dourado de seu deus? A energia em você está vigorosa. Tem alguma coisa a ver com essa coisinha viva em sua barriga?

Dabbynne levou instintivamente a mão ao ventre. Como sabiam? A outra que a tinha encarado no mar de mortos também havia percebido. Era assim tão evidente?

— Nunca vimos isso em Ahammit. É tão singular que minha deusa de guerra deseja conhecê-la. Veja você que curiosa e única é essa sua situação, feiticeira de Dartana, uma criatura divina que pode viajar todo o universo quer conhecer uma feiticeira que está aqui, bem ao lado dela, presa nessa terra de morte.

Dabbynne balançou a cabeça em sinal negativo. A feiticeira, de cabeça longa e reptiliana, aproximou-se ainda mais.

— Não tenha medo de mim nem de Alkhiss. Só entenda que você é uma coisa muito diferente. Uma aberração em todos os sentidos. Uma criança que carrega outra criança. Em Ahammit, as fêmeas parem quando já estão maduras.

Vilai, como se chamava a enviada de Ugaria, aproximou-se mais de Dabbynne.

— Você não deveria ter luz, mas tem. Não deveria ter cria, mas tem. Não deveria estar viva, mas respira. Dartana, você é um bocado diferente para uma feiticeira.

A adversária tocou Dabbynne, fazendo seu brilho purpúreo misturar-se com o brilho dourado dela.

— Dourado. Lembra a energia que nos dá vida. A casa no céu, de onde veio nossa deusa Alkhiss. Vocês plantam em Dartana?

Dabbynne afastou a mão da feiticeira e afastou-se da parede de rocha. Sua mão estava ainda na barriga. Os pensamentos voavam distantes. Contudo, a feiticeira inimiga bloqueou seu caminho, não a deixando passar e ganhar a fenda do desfiladeiro, encurralando-a. Dabbynne via um sorriso calmo no rosto da inimiga, mas também uma mão no cabo de uma adaga, que ela trazia embainhada na cintura.

— Como vocês chamam em sua terra o provedor de energia e do calor da vida?

Dabbynne olhou para a feiticeira. Dessa vez, sua atenção se deteve um pouco mais e ela pôde notar coisas que não percebera antes. O brilho roxo era intenso e suas roupas eram bem-feitas, bem costuradas junto ao corpo, muito diferente dos farrapos que as feiticeiras de Dartana vestiam. Os tecidos eram combinados em vários tons de roxo, escurecendo até ficarem negros na ponta da calça em suas pernas e nas mangas da veste que descia até seus punhos, saindo por baixo da armadura que cobria seu peito. Um tecido vermelho rodava em sua cabeça, igual ao das outras feiticeiras, prendendo boa parte dos cabelos e escapando em tiras pesadas com contas negras nas pontas. Quando a feiticeira se movia, as tiras vermelhas balançavam e as contas faziam um barulho agradável ao chocarem-se entre si.

— O que foi? Não quer falar comigo? — insistiu a ahammitiana, erguendo o queixo de Dabbynne com a unha comprida que saía de seu dedo indicador.

Dabbynne encarou a inimiga que ainda sorria, os olhos dela eram alaranjados e uma íris roxa contornava sua pupila vertical.

— Sol — disse ela, por fim.

— Sol — repetiu a feiticeira de Ahammit. — Sol.

A feiticeira ficou repetindo algum tempo a palavra, soltando o queixo de Dabbynne e deixando os lábios abertos como se o nome da estrela de Dartana fosse um objeto em sua boca.

— Lindo nome para Daal. Ele é o pai de Alkhiss. O pai de todos os deuses que servem Ahammit e que serve a semente a Variatu quando a deusa-mãe quer nos abençoar com a chance de uma nova marcha.

Nisso se entendiam. As feiticeiras de Dartana por todo o sempre professaram que o pai de todos os deuses era o Sol. Era dele, do mágico astro, de onde irradiava tanta vida.

— Daal — repetiu Dabbynne.

— Venha comigo, feiticeira. Una-se a Alkhiss.

Dabbynne soergueu as sobrancelhas.

— Me unir? Ela não quer apenas me ver?

— Você chamou a atenção de nossa deusa. Ugaria, a favorita de Alkhiss, está possessa. Está louca de ciúmes só porque nossa deusa quer te ver.

— Por que nos entendemos?

Foi a vez da visitante erguer as sobrancelhas.

— Quando falamos e quando ouvimos?

— Isso. Se somos de mundos diferentes, onde em sua terra chama o Sol de Daal... como nos entendemos? — Dabbynne explicou melhor a pergunta.

— É um dos mistérios do Combatheon, feiticeira. Você é novata, não é?

— Sim. Eu acendi faz poucos dias.

— Isso explica a gravidez, mas quando atravessou o portão de luz deveria ter sangrado e perdido a cria.

— Deveria.

Vilai sorriu mais uma vez e deu um passo para trás. Achava a feiticeira prenha um bocado curiosa. Ugaria tinha lhe pedido que desse cabo dela. Entendia o porquê. Alkhiss adoraria fazer daquela pequena seu bichinho de estimação. Exibiria a pobre novata prenha para todas as suas feiticeiras e para o seu general. Uma feiticeira grávida. Um troféu de guerra. Vilai sorriu mais ainda. Ugaria ficaria furiosa, ciumenta como era, queria os olhos de Alkhiss só para si. Que enrosco. Matar ou não matar a novata?

Os olhos de Dabbynne seguiram pelo desfiladeiro, alcançando o aclive de pedras onde pairavam os karanklos do Combatheon, banqueteando-se dos mortos.

— Você me parece uma feiticeira muito sábia. Diga-me como fazer para sair daqui? — perguntou Dabbynne, apontando para a parede de pedras.

— Você quer voltar? Ah! Ah! Ah! — riu a feiticeira.

Dabbynne fechou o rosto e brilhou mais intensamente.

— Não quero que minha criança nasça numa terra de mortos.

— Ninguém volta, querida. Ninguém. Nossa missão aqui no Combatheon é lutar até a morte. Somente os vencedores passam pelo Portão de Vitória. Seu destino é morrer aqui. Agora ou depois, com filho ou sem.

— E vamos para onde depois desse portão? Voltamos para casa?

Vilai ergueu os ombros.

— Não sei. Ouvimos muitas histórias. As suas feiticeiras não contavam histórias? Não dançavam no Hangar e faziam junções?

— Vocês também têm um Hangar e fazem junções? — indagou Dabbynne, verdadeiramente espantada.

— Sim. E contamos nossas histórias para nosso povo, nosso exército. Como novata, você nunca teve o prazer de ser a oradora, é uma sensação e tanto.

Dabbynne balançou a cabeça em sinal negativo.

— Eu mal fui feiticeira.

— Bastaram poucos dias para que se tornasse a feiticeira mais poderosa de seu povo.

— Eu estava vazia por dentro. Sem amor por nada e ninguém.

— Agora ama essa vida que cresce em sua barriga?

— Não sei. Ainda não sei. Não tive tempo para pensar — disse a feiticeira passando a mão na barriga.

— Aposto que ama. Do contrário, não estaria se lastimando de sua sorte, querendo afastar a criança dessa terra de mortos. Não foi assim que você disse?

Dabbynne apenas balançou a cabeça em sinal positivo.

— Não percamos mais tempo, novata. Sua história é incrível. Precisamos contar para Ugaria e Alkhiss. Decida-se se vem comigo ou não? Não posso ficar aqui o dia todo.

Dabbynne olhou para a parede de pedras e depois voltou a olhar para Vilai.

— Venha.

— Não. Não quero ir.

— Isso é tolice. Seu exército acabou. Você não precisa mais ficar aqui, presa a essa escuridão. Alkhiss está cada vez mais brilhante.

— Se seu exército vencer, vocês retornarão para sua terra, Ahammit?

— É como eu disse. Não sei. Nossos deuses de guerra visitam tantos mundos... — Dabbynne não se fiou ao rosto sorridente da ahammitiana que ainda tinha a mão no cabo da adaga. Dabbynne estava sem seu cajado, mas sabia que poderia subir e voar mais rápido que a ahammitiana. Ela e Tazziat sempre tinham voado mais rápido. E depois faria o quê? Dabbynne percebeu que, se não acompanhasse a feiticeira inimiga, aquela adaga sairia da bainha em um piscar de olhos. Precisava de ajuda.

— Junte-se a nós, feiticeira novata. Alkhiss é uma boa senhora.

— Como eu deixaria o brilho dourado?

— Basta ajoelhar-se e adorar nossa deusa, Alkhiss. Se aceitá-la em seu coração e reconhecê-la como sua deusa de guerra, você será aceita no reino de Ahammit, será uma ahammitiana, seu brilho vai mudar. Essa é a única chance que tem para sair daqui com seu filho, dessa terra de morte, como você mesma disse.

— Isso é mesmo possível?

— Sim. A energia que flui em seu corpo é a fé que você tem em seu deus de guerra. Por isso, fico admirada em vê-la ainda tão fulgurante. Seu deus está morto.

Vilai estendeu a mão, tocando novamente a mão de Dabbynne. A cor púrpura tomou seus dedos e começou a subir pelo braço de uma assustada feiticeira prenha.

— Não sei como você ainda brilha. Mas sei que é possível torná-la uma de nós. Ame Alkhiss e será também sua filha.

Passos às costas de Vilai chamaram a atenção das feiticeiras.

— Dabbynne não vai a lugar nenhum, feiticeira imunda.

Vilai virou-se para encarar o homem que chegava. Era um soldado de ombros largos, barba vermelha e expressão fechada, trazia uma espada de Ahammit em sua mão.

— Mander... — sussurrou Dabbynne.

— Ora, ora, se não é um soldado sobrevivente.

— Ele não é um soldado, é nosso general.

O sorriso de Vilai aumentou e ela puxou o cabo da adaga, fazendo a lâmina brilhar.

— Hum, o general de Dartana. Como será que seus homens se sentem mortos, enquanto o general que os liderou até as trevas ainda respira?

— Eu não sei como eles se sentem, feiticeira. Não sei nem se os mortos podem sentir. Se você quiser descobrir é só continuar com esse sorriso insolente na minha frente.

— Ela diz que Alkhiss quer me conhecer. Diz que Alkhiss pode me levar daqui.

Mander olhou para Dabbynne.

— E você quer ir? Deixar sua gente para seguir com isso aí?

Dabbynne balançou a cabeça em sinal negativo.

— A deusa de Ahammit ouviu sobre mim.

— Sabia que sua feiticeira está grávida?

Mander aproximou-se das duas, sua espada pendendo ao lado do corpo.

— É, estão falando por aí.

— Vou levá-la para nosso exército, general. Ela será mais útil lá do que aqui, com você e seus parcos sobreviventes.

— Não. Não vai levá-la. Ela é uma dartana e é livre para ficar onde quiser. Você quer ir? — insistiu Mander, erguendo o queixo para Dabbynne.

Dabbynne mais uma vez balançou a cabeça.

— Não venha com mexida de cabeça, fale alto para essa bruxa roxa te escutar.

A feiticeira prenha arregalou os olhos e encarou o olhar de Vilai.

— Alkhiss a deseja. Alkhiss a terá.

— Eu não quero ir.

Mander fixou os olhos na feiticeira púrpura e apertou o cabo da espada, fazendo a ponta raspar no chão de pedra.

— Você é um general, dartana. Não é tão burro a ponto de acreditar que pode me ferir e continuar...

Mander girou o braço e subiu a mão tão velozmente que a feiticeira não teve chance de terminar a frase. Vilai arregalou os olhos enquanto sua adaga tilintava, caída no chão de pedra. Suas mãos aparavam a ferida em seu pescoço. A lâmina tinha atravessado fundo e agora seu sangue marrom e brilhante vertia profusamente pela ferida e pela boca.

O general, antes que a feiticeira pudesse fazer qualquer outra coisa, enterrou a espada curva no peito da inimiga, fazendo-a cair de joelhos a sua frente. Mander enfiou a sola do pé no ombro da feiticeira que tombou sem vida, batendo contra o solo.

Dabbynne arfava, afetada por aquela selvageria. Ajoelhou-se ao lado do corpo inerte e estendeu suas mãos, iniciando seu feitiço de cura.

— Ela era uma mensageira apenas, Mander.

— Ela era uma ahammitiana. Era isso que ela era. Se você não fosse, ela ia te matar — respondeu Mander.

— Ela veio trazer um recado para mim. Uma mensagem. Não era para matá-la! — Dabbynne estendeu novamente suas mãos, mas a energia dourada não escapava de seus dedos e nem mesmo as serpentes de energia pareciam funcionar.

— Qualquer ahammitiano que cruzar meu caminho vai receber o mesmo tratamento. Não viemos aqui para sermos amigos. Viemos para lutar. Achei ótimo que você tenha escolhido ficar, sua energia vai ser muito útil para todos nós.

Dabbynne levantou-se ainda agitada pela cena que acabara de se desenrolar a sua frente. A feiticeira estava definitivamente morta, sua energia não surtia efeito algum sobre os mortos.

— Viemos para lutar e é isso que faremos com o que nos sobrou de vida.

— Nosso deus de guerra está morto, Mander! Morto! De que adiantam mais mortes?

— Belenus tombou. Eu não. Eu vou acabar com a raça deles, Dabbynne. Com vocês ao meu lado ou não.

— Não é uma questão de lado, Mander. Só quero voltar pra lá. Só isso — disse a feiticeira, sem conseguir conter as lágrimas, enquanto apontava para o paredão.

Mander olhou para a parede de pedra, lisa até o topo, coisa de cinquenta metros para cima, sumindo em uma névoa densa.

— Estou grávida de Jout. Estou longe do pai de meu filho. Não quero ter esse filho aqui. Não quero trazer uma vida para essa terra de morte.

O general ergueu a espada e bateu contra a parede de pedra, fazendo a lâmina se partir, junto com um grito.

— Nunca voltaremos, feiticeira. A única vida que temos é essa aqui, agora. Longe de todos que ficaram para trás.

— Não quero ter meu filho nesse lugar de morte! Veja os karanklos! Eles não param de voar! Não quero ter meu filho aqui! Não quero!

— Cale sua boca e pare de chorar! Ao menos você terá seu filho aqui com você. Os meus estão atrás dessa parede e nunca mais irei vê-los. A culpa é toda minha. Deixei nosso deus de guerra morrer, meus filhos também morrerão com o Mal do Peito. O seu crescerá ao seu lado e será tão iluminado quanto você é. Eu lembro de Belenus dizer que seu filho será parte deus.

Dabbynne caiu de joelhos ao lado da feiticeira de Ahammit e tombou o rosto no peito imóvel da criatura, aos prantos.

Mander retomou o controle de sua respiração e olhou para a espada partida, arremessando-a para o lado.

— Tem que ter um jeito, feiticeira. Tem que ter uma saída para nossa situação. Não sobrevivemos à toa. Eu terei minha vingança e você terá seu filho em paz. Eu prometo.

— Estou com tanto medo, Mander. Tanto.

— Eu prometo, vou cuidar de você. Seu filho nascerá em paz. Nenhum pai e nenhuma mãe merecem sofrer mais, feiticeira — afirmou o general.

Dabbynne levantou-se, secando uma lágrima e passando a mão em seu ventre. Alguma coisa acontecia dentro dela. Alguma transformação incrível, mais incrível do que o fato dela ter se tornado uma feiticeira de Dartana poucos dias atrás. Uma feiticeira guerreira carregar um bebê parte deus era um milagre.

CAPÍTULO 29

Jeliath e Thaidena tinham seguido os quatro invasores por horas e agora um final inesperado para a perseguição se desdobrava diante de seus olhos.

Thaidena não entendia. Os invasores tinham ido até o final da trilha, empurrando aquela caixa sobre armações que giravam. Quando chegaram a uma curva fechada, viram os invasores removendo um pedaço da mata com as mãos. Jeliath e Thaidena estreitaram os olhos, tentando entender o que acontecia. Finalmente o construtor de Dartana sorriu.

— É um disfarce!

Os invasores seguravam um trançado emaranhado de galhos com folhas verdes e, separando aqueles dois painéis, tinham aberto uma trilha oculta dentro da floresta. Logo que passaram com a carroça, tornaram a unir os painéis, vedando a visão de quem vinha pela trilha.

— Eles são muito inteligentes! Escondem-se ali. Quem vier atrás deles, quando chegar aqui, Thaidena, vai continuar seguindo a trilha de barro sem se dar conta do desvio.

Ela também sorriu.

— Jeliath, temos que voltar agora!

— Calma! Calma! Ainda não sabemos aonde eles foram.

— Do que você está falando? Eles entraram na mata. Esconderam-se lá!

— Preciso ver onde vão parar com aquela caixa. Preciso ver onde moram e como moram. Em uma tarde, perseguindo esses quatro, eu aprendi coisas mais importantes e mais úteis do que em toda minha vida em Dartana. Do que toda a batalha de ontem!

— Jeliath, essa sua curiosidade ainda vai te colocar em apuros!

O construtor e a soldado avançaram até a curva da trilha e passaram com seus corpos pela cerca que disfarçava o desvio do caminho. Para surpresa dos dois, poucos passos depois, a floresta ficava totalmente escura. Os ouvidos atentos ainda captavam o guincho do arrastar da carroça.

— Jeliath, estou com medo.

— Droga, Thaidena, você está parecendo o Parten! Bico calado. Venha comigo.

Jeliath passou a tatear adiante, encontrando uma parede de pedra.

— É uma caverna, Jeliath. Não quero entrar aí.

— Não viemos tão longe para nada. Fique perto de mim. Eu pensei que você iria me proteger com sua arma e não que eu tivesse de proteger você.

Thaidena reprimiu o medo e acompanhou o construtor. Jeliath adiantou-se mais alguns passos e então percebeu que o chão clareava logo à frente. O túnel fazia uma curva suave à direita e, assim que venceram a curva, toda a escuridão ficou para trás com uma boca alta na pedra enchendo a passagem com luz do sol.

Assim que a visão de Jeliath acostumou-se novamente à luminosidade, ele viu o quarteto se afastando por uma nova trilha. Ali não existia floresta, apenas uma relva verde cercando o caminho. Os dois dartanas avançaram lentamente, com o queixo caído. Jeliath notou que aquele túnel não era uma simples caverna. Alguém tinha cortado a pedra. Podia ver o padrão de ferramentas arranhando toda a superfície. Haviam construído aquela passagem para se esconder de quem quer que fosse. Por quê? Há quanto tempo estavam ali? O musgo que crescia nas fendas do túnel dizia que estavam lá havia muito. Thaidena estava espantada com o que via além da trilha. A carroça tinha sido deixada e agora os invasores cumprimentavam mais gente que surgia no caminho. Thaidena puxou Jeliath pelo ombro, retirando-o de seu exame do túnel e apontando para frente. O caminho terminava no meio de um aglomerado de edificações de madeira e couro, maiores do que as encontradas em Daargrad. Animais que lembravam cachorros cercaram a caixa empurrada pelos forasteiros e logo um aglomerado de gente surgiu à porta das primeiras cabanas, saudando os salteadores. Thaidena e Jeliath trocaram um olhar rápido quando escutaram os gritos e os viram trocar abraços em meio a risadas. Eram como os soldados de Ahammit. Podiam entendê-los.

Os povos de diferentes raças se comunicando fazia parte da magia daquele lugar.

Jeliath submergiu num estado de perplexidade. Além das cabanas, algumas altas e largas onde deveriam habitar muitas pessoas, também existiam outras construções, incompreensíveis para o jovem dartana. Thaidena aproximou-se e fez o amigo se abaixar, mantendo os dois protegidos na grama.

— Estou entendendo que eles são mais do que pensávamos, Jeliath. Não são meros ladrões. Talvez não saibam que nós sobrevivemos.

— Impossível. Eles ouviram meus gritos da última vez. Sabem que sobrevivemos.

— Temos que ir embora enquanto não notaram a gente, Jeliath. Não discuta mais comigo!

— Thaidena! Olhe aquilo! — indicou Jeliath.

Os olhos da soldado acompanharam o dedo em riste de Jeliath. O construtor apontava para uma construção mais alta, de uns doze metros de altura, quase do mesmo tamanho de Belenus quando o gigante ainda marchava. No topo dela, grandes pás giravam lentamente, movidas por mãos invisíveis.

— O que é isso? — ela tartamudeou.

— Não sei. Só sei que quero descobrir.

Jeliath fez menção de se levantar, mas foi contido pela soldado.

— Está louco? E se eles te matam?

— Vou escondido. Não vou chamar a atenção.

Mais de quarenta estranhos se juntaram aos quatro primeiros e, pela quantidade de cabanas e casas, parecia que existia muito mais gente vivendo naquela vila. De onde estavam, na parte mais baixa da entrada, não tinham uma visão privilegiada. Se quisessem esquadrinhar aquele terreno teriam que buscar um lugar muito mais elevado e afastado, de preferência.

— Olha, são muitos e diferentes — observou Thaidena.

Os olhos de Jeliath se iluminaram e ele sorriu.

— Você entendeu o que eles são?

Thaidena franziu a testa e balançou a cabeça em sinal negativo.

— Lógico que não! Não falamos com eles!

— Nem precisamos falar, Thaidena! Veja o que fizeram! Foram até os restos da batalha e pegaram o que viram de melhor e trouxeram para cá! Onde tem toda essa gente diferente, de raças diferentes. Eles não são um exército. Eles todos vivem aqui!

— Sim. Isso eu notei.

— Várias raças, são tão diferentes de nós como nós somos diferentes para os ahammitianos.

— E?

— Eles são a gente, Thaidena!

A soldado balançou a cabeça mais uma vez sem entender o raciocínio do amigo.

— Não é só nosso general que enlouqueceu, eu vou embora. Você tá piradinho.

Dessa vez foi Jeliath quem segurou Thaidena, evitando que ela se levantasse.

— Eles são a gente! Eles são sobreviventes de outros exércitos!

Thaidena continuou negando com a cabeça e então seus olhos se prenderam naquelas pessoas que tiravam as armas e armaduras da caixa de madeira. Deteve-se em muitos deles, reparando em suas roupas surradas e suas formas diferentes. Alguns eram baixos e rechonchudos, outros, altos e magros, outros ainda tinham quatro braços. Nunca uma coisa dita por Jeliath tinha feito tanto sentido, mesmo parecendo algo tão maluco. Como eles de Dartana, aqueles estranhos tinham um dia vindo de outros mundos, tinham cruzado seus Portões de Batalha e tinham, de alguma forma, ficado para trás.

— Sobreviventes — murmurou a garota no final.

— Exatamente. Eles são sobras de outros exércitos, exércitos que foram vencidos.

— Por Belenus, Jeliath. E por que vivem aqui?

— Para onde você pensa que nós vamos, Thaidena? Agora que estamos aqui, presos nessa terra, sem um deus de guerra e sem chances de vencer essa grande rodada de batalhas?

Thaidena pensou em dizer algo, mas sua boca logo se fechou. Não tinha argumentos.

— Como você está fazendo isso, Jeliath? Como percebeu que eles são sobreviventes? Eram soldados? Construtores? Como você ficou tão inteligente?

— São muitas perguntas e poucas respostas, Thaidena. Só tem um jeito de sabermos mais e eu quero saber.

— O que você vai fazer agora, construtor?

— Vou até eles. Vou perguntar se alguém, algum dia, já conseguiu voltar daqui — respondeu Jeliath.

— Jeliath, isso é loucura. Você não conhece nenhum deles.

— Mas é preciso arriscar, Thaidena.

— Por quê? — indagou ela.

— Porque eu preciso entender. Preciso conhecer o que eles fazem e se sabem como deixar esse lugar. Se tem um jeito de voltarmos para nossas casas.

— Se pudessem deixar esse lugar estariam aqui ainda?

Jeliath, que já estava de pé, parou e olhou novamente para a amiga.

— Veja, você também está ficando boa nesse negócio de pensamento adiantado. O que perguntou faz todo sentido, tem lógica. — Jeliath baixou a cabeça. — Se eles soubessem como deixar o Combatheon não estariam mais aqui, presos e misturados. Teriam voltado para seus parentes, para sua gente, suas casas.

— Não quero te deixar desapontado, Jeliath, mas acho que não existe retorno para Dartana.

— Eu não me conformo, Thaidena. Mal pisamos nessa terra de guerras e fomos surpreendidos. Eu vim porque a promessa que recebi das feiticeiras foi a de que aqui eu aprenderia.

— Você está aprendendo. Você disse que até vai melhorar aquela coisa de carregar armas — Thaidena falou.

— Sim. Belenus fez alguma coisa comigo quando me presenteou. Acho que é por isso que minha cabeça está assim, funcionando de uma forma perturbadora. Não consigo parar de olhar para as coisas e pensar em como poderia transformá-las em outras, coisas úteis para nosso exército. O problema é que penso coisas para um exército que não existe mais!

— Bem, sua cabeça funciona bem para inventar coisas, Jeliath, a minha para pensar como guerreira. Se você descer até aquela vila e eles não forem tão amistosos quanto você supõe, estamos perdidos. Mesmo que eu fique aqui vigiando, não vou conseguir tirar você sozinho lá de dentro se te prenderem de alguma forma. Terei que voltar para a forja de Dartana para buscar a ajuda de Mander e Parten, fora eles, temos duas feiticeiras sem um deus de guerra, que não sabemos até quando terão forças pra lutar. Seremos, no máximo, seis contra uma vila inteira e nem sei quantos tem lá embaixo.

— Eles não vão me prender, Thaidena.

A soldado puxou o punho do construtor com força e o abaixou, trazendo seu rosto para perto do seu.

— Podem não te prender, mas fazer pior. Enquanto eu vou até a forja e volto, vai levar horas, só conseguiremos chegar aqui amanhã pela manhã. Quando voltar, você pode estar morto, bem morto. Agora nós sabemos onde eles estão e o que fazem quando vão até a montanha de mortos que temos em frente a nossa casa. Eles não sabem nada da gente. Só que sobrevivemos e que estamos confusos e perdidos. Podemos surpreendê-los e interrogá-los em menor número lá, na frente da forja, em segurança, e é isso que vamos fazer.

Jeliath fechou a boca e abaixou-se olhando nos olhos de Thaidena. Ele segurou a garota com as duas mãos e lhe deu um beijo nos lábios, explodindo num sorriso largo em seguida.

— Onde é que você estava este tempo todo? Você é brilhante, Thaidena do Combatheon.

Foi a vez de Thaidena fechar a boca e ficar olhando com espanto para o rapaz. Assim que piscou, sua mão foi rápida e acertou em cheio o rosto dele. Sem dizer uma palavra, ela pegou a trilha de terra sulcada e começou a voltar rumo ao túnel, rumo ao mar de mortos.

Jeliath, alisando o rosto que ardia, sorriu novamente. Lançou um novo olhar para a vila de sobreviventes e a estranha edificação com as pás que giravam. Um vento frio fez seus cabelos dançarem enquanto seus olhos captavam as pás feitas de madeira e couro se enchendo com o movimento do ar e então girarem mais rápido.

— É o vento! O vento faz aquilo se mover! — inflou-se o construtor, murchando logo em seguida. — Mas, para quê?

Jeliath levantou-se e começou a correr para alcançar Thaidena, já com um turbilhão em sua mente com tantas coisas que o vento poderia mover e aplicações para aquela maravilha que estivera diante de seus olhos. O vento era uma força que poderia ser usada! Como queria voltar para Dartana e ensinar tudo o que tinha aprendido nesses dois dias dentro daquela terra mágica! Como queria que Belenus tivesse prevalecido e que a venda que cobria os olhos e mentes de todo seu povo fosse de uma vez por todas removida!

— Espere, Thaidena! — gritou ele.

* * *

As horas passaram conforme o sol do Combatheon descia no horizonte. Jeliath e Thaidena tinham caminhado muito e estavam ambos cansados e famintos mais uma vez.

— Você acha que se não tivéssemos o azar de bater de frente com o exército mais preparado de Ahammit logo de cara teríamos alguma chance com Belenus? — perguntou a garota.

Jeliath parou diante de uma bifurcação, achou a trilha da carroça indo para a direita e apontou para Thaidena.

— Vamos sentar um pouco?

— Se pararmos agora, não teremos luz para voltar.

— Sua preocupação é aceitável, Thaidena, mas não consigo mais mexer minhas pernas.

— Seu molenga. Precisamos encontrar mais daquela feni do Combatheon.

Jeliath inspirou fundo.

— Não respondeu minha pergunta. Acha que teríamos alguma chance?

O construtor apanhou um seixo no chão e jogou onde a estrada se dividia.

— Fico pensando nisso a todo instante, Thaidena. E sabe qual é minha conclusão?

— É isso que estou querendo saber.

— O que mais entristece meu coração, Thaidena, é que tenho certeza, certeza absoluta, que se eu tivesse tido alguns dias para começar a preparar nosso exército, para construir armas, teríamos vencido todos os outros deuses. Minha mente nunca esteve tão clara.

— É tão triste. Não tivemos oportunidade de evoluir. Mas quando eu estava lá, pronta para o combate, também senti isso, sabe? Senti que poderíamos vencer. Mas eles estavam muito mais preparados. Aquelas armaduras.

— Aquelas armas de lançar rochas com fogo!

— Rochas com fogo! Exato! — concordou Thaidena.

— Isso! Droga! Eu não me aproximei o suficiente para ver como eram feitas. Poderia fazer igual, poderia até fazer melhor!

— Agora não adianta nada disso, Jeliath. Agora nossa terra perdeu a chance de salvar Dartana da ignorância. Minha cabeça também está clara aqui, está livre para pensar e absorver. Se Mander tivesse tido a chance de treinar nossos guerreiros com a mente livre assim, eles aprenderiam como eu aprendi em poucos minutos de batalha.

— Eu construiria armas imensas e mortais, Thaidena. Belenus visitaria outros olhos que nos mostrariam o que fazer, o que construir para surpreender os inimigos.

— Só que esse tempo já se foi. Tivemos azar, Jeliath. Foi isso. Azar de cruzar o Portão de Batalha bem na hora em que um exército melhor e mais preparado passava no entorno. Não consegui ajudar ninguém.

— Podemos fazer o que o maluco do Mander quer — disse Jeliath.

— O que ele te disse?

— Disse que quer matar todos os ahammitianos. Quer vingança.

Thaidena ficou calada um pouco, olhando para o céu. Uma esfera imensa pontilhava acima de sua cabeça, brigando com nuvens que se juntavam. Não estava clara e nem totalmente discernível, mas era um corpo celeste incrível.

— Não sei, Jeliath. Matamos um bom punhado deles, com nossas lanças e nossa determinação, mas eles ainda são muitos e nós somos apenas seis. Isso se as feiticeiras quiserem se juntar a essa ideia doida do nosso general. Não vamos conseguir deter Ahammit. E mesmo que conseguíssemos a façanha de destruir o exército da deusa de cabeça pontuda, quando sobrasse só a deusa de guerra, imensa e colossal, como daríamos conta dela?

— Não precisamos. Outros deuses o fariam. Ela, sem os soldados, não seria nada tão importante.

— Nunca subestime uma mulher, senhor. Ainda mais uma com doze metros de altura.

Thaidena e Jeliath ficaram calados com seus pensamentos. Descansaram por mais quinze minutos e então a soldado levantou-se, empurrando o construtor.

— Vamos, precisamos continuar. Se ficar escuro, não enxergaremos um palmo diante do nariz. Não estou gostando dessas nuvens também. Aqui parece ser uma terra que chove demais.

Continuaram pela trilha passando por um trecho íngreme. Depois de mais de duas horas de caminhada, Jeliath conseguiu ver a grande distância a coluna de fumaça à sua direita. A fumaça do acampamento de Ahammit.

— Lá está o acampamento de Ahammit de novo — disse ele.

Thaidena olhou para a direita e depois para Jeliath.

— Por que está com essa cara?

— Apesar de ver a fumaça, tenho a impressão de que não passamos por aqui.

Thaidena franziu a testa.

— Quer dizer o quê? Que pegamos o caminho errado? Impossível! Estamos seguindo os sulcos, a trilha.

— Não passamos pela escada de pedras que levava até o lago onde eles se banharam. Não vimos essas árvores na vinda.

Thaidena olhou para a paisagem, o lugar parecia o mesmo. Mas as árvores com folhas secas ao final da escarpa ao seu lado direito, em direção a Ahammit, ela não as tinha visto durante a ida. A maior parte do tempo o lado esquerdo tinha mato alto e não árvores. Olhando agora para aquela direção, via que o terreno subia por um morro mesclado de vegetação e pedras e então, lá em cima, um matagal.

— Andamos muito até aqui, Jeliath. Como não percebeu que estávamos na trilha errada antes?

— Vi as marcas do caixote que empurravam. Olhe as marcas daquelas coisas que giram.

Thaidena examinou as marcas por um instante.

— Não são as mesmas marcas, Jeliath. Parecem mais fundas.

De fato, o chão tinha os sulcos, só pareciam mais profundos e mais largos do que aqueles que tinham seguido na ida.

— Por Belenus! Como fui idiota!

— Por quê?

— Porque você está coberta de razão. Esses sulcos são bem mais fundos e mais largos.

— Você se enganou, só isso! O problema é que andamos mais de duas horas até aqui, até voltarmos pra onde a estrada se divide serão mais duas horas ou mais, estamos cansados e com fome. Logo, não conseguiremos andar mais.

— Não me enganei. Fui burro! Olhe! Se os sulcos são mais largos e mais fundos é porque eles usaram esse caminho para carregar coisas maiores e mais pesadas. Talvez o caixote fosse três, quatro vezes maior do que aquele que vimos. Veja, estas marcas ao largo. Acho que são rastros de equithalos ou algum outro tipo de montaria. Como nos distraímos assim?

— Você tem razão, Jeliath. Mas o que eles carregariam nesses caixotes? Por que algo tão grande?

— Não sei. Não faço a menor ideia — admitiu Jeliath.

— Vamos seguir em frente, Jeliath. Em Dartana, muitas de nossas trilhas se juntam em algum ponto.

— Podemos subir esse morro e escalar aquelas pedras. A outra trilha está lá em cima.

— Vamos nos arriscar demais, Jeliath. Não conhecemos os animais desse mundo. Em Dartana, não é difícil sermos surpreendidos por serpentes no meio do mato.

— Detesto aquelas criaturas, aqueles dentes envenenados. Já me tomaram muitas haitas.

— Se quer minha opinião, digo para irmos em frente. Se vai escurecer, ao menos andaremos com os olhos abertos em busca de um abrigo para a noite. Espero que Parten não esteja preocupado comigo — Thaidena concluiu.

CAPÍTULO 30

Ugaria distanciou-se da grande barraca destinada às feiticeiras. Ela estava aflita. Até agora Vilai não retornara com notícias sobre a morte da feiticeira de Dartana. Teria que dissimular se quisesse continuar com o posto da favorita de Alkhiss. Teria que dizer que a feiticeira inimiga tinha atacado Vilai e ela, infelizmente, tivera que usar a força. Alkhiss não questionaria. A deusa de guerra tinha coisas mais importantes com que se preocupar. Só não entendia por que até agora Vilai não tinha dado nem um sinal ao menos. Ainda permaneceriam acampados aquela noite, não tinha como a feiticeira não aparecer ou errar o caminho. Teria que evitar Alkhiss por algumas horas, evitar seus olhos e suas perguntas para dar mais tempo ao intento de Vilai.

Ugaria flutuou até a ponta do acampamento onde, em uma torre feita de madeira, um soldado vigiava o terreno em direção ao último campo de batalha. A feiticeira desceu até o chão de pedras e permaneceu ali um instante, querendo ver um brilho roxo riscando o céu, vindo em direção ao acampamento.

— Favorita, o que a atormenta?

Ugaria, surpresa com a interpelação, viu o general Bousson, ao lado de um de seus gul, o comandante de nome Zanir, que era reconhecido pelos outros gul por ser metódico e precavido. Por conta da devoção de Zanir ao exército de Ahammit, e do seu zelo, Bousson o tinha colocado para cuidar das catapultas, vendo sempre o exército da deusa Alkhiss surpreender seus inimigos com os bólidos incandescentes.

— Uma de minhas feiticeiras, senhor. Não retornou ainda do campo de batalha.

Bousson deixou um pequeno sorriso escapar do canto da boca e olhou para Zanir-gul.

— Ela foi ferida?

Ugaria balançou a cabeça em um sinal negativo veemente.

— Não. Perdemos apenas duas irmãs na batalha de ontem. Ainda estamos fortes.

— E por que te aflige tanto esse desaparecimento?

— Nossa deusa pediu que eu buscasse uma feiticeira de Dartana. Alkhiss se interessou por ela.

— E... — esperou Bousson.

— Quando eu disse isso para Vilai, ela se adiantou e se prontificou a ir buscar a feiticeira inimiga que nossa deusa quer conhecer. Alkhiss mandou a mim, sua favorita. Eu deveria ter insistido. Deveria ter ido e não deixado Vilai seguir no meu lugar. Ela temia por minha vida.

— Insolente! — se irritou Bousson.

O sangue de Ugaria gelou em suas veias. A ira de Bousson contra os fracos era conhecida. Se ele sequer sonhasse que Ugaria estava tentando manipulá-lo, ela estaria perdida diante da deusa Alkhiss e perderia seu posto de feiticeira favorita.

— Não, meu senhor! Não quis faltar com o respeito, estou apenas preocupada.

— Não estou falando de você, Ugaria, feiticeira favorita. Estou falando de Vilai. Por que ela temeu por sua vida? Nosso exército não devastou os dois inimigos de ontem? Ela não viu nossa glória no campo de batalha?

— Sim, general. Ela lutou bravamente como todas nós.

— Então ela não deveria temer nada. Deveria apenas deixar você cumprir suas tarefas. Não devemos temer os fracos, Ugaria. Devemos esmagá-los.

— Concordo, meu senhor.

— Espero que você não tema nada, Ugaria. Precisamos nos impor sobre nossos inimigos. Sua amiga vai voltar, cedo ou tarde.

— Agora, se me permite a curiosidade, diga-me, feiticeira, por que nossa deusa adorada gostaria de ver uma inimiga? — indagou Zanir-gul.

Os olhos de Ugaria deslizaram para Zanir-gul. Seria prudente revelar a razão para Bousson e seu comandante?

— Vamos, feiticeira. Diga. Por que Alkhiss deseja conhecer a feiticeira inimiga? — completou Bousson.

— Porque ela foi poupada na batalha de ontem. Deve ser a única feiticeira remanescente de Dartana. Alkhiss está apenas curiosa para conhecer seus poderes.

Bousson torceu a boca e olhou para Zanir-gul.

— Compreendo — balbuciou ele. — Acalme seu espírito, feiticeira de Ahammit. Sua amiga não deve demorar a voltar.

CAPÍTULO 31

A guerreira de Dartana ergueu os olhos para o céu mais uma vez. Agora, o grande orbe que flutuava acima de sua cabeça tinha se movido para a esquerda e o céu começou a ser pontilhado por estrelas. A esfera lembrava Bara inteira, mas, ao contrário da semelhante de Dartana, a do Combatheon era imensa, talvez dez vezes maior. Thaidena estava preocupada. A paisagem mudara duas vezes em mais duas horas de caminhada, tinham entrado e afundado num terreno onde a estrada passava por baixo de plantas estranhas, como nunca tinha visto antes, de folhagens imensas, largas e compridas, que chegavam a cobrir toda a trilha e os arredores, formando um túnel, resfriando o ar e tornando-o gelado em alguns pontos do trecho. Depois de quarenta minutos caminhando por baixo das folhagens, sempre subindo, o que tornou o trajeto um bocado cansativo, apesar da sombra e do frescor, o terreno começou a ficar plano e a vegetação começou a rarear, onde eles podiam ver novamente a coluna de fumaça do acampamento inimigo. Contudo, observado primeiro por Jeliath, Thaidena confirmou que as colunas não pareciam ter ficado nem um pouco mais próximas. Ficou satisfeita com isso, ao menos não estavam se avizinhando do inimigo. Ali o chão era novamente pedregoso e o terreno assumia aspecto de deserto, onde não tinham muita chance de encontrar alimento nem água. Jeliath estava calado, mas ela sabia que o pastor de Dartana, promovido a líder de construtores antes da marcha, sofria. Ele, sendo um homem e mais forte que ela, deveria estar com vergonha de abrir a boca para reclamar e pedir novamente mais uma pausa para descansar. Thaidena, sem o menor remorso, estava tirando partido dessa determinação, afinal de contas, a cada passo que davam ficavam mais próximos de achar uma forma de voltar para a forja.

Jeliath mirava o céu à esquerda na esperança de encontrar a pista dos karanklos sobrevoando o mar de mortos, um indicativo de que, apesar do caminho errado, poderiam estar próximos da forja.

— Bara Inteira — murmurou Thaidena.

O construtor olhou para o alto e deteve-se um instante, admirando o imenso círculo que gradativamente ia ficando mais nítido no céu do Combatheon, num tom laranja-claro.

— Bara Inteira — repetiu ele.

— Ainda teremos luz por algum tempo. Vamos apertar o passo e ver se encontramos uma colina, um cimo, de onde poderemos avistar o caminho de volta — constatou Thaidena.

— Estou exausto. Precisamos parar um pouco.

— Não. Dessa vez continuamos. Quando escurecer, paramos.

Resignado, Jeliath continuou atrás da guerreira. Thaidena, decidida, ia abrindo distância do construtor, vencido pelo cansaço.

Mais duas horas se passaram de intensa caminhada. Thaidena transpirava, virou-se para trás e Jeliath era um pontinho a distância, mancando e persistindo em avançar no encalço. Ao menos agora estavam descendo e não mais subindo. Thaidena escolheu uma pedra baixa e sentou-se para esperar o construtor. Ele precisava descansar. Olhou para o horizonte. A grossa coluna de fumaça de Ahammit ainda estava lá, tracejada e pálida, contra a luz que minguava no céu, quase misturada às nuvens, a guerreira podia ver outra coluna de fumaça, tão grossa quanto a de Ahammit, mas muito mais distante. Certamente outro exército acampado, reagrupando seus soldados, curando os feridos e ganhando forças e saber para um novo combate. Que deus de guerra reinaria sobre aquele povo? Como seriam suas feições? Os povos eram tão diferentes de Dartana! Levantou-se e moveu os olhos para a esquerda. Thaidena não tinha certeza, mas parecia que tinha visto um ou dois karanklos do Combatheon sobrevoando em círculos, mas agora tinham desaparecido. Ela viu bandos de grandes pássaros, bem maiores do que os que via em Dartana, voando em direção ao sol poente. Igual em Dartana, quando a noite se abeirava, os pássaros buscavam a segurança de suas moradas, para se aquecerem aninhados uns contra os outros. O sol mergulhava rápido agora e o céu ia ficando rubro, lembrando o penacho do capacete da deusa de guerra de Ahammit.

Jeliath já podia ver Thaidena sentada na pedra. O construtor estava quase sem forças. A barriga roncando o caminho todo. Se estivesse em Daargrad, certamente já estaria à frente do Hangar das feiticeiras, implorando por uma porção de massa comum. Naquele trajeto penoso, tentando reencontrar a trilha para as forjas de Dartana, tinham arriscado algumas plantas similares às encontradas nas matas aos pés do monte Ji-Hau, em sua terra natal, mas todas tinham um gosto horrível e Thaidena, que sabia alguma coisa de plantas, decidiu que era melhor pararem com as tentativas antes que se envenenassem. A soldado não tinha encontrado mais da pasta pegajosa amarela de cheiro doce e sabor tão agradável quanto o da feni produzida pelas feni-voadoras. Faltava água também. Os lábios de ambos estavam rachados. Decididamente, não tinham saído da forja preparados para uma jornada tão longa. Não podiam morrer sem água e faminots. Tinham tanto para contar sobre os estranhos. Ele tinha tanto para construir depois do que tinha visto. Era preciso chegar, era preciso descobrir um novo caminho com a ajuda de Thaidena. As colunas de fumaça fantasmagóricas ainda estavam lá. Estavam no lugar certo, mas não conseguiam se aproximar do mar de mortos, nada dos karanklos voando em círculos. Jeliath olhou para a descida longa mais uma vez. A amiga não estava mais sentada na pedra. Na verdade, Thaidena não estava em lugar nenhum que ele pudesse ver. O construtor estranhou e apressou o passo, entrando em alerta. Olhava na direção da pedra quando ouviu o grito da garota.

— Jeliath!

O grito não vinha do chão, vinha do alto. Jeliath começou a correr, reunindo suas últimas forças.

— Jeliath! — repetiu o grito.

O construtor olhou para onde o som vinha. Quando encontrou Thaidena, seu coração pareceu parar. Ela tinha sido agarrada por um animal voador. Parecia um grande pássaro, mas não tinha penas, era coberto por couro, lembrando os daligares que nadavam no rio Massar. Ele passou pela copa de uma árvore cheia de folhas secas, fazendo várias delas se soltarem. O céu escurecia e se enchia de estrelas. Jeliath correu mais, chegando até a pedra onde Thaidena o esperava e ali apanhou a espada da guerreira que a tinha deixado cair, provavelmente quando foi surpreendida pela fera alada. O construtor seguiu pela trilha até a parte baixa onde ela parecia terminar. Não havia mais sulcos da grande caixa, posto que o chão tinha ficado duro como pedra, apesar da aparência de barro seco. Imensas colunas de rocha subiam como troncos de árvores sem galhos, tinham coisa de dez metros de altura cada uma e dificultavam a visão do céu. Jeliath temia perder Thaidena e a criatura de vista. Ouviu mais uma vez a voz da amiga e seguiu naquela direção.

— Socorro!

O construtor correu o máximo que pôde, sua respiração em haustos profundos e as pernas cansadas não ajudavam muito. Precisava continuar e ver para onde a ave se direcionava, só assim Thaidena teria alguma chance. Ele se apoiou numa das colunas e deixou os olhos vagarem pela paisagem. Para sua surpresa, a coluna de pedra não suportou o peso e seu corpo inclinou-se para o lado, primeiro devagar, então acelerou e espatifou-se contra uma segunda, gerando uma queda em cadeia. Ao menos oito daquelas grandes colunas se desfizeram, enchendo o ar de uma densa poeira fina, fazendo Jeliath tossir desesperadamente e seus olhos arderem.

— Thaidena! — ele gritou.

Em resposta, ele ouviu um guincho alto, mas nada da voz da amiga.

Jeliath continuou em frente, às cegas, com o braço estendido, tossindo, com medo de sua mão topar com outra daquelas delicadas colunas. Ele já estava sofrendo o suficiente com a poeira lançada pelas primeiras. A nuvem de poeira cobria tudo ao redor, penetrando em suas narinas e seus olhos e o obrigando a colocar a mão em concha diante da boca. Se ao menos pudesse proteger a boca e o nariz, aquela poeira não o deixaria tão debilitado. Os olhos lacrimejavam e ardiam como se uma feni-voadora o tivesse ferroado dentro de suas pálpebras. A tosse e a saliva produziram uma polpa viscosa em sua boca e Jeliath precisou cuspir diversas vezes para continuar respirando. Tinha a impressão de que se não as cuspisse, morreria asfixiado em segundos.

Jeliath não conseguia continuar. Lágrimas desciam de seus olhos, não só pelo incômodo, mas porque se sentia incapaz; por conta de sua estupidez e curiosidade sem fim não conseguiria salvar Thaidena. O que aquela criatura faria com ela? Estava levando Thaidena para seu ninho? A devoraria viva? Jeliath colocou as palmas das mãos no solo e continuou tossindo, sentindo-se tonto, só então se deu conta de que, se não saísse do meio daquela nuvem espessa de poeira, morreria ali, sufocado, e nenhum deles voltaria para a forja, o que talvez fizesse com que Mander, Parten e as feiticeiras partissem como loucos contra o exército de Ahammit e a presença dos dartanas naquela terra estúpida acabaria de uma vez por todas, sem que eles soubessem que havia outros sobreviventes no Combatheon. Jeliath começou a rastejar para fora da nuvem, tossindo e arfando, juntando suas últimas forças, conseguiu ficar em pé e cambalear. A visão escurecia e voltava. Ele caiu de joelhos mais uma vez e continuou a engatinhar, enfraquecido, tossindo e lacrimejando, até estar completamente fora da nuvem. Jeliath respirava profundamente, mesmo com a boca e o nariz livres, parecia que o ar não chegava aos pulmões. Foi então que sentiu alguma coisa quente dentro dele, subindo pela garganta, e explodiu num fluxo de vômito, expelindo novamente uma massa espessa formada pela poeira que tinha aderido a sua boca e garganta. A bola de vômito parecia pulsar, como se a poeira ganhasse vida quando entrava em contato com os líquidos de seu corpo. Jeliath caiu de costas, inspirando com toda força, e algum alívio chegou aos pulmões, girou e ficou de quatro mais uma vez. Os olhos ardiam e lacrimejavam e mal conseguiam ver o que tinha ao redor, sua visão estava distorcida e afunilava.

— Não! Não posso ficar cego! Não posso! Tenho tanto para ver ainda!

O sol havia mergulhado no horizonte, salpicando o céu de estrelas e por aquela gloriosa Bara imensa, afugentando a escuridão e confirmando a Jeliath que ele ainda não estava cego. Foi então que viu, mancando, vindo em sua direção, o vulto de uma mulher. Thaidena!

— Poxa, construtor, por que demorou tanto? — ela perguntou.

Jeliath passou as mãos nos olhos pela centésima vez. A visão prejudicada e os olhos doloridos não foram suficientes para impedir que as lágrimas de emoção brotassem.

— Por Belenus, você está péssimo, bem pior do que eu. E olha que eu caí do céu — constatou Thaidena.

— O que era aquilo? — indagou ele.

— Sei lá. Só sei que era um filho da mãe que agora está com uma garra a menos — disse a guerreira, exibindo a adaga em uma das mãos e uma garra com uma longa presa da criatura na outra.

— Pensei que nós dois morreríamos. — Jeliath levantou-se e tossiu mais e cuspiu de novo.

— Eu sou demais, Jeliath. Não é à toa que sobrevivi ao primeiro combate. Sou osso duro de roer, meu amigo — disse Thaidena, gabando-se, colocando a adaga novamente nas costas e guardando o dedo da criatura em seu alforje. Thaidena cruzou os braços e se apoiou na coluna a suas costas. — Se nosso exército tivesse sobrevivido, eu teria ajudado a todos os guerreiros de alguma forma.

— Não! Não faça isso, não encoste nesse negócio!

A advertência do construtor chegou tarde demais. A coluna de dez metros de altura começou a tombar, primeiro devagar, depois se acelerando.

— Corra! — alertou ele.

Jeliath agarrou a mão de Thaidena e a puxou para o lado oposto ao que desmoronava a coluna. Thaidena, percebendo a debilidade de Jeliath, praticamente carregou o amigo, impressionada com seu desespero. Quando olhou para trás, viu o efeito catastrófico da coluna chocando-se contra mais duas e a tormenta de poeira sendo cuspida para o alto e se espalhando.

Continuaram correndo, sem Thaidena entender muita coisa.

— Eu não morri sendo carregada para o alto por aquele lagarto voador e vou correr de poeira?

— Cale a boca e corra!

Thaidena puxou o braço de Jeliath e estacou.

— Não me mande calar a boca, construtor! Eu sou uma soldado!

Jeliath agarrou o braço da amiga novamente e puxou-a com força.

— Primeiro corremos, depois brigamos — disse ele.

Jeliath olhou para trás, a onda de poeira se esparramava e vinha ao encalço dos dois. Ele não sobreviveria a uma segunda imersão naquela nuvem venenosa. Ruídos às suas costas mostravam que as colunas continuavam chocando-se umas contra as outras, provocando estalos e alimentando ainda mais aquela avalanche de pó.

— Suba nesta rocha.

Os dois se agarraram à beira de uma rocha e começaram a escalar. A pedra era fraca e cedia e logo tiveram a impressão de não estar subindo em pedra alguma, mas sim em alguma forma de casca de árvore ressecada que, eventualmente, cedia à aplicação de seu peso.

Jeliath agarrou-se a uma grande peça de metal na lateral do tronco da árvore e puxou Thaidena. Aquilo deveriam ser os restos de alguma construção dos sobreviventes. Seus olhos foram para baixo, já subira ao menos cinco metros, distanciando-se do chão. Então a nuvem de poeira chegou.

— Apresse-se, Thaidena!

Jeliath estendeu o braço para a amiga e logo chegaram ao cume, a cerca de oito metros de altura. Jeliath e Thaidena se deitaram, exaustos, enquanto viam a poeira circundar a escarpa que tinham escalado e ir aos poucos se acalmando e flutuando perigosamente ao redor do cimo que tinham alcançado, deixando-os ilhados num mar de poeira.

— Acredite em mim, Thaidena. Esse pó todo poderia ter nos matado. Ainda estou sem ar. Meu peito está doendo demais. Acho que, por dentro, ainda estou cheio disso.

— Sua voz está rouca e seus olhos parecem cheios de sangue, estão vermelhos — disse a amiga, impressionada.

— Não sei o que é isso. Só sei que é venenoso. Tem um gosto horrível.

— Como o quê? — perguntou Thaidena.

— Não sei. Nunca senti algo tão ruim. Nunca tomei das águas amargas, mas acredito que tenham esse gosto — disse Jeliath.

— As águas da morte.

— Nada mal com o passarinho. Você é mesmo uma guerreira.

— Aquilo não era um passarinho! Era um bicho, um monstro.

— Nada mal com o monstro voador. Pensei que tinha te perdido. Aí encostei numa daquelas colunas para recuperar o fôlego e a desgraça toda começou.

— Não me entrego fácil, Jeliath. Ainda mais quando sei que estão contando comigo. Quando recuperei a razão, lembrei-me da faca que sempre carrego na canela e arranquei um pedaço da garra daquele bicho nojento.

— Eu ouvi o grito dele. Ele sangrou?

— É claro. Guardei minha faca suja. Bicho nojento e perigoso. — Thaidenna, sentada, arregalou os olhos. — Veja, Jeliath. A poeira está assentando.

Jeliath se virou e ficou de pé no cume que tinham escalado. Esfregou os olhos que ainda ardiam. Graças à luz da imensa Bara Inteira, era possível ter uma boa visão do entorno. Sabia que Thaidena estava enxergando bem melhor e poderia compreender o que viam à frente. A sensação de afunilamento da visão ia diminuindo aos poucos, restando ainda um incômodo com os grãos de poeira presos às órbitas.

Thaidena, que enxergava melhor naquele momento, notou que a trilha dos intrusos passava a sua frente e terminava metros depois, antes de chegar ao terreno com as colunas secas. O que quer que carregassem naquelas caixas de empurrar, era ali que apanhavam ou deixavam. Talvez aquela poeira maldita servisse para algum tipo de construção, como o barro que as feiticeiras usavam para erguer os casebres em Dartana. A soldado tomou sua espada da mão do amigo construtor e permaneceu calada enquanto o resto da poeira se dissipava.

Os dois dartanas ficaram calados por um tempo, querendo decifrar aquele terreno que se revelava. À direita, o campo das perigosas colunas se estendia até onde a vista alcançava, perdendo a definição conforme a luz de Bara desaparecia, sobrando a silhueta de longos dedos erguidos contra o céu, afundando na penumbra. Certamente aquele não era um bom caminho para ninguém. Já à esquerda de ambos, de cima daquele morro, a poeira continuava baixando, revelando uma bacia vasta, onde a silhueta de centenas de outros morros se estendia por uma vasta planície encravada numa bacia de altos paredões de rocha. Jeliath e Thaidena ficaram boquiabertos no mesmo momento em que perceberam estarem diante de algo inimaginável.

— Thaidena... — murmurou Jeliath.

A guerreira também via o que o construtor via, mas não conseguia entender o que aquilo significava.

Jeliath demorou alguns segundos para fazer as ligações mentais, mas agora estava claro. Não eram morros! Eram corpos! Corpos de colossos que um dia tinham marchado sobre o Combatheon e que um dia tinham perecido, como Belenus. Eram imensos cadáveres colocados lado a lado, alguns inteiros, outros aos pedaços e agrupados, todos com suas armaduras e imensas armas de batalha ao lado de cada guerreiro abatido. Era um cemitério de deuses de guerra.

— Thaidena

— O que é isso, Jeliath? Onde estamos?

— Isso aqui é um cemitério. O Cemitério de deuses de guerra.

— Pelas feiticeiras de Dartana, Jeliath! Isso é incrível!

Era isso o que os invasores faziam. Carregavam para aquele lugar os corpos dos deuses que perdiam as batalhas. Jeliath então se deu conta de que caminhava sobre o peito de um gigante. Olhou para o deus morto sob seus pés. Ele tinha o rosto sereno, guardando sua semelhança a um imenso pehalt que caminhava em pé. Pensou até que ele talvez tivesse sido o deus de guerra do sujeito que perseguiu à tarde. Ao lado do cadáver, jazia uma gigantesca bola com cravos, presa a uma longa corrente de elos enferrujados. Essa era a arma que ele havia levantado um dia contra seus inimigos, mas que ao final tinha sofrido destino igual ao de Belenus.

— É para cá que vêm os deuses derrotados, Thaidena. Cada um deles representa um exército perdido, tantas vidas ceifadas daqueles que o seguiram um dia.

Thaidena caiu de joelhos. Eram tantos! Até onde a luz de Bara permitia ver, existiam corpos imensos deitados no chão.

— É aqui que estão os restos de outros deuses de Dartana. Aqui foi sepultada a nossa fé — disse Jeliath.

— Nunca imaginei que existiria um lugar assim.

— Vamos embora, Thaidena. Não podemos ficar aqui.

— Você precisa descansar, construtor.

— Preciso. Mas não aqui.

— Por quê?

— Aqui só descansam os deuses de guerra, Thaidena, e não sou deus nenhum.

— Muito me espanta você falar assim. Imaginei que agora você ia revirar esse lugar inteiro, vasculhando os restos de cada deus de guerra.

Jeliath apenas balançou a cabeça em sinal negativo e começou a descer de cima do peito do deus empoeirado. Era tanto pó depositado que ele e todos os outros pareciam estátuas esculpidas por mãos habilidosas e criativas.

Em silêncio, deixaram aquele campo sagrado, enveredando por uma trilha estreita, onde caixote nenhum poderia ser carregado, um caminho trilhado apenas por pés de guerreiros sobreviventes.

CAPÍTULO 32

Daal já despontava na linha do horizonte prenunciando à Ugaria o final da noite e também o final da imobilidade do acampamento, que voltaria a marchar sob a ordem do general Bousson.

A noite toda a imensa lua sobre o Combatheon tinha mantido os caminhos iluminados e possíveis para que sua parceira tivesse retornado com segurança. A demora em receber algum sinal da enviada lhe trazia a certeza de que alguma sorte de acidente tinha apanhado Vilai no meio do caminho. Talvez ela nem mesmo tivesse chegado ao seu destino. Só assim para explicar seu desaparecimento. Ugaria sabia que Vilai queria agradá-la, mas poderia ter pensado melhor depois de partir, desistindo de matar a maldita feiticeira dartana. Vilai ouviria poucas e boas quando retornasse, usando a sua voz melosa, tentando encantá-la. Ugaria sabia que Vilai queria possuí-la, tocá-la com intimidade mais uma vez. Porém, sem trazer a cabeça da feiticeira prenha em suas mãos, não receberia recompensa alguma. Não passava pela cabeça da favorita de Alkhiss que Vilai pudesse ter levado a pior contra a feiticeira oponente. Vilai era habilidosa com a adaga e a jovem dartana não teria a menor chance num combate corpo a corpo.

Quando Ugaria se dirigiu à grande barraca do general não precisou esperar que ele despertasse. Os quatro zirgos amarrados logo em frente à vigília de dois soldados revelavam que Bousson estava reunido com seus batedores, que tinham percorrido montados as terras do Combatheon durante a noite, trazendo notícias. Ugaria, na condição de líder das feiticeiras, era dispensada da obrigação de ser anunciada ao general do exército de Ahammit. Assim que adentrou a grande tenda dos comandantes, encontrou Bousson, dois gul e seus batedores conversando ao redor do fogo contido por uma mureta de pequenas rochas justapostas. Riam enquanto bebiam galu.

— Ugaria, minha boa amiga de guerra, o que a traz a minha tenda? — quis saber o general.

— O mesmo assunto. Uma enviada perdida — respondeu a feiticeira.

— Estamos levantando acampamento, Ugaria. É bom que ela chegue logo ou vai se atrasar.

— Não vai mandar nenhum deles atrás dela? — perguntou Ugaria, apontando para os batedores.

Bousson andou ao redor da fogueira e olhou para seus homens.

— Qual de vocês quer ir atrás de uma feiticeira desgarrada?

Os homens se olharam e Belquias foi o primeiro a se pronunciar.

— Tenho coisas mais importantes para fazer, meu general. Temos que ficar de olho nos movimentos do inimigo enquanto nosso exército prepara a nova marcha. Partiremos cedo e amanhã, ao amanhecer, atacaremos e venceremos. Não tenho tempo para procurar uma feiticeira, meu senhor.

— Nós estaremos com Belquias, meu senhor. Uma feiticeira perdida não é problema dos batedores.

Bousson olhou para Ugaria.

— Não tenho homens no momento, feiticeira. Por que você mesma não vai atrás da sua irmã desgarrada?

Ugaria sentiu-se ultrajada com o desrespeito do general, no entanto manteve a boca fechada. Não desacataria Bousson na frente de seus homens. Isso não lhe traria nenhum proveito, nenhuma conquista. Precisava do general e, por conta disso, de sua boca escapou um venenoso sorriso.

— Certamente, general. É uma ótima ideia.

Ugaria deixou a tenda de Bousson e elevou-se no céu que ganhava cada vez mais luz, deixando um rastro púrpura atrás de si. Mais uma vez afastou-se do acampamento. Será que a deusa de guerra sabia tudo o que ia dentro de sua mente? Talvez não. Do contrário Alkhiss saberia que ela odiava a ideia de ter que trazer outra feiticeira a sua presença. Saberia que ela não queria a atenção dividida com nenhuma outra, mesmo que com uma forasteira. Ugaria pousou no topo de uma árvore carregada de flores amarelas e olhou para a forja de Dartana. A questão que queimava em sua cabeça era: por que Vilai demorava tanto? Por que não dera um fim na feiticeira prenha e não estava ali agora, ao seu lado, irritada com seus pedidos sem cabimento?

A feiticeira escutou o som dos zirgos trotando e depois se afastando em disparada da tenda do general. Ele tinha sido claro. Os homens marchariam rumo ao novo inimigo. Todas as forças e toda concentração deveriam estar sobre sua amada deusa de guerra Alkhiss. O assunto de encontrar a peculiar feiticeira inimiga e saber notícias de Vilai caía em segundo plano.

Alkhiss era mais importante e Bousson não estava para brincadeira. Ele estava determinado a vencer o próximo inimigo com um ataque fulminante. Afinal de contas era para isso que estavam ali e não para serem pajens de feiticeiras perdidas. Vilai encontraria seu caminho para Ahammit cedo ou tarde e então prestaria as satisfações cabíveis a tamanho descuido. Ugaria saltou da árvore e rumou acima do acampamento em direção à tenda das feiticeiras, onde faziam a primeira junção do dia, falando para os soldados, motivando-os a marchar mais uma vez e lembrando o valor da missão que tinham à frente. Um grupo menor das feiticeiras anciãs estava nas cozinhas do Hangar de Batalha, preparando poções com ervas trazidas de Ahammit para curar seus feridos no último dia de guerra. Ugaria misturou-se a essas últimas, lançando mão de seus conhecimentos e habilidades, parecendo perfeitamente normal. Ela só ressurgiria diante de sua deusa de guerra quando o exército estivesse em movimento.

CAPÍTULO 33

Thaidena acordou Jeliath, que teve a visão ofuscada pela luz do dia.
 Há quanto tempo dormia? Ele não sabia. Assim que se ajoelhou, o construtor começou a tossir novamente, como se a poeira daquele campo de espigões secos tivesse deixado uma herança que carcomia seus pulmões. Sua garganta encheu-se de uma secreção amarga e acinzentada, que ele cuspiu.

— Beba água. Está tossindo há horas.

Jeliath obedeceu à amiga, refrescando a boca e matando a sede, bebendo direto de uma cabaça recolhida pela soldado que servia agora de vasilha para transportar água.

— Seus olhos ainda estão inchados, está conseguindo me ver?

Jeliath ergueu a mão contra a luminosidade e olhou para Thaidena.

— Sim. Está tudo bem.

— Que belo estrago aquela poeira fez, hein, meu amigo.

— Eu poderia ter morrido — disse Jeliath.

— Não. Isso não. Eu não ia deixar. Pulei do lagarto voador para te salvar, lembra?

Jeliath sorriu e sentou sobre o tronco que usaram para se proteger do vento cortante que varreu a planície durante toda a noite. O cemitério ficara para trás e eles caminharam pela trilha até onde aguentaram.

— Agora, a melhor parte, achei mais daquela gosma amarela. Alimente-se. — Thaidena estendeu-lhe um graveto com a ponta cheia do viscoso melado.

Jeliath lambeu o galho impregnado pelo delicioso doce amarelo como se estivesse às voltas com sua última refeição. Como era saboroso! Olhou agradecido para Thaidena. Não só por ela tê-lo servido com água e agora com comida, mas porque sabia que ela, como uma boa soldado, havia ficado acordada boa parte da noite, vigiando o abrigo. Antes ela tivesse externado suas preocupações sobre os perigos de dormir ali, ao relento, sem conhecer nada sobre os animais daquele lugar, temendo uma nova visita furtiva do lagarto voador. Talvez ela nem tivesse pregado o olho por um minuto sequer enquanto ele, simplesmente, tinha desmaiado após se deitar.

— Sei que você está cansado e confuso, mas precisamos seguir, precisamos voltar para a forja. Eu vi um bando de karanklos sobrevoando morro acima. Acho que já estamos próximos.

Jeliath levantou-se e mirou a distância. Não via as colunas de fumaça do acampamento distante de Ahammit, sentia-se perdido.

— Quer mais? — perguntou Thaidena, erguendo um segundo galho com o melado amarelo.

— Sim, estou faminto. Poderia comer cinco desses.

— Guloso — brincou a soldado, aproximando-se.

— Onde você encontrou isso?

Thaidena apontou para um ponto verde distante para trás na trilha.

— Ontem nem vi aquele pedaço de mata. Ali tem um terreno rebaixado onde há uma lagoa com água boa de beber, deve ser água de chuva. Eu me banhei e fiquei bem uma hora tentando pescar alguma coisa com uma lança que fiz com minha faca. Quando desisti e estava voltando para a trilha depois de me aliviar, senti o cheiro adocicado dessa feni e encontrei mais um monte dela junto a uma árvore seca.

—Isso aqui é muito mais gostoso que a feni!

Thaidena sorriu erguendo uma segunda cabaça que tinha enchido com o melado para levar para as forjas de Dartana.

— O que foi?

— Feni-voadoras. Tinham tantas perto da minha casa — disse a guerreira. — Nunca entendi como elas conseguiam tirar aquela doçura das flores.

— Verdade. Já peguei muita feni perto da sua casa. Misturávamos à massa comum. Adocicávamos a comida da guerra.

Thaidena olhou para Jeliath. O construtor engoliu a porção do melado e raspou os lábios e então, magnetizado pelos olhos poderosos de

Thaidena, aproximou-se de sua boca e a beijou. A soldado repeliu o amigo, empurrando-o pelos ombros. Ela estava com uma expressão surpresa no rosto e então as sobrancelhas se juntaram em reprovação, mas suas mãos firmes nos ombros do rapaz puxaram Jeliath mais uma vez. O beijo da garota foi mais ardente. Para Thaidena aquilo durou uma eternidade e quando soltou Jeliath era ele quem estava com os olhos arregalados.

— Por Belenus, Thaidena, como você beija bem!

Thaidena respirava rápido, olhou para os lados e depois para a estrada que novamente subia o morro. Ergueu a espada para Jeliath e apontou para seu peito.

— Isso nunca aconteceu, Jeliath!

O construtor ergueu os ombros.

— Me desculpe, foi um impulso, sempre te achei linda.

— Eu também te acho lindo, mas não é por isso que vou sair te beijando, já que tenho um namorado. Isso nunca aconteceu, e se você disser para alguém, eu arranco sua cabeça fora com a minha espada!

Jeliath bufou e começou a andar, tomando a frente de Thaidena, mirando os karanklos sobrevoando no horizonte. O beijo doce de Thaidena ainda estava em sua boca e simplesmente não sabia o que fazer. Ela era namorada de seu amigo, de um soldado ferido. Por que tinha feito aquilo? Onde estava com a cabeça? Não entendia de onde tinha vindo aquele desejo. Se queria beijar alguém, deveria ter beijado Dabbynne. Ainda que ela carregasse um filho de outro no ventre, ela era uma garota livre de qualquer compromisso. Jeliath queimava de vergonha. Ele nem tinha pedido a Thaidena permissão para o beijo. Tinha agido num ato de puro impulso.

Atrás dele, Thaidena caminhava com um sorriso no rosto sem deixar que Jeliath percebesse. Garoto doido! Ela amava Parten. O rapaz mais covarde de toda Dartana, que tinha tomado uma coragem que ela não sabia de onde para estar ali, ao lado dela, marchando no chão do Combatheon. Também não fazia ideia de o porquê de ter retribuído o beijo do construtor. Era como se algo dentro dela ardesse de repente e fosse impossível resistir. Thaidena só sabia que não havia chance daquela situação ridícula se repetir.

Caminharam por três horas, Jeliath carregando a cabaça pesada com mais melado e Thaidena, trazendo uma segunda e menor, com mais um pouco de água. Jeliath parou quando começou a enxergar os karanklos pousados no chão, bicando, vorazes, uma vastidão de corpos que lhes serviam de banquete. Pela primeira vez, a dupla se reaproximou e trocou um sorriso de felicidade e ansiedade. Tinham conseguido. Apertaram o passo até o fedor da carniça exposta infestar suas narinas e seus olhos se decepcionarem com o cenário. Havia alguns corpos ahammitianos ali, mas nenhum dartana. Eram corpos de outro exército, de outro combate, de outro deus que tinha perecido ante a gigante púrpura de Ahammit. O fedor da putrefação dos corpos invadiu suas narinas, causando repulsa.

— Não acredito. Estamos perdidos — reclamou Jeliath.

Thaidena caiu de joelhos e começou a chorar.

— Por que fui dar ouvidos a você? Por que você é tão intrometido? Parten precisa de mim e eu estou aqui, não sei onde, longe de todos.

— Que todos? Que todos, Thaidena? Só sobramos nós, eu, você, duas feiticeiras e o maluco do Mander que quer combater a deusa de Ahammit sem um exército.

— Só sei que eu não deveria estar aqui, Jeliath. Ele precisa de mim.

— Até agora nossa jornada foi um bocado elucidativa, Thaidena. Encontramos uma vila de sobreviventes e um cemitério de deuses abatidos. E, só para constar, se não fosse você, eu teria morrido essa noite. Parten está bem!

— Claro que teria morrido. É tanta curiosidade que acabou comendo a poeira do Cemitério de Deuses! Você não dormiu ontem, Jeliath, você desmaiou no meio do caminho! Está me atrasando! Eu quero voltar, quero voltar agora!

— Calma. Deixe que eu examine este lugar. Pode ser que haja algo de bom aqui, que possamos usar.

Thaidena correu até Jeliath agarrando-o pelos ombros e sacudindo-o.

— Examinar o quê? Você não está me ouvindo?! Eu quero voltar para as forjas de Dartana!

— Estamos perdidos e isso não vai mudar, se você me der um minuto para investigar esse lugar, posso achar algo para usar.

— Usar para quê, Jeliath?

— Para combater!

— Mas você mesmo acabou de dizer que Mander é maluco! Por que vai querer ajudá-lo a se matar indo contra o exército de Ahammit? Temos que fazê-lo tirar isso da cabeça! Temos que nos proteger e não buscar mais confusão!

— Não sei, Thaidena. Tudo o que sei é que quero descobrir o máximo de coisas que for possível. Minha mente está fervendo de ideias e tenho medo dela voltar a ficar escura, como era antes. Aqui no Combatheon é tudo diferente, Thaidena. Eu posso aprender um jeito da gente voltar.

Thaidena olhou para Jeliath.

— Voltar? Para as forjas?

— Não! Quero voltar para Dartana, Thaidena. Não tem mais nada para fazermos aqui. Temos que levar o meu novo conhecimento para lá. Aí, sim, ajudaríamos um monte de gente e deixaríamos essa terra de morte para trás!

Thaidena baixou os braços e afastou-se de Jeliath.

— Eu não sei, Jeliath. Você está tão louco quanto Mander. Nunca ninguém voltou para Dartana. Nunca ninguém voltou daquele Portão de Batalha.

— Tenho medo de voltar e esquecer tudo. Lembra-se daquelas coisas que giravam e levavam o caixote? Eu posso fazer aquilo. Eu posso — afirmou o construtor.

— Voltar e comer feni no fundo da minha casa. Ver minha mãe. Jeliath, não fale mais sobre isso se você não achar que é possível.

— Alguma coisa dentro de mim diz que é, Thaidena. Eu só preciso continuar aprendendo com esse dom que o Belenus me deu.

— Qual dom?

— O do entendimento, enxergar alguma coisa e entender. É fascinante e opressor ao mesmo tempo.

Thaidena tapou o nariz ao encarar o campo de mortos.

— Fique aqui se não quiser se aproximar.

Jeliath partiu para o meio dos corpos em decomposição, andando sobre os cadáveres e procurando por objetos que pudessem ajudá-los a se armar quando ouviu a voz potente à sua direita.

— Construtor, o que está fazendo aqui?

O susto foi tamanho que caiu para o lado, afundando a mão na barriga aberta de um ahammitiano. Jeliath levantou-se limpando a mão em sua própria roupa com uma expressão de asco estampada na cara.

— Mander!

O general se aproximou trazendo a cabeça de três ahammitianos amarradas num cordão de couro.

— O que é isso?

— São cabeças, meu amigo. Saí a sua procura, mas foram eles quem encontrei primeiro. Um estava ferido, sendo carregado por esses outros dois — disse o general, apontando para as cabeças.

— Por Belenus! — exclamou Jeliath.

— Foram os três primeiros. Temos muitos mais deles para abater. Sua vez. Por que está aqui e por onde andou com Thaidena? O soldadinho está muito preocupado com os dois. Principalmente com ela.

— Nós nos perdemos — explicou o construtor.

Mander olhou para Thaidena, que mantinha boa distância do campo de corpos. A soldado lançou um aceno de mão.

— Segui uma trilha, encontrei coisas. Estou aprendendo sobre esse lugar — disse Jeliath.

— Você só precisa aprender a fazer armas. Precisa fazer algo que seja um verdadeiro milagre, para eu acabar com todos esses desgraçados de uma vez — disse o general, sacudindo a fieira de cabeças decepadas.

— É o que estou tentando fazer. Preciso ver mais coisas, ter mais ideias. Agora não temos um deus para nos mandar construir.

— Te mandar construir. Você é o único construtor que sobrou. Vai ter que ser melhor que todos os outros.

— Todos?

— Sim, todos. Depois que acabarmos com Ahammit, por que parar? Vamos acabar com os outros exércitos também. Um por um. Você, meu amigo, terá que ser mais esperto que todos os outros construtores.

— Mander, esqueça isso. Parece que você endoideceu mais ainda. Nós somos apenas seis, general. Somos o resto do resto de um exército.

— Você me disse que encontrou coisas.

Jeliath não sabia se Mander estava apenas mudando de assunto ou se realmente estava interessado.

— Encontrei um cemitério.

— Hum. Aqui, nessa terra, isso não é nenhuma novidade. O Combatheon é um campo de morte.

— Encontrei outra coisa, Mander. Algo que pode mexer com você.

Mander ergueu as sobrancelhas e encarou Jeliath.

— O que seria isso?

— Chegamos a uma vila, um lugar onde se reúnem sobreviventes.

Mander arregalou os olhos.

— Não acredito. Sobreviventes?

— Pense no que aconteceu conosco, Mander. A vila parece ser feita de raças distintas, gente vinda de tudo que é lugar. Se somos o resto de Dartana, aquela vila soma vários restos.

— Me diga onde é? Vamos para lá agora! — quis saber o general.

— Preciso levar Thaidena de volta à forja de Dartana. Precisaremos descansar um pouco e precisaremos do braço de Parten também.

Mander aproximou-se de Jeliath e pousou a mão em seu ombro.

— Você está certo. Vão e descansem. Vamos levar a guerreira até a forja, mas vamos até lá com você pensando para mim.

— Pensando em quê, exatamente?

— Pense em mais armas! É hora de nosso pequeno grupo entrar em ação.

— Não acho que eles serão hostis a nossa presença, Mander.

— Já tive meu quinhão de azar nessa jornada, construtor, não estou disposto a arriscar mais. Quero ver essa vila com meus próprios olhos e ter uma palavra com quem governa o lugar.

CAPÍTULO 34

Jeliath estava deitado, mas não conseguia dormir. Tinha cochilado por alguns minutos, mas os pensamentos brigavam em torvelinhos em sua mente sem deixar que ela se desligasse. Pensava no que Mander tinha dito, em ir para a vila, com armas, mas pensava, sobretudo, no beijo. Por que tinha acontecido? Sempre achou Thaidena linda, de verdade, mas ela era a namorada de seu amigo Parten. Já tinha se imaginado beijando-a, dormindo com ela no campo de pastagem de haitas, mas eram só pensamentos passageiros. Agora ele tinha sentido a boca de Thaidena na sua e a vontade que ela demonstrou. Talvez a lembrança do beijo doce tenha se impregnado em sua mente por culpa daquela estranha gosma amarela que ela encontrara e eles tinham saboreado juntos. Mas o fato é que o rosto de Thaidena agora ficava em sua cabeça, sem descanso, não o deixando dormir. Tinha que espantar a amiga dos pensamentos. Sua cabeça agora tinha que pensar em armas para o maluco Mander conseguir o que queria, sua vingança contra o exército de Ahammit. Se algum rosto de dartana tomasse seus sonhos, deveria ser o rosto de Dabbynne e não o de Thaidena.

Jeliath se levantou e andou pela forja de Dartana. A feiticeira Tazziat mantinha o fogo aceso em um dos fornos e tinha criado pequenas fogueiras junto a uma parede de pedras, algo ali fazia lembrar o velho Hangar das feiticeiras, como se ela tivesse construído um altar para sentir-se mais perto de casa. Dabbynne, Mander e Parten comiam a gosma amarela, que todos já chamavam de feni àquela altura. A vantagem daquela feni do Combatheon, segundo Thaidena, é que ela não vinha com os ferrões das voadoras, já que os dois locais onde encontrou a iguaria estavam a salvo de insetos. Tazziat e Dabbynne estavam juntas, conversando. Dabbynne também estava deliciando-se com um graveto de feni.

— Bom que levantou, construtor. Precisamos partir para a vila que encontraram.

— Te levo até a vila, general. Todos nós temos muito que aprender com os sobreviventes. Ainda que não pareça sensato, talvez algum deles saiba um jeito de sair daqui. De voltar para nossa terra.

— Sensato? Por que diz isso?

Jeliath olhou para Thaidena, que comia junto com Parten, os dois riam e falavam alto. Parten agarrou sua namorada pela cintura e engalfinharam-se num beijo longo e melado pela gosma doce.

— Nada. Só pensei isso — respondeu Jeliath.

— Você anda pensando demais, construtor — afirmou Parten, virando-se para o amigo e limpando os lábios com as costas das mãos. — Cara! Essa coisas que vocês encontraram... isso aqui é bom demais!

Thaidena puxou Parten para junto de seu corpo, lançando um olhar ligeiro para Jeliath. A garota foi tão afoita que os dois caíram no chão no meio de mais um beijo.

Tazziat abanava-se olhando para o entusiasmo do casal, balançava sua cabeça em sinal negativo, reprovando com o pensamento, mas sorrindo com o canto do lábio.

Dabbynne, sem entender muito bem o porquê, lembrou-se das haitas de Dartana, pintadas de roxo pelas lassins amassadas. Olhou para Jeliath. O construtor ainda estava perto do general. A luz dourada da fogueira batia em dorso nu realçando seus músculos abdominais bem definidos. Dabbynne sentiu um frio na barriga ao se imaginar sendo beijada por Jeliath. Queria um beijo tão ardente quanto o que Parten dava em Thaidena naquele momento. Seu corpo sentia a falta de outro corpo contra sua pele. Dabbynne respirou fundo. Se Jeliath se afastasse da forja por um momento, se parasse com aquela conversa monótona com Mander, ela teria a chance de dizer que hoje estava estranhamente desejando suas mãos em seu corpo.

Inadvertido sobre os desejos da feiticeira, Jeliath prosseguiu com Mander:

— Prometa que não vai erguer sua espada dentro daquela vila — pediu o construtor.

— Eu não tenho que prometer nada, garoto, mas fique tranquilo, também quero conhecimento. Esses sobreviventes devem estar aqui há um bom tempo. Devem conhecer essas terras e onde eu posso fazer as melhores emboscadas contra aquele general maldito — disse o general.

— Você acha mesmo que vamos conseguir derrotá-los, Mander? Eles são milhares!

Mander parou de comer a feni que empapava em sua barba e encarou Jeliath.

— Eu não tenho dúvidas de que derrotarei tantos quantos forem possíveis.

— E depois, quando não for possível? O que vai acontecer? Vamos morrer? — indagou Jeliath.

— Não se acovarde, construtor. Se ficarmos vivos aqui no Combatheon, de que servirá? Viveremos na vila que você encontrou? Eles vão nos receber? Bateremos palmas, felizes para todo o sempre até que a vida se apague em nossos olhos?

— Podemos viver até que outro deus de guerra apareça, Mander. Podemos construir armas e armaduras enquanto isso, podemos nos preparar e então lutar, preparados, juntos com um novo exército de Dartana.

Mander jogou o seu espeto de feni no chão e andou até a parede da forja, olhando para o campo dos mortos incinerados enquanto Jeliath aproximou-se dos amigos que ainda estavam sentados em frente ao pote de melado. Franziu a testa ao ver que Thaidenna e Parten continuavam agarrados. Sorriu para Tazziat e Dabbynne. A feiticeira prenha retribuiu o sorriso enquanto a ferida e experiente feiticeira mais velha permanecia cativa das carícias trocadas pelo casal. Os olhos de Dabbynne estavam brilhantes, banhados pelas chamas. Seu rosto era de uma doçura sem fim. Jeliath não entendia por que tinha beijado Thaidenna, mas sabia exatamente por que seus pés se moviam em direção a Dabbynne. Queria a feiticeira mais do que tudo. Queria que ela soubesse, de uma vez por todas que era ele quem colocava os ramalhetes de lassins em sua porta. Ele era o homem certo para viver ao seu lado, para honrar o seu sangue e não aquele idiota do Jout que tinha ficado covardemente para trás. Diria tudo a ela e a beijaria a noite inteira. A feiticeira continuava sustentando o seu olhar e abria um sorriso com a sua aproximação. O que estava acontecendo ali?

A voz de Mander soou rouca e carregada, trazendo Jeliath de volta à realidade sombria, fazendo seus passos pararem, capturando sua atenção.

— Muitos amigos já morreram para que eu espere, Jeliath. Meus filhos não têm esse tempo todo que você está falando. Olhe para todos esses mortos no chão do Combatheon. Lá em casa eu tenho crianças morrendo por culpa da nossa ignorância! Se existir a menor chance de salvá-los cometendo essa loucura de lutar contra um exército inteiro, eu lutarei.

Parten e Thaidenna se soltaram pela primeira vez, sentando-se e escutando o general.

— Eu só queria voltar para casa — desabafou Dabbynne, com a mão na barriga, também abandonando a vontade invasora que a fizera olhar diferente para Jeliath segundos atrás. — Queria voltar para Dartana, para meu filho ter a chance de viver.

Jeliath, para a feiticeira enquanto ela sentava-se numa pedra e começava a chorar.

— Belenus me deu um presente que eu não quero — afirmou Dabbynne.

— Qual presente? Jeliath também disse que ganhou um presente. O que é? — perguntou Parten.

— Não sei — choramingou Dabbynne.

Jeliath aproximou-se de Dabbynne e passou o seu braço pelo ombro da amiga, apenas querendo confortá-la. A feiticeira voltou a falar.

— Eu não sinto nada diferente em mim. Só sei que tenho uma vida crescendo aqui dentro.

— É evidente o seu presente — disse Tazziat.

Os olhares convergiram para a feiticeira mais velha.

— Nós ainda brilhamos, Dabbynne. Nós ainda estamos vivas e conservamos nosso poder de cura. Belenus deu força para que carregue essa criança. Você mesma me disse que agora a criança é parte filho do nosso deus de guerra. Eu não duvido nada de que a energia que eu tenho emane de você. Você trará uma criança especial para a vida. Seu filho, filho de Jout e filho de um deus.

Dabbynne baixou a cabeça e continuou chorando.

— Falamos nas junções que, quando o deus de Dartana perece, as feiticeiras perdem o seu poder e tornam-se árvores secas. Não devíamos ter conservado nossos poderes, Dabbynne. Nem você e nem eu. Isso só está acontecendo porque agora você é uma feiticeira maior que todas as outras. É uma feiticeira-mãe. Uma feiticeira igual a você nunca existiu.

— Então esse é o presente que você recebeu de Belenus, Dabbynne — emendou Thaidena. — Continuou acesa, com seu poder de feiticeira para continuar o combate. Você curou nós três. Sem sua força não estaríamos aqui hoje. Você nos salvou.

Dabbynne ergueu os olhos para Thaidena. Seu ventre doía.

— Ele não me deu poder para lutar, Thaidena. O poder é para salvar meu filho. É isso que ele queria, que o filho dele nascesse.

Mander aproximou-se das feiticeiras e olhou nos olhos de Jeliath e dos soldados, Thaidena e Parten.

— Estamos todos presos aqui, a esse pedaço de terra longe de Dartana. Ficamos vivos por alguma razão. A feiticeira quer voltar para casa, eu quero salvar os meus filhos. Vocês também devem querer alguma coisa.

— Eu estou aqui para ajudar o exército de Dartana, senhor. Não me importa o seu tamanho — disse Thaidena, aproximando-se de Mander. — Sou sua soldado até o fim.

Parten também se aproximou e olhou para o general.

— Para ser honesto, eu só quero ficar vivo, senhor.

Jeliath olhou para Dabbynne e ela o olhou de volta. O construtor acercou-se dos demais e encarou seu general.

— Se por acaso, de alguma forma improvável, Mander, se a gente vencer Ahammit? O que vai acontecer? Vai marchar contra outro exército?

— Sim. Eu farei isso — respondeu o general.

Jeliath balançou a cabeça em sinal negativo, olhando para Tazziat e para Thaidena e Parten dessa vez, procurando algum apoio para suas palavras.

— Mander, mesmo que vençamos todos os exércitos que ainda marcham sobre o Combatheon, não temos mais um deus de guerra! Não temos um exército! As feiticeiras entoam falas onde dizem que o deus da guerra vencedor salvará Dartana — contrapôs Jeliath.

Mander olhou para as feiticeiras.

— Eu não tenho respostas para perguntas tão difíceis, construtor. Só sei que temos que seguir em frente, encurralar cada homem de Ahammit que encontrarmos.

— E como vamos fazer isso? Pegando um por um?

— Eu matei três deles essa manhã — disse o general, apontando para a fieira de crânios pendurados no lombo de seu equithalo. — Podemos, juntos, matar mais de vinte deles todos os dias.

— Mander! Você acha que o general deles vai deixar isso acontecer? Quando perceber que seus homens estão morrendo em emboscadas ele virá com tudo para cima da gente. Nós seis!

— E vamos lutar, construtor! É para isso que estamos aqui.

— Então, deixe-me pelo menos ir até a vila onde vi aqueles outros soldados, eles pegam armas dos exércitos devastados. Podem ter algo que nos ajude. Podemos ter armas melhores, mas advirto, Mander, elas só servirão para morrermos mais tarde.

Thaidena sorriu para Jeliath.

— Venham, vamos selar um pacto — conclamou Mander. — Estamos sozinhos nessa terra, somos seis dartanas miseráveis que sobraram após a morte de nosso deus. Mesmo assim vingaremos Belenus, arrancando o coração e a cabeça daquela deusa de guerra ridícula.

— Alkhiss — sussurrou Dabbynne, aproximando-se enquanto todos olhavam para ela. — O nome dela é Alkhiss.

— Estamos sozinhos nessa terra e vamos nos vingar de Alkhiss — repetiu Mander, estendendo a mão para Dabbynne.

— Estamos juntos nessa terra — corrigiu Thaidena, segurando as mãos unidas de Dabbynne e Mander.

— Juntos — disse Parten, colocando a mão sobre a de Thaidena.

— Juntos — repetiu Tazziat, aproximando-se e também selando o pacto.

Jeliath foi o último a se juntar, seu olhar estava sombrio, como se pudesse prever o futuro.

— Você é um maluco, Mander, eu não concordo com essa loucura, mas vou fazer tudo para vocês. Quer dizer, para nós conseguirmos. Estamos juntos nessa!

CAPÍTULO 35

O grupo de Dartana descia a longa trilha depois de três horas nos lombos dos equithalos reunidos por Mander e Parten. Apenas Dabbynne e Tazziat não tinham montarias. Estavam planando junto aos guerreiros e, quando se cansavam ou queriam variar, Dabbynne usava a garupa de Jeliath e Tazziat descia até Mander. Como agora dispunham dos equithalos, Thaidena e Jeliath escolheram a trilha do cemitério para retornar à vila. Ao final da longa descida que tinha lhes consumido toda a energia na madrugada passada, quando faziam o caminho inverso a pé, chegaram a um terreno plano e de chão duro, o horizonte pontuado por paredões de rocha que davam a impressão de estarem entrando numa imensa bacia. Até aquele momento, não tiveram nenhum sinal dos estranhos salteadores dos mortos, encontrando o caminho livre, e nem sinal do lagarto voador que apanhara Thaidena com suas garras, permitindo que conversassem em voz alta, comentando, curiosos, sobre a paisagem.

— De que são essas árvores? — perguntou Dabbynne, apontando para as colunas secas que se erguiam em todo o terreno que os cercavam.

— Não sei o que são, só sei que não devemos tocar nelas.

Mander e as feiticeiras olharam para Jeliath.

— Na primeira vez que vi fiquei curioso, encostei-me em uma delas para recuperar o fôlego e quase morri.

— Como? — quis saber Mander. — São venenosas?

Jeliath cuspiu no chão, como se revivesse o gosto amargo e ácido em sua boca e garganta.

— Quase isso. Elas são frágeis, são leves e despencam ao menor toque. Está aí o problema. Viram poeira na hora, e a nuvem se espalha rápido. Quase morri respirando isso, estou falando sério. Fiquei cuspindo uma gosma espessa por horas, com os olhos ardendo e inchados. Demorei horas para voltar a enxergar normalmente e até agora meu peito dói, como se tivesse sido picado pelas feni-voadoras por dentro.

Mander desmontou seu equithalo e andou até uma das colunas, tocando-a levemente. Um torrão seco desprendeu-se dela e estourou no chão, virando pó. Uma nuvem de dois metros de altura os fez dar alguns passos para trás, encarando-a se dissipar aos seus pés, debaixo de seus olhos. Jeliath foi o único que se afastou ainda mais, receoso só da proximidade com aquele pó, fazendo as patas de sua montaria ressoarem ocas naquele vale.

— Agora, essas colunas são as coadjuvantes desse lugar. Não as toquem mais, eu rogo. Quando tombam uma perto da outra, começam a cair em sequência e a nuvem fica monstruosa. Sigam-me. Tenho que mostrar isso a vocês.

O grupo avançou atrás do construtor e duzentos metros adiante começaram a ver o horizonte cravejado de morros abruptos.

— Um labirinto — murmurou Parten.

— Não. Não é um labirinto, é um cemitério.

— Você me falou do cemitério. Onde estão os mortos e seus túmulos? — inquiriu Mander.

— Pelos deuses do Hangar! — murmurou Tazziat, canalizando sua energia e levitando alguns metros.

— Esses penhascos, essas rochas que estão a sua frente, Mander, esses são os corpos.

— O quê? — O general franziu o cenho.

Dabbynne também se descolou do chão, juntando-se à feiticeira Tazziat.

— Por Belenus!

Diante dos olhos das duas elevadas estava uma sucessão de corpos, que se perdiam no horizonte que ia em direção aos paredões quilômetros adiante. Depositados no fundo de um vale que os envolvia com altas encostas, jaziam corpos incontáveis de deuses que já haviam perecido no Combatheon.

— Por que nos trouxe aqui, construtor?

Jeliath continuou andando até alcançar o primeiro colosso.

— Vamos lutar contra exércitos inteiros, Mander. — O construtor começou a escalar as pernas do deus morto até alcançar o alto de seu quadril. — Precisamos conhecer nosso campo de batalha e precisamos de informações. Cada deus aqui deitado carrega uma arma. Podemos copiá-las para o seu tamanho, para o tamanho dos soldados de Dartana.

— Nós três, você quer dizer — resmungou Parten, pouco animado.

— Você tinha dito que não deveríamos ficar no cemitério dos deuses ontem à noite, construtor — lembrou Thaidena. — Por que mudou de ideia?

Jeliath olhou para a amiga e para Parten e Mander, que agora a secundavam, curiosos com sua resposta. O construtor balançou a cabeça negativamente.

— Acho que ontem fiquei impressionado com o lugar. Depois de dormir e pensar um pouco, acho que os espíritos dos deuses de guerra ficarão muito honrados se pudermos usar alguma coisa deles novamente, suas armas, suas armaduras. Eles vieram para cá para combater e vencer. Penso que ficarão felizes em ter uma segunda chance.

Thaidena e os irmãos de guerra trocaram olhares e aquiesceram.

O general seguiu o construtor e logo estavam sobre o peito de um gigante tombado. O deus, que comandara um exército inteiro no passado, jazia sob uma camada de poeira e sua cabeça estava alguns metros separada do pescoço, abatido como Belenus. Marcas profundas no que podiam ver de sua armadura e veios grossos na pele seca revelavam cicatrizes de batalhas. Um deus de guerra que tinha lutado até o fim, vencido muitos combates, mas que acabara abatido por um guerreiro mais bem preparado.

— Veja suas armas, Mander. Todos esses deuses foram deixados com as armas. Posso estudá-las e reproduzi-las. Basta você olhar para uma delas e me dizer qual. Eu faço.

Mander deixou os olhos correrem pelo deus vencido. Ao seu lado, repousava um longo bastão com uma lâmina comprida e vergada em sua extremidade.

— Que arma é essa?

Jeliath olhou para o instrumento na mão do gigante, garantindo que não era uma espada e nem mesmo uma lança, era uma mescla das duas, uma lança com uma espada curva na ponta. Balançou a cabeça em sinal negativo.

— Temos que inventar um nome para essa arma, senhor. Mas parece muito apropriada, veja, a haste de madeira pode ser feita de um bastão robusto, algo não muito pesado, mas forte, para aparar os golpes recebidos e rápida para contra-atacar.

— Sim. A espada na ponta deixa nossos guerreiros acertarem os inimigos com certa distância, com força.

— Nossos guerreiros, senhor? Qual deles? Thaidena ou Parten?

Mander olhou para Jeliath e, para surpresa do construtor, começou a rir.

— Você anda muito bem-humorado, construtor.

— Não tenho muito o que fazer ultimamente, desculpe — respondeu Jeliath.

— Não importa quantos somos, Jeliath. Só uma coisa importa agora.

— Vencer Alkhiss?

— Não. Algo mais importante que isso.

Jeliath balançou a cabeça sem entender.

— Você vai ter que me dizer o que é, Mander, do contrário não vou conseguir dormir.

— Vamos, sim, vencer Alkhiss, construtor. Vamos, sim, vingar Belenus, mas vamos fazer isso juntos! O mais importante é que fiquemos juntos! — gritou o general.

Jeliath sentiu os pelos em seus braços se eriçarem.

— Juntos — repetiu o construtor.

O grupo de Dartana campeou pelo Cemitério de Deuses por duas horas, passando lentamente frente a cada gigante morto. Cada colosso era uma nova viagem. Tinham as mais estranhas formas e carregavam tantas armas diferentes que era impossível para aqueles guerreiros com tão pouca experiência discernir qual seria a melhor aposta. A uma altura da cavalgada, pararam impressionados com uma novidade. Junto a um dos paredões do vale, encontraram as faces e os corpos de deuses de guerra esculpidos na rocha das escarpas, como se aqueles deuses tivessem congelado ali dentro das pedras, seus rostos habilmente copiados por algum artesão de habilidade tão enorme quanto aquelas criaturas, preservados em posturas magníficas, ostentando as armas de guerra e todos com uma pequena figura no ombro e outra ao lado dos pés. Até mesmo os deuses que não possuíam pés ou pernas tinham ali a representação de um guerreiro ou guerreira junto ao chão.

— Vejam! Feiticeiras favoritas! — exclamou Dabbynne, elevando-se da garupa de Jeliath e voando até o ombro do deus entalhado.

Parten apontou para a figura diminuta no chão.

— Esses devem ser seus generais ou suas generais, existem fêmeas que são líderes também, vejam.

Com efeito, de onde estavam podiam ver um deus acompanhado de uma figura feminina rente ao solo.

Thaidena apontou para o pé do deus e notou outra coisa. O sagrado preservava aquelas reproduções. Eram o que as feiticeiras anciãs chamavam de letras, de palavras divinas. Nenhum dartana era capaz de compreender o conceito das palavras divinas e seu significado era legado apenas às feiticeiras mais antigas.

Tazziat prostrou-se diante do gigante esculpido e ajoelhou-se, prestando-lhe reverência.

— O que quer dizer tudo isso? — perguntou Mander, olhando para os lados, vendo que toda aquela parede do vale estava tomada por aquelas belíssimas esculturas, a perder de vista, talvez milhares delas.

O general girou seu equithalo, olhando para trás, para o Cemitério de Deuses de guerra. Outros milhares estavam tombados. Tantos deuses mortos e eles, ali, os seis sobreviventes de Dartana, não tinham sofrido mal algum. Aquele vale de sombras e de morte não era terreno para eles. Mander sabia que a eles tinha sido dada a chance de um novo começo e de uma nova batalha. Se até mesmo os deuses pereciam, o que eles, pobres mortais, deveriam temer?

— São os vencedores. — A voz de Tazziat tirou o general de sua introspecção, o que fez com que tornasse a girar o equithalo e avançasse até o grupo de sobreviventes de Dartana.

Jeliath ergueu os olhos para o deus ao lado, era um pouco menor que Belenus e bem magro, quase esquelético, sua porção inferior tinha oito pernas, assemelhando-se a uma aranha. Como um deus de guerra que aparentava não ter tanta força poderia ser um vencedor?

Dabbynne, a novata, ainda não conhecia o poder das letras, mas planou até os pés do deus a que Tazziat reverenciava e tocou no entalhe das palavras divinas. O conhecimento dos deuses era transmitido por aquelas formas que encapsulavam informação.

Thaidena e Parten afastaram-se com suas montarias, encarando os deuses em poses de vitória, observando suas armas e feições. Pararam em frente de um que guardava as formas parecidas com as deles, os dartanas. Tinha um rosto quadrado, com nariz, boca e olhos, o que era bem pitoresco uma vez que tantos outros deuses e outras formas estavam ali, preservados naquele paredão.

— Vejam! Parecem com a gente! — gritou Parten.

Tazziat planou até aquele deus, olhando para a sua feiticeira favorita. A representação daquela feiticeira de outro mundo estava de pé sobre o ombro do seu deus de guerra, segurando uma espada e com a segunda mão apoiada ao pescoço do colosso, ambos com rostos parecidos e harmoniosos. O gigante guerreiro trazia uma lança longa e os olhos miravam o horizonte com altivez e poder. Tazziat desceu até seus pés e prestou-lhe reverência, lançando uma oração simples de agradecimento a todas as divindades, aprendida nas junções. Os olhos da feiticeira percorreram as letras incrustadas na pedra.

— Yehovah, Gabriela, Terra.

— O que isso significa? — perguntou Thaidena.

Dabbynne aproximou-se, descendo até o chão. Seus pés tocaram o campo sagrado e ela caminhou de encontro a Tazziat, sentindo pedriscos pequenos grudarem na sola do pé. Dabbynne tocou o pé da imensa estátua e seus olhos encheram-se de lágrimas. Aquele colosso de guerra tinha lutado por seu povo e junto com seu exército havia libertado sua terra natal da prisão do pensamento. Seu povo, em algum momento do passado, recebera a benção de guardar conhecimento e evoluir e agora, milhares de anos depois de sua marcha, seu planeta deveria estar distante da ignorância, derramando-se em adoração ao seu deus libertador.

— Acredito que esse seja o nome dele, e também o nome do planeta de onde ele e seu exército vieram — explicou Tazziat.

— E esse terceiro nome que você mencionou? — inquiriu Thaidena.

— Terra?

— Isso.

— Não sei. Não sei a ordem. Talvez também seja um lugar. O lugar para onde foram. Isso é novo. Só reconheço as letras. Não nos foi ensinado nas junções que haveria um lugar em que os deuses seriam registrados.

— Yehovah — repetiu Jeliath.

Os sobreviventes voltaram a seus equithalos e retomaram a marcha, deixando para trás as imponentes estátuas dos deuses vencedores e também o cemitério dos deuses mortos.

***

Quando fizeram a primeira pausa para o descanso, Thaidena e Parten embrenharam-se no matagal às costas do grupo e voltaram trazendo mais daquilo que estavam chamando de feni, por não achar um melhor nome. Novamente o melado espesso vinha pendurado em inúmeros gravetos e tinha sido o único alimento que os dartanas tinham ingerido nas últimas horas. Ao que parecia, a feni do Combatheon era bastante nutritiva, pois todos, apesar do cansaço, estavam bem-dispostos. As montarias alimentavam-se da vegetação no entorno do caminho.

Thaidenna começou a sentir um calor no rosto e os cheiros vindos do entorno pareciam se intensificar. Ficou olhando para aquele galho de feni fazendo uma estranha conexão. Toda vez que se alimentava do mel lembrava-se do beijo que dera em Jeliath e sentia seu corpo quente. Os beijos de Parten ficavam mais saborosos, mais ardentes. Thaidenna jogou o galho no chão e afastou-se dos amigos. Seu rosto queimava. O que era aquilo? Aquela feni estaria enfeitiçada? Deveria perguntar a Tazziat? Dizer o que ia em sua alma quando se alimentava do doce do Combatheon?

Mander conseguiu água para o grupo, encontrando um regato num rebaixo do terreno, indicado por Thaidena, que já achara água da mesma forma antes e agora se aproveitava de sua experiência, feito que nunca seria possível se estivessem em Dartana. Agora, com os odres trazidos das forjas, tinham como armazenar água e prosseguir com a jornada de forma mais confortável. Jeliath contou que pela trilha secundária, aquela pela qual tinham descido quando perseguiram os intrusos, havia um caminho de pedras que descia até um lago de água cristalina. Lá poderiam nadar e se banhar na volta para a forja, se assim quisessem. Tudo o que Jeliath queria no momento era continuar e visitar mais uma vez a vila dos intrusos. Pensou até que usar a palavra "intrusos" para descrevê-los não seria a mais adequada, uma vez que moravam ali e quem estava chegando traiçoeiramente eram eles, os dartanas.

O grupo voltou a um caminho plano, cheio de grandes folhas que cobriam a trilha, proporcionando sombra e frescor aos viajantes. Um casal de criaturas voadoras, iguais à que tinha apanhado Thaidena no dia anterior, sobrevoou o bando, soltando guinchos quando desciam. Mander e Thaidena foram os primeiros a desembainhar as espadas.

— Parecem águias, mas não têm penas.

— Têm couro, como lagartos, senhor. E agarram bem firme. Sorte eu estar com minha faca quando fui levada. Fiquem de olho, não confio nessas folhas para nos defender. — Os equithalos continuaram e foram acompanhados pelos voadores por mais quinze minutos, mas logo as criaturas voaram em direção ao Cemitério de Deuses.

— Como vamos chamar esses bichos voadores? — perguntou Thaidena.

— Águias que parecem lagartos? Podemos chamá-los de lagartias? — sugeriu Parten.

Thaidena riu da sugestão, tirando do alforje a grande garra que havia decepado da fera.

— Lagartias, Parten?

— Lagartos com águias. Lagartias. É até simpático — disse Dabbynne.

O grupo riu. A presa da "lagartia" passou de mão em mão sendo observada.

Jeliath olhou para Thaidena e ela olhou para ele, fazendo com que a barriga do construtor se tornasse uma pedra de gelo. Jeliath desviou o olhar e virou-se para dar uma olhada em Dabbynne.

— Tudo bem aí?

A feiticeira apertou seu ombro e recostou a cabeça em suas costas.

— Só estou cansada. Acho que precisamos comer algo diferente desse feni. Minha barriga está doendo.

— Pode ser por causa do bebê?

— Não sei, Jeliath. Nunca fiquei grávida antes.

Mander ergueu a mão e fez um sinal para que parassem.

Jeliath olhou para o caminho à frente. A vegetação mudara novamente e estavam dentro de uma região de floresta onde densas árvores ladeavam o caminho. Provavelmente estavam chegando a vila.

— Construtor, venha aqui — ordenou o general.

Jeliath estugou a montaria e emparelhou com o general.

Mander ergueu o queixo em direção à trilha à frente. Jeliath viu diversas finas colunas de fumaça maculando o céu.

— Eles são muitos?

— Vi muitas casas, senhor. São cabanas melhores do que as que temos em Dartana, muito bem construídas. Percebi que usam troncos colocados deitados, uns sobre os outros, e devem prendê-los com algum tipo de anel, maior, como aqueles que mostrei na armadura ahammitiana que o senhor veste agora.

— Interessante.

— As construções possuem níveis. São altas, como se morassem uns por cima dos outros.

— Não está respondendo minha pergunta.

— Se considerar que somos seis, eles são muitos. Mas não sei quantos são. Fiquei com receio de entrar na vila sozinho, por isso voltei com Thaidena, para encontrar vocês. Eles são de muitas raças, então, suponho, são de muitos mundos. A maior ameaça é que têm muito conhecimento, muito mais do que sonhamos ter.

O restante do grupo alcançou os dois e parou suas montarias.

Mander olhou para Parten.

— Soldados, estejam prontos para a luta. Irei na frente com o construtor. Precisamos descobrir se são amigáveis ou não. Feiticeira, encontre um bom lugar para nos observar. Se formos presos, vocês precisam saber onde estamos. Depois que anoitecer esperem até se aproximar do raiar do sol para nos libertarem.

— E se vocês forem mortos? — perguntou Tazziat.

— É uma possibilidade, mas não acredito que nos queiram mortos — disse o general.

— Por que pensa assim?

— Se eles nos quisessem mortos, feiticeira, já teriam nos matado, lá na forja. Acredite em mim.

As feiticeiras desmontaram das garupas de Mander e Jeliath, Thaidena e Parten desmontaram também para poder se organizar. Na verdade, nenhum deles queria ficar para trás e tratariam de arrumar bons lugares para observar de longe.

— Tomem cuidado — gritou Thaidena para a dupla que já se adiantava.

Jeliath e Mander afastaram os painéis de galhos que fechavam a entrada da vila e deixaram seus equithalos aos cuidados de Parten e Thaidena.

CAPÍTULO 36

Mander e Jeliath terminaram o caminho até a vila. Os olhos do construtor brilhavam conforme se aproximavam, olhando para os objetos que os sobreviventes de outras batalhas carregavam. Não sabia ao certo quanto tempo cada um deles estava ali, mas deveriam ter se juntado com o passar dos anos, protegendo-se mutuamente numa vila afastada dos conflitos do campo de batalha, para ali terminarem suas vidas de forma serena. Jeliath tornou a ficar com os olhos presos nas pás que giravam na enorme construção de madeira, mais afastada do centro da vila. O movimento contínuo daquele enigmático aparelho era magnético. Intuía que o vento fazia aquilo girar. Para quê? O que acontecia lá dentro?

Já os olhos do general percorriam os estranhos moradores procurando por armas. Alguns carregavam facas, outros nem isso. Não estavam prontos para a guerra. Não queriam vingar seus mortos nem ir atrás dos deuses que agora mesmo perambulavam pelo Combatheon. Estavam ali, simplesmente vivendo. Isso era incompreensível para Mander que tinha cada passo impulsionado pelo desejo de vingança.

Os moradores também olhavam com espanto para aqueles dois, de forma curiosa e, aos poucos, foram parando e se juntando ao redor da dupla estranha. Um garoto correu até perto de Mander e ficou olhando o general de Dartana que carregava a espada embainhada.

— Um pequeno pehalt — disse Mander, ao perceber a semelhança do ser com os traços de um animal de Dartana.

— Tem até os pelos parecidos com o de Nullgox. — Sorriu Jeliath, aproximando-se e passando a mão sobre a cabeça do pequeno.

O menino também sorriu, mas logo foi puxado por uma figura feminina, também assemelhada a um pehalt.

— Deve ser a mãe — disse para Mander.

— É.

— Sim, sou sua mãe.

Jeliath abriu um sorriso ainda maior.

— Sou sua lalá. É como dizemos mãe em Gaulon.

— E eu sou seu tio — disse outro pehalt aproximando-se.

Esse novo ser, com aspecto de um animal doméstico de Dartana, bem mais alto que a mãe do pequeno, mas ainda mais baixo que Mander, segurava o cabo de uma espada presa à cintura.

— Ah, um irmão de luta — exclamou Mander, genuinamente contente.

— Não lutamos mais, abandonados. Aqui é uma terra de paz.

Mander teve vontade de tirar a espada da bainha naquele instante. Como aquele ser peludo e com cara de pehalt, portando uma espada e com olhos fixos nos seus, pronto para desembainhá-la, tinha coragem de falar sobre paz, se vivia no Combatheon? Contudo, Mander agora pensava em sua estratégia. Talvez encontrasse ali naquela vila alguns braços com saudades da agitação dos acampamentos de guerra, com saudade do som das espadas retinindo umas contra as outras. Se queria braços para lutar, Mander sabia que não convinha afugentá-los.

— Isso aqui é só para a segurança de nossa comunidade — disse o cara de pehalt, estendendo a mão para Mander. — Meu nome é Tylon-dat, sou irmão de Mil-lat. Estamos há cinco anos nessa terra, abandonados por Sekhmet.

— Tylon... — murmurou Mander, tentando repetir o nome.

— Tylon-dat — reiterou o guerreiro pehalt.

— Eu sou Mander, general de Dartana. Muito bom encontrar sua comunidade. Este aqui é Jeliath.

— Ah, também fui um general, Mander. Nossa deusa-guerreira, Sekhmet, derrubou três deuses antes de cair. Foi um festival de sangue até sua derrocada — explicou Tylon-dat.

— Quem deixou vocês aqui? — perguntou o pequeno cara de pehalt.

— Não os incomode, Nyt — tornou Mil-lat, voltando a puxar o filhote.

Jeliath olhou para os outros à volta. Ao menos oito espécies de raças, gente de mundos diferentes que ele jamais havia sonhado. Quando as feiticeiras cantavam as trovas do Combatheon, Jeliath sempre imaginava oponentes semelhantes a eles próprios, iguais aos Dartanas, não seres com feições de pehalt ou carregando bicos de pássaros em vez de bocas.

— Belenus foi derrotado assim que entramos no Combatheon — disse Mander. — Na verdade, até agora não sei muito bem o que aconteceu.

— Vocês sofreram a maldição da caveira verde.

— Caveira o quê? — perguntou Jeliath, olhando para o interlocutor, um ser alto e negro, coberto de penas. Talvez fosse o mesmo que tinha seguido no dia anterior. Agora, ali de perto, Jeliath notava quão impressionante era aquela criatura. Parecia uma ave, com uma plumagem muito curta e escura. As pernas eram finas, mas o peito era estufado e os braços, ou órgãos análogos a asas, eram fortes. O abdome era avantajado, proeminente, mas seus movimentos eram ligeiros. O rosto era achatado e a boca era um bico por onde a voz tinha saído aguda e grasnada.

— Maldição da caveira verde.

— E que tipo de maldição é esse? — quis saber Jeliath.

— É o que vocês viveram duas Luas atrás — falou Tylon-dat.

Jeliath soergueu a sobrancelha.

— Luas? O que são luas?

— É o astro no alto do céu, que ilumina nossas noites.

— Ah! Bara! — exclamou Jeliath. — Duas Baras atrás. Duas noites atrás — explicou sorridente para Mander.

— Você pensa rápido para um abandonado — disse Mil-lat.

Jeliath sorriu para a cara de pehalt e acenou com a cabeça. O aceno foi repetido por Mil-lat, que também sorriu no final.

— Vocês caíram aqui, de seu mundo, e logo que começaram a marchar um exército forte já esperava por vocês na garganta. Acabou com vocês num piscar de olhos — esclareceu Spar, o emplumado.

— Um exército que já tinha recebido a iluminação do conhecimento e das armas — juntou Tylon-dat. — E estava pronto para tirar proveito de um povo como vocês, crus e ainda ignorantes. Vocês foram dizimados e abandonados.

— A maldição da caveira verde — repetiu Mil-lat.

— Fico pensando, quem foi que inventou esse nome?

— Não foi um deus. Os deuses estão mortos — juntou o sombrio cara de ave.

— Nossa Sekhmet, de Gaulon, não foi assim. Tínhamos construtores e feiticeiras, ah, como tínhamos feiticeiras. Elas brilhavam verdes, lindas, como pedras preciosas voadoras — revelou Mil-lat, tomada por nostalgia.

— E eu tinha um exército. Os construtores tiveram tempo de ver nosso deus se conectar com seus olhos em outros mundos e construir armas de outro mundo. Lutamos! Como bravos! Vencemos, uaaaaahrgh! — empolgou-se o ex-general de Gaulon, soltando um pequeno rugido no final, enquanto erguia a mão com garras de pehalt.

Mander sorriu, mas em um instante viu essa brasa se apagar no general com feições de pehalt. Deu um passo para trás e olhou para a aglomeração que começava a crescer. Eram todos abandonados que não queriam mais lutar.

— Meu exército foi abatido por uma deusa chamada Alkhiss — compartilhou Mander. — O general desgraçado daquele exército não teve honra e não nos deu a chance de nos prepararmos. Trucidou cada dartana que surgiu a sua frente. Mas nós, mesmo com lanças de madeira, restos de espadas e armaduras, lutamos e resistimos. Eu rezo a Belenus a cada minuto para que ele se levante do campo dos mortos e me dê mais uma chance de lutar, porque agora, Tylon, com tempo e cabeça fria, teríamos muito mais o que mostrar para aquela deusa de guerra de luz roxa e seus seguidores. Eu me vingarei de Alkhiss e de seu general imundo.

O bando ficou em silêncio por um segundo e então explodiu numa sonora gargalhada.

Mander fechou o cenho e puxou sua espada da bainha.

— Quem vai buscar vingança? Vocês dois? Ah! Ah! Ah! — riu Tylon-dat, mexendo seus ombros musculosos para cima e para baixo.

Mander, enfurecido, desembainhou e ergueu a espada e vociferou antes de investir contra o gauloniano:

— Alkhiss tirou a vida de meus filhos em Dartana! Não ria de mim!

Mil-lat puxou o pequeno Nyt para os seus braços. Jeliath ficou imóvel, aturdido pela reação intempestiva de seu general.

Tylon-dat ergueu a espada e aparou o golpe do militar. O tinir dos metais fez as risadas pararem e os dois guerreiros ficaram com os olhos chispando, grudados um no outro.

— Deixe disso, general abandonado. Você não tem mais um deus de guerra para lutar. Exércitos não lutam sem deuses. Investir contra um deus de guerra em marcha é suicídio e, acredite, você não é o primeiro a querer isso.

Mander empurrou Tylon-dat com tanta potência que o gauloniano só não foi ao chão por conta da turba ao redor para ampará-lo. O ser com jeito de pehalt recuperou o equilíbrio e grunhiu algo como um rugido engolido de fera, um monstro tentando se conter.

Jeliath, até agora imóvel, atraiu olhares hostis para si quando deu passos para trás, ainda estupefato com a reação de Mander.

— Eu não vim para essa terra para ser exterminado! — bradou o general. — Eu tenho um propósito e meu propósito é lutar para salvar meus filhos.

— Guarde sua espada, general. Não é hora para isso — afirmou Mil-lat, tentando apaziguar os ânimos. — Guarde sua espada.

— Escute a gauloniana, dartana. Você é nosso convidado e queremos que permaneça assim — completou o negro emplumado.

— Vocês riram de minha desgraça. Riram dos meus mortos e do destino dos meus filhos. Como posso baixar minha espada?

— Não! Rimos de sua audácia! É bem diferente! — continuou o cara de ave com voz esganiçada. — Bem diferente.

— Rimos porque todos que chegam até nosso vilarejo, soldado, chegam com a mesma empáfia. Ainda querem lutar por uma causa perdida. Se fosse possível lutar contra os deuses de guerra, você acha que estaríamos todos aqui ainda? — explicou Tylon-dat.

— Mas eu ainda posso construir, Tylon-dat. Trago em minha mente essa vontade de decifrar as armas e o conhecimento — disse Jeliath.

— Ah. Você é um construtor? Que maravilha! Faltam apenas algumas feiticeiras e um deus guerra para iniciarem sua marcha. Consiga isso e minha vila inteira irá marchar com vocês — desdenhou o ex-general.

Todos riram novamente no final.

Mander olhou para Jeliath e para os outros. Nada em seu rosto demonstrava estar feliz com a nova onda de risos, contudo o general de Dartana guardou sua espada.

— Bom. Muito bom — grasnou o cara de ave.

— Tomarei o que diz como uma promessa, general de Gaulon — disse Mander.

— Todos que ficam para trás no Combatheon chegam aqui cheios de desejos, general de Dartana. Estou acostumado com a teimosia dos que chegam, e então rimos. Não há nada pelo que se lutar no Combatheon quando nosso deus de guerra tomba. Levamos um tempo para aceitar que estamos abandonados aqui. Sem esperança de seguir ou voltar.

— E por que vocês vão para o campo de mortos e recolhem as armas? — perguntou Jeliath.

Tylon-dat olhou para o bando que o cercava e repreendeu:

— Por todos os deuses, como vocês são teimosos! — protestou Tylon-dat, arregalando os olhos. — Quem apanhou as armas dos mortos? — inquiriu ao construtor de Dartana.

— Não sei. Só os vi de longe. Um parecia com você, só que mais alto, e outro com esse aqui — revelou, apontando para o homem ave negra ao seu lado.

— São os homens que ajudam a teimosa. Por que não estou espantado com vocês? Por que me aborrecem tanto? Já falei mil vezes que ela tem metal suficiente para viver dez vidas! Por todos os deuses, são todos iguais!

Mander e Jeliath trocaram um olhar e encolheram os ombros ao mesmo tempo.

Um cheiro delicioso entrou pela narina dos visitantes e fez com que a barriga do general roncasse. O pequeno Nyt remexeu as orelhas e olhou para o gigante general de Dartana dando uma risada e, então, tapou a própria boca.

— O que foi, pequeno? — perguntou Mander, passando a mão na cabeça de Nyt.

O jovem gauloniano tocou com um dedo de unha pontuda na barriga de Mander.

— Estou faminto. Minha barriga está gritando.

— Vamos comer, depois trarei a teimosa até vocês. Ela anda agitada esses dias. Disse que está prestes a nos mostrar uma grande surpresa. Algo me diz que vocês dois vão gostar muito dela.

— Ela constrói coisas? — perguntou Jeliath.

— Ah, sim! É o que ela mais faz.

— Como aquelas caixas que giram leves sobre aquelas coisas de madeira.

— As rodas! Sim, ela construiu muitas rodas. Ela ama rodas! Rodas e água. É com ela mesmo.

— Rodas... — balbuciou Jeliath.

A turba que recepcionou os novos abandonados envolveu-os, conduzindo-os até um grande salão com chão de terra batida, coberto por uma estrutura primitiva de madeira, o telhado era um tipo de galho fino e mole trançado, que protegia todo o domo do lugar, impedindo passagem de sol e chuva. Para onde se dirigiram, havia uma mesa baixa onde repousava uma dúzia de formas de barro com carne assada. Ao que parecia, diferentes tipos de animais tinham ido ao fogo. Apesar da fome, os olhos de Mander foram capturados por outro tipo de necessidade. As paredes daquele imenso salão eram recobertas por armas de todos os tipos, desde pequenas espadas até imensos machados, armas que usavam fios em formatos que ele nunca tinha visto antes ou imaginado.

Os convivas começaram a rodear as mesas e a sentarem-se sobre tapetes no chão de terra batida.

— Costumamos comer juntos.

— Todos? — perguntou Mander, um pouco desapontado com a quantidade de pessoas no salão, não chegava a cinquenta. Se todos eles aceitassem segui-lo contra Ahammit, ainda assim formariam um exército minúsculo.

— Tentamos, mas não é sempre possível. Como nossa comunidade cresce, as coisas ficam complicadas. Tento dar o melhor para que tudo corra bem com meu povo de abandonados. Só peço um pouco de obediência às minhas regras. É difícil fazer com que enxerguem o que é melhor para todos.

— Sem dúvida — concordou Mander.

— O senhor é um tipo de líder dos abandonados? É isso?

— Sim, Jeliath. Meu irmão é nosso starosta. É muito habilidoso com as palavras e muito imaginativo com as construções.

— Você que construiu aquela coisa que gira com o vento? — perguntou Jeliath, parecendo uma criança dartana visitando o Hangar pela primeira vez.

— O moinho? Não! Eu pensei que aquilo era mais uma loucura da teimosa! Mas deu muito certo. Ela é doida e útil ao mesmo tempo. Doida e útil. Assim está bom.

— O que aquelas pás fazem? — quis saber Jeliath.

— Bem, como você mesmo desvendou — continuou Tylon-dat —, aquelas pás são parte do moinho, o vento sopra e elas giram, giram com muita força. Essa força emprestada do vento faz um eixo, como uma roda que você viu em nossa carroça, girar. Esse eixo transfere a força para uma engrenagem de madeira, que também roda, e move pilões que amassam o sítari que cresce nos campos do Combatheon. Do sítari amassado tiramos a farinha e fazemos nosso pão. Aqui não existe massa comum. Temos que suar para conseguir nossa comida.

Mander ficou olhando para Tylon-dat com cara de indagação, enquanto Jeliath era puro entusiasmo. A energia transferida pelo vento fazia todo o serviço.

— Economizam muitas mãos que, em vez de moer o sítari, estão livres para outros trabalhos — concluiu Jeliath. — Fantástico.

Tylon-dat e Mil-lat abriram um largo sorriso e trocaram um olhar.

— Igualzinho à teimosa! Você vai gostar dela — disse o líder dos abandonados mais uma vez.

— Essas mãos livres devem treinar para o combate, não é mesmo? — indagou Mander.

Tylon-dat e Mil-lat perderam o sorriso e mais uma vez se olharam.

— Igualzinho à teimosa. Vocês nunca cansam de querer lutar? — foi a vez de Mil-lat falar.

Os pratos foram colocados à frente de Jeliath e Mander. Nesse momento, o construtor olhou para o general e depois para a comida.

— Mander, conhecemos outras pessoas que adorariam comer "juntas" de nós dois — disse Jeliath, sussurrando.

— Precisamos esperar. Acha que são todos bonzinhos aqui? — indagou Mander.

— Acho. Se nos quisessem mortos, já teriam nos matado. Lembra? Mesmo com sua rabugice não nos mandaram embora.

Mander coçou o queixo e olhou detidamente para Tylon-dat e para aquelas que o cercavam. Ele ria com os seus amigos, com aquela cara de pehalt, vindo de um mundo que se chamava Gaulon. Tinham sido abandonados por uma deusa guerreira de nome Sekhmet. Estavam todos dividindo o mesmo destino. As paredes recobertas de armas e armaduras de diferentes raças e diferentes mundos. Por alguma razão, eles se mantinham unidos ali, na desgraça de estarem longe de sua terra, na graça que criaram para si ao se perceberem todos irmãos.

— Vamos chamá-las, construtor. Elas e Parten devem estar com fome.

— Fique aqui, desfrute das conversas com seu amigo de armas — disse Jeliath.

Mander sorriu. As únicas armas ali dentro eram empunhadas pelas paredes e pelas lembranças. O general de Dartana se levantou e apontou para o starosta da vila.

— Tylon...

— Tylon-dat — corrigiu o ex-general.

— Tylon-dat. Vocês querem matar a mim e a meu amigo?

O salão ficou em silêncio completo, as conversas e risadas cessaram e todos os olhos convergiram para o starosta.

Tylon-dat levantou-se da mesa, observado pela irmã, Mil-lat, que segurou o filho nos braços mais uma vez. Tylon-dat estava com a mão no cabo da espada e olhava demoradamente para Jeliath e o general de Dartana. O silêncio tornou-se desconfortável, os olhos não saíam de Tylon-dat e sua irmã tinha a testa franzida por conta de uma crescente aflição. Inspirou fundo e finalmente proferiu:

— Não. Não quero e nem planejo matá-los — Tylon-dat falou.

Mander deu um tapinha no ombro de Jeliath.

— Está vendo! Ficarei em boa companhia, Jeliath! Vá!

Jeliath levantou-se e desculpou-se para o starosta da comunidade e explicou que tinham ainda quatro amigos que tinham ficado para trás e que certamente adorariam participar daquele banquete.

O construtor de Dartana ficou contente ao ver que Mil-lat fazia questão de acompanhá-lo, levando-o até a boca do túnel. Os dois caminharam próximos, trocando olhares e sorrisos. Jeliath queria perguntar milhares de coisas sobre a vila e também sobre a vida de Mil-lat, como ela era antes, em Gaulon, mas a primeira coisa que pulou de sua boca foi diferente:

— Por que todos se calaram para ouvir a resposta de seu irmão a Mander?

Mil-lat sorriu mais uma vez e parou.

Foi a primeira vez que Jeliath notou que a gauloniana tinha uma longa cauda rajada e que a balançava para os lados lentamente, igual aos pehalts faziam quando estavam satisfeitos com a comida ou felizes com a companhia de seus donos.

— Porque a pergunta foi muito séria.

— Sim, entendo, mas fiquei curioso. Todos se calaram para ouvi-lo. Parecia, sei lá, uma junção de feiticeiras de tão sérios.

— É que você é muito novo aqui, Jeliath. Todos parariam para ouvir a resposta de qualquer gauloniano.

Jeliath torceu o lábio e voltou a andar enquanto Mil-lat continuou para trás.

— Os gaulonianos não mentem.

Jeliath parou e olhou para a gauloniana.

— Nunca mentimos.

— Vocês não podem? É tipo uma ofensa aos deuses e ancestrais? — Jeliath indagou.

— Não. É mais que isso. Não podemos mentir.

— Nunca.

— Podemos tentar, mas somos pegos.

— O que acontece?

Mil-lat aproximou-se de Jeliath mais uma vez, deixando seu rosto bem próximo do construtor, sentindo o seu cheiro diferente, seu cheiro de dartana.

Jeliath estranhou a aproximação e logo gostou. Os pelos de Mil-lat roçaram seu rosto. Os olhos de pehalt da gauloniana eram vivos e brilhantes, rajados de amarelo, com as pupilas fendidas na vertical.

— Nós sangramos. Nosso corpo não aceita a mentira. Por isso que dizem que se você tem um gauloniano ao seu lado, o tem de verdade.

— Você é muito bonita, Mil-lat. O modo como se move, sua voz. Tudo em você é diferente.

— Vocês de Dartana são muito estranhos. Altos demais — queixou-se a cara de pehalt.

Jeliath olhou novamente para Mil-lat sem saber exatamente o que responder. A verdade é que tinha ficado um bocado sem graça com a segunda resposta da mulher gauloniana. Já a resposta sobre a mentira, aquilo o tinha intrigado, profundamente. O que ela queria dizer com "sangravam"? Sangravam muito? Sangravam pouco? Mentir era mortal para um gauloniano? Jeliath caminhava mais rápido sem saber o que dizer, quando algo chamou sua atenção. Uma daquelas coisas que o irmão de Mil-lat tinha chamado de carroça estava passando a sua frente, empurrada por um homem só, uma criatura de pele vermelha, quatro braços e olhos amarelos, um bocado intimidador, com músculos proeminentes e quase da sua altura. O carregador de pele vermelha encarava Jeliath de forma intimidante.

— Ele é um lokun, existem nove deles aqui. São muito bravos.

— Dá pra perceber, só pelo jeito com que ele me olha — afirmou Jeliath. Os olhos amarelos da criatura pareciam querer devorar sua alma.

— Não fique olhando demais. Eles não gostam.

Jeliath desviou a visão dos olhos enigmáticos do lokun, e foi então que o viu. Um pehalt caminhando entre as casas da comunidade, adentrando uma viela.

— Nullgox?

— O quê?

— É o Nullgox! É o pehalt de Dabbynne!

— Deixe isso para lá, vamos, você tem que trazer seus outros amigos. Eles devem estar famintos!

— Eles têm feni para matar a fome por ora. Eu não saio daqui sem pegar Nullgox.

Jeliath correu na direção em que tinha visto o pehalt, atravessando o caminho do estranho lokun. Os olhos amarelos da criatura rubra não interessavam mais. Ele assobiou no corredor e chamou Nullgox diversas vezes, nada do pehalt. Correu até o fim da viela e então viu Nullgox percorrendo uma trilha em um terreno coberto de vegetação rasteira, saltitando atrás de uma nuvem de insetos. Só agora o construtor de Dartana percebia que o animal tinha um curativo nas costelas do lado direito. Jeliath girou sobre os pés procurando algum sinal de Dabbynne. Nullgox deveria estar indo atrás dela.

— Nullgox! Volte, sou eu! Jeliath! — berrou o construtor, sem que o pehalt desse a menor bola. — Por Belenus! Como é que ela consegue fazer isso?

Não restou alternativa a Jeliath a não ser correr atrás do pehalt. Apesar de Nullgox estar brincando, o animal avançava determinado, rápido. Mil-lat vinha em seu encalço, pedindo que parasse porque não tinham permissão de Tylon-dat para seguir naquela direção.

— Direção do quê? — perguntou Jeliath.

A gauloniana parou e ficou calada.

— Nessa direção, só isso.

— Não estou entendendo, se não tem nada nessa direção, por que não posso ir? — O dartana continuou a inquirir.

— Não posso falar.

— Então existe um segredo? Existe uma razão para eu não seguir o meu pehalt?

Mil-lat prendeu os lábios e balançou a cabeça em sinal negativo.

— Existe um segredo? Por que não quer que eu vá?

— Não é um segredo. Só não é a hora pra você saber, acho.

— O que tem lá? — continuou o curioso Jeliath.

— Nada! — gritou Mil-lat e Jeliath arregalou os olhos. — Olha o que você me fez fazer! — explodiu Mil-lat.

Os olhos dela derrubaram lágrimas vermelhas.

— Você está mentindo para mim — balbuciou Jeliath, nervosamente. Está doendo?

— Não — resmungou Mil-lat passando o pelo dos braços sobre os olhos. — Pare de olhar para mim.

— O que tem lá, Mil-lat? — Jeliath continuou a perguntar.

— A teimosa. Só isso. Ninguém deve ir lá. Ela é louca e teimosa, igual a você!

Jeliath viu Nullgox no alto da trilha, ponteando um morro coberto por um tipo de plantação onde diversas pessoas trabalhavam, abaixando e cortando uma haste verde de ponta dourada e deitando-as em carroças que estavam próximas.

— Por Belenus, como vocês são inteligentes. Isso é uma plantação?

— É uma lavoura. É daí que tiramos nosso sítari que é processado no moinho.

Jeliath olhou compadecido para Mil-lat que ainda esfregava os olhos. O construtor de Dartana apanhou as mãos da gauloniana.

— Você não precisava ter mentido, mas mesmo assim, eu quero que me desculpe. E perdoe também a minha curiosidade. Eu nasci assim e vou morrer assim. Não importa o que tem do outro lado daquele morro, mas preciso pegar o meu pehalt. Ele nem é meu de verdade, é da minha amiga feiticeira. Ele foi ferido e ela achava que o animal estava morto.

— Ele apareceu aqui hoje cedo e a teimosa cuidou dele — explicou Mil-lat.

— Eu volto para irmos buscar meus amigos, só preciso apanhar Nullgox.

Jeliath afastou-se e começou a correr.

Mil-lat não tentou mais impedi-lo. Ele era teimoso também. Sabiam como os teimosos eram. Enquanto não satisfizessem sua curiosidade, não cessariam. A gauloniana foi alcançada pelo lokun que parou a carroça ao seu lado.

— Algum problema, Mil?

Mil-lat balançou a cabeça em sinal negativo e depois olhou para o lokun.

— Nenhum, Gagar. Ele só está indo atrás de seu destino. Ele é tão teimoso quanto a mais teimosa de todas na nossa comunidade. Ele só parece mais inteligente do que ela.

O Iokun aferrou-se à carroça e tornou a empurrá-la pelo caminho em direção ao moinho, enquanto Jeliath sumia do outro lado do morro.

O construtor de Dartana perscrutava o terreno à frente, estreitando os olhos e colocando as mãos em concha sobre as sobrancelhas. O sol descia em direção ao horizonte e dificultava a visão, entretanto ele conseguia ver formas metálicas que lembravam insetos do tamanho de uma carroça e armas espetadas no chão, com lâminas longas, que formavam um estranho jardim. Via também outras formações desconhecidas, compostas de peças grandes, cada uma com um tambor longo de madeira, fixadas com tiras de metal que mantinham esses tambores de bambu grudados a um comprido cano também feito de ferro. Uma seta com a cabeça em formato de triângulo e denteada, como uma serra, saía da boca do cano. Jeliath sorriu. Era uma arma. Aquela seta era como uma flecha e aquele cano, de alguma forma, deveria projetá-la a uma grande distância, evitando que o combatente chegasse muito perto do inimigo. Olhando ao redor, Jeliath contou ao menos quinze daquelas armas. Estavam abandonadas, parcialmente cobertas pelo mato que se estendia até uma construção não muito alta, mas bastante larga, algo como um dos barracões construídos pelas feiticeiras em Daargrad. Inclusive o formato do telhado lembrava muito as tímidas edificações erigidas pelas poucas iluminadas de Dartana.

Agora tudo isso lhe parecia tão simples que, ao passo que seguia Nullgox até o barracão, seus olhos já desvendavam a forma básica de erguer casas e barracões como aqueles, obedecendo ao princípio de que toda edificação como aquela precisava de, ao menos, quatro colunas. As paredes se apoiavam nas estruturas de colunas e vigas que o construtor ainda não conhecia os nomes, mas ele via que era daquela forma que o prédio ganhava resistência e suportava o peso do telhado. Poderia tentar fazer algo assim nos arredores da forja para protegê-los do tempo ruim.

Empilhados numa das paredes externas daquele grande barracão, havia montes de peças de máquinas que já tinham sido maiores, pedaços de grandes armas, engrenagens, parafusos como aqueles que tinha descoberto na armadura ahammitiana que entregara a Mander. Nullgox entrou no barracão e Jeliath ficou parado um instante ali na frente, olhando e adivinhando para que serviria cada uma das coisas que deitava a vista. Certamente aquele barracão era habitado por alguém muito curioso, alguém que um dia também tinha sido um dos construtores de seu exército. Afastou um pouco mais uma das folhas da grande porta e espiou lá dentro.

Era um ambiente sombrio, com estranhas tochas fixadas nas diversas colunas que seguiam até o fundo do edifício. Nunca tinha visto as tochas de Dartana se comportarem daquela forma. Essas tochas estavam dentro de uma proteção de vidro e Jeliath logo entendeu o propósito daquilo. O vento não apagaria a chama e não tiraria a luz de forma inesperada. A pessoa que morava ali controlava a luz.

— Nullgox! — gritou o construtor.

O pehalt estava parado ao lado de uma das colunas onde havia duas vasilhas esperando por ele. O animal tomava água numa delas e certamente o pote ao lado continha alguma iguaria para a qual ele se dirigia com determinação. Nullgox passou a lamber a própria pata enquanto Jeliath aproximava-se desprevenido de que a perseguição ao animal de estimação de Dabbynne o levaria a uma revelação que mudaria o rumo de seus passos dentro do Combatheon.

* * *

Thaidena observava a vila de longe. Tinha convencido o grupo a cruzar o túnel e tentar vigiar os movimentos de Mander e Jeliath lá dentro. Graças a isso tinham visto quando os dois amigos tinham sido carregados para um barracão próximo à grande torre que girava as pás com o vento. De cima do barracão escapava uma linha de fumaça que riscava o céu. Atrás da guerreira, Parten e Dabbynne já estavam impacientes e famintos. Tazziat estava junto a uma árvore, absorta de alguma forma que mal se movia.

— Acabou a feni e minha barriga está roncando — reclamou Parten.

— Podemos procurar mais — sugeriu a feiticeira.

— Vocês duas não conseguem fazer emanar a massa comum?

Dabbynne ergueu os ombros.

— Eu nunca participei desse ritual. Não sei como se faz. Talvez Tazziat consiga.

— Podemos caçar — disse Thaidena. — Mas, só depois. Agora tenho que ficar de olho naquele barracão. Está acontecendo alguma coisa.

— O quê?

— Não sei, Parten. Alguma coisa. Jeliath estava vindo em direção ao começo da trilha, mas parou quando cruzou com um cara estranho, com o corpo todo vermelho e, se não estou ficando louca, com quatro braços em vez de dois.

Tazziat e Dabbynne também olharam para onde Thaidena apontava. Os quatro estavam agora abaixados.

— Percebi que ele estava indo atrás de alguma coisa. Primeiro pensei que fosse uma pessoa, mas depois notei que era um bicho, igual um pehalt. Mander continua naquele barracão de onde está saindo uma fumacinha e — Thaidena foi interrompida.

— Pehalt? Por que você não disse que viu um pehalt? — Dabbynne quis saber.

— Não sei se era uma pehalt, Dabbynne, eu disse que parecia um pehalt.

— Pode ser Nullgox! Ele sumiu de manhã!

— E veio pra cá? Deve ser um bicho parecido, só isso. — Thaidena, que continuava olhando para o galpão, virou-se para os companheiros. — Não acha, Dabbynne?

— Não. Ela não acha — respondeu Parten.

Thaidena voltou a dobrar-se sobre o corpo e olhar pelo morro.

— Por Belenus, Parten! Ela vai estragar tudo!

Sem resposta, Thaidena virou-se para onde Parten estava. Ele também tinha ido.

— Tazziat! — gritou Thaidena, correndo para a trilha, seguindo o namorado e as feiticeiras.

CAPÍTULO 37

Jeliath alcançou Nullgox e abaixou-se, acariciando o pehalt.
— Nullgox, bom menino.

O pehalt olhou para Jeliath e esticou as costas, soltando um miado ligeiro. O construtor levantou-se e olhou para aquela seção do salão. Havia diversas bancadas e, sobre elas, ferramentas sem fim esparramadas pelas tábuas. Construíam armas ali. Construíam armaduras para exércitos. Por quê? Tylon-dat tinha dito que não eram mais guerreiros. A comunidade juntava os povos que eram abandonados por seus deuses e feiticeiras para viverem juntos e em paz. Sem um deus de guerra, os abandonados não serviam para mais nada naquela terra.

Jeliath percorreu a bancada, apanhando algumas das ferramentas e imaginando sua utilidade. Como construíam armas com aquelas coisas e para quê? O construtor olhou para as armaduras, espadas e lanças. Tudo feito com muito refino e grande beleza. As armaduras tinham detalhes em metal dourado, eram brilhantes e proporcionais ao corpo de um dartana, serviriam tranquilamente em Mander e Parten, algumas tinham espaço mais avantajado no peito, protegeriam Thaidena. Os entalhes caprichados eram incrustados de maneira que Jeliath não entendia e jamais pensou ser possível realizar, tornando-as mais vistosas do que as dos guerreiros de Ahammit. Eram incríveis. Jeliath olhou para os lados, não havia ninguém ali ao que parecia, mas alguém cuidava daquele lugar, com certeza. A bancada estava limpa e as ferramentas polidas, as lamparinas carregadas de combustível para que a luz não se apagasse, havia as vasilhas de água e comida para Nullgox. Aquele era o barracão da tal teimosa. Para Jeliath, ela parecia apenas uma construtora, nada demais. Tylon-dat tinha falado dela. Mil-lat disse que não queriam que ele e Mander se encontrassem com ela antes da hora. Por quê? O que ela faria, que risco representava? O construtor empunhou uma das armaduras sobre a mesa e colocou-a em seu peito. Abriu um sorriso. Se saísse com Mander por aí, para caçar os desgraçados de Ahammit, queria estar dentro de uma daquelas. Se iria morrer em um combate idiota, ao menos morreria bem equipado. Então, um arrepio cruzou seu corpo. Não porque pensava na morte, não mesmo, estava preparado para ela desde que cruzara os portões de guerra. Sentiu aquele calafrio porque sua mente iluminada com o presente do deus Belenus tinha encharcado seus pensamentos que se esparramavam como as raízes das árvores, indo para diversos pontos da sua consciência e um daqueles ramais tinha tocado uma hipótese assombrosa. A armadura tinha lhe ajustado perfeitamente. Perfeitamente ao seu corpo de dartana. Aquela armadura tinha sido construída precisamente para um dartana!

— Cuidado! Não vá derrubá-la! Demora muito para deixá-la assim — advertiu uma voz feminina vinda de suas costas. Jeliath virou-se e seu queixo caiu. Começou a tremer no mesmo instante em que a viu. A mulher saiu das sombras e veio para perto da bancada onde ele experimentava a armadura. — Eu levo dias para fazer uma dessas. Dias. Ninguém dá o menor valor para minhas coisas aqui nessa comunidade. Logo vão engolir toda essa chacota.

Jeliath tremia ainda mais conforme ela se aproximava.

— Ela fica ótima em você, rapaz. Você também é um dartana? Nunca tinha visto outro dartana por aqui desde que fui abandonada. Faz muito tempo.

Os olhos de Jeliath estavam cheios d'água. Ele não conseguiu responder, alguma emoção trancava sua garganta, até mesmo respirar estava difícil. Encontrar uma igual ali dentro, construindo coisas incríveis, já era espetacular, mas encontrá-la ali, de forma tão súbita, era inimaginável.

— O que foi? O pehalt comeu sua língua? — perguntou ela.

— Hanna? — indagou Jeliath. A construtora que tinha chegado bem perto de Jeliath estacou e seus olhos se arregalaram. — Seu nome é Hanna, não é?

Era a dartana que agora tremia.

— Quem é você?

— Sou eu... Seu irmão! Não me reconhece?

Hanna levou a mão à boca e lágrimas surgiram em seus olhos no mesmo instante em que o reconheceu.

— Por Ogum, Jeliath! É você?

— Hanna, eu não acredito! — Jeliath soltou parte da armadura que bateu forte na mesa. Os dois se agarraram num abraço apertado e cheio de soluços.

— Jeliath! Eu não acredito! Como você está grande!

— Você partiu há muito tempo, Hanna!

— Meu irmãozinho! Meu querido! — Hanna beijou o rosto de Jeliath repetidas vezes. — Quantos anos você tem agora?

— Vou fazer vinte.

— Meu irmãozinho já é um homem! Um homem lindo!

Hanna passou a mão no rosto de Jeliath.

Jeliath afastou Hanna, segurando-a pelos ombros. Era ela! Mas parecia tão menor agora! Claro, ele tinha crescido. Ele tinha doze anos e Hanna dezoito quando ela partiu como construtora atrás de Starr-gal, um imenso deus de luz azul ao redor, mais interessada em seu amado soldado do que em sua missão.

— Eu também vim como construtor, Hanna!

Hanna abraçou o irmão mais uma vez e então secou as lágrimas.

— Estou aqui há tanto tempo que nem imagino quantos anos se passaram desde que parti.

— Quase oito anos, Hanna. Oito — respondeu Jeliath.

— E a mamãe? Como está?

— Nossa lalá está bem.

Hanna riu com o irmão.

— Encontrou com os gaulonianos, não é? Como deixaram você chegar aqui?

— Sim. Gostei deles. Aquela Mil-lat é uma gracinha.

— Ih! O irmão dela é muito bravo. Por que você iria se engraçar com uma gauloniana? Não namora nenhuma dartana?

— A dartana que eu amo está grávida de outro homem. Ela o ama. Ou amava, isso ainda está confuso para mim.

— Ela está viva? Nosso deus de guerra ainda marcha?

— Sim e não. — Hanna ergueu as sobrancelhas, sem entender. — Ela está viva, está aqui, presa no Combatheon. Nosso deus não teve sorte. Foi abatido assim que pisamos no Combatheon.

— A maldição da caveira verde.

— Isso. Seja lá o que signifique — disse Jeliath.

— A primeira coisa que pensei quando os vi, pela primeira vez, Mil-lat e seu irmão.

— Eram pehalts! Mil e Tylon, pehalts! Cuidado com ela, Jeliath!

Os dois riram novamente.

— Vejo que conheceu nossa teimosa! — trovejou a voz de Tylon-dat de dentro do galpão.

Jeliath secou os olhos e encarou o cara de pehalt, acompanhado de boa parte da comunidade e também de Mander.

— Mais do que nos conhecemos, starosta Tylon-dat. Nos reencontramos!

— Ah! — exclamou o líder da vila. — Que satisfação! Que satisfação!

Seguiu-se um silêncio dentro do galpão. Mander olhava para os dois construtores e não conseguiu evitar o sorriso que se abriu. Era a pequena Hanna!

— Vocês são da mesma família? — inquiriu o starosta.

— Sim, somos irmãos — respondeu o construtor.

— Por todos os deuses de guerra e a mãe Variatu, além de uma teimosa, terei dois agora! Irmãos teimosos!

— Construtores, senhor. Irmãos construtores — corrigiu Hanna, afagando a cabeça de Jeliath.

— Pois bem. Como seus amigos vieram para ficar, sugiro que a primeira construção da dupla seja uma nova morada para o povo de Dartana.

— Eles ficarão comigo, Taylon. Há bastante espaço aqui. Juntos pensaremos em como erguer um lar para os Dartanas.

— Juntos! — bradou Mander, caminhando até Hanna e abraçando-a.

— Por Belenus! — exclamou Jeliath, afastando-se da dupla. — Esqueci os outros!

Jeliath partiu correndo enquanto o grupo ficava boquiaberto no imenso galpão da construtora de Dartana.

Tylon-dat aproximou-se de Mander e segurou seu braço. O general olhou para o cara de pehalt sem entender a expressão séria no rosto do outro guerreiro.

— Ele disse "outros"?

— Sim. São poucos, mas temos mais gente de Dartana.

— Eu os conheço, Mander?

O general olhou para a construtora e sorriu. A pequena Hanna agora era uma mulher. Era uma construtora de Dartana. Viu uma cicatriz em seu ombro. Certamente adquirida no campo de batalha.

— Você lembra da feiticeira Tazziat?

Hanna soergueu as sobrancelhas, visitando suas memórias. O nome não era estranho, mas não trazia com ele as feições de ninguém.

— Feiticeira? Vocês têm uma feiticeira de Dartana? — admirou-se o general gauloniano.

— Temos duas em nosso bando de sobreviventes — respondeu Mander.

Tylon-dat e Hanna se olharam. Hanna estava boquiaberta mais uma vez.

— As feiticeiras não sobrevivem ao abandono, elas perecem logo depois da perda do seu deus de guerra. Quando perdem a luz começam a minguar até a morte — elucidou Tylon-dat.

— Tazziat ficou muito mal, mas Dabbynne, a preferida de Belenus, deu energia para a anciã. Como você vê, nós não perdemos tudo, Tylon-dat.

— Eu não sei como elas sobreviveram, mas isso explica tudo. Tudo! — afirmou Hanna.

— Tudo o quê, criatura teimosa? — perguntou Tylon-dat olhando para Hanna que tinha os olhos arregalados e conservava uma mão sobre a boca.

— Belenus, antes de morrer, deu três presentes. Um para Dabbynne, outro para Jeliath e um para mim — explicou Mander, interrompendo Hanna. — O presente de Dabbynne foi que conservasse sua energia, para manter a criança que espera em seu ventre.

— Criança? — questionou Mil-lat, interessada.

— Feiticeiras não botam ovos! — exclamou Spar, balançando sua cabeça.

— Feiticeiras não carregam bebês — juntou Tylon-dat. — Que história é essa que está inventando?

Mander soergueu as sobrancelhas.

— Não estou inventando nada! Belenus nos salvou da morte! E provocou esse milagre. Ele salvou a feiticeira e a criança e disse que o filho seria parte seu.

Hanna, com a mão sobre os lábios, mantinha seu olhar incrédulo quando tocou no ombro de Mander.

— General, você diz que a feiticeira carrega um filho de um deus de guerra? — perguntou a construtora.

— É isso que está acontecendo, eu não estou dizendo e nem inventando nada, já disse — resmungou Mander.

Os abandonados ficaram calados por um longo instante, enquanto Hanna olhava para trás. Ela passava a mão em seu queixo, exatamente como Jeliath fazia quando sua mente estava em ebulição, imaginando ou inventando coisas.

— Ele também presenteou a mim, com a sede da guerra.

— Isso explica muita coisa. Agora acho que nem posso te culpar por toda essa voracidade em pegar em armas — debochou o starosta.

— E meu irmão? Qual presente Belenus deu a ele? — perguntou Hanna.

Mander encarou Hanna e aproximou-se dela. Olhar para a construtora era revisitar o passado.

— Pequena Hanna! Como eu me lembro de você. Como está linda! Sua mãe daria tudo para te ver agora. Lanadie também adoraria apertar o seu nariz. — Mander pinçou as narinas da construtora com seus dedos fortes. — Unidos vingaremos todas as mortes, todas as perdas e salvaremos quem ficou para trás.

— Auuuu! Isso dói, Mander! — Hanna afastou-se do general, com os olhos lacrimejando. — Fale logo! O que Belenus deu a Jeliath?

— Deu força para sua mente. Seu irmão não para de pensar e criar coisas. Ele olha para qualquer arma e sabe como reproduzi-la, melhorá-

-la. Precisamos de armas poderosas, Hanna. Somos poucos, mas iremos lutar.

— Inteligência? Ele deu inteligência para meu irmão?

— Isso. E deu seu poder para a feiticeira. Disse que chegaríamos à vitória no Combatheon.

— Fantástico! Ele vai poder me ajudar. E se temos mesmo duas feiticeiras, talvez, eu não quero prometer nada, sempre me chamaram de louca por aqui.

— Não se preocupe com isso, Hanna, já estou me acostumando também.

— Acredito que poderemos fazer algo incrível, algo que jamais foi feito.

— Espera aí, espera. Vocês estão indo rápido demais com as palavras. — queixou-se Tylon-dat, franzindo a testa. — Vitória? Você falou em vitória?

Mander balançou a cabeça em sinal positivo.

O ar de suspense crescia no galpão com todos ouvindo a discussão.

Tylon-dat balançou a cabeça em sinal negativo, olhando de forma reprovadora para Hanna.

— Eu tinha medo quando ela começava a falar essas coisas. É uma teimosa! Não adianta mais construir armas! Agora chega você e fica falando também essas bobagens. Aqui nenhum construtor constrói mais. Só essa dartana insistente fica dando murro em ponta de espadas. Nada do que ela começa consegue terminar e envenena a cabeça do povo que quer viver em paz na Vila de Abandonados.

— É injusta sua acusação, starosta Tylon! Se eu tivesse ajuda da comunidade, teria construído muitas armas, erguido muitos engenhos!

— Para fazer o que com eles? Por que mover uma espada contra qualquer exército se não teremos um deus de guerra?

— Eu não sei do que vocês estão falando, Tylon-dat, mas só uma coisa me interessa.

— O quê?

— Lutar! Vocês têm homens, têm braços para se erguer contra aquele exército! Conte comigo ao seu lado!

— Meu lado? Nós, abandonados, não lutamos! Já falei!

— E o que fazem aqui com o seu tempo? Para que construir armas, para que apanhar armas nos campos de mortos?

— Nós não lutamos e não vamos lutar. Tenho armas, sim, mas só para defender vocês, defender meu povo. Deixem os exércitos que marcham com seus deuses cumprirem seus destinos! É a vez deles! A nossa vez se foi.

— Nós não tivemos vez, Tylon-dat. Aquele general desgraçado, de Ahammit, acabou com meu destino! Decretou a morte de meus filhos em Dartana.

— Ahammit? — perguntou o ex-general de Gaulon. — Você disse Ahammit?

— Sim! Ahammit!

Tylon-dat sacou sua espada e desferiu um golpe contra a bancada, partindo uma das madeiras, assustando a todos, fazendo-os recuar, exceto Mander.

— Por que agora eu tenho sua atenção? — perguntou o general de Dartana.

— Por que Ahammit? Por que os deuses conspiram contra a minha razão? — lamentou Tylon-dat.

— Não sei. Você que ficou furioso, você que nos explique.

— Foi o exército de Ahammit que dizimou a deusa deles antes de abandoná-los — revelou Hanna. — Por acaso.

— Só estou com ódio, dartana. Não se anime. Nós não lutamos. Os exércitos que têm deuses de guerra devem cumprir seus destinos. Batalhar até a morte para que um deus vença e liberte seu mundo da escuridão do pensamento. Assim contam as feiticeiras em Gaulon e é nisso que acreditávamos. Não devemos mudar agora.

— Assim contam em Dartana — disse Mander.

— Assim contam em Mirtuz — juntou o grande pássaro negro.

— Mesmo assim eu quero acabar com aqueles desgraçados ahammitianos. Você disse que sente ódio, você também ia adorar ver sua deusa de guerra vingada!

Tylon-dat guardou sua espada e virou-se para Mander.

— Não chegamos a duzentos soldados aqui, não é suficiente para enfrentar nenhum exército.

— Nós íamos lutar com seis dartanas. O número de 206 parece muito melhor. Sei como vencer. Parece que Belenus entrou em minha cabeça e me fez ver como vencer.

— Sete — intrometeu-se Hanna.

— Não sabíamos que você estava aqui.

— Entendo, entendo. Agora pense um pouco, general de Dartana — ponderou Tylon-dat. — Imagine que você tenha sua vingança, que derrote o general e a deusa de guerra de Ahammit.

— Alkhiss.

— O quê?

— O nome da deusa deles, Tylon, é Alkhiss.

— Que seja. Imagine que você vença o exército de Ahammit. O que fará então?

— Irei atrás dos outros. Nosso exército será campeão.

— Seu exército? Nosso exército.

— Nosso exército. Venceremos juntos.

— Você e eu comandaremos um exército de raças mistas. Olhe à sua volta.

Mander obedeceu, olhando para o aglomerado de abandonados curiosos ao redor. Viu Spar, a criatura de plumagem negra e com bico de pássaro. Será que ele poderia voar sobre os inimigos? Viu aqueles de pele vermelha e quatro braços. Bons braços para cortarem e retalharem os oponentes com mais de uma espada por vez. Os gaulonianos pareciam ótimos guerreiros. Eram longilíneos, dotados de garras e presas, poderiam morder as vítimas e correr mais rápido que qualquer um ali, era evidente. Eram tantas raças. Cada uma trazia uma particularidade que poderia ser usada no campo de batalha.

— Imagine que seu exército misto vença. O que vem depois? — inquiriu Tylon-dat.

— Como assim?

— O propósito do Combatheon é que os *deuses* lutem por sua terra. Que os deuses sagrem-se campeões e libertem seu povo das trancas da ignorância. Quando o seu exército misto, sem deus de guerra, vencer, o que vai acontecer? Quem vamos libertar? Como passaremos pelo Portão de Vitória? Um deus de guerra é a chave que abre o portão.

Mander ficou calado, sem argumentos, olhando para Tylon-dat e depois para todos atrás dele, enquanto Hanna ficava ao seu lado.

— Tudo o que você terá é vingança e não há glória nesse combate, dartana. Entendo sua fúria, mas antes da fúria tínhamos fé, fé em lutar por um propósito. Estaremos tirando de um exército a chance de libertar seu povo.

As palavras de Tylon-dat tocaram fundo. Mander ficou de boca aberta por alguns segundos sem que som algum escapasse. Sua mente travava a mais árdua batalha naquele momento, quando via os filhos deixados em Dartana, que seriam devorados pelo Mal do Peito, sabendo que muitos depois deles também seriam ceifados da vida pela falta de conhecimento em lidar com a doença. Ele havia falhado como pai, como enviado e como soldado. Falhara com todos em Dartana. De que adiantaria tirar mais vidas naquela terra? Mander não tinha a resposta, mas sabia que era isso que queria fazer. Destruir Alkhiss e seu exército, emboscá-los, minar suas forças, fazer aquele general pagar pela destruição da fé dos guerreiros de Dartana.

— E se tivermos um deus de guerra? — perguntou Hanna.

Os olhos de todos se viraram para a construtora de Dartana.

Hanna era famosa por sua persistência com as ferramentas e suas ideias descabidas. E todos tentavam desvendar o que ela estaria aprontando agora.

— O que você quer dizer com isso, teimosa? — perguntou Mil-lat.

— Seja responsável com o que fala, construtora. Não venha com suas loucuras mais uma vez. Precisamos de um deus e não de máquinas! — bradou Tylon-dat, irritado.

A construtora inspirou fundo olhando para Tylon-dat e Mil-lat a sua frente e torceu a boca para um lado e para o outro antes de falar.

— Eu sei que precisamos de um deus e não o temos, mas não pensei nisso hoje, essa dúvida crescia em mim há muito tempo e eu tive que fazer para provar que conseguia. Eu juntei os dois. Eu sabia que podia.

Tylon-dat virou-se novamente para a construtora, encarando-a por um segundo antes de explodir em nova onda de irritação:

— Dois o quê? Desembuche logo, diabos!

— Deus e máquina — disse a construtora, como se falasse a coisa mais simples do mundo.

— É disso que estou falando! Você não desiste! Que ideia maluca é essa agora, Hanna? — tornou o gauloniano irritado.

Hanna sustentou os olhares curiosos a tempo de ver seu irmão Jeliath retornando com mais quatro sujeitos. Eram dois soldados e duas feiticeiras de Dartana. Elas brilhavam, emitindo uma luz dourada resplandecente, e mantinham a energia característica das feiticeiras, levitando a dois palmos de altura. A construtora de Dartana abriu um sorriso irresistível.

— Isso explica muita coisa — tornou Hanna, com os olhos brilhantes e visivelmente emocionada. — A energia das feiticeiras sem um deus deve estar procurando um destino.

A turba ao redor de Hanna e Tylon-dat se abriu, deixando as feiticeiras se aproximarem.

— O que foi que eu perdi? — quis saber Jeliath.

— Venham e vejam com seus próprios olhos. Pode parecer, mas eu nunca desisti de lutar por todos nós, os abandonados. Para viver, é preciso ter esperança em alguma coisa ou em alguém.

O grupo curioso seguiu Hanna para o interior do galpão, tentando desvendar suas frases enigmáticas. Um grande tecido de couro, costurado com muitos retalhos de todas as formas, cobria algo imenso, escondido pela escuridão do fundo do galpão. A construtora chamou por Jeliath que se aproximou e ajudou-a a puxar uma corda que começou a girar roldanas e a afastar as telhas do teto permitindo que a luz do sol entrasse.

Dabbynne levou a mão ao rosto protegendo os olhos contra a iluminação repentina.

— Daal — murmurou baixinho.

— Como você fez isso? — perguntou Jeliath para a irmã.

— Depois te explico, irmão. Tenho muita coisa nova para te mostrar, só que o que você verá agora, sem sombra de dúvida, será o mais importante de tudo.

— Mas isso é maravilhoso. Você é demais, Hanna! — exclamou Jeliath, olhando para o alto, ainda deslumbrado com o teto móvel que a irmã tinha construído, sem baixar seus olhos para o objeto que ela descobria.

— Isso? Então se prepare. A palavra "maravilhoso" vai valer a pena ser dita.

A cada investida dos músculos de Hanna e Jeliath o tecido ia sendo removido do grandioso objeto, revelando algo que nenhum dos presentes poderia ter previsto.

Um imenso deus de guerra apagado, morto, com um braço que não lhe pertencia costurado ao seu ombro direito, o tronco e o pescoço presos por uma estrutura metálica.

— Por todos os deuses de Variatu, teimosinha! O que é isso?! — perguntou Mil-lat.

— É Ogum.

Tazziat, emocionada, levitou até o deus de guerra que tinha visto nascer no berço do Hangar de Dartana. Ela não conteve as lágrimas que caíram quando se aproximou da divindade morta.

— Ogum marchou duas campanhas atrás, logo antes de Starr-gal — lembrou Tazziat. — Eu era ainda uma menina, fazia poucos anos que tinha me tornado uma feiticeira guerreira.

— Exatamente. Segundo me contaram, ele foi abatido com um único golpe no coração, quando restava apenas ele e mais um deus de guerra no Combatheon. Dartana nunca esteve tão próxima da vitória. Eu conheci a história de muitas batalhas e pensei.

— Lá vem você de novo com essas ideias. Sua teimosia não tem fim! — explodiu Tylon-dat. — Não tem como lutar contra os exércitos com um deus morto!

— Ah, então essa teimosia é comum aos construtores dartanas? — perguntou Mander, em tom de chacota, olhando para Jeliath.

— Ouvindo as lendas de batalhas saindo das bocas dos velhos abandonados, me peguei pensando por que não juntar em meu deus de guerra, o que havia de melhor nos deuses que já tinham se ido?

— Não entendi, mana. O que você fez exatamente?

— O coração de Ogum foi atingido, então eu fui até o cemitério dos deuses e trouxe um coração novo para ele. Diziam os antigos que Frigga foi a deusa de maior coração a pisar no Combatheon e, devo dizer, era realmente enorme. Trouxe o coração de Frigga pra cá, removi o antigo, destruído, e costurei o novo no peito de nosso gigante. As peças se encaixavam direitinho, foi só costurar tudo no lugar. Depois deixei meus ouvidos abertos e escutei que Ares foi o deus que melhor empunhou uma espada no Combatheon, por isso fui até o cemitério dos deuses de guerra mais uma vez e trouxe para cá, na minha carroça, o braço e a espada de Ares. Agora temos ao menos quatro deuses em um só, com o melhor de cada um. Igual ao exército parado aqui, na minha frente, ele também é mestiço. É um deus de guerra mestiço!

Todos os olhos se viraram para Tylon-dat.

— Não olhem para mim. Um deus morto não marcha!

— Mas, Tylon, desde que as feiticeiras de Dartana sobreviveram à partida de Belenus, algo aconteceu com Ogum. Venham para perto dele e vejam com os seus próprios olhos.

— Você disse quatro deuses em um, irmã?

— Exato, irmão.

Jeliath balançou a cabeça contando os dedos.

— Está faltando um. O corpo de Ogum, o coração de Frigga e o braço de Ares. Qual é o quarto?

— Essa é a melhor parte, é o que estou tentando explicar para vocês. — Hanna apontou para o deus imóvel e fez um sinal para se aproximarem. — Acho que Ogum não está mais morto.

Os olhos dos presentes se aproximaram ainda mais da criatura sem notar nenhuma diferença, mesmo com todo o entusiasmo apresentado pela construtora de Dartana.

— Agora existe um brilho dourado, sutil, mas presente, nele todo. É o brilho dourado delas. É como se ele tivesse se conectado às feiticeiras sobreviventes, tentando de alguma forma voltar a marchar.

Jeliath sorriu.

— Você quer dizer que o quarto deus é.

— Isso mesmo, mano, é Belenus.

— Mas não estamos vendo brilho nenhum — disse Mander, se aproximando.

— Ele vai e vem. Estava mais forte hoje de manhã. Talvez se elas...

Os olhos de Tazziat e Dabbynne estavam arregalados, era como se as duas vissem algo que os outros não viam. Tazziat, a mais próxima, tocou no deus morto e então algo surpreendente aconteceu. O brilho dourado que envolvia sua mão foi se transferindo para o deus e logo toda a pele do gigante resplandecia, como se uma tímida película de fogo dourado o recobrisse. Tazziat foi perdendo a sua força e começou a baixar, não conseguindo sustentar o voo.

— Dabbynne — sussurrou antes de despencar do alto, caindo nos braços de Tylon-dat.

No instante em que ela desprendeu-se dele, o fulgor desapareceu.

Dabbynne socorreu a amiga, estendendo suas mãos e dando um passe de cura, dom reservado somente às feiticeiras de Dartana. A energia dourada de Dabbynne percorreu o corpo de Tazziat e logo a feiticeira antiga levantou-se mais uma vez, parecendo restabelecida.

— Ele sabe que vocês estão aqui, feiticeiras. De alguma forma, Ogum sabe — disse Hanna.

Dabbynne, pulsando em um brilho dourado poderoso, infinitamente mais potente que Tazziat, levitou fazendo com que o bando de curiosos ao redor soltasse exclamações e segurasse a respiração conforme ele se aproximava do deus de guerra. Fazia tempos que nenhum deles via uma feiticeira de perto. Dabbynne sobrevoou o gigante remendado por Hanna e parou próximo a seu rosto. Ele estava imóvel, sereno, como se apenas tivesse caído num sono inusitado, mas não era isso. Aquele deus remendado estava morto e seu coração, que já pertencera a uma deusa de guerra, chamada Frigga, não batia mais. Dabbynne estendeu suas mãos e começou um passe de cura. Se havia alguma coisa dentro daquele deus de guerra conectada à vida, ele seria curado, levantaria daquele leito construído por Hanna e marcharia por Dartana mais uma vez. A feiticeira evocou seu poder aproximando-se do peito aberto de Ogum e começou a lançar sua energia dourada sobre ele, envolvendo seu coração. A energia começou a serpentear e chispar sobre o corpo do gigante adormecido e então o incrível aconteceu. O coração de Ogum começou a pulsar e ressoar através da energia de Dabbynne e de todo o galpão. Os olhos de Dabbynne se arregalaram e as pupilas cresceram, transformando seus olhos em dois globos dourados que refulgiam em energia, iluminando todo o galpão, fazendo alguns daqueles seres que assistiam à cena espantosa cobrirem seus olhos. O som das batidas cadenciadas ribombou magnetizando o olhar de Mander e toda a multidão que começou a se aproximar. Hanna e Jeliath se abraçaram, extasiados, vendo a pele de Ogum ganhar cor. Então Dabbynne soltou um grito e seu brilho desapareceu repentinamente, fazendo com que ela também despencasse do alto do galpão, caindo nos braços de Jeliath, que a amparou a tempo. Dabbynne chorava e soluçava.

— Não adianta, Jeliath. Ele está morto.

Os olhos se dirigiram ao gigante deitado. Como a feiticeira, ele também tinha se apagado. Todos tinham tombado junto com Dabbynne, que agora repousava nos braços de Jeliath.

Mander olhou para Tylon-dat. O ex-general, com cara de pehalt, balançou sua cabeça em sinal negativo. Tylon-dat se retirou do galpão, sendo seguido pela turba de curiosos, restando no galpão apenas os sete dartanas.

CAPÍTULO 38

O acampamento de Ahammit fervia. O general Bousson tinha falado aos seus guerreiros, construtores e também às feiticeiras. Seus batedores avistaram um novo oponente, um exército de igual tamanho ao de Ahammit. Contudo, esse novo inimigo se curvaria frente ao poder das armas que serviam à deusa de guerra Alkhiss. O general prometera que até o pôr do sol do dia seguinte estariam todos mortos. Ahammit venceria um novo inimigo e continuaria sua marcha triunfante sobre o chão do Combatheon.

As fogueiras dançavam acesas enquanto soldados homens e mulheres bebiam galu direto dos odres e festejavam mais uma promessa de vitória.

As feiticeiras entoavam as palavras antigas, rodeadas pelos adoradores da deusa de guerra, que permaneciam prostrados ao pés de Alkhiss, que descansava, de olhos fechados, sentada sobre uma rocha, com as pernas cruzadas e a arma de guerra deitada no colo.

Ugaria estava ali, sentado no ombro de sua deusa de guerra, quando sentiu o corpo de Alkhiss vibrar. A deusa de Ahammit abriu os olhos repentinamente e agarrou Ugaria em sua mão poderosa, trazendo-a para frente de sua cabeça. A feiticeira predileta gemeu, sentindo a compressão desconfortável dos poderosos dedos do colosso divino.

— Onde está a feiticeira prenha? — perguntou a deusa.

Ugaria tremia dentro da mão de Alkhiss.

— Vilai, minha senhora, Vilai prometeu que a traria para mim! Ela não voltou ontem e nem hoje.

Alkhiss respirou fundo. Seus olhos purpúreos brilhavam, emanando sua energia que subia pelo elmo e erguia a crista vermelha acima da cabeça.

— Senhora, me solte. Estão todas olhando para mim. Não faça isso comigo, minha adorada senhora, não na frente delas. Eu lhe peço e suplico. Quando Vilai voltar, terá notícias da feiticeira inimiga.

— Vilai nunca voltará.

A deusa de guerra soltou Ugaria e colocou-a no chão, sob o olhar de todas as outras feiticeiras. Ugaria ajoelhou-se e colou seu rosto no solo, chorando e implorando perdão.

— Perdoe minha desobediência, senhora, mas fui consumida pelo ciúme. Não queria seus olhos sobre mais nenhuma feiticeira. Mesmo sobre uma forasteira, eu não ia suportar ter sua atenção trocada de mim para outra, para aquela maltrapilha imunda.

— Por sua vaidade, Vilai pagou com a vida. Sua vaidade colocou em perigo toda nossa marcha. A feiticeira prenha não deve ficar com os seus, deve ser minha.

— Seus? Não sobrou exército para ela. Todos foram mortos, senhora.

— Cale-se, Ugaria! Ousa mesmo discordar de mim?

— Perdoe-me, Alkhiss. Perdoe-me.

— Quando Daal subir no horizonte, quero que você parta daqui, ainda como minha favorita, e volte apenas quando tiver a feiticeira prenha em seu poder. Se não a trouxer até mim, nunca mais volte, pre-di-le-ta.

Ugaria chorou e assim que Alkhiss tornou a cerrar os olhos, voltando ao seu estado de descanso, a feiticeira voou dali, afastando-se mais uma vez do centro do acampamento. Como se arrependia de não ter liquidado com a feiticeira inimiga de uma vez por todas quando teve a chance! Como a encontraria agora que haviam partido e marchado um dia e uma lua, se afastando das forjas de Dartana? Ela poderia estar em qualquer lugar! Que vergonha sentia por ter sido repreendida na frente de todas as companheiras! Agora, ela seria motivo de chacota caso não encontrasse a feiticeira prenha. Queria fugir dos olhos das outras e escapar do escárnio que logo começaria. Ugaria levantou-se com lágrimas nos olhos. Quando encontrasse a feiticeira prenha, enterraria a adaga em sua barriga e nem feiticeira nem criança sobreviveriam para ver Alkhiss. A deusa de Ahammit a colocaria para carregar odres para os dandriões. Não seria nunca mais a predileta. Ainda assim, conhecendo seu destino, a outra jamais teria a graça dos olhos de sua senhora interessados sobre si.

CAPÍTULO 39

Quando a noite chegou, o grupo de novos abandonados foi acolhido no salão principal da comunidade, o mesmo onde Mander tinha comido carne e pães mais cedo. As mesas eram baixas e todos se sentavam sobre grossos tapetes. Tazziat ficou encantada com o sortimento de cores e formas dos tapetes e perguntou a Mil-lat como eram feitos. As duas começaram a conversar e Mil-lat disse que atrás do moinho e antes da plantação de sítari havia um barracão em que alguns dos abandonados passavam parte do dia tecendo. Era uma atividade relaxante que agradava homens e mulheres de quase todas as raças.

— Amanhã, se puder, me leve lá para aprender — pediu Thaidena, intrometendo-se na conversa das duas. — Queria ajudar a vila de algum modo.

Mander gostara dos tapetes da primeira vez, mas seus pensamentos estavam em outro campo, vendo a organização e o tanto de armas que aquela comunidade tinha à disposição; mesmo com toda a conversa de Tylon-dat a respeito de não terem um deus para combater, não entrava em sua cabeça que esses soldados abandonados não tomavam um rumo prático. Muitos daqueles homens eram robustos e poderiam, com um grupo organizado, oferecer resistência ou até mesmo fazer coisa melhor para o futuro do que ficar ali, sentados em tapetes fofinhos. Mander olhou para o guerreiro de pele vermelha e olhos amarelos que estava sentado ao seu lado. Ouvira outros chamarem-no pelo estranho nome de Gagar e dizerem que era um lokun, vindo de um mundo com o mesmo nome.

— Gagar, quantos iguais a você estão aqui, nessa vila, abandonados?

Gagar desviou os olhos da mesa e encarou o curioso general de Dartana.

— Somos nove. Sete guerreiros e dois construtores abandonados — respondeu o guerreiro lokun.

— E por que vieram parar aqui?

— Pelo mesmo motivo que vocês de Dartana. Porque nosso deus de guerra foi abatido, derrotado, e não encontramos melhor lugar para passar nossos dias. Algum problema com isso?

Mander sacudiu a cabeça em sinal negativo.

— Não. Nenhum problema. Mas vejo que você é um guerreiro forte. Fico pensando, por que os guerreiros não ficam em suas forjas preparando a chegada de um novo deus de guerra de seu mundo?

— Ah! Se você souber o dia que um deus novo vai aparecer na forja de Lokun, é só me dizer. Estarei lá, de prontidão. Ah! Ah! Ah!

Os guerreiros no entorno riram junto com Gagar.

— Eu esperaria na forja de Dartana se não tivesse coisa melhor para fazer. Prepararia o terreno para que meu deus de guerra não fosse surpreendido.

— Se um deus é pego de surpresa não é um deus tão bom, não é verdade? Afinal de contas, cabem aos deuses de guerra o dom da vidência, da preparação. As feiticeiras sempre nos contaram, antes de virmos para cá, que os deuses são todo-poderosos.

— Nenhum homem é bom o suficiente para preparar um deus de guerra, general de Dartana. Se o caminho para o sagrado precisa ser preparado, é melhor que ele não venha — completou Tylon-dat. — Um deus deve vencer e nós é quem somos ajudados, deusa nenhuma aceitaria a vergonha de ter armas prontas à disposição. Ele deve vê-las em outros olhos e deve conquistá-las.

— Nossas crianças poderão crescer com um futuro melhor, mas para isso nosso deus tem que ficar de pé até o final — acrescentou Spar, o cara de pássaro.

— Se Hanna estivesse lá, nos esperando, teria avisado quão perigoso seria seguir em frente naquele momento.

Hanna olhou para Mander e depois para Jeliath.

— Eu não tinha como saber. Esperei naquela forja por meses. Voltei lá inúmeras vezes. É uma espera solitária e inglória. A grande maioria dos abandonados morre sem nunca mais ver um deus de guerra de seu povo. Fui uma dartana de muita sorte.

— Quanto tempo você acredita que levará para um novo deus de Dartana surgir naquela forja, Mander? — perguntou Tylon-dat.

— Não sei. Vai demorar. Agora que vocês falaram, concordo. Seria uma desonra deixar armas de guerra prontas e à disposição. Seria lógico, mas uma desonra para um deus que vem para marchar e conquistar a glória.

— Deixei muitas armas lá, general, muitas. Mas não poderia construir mais que aquilo. Não posso macular o caminho da vitória de nosso deus.

— Não houve nenhuma vitória. Fomos esmagados — disse Mander.

— Belenus tinha que ter vencido por seus próprios meios, Mander.

— Ajudar seu povo era obrigação! Muitos continuarão sofrendo em Dartana se não fizermos nada! Crianças doentes, velhos sem esperança, gente na completa ignorância vai passar todos os seus dias sem um brilho de pensamento. Não sou um homem inteligente, nunca tive nenhuma ideia em minha vida toda, mas, desde que pisei nesse lugar, minha cabeça está inquieta. Passo dia e noite imaginando centenas de formas diferentes de acabar com meus inimigos! Se vencermos aqui, as mentes de Dartana também serão assim, vão abandonar as trevas! E talvez isso seja possível. Talvez só tenhamos que tentar.

— Mander, Mander, vejo que não são apenas os construtores de Dartana que são teimosos, seus generais também são! — reclamou Tylon-dat. — Preciso te explicar outra coisa que você visivelmente não sabe.

— O que é?

— Esse lugar é diferente de tudo que qualquer um aqui já viu. As coisas aqui não funcionam como você quer. Acho que em lugar nenhum nesse universo as coisas são assim.

— Universo? O que é isso?

— Existe um tecido, Mander, existe um manto enorme, onde repousam nossos mundos. Um mundo não existe sem o outro. Nossos deuses de guerra, quando estão aqui, se conectam com os avatares em diversos mundos e, a cada rodada no Combatheon, um mundo é eleito pelo primeiro deus a pisar aqui. É lá, naquele mundo, que eles buscam as armas, que eles plantam as sementes. Nesse lugar, os avatares começam a esparramar a imagem do deus a que estão conectados e buscam gente para crer em nosso deus, para alimentar nosso deus aqui, no solo sagrado do Combatheon. Enquanto isso, nosso deus de guerra vaga nos olhos deles, busca por armas que existam naquele mundo e conta para as feiticeiras como fazê-las. Esse tecido, esse universo, abriga mais mundos que sonhamos contar.

— De onde você tirou tudo isso, Tylon? — perguntou Jeliath. — Como sabe tudo isso?

— É só olhar a sua volta, dartana. Quantas raças você vê aqui? Quantas raças estão marchando pelo Combatheon agora?

— Nunca tinha pensado nisso. Cada um de nós! É verdade! Cada um vem de um mundo — refletiu Mander.

— Milhares de mundos, talvez mais, talvez nem exista um número grande o bastante para contar.

— Também nunca pensei nisso. Nunca. Pode me contar mais?

— Contarei, construtor, contarei tudo o que sei, pois teremos tempo para isso. É justamente esse o ponto que Mander desconhece. Depois que o deus vencedor dessa rodada passar pelo Portão de Vitória, depois que se sagrar campeão e libertar seu mundo de origem da escuridão, muitos ciclos se passarão até que um novo deus surja.

— Um portal?

— Sim, o deus vencedor faz sua última marcha até o Portão de Vitória, é de lá que eles partem.

— Partem? Para onde?

Tylon virou-se para Mander e colocou a mão em seu ombro.

— São muitos os mundos, depois que o deus vencedor parte e que os ciclos sem fim se passam, um novo combate começa e aí está o que acaba com todas as nossas esperanças, general de Dartana. Não adianta esperar na forja de seu mundo. Não há garantia nenhuma que na nova rodada seu deus estará aqui. Ver vocês, aqui, parados na nossa frente, encontrando com a teimosa, é um feito único. É um milagre dentro de um milagre.

Mander finalmente entendeu o que o general cara de pehalt queria dizer. Mesmo que ficassem nas portas da forja de Dartana, depois de indeterminados anos à espera de um novo deus, quando a nova rodada começasse não havia garantia alguma que outro gigante de Dartana cruzaria aqueles portões. Mander poderia morrer de velho sem ver um dartana em todo o resto da sua vida.

— Se ficássemos cada um de nós em nossas forjas, preparando a chegada do novo deus, nunca teríamos paz nessas terras, Mander. Já é terrível ser abandonado num mundo desconhecido. Que bem haverá cercar-se de tantos inimigos? Não dormiríamos mais nenhuma noite com tranquilidade.

Mander baixou a cabeça, entristecido. Agarrava-se em pequenas brasas de esperança, imaginava a si mesmo cravando a espada no peito do general traiçoeiro de Ahammit, pensava alguma forma de burlar as regras daquele mundo de dor e morte a que foram lançados, mas agora as palavras de Tylon-dat pareciam água correndo sobre as brasas, roubando todo o calor e fazendo a esperança virar fumaça.

— Tylon, me dê uma chance com aquela coisa do barracão de Hanna. A feiticeira fez seu coração bater. Ela pode conseguir fazê-lo reviver. Se conseguir colocá-lo de pé, se aquele deus feito de pedaços de outros deuses marchar, nos dê a honra de um combate. Pode ser nossa única chance de voltar para casa.

— Por que eu faria isso?

— Por que marchamos atrás de nossos deuses, Tylon?

— Não sei. Eu só queria salvar meu povo da escuridão do pensamento — respondeu o ex-general.

— Eu luto porque quero que meus filhos tenham uma chance de cura! — afirmou o dartana.

— Também vim até aqui por meus filhos! — juntou Spar.

— Veja, Tylon, todos lutam por esperança. Todos têm fé na força de seu deus de guerra.

— Mas aquele deus, Ogum, não é um bom guerreiro. Ele foi abatido, ele abandonou um exército atrás de si.

— Se Ogum se levantar, prometo a vocês que ele será um tremendo guerreiro — bradou Hanna. — Todos dizem que ele foi ótimo. Ele caiu só na última batalha. Já melhorei muita coisa nele. Ele vai ser rápido e forte. E lembre-se que ele agora tem o coração de Frigga, a deusa mais bondosa que já pôs os pés aqui.

— Não queremos um deus bondoso, Hanna, queremos um deus guerreiro, que traga a morte a quem cruzar seu caminho! — bradou Mander.

— O bom coração de Frigga não será para a batalha, senhor, será para depois, para ouvir todos os povos e não apenas Dartana. Na hora da batalha, Ogum terá o braço e a espada de Ares para combater!

— Eu já disse que não acredito nessa história de deus mestiço marchando — afirmou Tylon-dat. — Não sabemos nem se vai se levantar.

— Ele vai se levantar — interferiu Tazziat. — Ele vai.

— Como? — perguntou Jeliath, tocado pela convicção da feiticeira.

Todos os olhares convergiram para Tazziat.

— Ela vai fazer com que se levante. Ela tem esse poder e essa energia que ganhou de Belenus. Nós vamos dar um jeito!

Agora todos olhavam para a surpresa Dabbynne.

— Não é à toa que Belenus a presenteou com poder. Deu energia para ela e o bebê, dizendo que havia muito o que fazer nessas terras. Belenus sabia! Sabia que Mander não desistiria, que encontraríamos vocês, Tylon-dat e Mil-lat. Também sabia que Ahammit matara sua deusa e que teriam vontade de lutar mais uma vez. Também sabia que Hanna faria outro deus se levantar para salvar a todos os que esperavam aqui. Ele sabia. E que muitos aqui dariam a vida para que a vida na barriga de Dabbynne prosperasse e seu filho parte deus vingasse. Às vezes, os deuses têm vontades que se manifestam de formas estranhas.

Os olhares intrigados voltaram-se para Dabbynne.

— Uma feiticeira prenha — sussurrou Mil-lat. — Isso é inacreditável.

Um burburinho cresceu no salão. Tazziat acenou para Dabbynne que, ainda pasma e imóvel por conta dos olhares e das palavras infestadas de certezas de Tazziat, não sabia o que dizer.

— Um pouco de fé em nosso deus não fará mal a ninguém. Os deuses são movidos pela fé que depositamos nele. Esta noite dirijam suas preces para Ogum — disse Dabbynne, procurando ganhar tempo.

— É isso? Acha que esse deus remendado por sua amiga dartana vai se levantar só porque vamos orar para ele? — questionou Tylon-dat.

— Esse é o começo. Primeiro, tenhamos fé. Depois veremos o que nos foi reservado — disse Hanna, apoiando as feiticeiras.

— Dartana e Ahammit ao mesmo tempo, meu starosta — lembrou Spar, agitando os braços como se fosse decolar. — É muita coincidência, não acha?

Tylon-dat olhou para os residentes da vila encarando os olhares silenciosos e cheios de expectativas.

— Faça seu deus andar, construtora, que terá minhas orações e meus soldados.

— Isso é um acordo? — perguntou Mander.

Tylon franziu o cenho de pehalt, exibindo suas presas. Não foi um gesto de intimidação, mas um reflexo que deixava claro seu aborrecimento com a insistência dos dartanas.

— Você não desiste, não é, general?

— Nunca. Vingança é tudo o que desejo. Ogum vencerá e libertará nosso povo!

Mander estendeu a mão para Tylon-dat.

— Certo, general de Dartana. Temos um acordo. Se seu deus de guerra se levantar, meus homens são seus. Todos que assim quiserem serão livres para segui-lo. Mas se ele não se levantar, você pega suas coisas e some daqui. Essa sede de vingança não vai fazer bem nenhum a você e, se continuar aqui, sua língua será veneno sobre os meus abrigados.

Os dois generais trocaram um firme aperto de mãos e fixaram seus olhares.

* * *

O jantar avançou com um clima mais ameno, Thaidena e Parten observavam tanto o sortimento de comida colocado à mesa, como jamais tinham visto em Dartana, como também a quantidade de raças diferentes que formava aquela vila. Thaidena partilhou os pensamentos com Parten, falando de quando era pequena em Dartana, sobre as conversas que ela e outras crianças tinham ao redor da fogueira, imaginando o que o futuro reservaria para cada uma delas.

— Engraçado, Parten, sempre pensava que poderia ser uma soldado. Gosto de combater, gosto de lutar ainda mais, sempre pensando que eu ia fazer isso pelos meus, para ajudar minha terra e ser lembrada como uma das guerreiras que venceram o manto da escuridão. Minha família construiria algo para lembrar-se de mim.

— Como assim? Vão construir o quê?

— Não sei. Algo para manter minha imagem em sua memória. Sempre pensei nisso. Mas nunca pensei no rosto daqueles que iríamos enfrentar aqui.

— Uma estátua para Thaidena! Pode deixar, se escaparmos desse lugar, construo uma para você.

Thaidena riu com o namorado e deu-lhe um beijo. Parten afastou o rosto e perguntou:

— Quer saber o que eu pensava? — Thaidena concordou com a cabeça. — Não ria de mim, mas pensava que eles seriam iguais à gente. Como se fossem dartanas vivendo em outros mundos, vindos de outros lugares.

Thaidena mordeu o lábio e balançou a cabeça.

— Nunca pensei nisso. A gente nunca pensava nada, Parten! É isso!

— Podíamos ser amaldiçoados, mas bem que você acabou de revelar que adoraria ter uma estátua com sua cara.

— Eu não disse estátua. Eu disse "alguma coisa"! Chega de tirar sarro dos meus pensamentos.

— Quer mudar de assunto? Você viu como plantam aqui? Não são aquelas duas plantinhas que a gente tem no fundo de casa. Thaidena, a plantação deles é enorme! Como conseguem?

— Temos que perguntar, temos que aprender. Aqui nossas mentes também são livres da escuridão de Dartana.

— Seria fantástico, se tivéssemos tido chance — lamentou Parten.

— Você acredita em Jeliath e Mander?

Parten virou-se para a namorada mastigando um pedaço de carne e puxando as fibras. Mastigou mais algumas vezes, gemendo e erguendo os ombros.

— Eu não sei. É muito louco isso.

— Mander disse que temos que ter fé no novo deus de guerra — afirmou Thaidena.

— Um deus morto. Com um monte de pedaços costurados. Olha, Thaidena, não sei. Mas juro que se Hanna e Jeliath derem um jeito, se aquela coisa se mexer, mesmo que seja só um dedo, serei seu devoto e darei a ele todas as minhas orações, todas as minhas preces.

— Ah! Ah! Ah! Então ele precisa se mexer primeiro? Estou falando em acreditar antes. Acreditar agora. Como quando atravessávamos aquela parede de luz em Dartana. Temos que ter fé antes, depois o deus mexerá seu dedo.

Parten engoliu a porção de carne e arremessou o osso sobre uma vasilha na mesa.

— Eu estou com Mander e com todos vocês, mas bem que gostei daqui. Poderia viver nessa vila com você pelo resto de nossas vidas. Bem longe das espadas e dos gritos de desespero que existem no campo de batalha.

Thaidena riu mais uma vez. Viver ali com Parten para o resto de suas vidas. Até que a alternativa não era de toda ruim. Ela aprenderia a fazer tapetes e a plantar. Aprenderia tudo o que poderia e descansaria sua mente da obrigação da guerra. Da obrigação de matar para poder viver. Será que no Combatheon as crianças sofriam com o Mal do Peito?

* * *

Na outra ponta do salão, Hanna puxou Jeliath discretamente para o lado, aproximando-se da parede onde as armas estavam penduradas e cochichou no ouvido do irmão.

— Vamos sair de fininho daqui. Siga-me até o galpão. Sei que você está pensando nele também. Eu posso fazer aquele deus de guerra marchar de novo, Jeliath. Só preciso descobrir o que está faltando para que o coração dele volte a bater quando a feiticeira lançar outra rajada de energia. Ele vai funcionar um dia, eu sei.

Jeliath nem pensou uma segunda vez. Assim que perceberam que não estavam prestando atenção neles, escaparam de forma silenciosa e sorrateira por uma porta e ganharam o ar fresco da noite da Vila de Abandonados. A luz alaranjada de Bara era potente e iluminava o caminho. Jeliath estava fascinado pela irmã. Feliz por ter alguém com quem dividir suas angústias e descobertas. Se existisse uma forma daquele deus caminhar de novo, Hanna daria um jeito. Jeliath suspirou fundo, comovido. Como queria encontrar com os olhos da mãe mais uma vez para dizer-lhe como Hanna tinha crescido linda e como estava inteligente.

CAPÍTULO 40

Jeliath seguiu a irmã em silêncio até o barracão. Hanna colocou uma escada na lateral do deus morto, que permanecia deitado sobre a grande estrutura montada pela construtora de Dartana, como um enfermo em um leito, e o convidou a subir junto com ela.

— Venha. Vou te mostrar uma coisa.

Jeliath não esperou um segundo convite e seguiu a irmã pela escada de madeira, parando para observar como encaixava cada pedaço de galho, todos cortados no mesmo tamanho, formando os degraus ao longo de dois caibros mais grossos. Não havia amarras feitas de cipós! Já vira escadas antes em Dartana, construídas pelas feiticeiras, mas eram extremamente rústicas comparadas com aquela. Tudo o que Hanna fazia no Combatheon era muito mais bem-acabado e mais robusto. Eram peças refinadas que transbordavam conhecimento.

— Veja.

Jeliath olhou para o peito aberto de Ogum. Madeiras escoravam suas costelas partidas, forçando a caixa torácica do gigante, mantendo-a aberta para que tudo dentro do deus pudesse ser visto. Jeliath ficou surpreso ao notar que dentro do deus existiam órgãos, como existiam dentro dos dartanas. Chegou à conclusão de que os seus semelhantes eram cópias reduzidas daquelas imensas divindades. Os órgãos de Ogum pareciam secos, diferentes de um corpo de um dartana vivo. Ainda que Jeliath fosse leigo em anatomia e não conhecesse as funções e nomes de tudo o que via dentro do deus de guerra, podia ver que abaixo dos pulmões existiam vísceras e tripas retorcidas e escuras, na parte superior do grande peito, por conta dos caibros afastando as costelas, havia um grande oco e uma caixa de ferro que se prendia aos ossos das costelas. Apostava que, se quisesse, caberia, ainda que apertado, dentro daquela caixa. Por que existia uma caixa bem ali? Os deuses vinham com elas ou aquilo já era obra de sua incansável irmã?

— O que você quer que eu veja? — quis saber.

— Coloquei um coração novo nele, como falei.

— Estou vendo. — Jeliath ergueu a cabeça e olhou para o ombro direito de Ogum. — Também vejo onde costurou o braço e na mão dele a espada de Ares. Vê? Prestei atenção em tudo o que você disse.

— Está vendo aquela caixa de metal, logo abaixo do coração?

— Vi. Já ia te perguntar o que é.

Hanna estendeu a Jeliath uma lanterna acesa. O jovem curioso abaixou-se no peito da criatura, levando a lanterna para dentro e enchendo o interior de luz. Ele pôde ver as costuras no coração, unindo tubos que estavam conectados no corpo do colosso, vindo de dentro de suas carnes com os grandes tubos que vinham do coração emprestado, que um dia havia pulsado dentro de outro ser divino. O coração não tinha aspecto ressecado e exalava um cheiro adocicado. Os tubos eram como veias que corriam pelos braços dos dartanas. Aquele colosso também deveria ter tido sangue correndo por todo o corpo quando estava vivo, preso a toda aquela interface de carne. Mais para baixo, o grande oco e a caixa de ferro lembravam uma gruta de pedras, escura e vazia.

— Chamo essa parte onde fica o coração e os sacos de ar de caixa do peito, é imensa, coberta pelos ossos que estão escorados pelas madeiras — disse Hanna, referindo-se à caixa torácica. — Os deuses também têm costelas. Todos eles se parecem muito com a gente — disse Hanna, rindo no final e batendo com o nó dos dedos repetidas vezes nas costelas do irmão.

Jeliath incomodou-se e resmungou, se afastando, e baixando ainda mais a cabeça, curioso.

— Você viu muitos deles por dentro? — quis saber, movendo mais a lanterna e jogando luz sobre a caixa.

— Sim, muitos. Entrei em vários deles. Todos têm coração, sacos de ar para respirar, como nós. Têm formas diferentes, é verdade, mas no fim das contas são muito parecidos. Todos também têm esse órgão aí, que está perto da caixa de ferro. Ainda não entendi como funciona, mas todos os deuses têm. Deve ser importante.

Jeliath levantou-se, trazendo a lanterna para fora de Ogum, o lume batia em seu rosto, revelando seu sorriso para a irmã.

Hanna paralisou-se no lugar, uma memória antiga invadiu sua mente, enchendo os olhos de lágrimas. Ela se lembrou de ter brincado inúmeras vezes assim com Jeliath, de fazer cócegas nele enquanto era criança. Lembrou-se da noite em que se despediu do irmão, pedindo que não acordasse a mãe. Hanna fugira de casa, não só para ser construtora, mas também para acompanhar Enoh, sua paixão da adolescência.

— Como você percebeu esse órgão, se há tantos outros? O que te atraiu nele?

Hanna secou uma lágrima e colocou a cabeça na abertura, junto com o irmão.

— Estava costurando o coração dele quando aconteceu.

Jeliath levantou a lanterna e olhou para a irmã.

— Quando aconteceu o quê?

— Um brilho. Um brilho fraco, mas um brilho — contou Hanna.

— Onde?

— Venha, entre aqui comigo.

Hanna saltou para dentro do corpo do deus.

— Isso não é nojento? Eu quero ver tudo, mas estou com medo de me melecar aí dentro.

— Está tudo seco aqui, já te disse! Desce logo, nem parece um construtor — retrucou a irmã, com a voz reverberando lá dentro.

Jeliath segurou-se nas costelas abertas de Ogum e escorregou para dentro da caixa do peito da criatura que já tinha marchado por Dartana.

— Hanna, isso é muito estranho.

— Eu sei.

— Estar dentro de um deus é muito estranho. Nunca imaginei isso.

— Você nunca imaginou um montão de coisas, Jeliath, é isso que aquela terra faz com a nossa cabeça, mata nossas ideias. Só que aqui é diferente, as ideias são livres para voltar e ficar em nossa cabeça.

Jeliath sorriu para a irmã.

— Veja, foi isso que brilhou, para mim é um órgão, como o coração ou os sacos de ar. Serve para alguma coisa. Ele tem veias que entram nele, igual ao coração. Parece que precisa de muito sangue para funcionar.

— Sacos de ar?

— Isso mesmo, são os órgãos da nossa respiração, as feiticeiras nunca te mostraram um no Hangar?

Jeliath balançou a cabeça negativamente.

— Respire fundo. Até não poder mais — pediu Hanna.

O irmão obedeceu, estufando o peito de ar.

— Sentiu uma coisa enchendo dentro de você até não poder mais respirar?

— Sim — disse Jeliath, com a voz embargada pelo esforço.

— São os sacos. Solte o ar, senão você morre! — Hanna apoiou as costas no coração de Ogum, apontando os sacos secos acima da cabeça, sendo imitada pelo irmão. — Tylon-dat os chama de pulmões. Eu chamo de sacos de ar. Eles capturam o ar e nós respiramos. Sem eles, o coração não funciona. É por isso que morremos quando caímos na água e não voltamos para cima. Os sacos são feitos para se encherem de ar, não de água. Existe alguma coisa no ar que nos mantém vivos, aqui, em Dartana, em todo lugar que formos, tem que ter ar para respirar.

— Tá, já entendi. Ar é vida. Fale do órgão que brilhou.

— Eu estava trabalhando no coração, então aquele órgão brilhou. — Hanna apontou para o órgão novamente, acima da estrutura de ferro que ela colocou ali. — Foi rápido, um verde clarinho, porque essa era a cor que Ogum brilhava quando marchou a primeira vez. Tomei um baita susto e caí sentada aqui contra esses ossos.

— Por que se assustou? — perguntou ele.

— Foi rápido, mas vi ele se mexer. Qualquer pessoa se assustaria. Ele se desenrolou um pouco e piscou.

— Desenrolou? — Jeliath olhava curioso para o órgão.

— Estava parecido com teias de aranha. Pareciam teias balançando ao vento, querendo voar. Agora estão assim, parecendo com fios de cabelo.

Jeliath olhou para o lado, os ossos pareciam continuação das costelas, fazendo uma curva, deixando a gruta abaulada. Ele analisou o formato enquanto massageava suas próprias costelas. Ergueu a lanterna, olhando para o órgão apontado pela irmã. Era uma bola seca de carne.

Jeliath subiu na caixa de ferro e olhou-o mais de perto, levando a lanterna até ele. Foi então que viu parte dos fios dos quais a irmã tinha lhe acabado de falar. Pareciam mesmo finos segmentos de cabelo que desciam dele, escorrendo até bater nos ossos da caixa torácica. Jeliath olhou mais de perto, intrigado. Eles não terminavam ali, apenas se dobravam, voltando a subir pela caixa do peito, se unindo a fios mais grossos que saíam dos ossos do colosso. Jeliath pegou os fios, examinando a conexão, essa união com os fios ligeiramente mais grossos. Sentiu certo asco ao tocar na junção. A ponta dos fios finos tinha um nódulo poroso, esponjoso, mesmo com tudo seco ali dentro, aqueles contatos estavam mais macios.

— Eles se encaixam uns nos outros — murmurou ao final de sua inspeção sem descobrir nada a respeito.

— Tem ideia de para que servem?

Jeliath balançou a cabeça negativamente.

— Não. Mas não vou dormir enquanto não descobrir. Você é que é a desmontadora de deuses aqui. Serei seu ajudante.

— Eu abri os corpos de soldados mortos, muitas e muitas vezes, mas nunca vi nada disso em nenhum deles. Já nos corpos dos deuses é diferente. Todos eles têm isso. É um órgão divino.

— Todos?

— Bem, vi em seis até agora, embaixo do coração, com essa mesma forma de bola e esses fios saindo. Parecem veias bem fininhas.

— Para mim parecem fios de cabelo.

— Mas eu não havia percebido isso que você notou. Você é bom.

— O quê? — perguntou Jeliath.

— O encaixe.

— E essa caixa? Por que a colocou aqui?

Hanna parou e ficou olhando para a caixa e depois para o irmão.

— Não me chama de louca que tento explicar.

— Estamos conversando dentro do peito de um deus de guerra. Juro que não vou te chamar de louca. Juro por Ogum — prometeu Jeliath, rindo no final, alisando o gigantesco coração de Frigga.

— Sonhei com Ogum. Sonhei que existia uma caixa aqui.

— Bem, agora tem uma caixa aqui. Seu sonho se tornou realidade.

— Não. Ainda não se tornou realidade — afirmou Hanna.

— Ah, é? O que está faltando?

— A porta.

Jeliath franziu a testa e olhou de novo para a caixa, aproximando-se com a lanterna acesa. A caixa estava deitada na horizontal e, se colocassem uma tábua sobre ela, serviria como apoio para uma ótima bancada de trabalho dentro do peito do deus de guerra. Mas, do jeito que estava, não serviria para muita coisa, apenas para subir em sua estrutura e alcançar melhor o órgão para examiná-lo, como tinha feito minutos atrás. Através da moldura de ferro, Jeliath podia ver a carne do deus do outro lado. Não existia porta nenhuma.

— Por que teria uma porta aqui, Hanna?

— Não sei. Foi só um sonho. Construí a caixa como eu vi. Cabe a gente aí dentro.

— Só cabe eu ou você. Não cabem dois dartanas na caixa.

— Talvez seja essa minha vontade de conhecer tudo, meu irmão. Talvez esse desejo de conhecimento tenha me feito ver a caixa e a porta. Acho que eu queria entrar na cabeça de nosso deus de guerra, saber tudo o que ele sabe, me ligar a ele.

— Acho que isso não vai rolar, mana. Para descobrir o que esse órgão faz, não vamos precisar de uma porta dentro da caixa. Vamos precisar colocar as mãos na massa.

— Tudo bem, mas deixe minha caixa bem aqui. Vai servir para proteger esse órgão esquisito no final das contas. Acho que ele é tão importante quanto o coração.

Jeliath passou a remover todas as "conexões" do órgão com os vasos que entravam pela carne seca e os ossos do deus abatido. O que quer que aquele órgão fizesse, vinha ou ia para outro lugar. Era isso que Jeliath queria descobrir naquele momento. Ao final de alguns minutos, conseguiu livrar o órgão de todos os encontros, sem provocar nenhum dano à estrutura. Tentava ver a parte de cima, mas, mesmo valendo-se da caixa metálica para se elevar, não conseguia enxergar direito. Contornou o órgão e descobriu que ali era estreito demais, talvez uma escadinha resolvesse o dilema.

— Venha aqui, Hanna. Veja se consegue ver como ele se liga ao corpo de Ogum ali em cima. Parece que ele se conecta aos sacos de ar — disse o construtor, puxando a irmã. — Suba nas minhas costas.

— Por Starr-gal, Jeliath, você é que subia nas minhas costas.

— Quer tentar me erguer? Não vou ligar.

Hanna riu e declinou, subindo agilmente nas costas do irmão e ficando quase com o dobro de sua altura, quando pisou nos ombros de Jeliath para enxergar a junção do grande órgão.

— Me passa a lanterna.

Jeliath ergueu a mão com a lanterna e deixou-a com a irmã. Ali embaixo, ele mergulhou na escuridão. Nesse momento, pegou-se pensando como era curiosa a situação. Um deus morto não deteriorava, por isso não tinha um cheiro pútrido ali, como o da carne dos mortos no campo de batalha. Seus olhos dançaram para os lados. Jeliath estava com medo, como se sentisse uma presença no entorno, escutando os gemidos da irmã que se esforçava em cima de seus ombros, tentando desvendar algum mistério. Ali embaixo, ele sentia olhos a vigiar seus movimentos e pensamentos. Talvez fosse o próprio Ogum, repreendendo o desrespeito dos mortais.

Hanna ergueu a lanterna e ficou olhando por um minuto para o encontro do órgão com a parede abdominal posterior do imenso Ogum.

— Estamos com sorte.

— Por quê? O que você está vendo? — inquiriu Jeliath.

— Ele tem uma veia em cima que se liga à carne de Ogum. Tem uma coisa esponjosa e pegajosa onde o órgão e a veia se encontram.

— Igual nos cabelos?

— Isso. Igual.

— Então puxa.

— É isso que estou fazendo, sabidão. Segura a lanterna de novo.

Jeliath agarrou a lanterna enquanto Hanna sacolejava em seu ombro, dando trancos para remover o órgão. Na quinta puxada, a bola cheia de fios e cabelos se soltou e foi ao fundo da caixa do peito, batendo contra a caixa metálica.

Jeliath, temendo algum dano ao órgão, virou-se de supetão agarrando o estranho tecido que se dobrou em suas mãos. Hanna desequilibrou-se e soltou um grito, caindo com lanterna e tudo, fazendo a vela se apagar.

— Pelos deuses, Jeliath! Tome mais cuidado! Agora estamos no escuro.

— Como vamos sair? Não consigo ver nada.

— Suba na caixa de metal e se agarre lá em cima. Eu empurro você.

— Melhor o contrário, eu consigo te levantar.

— E depois? Como eu te tiro daqui? Não vou aguentar seu peso!

— Você pode pegar a escada do lado de fora e enfiar aqui no peito de Ogum.

— Ah, espertinho! Vejo que o Combatheon está funcionando mesmo, aumentando a sua lógica.

— Lógica? O que é isso?

— Vamos sair primeiro, depois a gente conversa sobre lógica. Eu te empurro e não reclame.

— Segure o órgão. Parece frágil.

Logo os dois estavam descendo pela escada de madeira, Hanna passando o curioso órgão para as mãos de Jeliath e estendendo os inúmeros e longos fios que terminavam em buchas que, lá dentro do deus, se conectavam a tubos mais largos.

— Acenda a lanterna, Jeliath, não estou conseguindo enxergar nada, estou com medo de arrebentar esses fios.

— Onde acendo?

— Tem uma lanterna acesa na entrada do galpão.

— Por Belenus, Hanna! Não podia ter deixado uma mais perto?

— O escuro espanta os curiosos, Jeliath.

— Do que vocês estão falando? — indagou uma terceira voz.

Jeliath ergueu o rosto e encontrou o brilho de Dabbynne se aproximando.

— Você não consegue se esconder no escuro, não é, feiticeira? — perguntou o construtor.

Dabbynne, agora perto dos irmãos construtores, sorriu para Jeliath.

— Se eu precisar, consigo. Tazziat está me ensinando os feitiços que fazem de nós feiticeiras. Posso desaparecer por alguns segundos da frente dos seus olhos, mas não posso me fazer invisível para outras feiticeiras, mesmo as de exércitos inimigos.

— Curioso. O que mais você consegue fazer?

— Posso brilhar mais intensamente, iluminar o caminho para você atravessar esse galpão escuro — disse a feiticeira, elevando-se três metros para cima e brilhando mais forte, emanando aquela magnética luz dourada. — Graças a Belenus.

— Ei! Ei! Jeliath!

— O que foi, Hanna? — perguntou o construtor com um tom impertinente.

Jeliath arregalou os olhos quando viu o que acontecia. O órgão ressecado parecia ganhar vida, pulsando nas mãos de uma assustada Hanna. Ele brilhava na mesma luminescência dourada, influenciado pela presença da feiticeira.

— Pelos deuses, Jeliath! — berrou Hanna estendendo os braços.

Jeliath apanhou o órgão. Os fios agora estavam dourados e pareciam cheios de vida, flutuando, elevando-se em direção ao deus morto.

— Acho que ele quer se conectar ao deus de guerra, quer voltar para o seu lugar! — disse a construtora.

— Dabbynne, é você que está fazendo isso? — Jeliath perguntou.

Dabbynne, descendo lentamente até o chão, também tinha os olhos arregalados e suas mãos cobriam a boca.

— Não fiz nada, só estou aqui parada.

— Você acendeu, brilhou mais forte, acho que sua energia afetou o órgão — presumiu Jeliaht.

— Órgão? Vocês tiraram isso de dentro dele?

— Sim — respondeu Hanna, boquiaberta, vendo o órgão levitar diante dos olhos do irmão.

— Que nojo! — Dabbyne torceu o nariz.

Jeliath aproximou-se do deus caído, observando os fios que pareciam tentáculos agora, movendo-se, cheios de vida, buscando se aproximar de Ogum.

— Faça de novo, Dabbynne. Dê um passe de cura nele. Vamos ver o que acontece.

Jeliath parou ao lado de Ogum e a feiticeira também se aproximou, estendendo as mãos em direção ao pedaço do deus de guerra, emanando sua energia mágica. O órgão flutuante começou a pulsar mais rapidamente, parecendo um segundo coração. Sua porção superior inflou como um balão dourado, deixando todos magnetizados pelo espetacular movimento que enchia o galpão de luz dourada. Um dos tentáculos finos foi de encontro a um pulso da feiticeira, se enrodilhando ali e transferindo para si ainda mais energia, passando a brilhar intensamente, como se drenasse parte da energia de Dabbynne, que lutava assustada para tirar aquele fio fino do braço. Outro tentáculo, energizado e dourado, elevou-se acima da cabeça dos construtores e voou para dentro de Ogum, reconectando-se de improviso ao tubo de onde fora tirado, fazendo o deus se contaminar com o brilho da feiticeira de Dartana.

— Calma, Dabbynne, acho que ele não está querendo te fazer nenhum mal — disse Jeliath, sorrindo e admirando o órgão que pairava acima de sua cabeça. — Ele está crescendo.

Assim que Jeliath terminou a frase, ainda encantado, os inúmeros capilares que flutuavam ao redor do órgão começaram a girar rapidamente e, num átimo, envolveram todo o corpo de Jeliath, que tentou se afastar do órgão e gritar sem conseguir concluir nem uma coisa nem outra, sendo completamente engolido pelos cabelos.

— Pare, Dabbynne! — gritou Hanna, ao ver o irmão envolto num casulo de vasos pulsantes e dourados de Ogum.

— Não consigo me soltar! — gritou a feiticeira, fazendo força no punho.

Hanna e Dabbynne lutavam contra o tentáculo atado ao pulso da feiticeira, enquanto os gemidos de Jeliath, capturado e enrolado pelos fios, se sobrepuseram aos seus esforços e aumentaram a aflição da dupla. O órgão subia mais, elevando-se no galpão e iluminando-o totalmente. Hanna, no auge do desespero, correu até a bancada de trabalho e voltou com um facão.

— Cuidado, feiticeira — anunciou, antes de erguer o braço e descer com um golpe certeiro, separando Dabbynne do fio iluminado.

Dabbynne, fazendo força para trás, foi ao chão, enquanto Hanna olhava para o casulo onde o corpo de seu irmão, agora em silêncio, dançava furiosamente no interior, deformando o saco a cada golpe que dava, tentando abrir uma fenda para escapar.

Hanna ergueu o facão, mas foi impedida por Dabbynne.

— Não! Não faça isso, vai acertá-lo!

— Use seu poder para tirá-lo daí! — falou Hanna.

— Não! Estou fraca. Essa coisa parece que sugou minhas forças mais uma vez!

— O que faço, então? Ele vai morrer!

— Não. Não vai morrer, não diga isso.

— Não podemos ficar paradas, Dabbynne! Nunca vi isso em toda a minha vida.

— Ele é um deus, não mata súditos! Não à toa!

— Ogum está apagado, Dabbynne, isso é um... É um, sei lá o que é isso!

De repente, o silêncio se abateu sobre o galpão. O casulo parou de chacoalhar, preservando a forma de Jeliath ali dentro, imóvel, como se o construtor tivesse se solidificado em uma posição ou morrido.

Hanna caiu de joelhos diante do casulo e, aos prantos, colocou a testa no chão. Havia demorado demais para fazer alguma coisa.

— Ele está morto, feiticeira. Ele morreu.

Dabbynne balançou a cabeça em sinal negativo, enquanto uma lágrima desprendia-se do olho direito, escorrendo pela bochecha, enquanto passava a mão na barriga já intumescida.

Hanna levantou-se e soltou um grito raivoso, investindo com o facão contra o casulo. Rasgou os capilares que envolviam o corpo do irmão.

— Você tem que tentar, feiticeira. Você pode curá-lo!

— Não se ele estiver morto — murmurou Dabbynne.

Hanna mais uma vez ficou pasma, olhando para o casulo, assim que a lâmina tocou o emaranhado, a parede de fios que pareciam cabelos soltou todos de uma vez, deixando-os pendurados ao órgão, balançando, completamente vazia. Não havia mais nada dentro do que tinha sido um casulo.

— Está vazio! — exclamou, virando-se para Dabbynne.

A feiticeira se aproximou, arrepiando-se dos pés à cabeça ao constatar que não havia sinal de Jeliath.

— O que aconteceu aqui? Para onde o corpo de meu irmão foi?

— Não sei.

— Você não sabe muita coisa para uma feiticeira — acusou Hanna.

— Sou novata. Fui chamada horas antes da marcha.

— Será que essa coisa dissolveu Jeliath e o devorou? Como um estômago?

Dabbynne olhou para cima, o órgão que era uma bola dourada agora tinha a forma de um feijão e pairava no ar. Parecia ter duas partes. A porção superior, pulsante e dourada, estava bem maior que a inferior. Essa segunda seção também pulsava, ainda que lentamente, revelando às duas espectadoras que era um órgão vivo, brilhante. O fio dourado, que permanecia ligado ao interior do deus de guerra, emitia uma luminescência suave e parecia ser responsável pela imobilidade do órgão no ar. Sem aquele fio talvez ele flutuasse para o alto, saindo pela abertura do telhado, desaparecendo no céu, como uma estrela mágica que já pertencera a um deus de guerra e agora buscava seu caminho de volta às estrelas. A parte superior era a região mais brilhante e ativa, cinco vezes maior que a porção inferior. A energia dourada roubada da feiticeira parecia emanar lá de dentro, viva, sob uma pele fina, onde alguma coisa se movia, girando lentamente, latejando.

— Preciso rasgar aquela coisa! Acho que Jeliath está sendo devorado.

— Não! — gritou Dabbynne. — Não toque naquilo. Seu irmão não foi devorado.

Hanna olhou para a feiticeira e estreitou os olhos.

— Não foi? Então me diga, feiticeira, onde está meu irmão?

CAPÍTULO 41

Jeliath lutara contra os fios que o apertaram por todos os lados até que seu corpo ficasse imóvel. Então, mesmo estando com os olhos fechados, aquele brilho poderoso o cegou. Sentiu um aperto poderoso, com o pescoço sendo achatado contra os ombros e marteladas poderosas em seus ouvidos. Jeliath empurrou com toda força que tinha, precisava sair dali. Então veio o alívio junto com a escuridão, o corpo solto no espaço e caindo, provocando um frio na barriga que se espalhou para todo o corpo. A escuridão completa não permitia ver onde cairia, ainda que fosse certo que bateria contra o chão do galpão de Hanna, não via a irmã nem o brilho da amada Dabbynne no caminho. Só o silêncio e o vazio, a solidão. Tudo foi muito rápido, mas houve tempo suficiente para Jeliath sentir medo do nada. Quando abriu a boca, querendo gritar, seus olhos foram convidados à luz e os ouvidos receberam uma enxurrada sonora. Jeliath era e estava novamente.

O construtor de Dartana sentiu os dedos cravarem sobre a madeira lisa. Suas costas e as ancas repousavam sobre uma superfície macia e aconchegante a princípio. Uma voz poderosa, como a de uma deusa de guerra, tonitruava em seu ouvido. Entendia as palavras, mas não sabia o seu significado. Seus olhos passaram rápido pelo ambiente. O que era do galpão de Hanna? Nada ali lembrava o lugar de onde tinha vindo.

Aquela coisa dourada o havia agarrado de forma inesperada e o levado para outro lugar no Combatheon. Como? Jeliath tentou ficar imóvel. Uma sensação de completo e avassalador desconforto começou a tomar conta dele. O assento era pequeno e seu quadril doía. O coração batia descontroladamente e o medo esparramava-se por todas as suas células. Não via Hanna nem Dabbynne e nem ninguém que conhecesse, mas próximas a ele havia pessoas de outro exército e outra raça. Eram pequenos, talvez três palmos menores, mas se pareciam um bocado com dartanas. Só se fossem dartanas pequenos. Às vezes, acontecia, às vezes uma criança não crescia e ficava daquele jeito. Jeliath continuou calado. Não poderia ser o Combatheon.

Estava numa gruta quadrada, estranhamente quadrada. Tão perfeita que deveria ter sido feita por feiticeiras. O chão era coberto por aquelas coisas que apertavam seu traseiro. Pareciam com as cadeiras de Dartana, mas eram menores, bem menores, nunca conseguiria sentar em uma coisa daquelas. Eram muitas e assustadoramente iguais. A fileira da frente tinha mais gente pequena sentada. Fileiras daquelas cadeiras pequenas e aterrorizantes seguiam sucessivamente até a frente, um tipo de altar, onde uma dartana pequena falava com uma voz de trovão. Estava tudo explicado. Era uma junção. Ali à sua frente estava uma feiticeira daquela outra raça. Como poderia falar daquele jeito? Deveria ser uma feiticeira muito poderosa para ter aquela voz de deus de guerra. Uma parede de luz às costas da feiticeira estava acesa. Seria algum tipo de portão dos deuses? Jeliath pegou-se pensando por um breve instante se não teria vindo, passado por aquela parede de luz. Teve vontade de levantar e correr até o portal de luz, apesar de perturbador, era igualmente intrigante.

Todos a sua frente só tinham olhos para aquele altar onde a feiticeira falava. A voz dela parecia emanar das paredes, como magia. Jeliath olhou para as paredes da gruta quadrada. A perfeição da construção era enigmática. Aquela raça, que combatia com seu deus de guerra no Combatheon, tinha o conhecimento muito mais avançado que qualquer outro povo. Nem Ahammit sonharia com tamanha impecabilidade. Seus olhos voltaram para a mulher que falava. A respiração de Jeliath estava acelerada enquanto ele tentava gradualmente controlar o impulso de levantar e sair correndo da caverna. Aos poucos, ele ia se habituando ao ritmo da fala da feiticeira e tentava compreender suas palavras. Jeliath mais uma vez fora fisgado pela curiosidade. Onde estava? Quem era aquele povo? Ele precisava saber. A parede brilhante atrás da mulher então mudou com um movimento mágico de suas mãos. Jeliath não conseguiu conter a surpresa e os olhos arregalados passaram a contemplar algo incompreensível. Ela fizera a parede de luz exibir uma imagem. Como aquilo era possível? Era como olhar por uma janela, uma janela enorme, e algo acontecendo do outro lado. A feiticeira parecia ler seus pensamentos e conhecer sua sede de saber, posto que agora a janela de luz exibia um peito aberto, como ele tinha visto o de Ogum. A diferença é que olhava para um corpo inundado com vida. Um coração batia dentro de uma caixa de peito, bem diante dos olhos. E a feiticeira falou:

— O coração.

Jeliath abriu um sorriso. O coração! Sim! Sabia o que era aquilo! Ele tinha um, Ogum também, e podia dizer que, com toda certeza, aqueles pequeninos também tinham! Ele entendia o que a pequena feiticeira falava.

— Nosso órgão se contrai e se dilata mais de dois bilhões de vezes em média. É uma máquina de músculos, perfeita e inimitável, mesmo que falem dos corações artificiais, nenhum funcionaria tão bem por tanto tempo. Nossa máquina se alimenta de energia elétrica, um sistema tão sofisticado que, numa fração de segundo, admite de 120 a 180ml de sangue carregado de gás carbônico, ejetando sangue carregado de oxigênio para todo nosso corpo. Isso chamamos de ciclo cardíaco. Cada ciclo começa com o relaxamento do músculo, chamado de diástole, seguido da contração, a sístole, e nada disso seria possível sem os impulsos elétricos. Vejam o gráfico projetado para entender melhor o processo de admissão e ejeção.

Jeliath estava boquiaberto. Um desenho feito de luz e sombras tomou o portal de luz. Não via mais o peito aberto, a feiticeira mudara a imagem para fazer com que aqueles pequeninos entendessem melhor o que ela queria explicar. Jeliath pensou em levantar-se e gritar de felicidade. Agora sabia onde estava! Estava numa junção de construtores. Aquela feiticeira ensinava os construtores de seu povo! Falavam de impulsos elétricos! Será que era isso que faltava ao coração do colosso Ogum? Será que tinham descoberto o plano louco de Hanna? Jeliath olhou para o lado, um pequenino o estava encarando, com a mão no nariz, como se algo não cheirasse bem. Jeliath cheirou sua roupa de peles de equithalos. Estava tudo bem. Quando ele moveu a cabeça em direção ao homenzinho, ele se levantou e gritou assustado.

— Que merda é essa aqui?! — falou, apontando para Jeliath.

A mulher que falava para a caverna tirou algo que estava na frente de seus olhos, mirando o fundo do lugar, tentando olhar para Jeliath, que sentiu o sangue gelar nas veias. Todos viraram para o estranho, muitos se levantando do assento e imitando o primeiro pequenino, soltando gritos de medo. Jeliath fora descoberto e precisava armar-se para se defender dos inimigos.

Ato reflexo, o construtor de Dartana também se levantou e foi o que bastou para colocar toda a sala de aula de pé e aos gritos. A professora abandonou o tablado e correu para o fundo, enquanto alguns dos alunos pediam calma. As mulheres choravam e corriam apavoradas.

— É um monstro!

— De onde veio isso? — outro perguntou.

Jeliath estava igualmente espantado. Pensavam que ele era um monstro? Por quê?

— Não vou lutar contra vocês — disse o construtor, tentando acalmá-los. — Só queremos pegar os que são de Ahammit.

— O que é isso? Ele está tentando falar?

— Gente, ele é só um cara grande vestido de homem das cavernas. É um trote. Se liguem na malandragem! — disse um rapaz.

— Eu morei numa caverna em Dartana — disse Jeliath, sorrindo. — Morei em duas, na verdade.

— O que ele disse? — perguntou uma aluna que mantinha distância.

Àquela altura do acontecimento, a maioria das pessoas já havia deixado a sala, apavorada, restando à frente de Jeliath dois rapazes e uma estudante corajosa.

— Você está de zoação, amigo?

— Zoa... O quê? — perguntou Jeliath, confuso.

— Ele não é daqui, é isso. Só fala desse jeito, essa língua enrolada.

— Estamos no Combatheon, certo? Qual é o seu deus de guerra? Eu vim para aprender. Preciso saber fazer armas para destruir os soldados de Bousson, de Ahammit.

O trio olhava curioso para o construtor de Dartana, sem fazer ideia de que a criatura diante de seus olhos vinha do outro lado do Universo.

— Não consigo entender uma só palavra do que ele está dizendo. Nada.

— Não parece francês nem árabe.

Jeliath ergueu as sobrancelhas. Então era isso. Eles não estavam entendendo o que ele falava. Que feitiçaria era aquela? Nunca ouvira falar sobre aquilo. Exceto que não estivesse mais no Combatheon. Ogum o agarrara com aquele órgão e o levara até ali. Para fazer o quê? Somente os deuses de guerra tinham uma língua diferente que só as feiticeiras entendiam. Todos em todo lugar do Combatheon falavam a mesma língua.

— Ele está fedendo.

— Ei, amigo, você é estranho pra caralho, hein. Que está fazendo aqui? — perguntou Élcio.

Jeliath levantou-se novamente e deu dois passos na direção dos estudantes, assustando-os e os fazendo recuar. O construtor ergueu as mãos, implorando por calma.

— Ele não está nos ameaçando, veja, ele quer falar com a gente — disse uma moça.

— Antônia, esse cara deve ser de outro mundo, olha o tamanho dele. — reparou Élcio.

— Ele deve ser da turma de basquete do intercâmbio e mandaram ele aqui pra sacanear a gente — acrescentou Diego.

— Ele fala igual à menina do atletismo que postaram no YouTube. Vocês viram essa? Ela ficou loucona — disse Élcio, erguendo o celular e começando a filmar.

— E esse cheiro, ugh! — reclamou a garota. — Parece o poodle da minha avó, molhado vezes uma dúzia!

Jeliath abriu a boca. O que era um "poodle"? Era algo que não cheirava bem, o rosto enojado da mulher dizia isso. Ele cheirava normal, por que faziam aquela cara? Jeliath baixou a narina até a axila e a cheirou ligeiramente, duas vezes de cada lado, depois projetou o rosto na direção de Antônia e aspirou perto dela.

— Vocês viram isso? — perguntou a menina.

— Ah, cara! É zoação dos calouros, só pode. Esse cara entende o que estamos falando.

Jeliath sorriu novamente e balançou a cabeça afirmativamente.

— Você nos entende?

— Entendo, só não sei o que é um poodle e nem por que vocês dizem que eu cheiro mal.

O trio corajoso de estudantes ficou atônito.

— Ele disse poodle no meio de tudo? — perguntou a garota. — Ou só eu ouvi isso?

— Disse, Antônia. Ele disse poodle!

— Gente, só vocês estão caindo nessa, estou falando que ele é um jogador de basquete.

— Não. Não sou jogador, não estou aqui brincando. Vim do Combatheon. Já estiveram lá? Sou um construtor de Dartana. Não sei o que é um poodle.

— Ele falou poodle de novo!

— É zoeira. Quem te mandou aqui?

Jeliath olhou para o interlocutor. Ele perguntava quem o tinha mandado lá. Enfim alguém com perguntas interessantes.

— Ogum — respondeu Jeliath.

O trio ficou calado dentro da sala de aula, olhando para o imenso invasor que, mais uma vez, andava em sua direção.

— Ele falou o que eu penso que ele falou? — perguntou Antônia.

Os dois rapazes permaneceram calados, recuando lentamente conforme Jeliath se aproximava. No corredor, alunos curiosos se mantinham à porta, a distância, espiando e também filmando com os celulares a aparição que espantara todo mundo da primeira aula do semestre com a professora Glaucia.

— Quem te trouxe aqui? — perguntou a menina mais uma vez.

Jeliath lembrou-se do estranho órgão que acendeu intensamente quando a feiticeira se aproximou. Era isso. Aquele órgão é o que fazia a ligação do deus com os avatares pelo universo. Uma vez fora de Ogum, o órgão tinha dado o seu jeito de cumprir sua função. Em vez de mandar os olhos de Ogum para visitar os avatares, mandara um dartana inteiro, em carne e osso. Jeliath, ainda que atordoado com o fluxo de pensamentos e sua surpreendente conclusão, olhou novamente para a pequena a que chamavam de Antônia e repetiu:

— Ogum — tornou Jeliath.

— Gente! — exclamou Antônia, benzendo-se. — Meu pai amado, ele disse Ogum?

— Isso não é sério. É uma pegadinha, tem uma câmera dos veteranos aqui em algum lugar. É só procurar. — Élcio voltou a falar, olhando para os lados e só vendo as câmeras de segurança instaladas na sala e os celulares nas mãos dos amigos que estavam com medo de se aproximar.

Jeliath agora sabia o que estava fazendo ali e qual era sua missão. Precisava de armas, armas para lutar. Precisava encontrá-las e copiá-las. Precisava saber mais sobre o coração com aquela feiticeira. Ela falara de impulsos elétricos. Tinha que descobrir o que isso queria dizer e como fazer o coração de Ogum bater de novo!

— Ele consegue nos entender e nós não o entendemos. O que isso quer dizer? — perguntou-se Élcio.

— Mano, tá na cara! Alienígenas do passado! Eu assisti na TV. Só falta aquele cara do cabelinho estranho chegar aqui — brincou Diego.

Antônia e Élcio olharam para Diego.

— Gente, para! É claro que é um trote. Vem, ô grandão, acabou a graça, vamos lá fora que aqui tá um budum dos infernos. Você não toma banho, não? O que fizeram contigo pra tá essa catinga toda?

Jeliath, entendendo parcialmente a frase, seguiu o rapaz para o corredor. Teve que se abaixar para passar por uma porta. No corredor uma brisa fresca, revolveu os cabelos e acariciou a pele. Era o vento de outro mundo, um mundo desenvolvido e livre da escuridão do pensamento há muitos e muitos anos. Um mundo onde construíam armas capazes de destruir o exército de Alkhiss inteiro, do contrário Ogum não o teria mandado até ali.

O quarteto virou-se para o final do corredor ouvindo o som de passos.

— Se ferrou, grandão. A professora Glaucia está voltando. Ela vai te expulsar.

Ela e os seguranças. De fato a doutora Glaucia e mais oito seguranças vinham em passos apressados em direção à porta da sala. A doutora estava irritada. Nunca em sua carreira um trote tinha sido tão desrespeitoso, colocando um homem fantasiado para interromper sua aula inaugural.

Jeliath, abstraído, olhando para o corredor daquela incompreensível edificação, tentava entender de onde vinha tanta luz. Havia pontos retangulares para todos os lados de onde a iluminação jorrava, deixando-o arrebatado por aquele espetáculo. A edificação era outra coisa deslumbrante. Jeliath aproximou-se do parapeito baixo do corredor e tocou sua superfície. Era um tipo de pedra, mas moldado na forma que os pequeninos queriam. Olhou para baixo e se surpreendeu com a altura. Estava no quinto pavimento deles. Um empilhado em cima do outro. Inúmeros pequeninos andando para todos os lados lá embaixo e nos outros pavimentos. Agora os curiosos o rodeavam, mantendo uma distância segura, apontando pequenos retângulos em sua direção. Jeliath ficou pensando se não traziam alguma arma.

Diego, vendo Élcio gravando toda a confusão, apanhou seu Iphone e começou a gravar em vídeo o que acontecia. Todo mundo ia querer ver o esquisitão e o vídeo ia bombar na internet.

Jeliath avançou até Diego e tomou o celular, gerando protesto do jovem e dos amigos que lutaram para retomá-lo. Jeliath não teve tempo de ver o objeto, a única coisa que apreendeu é que era uma caixinha pequena e brilhante que chamavam de celular.

— Afastem-se dele — ordenou a doutora Glaucia.

— É trote dos calouros, mestra — interferiu Diego. — Ele queria pegar meu celular.

Glaucia aproximou-se do gigante, o sujeito tinha 2,20m ou 2,30m. Era imenso e proporcional, não usava sapatos que pudessem simular aquela altura, mas Glaucia já vira exceções como aquela. Estava muito bem maquiado e fantasiado para causar tanto burburinho. Glaucia deteve-se nos olhos do invasor, eram mais rasgados que o normal e algo em sua aparência, fora o cheiro das vestimentas rudimentares, embeveceu a cardiologista.

— Se é um trote é bem-feito. Qual é o seu nome?

O construtor virou-se para a professora e sorriu.

— Jeliath.

— Gel iate? — perguntou a professora, franzindo a testa. — Que diabos de nome é esse?

— Jeliath — repetiu o dartana. — Sou um construtor, como eles — disse e apontou para os alunos ao redor.

— O que está fazendo aqui, Gel iate? Por que invadiu minha aula, causando toda essa confusão?

— Armas. Eu vim buscar armas para derrotar Alkhiss.

— Cristo, não dá pra entender uma palavra do que você diz.

Diego, sorridente, continuava filmando o invasor.

— Ele entende tudo o que a gente fala. Ele falou "poodle" — contou Antônia.

— Você entende o que eu falo? — perguntou a professora.

Jeliath balançou a cabeça em sinal afirmativo.

Glaucia sorriu.

— Interessante. O sinal de positivo com a cabeça funciona em qualquer país então?

Jeliath não entendeu a pergunta e ergueu os ombros.

— E de incerteza e dúvida também — completou Élcio.

— Você é um estudante de fora?

Jeliath repetiu o gesto positivo com a cabeça.

— O que você quer, Gel iate? — perguntou novamente a professora.

Os olhos de Jeliath passaram da professora para um homem grande, de pele mais escura que a dela, igual à da garota Antônia. Ele segurava algo na cintura. Os outros homens, todos vestidos iguais àquele mais forte, tinham coisas na cabeça que lembravam algum tipo de capacete. Pareciam soldados. Estavam ao seu redor. Jeliath sorriu para Glaucia e o trio de alunos e apontou para a cintura do segurança mais próximo. O tonfa negro e longo. Era uma arma! Jeliath sorriu e avançou em direção ao segurança.

— Armas! — disse Jeliath, apontando para o bastão, achando que era melhor mostrar o que queria para que entendessem de uma vez. — Eu quero armas!

O movimento repentino do invasor sobressaltou os seguranças, o que desencadeou uma série de eventos rápidos demais, sem dar vez para o diálogo. Jeliath apontou novamente para o bastão e levou a mão até a mão do segurança.

— Afaste-se! — ordenou o homem.

Jeliath queria mostrar o que buscava e não se afastou. O chefe da segurança puxou o cassetete que dobrou de tamanho em um segundo com um movimento ligeiro e o ergueu acima da cabeça. Jeliath, impressionado, abriu a boca, ainda sorridente. Dois dos seguranças sacaram pistolas taser, empunhando em suas mãos, atraindo os olhos curiosos do construtor de Dartana.

— Armas. O que elas fazem? Podem derrubar o inimigo do meu senhor?

— Não dê mais nenhum passo. Estamos detendo você.

— Isso é mesmo necessário? — perguntou a doutora. — Ele está curioso com as armas.

— Isso, armas.

— Afaste-se, doutora. Precisamos contê-lo.

Os alunos seguraram a respiração e se afastaram contra as paredes quando Jeliath mudou a expressão cordial para algo mais sombrio. Pressentiram o que estava para acontecer.

— Eu preciso ver essa arma. Eu preciso aprender! — disse o incompreendido visitante, levando a mão em direção ao cassetete do chefe de segurança, berrando.

O golpe foi preciso, acertando as costelas de Jeliath. O invasor podia ter mais de dois metros, mas era feito de carne e osso e sentiu o golpe, parando o movimento e soltando um grito de dor, flexionando um dos joelhos. O chefe de segurança arregalou os olhos quando Jeliath tocou o joelho no chão. Mesmo arqueado, ainda era imenso.

— Gente, ele pode ser um calouro! — continuou Diego, insistindo em sua tese do trote.

— Deite-se no chão! — gritou o segurança.

Jeliath levantou o rosto e rosnou.

— Eu quero essa arma, pequenino! — gritou, saltando de encontro ao cassetete.

Pego de surpresa, o segurança não conseguiu evitar que o cabo do cassetete fosse agarrado. A força do invasor era brutal, o cassetete foi arrancado num piscar de olhos, enquanto os soldados armados com as pistolas taser disparavam ao mesmo tempo.

Jeliath não entendeu o que aconteceu. Seus dentes trincaram e alguma força invisível fez com que dobrasse os joelhos e perdesse o controle do corpo. Sua pele doía onde fios vindos das armas daqueles soldados tinham sido lançados contra seu corpo, picando-o como ferrões de feni--voadoras.

— Impossível! — exclamou o chefe de segurança, vendo o gigante arrancar os dardos que passavam a corrente elétrica.

Para sorte dos seguranças, um terceiro disparou também com sua taser e finalmente o gigante tombou de frente, desmaiado.

— Santo Cristo! — murmurou a doutora Glaucia, vendo o invasor abatido. — Virem seu corpo. Ele precisa respirar.

Os agentes de segurança obedeceram à médica, que logo se abaixou e pegou o pulso de Jeliath.

— Pensei que tivessem matado o rapaz. Pra que essa violência toda? — indagou Glaucia.

— De onde é esse arruaceiro, doutora?

— Só sabemos que ele é um Gel com iate no final, o resto vamos ter que descobrir. Precisamos de uma maca. Vamos levá-lo para o ambulatório universitário.

— Tem certeza? — perguntou o chefe de segurança. — Não é melhor chamar a polícia? Ele parece um cara perturbado.

A médica mordia os lábios. Alunos se juntavam no corredor. Diego filmava tudo com o celular.

— Gente, Diego, não divulgue isso ainda, ok?

— Por quê, professora?

— Porque isso não é uma pegadinha. Desligue o celular.

O universitário obedeceu à professora.

— Gente, estou começando a desconfiar que esse cara... — Glaucia ficou calada. Não sabia se deveria ir adiante.

— Desconfiar do quê, professora?

— Nada. É bobagem. Preciso fazer uns testes primeiro.

— Alienígena, eu disse! — gabou-se Diego.

— A maca, senhores. E nada de polícia por enquanto. Vou falar com alguns colegas e a reitora em primeiro lugar.

* * *

Jeliath abriu os olhos. A cabeça doía de um jeito que nunca tinha doído antes. A luz irradiada do teto da gruta quadrada o ofuscava. Jeliath ouvia vozes. Vozes dos pequeninos.

— Preciso de água — gemeu, tentando levantar-se.

Jeliath percebeu que os braços estavam presos, sem conseguir sentar naquela cama macia. As roupas tinham sido removidas. Por Belenus! O que estavam fazendo com ele?

Uma porta de material estranho ao invasor se abriu. Era uma porta igual às que as feiticeiras colocavam nas casas de alguns sortudos em Dartana. Mas era muito mais bonita. Em vez de um monte de tábuas, era feita de uma peça única e lisa e trazia uma coisa brilhante, feita de metal polido, para que a abrissem elegantemente com a mão. Ele podia fazer aquilo quando voltasse para o Combatheon. Encontrar uma madeira daquele tamanho, uma tábua única. Ficava bonito. Seus olhos se concentraram naquela que parecia ser a líder dos pequenos. Ela entrou acompanhada de mais três da sua raça, uma fêmea como ela e dois machos. Entraram calados, pareciam com medo. Jeliath também ficou mudo. Não queria passar por aquilo novamente, aquela sensação, aquela dor horrível. Definitivamente, era uma arma. Precisava de uma, para entendê-la, para mostrar para Dabbynne. Dabbynne conversaria com Ogum. Talvez o deus de guerra acordasse, soubesse como instruí-lo para replicá-la. Aquela arma garantiria muitas vitórias no Combatheon. Era tudo do que precisava. De armas.

— Lá em cima ele me fez acreditar que é capaz de nos entender, no entanto, não consegue falar de forma conexa.

— Água. Minha boca está seca — disse Jeliath.

— Estão vendo? Nada. Não consigo entender uma só palavra.

— Sugiro uma tomo. Uma lesão cerebral é um bom ponto de partida para investigar e explicar a linguagem confusa.

— Não me oponho à tomografia, mas também não acredito em lesão. Ele está cognitivo, entende o que falamos, mas não o entendemos.

— O que você quer então, Glaucia? Um time de linguistas para descobrir que caiu num trote de faculdade? — perguntou Eduardo.

— Eduardo, tenho meus motivos para acreditar que ele não é, exatamente, um homo sapiens. — A voz da doutora Glaucia saiu um pouco tremida, revelando alguma insegurança. — Não devemos envolver mais ninguém por enquanto. Por isso, chamei vocês, e só vocês. Confio nos meus amigos.

— Você está falando sério, Glaucia? Olha, puxa! Nossa!

— Minha cabeça está doendo, me desamarrem. Tenho que procurar armas! Soltem-me! — vociferou Jeliath, chacoalhando os punhos.

— Você acha que essas fitas enforca-gato vão conseguir segurá-lo aí? Por que não puseram algemas?

— Elas não fechavam. O chefe da segurança disse que aguentam até um elefante no cio. Eles estão no corredor com aquelas coisas de dar choque se for preciso.

— São pistolas taser — disse Homero, o hematologista da universidade.

— Taser — disse Jeliath.

O quarteto olhou para Jeliath.

— Isso. Pistolas taser — falou Homero.

— Pistola taser — repetiu Jeliath.

— Ele ouve bem. Ele nos entende — reiterou Glaucia. — Fique calmo, Gel iate.

— Jeliath. Jeliath — repetiu o construtor.

— Jeliath. Isso. Seu nome é Jeliath. Meu nome é Glaucia. Sou médica e professora dessa universidade.

— Glaucia. Eu preciso de armas.

— Jeliath, você precisa compreender que não entendemos uma palavra que sai da sua boca. Só as que você repete. Precisamos que fique calmo, muito calmo. Estamos aqui para ajudar você.

— Então me soltem.

— Não sei o que está falando agora, mas pare de se chacoalhar, vai acabar machucando os braços. Assim que você se acalmar e confiar em mim, eu solto você, prometo.

Jeliath ficou calado.

— Precisamos que fique muito calmo. Muito mesmo. Só queremos o seu bem — disse a médica cardiologista, aproximando-se de Jeliath e passando a mão suavemente pelo braço do invasor. — Vamos tentar nos comunicar com você. Você sabe escrever?

— Escrever? — repetiu o construtor.

— Escrever? Ler?

Jeliath balançou a cabeça negativamente. Escrever? Ler? Não sabia o que aquilo significava.

Glaucia afastou-se um pouco e Jeliath desejou que ela não tivesse feito. A mão da mulher pequena era macia e gostosa.

A professora apontou para um painel com letras para exame oftalmológico.

Jeliath olhava para o dedo de Glaucia, que passava de um desenho para outro numa bandeira pendurada na parede.

— Consegue ler?

— Não.

O quarteto trocou olhares novamente.

— O que isso quer dizer? Sim? Não?

Jeliath balançou a cabeça em sinal negativo.

Glaucia sorriu e olhou para os amigos.

— Ele faz sim e não com a cabeça, e também ergue os ombros quando não sabe. Seja lá de que lugar saiu, algumas coisas parecem iguais em todo lugar.

— Precisamos de um linguista, um antropólogo e também da presença da reitora. Se você não quer nenhum deles aqui é melhor me dizer aonde quer chegar.

— Precisamos saber quem é Jeliath. Ou o que ele é. Por isso, chamei o Homero, um hematologista. Leila, nossa nova citologista, e você, Eduardo, o melhor neuro daqui. Nem pensei em chamar o Maciel, ele é chato e rabugento demais para entrar para esse time. Já teria corrido ou desmaiado no primeiro chacoalhão de Jeliath no leito.

Jeliath estava calado olhando para a professora sem entender uma palavra do que dizia agora.

— Eu tirei uma amostra de sangue dele, já está na placa, quero que olhem e me digam o que acham. Isso é só para vocês comprarem minha ideia.

Leila foi a primeira a correr para o aparelho do ambulatório. Em seu laboratório, tinha equipamento muito mais avançado, mas mesmo antes de meter o olho no microscópio já tinha comprado aquela aventura.

— A amostra é ligeiramente mais escura que uma humana normal. Agora, quero que observe as formas das hemácias e as paredes das plaquetas, são menores do que as de um adulto comum. Olha, tem muita coisa para ser vista só na amostra de sangue. Precisamos rodar todo um sistema de análise do espécime. Não conheço um protocolo para classificar uma nova criatura. Posso estar sendo precipitada, mas acho, de verdade, que ele não é daqui. Não sei por onde começar e por isso preciso de vocês comigo.

— Meu Deus, Glaucia. Meu Deus! Eu preciso levar isso para o laboratório agora!

— Preciso dar uma olhada nisso, Leila, minha vez — clamou Homero, adiantando-se.

Leila deixou a frente do microscópio e olhou para Glaucia.

— Ele não é um homo sapiens, né? Tem noção do que isso significa? Tem noção de que estamos entrando para a história do planeta Terra aqui e agora?

— Pois é, eu disse que era extraordinário, não disse?

Eduardo ficou olhando para Jeliath por um instante.

— Quero uma tomografia desse sujeito. De cabo a rabo. Agora. — Eduardo fez uma pausa olhando para Glaucia e Leila.

— O que foi? — perguntou Glaucia.

— Ele... Ele tem rabo?

— Não! — bradou Jeliath.

O quarteto olhou novamente para o espécime.

— Você acha que ele cabe no aparelho? — perguntou Homero.

— Cabe. Examinamos jogadores de basquete quase desse tamanho. Vai dar.

— Teremos que sedá-lo? — perguntou

— Planeta Terra — disse Jeliath, chamando a atenção dos estudiosos mais uma vez. — Eu já ouvi esse nome... Terra.

— Isso. Somos da Terra — falou Glaucia, aproximando-se novamente com aquela voz embargada pela emoção ao distinguir o nome Terra no meio dos fonemas lançados pela boca do visitante. A cardiologista olhou para os amigos, ela sabia o que tinha que perguntar agora, mas temia a resposta. — Quanto a você, Jeliath... De onde você vem?

Jeliath olhou para o quarteto vestindo leves tecidos brancos por cima das roupas. Sua respiração estava mais controlada agora. Entendia que eles não queriam seu mal e perguntavam de onde tinha vindo. Poderia dizer Combatheon, mas entendeu que perguntavam onde era sua casa.

— Dartana. — O quarteto ergueu as sobrancelhas sem entender a língua do visitante. — Dartana. Jeliath é de Dartana.

— Dartana — repetiu Glaucia, emocionada. — Acho que ele falou Dartana.

— Isso. Dartana! Sou de Dartana. — Sorriu o gigante.

— Planeta Terra — disse Homero, apontando para si.

— Planeta Dartana! — exclamou Jeliath erguendo a cabeça o máximo que pôde.

O quarteto se abraçou, todos tremiam e agora encaravam aquele estranho visitante de um desconhecido lugar chamado Dartana.

— Como, diabos, você veio parar aqui? — perguntou Eduardo.

— Ogum — respondeu o visitante.

O quarteto trocou novamente um olhar cúmplice e silencioso. Todos lutando internamente com as mais profundas questões. Tinham um ser com amostras de sangue que provavam não ser um humano. Uma forma de vida que dizia ser de outro planeta, chamado Dartana. Então tinham que aceitar, a partir de agora, que sim, existia vida fora da Terra. Tinham uma criatura com comportamento similar a um homem da Idade da Pedra Polida, um homem que não podia construir naves nem máquinas que o fizessem viajar pelas estrelas. Um homem que dizia que tinha aparecido ali por obra de Ogum. Se estavam falando do mesmo Ogum, ao menos Homero e Leila, ateus declarados, teriam que deixar de lado suas convicções e aceitar que a metafísica existia. Eram muitas mudanças para lidar num curto espaço de tempo.

* * *

O mais rápido possível, o grupo organizou a ida de Jeliath, sem chamar a atenção, para a sala do tomógrafo. A noite avançava e a grande maioria dos estudantes, apesar da curiosidade no incidente do trote, já havia deixado o prédio principal da universidade. O tomógrafo ficava no subsolo e, também pelo avançado da hora, não havia nenhum procedimento agendado. Pediram um técnico discreto e de confiança que já havia saído, mas prometera voltar em meia hora, tempo mais que suficiente para prepararem Jeliath para o exame. Por sorte, o gigante de Dartana estava mais calmo, mas a pedido do chefe de segurança as fitas enforca-gato foram mantidas, apesar dos protestos de Glaucia e Leila. O espécime parecia acostumado com a ideia de estar preso e, se continuasse daquela forma, cordial, poderia fazer o exame sem sedação. O que parecia ideal, uma vez que sabiam zero sobre os efeitos práticos que as drogas poderiam exercer em seu organismo ainda desconhecido.

— Vocês acham que deveríamos trabalhar em um ambiente isolado com ele?

— Se está pensando em se precaver contra algum tipo de infecção do espécime ou o contrário, lamento, mas é um pouco tarde para isso — disse Leila. — Não gosto de falar assim, mas acredito que vamos precisar de um pouco de sorte e não só de ciência.

— Acho que estamos indo rápido demais com isso. Essa história, dele não ser um homo sapiens, de estarmos entrando em acordo que ele é de fora, quer dizer, que é de um lugar chamado Dartana... Acho que estamos nos apressando. Ogum. Ele não pode estar falando do Ogum do Candomblé.

— Você viu as células, Homero. Olha, logo você vai começar os testes práticos junto com a Lilian. Acho difícil chegarmos a uma conclusão diferente. Você viu as células — reforçou Glaucia.

— Mas você disse que ele estava vestido com peles de couro de algum animal, que também não deve ser daqui. Onde fez o descarte das peles?

— Não fiz. Precisamos fazer análise de DNA daquelas peles. Podem e devem ser de outra espécie alienígena.

— Ótimo. Podemos estar expostos a milhões de bactérias alienígenas, bem agora. Foca na sorte — disse Leila.

— Tá, vamos assumir, por um segundo, que ele é de outro planeta — disse Homero, parando a maca em frente à porta do centro de tomografia e fazendo todo o cortejo parar. — Onde está a nave dele? Como veio parar aqui?

— Ogum — repetiu Jeliath.

O quarteto olhou mais uma vez para o dartana. Glaucia voltou a falar, tentando convencer o colega.

— Vamos descobrir. Cedo ou tarde vamos descobrir. Estamos começando a nos comunicar com ele. Ele é extremamente inteligente. Falamos e ele entende tudo. Só não consegue nos dizer nada. É um fenômeno que talvez o doutor Eduardo possa nos explicar.

— Já li na literatura médica casos de pessoas que sofrem traumas cranioencefálicos e voltam do coma falando outras línguas. Esquecem a língua-mãe ou perdem a capacidade cognitiva. Isso se aplicaria aos humanos. Ele é o quê? Um... Um dartana? Podemos chamá-lo assim?

Jeliath fez que sim com a cabeça.

— Eu gostei. Ele é um dartana de Dartana — disse Glaucia.

— O ponto é que não sabemos com o que estamos lidando. O cérebro dele compreende nossa linguagem... Não faz muito sentido. Exceto que a língua portuguesa seja a língua materna dele. Isso me faz pensar por onde Cabral andou com suas caravelas — brincou Eduardo.

— Tudo o que dissermos será pura especulação. Precisamos de exames, senhores, precisamos de informação. Vamos estudá-lo.

O quarteto de mestres universitários virou-se para Jeliath preso à maca, observado pela junta e os seguranças, o construtor de Dartana foi introduzido ao centro de exames de imagem.

Glaucia, com ajuda de Homero e dos seguranças, empurrou a pesada maca até um quarto onde baixou a luz.

— Vamos deixá-lo aqui, descansando e se acalmando. Quero que ele fique bem sereno até entrar no tomógrafo. — A médica colocou todos para fora e virou-se para Jeliath. — Acredito que você não saiba, mas, aqui neste planeta, nunca vimos ninguém como você. Você vai chamar a atenção de muita gente, mas quero estabelecer um pacto contigo desde já.

— Pacto? Que pacto?

A voz de Jeliath soava inteligível aos ouvidos da médica. A garganta do visitante soltava algo como um arrulho, misterioso e encharcado, como se a criatura estivesse falando embaixo d'água. O som não se assemelhava com o de nenhum mamífero terreno, mas decididamente soava como algo selvagem, bestial.

— As pessoas vão querer te ver. Vão querer te examinar. O pacto que quero estabelecer é: confie em mim. Eu cuidarei de você, Jeliath — ela falou isso, repetindo o nome, tentando melhorar a pronúncia. — Alguém vai conseguir interpretar o que você diz e qual é sua mensagem para o nosso povo. Vou te ajudar, Jeliath de Dartana. Mesmo que você fique com medo, confie em mim. Só em mim.

Jeliath ficou calado. A mulher agia com cordialidade e parecia realmente querer seu bem. Lembrava uma feiticeira de Dartana, a ponto de dar um presente de conhecimento. O que imediatamente levou a mente do dartana para um lugar sombrio. As feiticeiras sempre cobravam cordialidade.

Jeliath entendera que ele era único e que aquela raça dos humanos nunca tinha visto alguém diferente deles. Ficariam doidos se pusessem os pés no Combatheon. O dartana ainda estava intrigado com o fato deles não conseguirem entender suas palavras. Como podia existir um povo assim tão estúpido? Ele entendia perfeitamente o que diziam, mas eles não conseguiam entendê-lo. Ela ia procurar ajuda, alguém que tivesse bons ouvidos.

— Logo o seu rosto estará na internet, nos mais importantes sites de notícia e de medicina. Seremos entrevistados, vamos aparecer na televisão. Sua voz e seu rosto vão viajar o mundo todo, pelo ar, pelos satélites.

Jeliath olhava para Glaucia tentando decifrar aquelas palavras. A médica, vendo o rosto vazio de emoções do visitante, enrubesceu.

— Como sou tola. De onde você vem talvez não existam essas coisas, essa tecnologia. Sabe o que é uma televisão ou um satélite?

Jeliath fez sinal de não com a cabeça.

A mulher foi até um móvel ao lado da maca e apanhou um objeto preto, cheio de pedras com diferentes cores. Ela apontou o objeto para a parede da pequena gruta e então a parede acendeu, brilhante, e explodindo em sons. Os olhos do visitante se arregalaram e sua boca se abriu. Um pedaço da parede estava vivo!

Glaucia sorriu. Era evidente que aquele ser nunca tinha visto aquilo. Isso era ainda mais intrigante porque condizia com seu modo de se vestir, evidenciando que era um ser bastante primitivo e de baixa capacidade intelectual, ainda que persistisse o mistério da linguagem, a aparência dizia um bocado a respeito dele. As mãos eram ásperas, típicas de um homem que trabalhava na lavoura ou com ferramentas pesadas e rústicas, as unhas estavam sujas, a pele era farta em cicatrizes de lutas com animais ou semelhantes. Era um pobre coitado. Isso estabelecido, outro mistério gritante buzinava no ouvido dela. Como alguém tão inculto poderia ter cruzado milhares, talvez milhões de anos-luz e estava ali, na sua frente, maravilhado com um aparelho televisor? Como era possível?

Jeliath agitou-se um pouco, tentando tirar os braços da maca novamente.

— Calma. É só uma TV. Uma distração. Funciona com eletricidade, não vai te fazer mal nenhum. Igual à eletricidade que acende as lâmpadas, que faz funcionar os elevadores. Que tolice estou dizendo. A eletricidade foi o que te derrubou com as pistolas tasers. Esqueça tudo o que eu disse, veja. — A médica zapeou pelos canais parando num comercial de pasta de dente. — É uma atriz. Ela está vendendo creme dental. Acho que você não sabe o que é isso, sabe?

— Não — disse Jeliath, balançando a cabeça.

— Acalme-se ou vou desligar. Quer que eu desligue?

— Não! Deixe-me ver. O que é isso? Como aquela pequenina foi parar ali dentro? Preciso aprender sobre a televisão!

— Acalme-se ou vou desligar.

Jeliath ficou quieto, mas a mente estava com vontade de gritar, de pular. Não havia mais dúvida alguma, aquela mulher ali na sua frente era uma feiticeira.

— Vou deixar ligado para você ver, se acostumar um pouquinho com nossa cultura — Glaucia riu de si mesma e deixou o quarto.

Lá dentro, Jeliath continuou em silêncio, hipnotizado pelas luzes e pela voz da menina sorridente. Entrou outro comercial e algo fez aquele ser de um mundo distante estremecer. Sons em cadência nunca vista, fazendo uma festa em seus ouvidos. A única coisa próxima àquilo escutada em toda sua vida acontecera no Hangar de Dartana, quando as feiticeiras se uniam e juntavam as vozes, recitando os mandamentos do Combatheon. Contudo, o que escapava da TV era algo sublime e alegre, algo que lembrava uma festa. Crianças rodavam em torno de um ser verde sorridente que emitia aquele trinado excitante. Jeliath não sabia, mas aquele comercial de TV o estava colocando pela primeira vez em contato com a música. O incompreensível ser verde era uma garrafa de refrigerante, feito em computação gráfica, um conceito que talvez ele nunca entendesse, dançando com as crianças humanas. A mente de Jeliath dizia que aquela garrafa era um ser vivo, um viajante das estrelas, como ele. Logo o comercial acabou e parte do encanto se foi, fazendo Jeliath perder o sorriso que tinha brotado gratuitamente, mas ainda prendendo seus olhos.

Novamente os pequeninos, que agora ele sabia que se chamavam "humanos", estavam na tela. Um homem com barba, como um dartana velho, estava na TV, mas ele não era velho. Na verdade, era ágil e saltava por cima de estruturas de metal, algo que Jeliath reconheceu. As imagens daquele homem fizeram Jeliath se lembrar do barracão de Hanna. O sorriso voltou ao rosto do dartana e a imobilidade total tomou conta do construtor. Era como ser transportado para outro lugar e assistir aos acontecimentos do alto de uma janela.

Agora via o homem mover um corpo numa mesa enquanto a luz de relâmpagos adentrava seu barracão de construtor. As coisas que ele dizia capturaram a total atenção do jovem construtor. O homem dizia ter encontrado a cura para a morte e ter desvendado os segredos para trazer um ser morto de volta ao mundo dos vivos. Ele berrava que o segredo da imortalidade residia na eletricidade. O corpo na mesa estava todo costurado, pedaços de muitos homens formando um só. Jeliath sentiu um arrepio percorrer todo seu corpo. Aquilo na mesa do estranho construtor humano era como Ogum, só que pequenino.

Jeliath prestava atenção aos detalhes de tudo o que o construtor fazia. Agora o telhado do galpão, similar ao de Hanna, se abria e uma longa haste rumava para o céu. O homem estava doido, só podia, pois conclamava os raios da tempestade. Tudo aconteceu muito rápido. Um relâmpago desceu pela haste e a eletricidade, tão comentada por aquele construtor maluco e pela professora mais cedo, atravessou o corpo daquele ser costurado e, para alegria e assombro de Jeliath, fez voltá-lo à vida. Jeliath sabia. A eletricidade. Essa coisa encantada que os humanos dominavam, que ligava a TV, que subjugava as trevas, jorrando do alto do "quarto" e pelos corredores daquele lugar construído com uma pedra que ficava na forma que eles queriam, que era capaz de apagar um dartana quando expelida das pistolas taser. Era isso que ele viera buscar naquela viagem ao planeta que chamavam de Terra, por onde os olhos de Belenus vagavam atrás dos avatares. Agora estava lá, enviado por Ogum, que seguira a mesma trilha. Aquele planeta deveria ser rico em guerra e guerreiros. Jeliath precisava escapar dali e encontrá-los. Recostou a cabeça no travesseiro confortável e deixou olhos e ouvidos acompanharem o pequenino na tela que lutava para manter a sua criação de pedaços costurados deitada, presa ao leito. Ele estava vivo!

* * *

A porta se abriu e aqueles que se chamavam de "doutor" entraram. Glaucia à frente do grupo voltou a tocar o braço de Jeliath.

— Jeliath, agora nós vamos para o exame. A máquina em que vamos te colocar é inofensiva, não machuca. Só vai te examinar. — Jeliath ergueu as sobrancelhas. — Ela vai ver como você é por dentro, sem machucá-lo, sem tocar em você. É indolor, confie em mim.

Jeliath fez que sim com a cabeça.

— Vamos desamarrar você, mas preciso que fique calmo, muito calmo. Lembra-se dos tasers? Não quer tomar outro choque elétrico daquele, não é? — perguntou Glaucia.

Jeliath fez um sinal de não com a cabeça.

— Certo. Vamos lá então.

O chefe da segurança entrou com dois de seus homens logo atrás, empunhando as pistolas elétricas na direção do estranho.

A primeira fita foi solta do punho de Jeliath e depois a segunda do braço, o mesmo foi repetido do outro lado, permitindo ao homenzarrão se sentar na maca, massageando os punhos. Logo seus pés também estavam livres.

Jeliath chegou a cogitar em correr dali. Mas iria para onde? Estava num mundo estranho, cercado por coisas fascinantes. Não queria voltar agora para o Combatheon e não tinha a mínima ideia de como faria isso.

— Levante-se — ordenou o chefe da segurança.

Jeliath obedeceu, balançando os braços, fazendo o sangue circular novamente, estavam adormecidos e doloridos. Sua cabeça doía ainda mais e, assim que ficou de pé, acabou pendendo para o lado, vendo sua visão ficar escura e logo voltar. Não sabia o que estava acontecendo, mas algo estava errado. Jeliath não se sentia bem e o quarto parecia demasiadamente abafado.

— Vamos sair. Ele teve uma vertigem, fiquem atentos — disse Glaucia.

— Ele pode estar com fome, com a glicose baixa, também pode ser estresse. Vamos com calma com esse carinha — recomendou Homero.

— Pode ser algo mais complexo que isso — arriscou Leila. — Não sabemos de onde ele veio, Jeliath pode estar experimentando algum contratempo com nossa atmosfera, pode ter as células alimentadas com outros componentes diferentes do oxigênio. Pode estar saturado de oxigênio ou mesmo de gás carbônico.

O gigante de Dartana acompanhou os médicos até a sala do tomógrafo, sempre vigiado de perto pelos seguranças. Os olhos do gigante, sempre perseguindo as armas taser, não deixavam os funcionários da segurança confortáveis, ele parecia pronto para o bote a qualquer momento.

Jeliath foi deitado no aparelho, a doutora Glaucia manteve-se perto dele, alisando o braço do construtor. Os olhos do dartana causavam um frio na espinha da médica toda vez que se encontravam. Eram olhos castanho-claros, dentro de imensos globos oculares, mas muito proporcionais ao rosto, donos de uma inocência profunda, parecia olhar nos olhos de uma criança gigante.

O aparelho começou a deslizar, engolindo o corpo do visitante. Jeliath remexeu-se e fez menção de se levantar quando a voz apaziguadora da médica chegou aos seus ouvidos através das paredes da máquina, dizendo que o aparelho era seguro e que se movia de forma mecânica. A médica disse que iriam tirar uma série de fotografias de seu corpo. Apesar de não ter ideia do que aconteceria e do que era uma fotografia, Jeliath permaneceu imóvel até o carrinho parar de deslizar. Não era confortável lá dentro. Sentia-se enterrado numa casca de árvore, rodeado por todos os lados, não tinha espaço nem para erguer a cabeça. Jeliath não sabia como a feiticeira conseguia fazer sua voz sair da parede e os olhos dele ficaram girando, tentando encontrar de onde ela vinha.

— Vamos começar — anunciou a doutora Glaucia com a voz um pouco diferente. — Relaxe, Jeliath, fique calmo. Você está seguro comigo. Eu vou cuidar de você, pode deixar.

Jeliath inspirou fundo. Sua cabeça parecia que ia explodir e sua visão escureceu rapidamente mais uma vez. Então começou! Um som ensurdecedor encheu a câmara em que fora enfiado, parecendo disparos das armas do exército de Ahammit. E se fossem mesmo disparos? Glaucia enganara! Jeliath esperneou e gritou, levando as mãos para baixo e, com os dedos, forçando seu corpo para fora da máquina.

— Parem o tomógrafo! — gritou Eduardo. — Isso não vai dar certo, Glaucia! Vamos ter que apagá-lo!

Jeliath entendeu o "apagá-lo", da última vez que fora "apagado" pelo taser não tinha sido divertido. Não queria aquela dor novamente. Finalmente conseguiu sair da máquina e colocar-se de pé, quase tocando o teto da gruta que chamavam de sala. Os três seguranças estavam na sua frente. O líder deles novamente tirara aquela vara que lhe acertara as costelas. Arma dolorida, muito boa. Ladeado por dois daqueles com tasers. Jeliath berrou pedindo passagem. Glaucia abriu a porta.

— Não o machuquem!

Jeliath sorriu quando o líder olhou para a médica, era o que precisava. Agarrou o pequenino e fez dele um escudo quando o primeiro dos homens disparou com o taser. Jogou o corpo do líder no chão, que agora estremecia saboreando a descarga elétrica, e voou para o segundo, agarrando sua mão e tomando-lhe o taser. Jeliath apontou-a para o inimigo que ergueu os braços e recostou-se na parede de vidro, tão lisa e limpa que podiam ver através dela. Jeliath apertou o gatilho e a arma não fez nada. Seu rosto demonstrou desolação enquanto Glaucia pedia aos berros que ele se acalmasse. Os médicos chegaram à porta tentando barrar sua passagem, Jeliath não queria ser apagado e nem ser visto por dentro. Fariam igual Hanna tinha feito com Ogum, repartiriam suas costelas para verem sua caixa do peito. Glaucia ia mostrar seu coração para as pessoas que a escutavam mais cedo, na parede de luz. Jeliath grunhiu e bastou para que os médicos saíssem da porta. Glaucia foi a última a sair da sala, puxando a porta e trancando-a com a trava. O homem de Dartana estava preso.

— O que fazemos agora? — perguntou Eduardo, assustado.

— Não sei. Se os dois lá dentro não o detiverem, vamos precisar de ajuda externa. Talvez chamar as autoridades.

Glaucia mordeu o lábio e apanhou o celular. Sabia em quem podia confiar.

— O que está fazendo? — perguntou Homero, preocupado com o celular.

— Precisamos do meu irmão. Vou chamar o Álvaro.

Jeliath correu até a maçaneta e a girou sem conseguir abrir. Olhou para os seguranças que ainda estavam assustados, levando a mão à cintura. O construtor investiu contra a porta fazendo-a estalar. Sorriu. Podia quebrá-la com mais alguns golpes e então estaria livre. Um dos seguranças tirou novamente o bastão da cintura e o estendeu daquela forma ameaçadora. O líder estava caído no chão, desmaiado, e o último estava recostado à parede, assustado demais para fazer alguma coisa. Assim que o mais afoito levantou o braço, Jeliath saltou em sua direção e segurou o braço do humano ainda no alto, arrancando-lhe o bastão e dando um empurrão poderoso, fazendo-o bater contra a máquina de ver por dentro e viu-o perder os sentidos. O terceiro estava sentado no chão, chorando, com os braços erguidos. Esses humanos não eram bons soldados. Se estivessem no Combatheon iriam cavar um buraco e se enfiar lá dentro assim que um exército inimigo surgisse a sua frente. O construtor olhou para a porta e começou a esmurrá-la, tentando fazer sua saída.

Na antessala, os médicos tremiam a cada golpe. O vidro vibrava a cada investida e a porta soltava estalidos, ela seria derrubada a qualquer momento e nenhum dos homens da segurança tinha conseguido chegar até o subsolo ainda, poderiam demorar minutos que não tinham.

Glaucia mantinha o celular no ouvido e estava com o corpo curvado atrás de uma poltrona de couro quando a voz chegou ao seu ouvido.

— Mana?

— Graças a Deus! Preciso de você! Agora, Álvaro!

— O que foi?

— Vem pra cá. É difícil de explicar — pediu a irmã.

— Você está com algum problema?

— Não. Acho que não, mas estou com medo.

Homero agarrou um extintor de incêndio e segurou, apontando para a porta.

Então as batidas pararam e um silêncio aterrador tomou conta de tudo. Os médicos respiravam rapidamente, olhos fixos na porta. Nada.

— Ele desistiu? — perguntou Glaucia.

— Quem desistiu, mana? — Álvaro perguntou do outro lado da linha.

— O homem de Dartana — respondeu ela.

— Pode ter desmaiado, ele já estava com tonturas — disse Leila.

— Vai lá ver, Eduardo — falou Glaucia.

— Por que eu? — perguntou para a médica.

Homero aproximou-se da porta e a destravou.

— Vem pra universidade, Álvaro. O mais rápido possível — pediu Glaucia.

— Já estou a caminho — disse a voz tranquilizadora do irmão.

— Esperem a segurança — sugeriu Eduardo.

Homero olhou para o colega e sorriu.

— Cagão.

O médico segurou a maçaneta e abriu. O silêncio continuou por mais um segundo e então a porta foi puxada de repente. Homero não teve dúvidas e disparou a carga do extintor de pó químico, cobrindo o corpo do sujeito de branco. Contudo, a silhueta através da nuvem do extintor não era imponente como a de Jeliath. Era um dos seguranças que agora tossia e se vergava.

— Ele não está mais aqui! — disse o homem em meio a um acesso de tosse.

Os médicos entraram na sala do tomógrafo e ficaram boquiabertos quando o pó do extintor se dissipou completamente. De alguma forma, tão inexplicável quanto tinha surgido, Jeliath desaparecera.

— Ele sumiu! — repetiu o segurança. — Bem na minha frente. Ele sumiu, juro.

CAPÍTULO 42

Hanna observava o saco de luz flutuando sobre sua cabeça há horas. Dabbynne tinha insistido para se revezarem, para que Hanna descansasse um pouco. A construtora, no entanto, disse que não estava preocupada com o sono, o que temia era que algum curioso chegasse ao galpão. Como explicariam aquilo? Jeliath havia desaparecido ao ser agarrado por um órgão que deveria estar morto.

As duas conversaram por horas antes da feiticeira cair no sono, reclamando de como sua barriga crescia. Realmente, algo estava acontecendo ali, Hanna tinha notado a feiticeira mais cedo e agora, horas depois, a barriga dela parecia um pouco maior. Ela dissera que Belenus tinha dado seu último sopro de energia nela, em Jeliath e Mander, dizendo que estava presenteando o trio. Talvez a energia do deus de Dartana estivesse influenciando na gestação, fazendo com que a barriga crescesse mais rápido.

Foi nessa hora que Dabbynne chorou. Hanna perguntou o motivo das lágrimas. Dabbynne, aos soluços, disse que não queria ter um filho daquele jeito, num lugar estranho e vazio de vida, um lugar onde exércitos se encontravam para matar uns aos outros. Ela queria ir para casa, voltar para Dartana e ter o filho lá, ao lado da irmã. Hanna perguntou sobre o pai da criança e Dabbynne falou que era um jovem dartana, muito belo, mas com o coração vazio para o amor a uma dartana. Certamente, também não haveria espaço para um filho dentro dele. Falaram sobre a família deixada em Dartana. Hanna também chorou ao lembrar-se da mãe e do desgosto que deu a ela, fugindo por conta de uma armadilha do coração. Então a construtora agitou-se, ao lembrar-se do irmão que reencontrara há pouco e, por conta de sua teimosia e insistência naquela loucura de querer fazer um deus morto marchar novamente, o havia perdido de novo. Só podia ser um castigo da mãe de todas as mães contra sua audácia, ao tentar imitá-la com pedaços de ferro e couro. Dabbynne acalmou-a, dizendo que um deus de guerra só tomava a energia de suas feiticeiras para uma coisa boa; Ogum, ainda que inconsciente, nunca atacaria Dabbynne nem Jeliath com más intenções. Ele tinha apenas se ligado a ela e ao construtor de Dartana. Talvez Jeliath, depois do presente de Belenus, tivesse também algum dom, alguma energia secreta que elas desconheciam. Talvez tenha ligado aquele estranho órgão que flutuava no alto do galpão, pacífico, lançando sua luz dourada e perene sobre quase toda a construção, e Jeliath estivesse agora ali, dentro dele, aprendendo coisas de outros mundos, em segurança, vigiado por Ogum. A feiticeira disse que o órgão em formato de grão de feijão pulsava. A porção de cima dele, inflada, parecendo que estava a ponto de estourar, ficava levemente menor a cada latejar, transferindo uma porção de seu conteúdo para a parte de baixo do feijão, que ia, aos poucos, a cada pulsar, se intumescendo.

Agora que a feiticeira dormia, Hanna olhava para o feijão dourado e entendia o que ela queria dizer. O órgão estava com um brilho mais pálido, como se estivesse se apagando, e a parte de baixo já estava maior e mais inchada que a de cima, como se a porção superior estivesse se esvaziando. A questão na mente da construtora era o que aconteceria quando se esvaziasse e parasse de brilhar? Veria seu irmão novamente? Já considerava um milagre dos deuses Jeliath ter aparecido ali, na comunidade dos abandonados, e ter se reencontrado com ela. Nem nos dias mais escuros, após a queda de Starr-gal, quando sobraram apenas oito dos soldados de Dartana, e ela, vendo-os morrer um a um nas colinas do Combatheon, imaginara ou pedira em suas preces para encontrar com alguém de sua família. A guerra tinha levado seu amor e sua esperança. O frio e a neve intensa haviam levado seus amigos soldados, até que, no final daquele inverno, sobrara apenas ela, vagando pelo Combatheon, tentando voltar para a forja de Dartana com a esperança vazia de encontrar outro sobrevivente.

Hanna agora estava quase no escuro. Enquanto via o órgão minguar a energia roubada de Dabbynne, e pulsar vagarosamente com sua porção superior bem menor e a inferior, já imensa e latejante, rememorava as palavras da feiticeira, dizendo que tinha vontade de voltar para casa. Que loucura! Ninguém voltava do Combatheon. Aquela terra era um caminho de morte sem volta. Mesmo o exército vitorioso, para chegar a tanto e atravessar o Portão de Vitória, chegaria lá, no outro mundo e na outra vida, encharcado de sangue e com os ouvidos cheios de gritos e súplicas dos mortos. Quantas vidas precisavam tirar dos inimigos para conquistar a liberdade de pensamento para sua terra natal? Incontáveis. Hanna não conseguia imaginar um número tão grande. Quando o último inimigo fosse derrubado, as pedras do Portão de Vitória se iluminariam para o deus vencedor, que passaria com os protegidos para o outro plano de existência.

Hanna já tinha visto uma vez. Mil-lat a chamou no passado para acompanhar um exército vencedor, a uma distância segura. Depois que o deus de guerra se sagrava campeão, os soldados não tinham mais inimigos, não ficavam tão preocupados com os estranhos que se aproximavam. Muitos exércitos vagavam pelas terras do Combatheon por meses e meses, algumas vezes até mais de um ano, até que todos os deuses inimigos fossem derrotados. Depois, dependendo de onde se desenlaçava a última batalha entre gigantes, havia a longa marcha até o Portão de Vitória, que ficaria aceso até o último guerreiro cruzar sua luz. Muitos dos feridos morriam no trajeto, felizes por ouvirem que seus companheiros tinham vencido e que aquela seria a última desgraça. Assim que o deus em marcha atravessava o portão dos campeões, a maldição em sua terra natal era desmanchada e seu povo teria a iluminação da inteligência. Assim contavam as feiticeiras nas junções.

E o deus de guerra e seu exército? Para onde iriam? Esse tema já estivera em muitos jantares na cabana comum, debates regados a bebida e providos de banquetes fartos. No fim das contas, a ideia que prevalecia era a de que não cabia aos soldados que ficavam adivinhar o futuro dos deuses. Somente aos deuses seria permitida essa resposta. Talvez eles e seus exércitos fossem para um outro Combatheon, com lutas ainda mais ferozes, apenas para se manterem afiados. A aventura imaginada que Hanna mais gostava era a que um lokun emburrado (qual deles não era emburrado?) contava. Que aos vitoriosos era reservado um paraíso.

O lokun ensinou que o paraíso era um lugar onde haveria comida farta, com frutas e tudo o que era mais delicioso. Haveria abrigo para todos e seus parentes amados um dia se juntariam a eles naquela terra nova e prometida pelo divino, após cumprirem suas missões em suas terras de origem. Um lugar onde haveria calor na medida certa, muito aconchego para os amantes e que viveriam eternamente uns nos braços dos outros. Hanna adorava aquela imagem. Vencer no Combatheon e seguir para o paraíso e, se fosse vitoriosa, poderia novamente gozar da companhia de seu amado, perdido para a guerra dos deuses, e ver mais uma vez sua mãe, seu pai e seus irmãos. Gostava de dormir pensando nisso. Outros, quando ouviam o lokun, riam. Diziam que viver com a esposa ou o marido para sempre seria um castigo e não uma recompensa. Riam e embriagavam-se até outro dia amanhecer, para dedicarem-se às necessidades da vila e vagarem a esmo pelo Combatheon, o mundo morto, pois não lhes restava mais nada com o que sonhar até o fim de seus dias.

A construtora ergueu os olhos para o órgão que tinha devorado seu irmão e ficou surpresa. Ele estava quase apagado, mas os capilares, os fios que saíam dele, tinham novamente se organizado, se enrolado tomando a forma já conhecida de um casulo.

— Dabbynne! Ei, Dabbynne!

A feiticeira acordou e espreguiçou-se, erguendo os braços, soltando um bocejo.

— Veja! Já esvaziou — mostrou Hanna.

— O que esvaziou?

— A parte de cima. Desceu tudo para baixo e os fios se enrolaram novamente.

— Bizarro.

— Vocês, feiticeiras, sabem tudo dos deuses, nunca lhe contaram o que esse órgão faz? — perguntou Hanna.

— Eu já te disse, Hanna, me tornaram feiticeira poucas horas antes de partirmos. Acho que você, cortando e arrancando pedaços deles, sabe muito mais do que eles são feitos do que eu ou qualquer outra feiticeira.

— Eu sei que todos têm esse negócio, só não descobri para que serve, não faço ideia.

Dabbynne aproximou-se um pouco mais do órgão pulsante quase apagado. Então a parte superior deu um último espasmo, esvaziando-se completamente e enchendo a porção inferior, que emitiu um derradeiro lampejo. A luz armazenada na parte de baixo pareceu escorrer para o casulo e o fez se acender num fluxo, como se a luz fosse líquida. Os fios começaram a se enrolar de baixo para cima, como um botão de flor que se abre, cuspindo no chão um corpo de dartana diante dos olhos atônitos da construtora e da feiticeira. Era Jeliath!

As duas correram até o jovem viajante e tentaram esticar seu corpo. Jeliath tremia, envolto numa gosma que lembrava o berço de onde surgiam os deuses no Hangar de Dartana. Seus músculos resistiam às investidas das mulheres que puxavam seus ombros e pernas para que se desenrolassem. Jeliath estava frio como se tivesse dormido sobre a neve. Foi Dabbynne quem viu o artefato primeiro.

— Olhe, Hanna.

Os olhos da construtora brilharam ao enxergar o pequeno objeto amarelo nas mãos do irmão.

Hanna apanhou a pistola taser sem fazer ideia do que se tratava. Não sabia como aquilo funcionava e nem do que era feito, mas já vira aquela forma em outras ocasiões, nas mãos de soldados de outros exércitos. Era a mesma forma. Uma arma. Hanna sorriu.

— Ele conseguiu!

CAPÍTULO 43

Jeliath abriu os olhos com Hanna em cima dele, com um sorriso imenso no rosto.

— Você conseguiu, irmão!

Jeliath ainda sentia a cabeça latejando e muita tontura. Quando se colocou de pé, mais por reflexo do que por vontade, acabou caindo de joelhos e vomitando os pedaços de carne que comera mais cedo, no barracão comum.

— Como pegou essa arma, Jeliath, do que ela é feita? — perguntou Hanna, apontando o taser para o irmão.

— Me dá isso! É perigosa! — disse ele.

Jeliath apoderou-se da pistola taser e coçou a cabeça. Olhou para trás. O órgão ainda flutuava acima de sua cabeça, mas agora era novamente uma bola, meio murcha, gelatinosa, com apenas uma fração da luminosidade roubada de Dabbynne. Jeliath sentiu um arrepio ao olhar para os capilares caídos e sem vida. A última vez que tinha colocado os olhos sobre eles, flutuavam, encantados pelo brilho do órgão.

— Como pegou isso, Jeliath? — perguntou Dabbynne.

— Para onde você foi? — também perguntou a irmã.

O construtor inspirou fundo.

— Eu fui para um lugar que chamam de Terra.

— Chamam? Quem? — insistiu a irmã, ainda mais curiosa.

— Calma. Uma coisa de cada vez. Estou tonto e minha cabeça dói. Só sei que fui levado daqui, do Combatheon, para um lugar onde ninguém entende o que eu falo. Era uma caverna imensa, mas sinto que não era uma caverna de verdade. Era como aqui na vila, um lugar com edificações. Uma casa muito melhor do que qualquer outra casa que já tenhamos visto, construída por eles. Uma construção maior que qualquer uma que uma feiticeira já tenha levantado em Dartana. Eles construíram aquela coisa imensa, com uma rocha que fica na forma que eles precisam. Eles têm luz, eletricidade...

— Eles quem?

— Os humanos. Moram num lugar que chamam de planeta Terra.

— Planeta? — perguntou Hanna.

— O que é um planeta? — Dabbynne quis saber.

Jeliath olhou para Dabbynne e sua irmã.

— Não sei o que é um planeta. Acho que é a casa deles. Igual moramos em Dartana. Acho que é o nome da nossa casa, de onde vivemos. Eles se chamam humanos. São pequenos, desse tamanho — disse, colocando a mão em seu peito, depois descendo um palmo. — Mais ou menos assim.

— E como são? Como Tylon-dat ou Mil-lat? Cobertos de pelos? — indagou a construtora.

— Ou têm penas, como o Spar? — perguntou a feiticeira.

— Não. Parecem um pouco com a gente, os homens têm menos pelo no corpo, mas têm mais pelos no rosto. Aqui. Como Mander — disse, tampando a porção entre o nariz e o lábio superior com o dedo. — Têm dois braços e pernas, andam como a gente. Parecem muito com a gente.

— Terra. Tazziat leu esse nome naquele deus de guerra vitorioso. Tenho certeza — lembrou Dabbynne.

— É. Verdade! Eu sabia que já havia escutado esse nome antes!

— Humanos — murmurou Hanna.

— Só que, ao mesmo tempo, são muito diferentes. Seus olhos são menores.

— Eles são menores! Você mesmo disse.

— Pode ser isso. Mas têm mais coisas. São muito inteligentes. Vestem roupas incríveis, coloridas. As mulheres são bonitas, usam cores no rosto e na boca. Elas cheiram tão gostoso. A mão de uma delas, doutora Glaucia, é tão suave que me causou arrepios na barriga.

Hanna riu do irmão.

— Apaixonou-se por uma humana?

— Não! Não sou apaixonado por ninguém — rebateu o construtor, relutando para não olhar para Dabbynne. — Só achei curioso e diferente, uma coisa que eu nunca teria imaginado.

Dabbynne percebeu que Jeliath abaixara a cabeça. Jeliath, o construtor que lhe levava flores. Por que ela nunca tinha prestado atenção nele? Por que nunca tinha olhado para aquele obstinado sujeito como algo além de um amigo? Ele não a teria deixado partir sozinha. Até Parten, o cara mais medroso que ela conhecia, tinha enfrentado seu medo e vindo atrás de Thaidena. Jout era um imbecil.

— E as armas? Conte sobre as armas — pediu Hanna.

— Essa arma solta uma agulha que agarra a pele da gente e nos sacode, faz a gente tombar e gemer. A doutora me disse que é uma arma elétrica.

— Elétrica?

— Eletricidade. Ela disse que a arma dá um choque. Eu aprendi sobre eletricidade com o doutor Frankenstein. Ele estava numa TV, uma caixa mágica cheia de luz e eletricidade. O coração dos que vivem precisa de eletricidade.

— O que você está dizendo? O que é eletricidade? — interessou-se Hanna, curiosa.

— É a força que vem dos raios. Os humanos sabem usá-la e sabem guardá-la.

— Guardar um raio? Isso é possível?

— Sim. Eu vi o doutor Frankenstein fazer na TV. Não vi os equipamentos, mas vi como fazia para caçar o raio, fazendo uma armadilha como se caça um bicho, ele usou uma isca.

— Por Belenus, Jeliath! Você bateu a cabeça em algum lugar do caminho? — Dabbynne se irritou.

— Se você souber guardar um raio, Jeliath, poderemos vencer qualquer guerra! Já vi o que os raios fazem com os guerreiros no Combatheon. As tempestades e os raios caem a todo momento no campo de batalha. Já vi um deus de guerra cair com um raio! Diga-me o que viu, Jeliath, podemos ganhar qualquer guerra — falou Hanna.

— Eles sabem guardar eletricidade, mana. Guardam uma porção dela, bem aqui nessa arma — disse ele, exibindo a pistola taser.

— Mostre-me.

— Não. Chame Mander e Thaidena. Chame todos os dartanas e também Tylon-dat. Eu vou mostrar como essa coisa funciona e vamos ter muito trabalho, Hanna.

— Sim. Faremos uma igual! Faremos muitas! Nossos guerreiros terão armas como essa.

— Não! Faremos isso depois. Primeiro, eu vou caçar um raio. Eu vi como o doutor usou a eletricidade para fazer um coração bater novamente. Precisamos que o coração de Ogum bata.

Hanna e Dabbynne arregalaram os olhos.

— O que você quer dizer com isso? — perguntou a feiticeira.

— Quero dizer, Dabbynne, que sei como fazer nosso deus Ogum se levantar.

— Você está falando sério, irmão?

— Sim. Vamos preparar tudo. Eu só preciso de um raio direto no coração de Ogum. Ele vai despertar.

— O que fazemos primeiro? — inquiriu a irmã, ansiosa para ver o plano de Jeliath em andamento.

— Primeiro, Dabbynne, voe até a vila, traga os dartanas! Vamos precisar de todos os braços disponíveis. Vou precisar também muito de você. Assim que eu conseguir roubar um raio, preciso do seu poder de cura.

Dabbynne arregalou os olhos.

— Você está em perigo, Jeliath?

— Não. Ogum está. Quando o raio entrar no coração dele o órgão vai começar a bater. Eu ouvi a feiticeira humana falando que o coração funciona com impulsos elétricos. Então ele precisa de eletricidade. Assim que o raio passar para o coração dele eu preciso que você o cure. Se acreditarmos no que eu digo, vai dar certo.

Dabbynne concordou com Jeliath, prometendo estar ao seu lado. Torcia para que tivesse recuperado energia suficiente até o momento de ajudar o deus mestiço.

* * *

Quando Mander e os dartanas chegaram ao galpão de Hanna, acompanhados de Tylon-dat e Mil-lat e o lokun Gagar, todas as lanternas estavam acesas. Dabbynne estava ansiosa, não sabia exatamente o que esperar. Tazziat dissera que já era feiticeira novata quando Ogum despertou e acabou sendo escolhida para ser uma das feiticeiras para permanecer no Hangar após a partida, repetindo esse desígnio quando Starr-gal marchou. Ela se lembrava de Ogum. Tinha sido o primeiro deus que vira levantar-se no berço da mãe Variatu. Não era tão grande quanto Starr-gal ou Belenus, mas era dono de um corpo largo e forte, empunhando uma espada de dois gumes, carregando um brilho esverdeado, claríssimo, mas muito intenso e atraente.

— Foi a energia mais bela que vi, mais bela que o brilho dourado de Belenus. Tive vontade de segui-lo, muita, mas era preciso que um número mínimo de feiticeiras ficasse para trás para continuar trabalhando, continuar ajudando o povo de Dartana para receber a benção da liberdade do pensamento.

Tazziat não escondia também sua emoção com a promessa de Jeliath. Experimentava algo diferente. Normalmente, eram os dartanas que esperavam das feiticeiras, agora a situação estava invertida e ela aguardava com o coração bombeando rápido o desenrolar das descobertas do construtor em outro mundo, em outra terra.

Tylon-dat e Mil-lat faziam perguntas atrás de perguntas a Dabbynne, querendo saber em detalhes tudo o que Jeliath tinha visto. Ela não conseguiu responder a um terço delas e agora a dupla de Gaulon despejava suas dúvidas e curiosidades sobre o rapaz que viajara para outro mundo.

— Isso é incrível demais! — exclamou Tylon-dat.

— É incrível, mas devemos lembrar que fizemos a mesma coisa ao atravessar o portal de guerra. Cada um aqui veio de um mundo diferente, então é evidente que muitos e muitos outros mundos desconhecidos existam e nossos deuses de guerra sejam capazes de acessá-los — disse Jeliath, com segurança, capturando a atenção de todos, inclusive das feiticeiras. — Começo a pensar que é da natureza dos deuses viajar entre mundos, é comum aos deuses visitar outros povos. Eles precisam de muitos olhos para construir suas armas e vencer a primeira batalha.

— Primeira batalha? — indagou Mander.

— Sim. Começo a pensar que o Combatheon é só uma passagem da jornada dos deuses de guerra e seus exércitos. Eles chegam aqui e vencem a todos e depois partem por outro portal. Para onde vão? De que vale toda a evolução que vivenciaram aqui? Para onde vão as armas e todo o conhecimento obtido pelos construtores? A experiência de guerra vivida pelos soldados e todo o poder das feiticeiras? Colecionar todo esse saber, essa tecnologia, deve ter um propósito ainda maior que libertar nossa terra.

As palavras de Jeliath calaram fundo. Ninguém disse nada, cada qual tentando entender e digerir o que dissera o construtor. Os abandonados pensavam num paraíso para onde os guerreiros iam descansar depois da guerra que enfrentavam no Combatheon, mas Jeliath tinha razão. As guerras eram longas e produziam toda a sorte de conhecimento e desenvolvimento. Havia muito mais o que desenvolver e aprender depois. Talvez o Combatheon fosse o primeiro estágio, o grande treino para algo muito maior.

Primeiro, tinham que acreditar que Variatu enviaria a semente de um deus de guerra, ter fé que esse deus marcharia sobre o Combatheon e os levaria à vitória. Então o conhecimento cresceria e os construtores do deus de guerra fariam máquinas incríveis. O conhecimento era algo tão poderoso quanto um deus de guerra. Tão poderoso ou tão petulante a ponto de fazer um construtor ter fé de que seria possível roubar um raio e despertar um deus morto, costurado com pedaços e órgãos de outros deuses. Acreditar que seria possível um deus feito de pedaços e remendos, consertado como mera máquina, marchar pelo Combatheon, enfrentar os exércitos legítimos e clamar a vitória para o seu exército mestiço.

* * *

Jeliath tinha na mente todas as imagens, todo o processo a que tinha assistido através da janela viva que a humana chamava de TV. As explicações dadas pelo doutor maluco que tinha trazido de volta à vida um corpo morto tinham sublimado em seu cérebro curioso. O cientista tinha colocado eletrodos espetados no peito do monstro, implantara também dois bastões, um de cada lado do pescoço da criatura morta para que a corrente elétrica propagasse para sua coluna vertebral e cérebro. O médico, que andava por um galpão de construtor questionando sobre a finitude da existência humana e ambicionando ser um deus que proveria um ser mortal com a chance de sobrepujar a morte e alcançar a vida por meio do conhecimento e do desenvolvimento tecnológico, explicava sobre o cérebro, a morada da consciência, e falava do coração, o motor da vida, todos ligados pela eletricidade. O cientista falava como a feiticeira Glaucia.

Os dartanas também tinham cérebro, assim como os deuses. Se roubasse um raio da tempestade poderia imitar o que o homem fazia. Tinha dado certo! O homem morto tinha levantado! Havia se tornado uma fera, uma besta que fugira do controle. Tinha sido caçado por aldeões. Jeliath tinha aprendido muito com a TV. Queria poder atravessar aquela janela e ajudar o doutor, apertar sua mão e abraçá-lo por tamanha iluminação em tão pouco tempo. Ogum não fugiria do controle. Ogum era um deus de guerra! Aquele homem na Terra lutava para ser um deus que devolveria a vida aos homens, que esparramaria a eternidade ao sobrepujar a maior força que existia no universo para aqueles que são. Jeliath não sabia no que se tornaria. Ele seria o quê, se devolvesse a vida a um deus? Um pai de deus? Um amante de Variatu? Não tinha resposta para essa indagação.

O primeiro desafio que ocorreu a Jeliath, foi encontrar algo como os cabos que o doutor usara para capturar um relâmpago. Tinha ouvido mais de uma vez na TV que aquilo se chamava para-raios. O construtor lembrou-se da forja de Dartana e da maneira que as feiticeiras tinham ensinado a derreter o metal para dar forma. Externou à Hanna suas aflições, dizendo que não sabia ao certo como fazer aqueles cabos, só sabia que eles precisavam ser de metal para carregar a energia. Uma lanterna de fogo iluminava seu pensamento e o fazia juntar as peças. Era como se o próprio Ogum lhe soprasse os ouvidos como fazê-lo despertar.

Hanna logo estalou os olhos e disse que naquele galpão teriam tudo o que fosse necessário para fazer o engenho que traria vida a Ogum mais uma vez, o que não existisse ali, seria construído. Acompanhando a descrição dos cabos que Jeliath lhe passava, Hanna lembrou-se de uma deusa de guerra chamada Kali, uma guerreira temida que derrubou muitos deuses antes de ser abatida. Hanna andara ao redor dos exércitos que combateram aquela rodada e o exército de Kali tinha montado imensas armas que arremessavam pedras, disse a Jeliath que chamavam aquelas armas de catapultas e que essas criações usavam cabos feitos de metal para estender o braço que projetava as pedras contra o exército inimigo.

— Eu conheço essa máquina de guerra! Ahammit possui catapultas.

— Sério? Isso vai ser um problemão então. Elas fazem um estrago e tanto.

— Onde podemos encontrar esses cabos?

— Trouxe alguns para cá. Eles são bastante resistentes e usei uma boa parte na construção do moinho.

— Mostre-me onde estão.

Jeliath e a irmã saíram do galpão pelos fundos. Hanna possuía dezenas de caixas de madeira ali, para onde se olhava havia pilhas e pilhas de confusão e pedaços de coisas que um dia tinham sido usadas por centenas de exércitos diferentes.

— Acho que está bem nessa aqui. Deixe-me ver.

Enquanto a irmã escarafunchava as caixas de madeira, Jeliath olhou para o céu coberto de nuvens. Sorriu, sentindo o vento soprando em sua cara e prometendo um bocado de chuva. O sorriso ficou mais largo quando as nuvens se pintaram de luz. Dentro da barriga delas os raios roncavam e em breve seriam lançados à terra como lanças de pura eletricidade. Jeliath tinha que roubar um deles. Apenas um.

— Aqui estão! Vamos precisar de ajuda. Isso é bastante pesado.

— Vamos precisar de muita ajuda. Carregar os cabos é a parte mais fácil — falou Jeliath.

Outro raio cruzou o horizonte, lançando luz onde os irmãos estavam. Jeliath viu a sombra de uma construção de pedra perto de uma árvore. Ficou parado um instante, olhando para Hanna. Ele reconhecia aquele padrão de empilhamento de pedras. Era assim que homenageavam os restos mortais dos dartanas que partiam. Quando mais um raio de luz clareou os fundos do galpão, Jeliath caminhou em direção à árvore.

— Jeliath! — gritou a irmã.

O construtor andou até a árvore e, ainda que velado pela escuridão, enxergou o túmulo erguido por Hanna. Só ela poderia ter feito aquilo.

— Quem está aqui, Hanna? Você disse que viveu aqui sozinha todo esse tempo.

Hanna aproximou-se do irmão e recostou-se ao seu ombro.

— Não menti, irmão. Não menti.

Jeliath reconheceu um capacete recoberto por musgo aos pés das pedras que subiam até a altura de sua cintura, começando com lajotas largas na base e seguidas por pedaços cada vez menores.

— É ele? Seu soldado?

Hanna secou as lágrimas que brotaram e balançou a cabeça em sinal positivo.

— Antes de você chegar, meu irmão, ele era tudo o que eu tinha. Estou feliz em vê-los reunidos aqui.

Jeliath abraçou a irmã e confortou seu pranto.

CAPÍTULO 44

Hanna e Jeliath passaram a madrugada instalando os cabos no telhado do galpão. Hanna tinha apresentado a Jeliath parafusos e porcas, chaves de fenda e abraçadeiras, tudo que tornava o trabalho de juntar as peças muito mais fácil e intuitivo. Tinha chovido e relampejado boa parte da noite, animando os irmãos que, mesmo cansados, não pararam de trabalhar. Agora que amanhecia, Hanna começou a girar as manivelas, abrindo o telhado, deixando a luz suave da alvorada entrar, redesenhando os contornos das lonas que cobriam o deus morto de Dartana.

Pouco antes da alvorada, curiosos com a agitação dos irmãos dartanas, um grupo de abandonados se juntou ao galpão. Alguns tinham sido construtores em suas campanhas antigas e sabiam como cumprir as instruções que Jeliath e Hanna passavam. Mander, Parten e Thaidena foram os próximos a se juntar aos trabalhos, puxando cabos e auxiliando no que era pedido. Escadas levavam os homens para o alto do telhado, onde Hanna tinha desenhado e começava a construir uma torre de madeira e ferro que seguraria o para-raios solicitado por Jeliath. Tylon-dat não resistiu à curiosidade e chegou ao galpão, acompanhado de seu pequeno sobrinho, que queria ver o deus de guerra misto que tentavam despertar. Apesar do ex-general de Gaulon não querer ir para uma nova guerra, uma guerra que não era dele e da qual achava que não tinha direito, não podia evitar o contágio pelo entusiasmo dos irmãos dartanas, que agora tinham a sua disposição um pequeno grupo de construtores empolgados.

Jeliath lembrou-se dos fios e cabos que deveriam se agarrar ao coração do colosso. A voz de Glaucia repetia em sua mente que o coração era uma máquina incrível e inimitável, o ciclo cardíaco funcionava com a eletricidade. Como conseguiam guardar eletricidade? Como conseguiam produzi-la dentro do corpo? Jeliath queria voltar à Terra. Queria achar mais conhecimento sobre a eletricidade e as armas dos humanos, pois tinha voltado com mais perguntas do que respostas. Olhou angustiado para o céu, que estava claro e laranja. As nuvens carregadas que pairaram sobre a vila durante a madrugada inteira tinham desaparecido. Os raios vinham com a chuva. Sem chuva, sem eletricidade. Jeliath olhou para Ogum e se ajoelhou, levando a testa ao chão. Precisavam de um raio para que seus esforços fossem postos à prova. Era hora de pedir aos fiéis ao deus de guerra morto que se colocassem de joelhos e pedissem por chuva em suas orações. Pedissem por um relâmpago potente, que desceria e iria direto para o peito de Ogum.

— Senhor, eu preciso trazê-lo de volta ao mundo dos vivos. Ajude-me. Ajude minha mente a reunir o que é certo se essa é a sua vontade.

Jeliath arregalou os olhos. Uma corrente elétrica, tão perseguida, correu por dentro de seu corpo, fazendo os pelos se erguerem. Seu cérebro gritava. A pistola taser! Poderia disparar, bem no coração de Ogum! Jeliath levou a mão à boca, mordiscando a unha, pensando e repensando o que acabava de imaginar. A energia contida na pistola seria suficiente para trazer um deus de guerra do reino dos mortos? Ele lembrava-se da dor em sua pele e do tremor antes de perder a consciência. Mas os deuses eram diferentes. Era como se Ogum entrasse em sua cabeça e pedisse por aquilo. Só tinha um jeito de descobrir se a ideia repentina funcionaria. Tinha que disparar!

— Dabbynne! Tazziat! — gritou o construtor.

As feiticeiras viram Jeliath subir correndo a escada de madeira ao lado do deus de guerra e parar em cima de seu peito aberto. Jeliath tirou da cintura a pistola amarela que tinha vindo de outro mundo e a apontou para o oco do deus.

Os olhos de Hanna e dos outros trabalhadores que estavam nas estruturas do telhado aberto se grudaram ao jovem dartana.

Jeliath viu Dabbynne e Tazziat flutuando ao seu lado, com um ar de indagação no rosto.

— Se o coração dele bater, Dabbynne, vocês precisam curá-lo.

Dabbynne ergueu as mãos espalmadas, como sempre fazia quando ia começar um passe de cura.

— Eu só quero saber se isso vai funcionar. Preciso saber.

Dabbynne balançou a cabeça em sinal afirmativo.

Jeliath segurou a respiração e pressionou o gatilho fazendo uma descarga de ar lançar o dardo até o coração do deus montado por sua irmã. Ouviu um estalo elétrico e uma faísca fugaz cruzou o órgão morto do gigante. Jeliath não respirava. O suor descia pela testa e o momento era de pura tensão. Nenhum movimento. O coração tinha recebido uma descarga elétrica, como a doutora dizia ser necessário, como o homem na TV tinha feito com o seu monstro, mas nada tinha acontecido. Nada. Jeliath lançou a pistola de lado, ela bateu nas costelas abertas de Ogum e acabou caindo lá dentro do gigante. O construtor desceu as escadas para o chão do galpão e baixou a cabeça.

— Não desanime, Jeliath, sei que você vai conseguir — disse Mil-lat, aproximando-se e tocando seu braço, tentando confortá-lo.

Thaidena, por impulso, saltou do lado de Parten e tocou Jeliath no ombro. O jovem construtor ergueu os olhos para a amiga e a abraçou.

— Pensei que fosse conseguir.

— Você vai. Vai. Tem que esperar a chuva e isso é uma coisa que não vai demorar a acontecer.

Dabbynne e Tazziat desceram ao lado do construtor e também o confortaram.

Parten sentiu algo estranho. Era a primeira vez que isso acontecia. Um bolo em seu estômago. Por que Thaidena e Jeliath estavam abraçados? Puxou Thaidena para o lado e ela o encarou. Parten pousou a mão no ombro do amigo e esforçou-se para conseguir um sorriso.

— Ei, você vai conseguir, amigo. Sua irmã deu duro nisso, montou um deus inteiro para seguirmos adiante, é como se ela estivesse esperando por nós.

Hanna, que descera do telhado, também se aproximou do irmão.

— Só precisamos esperar — disse ela.

Jeliath ergueu o rosto e balançou a cabeça negativamente.

— Eu não quero esperar. Preciso saber se isso vai funcionar. Estamos depositando todas as nossas esperanças nessa ideia maluca, nessa promessa que fiz a vocês. Eu não entendo nada de eletricidade, não entendo nada de deuses. Nem sei se ele quer despertar para nos ajudar. O que sou eu, então? Eu vi coisas na Terra, muitas coisas, mas ainda não entendo nada, nada!

— Acalme-se, Jeliath — pediu Mil-lat, aproximando-se novamente. — Você deu esperanças para todos aqui. Está se cobrando demais. Até mesmo meu irmão, que não acreditava mais em batalhas, está aqui, esperando, querendo ver se sua ideia vai funcionar.

Jeliath olhou para Tylon-dat.

— Se esse deus se mexer, garoto de Dartana, meus músculos vão desenferrujar e vamos ajudar seu povo contra Ahammit.

Mander se juntou à corrente de apoio ao construtor.

— Você tem que ter fé na sua ideia, no seu instinto, construtor. Tenha fé em você primeiro e depois tenha fé no seu deus de guerra — disse, apontando para Ogum. — Você está vivo e pensa, ele está morto e te aguarda.

Dabbynne sentiu um estalo em sua mente. Mander tinha escavado a resposta! Não era só Jeliath que precisava acreditar em si mesmo e em Ogum! Todos ali precisavam acreditar no deus de Dartana! Mander tinha errado a ordem. Ogum não estava de todo morto, ele usava a energia das feiticeiras de Dartana, ele mandara Jeliath para um lugar em outro planeta onde falavam de um coração. Não tinha sido à toa. Ogum estava vivo e um deus de guerra vivo merecia a fé de seu povo!

— É isso! Todos nós precisamos crer! Precisamos acreditar em Ogum!

Tazziat elevou-se até onde estava Dabbynne. O galpão ganhou mais luz quando as duas feiticeiras de Dartana se iluminaram lado a lado.

— Precisamos orar para Ogum, precisamos crer em Ogum. Só quando nossos corações e mentes estiverem com ele, ele estará conosco. Ogum levou Jeliath para um mundo onde uma feiticeira falava de um coração. Ele fez Jeliath ver por magia um homem trazer um corpo morto para a vida. Tudo isso era um plano de Ogum. Ele precisa de nossas preces para se fortalecer e marchar.

Os presentes entreolharam-se. Não eram apenas dartanas ali. Cada um tinha vindo pelas mãos e pela marcha de um deus de guerra que em algum momento fora abatido e os havia abandonado à própria sorte no Combatheon. Eram todos abandonados. Todos filhos sem um deus ao qual seguir. Suas terras e seus lares, deixados para trás, um dia urdiriam um novo deus de guerra e uma nova fé, mas no momento estavam todos repartidos e prontos para acreditar naquele deus caído. Um deus que aguardava uma chance para merecer suas orações e esperanças para servir de combustível para marchar mais uma vez sobre aquela terra sombria. Muitos ali tinham altares em suas casas naquela vila, ao lado de suas camas, muitos ainda faziam preces aos deuses mortos, mantendo um costume, uma conexão com o passado ou apenas pediam iluminação e esperança de vida para os que tinham ficado para trás. O que as feiticeiras pediam era estranho, mas tocou muitos deles, inundando-os pouco a pouco com o desejo de crer, com o desejo de acreditar mais uma vez, de marchar de novo. Esses eram os mais abertos e desejosos de um novo combate, uma nova chance. Só que a ideia também foi espetando o coração dos mais resistentes, dos que não acreditavam em uma nova chance naquela terra e em suas vidas. A semente da esperança estava plantada e caberia à razão e ao tempo alimentá-la e fazê-la germinar.

Dois gaulonianos tomaram a dianteira do grupo e ficaram de frente para Ogum, olhando para os imensos e descobertos pés dele, ajoelharam e tocaram a testa no chão do galpão. Murmuravam coisas inaudíveis, mas a postura era comum a todos aqueles abandonados, de onde quer que tivessem vindo. Aquela era a postura de quem adorava, de quem clamava e de quem orava para um deus. As feiticeiras de Dartana também desceram até o chão, prostraram-se diante do gigante morto e se juntaram às preces. Eles precisavam primeiro acreditar em Ogum para depois, com a fé cativa, serem atendidos. Pouco a pouco, cada um dos presentes foi se ajoelhando e reverenciando o deus morto.

Jeliath ficou atônito com a imagem. Era incrível ver aquilo acontecendo. Até o dia anterior, Tylon-dat e muitos outros ainda estavam incertos se lutariam mais uma vez no Combatheon, agora todos pareciam prontos para a batalha, esperando apenas algum sinal de que o deus de Dartana, que agora passava a ser o deus de todos, fosse capaz de se erguer e marchar. Jeliath levou a mão à cabeça e olhou para o céu laranja quando o esperado sinal veio. Um ronco ensurdecedor fez reverberar todas as paredes do galpão e então as primeiras gotas caíram sobre a testa do construtor, que começou a gargalhar. Se precisavam de um sinal, um sinal claro de que Ogum estava com eles, ali estava! O céu havia tornado a escurecer!

Todos se ergueram, recebendo os pingos de chuva, assombrados, afinal mal tinham se ajoelhado e começado as preces ao deus de guerra e já pareciam prontamente atendidos pela força que ainda habitava aquela carcaça imóvel, como se ele lutasse em campos invisíveis, demonstrando que sua vontade era voltar a marchar por todos ali. Um deus mestiço que aceitava todas as preces.

Hanna correu para os fundos do galpão e abriu as portas deixando uma ventania invadir o lugar, levantando poeira e obrigando a todos a proteger os olhos. O horizonte revelava um céu negro e carregado de nuvens pesadas, cortadas por raios de todos os lados. Uma tempestade massiva se aproximava da Vila de Abandonados. Uma tempestade enviada pela mãe Variatu, para que seu filho se levantasse mais uma vez.

— Vai chover! — gritou Hanna. A construtora olhou para o lado e puxou uma lona, apontando para as feiticeiras. — Dabbynne, Tazziat, venham comigo! Vocês precisam espalhar essa notícia. Eu sabia que não estava louca e nem era teimosa quando os juntava.

As duas feiticeiras voaram atrás da construtora, indo para os fundos do galpão, encontrando as inúmeras caixas de madeira e as montanhas de objetos e armas acumuladas por Hanna, que tomavam o entorno. Hanna abriu uma das grandes caixas de madeira e apontou as estátuas ali guardadas para as feiticeiras.

— Peçam ajuda e distribuam isso ao povo antes que o temporal nos apanhe.

As feiticeiras, ainda assombradas, olharam para a pilha de miniaturas de Ogum do lado de fora do galpão. Eram feitas de pedra, de madeira e ferro, réplicas perfeitas, de vários tamanhos.

— Tem época, quando tudo fica quieto, que a gente não tem muito o que fazer aqui — gracejou a construtora, com um sorriso amarelo. — Eu fiz moldes para copiar Ogum.

Logo as feiticeiras, ajudadas por Mil-lat e mais algumas abandonadas, estavam enchendo uma carroça com as imagens do deus de Dartana. Seguindo a orientação de Hanna, o destino daquelas peças eram os lares dos abandonados que teriam, daqui por diante, um novo deus para adorar. Um deus que não vinha de um Hangar de feiticeiras. Um deus que tinha sido construído pelas mãos de uma construtora de Dartana. Um deus que trazia em si as partes de muitos outros. Um deus de guerra que seria o protetor e herói de todos que nele acreditassem. Ogum se levantaria daquele galpão graças à tenacidade de Hanna e das ideias e do conhecimento de seu irmão. Ogum, o guerreiro, faria dos abandonados o seu rebanho e seu exército. Ogum libertaria a todos que quisessem e nele acreditassem das garras do Combatheon.

* * *

Hanna voltou para o galpão. Jeliath lutava para erguer a lança de metal que tinha construído para sustentar os cabos que se conectavam ao coração do deus de guerra. As preces eram uma parte do processo. Outra parte era a eletricidade. Jeliath voltou para o telhado com os construtores, apressando-os, dizendo que tinham que terminar a torre e também erguer um poste de ferro que fisgasse o raio. Jeliath evocou sua memória pela milésima vez. Na TV parecia tudo tão complexo, mas na verdade a coisa era bastante simples. Com os braços fortes de Mander e Tylon-dat ergueram a haste metálica para cima do telhado, deixando seus dez metros de altura para fora do barracão para que, de alguma forma que Jeliath não sabia explicar, o raio fosse atraído e sua energia renovadora alcançasse o coração de Ogum.

Jeliath voltou para a caixa do peito de Ogum e certificou-se que cada um dos seis terminais estavam afundados no músculo cardíaco do deus. Aqueles terminais se encarregariam de distribuir a energia do raio para todas as partes do músculo cardíaco. Jeliath estava confiante e sabia que era assim que tinha que ser feito. Só queria que Dabbynne e Tazziat estivessem ali. O deus de guerra precisaria delas e da força de cura que elas emanavam. Estava tudo pronto. O céu sobre o Hangar dos abandonados revoluteava fazendo nuvens de poeira escura se levantar.

Os raios explodiam enquanto diminuíam os intervalos entre os trovões. Era a ventania trazendo as nuvens negras cada vez mais perto. Jeliath se juntou à irmã e a Mil-lat nas portas traseiras do barracão, as folhas de madeira batiam e tudo, num tipo de premonição, vibrava e parecia ganhar vida. Os relâmpagos projetavam jatos de luz que recortavam o interior do galpão destelhado. O cabo metálico balançava e a chuva pesada invadia a oficina da construtora, molhando todos que ali trabalhavam. Tudo balançava e rangia, como se fosse a tempestade mais poderosa que já se aproximara do lar dos abandonados em todos os tempos.

Mander, Tylon-dat, Thaidena e Parten ainda estavam em cima do barracão, sorrindo para a tempestade que desaguava. Enxurradas vinham pelas ruas da vila, enquanto, dentro das casas, sacudidas pelo vento, as famílias, tomadas pela boa-nova trazida pelas feiticeiras de brilho dourado, recebiam suas réplicas de Ogum, o deus redentor dos abandonados. Tazziat e Dabbynne continuaram empurrando a carroça, mesmo quando a água começou a correr rápido sob seus pés. Tazziat amava a chuva e a energia das tempestades. Olhava para Dabbynne, a feiticeira dona do maior milagre que ela vira naquela noite, alisando sua barriga já proeminente antes de bater em uma nova porta. O que queria o destino trazendo para o campo de batalha uma feiticeira prenha, uma criatura que não deveria existir, para marchar atrás de um deus mestiço, um deus que atenderia todas as almas, de todo e qualquer planeta? Tazziat não tinha a resposta, mas presenciar aquele cenário era fascinante. Já Dabbynne, ainda que se sentisse exausta e com dores na barriga que começava a pesar, estava decidida a continuar.

Ela resolveu apostar na ideia louca de Jeliath e Hanna. Ter um novo deus a quem pedir um milagre era sua única chance de escapar dali, daquele lugar tão ligado à morte e que nada tinha a ver com uma nova vida. Não queria ter seu filho sob o céu negro e pestilento do Combatheon, onde a fumaça vinha com o cheiro dos mortos. Não queria ter um filho na Vila de Abandonados, onde nunca saberia o que era um lar de verdade. Queria, no fundo do seu ser, voltar para Dartana e levaria até a última estátua até a última casa se isso fizesse o deus morto voltar à vida para ter a chance de rogar um milagre.

As feiticeiras explicavam às famílias que um novo deus de guerra surgiria no barracão da construtora teimosa, alguns apanhavam a estátua com alegria e esperança, afinal de contas a história do deus misto montado pela construtora não era novidade, mas a parte em que Jeliath tinha uma forma de fazê-lo voltar à vida era a mais excitante. Toda adoração contaria. Os abandonados sentiam-se fazendo parte de algo maior mais uma vez. Sentiam-se em um exército em que cada um precisava desempenhar seu papel. Outros apanhavam as estátuas, incrédulos, olhavam para as feiticeiras, para Dabbynne, a prenhe, coisa que nunca tinham visto. Por que não poderia acontecer se agora existia uma feiticeira esperando uma criaturinha em seu útero? O Combatheon estava mudando e a tempestade estava roncando sobre suas cabeças. Era hora de acreditar ou correr. Dabbynne lançou um olhar para o galpão quando subiu a rua. Ainda faltavam duas ruas para visitar com as estátuas, mas lembrou-se de Jeliath pedindo que estivessem lá quando os raios chegassem e eles estavam chegando. Quem olhasse para o céu da Vila de Abandonados naquele momento veria dois raios de luz dourada riscando o ar contra as nuvens negras. Dabbynne e Tazziat iam o mais rápido que podiam.

* * *

— Afastem-se dos cabos! Afastem-se! — gritava Jeliath, lá de baixo, encharcado e preocupado com Mander e os outros que ainda estavam no telhado.

— Por que tanto alarde, construtor? — perguntou o general Mander.

— Não fiquem perto dos cabos! A energia será poderosa!

Mander olhou para a haste alta já sob as nuvens negras. A água escorria vigorosa do telhado, empurrando-os para baixo.

— Queremos ver esse espetáculo aqui de cima!

— Tenho um mau pressentimento — sussurrou Thaidena, olhando para os raios que iluminavam o céu e estralavam em seguida.

Hanna olhava para as nuvens e os relâmpagos e só agora, vendo o brilho cortante de um raio rasgando o céu, lembrava-se das enguias do lago de Papandore. Quando se agitavam e feriam os que tentavam apanhá-las, chegavam a matá-los. Quando pescadas, muitos já tinham visto e experimentado seus perigosos e doloridos estalos luminosos. Luminosos como um raio! Era eletricidade que elas expeliam! Os antigos da Vila de Abandonados sempre diziam que só estavam a salvo de seu veneno invisível os que estavam fora da água. O estalo das enguias esparramava-se pela água e tirava o ar de quem se aproximava, contraindo seus músculos, interrompendo a vida. Contavam casos de grupos de dez pessoas que tinham sido desacordadas dentro d'água, metade delas morrendo afogadas sem socorro até que o veneno parasse de fluir. O veneno das enguias, o estalo mortal, a pequena faísca, era a eletricidade. Elas eletrificavam a água! A água, de alguma forma mística, carregava o raio como aqueles cabos de metal o fariam. Os raios matariam os que estavam molhados no telhado!

— Desçam agora! Pelo amor de Ogum! Deixem esse telhado! — bradou Hanna a plenos pulmões.

Thaidena, ouvindo a advertência, não perdeu tempo querendo entender.

— Vamos sair daqui, Parten! Tem alguma coisa errada aqui em cima.

— Você que manda, Thai! Vamos descer agora! — o soldado foi se adiantando, se arrastando pelas tábuas do telhado até uma das aberturas, procurando a primeira escada a sua vista.

— Não seja tola, soldado! Somos guerreiros e veremos daqui de cima nosso deus de guerra se levantar.

Thaidena olhou para baixo, ouvindo Hanna aos berros, gesticulando com urgência.

— Senhor, temos que descer agora!

— Insolente! — bradou Mander, fazendo menção de erguer a mão contra a garota.

— Só poderemos servir Ogum se estivermos vivos. Se ficarmos aqui em cima não vai sobrar muita coisa da gente pra servir ao nosso deus. Os raios são poderosos. Quando caem na floresta arrebentam as árvores e as fazem pegar fogo.

O céu rugiu sobre suas cabeças, fazendo-os erguerem os olhos. Um clarão ofuscante juntou-se ao ronco que fez com que se abaixassem.

Os ouvidos doíam e uma árvore a cinquenta metros dali estava em chamas, partida ao meio.

— Acho que não preciso dizer mais nada, não é?

Thaidena saltou do telhado para a escada e desceu a toda velocidade, seguindo Parten, que já estava na metade da descida. A soldado foi seguida por Tylon-dat e seu general. Mander ainda estava no telhado, urrando para o céu, quando aconteceu.

Jeliath e Hanna olharam para cima, lutando contra as gotas de chuva que dardejavam do céu e prejudicavam a visão. As nuvens se revoltearam logo acima, açoitadas pelo vento. Um raio foi cuspido em diagonal acertando outra árvore, mais próxima ao galpão, incinerando seus galhos e tombando. Um rugido simultâneo, vindo de cima, sacudiu a dupla de irmãos.

Dabbynne e Tazziat alcançaram o galpão, voando para dentro pelo telhado aberto, pairando sobre Ogum, deitado em seu leito, com os cabos de ferro espetados no peito. Dabbynne brilhava resplandecente, segurou a mão de Tazziat e, juntas, começaram a descer em direção ao colosso.

— Tem algo errado, Hanna. Eu tenho que tirar aqueles cabos.

— Agora?

— Sim! É muita energia. É muita força. Eu não vi nada disso na TV. Um raio desse vai destruir o coração de Ogum.

Jeliath, ensopado pela chuva, fez menção de correr para dentro do galpão, mas foi agarrado pela mão da irmã.

— Não! Ele é um deus, Jeliath! Quanta força é necessária para trazer um deus de guerra do vale dos mortos?

Jeliath soltou-se da mão da irmã. Queria seguir seus instintos e pensar em como controlar aquela força da natureza, mas não houve tempo. Outro raio materializou-se diante deles, numa fração de segundo, atingindo o topo da lança erguida e infestando o galpão de luz e eletricidade. Arcos de energia escaparam do corpo do gigante, como tentáculos buscando no ar onde se agarrar. E agarraram. Thaidena foi lançada contra uma das paredes do barracão, enquanto Mander tomou um coice nas costas como se um equithalo o tivesse atingido. Jeliath e Hanna foram lançados para fora e levantaram-se atordoados, com os ouvidos zumbindo. Hanna olhou para o irmão que tinha os cabelos erguidos e a pele fumegante enquanto mancava de volta às portas do galpão.

Do interior da grande estrutura, vinham gritos de dor e pedidos de socorro, enquanto faíscas e focos de incêndio se esparramavam por todos os cantos.

Jeliath estava com o coração disparado. Tinha sentido novamente as serpentes invisíveis da eletricidade bombardearem seu corpo, aquecendo-o e fazendo suas forças diminuírem. Agarrou-se a uma das vigas logo depois da porta e olhou para o imenso Ogum deitado, com fumaça saindo de seu peito e o cabo ligado ao mastro de ferro no telhado completamente vermelho, abrasado, como se o fogo o consumisse de dentro para fora. Outros relâmpagos iluminaram o céu, emprestando um ar ainda mais sombrio ali dentro, fazendo a visão brincar com os clarões e a completa escuridão, projetando sombras e formas assustadoras pelas paredes. Acima do deus de guerra, as feiticeiras de Dartana flutuavam ainda perplexas com tudo o que acontecia.

Dabbynne olhava para um coração que batia velozmente, perdido, como se fosse explodir. Era para isso que ela estava ali. Para curar o coração vivo do deus de Dartana. Dabbynne desceu até o peito aberto de Ogum, estendeu novamente suas mãos e deixou sua energia dourada fluir para o órgão. Sentiu-se conectada com o deus de guerra e viu, diante de seus olhos, o coração desacelerar e começar a bater de forma mais harmoniosa. A feiticeira prenha olhou para o lado e quando Tazziat aproximou-se pediu à amiga:

— Vá, Tazziat. Cuide da dor dos feridos. Eu cuido de Ogum.

Jeliath olhava aflito para Dabbynne. Via que a feiticeira tinha as mãos estendidas na direção do peito do deus de guerra, mas ninguém sabia qual seria o resultado daquela loucura. Foi andando lentamente, ao seu lado Parten estava caído no chão, também com a pele soltando fumaça. Ouvia gemidos e tosse. Contudo, sua curiosidade, sua vontade e todo o seu ser estavam voltados para saber o que tinha acontecido com o coração de Ogum. Jeliath só via fumaça negra escapando do peito aberto do gigante construído pela irmã, junto com um odor alarmante de carne queimada, nenhum movimento se revelava. Jeliath subiu a escada colada ao corpo do gigante e olhou para dentro da cavidade. Uma nuvem densa e escura dançava na caixa do peito do deus de guerra, tomando todo o seu interior e subindo lentamente ao céu. Outro relâmpago brilhou lá fora, fazendo Jeliath temer que atingisse o para-raios e terminasse de arruinar seu experimento. A fumaça finalmente se dissipou e Jeliath sorriu ao ver o coração de Ogum totalmente dourado e pulsante, sob os cuidados de Dabbynne, que lançava todo seu poder de cura sobre o órgão do deus de guerra. Jeliath aproximou-se mais e o som das batidas do coração se sobrepôs ao som da tempestade. Seu deus de guerra estava vivo!

— Vivo! — gritou Jeliath, chamando a atenção dos que se juntavam ao pé da escada.

Hanna arregalou os olhos. Parten levantava-se gemendo enquanto Tylon-dat aproximava-se com as sobrancelhas levantadas.

Tylon-dat moveu suas orelhas felinas em direção ao gigante e abriu um sorriso junto com uma expressão de surpresa.

O coração de Ogum batia. Jeliath olhou para o órgão vendo que o brilho dourado ia, aos poucos, se esparramando, passando para os pulmões que se enchiam e esvaziavam, passando para os ossos e para a carne dentro da caixa torácica do gigante, como se a luz energética e curativa da feiticeira fosse o próprio sangue bombeado do coração ao restante de seu organismo mágico, dando-lhe força e energia vital.

Tazziat lançou seu passe de cura sobre Mander, que jazia desacordado no chão do galpão. O general de Dartana despertou no meio de um hausto e levantou-se de pronto. Olhou para a multidão que cercava Ogum em silêncio e sorriu ao ouvir o som das batidas do coração do gigante.

Thaidena despertou com as luzes douradas ao redor, imaginando que após o relâmpago tinha morrido e agora estava nas terras altas, como contavam as feiticeiras. Realmente, via feiticeiras que brilhavam de uma forma como nunca tinha visto, mas a dor lancinante em suas costas e nas feridas recém-curadas faziam-na lembrar de que ainda era uma mortal. O que era aquele som? Vinha da feiticeira ao seu lado ou era o coração batendo no peito do deus? A guerreira mancou até o lado de Parten e caiu no mesmo estado de letargia de todos os outros.

Dabbynne baixou as mãos e ficou mais brilhante, pintando tudo e todos de dourado. Seus olhos tornaram-se duas bolas de ouro e começaram a ejetar um fio de luz dourada que também começou a jorrar de sua boca quando ela abriu os lábios. Tazziat levitou até o lado da companheira e tomou a mesma postura. As duas feiticeiras eram pura luz. Dabbynne e Tazziat ergueram os braços e lançaram um potente facho de energia sobre o corpo de Ogum.

Repentinamente, o deus abriu os olhos que dispararam dois raios de luz para o alto, que tornaram a claridade quase insuportável. Então, ele moveu mãos e pernas e sua pele adquiriu o brilho dourado que outrora pertencera a Belenus. As feiticeiras baixaram as mãos e perderam altura, começando a cair. Tylon-dat apressou-se para agarrar Dabbynne, preocupado com sua barriga de mulher prenha, dando um segundo e ágil salto para amortecer a queda de Tazziat, rolando com a feiticeira no chão. As duas ainda brilhavam, mas estavam desacordadas.

— Vivo! — gritou Jeliath, lembrando-se do médico louco na TV. — Ele está vivo!

Ogum levantou-se do leito, fazendo seu corpo ranger da cabeça ao chão. Os curiosos ao redor se afastaram, assustados. Em pé, o deus fechou os olhos e continuou resplandecendo em sua aura dourada que serpenteava por todo o corpo.

Thaidena despejou um pouco da água da chuva sobre o rosto de Dabbynne que se apoiou sobre os cotovelos vendo a pele dourada de Ogum.

— Thaidena, o que aconteceu?

A soldado não soube como responder àquela pergunta, olhou para Ogum e depois para Dabbynne. Ao que parecia, Dabbynne não se lembrava do que tinha acabado de fazer.

A voz metálica do deus de Dartana reverberou pelo barracão estremecendo as paredes de madeira.

Os olhos surpresos se voltaram para Dabbynne e Tazziat, as únicas que entendiam a língua dos deuses.

Tazziat colocou-se de pé com o rosto sério.

— O que ele disse? — perguntou Jeliath.

— Ele disse que está pronto para marchar... — revelou a feiticeira, interrompida por vivas nesse momento.

Mander bateu no ombro de Tylon-dat, feliz com a boa-nova, exultando com a chance de se vingar do general de Ahammit.

Jeliath olhou para Ogum e depois para seu peito aberto, aproximando-se da criação até tocar-lhe as canelas. O órgão em forma de feijão e cheio de fios estava pulsando novamente, dourado, cheio, ao lado do coração do gigante. Jeliath segurou a respiração quando viu os milhares de fios de cabelo desenrolaram-se do órgão e descerem até os pés de Ogum. Jeliath sorriu e ergueu os olhos para Dabbynne que o olhava, apreensiva.

— Assim que você, construtor de Dartana, encontrar mais armas — terminou Tazziat.

Jeliath olhou para os cabelos aos seus pés e não teve tempo de se mover. Os fios enrolaram seu corpo e o dragaram para cima, para junto do órgão em forma de feijão. Jeliath mais uma vez viu-se dentro daquele casulo que foi sendo gradativamente apertado até que não conseguisse mover um centímetro sequer. O ar faltava em seus pulmões comprimidos pelo casulo, Jeliath fechou os olhos, trincando os dentes, ele sabia que era agora que acontecia. Ouviu um estalo e então seu corpo inteiro ficou frio como se tivesse mergulhado num lago de gelo. Jeliath sabia que não estava mais no galpão onde acabara de presenciar um milagre. Jeliath tinha viajado através do universo para construir armas para Ogum.

PARTE 3

OGUM

CAPÍTULO 45

Longe do Combatheon, Jeliath se viu cercado por árvores e escuridão. Não havia painel de luz e nem mesmo a voz saudosa da feiticeira Glaucia escapando das paredes. Jeliath levantou-se e andou, pisando em folhas secas e ouvindo o silvo de aves que batiam as asas, assustadas com seu movimento. O construtor de Dartana sentia-se completamente perdido sem ter noção de onde ir. Não estava mais no Combatheon, era tudo o que sabia. De súbito, teve vontade de ter voltado à Terra, a casa dos humanos, mas não podia ter certeza. No chão, além das folhas secas que faziam um barulho crocante a cada passo que dava, havia também pedras. Levou a mão para frente, apoiando-se num tronco de árvore. Era um tronco largo de uma árvore alta e perfumada. Olhou para cima, a escuridão era suavizada no alto. Jeliath caminhou mais um pouco até sair da copa da árvore, cercando-se de árvores menores com menor galhada e conseguiu enxergar a fonte de luz. Sorriu. Bara inteira. Ele levantou a mão cobrindo a luz do satélite. Era bem menor que a Bara de Dartana, que já era menor que a Bara do Combatheon. Aquele planeta também tinha a sua própria Bara, cinzenta e manchada, pequena e bem diferente da de Dartana. Ficou parado, respirando devagar, acalmando os pensamentos. Ogum queria marchar. Estava ali para encontrar armas naquela floresta escura, cheia de pequenos sons de animais que percorriam as árvores e pássaros que se agitaram somente na sua chegada. Jeliath estava perdido.

 O silêncio apaziguador evocado permitiu que ele ouvisse um ruído discrepante. Vozes. Uma delas era lançada num ritmo calmo e sobrepujava as demais. Apurou os ouvidos e se deixou guiar, tendo de parar eventualmente, pois o barulho das folhas fazia com que o som se perdesse e também poderia denunciar sua chegada. Jeliath ouviu um ronco no céu que o fez se enregelar. Seus olhos vagaram pelo firmamento salpicado de estrelas, menos brilhantes do que as que via em Dartana, mas ainda assim estrelas. O céu parecia mais triste naquele lugar. O ronco desconhecido continuava vindo de lá. Então, sob a luz daquela Bara, viu um grande trilho no alto, distante, misturando-se às nuvens ralas, onde pequenas estrelas se moviam à frente do rastro.

— Fascinante — balbuciou o construtor, acompanhando com os olhos o ponto luminoso que oscilava, piscando.

Um pouco depois a voz cadente voltou a chamar sua atenção. Era uma voz feminina. Desejou que fosse a feiticeira Glaucia novamente, mas duvidava que a encontraria ali, no meio da floresta. Aquela mulher parecia pertencer àquele lugar que chamavam de universidade, aquela caverna empilhada e iluminada. Mesmo assim, a voz era diferente. As folhas rarearam e a quantidade de árvores foi diminuindo até formar uma clareira. Parou à margem da mata, inebriado pela visão. Não soube decodificar imediatamente o que via, mas tinha diante de si oito veículos. Só sabia que eram veículos porque todos tinham rodas. Eram bem diferentes das rodas de madeira da Vila de Abandonados, mas eram rodas, negras e menores, sustentando aquelas carroças imponentes. Tinham luz elétrica por dentro e por fora. Poderia ser lar de feiticeiras. O brilho da iluminação controlada encantava o curioso construtor de Dartana.

Em um dos veículos, as luzes piscavam, coloridas, vermelhas, amarelas, verdes, amarradas em um tipo de corda que o circundava, fazendo um enfeite. Encantadoras. A voz feminina voltou a trinar no veículo da ponta, perto da lagoa de onde o som gostoso da água marulhando agora disputava a atenção do construtor. Jeliath abaixou-se e ficou parado, embevecido pela visão daquele grupo tão diferente de veículos, atingido de uma maneira que quase cinco minutos se passaram com ele naquela posição. Observou melhor os veículos. Entre os dois do meio havia uma vara pendurada. Nessa vara, seis aves estavam amarradas pelos pés, duras. Jeliath pensou que elas estavam mortas. Ele sorriu novamente ao fazer uma nova conexão. Eram caçadores! Aquilo era um acampamento de caçadores!

Ele decidiu que era seguro se aproximar um pouco mais, atraído pela voz da fêmea do grupo. Viu a silhueta da mulher por uma janela do grande veículo onde ela estava. Era uma humana. Outro sorriso espontâneo brotou no rosto dele. Jeliath não percebera de pronto, mas estava feliz de estar na Terra mais uma vez, apesar do último encontro com aquela raça ter lhe rendido uns maus bocados. Jeliath caminhou até se encostar no veículo. Passou a mão suavemente pela parede lateral da grande carroça. Era de metal. Tinha uma cor bonita e atraente. Como pintavam daquele jeito?

Sua atenção voltou-se para a voz da fêmea embarcada na carroça. Sabia o que a mulher estava fazendo, estava contando uma história, como as mães de Dartana faziam. Estava empregando o mesmo tom e a mesma velocidade que as mães de Dartana usavam para contar histórias das guerras que viriam no Combatheon, falando da sorte e da fortuna que encontrariam caso fossem os campeões, exaltando heróis e feitos que haviam vivido em Dartana e que seriam de grande valia nos campos de luta do Combatheon. Ela queria ninar alguma criança. Jeliath apurou os ouvidos e se concentrou nas palavras da humana. Ela falava de um menino que tinha uma vaca para vender e que dois trapaceiros tentavam lhe empurrar feijões dizendo que eram mágicos. Jeliath abriu a boca admirado. Eles também tinham feijões ali naquele lugar tão diferente. Tudo tão estranho, mas ainda assim recheado de inesperadas semelhanças. Inclusive a miséria e a fome, obrigando o menino a empreender uma aventura para ter o que dar de comer à sua família. Jeliath, de forma muito cuidadosa, ergueu-se na lateral do veículo e olhou por uma janela. Seus olhos percorreram o interior da carroça deparando-se com objetos estranhos, mas sem encontrar a mulher que contava a história. O interior remetia a uma sensação de lar, de abrigo, pois via uma mesa com pratos e restos de comida e roupas empilhadas em cima de algo parecido com uma cadeira. Aquelas pessoas pareciam viver ali, dentro da carroça! Jeliath sorriu. Que esperteza! Tinham uma casa que se movia sobre rodas. Podia fazer aquilo! Poderiam ir para onde quisessem e levar seu lar consigo!

Abaixou-se novamente, escutando agora a parte em que o menino voltava para casa e deixava a mãe desapontada por ele ter sido trapaceado. Os feijões mágicos foram jogados no terreiro em frente de casa e foi impossível Jeliath não ver a imagem das sementes sendo arremessadas em frente a sua própria casa, em Dartana, ver o rosto de sua mãe desapontada com a trapaça em que ele caíra. Jeliath sentiu os olhos marejarem. Sua mãe em Dartana nem sonhava que Belenus estava morto e que agora seu filho estava em outro planeta, buscando armas para um deus mestiço que ainda não sabiam se seria capaz de salvar a todos. Jeliath deslizou pela lateral do veículo e aproximou a cabeça de encontro à parede metálica. Deu uma olhada rápida e logo se recostou ao veículo novamente com o coração disparado. Estava impressionado. Havia uma mulher e duas crianças sentadas numa cama. Em cima da cama existia um pequeno sol que iluminava tudo ao redor. A história agora contava que os feijões eram mesmo mágicos. Os rostos das crianças estavam enfeitados com sorrisos enquanto Jeliath tentava entender como aquele pequeno sol podia existir e como pés de feijão chegavam até as nuvens.

— É lá, naquele castelo nas nuvens que vive o gigante! — sentenciou a mulher. — E o pequeno João saltou do pé de feijão e caminhou sobre as nuvens, em direção ao castelo, com os olhos arregalados.

Jeliath teve vontade de olhar mais uma vez, mas não estava ali atrás de um sol. Estava ali atrás de armas.

— Ei! Fica parado aí!

Jeliath assustou-se com a voz masculina às suas costas e virou-se a tempo de ver o humano fazer um movimento para cima e para baixo com um longo cano de metal negro e apontar para ele a boca daquele objeto. O construtor sorriu. Era uma arma! Mais uma vez Ogum o tinha carregado para o lugar certo. Um segundo humano se aproximou pelo lado com outro cano aberto no final, junto da empunhadura. Ele dobrava-se por alguma junta metálica.

— Segura aí, Régis, enquanto eu ponho munição na bucha.

Jeliath viu o homem tirar do bolso dois cartuchos vermelhos e colocar no fundo da arma, então, num movimento rápido, ele fechou o cano de metal e passou a apontar a arma para ele, como Régis fazia.

— O que tá procurando aqui, vagabundo? Quer tomar tiro de carabina?

Jeliath sorriu para os homens e levantou-se, assustando-os com sua altura.

— Opa! Fica quieto!

— Meu pai do céu, Humberto. Olha o tamanho desse cara!

A contadora de histórias se calou e surgiu com as crianças logo às costas de Jeliath.

As crianças gritaram e correram de volta ao trailer.

Carol ergueu sua carabina, trêmula, sem entender o que ou quem era aquilo na sua frente. Era o homem mais alto que já vira. Ele parecia saído de algum filme ou de festa a fantasia, vestido com roupas de homem das cavernas, com o rosto sujo e fedendo como se não visse um chuveiro há semanas.

— Tu fede, hein, baixinho — disse Régis, dando mais um passo para frente, aproximando-se ainda mais de Jeliath.

— É o gigante, Carol! Ele desceu do pé de feijão! — gritou uma das crianças, colocando a cabeça para fora pela janela, apontando para Jeliath.

Outra cabecinha, de uma menina, apareceu, e ficou com os olhos arregalados.

Os homens olharam para as crianças e começaram a gritar para que entrassem.

Jeliath não entendeu como começou, mas algo dentro de sua mente gritou: *"Agora!"*

O gigante de Dartana aproveitou-se da distração criada pelo pequeno e agarrou a arma da mão da contadora de histórias a sua frente, que soltou um grito de surpresa. Quando os humanos viraram-se para ele, Jeliath já tinha ultrapassado a humana ainda em estado de choque, impedindo que eles disparassem com as carabinas. O hiato foi suficiente para que o dartana corresse pela clareira em direção às árvores, aproximando-se do lago. A coisa em sua cabeça tinha dito *"as árvores! Esconda-se"*. Jeliath ouviu um trovão e então um zunido do lado direito, abaixou-se por reflexo, lembrando-se dos zunidos que as armas de Ahammit produziram no primeiro combate. Então, quando saltou entre as árvores, dois trovões se repetiram e pedaços de galhos e troncos voaram sobre sua cabeça. Tinha que fugir. Foi quando algo o fez parar. Precisava conhecer as armas! Precisava de armas! Não ia fugir! Ia apanhá-las. Jeliath subiu em uma árvore ouvindo os homens gritando, ainda na clareira.

— Peguem minha lanterna! — gritou Régis.

Jeliath saltou para uma árvore na borda da clareira e pôde ver a garota de quem tinha tomado a arma, aquela que a criança tinha chamado de Carol, apanhar o sol sobre a mesa e levá-lo até o outro homem, o que tinha sido chamado de Humberto.

— Beto, leva meu lampião! É mais forte.

Lampião, repetiu Jeliath. Lampião era um pequeno sol e vinha em direção às árvores, revelando o caminho e afastando a noite. Jeliath ficou imóvel. A voz em sua mente dizia que era seguro ficar ali. Jeliath estava confuso. Ele não ficaria ali. Ele vira o que tinha acontecido com o tronco lá embaixo. Um trovão e um buraco na árvore. Era isso que aquelas armas faziam. Eram muito melhores que os buraquinhos que as armas de Ahammit faziam. Por isso, ele fugiria. Não era covarde, mas precisava ficar vivo para levar as boas-novas para o seu deus. A indecisão queimava seu pensamento. Tinha escutado a voz e tinha se livrado da enrascada. Talvez fosse melhor ouvi-la de novo, ela estava do seu lado. Que voz era aquela? Ogum. Só podia ser. Seu deus de guerra estava conectado a ele, vendo o que ele via e ordenando que fizesse. Ogum estava em sua mente. Estava. Como?

"Eu estava desacordado da primeira vez que você veio à Terra, agora estou vivo e atento. Eu vou te guiar, Jeliath. Faça o que eu disser. Antes você viajou sozinho, agora viaja com Ogum. Por alguma razão que desconheço, não posso mais me conectar aos meus avatares na Terra, você então foi escolhido para ser meu enviado, meus olhos e meus ouvidos. Vamos encontrar armas para lutar, Jeliath. Deixe-me guiá-lo, protegê-lo, e enquanto estiver sob minha proteção, seus inimigos não poderão lhe fazer mal, mesmo tendo pés, não te alcançarão, mesmo tendo mãos, não te pegarão e mesmo tendo olhos, não te verão. Seu corpo não será alcançado por armas de fogo, facas e lanças irão se quebrar. Nem em pensamento seus inimigos te farão mal. Confie, Jeliath, confie e traga-me todas as armas que encontrar."

Jeliath estava arrepiado da cabeça aos pés. Ogum estava com ele, seu deus, seu protetor. Dentro de sua mente. Todo o exército dos abandonados dependia do construtor agora. Toda Dartana corria em suas veias naquele momento. Jeliath estava na Terra para seu mundo vencer!

O construtor ficou em silêncio enquanto os humanos passavam abaixo dele. A garota de quem tinha tomado a arma com cano de ferro trazia outro tipo de arma nas mãos. Essa segunda tinha a mesma empunhadura de madeira, mas a ponta era diferente, familiar. Uma haste curva se cruzava na ponta da arma que não tinha um cano de ferro, mas uma barra. Um fio puxado para trás segurava uma seta. O construtor de Dartana sorriu. Apesar de não terem tido tempo de construir aquela parte da arma, todos os construtores tinham visto o arco quando Belenus voltou de sua primeira e única conexão no Combatheon. Ele tinha ensinado seus construtores a fazer arcos. Jeliath ficou com os olhos fixos na nova arma da garota. Era o arco de Belenus, melhorado. O dartana arrancou um fruto da árvore e arremessou ao lado da humana. A garota se abaixou e disparou com a arma, fazendo a seta voar ligeira e cravar-se num tronco.

— O que foi? — perguntou Régis.

A garota andou na direção da seta e a arrancou da árvore, recolocando-a no arco.

— Cara, vocês vão achar que eu estou pirada, mas eu acho que esse cara grandão é o cara do YouTube.

Jeliath movimentou-se silenciosamente entre os galhos e apurou os ouvidos.

— YouTube, Carol? Do que você está falando?

— Eu vi um vídeo ontem, de um sujeito enorme. Um cara da minha faculdade filmou com o celular e postou no YouTube. Ele falava tudo enrolado. Era imenso, parecido com esse sujeito aí.

— Mas esse que a gente tá caçando não falou nada, só roubou sua arma.

— Eu me distraí, Beto! Dá um tempo!

— Vacilou, isso, sim! E ainda ficou na frente dele quando ele fugiu. Se eu atirasse pegava em você.

Régis se afastou da dupla, andando com sua lanterna emparelhada à pontaria da carabina. O caçador estava embriagado pelo álcool e pela adrenalina que tinha assaltado sua corrente sanguínea. Pensava no grandão. Diabo sortudo! Não ia escapar assim tão fácil, ainda mais levando uma arma! O que queria aquele monstro? Devia ser um maluco fugido de alguma instituição, fantasiado ainda por cima, para assustar os outros. Alto como um jogador de basquete. Ladrão duma figa. Não ia ficar com a espingarda da Carolina, de jeito nenhum. Régis beirava o lago, chegou a um jequitibá de tronco largo e virou-se para a esquerda ouvindo o marulhar da água. Um peixe tinha saltado colocando-o em alerta. Olhou para a direita vendo a luz do lampião na mão de Humberto. Cedo ou tarde iriam encontrar o ladrão. Aquela escopeta tinha sido presente de seu tio Neto. O tio dele tinha sido um caçador veterano, tinha ensinado todos os macetes de espreita e de armadilhas para apanhar coelhos e capivaras, além de ter dado os toques para que os sobrinhos continuassem caçando nas fazendas, burlando a lei. O tio morrera encurralado por outro tipo de caçador, um que tocaiava dentro do corpo e depois se esparramava, sitiando a vida, prendendo-a e fazendo-a cessar meticulosamente. Morto, tinha deixado para ele toda aquela tralha e todo o conhecimento. O sobrinho, separado pela distância, o tempo e a morte, sonhava um dia voltar a ouvir os conselhos do tio. Ia à igreja toda semana confessar seus pecados e lavar sua alma, crente de que lavaria seu espírito e se reencontraria com o velho tio. Subtraído pelos pensamentos, Régis virou-se para frente, desatento. A coronha roubada surgiu do véu escuro, do nada, e voou para sua testa, derrubando-o imediatamente. Régis só puxou o gatilho por reflexo, caindo separado da arma.

Jeliath suspirou. A boca cuspideira de fogo estava ao seu lado quando a arma gritou mais uma vez. Ele não queria outra daquela. Dobrou-se sobre o corpo desacordado do sujeito e revirou seus bolsos. Sorriu ao encontrar duas caixas de munição.

"Leve-as. Você vai precisar copiá-las." Era a voz voltando a lhe dar orientação. Precisava entender aqueles cartuchos. A carabina era alimentada com aquilo. Ela engolia e gritava. Jeliath apanhou também uma bolsa de couro que o humano carregava, lembrava um alforje de Dartana, onde enfiou as caixas de munição e também a lanterna acesa, voltando a embrenhar-se na mata antes que a dupla alarmada pelo disparo o alcançasse.

Quando Humberto e Carol encontraram o irmão mais velho, ele estava caído. O lampião iluminou a testa ferida, já começando a formar um edema, logo acima do olho direito.

— Ele tá respirando? — perguntou uma apreensiva Carol.

Humberto abaixou-se e apertou o nariz do irmão que abriu a boca e inspirou levemente.

— Está desmaiado. Bafo de bode dos infernos!

Carol girava com a besta erguida, tentando achar algum sinal do estranho.

— Levou a arma também?

— Não. Acho que só levou a lanterna. A algibeira dele também. Saco.

Humberto pegou o lampião e andou até o jequitibá, encontrando mato pisado por pés descalços e depois um graveto na altura de sua cabeça, partido na árvore seguinte.

— Fique aqui. Eu vou atrás dele.

— Ah! Ótimo! Vou ficar me sentindo agora naqueles filmes de terror que a gente grita pra tela que não é pros otários se separarem.

— Fica fria, Carol. Eu sei o que estou fazendo. Ele deixou um rastro aqui. Vou achar o vagabundo.

Humberto avançou pela mata, afastando-se de Carol, levando o lampião. A irmã pensou nas crianças. Tinha travado a porta e a chave estava no seu bolso. Primeiro o estranho tinha parecido só um cara assustado, um dos bichos acuados, com o mesmo olhar que eles lançavam para os irmãos quando eram emboscados. Só que agora ele tinha, além de levado sua arma, atacado Régis e levado a bolsa e a lanterna dele. Era um ladrão e era esperto. Tudo bem que o Régis estava meio chumbado, mas ainda assim era experiente nesse negócio de caçar no mato.

Carol acompanhava a luz do lampião se distanciando. Ela estava mergulhada no escuro e toda vez que um peixe saltava na lagoa seu coração disparava, quase puxando o gatilho da besta. Com Humberto rastreando seus passos o sujeito estava enrascado. Humberto não bebia e era bom no que fazia, igual ao tio Neto. Se o sujeito não tratasse de fugir ia acabar recebendo um balaço no meio da cara. O cara do YouTube! Estavam dizendo que ele era de outro planeta. Que tinha invadido uma universidade e que tinha desaparecido antes dos cientistas coletarem provas. Num blog de teorias da conspiração já tratavam o caso como aparição alienígena certa e que ele não tinha sumido coisa nenhuma, que estava em poder do governo brasileiro e que logo seria despachado para a CIA, para os Estados Unidos, que tinham uma prisão subterrânea para extraterrestres egípcios, área 59 e os caramba a quatro. Na gravação, o alienígena falava, mas ninguém conseguia entender nada. Alguém tinha postado um comentário dizendo que aquele sujeito não era alienígena coisíssima nenhuma, era na verdade um anjo enviado do céu, porque a língua que ele falava era conhecida nas igrejas protestantes como "línguas", a língua falada nas alturas. Diziam que era o arauto do fim dos tempos. Queria ver esse sujeito do comentário agora, depois de saber que o anjo dele tinha atacado o seu irmão e roubado sua carabina. Anjos não precisam de carabinas! Indignada, Carol olhou novamente para a mata à frente. Um frio na barriga quando não viu mais a luz do lampião. Ficou olhando fixo para o último ponto onde tinha visto o brilho da luz. Sua visão já estava acostumada com a escuridão total. Chamou por Beto, dando um grito. Ouviu um gemido aos seus pés, era Régis acordando. Sua respiração estava mais rápida e a ansiedade tomava conta de seus músculos enrijecendo até seu maxilar. Humberto tinha se afastado tanto a ponto de não ver mais nenhum traço de claridade ou...

— Eu venho em paz! — explodiu uma voz ininteligível a suas costas.

Carol gritou e virou na direção do gigante parado a sua frente. Ele estava com as mãos erguidas. A carabina pendurada no pescoço ficava pequena para ele. Em uma das mãos o lampião apagado. Ele tinha acertado Humberto também?

Carol queria disparar, mas não conseguia. Sabia que se puxasse o gatilho a flecha atravessaria o coração daquele sujeito de olhos arregalados e suplicantes. Um ser que falava a língua dos anjos.

— Eu só preciso entender sua arma! — disse Jeliath, com a voz melíflua. — Para o meu deus, Ogum. Nós vamos lutar para salvar nosso planeta, igual vocês já lutaram um dia.

Lágrimas desciam dos olhos de Carol, sua mão tremia tocada pela voz. E se ele fosse mesmo um anjo apesar de não parecer? Como deveriam se parecer os anjos em que ela acreditava? Com auréolas e asas ou como ele? Parecia um homem, de olhos maiores e mais amendoados, mais alto que um jogador de basquete. Carol simpatizava com a figura de São Jorge, porque ele tinha sido um homem, um guerreiro, que deitava a mão em armas para derrotar o mal. Mas anjos precisavam de armas?! As mãos nuas e a voz pacífica eram eloquentes. Talvez fosse um encanto, um tipo de *djin*, um tipo de demônio. Ela estava imóvel e sabia, de alguma forma, que ele não queria seu mal. O momento de incerteza e vacilo foi o suficiente para a criatura levar a mão e segurar firme sua besta, pressionando a flecha para que ela não fosse disparada. Carol abriu os dedos e viu sua arma passar para o inimigo, destemida. Ele sorria e alternava seu olhar brilhante entre a arma e os olhos dela.

— Muito bonita sua arma. Entendê-la vai ajudar muito meu exército. Conseguiremos matar muitos oponentes. Você não sabe, mas vai ajudar nosso povo, nosso deus Ogum, a sermos vencedores.

Jeliath apontou a besta para a árvore e disparou. A flecha voou e cravou-se no tronco.

— É simples. Eu posso fazer! Belenus, antes de morrer, nos ensinou a fazer esse arco, maior, mas assim ele parece muito bom também. Ponta de metal deve ferir mais. Boa escolha.

Jeliath devolveu a arma para a garota que chorava.

— Adorei sua história, queria saber como termina.

A garota estava segurando alguma coisa em seu pescoço. Havia um enfeite. Jeliath tirou a lanterna da bolsa e apontou para o pescoço da moça. Ela tremia, mas não havia mais medo em seus olhos. Os dedos dela passavam por um enfeite de metal brilhante. Jeliath apontou para a peça brilhante e terminou por segurá-la em sua mão. Era um guerreiro montado num equithalo, com uma grande lança apontada para baixo, cravando-a na boca de uma criatura que lembrava uma grande serpente com pernas. Alkhiss! Jeliath sorriu para Carol e soltou seu pingente. Lentamente foi se afastando de costas até entrar na floresta novamente.

Carol tremia e voltou a ficar no escuro. O que tinha sido aquilo? Aquele encontro? Aquele homem imenso era carregado de tanta energia! Não havia conseguido disparar. Não tinha nem mesmo desejado disparar. Não tinha entendido uma palavra do que ele dissera, mas sabia que ele não queria o seu mal. Ela havia clamado a seu protetor, São Jorge, para que a protegesse e ele tinha gostado da imagem. Ele era o cara do YouTube.

— Por que você não atirou nele? — perguntou um apavorado Régis deitado no chão.

— Eu não sei — murmurou Carolina, ainda tocada pela presença do estranho.

CAPÍTULO 46

Alkhiss e seu imenso exército seguiam colecionando vitórias, tendo derrotado mais três exércitos depois de ter aniquilado Dartana, deixando uma trilha de sangue e amontoados de corpos por onde passavam, enquanto marchavam ao encontro dos próximos inimigos. A deusa confiava no julgamento e nas manobras de seu general e em seu exército. Os ânimos evoluíam como a tecnologia que os rodeava, armas cada vez mais potentes e precisas trazidas por meio da conexão da deusa com seus avatares. Após cada vitória, assim que montavam acampamento, Alkhiss ouvia as preces e as orações de seu povo, louvando-a antes e após as conquistas, emanando adoração e gratidão. Todos queriam o bem de Ahammit. Então, depois de algum descanso para as tropas e cura para os feridos pelas poções e conhecimentos de suas feiticeiras, o general Bousson enviava batedores que buscariam o paradeiro do próximo oponente, sempre seguindo na direção apontada pela gigante divina. A cada inimigo abatido, seu povo sabia que Ahammit ficava mais perto da libertação final. Alkhiss estava investida de uma certeza inabalável de que seria a campeã daquele torneio de planetas, posto que seu exército possuía as melhores armas e, além disso, possuía os melhores guerreiros, que se sobrepunham e aniquilavam qualquer inimigo que ousasse parar em sua frente. Foi nesse estado de espírito, entorpecida pela devoção de seu povo e enlevada pela firmeza da marcha, que Alkhiss sentiu a primeira tribulação. A deusa poderia pensar que fora um pressentimento remoto, algum evento comum ao Combatheon, mas que de alguma forma tinha sido deturpado e lançado até ela como um sinal, um sentimento ruim, uma preocupação despropositada, um sinal falso e incômodo. Alkhiss parou. Nenhum pressentimento era barato para uma criatura como ela. Era uma deusa de guerra e não uma feiticeira frívola. Não havia equívoco ou deturpação. Se Alkhiss sentia, ela sabia. Ela era uma divindade e a dúvida não fazia morada entre seus pares. A deusa de Ahammit interrompeu a marcha e olhou para trás, para o horizonte, onde distante mais de um dia de marcha as nuvens negras se concentravam e raios caíam sobre a terra. A tempestade trazia alguma coisa para o Combatheon e as nuvens contavam uma nova história.

— Ugaria! — tonitruou a deusa.
— Sim, minha senhora.
— A feiticeira de Dartana. A única grávida.
— Sim, minha senhora.
— Onde ela está, Ugaria?
— Eu não a encontrei, minha senhora.
— Feiticeira, você é minha preferida. Se não for atrás dela e voltar com a única feiticeira grávida até minha presença, não será mais. Eu quero a pequena dartana!

Ugaria sentiu o corpo esfriar, como se estivesse se desligando de sua deusa. Lágrimas chegaram a seus olhos e Ugaria lutou para que não rolassem diante de Alkhiss. A feiticeira olhou para o horizonte escuro. Pensou que sua senhora se esqueceria da feiticeira do exército exterminado. Agora invocava, mais uma vez, sua presença. Queria à sua frente. Para quê? A feiticeira de Dartana era uma ameaça.

— Minha senhora, aquela pequena é sem importância.
— Ugaria! — gritou Alkhiss. — Não me desobedeça! Eu posso mandar outra feiticeira se eu quiser, mas não haverá lugar em meu coração e em nossa vitória para uma feiticeira impertinente.
— Irei atrás dela, minha senhora. Imediatamente — respondeu Ugaria.
— Não subestime a feiticeira de Dartana, Ugaria. Algo acontece ao redor daquela criatura. Algo peculiar e que não deveria estar acontecendo.
— Preciso de soldados, minha senhora.
— Não! Parta só, seja discreta. Não semeio o receio no meio de nossos tão devotados soldados. Será bom que fique sozinha em sua mente. Vai lhe fazer bem, Ugaria.

CAPÍTULO 47

Jeliath encontrou uma estrada de chão escuro. Abaixou-se e tocou o material negro e frio. Nunca tinha visto nada como aquilo. Arrancou um pedaço da borda da rodovia de asfalto e cheirou. Não reconhecia o odor. Guardou o pedaço em seu alforje e atravessou a rodovia, caminhando até a outra margem. A voz de Ogum em sua cabeça tinha sumido. Presumiu que estava a salvo por enquanto e nenhum caçador estaria mais no seu encalço. A grama à beira da estrada estava fria e úmida, tomava cuidado para não escorregar. Aquele mundo cheirava mal, a mata não tinha o cheiro fresco da de Dartana. Parou e mirou a escuridão. Sentia saudades dos chilreios dos pássaros de sua terra, do balido das haitas e dos animais da floresta. Não fazia ideia de onde estava. Sentia apenas vontade de continuar em frente. Talvez, como no Combatheon, depois de seguir aquela estrada, encontrasse abandonados carregando carroças para um nova vila. Uma vila naquele mundo poderia apresentar um número incontável de novidades.

Minutos depois, ele ouviu zunidos, um som que crescia, sumia e vinha em sua direção. Ainda que nada lhe fosse dito, Jeliath ficou assustado e escondeu-se na mata da beira da estrada, abaixando-se enquanto via, estupefato, a passagem de um veículo com luzes projetadas para frente, que iluminavam tanto a estrada quanto a mata e escapavam do alto de seu corpo metálico, luzes coloridas que giravam e soltavam um gemido agudo, gritando e mandando sair da frente qualquer um. Jeliath afundou-se um pouco mais na mata, temendo aquela criatura que se movia em velocidade assombrosa. Era uma carroça sobre rodas, veloz e mágica, que não precisava de gente para empurrá-la e nem equithalos para puxá-la. Seria também um tipo de arma? Movia-se muito mais rápido que um equithalo. Parecia um projétil lançado sobre a estrada negra por uma daquelas bocas de fogo. Se um veículo daquele pulasse naquela velocidade contra um deus de guerra, poderia vencê-lo? Talvez. Bastava colocar uma boa lâmina na sua frente que a arma cravaria no peito do deus de guerra oponente e o tiraria de combate.

Queria ir atrás da carroça veloz e surpreendente, mas temia voltar naquela direção e ser apanhado. Mais do que temer a captura, temia que suas conquistas fossem tomadas. Olhou para a arma roubada mais uma vez. Aquela arma que chamavam de besta seria muito útil. Poderiam disparar muitas daquelas setas contra seus inimigos, de boa distância, fazendo surpresa. A arma cuspideira era poderosa. Mander se alegraria ao empunhá-la. Girou o cano na palma da sua mão. Como construiria um cano como aquele? Conseguiria moldar o metal com aquela elegância? Hanna era capaz, sabia disso. Ogum também proveria a ele e a seus construtores de força intelectual para construir a arma de fogo. Jeliath sentia que aquela seria a chave para a vitória de seu exército. Cada soldado de Dartana empunharia uma daquelas. Vasculhou a bolsa e tirou uma das caixas de munição. Removeu dela um dos projéteis e o observou. O homem tinha dito que colocaria munição na "bicha". O trovão devia sair dali. Jeliath, com sua unha, rasgou o invólucro que era feito de um material grosso e flexível. Uma poeira negra caiu em sua mão liberando um odor ácido. O construtor voltou a guardar a caixa na bolsa e empunhou a lanterna ainda acesa. Ergueu o faixo de luz para a copa das árvores logo acima. Jeliath sorriu. Aquilo também poderia ser uma arma. Com aquele tubo de luz e com o pequeno sol poderiam iluminar o campo de batalha e atacar durante a noite, de surpresa, quando todos dormiam em seus acampamentos. Apanhados no escuro, sem saber contra o que estavam lutando, muitos soldados sucumbiriam antes mesmo de se darem conta, antes mesmo de estarem prontos para o combate. Seria um meio ardiloso e matreiro, mas teriam que tomar partido de artimanhas para superar a diferença numérica. Mander ia adorar aquilo!

Jeliath examinou o tubo e, sem entender muito bem, acabou pressionando um botão que fez a lanterna se apagar. Pressionou novamente o mesmo botão e ela se acendeu para o seu agrado. Repetiu a brincadeira umas dez vezes e por fim acabou guardando também a lanterna, novamente acesa. O som dos gemidos do veículo tinha desaparecido. Jeliath voltou para a margem da estrada e tomou rumo de onde o estranho artefato sobre rodas havia vindo. Voltou a suspeitar que se seguisse aquela trilha de chão negro chegaria a uma vila, igual à Vila de Abandonados.

Confirmando sua surpresa, o construtor de Dartana teve que se esconder atrás de um arbusto quando escutou o ronco de uma carroça mágica e sua luz deitando na estrada. Encolheu-se vendo o veículo cruzar seu caminho, rumando para onde acreditava existir outra vila. Aquele era muito maior que o primeiro, cheio de janelas nas laterais onde pessoas tinham os rostos encostados sobre os vidros. Viu dois humanos dormindo e uma criança olhando para a mata. Jeliath sorriu para a criança que não o viu ali. O construtor levantou-se, admirando o veículo imenso se afastando e seu ronco ir reduzindo conforme a escuridão voltava à estrada. Sua cabeça tinha voltado a doer, como na primeira vez em que estivera naquele mundo. Jeliath desconfiou que seu tempo naquele mundo estava acabando. Apertou o passo. Não queria ser levado dali sem ver mais coisas, sem saber mais para o seu exército. Todos, mais do que nunca, dependiam de sua curiosidade e sua vontade.

Quando chegou a uma descida longa, com o suor tomando sua testa, escorrendo de seus cabelos por sua nuca e lavando suas costas, Jeliath parou à beira da estrada com os olhos arregalados. O que era aquilo diante de seus olhos? No alto da colina existia uma grande parede viva que lembrava muito a televisão que a doutora Glaucia já tinha lhe mostrado. Era um painel da altura de Belenus e cinco vezes mais largo que o deus morto de Dartana. Jeliath não entendia o que aquele espetáculo de luzes coloridas queria dizer. Uma seta surgia apontando para a estrada e figuras como as escrituras sagradas presentes no Hangar das feiticeiras de Dartana dançavam de forma mágica pela parede iluminada. Outras carroças passaram na beira da estrada, mas dessa vez o construtor estava tão absorto e magnetizado pelo painel luminoso que não se escondeu. Jeliath seguiu pela beirada da estrada até ver um ninho de luz onde muitas daquelas carroças se reuniam como em um grande acampamento. As carroças tinham tantas formas. Seriam de grande valia se conseguissem atravessar o solo irregular do Combatheon. Elas poderiam levar o exército inteiro de Dartana para a frente do inimigo em instantes.

Jeliath via algumas carroças paradas à frente de uma construção baixa e cheia de luz à beira da estrada. Dos veículos saíam adultos e crianças que entravam alegres naquele prédio brilhante e convidativo. Jeliath já podia ouvir as vozes das pessoas e a gritaria dos pequenos descendo da grande carroça, parecida com a que tinha passado por ele minutos atrás. Olhou novamente para o alto e seus olhos ficaram presos ao painel luminoso mais uma vez. Como eles conseguiam fazer coisas como aquelas? Aquele planeta já tinha lutado uma vez no Combatheon e seu deus tinha vencido para que pudessem ter tanto conhecimento. Como adoraria encontrar o Hangar das feiticeiras da Terra para conversar e contar sobre a sua missão. Os olhos de Jeliath encheram-se de água ao ver uma nova carroça adentrando o ninho de luz. Ela contava com dois andares e carregava na sua barriga uma porção de outras carroças, reluzentes, novas, prontas para se esparramarem pela estrada. Jeliath estava emocionado sem entender a razão.

Como aqueles humanos sabiam construir tantas coisas diferentes? Queria que Dabbynne estivesse ali ao seu lado para ver as maravilhas que ele estava vendo. Queria que a feiticeira de Dartana partilhasse com ele aqueles descobrimentos e que chegassem juntos à grande vila dos pequeninos para encontrar mais armas para Ogum. Jeliath caiu de joelhos ouvindo o motor da potente carroça carregadora de outras carroças passando ao seu lado, despejando fumaça, fazendo-o tossir até se curvar, aquecendo a sua pele. Jeliath embrenhou-se na mata próxima ao ninho de luz e recostou-se a um tronco de árvore para recuperar o controle da respiração. Por um segundo tinha tido a impressão de que a grande máquina da Terra o engoliria de uma vez. O construtor de Dartana gemeu sentindo a cabeça pulsar e a dor aumentar e então algo frio enrodilhou todo seu corpo e um brilho intenso cegou sua visão. Jeliath não estava mais na Terra.

* * *

Jeliath, caído e coberto pelo tecido gelatinoso que envolvia seu corpo, abriu os braços, deixando a escopeta ir ao chão. De dentro da bolsa de couro que trazia pendurada ao pescoço, escapava um fraco e incomum facho de luz amarela. Os olhos dos velhos construtores abandonados se fixaram na arma caída dentro do galpão de Hanna.

As feiticeiras de Dartana olharam para o órgão onde o brilho dourado morria após expulsar o corpo de Jeliath, que tinha voltado de outro mundo, trazendo novidades de guerra. O deus queria lutar.

Ogum abriu seus olhos iluminados com um dourado ainda pálido. O gigante com o braço de outro deus costurado ao seu tronco olhou para os abandonados aos seus pés e sua voz de trovão tonitruou pelo galpão fazendo todos se arrepiarem.

— Dartana, construir! — ordenou o deus.

Os olhos das feiticeiras de Dartana brilharam intensamente. Elas viam o que o deus queria e desceram ao chão do galpão. Dabbynne não precisou desenhar. A arma que o deus de guerra desejava era aquela, trazida da Terra pelas mãos de um dartana. Dabbynne apanhou a carabina em suas mãos.

— Construam e eu irei marchar!

Todos os presentes ficaram boquiabertos com o comando de Ogum. Tazziat e Dabbynne aquiesceram e se viraram para o grupo de curiosos. Mander estava à frente dos abandonados e ergueu a mão antes que qualquer uma das feiticeiras abrisse a boca.

— Entendemos o que ele disse, feiticeira.

Tazziat arregalou os olhos. Não era possível!

— Ele disse "construam e eu irei marchar"!

Dabbynne olhou para a feiticeira mais antiga, buscando uma resposta.

Tazziat virou-se para o deus de guerra e flutuou até a altura de sua cabeça. Os olhos de Ogum se fixaram na feiticeira.

— Eles te entendem, meu senhor.

— Assim eu desejo — respondeu Ogum.

Todos se juntaram ao redor do deus mestiço, Dabbynne também se elevou.

— Não sairemos para a guerra afastados, feiticeiras. Esse povo perdido deseja tanto um deus que suas preces e suas orações me tiraram do sono profundo para que eu marchasse mais uma vez. Não sou mais um deus de um povo só, sou o deus de todos os povos.

— E quanto a nós, meu senhor? Não serviremos para mais nada? — perguntou Tazziat, aflita.

— Vocês são feiticeiras de Dartana. Não precisam ser apenas meninas de recado. Vocês têm poder para curar os soldados durante a guerra. Terão mais poder ainda. A força da feiticeira prenha ajudou meu coração e meu corpo. Sua força de cura é poderosa. Sem vocês, não poderíamos marchar juntos.

A maioria dos presentes se ajoelhou diante do deus de guerra. Tinham acabado de ouvir da própria boca do deus que ele era um deus de todos.

Dabbynne desceu e estendeu a carabina para Jeliath, que estava de pé. O jovem construtor limpou-se da gosma e sorriu para a feiticeira.

— A boca de fogo! Nós podemos fazer!

Jeliath apontou para o teto ainda aberto do galpão, revendo em sua mente viu o homem puxando o cão da arma para trás, e o imitou. Jeliath segurou a respiração e puxou o gatilho. A carabina tonitruou, cuspindo seu projétil pelo ar, expelindo faíscas de sua boca, fazendo os construtores entrarem em polvorosa. Hanna parou em frente ao irmão. Jeliath abaixou a arma e mãos clementes e ávidas por conhecimento estenderam-se para ele. O construtor de Dartana andou entre os iguais, abrindo mais uma vez um corredor a sua passagem. Parou em frente a Mander, o comandante de Dartana, e colocou a boca de fogo em suas mãos.

— Vamos lutar, meu comandante. Vamos construir armas para nosso exército.

— Quais de vocês são meus construtores? — interrogou a voz de trovão.

Tímidas mãos levantaram-se, trêmulas. Era a primeira vez que ouviam a voz metálica de um deus que estava morto e tinha voltado à vida pelas mãos de construtores de carne e osso e não pela semente de Variatu. Mais incrível que isso, eles entendiam as palavras do deus e poderiam conversar com ele se isso fosse permitido.

— Todos vocês serão chamados de meus construtores. Construtores de Dartana.

Os construtores mantiveram seus olhos no deus de guerra e sentiram os corações dispararem.

— Dartana! Construir! — urrou Ogum, fazendo as paredes do galpão tremerem.

Os olhos dos novos construtores, de Jeliath e de Hanna brilharam, dourados, e suas cabeças foram para trás. Todos eles recebiam de Ogum a instrução para reproduzir a boca de fogo que estava nas mãos de Jeliath.

Dabbynne e Tazziat também sentiram aquela energia reverberar, fazendo o pelo de seus corpos se arrepiar.

Algo transcendental acontecia ali. Jeliath era totalmente novo, ele não era um avatar, um intérprete, um buscador de armas para a guerra que carregava os pensamentos numa nuvem intangível. Jeliath tinha estado em outro lugar, enviado pelo deus de guerra, e tinha sido os olhos do deus. Viajou no espaço e andou em outras terras, em outro mundo. Como isso era possível? Ogum não conseguiu ver através dos olhos de seus avatares, mas, de alguma forma, ele conseguia fazer os construtores enxergarem o que era preciso para ter os elementos daquelas novas armas. As feiticeiras não precisariam mais traduzir as palavras do gigante, que se comunicava por meio da língua da carne. Todos entendiam as palavras e eram ouvidos. Tazziat nunca escutara história semelhante, só sabia que na promessa dos deuses tudo era possível, afinal ela mesma estava agora em outro mundo por obra de Belenus. Jeliath tinha nas mãos a arma que trouxera do outro mundo. Jeliath era parte do milagre.

Tazziat sorria, olhando o jovem dartana rodeado pelos construtores que esvaziavam a bolsa que ele trazia consigo, agitados após receber a instrução de Ogum. Eles tinham que construir. Construir para que o deus de guerra marchasse.

Jeliath riscou no chão de barro, como uma feiticeira faria depois de ouvir a voz cifrada do deus de guerra, desenhando uma nova arma. Ela possuía o cabo da escopeta, mas terminava com um arco atravessando-a. O construtor falava com seus semelhantes.

— Essa arma, os humanos a chamam de besta. Ela é incrível e eu também sei fazê-la.

Tazziat flutuou sobre o desenho, vendo a arma que disparava pequenas lanças. A feiticeira anciã olhou para Ogum e o deus de guerra balançou a cabeça em sinal negativo, como se entendesse sem que ela abrisse a boca.

— Essa arma não será feita agora para nossos guerreiros — interrompeu Tazziat.

Jeliath franziu a testa e olhou para as duas feiticeiras, tentando entender.

— Essa arma será feita para Ogum primeiro — revelou a feiticeira grávida. — Só depois para os soldados.

O construtor de Dartana olhou para o próprio desenho. Seria o mesmo, apenas teria que ser maior, muito maior. Aquilo poderia ser feito. Uma besta de tamanho proporcional ao colosso de Dartana. Os arpões teriam que ser incrivelmente grandes, maiores que as lanças dos soldados.

Mander também estava com os olhos brilhantes, olhando para o desenho e para Ogum alternadamente.

— Ela poderá atingir os deuses oponentes antes de se tocarem, a grande distância. Teremos vantagem com isso — disse, abrindo um sorriso largo.

— Exatamente, Mander — emendou Jeliath.

— Você pode construir isso? — Agora o rosto do general mostrava alguma preocupação, como se tivesse ganhado um presente e alguém estivesse prestes a tomá-lo.

— É claro! Essa besta é muito mais simples que a boca de fogo — disse Jeliath.

— Perfeito. Arme nosso deus. Ahammit terá uma boa surpresa.

CAPÍTULO 48

Mander e Tylon-dat estavam em pé no meio da grande cabana comum onde muitos dos abandonados faziam as refeições em meio a suas famílias formadas naquela vila. Estavam cercados por dezenas de guerreiros que, entusiasmados com o despertar do deus feito de pedaços, se reuniam para fazer o impensável: voltar à guerra.

Mander estava com a expressão fechada, mas de ombros leves. Marchar novamente era tudo o que o general de Dartana queria. Ter a chance de levantar a espada contra o general de Ahammit. Ter a oportunidade de tirar os filhos da sombra da maldição.

— Você acha que teremos chance de vencer, general de Dartana? — perguntou Spar.

Mander encarou o guerreiro com cara de pássaro. Não ousaria diminuir o entusiasmo daquele grupo, daquela sala. Seu plano era conseguir toda ajuda que pudesse para perseguir Ahammit. Precisava de cada braço disposto a empunhar uma arma.

— É claro que temos chance! Vão lá e vejam com os próprios olhos. Não tínhamos um deus de guerra e agora temos!

Mander viu os olhos de todos convergirem para ele. Lia nos rostos daqueles velhos soldados abandonados, em suas cicatrizes, a experiência que tiveram no campo de batalha. Encontrou olhares como o dele, de gente que queria mais uma chance para lutar. Apesar da falácia pacifista de Tylon-dat, Mander sabia que muitos queriam subir em suas montarias e marchar atrás de um novo deus. A guerra tinha sido o propósito de todos e, muitas vezes, a guerra não abandona o sangue.

— Quantos aqui não queriam ter uma nova chance no campo de batalha? — perguntou Mander.

Muitos braços se ergueram, fazendo Tylon-dat olhar para Mander, apertando os olhos, impossibilitado de esconder seus sentimentos.

Tylon-dat sabia que o impulso de guerra do general de Dartana, somado ao milagre de um deus vivo habitar a Vila de Abandonados, arrebataria muitos dos que ali viviam. Mander queria levar seu povo de volta à espada.

— Acalme-se, general de Dartana. Esses soldados há muito tempo não pegam em armas. Não pode levar meu povo sem que tenhamos um bom plano.

Mander olhou para Tylon-dat. Ter o apoio do ex-general de Gaulon era determinante naquele momento.

— Com você liderando os abandonados, Tylon-dat, sei que teremos um bom plano para seguir — deduziu o general de Dartana. — Seremos dois generais vingando-se do mesmo inimigo, com a chance de completar nosso destino mais uma vez.

Tylon-dat mudou sua expressão na mesma hora, saindo de um estado tenso para algo mais sonhador. Isso ele nunca vira. Nunca se imaginara marchando sobre as terras do Combatheon mais uma vez. Se aquele general maluco de Dartana incendiasse de entusiasmo os guerreiros da Vila de Abandonados, poderiam vencer um ou dois exércitos talvez. Se vencessem todos, e o deus de guerra mestiço terminasse vitorioso, sua imagem seria gravada ao lado dos deuses vencedores. Seria uma história que seria contada para todo o sempre e seu nome estaria lá, na memória de quem narrasse a aventura do deus de guerra mestiço.

— Isso não será fácil, general de Dartana — disse Tylon-dat. — Você usa bem as palavras, mas temos que encarar a verdade. Temos poucos homens. Quantos guerreiros são necessários para se ter um exército?

— Eu marcharia sozinho se fosse preciso, Tylon-dat. Cada homem a mais que estiver ao meu lado tornará o exército de Dartana ainda mais poderoso.

— O exército de Dartana? — murmurou Gagar, o guerreiro vermelho.

Mander sorriu para Gagar, entendendo a ironia na fala do lokun.

— Ogum marcha por todos.

— E o que acontecerá se, por acaso, chegarmos ao Portão de Vitória? — inquiriu Mil-lat.

Mander ergueu as sobrancelhas.

— Não posso falar em nome de Ogum, mas quem esteve lá, ouviu. Ogum disse que não lutará por um povo só. Ele é deus de todos os povos.

Os guerreiros trocaram olhares desconfiados.

— Vocês podem ficar aqui parados, imaginando o que irá acontecer ou podem vir junto conosco e descobrirem quando estivermos lá. Eu garanto a vocês, isso não está acontecendo por acaso! A razão para Ogum ter despertado nesse galpão é porque ele será vitorioso, ele salvará nossos povos!

Um *urra* foi solto após a fala de Mander. O general de Dartana agora tinha um exército, um exército entusiasmado com as palavras de seu general.

Tylon-dat ergueu as mãos felinas, solicitando silêncio.

— Não podemos nos atirar contra Ahammit como um bando de loucos, marchando atrás de um deus feito de pedaços.

Mander torceu os lábios, pensando no que dizer em seguida, contudo, Tylon-dat prosseguiu:

— Precisamos de estratégia e precisamos treinar nossos soldados. A maioria está mais preocupada com a colheita do sítari e nem lembra como desembainhar uma espada.

Os guerreiros riram juntos pela primeira vez.

— Certo, Tylon. Eu disse que você saberia colocar as coisas nos eixos.

— Gagar — chamou Tylon-dat.

— Sim, starosta.

— Junte seus homens. Tenho uma missão que só posso confiar aos seus olhos vigilantes.

— O que quiser, senhor.

— Sele seus faguzes e parta para as terras de combate. Encontre nossos inimigos e faça um mapa de cada acampamento que encontrar. Você conhece melhor do que ninguém as trilhas do Combatheon e saberá o que os generais estão pensando — ordenou Tylon-dat.

— Agora mesmo, Tylon-dat. Estou doido por um pouco de ação.

— Não mate ninguém, se for possível, Gagar. Precisamos do elemento surpresa.

Mander abriu um sorriso largo. Tylon-dat estava economizando o seu trabalho e se tornando parte do processo de preparação. Com Tylon-dat à frente dos homens, tomaria a confiança dos guerreiros ainda mais rápido.

— Enquanto Gagar traça um mapa de onde nossos inimigos estão, teremos tempo de treinar os soldados e nossos construtores terão tempo de produzir armas — afirmou Tylon-dat.

CAPÍTULO 49

— Precisamos da areia negra para fazer a arma funcionar como essas, Jeliath — reclamou Hanna, apontando para as cápsulas de munição da arma de fogo trazida da Terra.

— Sim. Temos de entender como isso funciona. Como ela faz a arma gritar e jogar os projéteis de metal contra o alvo — acrescentou Griz, construtor de Lokun e, igual a seu conterrâneo Gagar, de pele toda vermelha e olhos de globos completamente amarelos, segurando a escopeta em uma das mãos e as cápsulas nas demais. Griz tinha marcas nos braços e no rosto, revelando que a guerra tinha sido dura com ele. Uma grossa faixa de carne cicatrizada descia do ombro esquerdo até o meio do peito e faltava-lhe o braço inferior esquerdo.

Jeliath olhou para Dabbynne, que passava a mão sobre a barriga pontuda, cada vez maior. Como era possível aquele bebê crescer tão rápido? O construtor afastou a pergunta, porque seu maior interesse naquele exato momento era na guerra e não na vida nova que a feiticeira trazia dentro de si.

O construtor de Dartana sentia o peso de sua responsabilidade, empurrando seus ombros contra o chão, forçando-o a se render a seu deus de guerra e a se ajoelhar, porque ele, em carne e osso, tinha ido até aquele outro mundo e trazido em suas mãos as armas que poderiam dar alguma vantagem e muita força ao seu exército, mas ainda maculado pela escuridão da ignorância plantada em Dartana, sua terra, era incapaz de entender como aquela arma cuspia os projéteis usando os cartuchos recheados de areia negra. Jeliath sentia-se humilhado pelo fato de ter achado que poderia substituir os olhos de seu deus e agora se encontrava como no estreito de pedras, marchando, mas sem um portal de luz no final, sem saída, sem ter para onde ir, exceto voltar para aquele, o único que poderia lhe dar respostas. Jeliath caminhou até Ogum, que estava de pé e imóvel, como que apenas aguardando a hora da marcha.

— Senhor, eu não entendo como a areia negra é feita e precisamos dela para fazer com que as armas funcionem — choramingou o construtor, erguendo a mão e expondo o cartucho de pólvora, aberto. — Ficamos sem nosso deus, e mesmo eu tendo viajado até o mundo dos guerreiros ancestrais e ter em minhas mãos as armas que salvariam nosso exército, não consigo encontrar respostas.

Os outros construtores traziam nas mãos tubos de metal forjados, trabalhados junto aos fornos que Hanna, teimosa e esperançosamente, havia mantido acesos, mostrando ser ela a maior detentora da fé na volta de um deus por quem lutar.

Ogum abriu os olhos e voltou-se para Jeliath. A voz de trovão do deus ribombou no galpão e todos entenderam suas palavras.

— Não lamente seu destino incrível e único, construtor. Agora sou seu deus. O deus montado pelas mãos de vocês, construtores. Ajoelhe-se.

Jeliath, ainda impressionado com a voz potente do deus e com o fato de entendê-lo sem ter de recorrer às feiticeiras, atendeu prontamente.

— Peça a seu deus e lhe será respondido.

Jeliath, curvado, fechou os olhos e, como tinha aprendido há muitos e muitos ciclos, no Hangar de Dartana, pediu ao seu deus, em pensamento.

O órgão de transporte flutuou para fora do peito de Ogum, vibrando na energia dourada do divino Dartana, e seus fios saltaram do peito do deus, descendo até tocar a testa do construtor prostrado. O fluxo de luz presente no fio continuou emanando do peito de Ogum e passando para a cabeça de Jeliath por alguns segundos. Então, lentamente, o fio foi recolhido e voltou para dentro do peito do gigante. Jeliath abriu os olhos e se levantou, abrindo um sorriso em direção ao deus de guerra e então se virou para Hanna e para a turba de construtores que aguardavam logo atrás.

— Eu sei o que preciso para fazer essa areia negra. Precisamos de equithalos! Precisamos viajar até o vulcão.

— É uma viagem bem longa até lá. Precisamos mesmo ir tão longe? — perguntou a irmã.

— Você fica, Hanna. Tem outros componentes para a areia negra que você, que conhece essa vila melhor do que eu, vai ter que arranjar — afirmou Jeliath.

Os construtores trocaram um olhar confuso. Como Jeliath, só de ser tocado pelo fio dourado do gigante Ogum, poderia ter aprendido a fazer a areia negra?

— Ei, Jeliath! Eu quero ir com você, quero aprender tudo!

— Eu sei que você também é curiosa, mana, mas preciso de você aqui. Enquanto vamos buscar o que necessitamos, você, além de juntar esterco e carvão, vai adiantar uma peça importante do nosso deus.

— Esterco? Você vai viajar por aí, aprender mil coisas que ele te ensinou e vou ficar aqui para juntar esterco?

— Muito esterco. Vá aos cercados de haitas e aos estábulos onde guardam os animais de montar e recolha tudo. Precisaremos de muito.

Hanna olhou para o gigante Ogum, imóvel e de olhos fechados.

Jeliath riscou o chão com uma vara.

— Esses dias que estarei fora serão cruciais aqui. Só confio em você, Hanna.

A irmã bufou, consternada, mas compreendendo a aflição de Jeliath. Olhou para o desenho no chão.

— Uma flecha? É isso que você quer? Tenho várias ali fora, quer ver?

— Não é uma flecha. É o arpão de Ogum. Ele precisa ter seis metros de comprimento e ser grosso como o tronco de yaba.

— Uma flecha — resmungou Hanna, decepcionada.

— A viagem será demorada, irmã. Precisamos deixar Ogum preparado para a grande jornada que terá pela frente. Seu coração precisa ter a garantia de uma carga elétrica para que sua atividade não cesse.

— Viu? Aposto que você vai fazer coisas divertidas enquanto eu ficarei aqui para fazer uma flecha.

— Já disse que não é só uma flecha, é um arpão. Será com essa arma que Ogum lutará contra todos os oponentes. Você é ótima em fazer armas, Hanna. Você terminará a grande besta de Ogum. Será a chefe dos construtores até eu retornar. Se partir comigo, eles não vão dar conta de construir as armas de fogo. Todos os soldados necessitam de uma boca de fogo. Será determinante em nosso primeiro combate.

Hanna ficou calada, enquanto Jeliath dizia o que mais precisaria para fazer a areia negra e balançou a cabeça em sinal positivo, finalmente concordando. O irmão tinha razão. A forja de Dartana não poderia parar. Tinham a vantagem de Hanna e outros abandonados terem recolhido inúmeras armaduras que poderiam ser rapidamente adaptadas para o corpo dos guerreiros, mas as armas de fogo teriam que ser construídas, todas. Os soldados precisariam treinar com elas para não vacilarem na frente do inimigo. Manteve-se calada quando ele partiu, seguido por Thaidena e Parten e outros construtores antigos abandonados, que serviriam de guias até o vulcão. Levariam dois dias de viagem até lá.

CAPÍTULO 50

Mander ficou aflito com a necessidade de Jeliath se ausentar por tantos dias antes da marcha. O general de Dartana sabia que cada dia era valioso para ele. Seus filhos, em sua terra natal, dependiam de seu sucesso e quanto antes a marcha começasse, maiores seriam as chances. Contudo, havia momentos em que não se podia ir contra a lógica. Gagar e seus batedores também não tinham retornado da investigação do inimigo mais próximo e Hanna lutava para deixar todos os componentes do exército mestiço, incluindo os próprios construtores, de posse de uma arma de fogo. A forja trabalhava sem cessar e, graças aos esforços da dartana, Mander podia usar o tempo que tinha a seu dispor para começar a treinar os soldados e a reavivar o espírito de guerra em cada um daqueles veteranos.

Sem a areia negra, os soldados podiam apenas empunhar a arma. Nesse meio-tempo, eles se acostumaram com o peso e a forma da arma de fogo. Mander sugeria à Hanna a construção de coldres, que deixariam a escopeta presa ao corpo dos soldados de modo prático. No resto do tempo, Mander treinava com seus homens, auxiliado por Tylon-dat e Mil--lat, fazendo formações de ataque e controlando o sortimento de montarias que teriam ao seu dispor. Outra vantagem que o general havia percebido era justamente esta, a mobilidade. Enquanto os outros exércitos eram gigantes, dotados de milhares de soldados, sua locomoção seria arrastada e demorada em virtude de tantos componentes. O exército mestiço partiria dali resumido, com pouco mais de 150 guerreiros e construtores, todos montados em animais ligeiros, dando à pequena milícia a oportunidade de surpreender os oponentes. Era assim que Mander lutaria, dando golpes velozes como um raio e desaparecendo na poeira erguida pelos animais, voltando a atacar quando a guarda inimiga baixasse novamente. Por ora, treinar os soldados a atacar de cima das montarias era tudo o que lhe restava.

* * *

O grupo de Jeliath tinha cinco pessoas, contando com ele. Dois construtores abandonados, que conheciam bem os vales e as trilhas do Combatheon, levariam o bando o mais rápido possível aos pés do vulcão. Quin-dat era um gauloniano de idade avançada, mas seu corpo felino ainda era muito ágil e forte. Era primo de Tylon-dat e Mil-lat e cheio de histórias para contar sobre as terras de guerra pelas quais iriam trilhar. O segundo construtor era um veterano de Mirtus, com cara de ave, de braços e costas recobertas por uma penugem densa e curta e um bico bastante proeminente, diferente dos outros mirtunianos que tinham visto na vila. Era mais calado do que Quin-dat, mas nada carrancudo. Fechando o grupo, vinham os soldados dartanas, Thaidena e Parten, trazendo armaduras e espadas para ajudar na defesa durante a jornada. As montarias, constituídas por três equithalos, um loraben, montaria parruda do mirtuniano, animal alto, dotado de um corpo bastante largo e uma pelagem castanha-escura que tampava inclusive seu rosto. O bicho, dotado de dois longos chifres, tinha uma marcha mais lenta e menos elegante que a dos equithalos, porém foi carregado pelo dono com seis cestos de vime, mostrando que era capaz de carregar a mesma carga que os animais de Dartana. Além disso, o robusto loraben puxava uma carroça comprida e funda de quatro rodas para atender a encomenda de Jeliath. O último animal da caravana era ágil como aqueles que corajosamente os montavam; chamado de zubi, o animal tinha a aparência de um grande tigre, com caninos que extravasam suas mandíbulas e expressão de poucos amigos. A bela montaria gauloniana tinha uma couraça formada por chapas metálicas mistas em dourado e prateado, dando ainda mais elegância e imponência ao animal. Quin-dat colocou uma focinheira no bicho, que ficava num cercado de gradeado alto com seus poucos iguais. Quin-dat explicou que o zubi tinha um apetite voraz por carne e então convinha manter sua boca presa enquanto viajavam, as mordaças só eram retiradas quando os gaulonianos partiam para o combate.

O grupo conseguia avançar rápido, e, ao final do primeiro dia, aproximou-se do vulcão chamado pelos abandonados de "o Viúvo". O apelido vinha da inexplicável e constante garoa que banhava as redondezas da montanha, somada à lenda que circulava na Vila de Abandonados, dizendo que certo dia um deus de guerra vencedor, que passava pelas redondezas do vulcão, rumando para o Portão de Vitória, deparou-se com um casal de inimigos à beira da trilha. A mulher estava moribunda, vitimada por inúmeras feridas de guerra. O homem, vencido, desesperado e temendo passar o resto da vida sozinho nas terras do Combatheon, implorou ao deus de guerra que salvasse a vida de sua mulher. O deus de guerra, que tivera seis olhos em sua face, olhou para o homem com seu único olho bom restante e, ainda assim, reconheceu o pequeno inimigo, um construtor habilidoso que criara a arma que tinha lhe furado os outros olhos. O deus de guerra, inclemente e cruel, recusou curar a inimiga e ordenou que os dois fossem arremessados pela boca do vulcão por seus melhores guerreiros. Compadecidos da sorte do casal, os guerreiros arremessaram apenas a mulher e deixaram o construtor à beira da boca do vulcão, ali ele começou a prantear a perda da companheira para todo o sempre. Os velhos abandonados diziam que ainda hoje, num dia bom e de menor fúria do vulcão, podiam ver o viúvo triste sentado sobre uma pedra, odiando o deus impiedoso. Jeliath sabia que não precisariam chegar até a boca do vulcão, mas não teria como evitar a chuva quando se aproximassem do pico.

Na manhã do segundo dia, tiveram que avançar lentamente por conta de um encontro inesperado e arriscado. Passavam ao largo de um grande lago que os construtores abandonados disseram se chamar Papandore. Precisaram desmontar e seguir com muita cautela, pois às margens do lago combatiam dois grandes exércitos. Os deuses titânicos ainda estavam longe uns dos outros, mas os soldados estavam engalfinhados em uma luta sangrenta. Jeliath pediu para ficarem meia hora no alto de um morro, observando os guerreiros e suas montarias. Como eram diferentes! Usavam armas que nunca tinha visto igual. De um lado, via guerreiros girando cordas acima de suas cabeças, com ganchos presos em suas pontas e que, ao serem lançadas, voavam na direção dos inimigos ou de suas montarias e enrolavam em suas pernas, derrubando-os, para em seguida serem atacados por armas que eram como tábuas largas, cheias de pontas agudas. O resultado dos embates era devastador. A arma sempre voltava para o alto cheia de pedaços de pele e órgãos, deixando o inimigo à beira da morte, no chão.

— Precisamos seguir em frente, Jeliath — insistiu Thaidena. — Sei que você quer aprender com tudo o que vê pela frente, mas temos que encontrar o que viemos buscar.

Jeliath, contrafeito, acabou escutando a amiga e o pequeno grupo deixou a região do lago, atingindo as cercanias do vulcão ao final da tarde. A imensa montanha roncava teimosa, lançando um lume insistente do cume de onde vertiam lágrimas rubicundas do viúvo pelas encostas escuras.

Jeliath fora instruído por Ogum a fazer a areia negra e para isso precisou se encharcar e subir as encostas do Viúvo até encontrar as pedras amarelas que vertiam dos veios do vulcão.

Quanto mais o grupo de construtores e amigos avançava pela trilha escura e arenosa que beirava o vulcão, mais ensopado ficava com a água que teimava em cair das nuvens marrons-escuras que emanavam do cume do Viúvo. Quando o vulcão roncava, o chão tremia e relâmpagos assustadores acendiam as colunas de fumaça, que era regurgitada das entranhas do Combatheon. Pássaros de asas compridas, muito maiores que os karanklos de Dartana e que os karanklos avistados no mar de mortos, rodopiavam acima de suas cabeças, parecendo famintos e à espera que os expedicionários se distraíssem. O Viúvo roncou mais alto e as nuvens escuras clarearam de forma mais prolongada, lançando lágrimas rubras ao céu que choveu ao redor dos mestiços, agitando os equithalos, que empinaram, assustados. Gotas quentes e vaporosas bateram ao lado de Thaidena, exalando calor.

— Eu sei que nossa aventura é cheia de coisas inexplicadas, Jeliath, mas precisamos mesmo subir essa montanha? — perguntou Parten, em tom de queixa.

Jeliath cobriu os olhos com a mão, olhando para cima e os lados além da trilha arenosa e morna onde pisavam.

— Temos que subir mais, Parten. Ainda não estou vendo o que viemos buscar.

A subida durou mais duas horas e, mesmo ainda estando muito distantes do alto do vulcão, o chão já estava bastante quente, deixando os animais inquietos.

Jeliath finalmente desmontou, sentindo a sola de suas botas de couro ficarem mornas no chão molhado. O choro lastimoso do Viúvo era morno e salgado, como as lágrimas dos dartanas.

— Como você sabe o que você quer? — perguntou Shal, o construtor com cara de pássaro, vindo do mundo conhecido como Mirtus.

Jeliath sentia um cheiro ácido chegando a suas narinas e cobrindo sua pele.

— Não podemos ficar aqui muito tempo. Essa chuva, ela não é boa.

Os dois construtores veteranos olharam para cima, enquanto Shal permaneceu ao lado de Jeliath.

— Ele entrou na minha cabeça, Shal. Igual ao deus anterior. Ele me mostrou do que preciso para fazer a areia negra. Precisamos de uma pedra amarela e ela está aqui.

— Esse deus que vocês fizeram é bastante diferente. Ele fala com a gente. Nunca vi um deus conversar. Para que servem as feiticeiras agora?

Jeliath sorriu para o colega de trabalho e ficou pensativo um segundo.

— Acho que elas agora têm mais tempo para cuidar da gente e cuidar delas mesmas. Um deus que conversa com a gente vai facilitar muito nosso trabalho. Deixe que as feiticeiras de Alkhiss percam tempo traduzindo o que aquela deusa com jeito de lagarto diz pra elas.

Os exploradores subiram desmontados por mais cinco minutos e então o rosto de Jeliath se iluminou. As pedras de coloração amarela viva começaram a aparecer, em forma de placas, cobrindo a subida.

— É isso? — perguntou Shal.

— Exato. Vamos carregar a carroça e os cestos. Quanto mais pudermos levar, melhor.

* * *

Na manhã seguinte, depois de um rápido desjejum com frutas e pedaços de carne-seca trazidos nos alforjes, os exploradores partiram de volta da Vila de Abandonados. Só pararam a marcha, agora mais lenta, com os animais carregando as pesadas placas de pedras amarelas para a receita da areia negra, quando se acercaram mais uma vez do lago Papandore à luz quente do meio-dia. A guerra tinha sido feia, pilhas de corpos no campo de batalha apodreciam sob a luz causticante do sol. Os vencedores tinham um aspecto bastante diferente dos dartanas, dos gaulonianos e dos mirtunianos.

Shal, o cara de pássaro, muito parecido com Spar, esgueirou-se entre pedras, descendo metade do morro, seguido de perto por Jeliath. O dartana apontou para o lado que era guarnecido por uma longa e antiga barragem.

— O que é aquilo, Shal? — perguntou, intrigado, apontando para a represa.

Shal olhou para a barragem e começou a explicar a razão do paredão de madeira para Jeliath, usando sua voz esganiçada de pássaro.

— Ajudei a erguer aquela barragem, Jeliath. Muito antes de sua irmã chegar, erguemos a represa do Papandore. Acima do lago, onde o rio é largo e rasgava um extenso vale, viviam os peixes-morte que desciam o rio todos os meses. Apesar de morarem nas águas do vale, sua fome era tamanha que eles não aceitavam ficar apenas no alto do Papandore. Desse lago menor, onde nossos inimigos se banham agora, foge um rio pequeno que cruza nossa vila. Muitos dos abandonados eram devorados pelas bocas cheias de dentes dos peixes-morte todos os meses. Eles são silenciosos e traiçoeiros e atacam velozes.

— São grandes? — perguntou Jeliath.

— Ah! Uma mordida pode arrancar sua cabeça, construtor de Dartana. As bocas têm dentes mais compridos que espadas e devoram um guerreiro com apenas três mordidas. A barragem foi construída ao longo de muitos anos e demos um jeito que apenas a água limpa e sem peixes-morte atravessasse para cá.

— Muito esperto.

— Sim. Tivemos que fazer para nos protegermos. Eles ainda passam, são tinhosos e conseguem furar a barragem, mas, quando descobrimos um, já damos nosso jeito e logo consertamos o buraco. Que os deuses carreguem esses peixes-morte! — exclamou Shal.

— Veja. Estão se protegendo do sol — observou Thaidena, chegando às costas de Jeliath e também se abaixando.

— Sim. Parecem os daligares que rondam as margens do Massar.

— Não estou gostando de ficar aqui — queixou-se Parten. — Não acham que eles devem ter batedores por aí, fazendo a segurança desse acampamento?

— Fique abaixado que não nos verão — reclamou Thaidena.

— Eles não gostam do sol — continuou o mirtuniano. — Vejam, fizeram uma grande construção de madeira, um teto com sarrafos finos de galhos secos para que as sombras os protegessem do sol.

Os olhos dos observadores percorreram o terreno à frente do lago, o campo de batalha era largo e embaciado por morros de pedras escuras como o que estavam agora. O pico enfumaçado do Viúvo ficava acima da barragem, a horas de distância, mas certamente eram suas cinzas teimosas que tingiam as pedras ao redor naquele tom mais escuro. Havia pouca vegetação na região e os poucos roedores e pássaros que tinham encontrado na trilha que seguiram haviam desaparecido ali, talvez indo parar nos caldeirões dos cozinheiros daquele exército. Exceção eram os karanklos, que bicavam os cadáveres incontáveis que eram arrastados por meia dúzia de soldados, que iam levando os corpos e arremessando-os ao lago, e mais tarde seriam arrastados pela correnteza descendo pelo rio.

Duas dúzias de árvores esparsas e com copas vigorosas e extensas apareciam aqui e ali; abaixo delas, sob suas sombras refrescantes, os espaços eram disputados por guerreiros e guerreiras que procuravam se deitar e descansar, aguardando o próximo combate.

— A maioria deles fica dentro da água, deixa suas armas de corte à margem e nada desprotegida.

Parten ergueu o dedo, apontando o deus de guerra inimigo e suas feiticeiras.

— Elas estão vigiando, voando ao redor da cabeça do gigante. Ele está de olhos fechados, mas elas veem.

— O deus dele deve estar visitando seus olhos em outro mundo, querendo mais armas para seguir a luta — disse Shal.

Quin-dat ergueu seu nariz de pehalt e farejou um instante.

— Há muitos feridos debaixo do telhado de galhos. Eles se recuperam nas sombras, com poções feitas com couro de peixe sobre suas peles machucadas. São muitos os feridos. O combate foi terrível para os dois lados. Vão precisar de muitas horas para deixar o lago Papandore.

— Acho que temos sorte. Nossas feiticeiras são capazes de curar com a energia de Belenus. Parece que as outras não têm essa qualidade.

Os olhos de Thaidena brilharam.

— Então precisamos partir agora. Esse exército não está tão longe da vila. Podem ser nossos primeiros inimigos. Se os pegarmos aqui, feridos, temos chances de ganhar.

— Você está falando igual ao doido do Mander — disse Parten.

O grupo tornou a subir o morro e montar seus animais.

A marcha prosseguiu monótona até pouco depois do Cemitério de Deuses, quando Jeliath explicou aonde queria ir. Ao descrever o poço de águas cristalinas, Shal logo reconheceu e indicou o caminho. Jeliath falou das enguias que vira ali dentro da água, do brilho manso que lançavam ao se locomover e de sua suposição. Como em Dartana, existiam aqueles peixes que carregavam eletricidade e, muitas vezes, terminavam por matar os desavisados. Precisavam capturar um bom número deles para carregar com Ogum, para que fornecessem eletricidade para o coração do deus de guerra de Dartana.

— Essas cobras elétricas são traiçoeiras, dartana. Como pretende colocar as mãos nelas sem ser morto?

— Então estou certo? Elas têm eletricidade na barriga?

— Não sei se é na barriga — continuou Quin-dat. — Mas já vi derrubarem um loraben grande desses daí quando ele bebia água no rio. O bicho morreu queimado.

— Como você vai pegá-las, Jeliath? — perguntou Parten, preocupado.

Jeliath suspirou e encarou o amigo.

— Com muito cuidado.

As horas se passaram no trabalho monótono de esperar as enguias caírem na engenhosa armadilha que Jeliath construiu, usando dois dos cestos que carregavam pedaços do vulcão. Jeliath desfez uma das cestas, criando um túnel de tranças de vime que acabava dentro da outra cesta. Mergulhava a armadilha com um punhado de minhocas vivas, iguaria irresistível para peixes e enguias daquele poço, de acordo com Shal. Demorou um par de horas para que as enguias começassem a cair no truque do construtor de Dartana, mas depois de pequenas adaptações, tanto no engenho quanto na isca, as enguias começaram a cair na prisão. Thaidena, Parten e Quin-dat trataram de tirar as pedras amarelas da carroça e a enchê-la com água para realizar o transporte das enguias. Elas só serviriam vivas para o propósito do construtor. Quando entardecia, com a carroça cheia das perigosas enguias brilhantes, o bando tomou o rumo da Vila de Abandonados, que já estava bem próxima. Assim que chegassem lá, algum enviado retornaria até a trilha do poço para apanhar as pedras que tinham sido descarregadas para dar lugar aos estranhos peixes-elétricos.

* * *

Longe dali, dentro da Vila de Abandonados, Tazziat e Dabbynne, que descansavam depois de uma longa noite de orações e emanações de energia sobre o imenso corpo de Ogum, ouviram batidas na porta da casa cedida por Mil-lat. Duas senhoras, uma habitante de Mirtus, com o rosto de pássaro e penas curtíssimas e azuis que mais pareciam pelos do que penugem, trazia nos braços uma jovem mirtuniana que surpreendeu as feiticeiras de Dartana. Ainda com os olhos arregalados, Tazziat olhou para a segunda senhora, de pele vermelha e olhos amarelos, contando com quatro braços que protegiam uma garota lokun. As duas jovens tinham uma fina camada brilhante sobre suas peles, um brilho dourado já muito conhecido pelas feiticeiras de Dartana.

— Por Ogum, todo-poderoso! — exclamou Tazziat, persignando-se.

Dabbynne, passado o susto inicial, abriu um sorriso e convidou as mães a entrarem com suas filhas.

— Venham, sejam bem-vindas.

As mulheres, ainda receosas, entraram na casa da velha Jauna, falecida há alguns meses, reconhecendo seus móveis e seus objetos ainda no casebre.

— Quando isso começou? — perguntou a feiticeira dartana mais velha.

A cara de pássaro foi a primeira a falar.

— Nara estava dormindo, eu fui cobri-la no meio da noite e pensei que meus olhos me pregavam uma peça. Meu marido está com o irmão de Hanna e ainda não sabe o que está acontecendo.

— Nem mesmo nós sabemos, senhora. Estamos tão surpresas quanto você — conciliou Tazziat.

— Minha filha é uma feiticeira?

Tazziat respirou fundo e andou até o meio das meninas, tocando-as com as mãos, vendo a luminosidade delas passar para seus dedos e depois voltar para seus corpos.

— Sim. São feiticeiras de Dartana.

A mãe lokun puxou sua filha.

— Não somos dartanas. Somos lokuns.

Dabbynne, passando a mão em sua barriga e também se aproximando, tocou a mãe de quatro braços.

— Desculpe como falamos. Ainda não nos acostumamos a tudo isso. Mas suas filhas são bem-vindas ao nosso exército. Serão feiticeiras do exército mestiço e poderão ajudar muitos soldados.

As duas mães se olharam e suspiraram.

— Em nossa terra natal, Mirtus, não tínhamos escolha. Agora, aqui, podemos escolher. Nossas filhas não são obrigadas a partir atrás do seu deus máquina.

Tazziat ergueu os ombros, olhando para as meninas que tinham olhos assustados.

— É verdade. Não temos um Hangar e nem um Portão de Batalha para atravessar. Mas, ao mesmo tempo, o que vemos é um milagre. Não pedimos isso. Vocês trouxeram suas filhas aqui. Acho que é a vontade de nosso deus de guerra que elas marchem.

A mãe lokun balançou a cabeça em sinal negativo.

— Eu quero que ela pare de brilhar. Não quero que a vejam assim. É por isso que a trouxe até vocês.

Tazziat e Dabbynne trocaram um olhar preocupado e tornaram a encarar as mães.

— Suas filhas agora são feiticeiras — disse Tazziat. — Não podemos fazer com que deixem de brilhar.

— Eu quero ir com elas, mãe. Se tenho poder para ajudar esse exército, quero ajudar — disse a jovem vermelha.

— Não, Khelp. A guerra é algo terrível. Só verá morte na sua frente e também será morta se estiver no lugar errado.

— Eu quero seguir, mãe. Quero aprender com elas. Quero ser uma feiticeira do exército mestiço e você não pode me prender aqui.

Um silêncio desconfortável tomou a sala até que a segunda feiticeira também soltou-se do braço da mãe e deu a mão para Khelp.

— Somos amigas, iremos juntas.

Antes que a mãe-pássaro protestasse, Tazziat pôs as mãos nos ombros das garotas e levou-as até a porta.

— Vocês devem obedecer suas mães. A vontade de nosso deus falará alto no coração delas. Quando harmonizarem suas vontades, serão muito bem-vindas para treinar comigo. Não posso levá-las à força, mas se eu pudesse, levaria. Vocês brilham como nós. Devem ter um poder maravilhoso cada uma para ajudar nossos guerreiros e guerreiras.

As feiticeiras adolescentes viram a porta se fechar e olharam emburradas para suas mães, saindo andando para longe sem dar ouvidos aos protestos das genitoras que vomitavam motivos e perigos que justificavam suas preocupações.

* * *

Mander e Tylon-dat deixaram o terreno atrás do moinho onde treinavam os homens e mulheres que tinham decidido deixar a vila e se engajar na nova marcha que se avizinhava. Os generais que passavam instruções incessantes de combate corpo a corpo deram uma pausa aos soldados e foram receber Gagar e seus observadores no salão do refeitório comum. Ficaram sentados sobre almofadas e tapetes, comendo nacos de carne assada e bebendo vinho, enquanto escutavam dos batedores tudo o que tinham visto durante a jornada ao Combatheon. Gagar e seus lokuns visitaram três acampamentos, Ahammit era agora o mais distante e mais numeroso deles, sendo improvável a vitória nesse momento. Nisso os comandantes concordavam. Seria melhor treinar os guerreiros e suas armas de fogo contra uma força menor antes de partir com tudo contra o exército de Alkhiss.

O segundo exército, que marchava para oeste, afastando-se do Cemitério de Deuses, era o dos guerreiros de Athon, encabeçado pela deusa Anubis, uma criatura imensa com cabeça de chacal. Gagar presumia que elas já tinham combatido ao menos dois exércitos, e tinha visto que suas armas continuavam rudimentares, mostrando que Anubis fizera poucas visitas aos outros mundos. No entanto, Spar alertara Gagar que Mirtus já tinha lutado contra Athon e seu exército era selvagem e muito ágil. Mander interessou-se justamente pelo terceiro exército, os guerreiros de Wundar, que se recuperavam de um combate selvagem às margens do lago Papandore. O exército era imenso e suplantava muitas vezes a força que os mestiços teriam quando partissem da Vila de Abandonados, mas muitos estavam feridos, com seus espíritos combalidos, aguardando total recuperação para voltar a marchar. As armas também não passavam de espadas e artefatos de arremessos, certamente as armas de fogo da Terra surpreenderiam aquelas criaturas.

Gagar estava relatando sobre os wundarianos quando Thaidena e Jeliath adentraram o salão comum, justamente empolgados com o que tinham visto enquanto passavam perto do lago. Igual ao guerreiro lokun, contaram aos generais o que haviam observado, dizendo que, além de feridos, os guerreiros de Wundar pareciam-se com os daligares de Dartana, que viviam à margem do rio Massar. Agora, Jeliath, Thaidena e Mander entendiam o que acontecia com os daligares, que eram criaturas traiçoeiras, que viviam submersas pela água rasa do Massar, buscando se proteger do calor. Não se davam com a luz do sol e nem com a temperatura causticante quando o astro estava alto no céu, despontando com esse fato uma fraqueza daquele inimigo.

Mander, a despeito das escolhas diante de si, não tinha alternativa. Sem sombra de dúvida, Wundar parecia o inimigo certo para a primeira investida. Precisava apenas descobrir como seria a melhor maneira de atacá-lo. Atacariam ao meio-dia, quando os inimigos buscariam a proteção das sombras e do refúgio nas águas do lago Papandore. Mander confabularia mais com Tylon-dat, Gagar e Thaidena, recolhendo o máximo de impressões possíveis. Juntando as peças que cada um tinha observado e o conhecimento disponível, montaria um ataque imbatível.

* * *

Quando os irmãos dartanas se reencontraram, se abraçaram por um longo tempo. Era a primeira vez que se afastavam depois do reencontro e a saudade voltava a fazer todo sentido. Jeliath contou a Hanna sobre o caminho até o vulcão e o encontro com os wundarianos, exército que provavelmente seria seu primeiro adversário na marcha de Ogum. Correu para mostrar à irmã as enguias dentro da carroça, e tiveram que se apressar para criar um compartimento de onde a água não vazasse e pudesse conter os perigosos peixes-elétricos.

Hanna, com o rosto e as roupas sujas, exalava o fedor da lida com os excrementos dos animais, mesmo assim o irmão não se rogou a abraçá-la apertado uma vez mais, ao ver que a construtora fizera tudo o que ele pedira e, ao lado do curral e do cercado de animais, Jeliath se deparou com uma pilha incrível de estrume por cima da qual revoluteava uma nuvem considerável de insetos. Jeliath nunca havia ficado tão feliz em ver tanta porcaria junta.

— Como essa montanha de merda de bicho vai virar areia negra? — perguntou Hanna.

— Precisamos juntar o que vamos tirar dela com a pedra amarela do Viúvo e também com carvão. Vai dar certo — respondeu o irmão.

Horas mais tarde, depois de levar o líquido extraído do esterco, de misturar cuidadosamente porções de carvão moído ao pó amarelo das pedras vulcânicas esmagadas, Jeliath e Hanna tinham, de fato, a areia negra que lembrava um pouco os grãos encontrados dentro da munição trazida da Terra. As proporções foram sendo testadas com o avançar da noite, até que finalmente a areia entrou em combustão, levantando uma nuvem de fumaça dentro do galpão. Quando a acondicionaram numa cápsula feita de metal pela irmã mais experiente, venceram uma segunda etapa. A areia negra, comprimida naquele depósito pequeno, explodia! Antes do raiar do sol, Jeliath e Hanna tinham produzido a primeira leva de cartuchos, enquanto os demais construtores empenhavam-se em continuar produzindo as rudimentares imitações de escopetas e cartuchos necessários para serem cobertos por uma esfera metálica, que serviria de projétil para perfurar os inimigos.

Quando a primeira escopeta teve seu compartimento de munição preenchido com três cartuchos de areia negra e balas de metal, Jeliath e Hanna chamaram os generais Mander e Tylon-dat para assistir à demonstração. Dezenas de tochas foram colocadas do lado de fora, clareando o terreno ao lado do galpão de Hanna.

Thaidena ofereceu-se para disparar primeiro, diante do olhar atento dos primeiros guerreiros do exército mestiço. Parten tentou dissuadi-la, pedindo que deixasse a arma de lado para que algum construtor a experimentasse primeiro, algo poderia sair errado e a arma poderia explodir em sua cara. Thaidena teimou, dizendo que estava determinada a ajudar seu exército na luta contra os inimigos e a luta começava agora.

Hanna tinha obedecido a visão do irmão e colocara uma espoleta em cada cartucho. O gatilho, igual ao da arma terrestre, quando fosse puxado dispararia uma mola, que faria bater uma peça fina e metálica no fundo do cartucho, iniciando a combustão da areia negra em seu interior. A explosão do cartucho empurraria a bala com um coice potente e a faria voar para frente. O alvo para o teste estava a apenas dez metros de Hanna e consistia de um balde de madeira cheio de água sobre um toco. Quando Thaidena se posicionou, o silêncio foi completo, deixando ouvir ao fundo apenas os sons mais distantes da vila e o trabalho incansável dentro do galpão, perpetrado pelos construtores que continuavam produzindo projéteis e cartuchos para serem preparados para a batalha. Thaidena fez mira no balde de madeira e respirou fundo. Nunca havia atirado antes. Seu dedo puxou o gatilho e a escopeta gritou, voando para trás e erguendo o cano. A coronha da arma bateu no rosto da soldado, que soltou um gemido em protesto e girou sobre o próprio corpo tentando esconder a dor. Os presentes estouraram em comentários nervosos, mas não deixaram seus lugares. Somente Hanna aproximou-se para verificar se a arma tinha funcionado e se Thaidena estava machucada.

— Não — protestou a soldado. — A arma funcionou bem. Mas ela pula. Temos que segurar melhor.

Thaidena, instintivamente, apoiou a coronha no ombro dessa vez. O empuxo seria amortecido na junção do braço e manteria a arma apontada para frente. Jeliath tinha explicado empurrando a guarda dos dedos para frente, distanciando-se do gatilho e fazendo a arma gemer por dentro. Ele disse que ela faria aquilo quando colocasse o próximo gatilho alinhado com o cão que estouraria a espoleta. A guarda voltou para a posição original e o gatilho voltou um pouquinho para frente, quase de maneira imperceptível, mas, ao tocá-lo, Thaidena notou que o gatilho tornou a ficar firme no lugar. A arma estava pronta. Thaidena apontou a boca para o balde de madeira, respirou fundo mais uma vez e começou a soltar o ar, certificando-se de que a coronha estava bem apoiada no ombro. Ela puxou o gatilho e dessa vez o coice foi bem menor. A cortina de fumaça se dissolveu à sua frente, enquanto vivas escapavam dos espectadores ao redor. O balde tinha sido arrancado do toco, dividido ao meio. A bala acertou em cheio o alvo.

— Calma! — gritou a soldado. — Pode ter sido sorte. Coloquem outro.

Mander, percebendo a oportunidade, ergueu a mão interrompendo os festejos e impedindo que um gauloniano trouxesse outro balde. O general de Dartana caminhou até o toco com sua caneca de vinho na mão e a colocou onde antes existia o balde.

Thaidena olhou para Mander com o rosto sério e balançou a cabeça em sinal positivo. Olhando para o alvo diminuto, repetiu o movimento da guarda de dedo fazendo a arma gemer, percebendo que os cartuchos se mexiam lá dentro, impulsionados por mecanismos instalados pelos habilidosos construtores. O silêncio da plateia evocou solenidade. Thaidena respirou nervosamente por alguns segundos, tornou a apontar a boca de fogo para a caneca e então sentiu a coronha se aninhando em seu ombro onde ainda o músculo doía pela pressão do último disparo, dando certeza que era bem ali que tinha que ficar. O dedo tocou o gatilho gentilmente para que não se movesse mais até a hora do disparo. Seu olho aberto encontrou a caneca, deixando a escopeta apontada para o objeto, e então veio a respiração controlada e longa que encheu seus pulmões. Thaidena expirou vagarosamente, travou seu peito e puxou o gatilho. Cacos de vidro voaram para os lados e para o alto, fazendo a multidão explodir em vivas.

Mander ergueu Hanna em seus braços enquanto Tylon-dat cumprimentava efusivamente Jeliath.

Thaidena ficou feliz com o abraço de Parten, que quase a esmagou, beijando seu rosto.

— Você é a mulher mais corajosa que eu conheço! — explodiu o namorado.

— Vamos marchar! — gritou Mander, sobre todas as vozes.

Jeliath e Hanna perderam o sorriso de imediato.

— Não podemos — disse o líder dos construtores.

— Por que não? Temos nossas próprias cuspideiras de fogo — contrapôs o general.

— Precisamos treinar os guerreiros e as guerreiras, general! Eles precisam aprender a usar a arma antes de combater — interpelou Hanna.

— Ora! Thaidena conseguiu atirar e acertar dois alvos! Qualquer um vai conseguir! — insistiu Mander.

Thaidena fechou o rosto na mesma hora. Mander não tinha ideia do que estava dizendo, não sabia o quanto ela se esforçara para que aquilo acontecesse e seu ato pudesse encorajar os guerreiros.

— Não temos munição suficiente para que treinem, Mander. Eles precisam atirar, precisam se acostumar com a arma.

— Se acostumarão matando no campo de batalha, Jeliath. Não temos tempo para esperar. Sei que parece loucura, mas você mesmo viu os wundarianos se recuperando na beira do lago. Minha estratégia agora depende daquele cenário. Preciso que sejam apanhados ali onde estão. Só assim teremos uma chance.

— E se nossos soldados errarem os disparos? — perguntou Thaidena.

— Para que carregamos espadas e lanças? Se as armas falharem, vamos lutar.

Jeliath bufou perante a teimosia do general. Os construtores estavam exaustos pelo trabalho. Faltavam poucas horas para o sol nascer e o tanto de munição produzida até o momento garantiria apenas uma recarga para os guerreiros. Hanna, prevendo a necessidade de continuar a produzir munição enquanto o exército se deslocava, começou a carregar carroças com seus fornos compactos e com os materiais necessários para a produção da areia negra. Todavia, quando chegasse a hora de combater, todos os braços seriam necessários para empunhar aquelas cuspidoras de fogo, até mesmo os dos construtores.

* * *

Mander parou diante do deus de guerra. Ogum estava sentado sobre uma rocha ao lado do moinho de vento. Quando o general se aproximou, o gigante olhou para o pequeno Dartana.

— É chegada a hora, general? — perguntou o deus de guerra.

— Sim, meu senhor. Finalmente partiremos daqui, prontos para combater e conseguir a vitória que tanto preciso.

— Todos nós precisamos dela, Mander. — O general baixou a cabeça. — Não precisa se desculpar. Ainda que eu não tenha filhos e nunca tenha recebido os beijos de uma mulher, eu conheço o significado desse amor que nos faz egoístas.

— Tenho um pedido a lhe fazer, deus de todos os povos.

— Peça.

— Nosso inimigo...

— Wundar. Seus guerreiros lutam pelo deus Fakhul, o gigante de brilho prateado.

— Sim. Wundar tem um exército numeroso, meu senhor, mas eles possuem uma fraqueza. Precisam se esconder do sol quando ele está alto no céu. O calor tira a força dos soldados e também sua vontade. Temos que aproveitar esse ponto fraco.

— Compreendo.

— A vitória sobre Wundar vai dar força para os mestiços, força para que acreditem no senhor e que lutem contra qualquer inimigo.

Ogum olhou novamente para Mander. O general de Dartana sustentou seu olhar.

— Para vencermos é imprescindível que tudo seja feito na hora certa, como nas máquinas construídas pelos construtores, cada peça, cada movimento é importante.

— Diga o que deseja, general.

— Eu preciso que senhor colabore com a minha estratégia. Preciso que faça exatamente o que eu mandar, na hora em que eu mandar.

Ogum ergueu o corpo e fitou o vazio por um instante. Seu rosto era impossível de ler. Mander sentiu apequenar-se naquele cenário em que um homem dizia ao seu deus o que ele deveria fazer.

— Não me agrada ser controlado como uma máquina para a sua estratégia, general. Não sou um boneco, sou um deus de guerra.

— Peço que me perdoe, senhor. Mas o senhor conhece a guerra. Vencem os melhores. Nosso exército é pequeno demais, mas dono de muita coragem.

— Se acha que seu exército é pequeno, então desista. Entregue as armas e parta daqui.

— Nunca! — bradou Mander. — Levar meus guerreiros adiante é a única forma de salvar meus filhos. Eu nunca mais os verei, mas quero que tenham uma chance.

— Quer que eu me sujeite à sua vontade para salvar seus filhos que ficaram para trás?

— Sim. Preciso. Todos aqui precisam de alguma coisa. Até mesmo o senhor precisa. Por que teria acordado se não quisesses vencer?

Ogum olhou novamente para Mander e sorriu.

— Os deuses não precisam de nada mais do que existir na mente dos mortais para que vocês contem nossas histórias para seus filhos. Não precisamos vencer guerras. Só precisamos que temam nos perder.

— Se marchar por Dartana, pelos mestiços, senhor, prometo que meus filhos conhecerão sua história e o temerão e amarão na mesma proporção.

— Agora mesmo, nessa vila, muitos oram por mim. Oram para que eu os guie para a vitória contra vários inimigos. Contra vários irmãos meus que nasceram da mesma mãe. Que assim seja. Ouvirei seus comandos, mortal, pela glória da vitória. Que a minha história seja ouvida em vários mundos e não só em Dartana. Serei o deus de todos os povos e não apenas de um. Talvez para isso eu tenha sido arrancado de meu descanso eterno.

— Prometo que assim será, Ogum.

CAPÍTULO 51

— Assistente, conecte o YouTube à TV, por favor.

O comando dado ao celular fez o aplicativo abrir diretamente na TV.

— Buscar por "alienígena na floresta no Brasil".

Uma série de sugestões pipocou na imensa tela da TV em sua sala, enquanto Glaucia tomava um copo de água de coco gelada. Nenhum dos títulos era o que ela procurava.

— Assistente, busque por "alienígena rouba caçadora em floresta no Brasil".

As opções se renovaram e finalmente Glaucia sentou-se no sofá, com um pijama leve e descalça. Doralice brincava com o tablet no chão, ao seu lado, assistindo a desenhos infantis e jogando.

— Reproduzir.

O vídeo feito à margem de uma rodovia com uma floresta logo atrás retratava uma moça, com cara assustada e desconfortável com a presença da câmera, dando seu depoimento. Ela dizia que um gigante tinha atacado seu acampamento, que havia roubado o rifle do irmão e uma besta de caça dela. Ela explicava que não conseguia entender uma palavra do que o sujeito tinha dito, mas disse que sentiu muita paz enquanto ele falava, sendo assim, apesar de ter tido a oportunidade de disparar contra ele, não teve vontade. Ele tinha a voz de uma pessoa boa. Parecia uma criança curiosa.

Outros vídeos, esses amadores e gravados com celular, mostravam o acampamento e o suposto local onde o alienígena se escondera. Vídeos parodiavam a situação, com meninas fingindo ser a caçadora e adolescentes com fantasias de urso e do Pé-grande saltando da mata, fazendo palhaçada. Glaucia concentrou-se no vídeo e nas palavras da moça que tinha sido surpreendida. A médica acreditava nela. O que ela dizia tinha muito a ver com o que tinha vivido com o estranho Jeliath. Aquele vídeo já tinha sido visualizado por mais de cinco milhões de pessoas. Olhando para a lista de vídeos similares, encontrou os dos alunos da faculdade que registraram a aparição e as falas do desaparecido visitante. Aqueles ultrapassavam dez milhões de visualizações cada. O tal do visitante, presumidamente, a princípio, um calouro passando um trote, agora era assunto de teorias da conspiração exibidas por incontáveis vloggers, rompendo as barreiras do Brasil, com vídeos sendo produzidos por gente de todo o mundo, pessoas que tentavam decifrar o que o alegado alienígena dizia enquanto era abordado pelos seguranças da faculdade. Vendo a imagem de Jeliath na tela, Glaucia foi inundada por uma inexplicável e imediata melancolia. Ela queria vê-lo de novo. Parecia alguém que precisava de ajuda e que estava perdido num mundo que não era o seu. Ela descobriria o que aquele estranho visitante buscava e o ajudaria. Sabia disso, bem no fundo de seu ser. Glaucia sorriu sozinha. O que ela sentia, ainda que não admitisse, era fé. Uma crença de que se reencontraria com aquele que começavam a chamar de "anjo das estrelas".

— Reproduzir — comandou a médica, curiosa com o título de um deles.

Um jovem estudante brasileiro, chamado Amaral, surgiu na tela, com pinta de nerd, camiseta com uma estampa do Darth Vader de biquíni sentado numa Harley pilotada por um Chewie de fraque e cartola. Em seu vídeo, Amaral alegava que ainda não havia descoberto o que o alienígena estava dizendo, mas que sabia qual era a língua ancestral usada por ele e prometia em breve desvendar o mistério. Amaral dava mais pistas dizendo que a língua utilizada pelo alienígena era conhecida pelos protestantes, que chamavam de "línguas", o idioma com o qual os anjos se comunicavam com os mortais. Amaral dizia que além de conhecimento era preciso se sintonizar, chegar a um estado de espírito para se conectar à glossolalia.

— Eu entendo o que ele fala, tia — disse Doralice, sem levantar os olhos do tablet.

Glaucia olhou para a sobrinha que andava calada nos últimos dias.

— Ele fala igual a minha deusa fala. Eles usam a mesma língua. É muito fácil.

— Deixa de brincadeira com esses assuntos, Doralice. Você está deixando eu e seu tio doidinhos com isso.

— Mas eu sei mesmo o que ele fala — teimou a menina. — Ele quer armas para o deus dele. Só que o deus dele não é a minha deusa. Minha deusa e o deus dele vão brigar, tia.

Glaucia levantou-se e parou de braços cruzados na frente da sobrinha, enquanto Amaral ainda discorria sobre as possibilidades daquele vídeo, dizendo que o achava legítimo e que acreditava que aquilo era a primeira prova cabal de uma visita extraterrena ao planeta Terra. Por que o gigante vestia andrajos e não tinha surgido numa nave espacial e se parecia mais com um homem das cavernas do que com um cosmonauta? Isso ele ainda ia pesquisar e descobrir.

— Ele quer armas para derrotar Alkhiss. Ele disse isso, na frente da senhora, lá na faculdade.

Glaucia sentiu um tremor tomar conta de seus braços, forçando-a a descruzá-los. A figura serena da sobrinha, passando o dedo sobre o tablet a enervava. A médica virou-se para a tela vendo Amaral com as sobrancelhas erguidas.

— Vocês ficarão surpresos quando eu conseguir me conectar à língua desse Gel-iate. Agora, só para vocês ficarem com a pulga atrás da orelha, já que ele fala a língua dos anjos e muitos já estão chamando ele de anjo porque ele apareceu e depois evaporou, do nada... Vou deixar aqui só uma oração que eu entendi e entendi muito bem: ele disse que quer armas. É doido, né?!

Glaucia arregalou os olhos e tornou a olhar para Doralice que a encarava com um sorriso no rosto.

— Eu falei.

* * *

Na manhã seguinte Glaucia encontrou sua sala trancada e o chefe de segurança sentado em uma cadeira bem em frente a sua porta.

— Paulo? O que está acontecendo?

— Isso não é comigo, não, doutora Glaucia. A senhora vai ter que falar com a reitora.

A médica professora subiu até a reitoria espumando de raiva. O que estava acontecendo? Por que tinham trancado sua sala, suas pesquisas, tudo? A secretária da reitora Esther tentou impedi-la de passar e invadir a sala principal. Esther tinha uma senhora distinta e bem-vestida sentada a sua frente, com um homem de terno preto de pé, às suas costas.

— O que está acontecendo aqui, Esther?

— Nada demais. São só medidas de segurança, doutora Glaucia.

— Quero acesso à minha sala. Que desaforo é esse? Ela nunca foi trancada, por que isso agora?

— Nossos financiadores estão muito incomodados com toda essa publicidade negativa para a nossa faculdade. Até descobrirmos o responsável por esse trote que está manchando o nome de nosso departamento de pesquisa eles querem tomar conta da situação — disse Esther, olhando para a mulher parada a sua frente.

— Isso é um absurdo. Não acredito que isso está acontecendo comigo. Parece ditadura militar!

— Não é ditadura, minha querida. É prevenção — tornou a falar a reitora.

— Pois eu não saio dessa sala até que abram a minha e me devolvam minhas anotações.

— Você não pediu autorização da universidade para usar as instalações para alimentar esse boato do calouro. O estatuto é muito claro quanto às normas de segurança. Temos o depoimento do técnico que você forçou a tentar fazer uma tomografia no aluno.

— É? Estatuto? Calouro? Vocês pegaram mesmo as minhas coisas e xeretaram tudo, aposto. O técnico disse pelo menos que aquele sujeito não é um aluno e nem é mesmo deste planeta?

— Deixe de falar bobagens, doutora Glaucia. A senhora é uma cirurgiã muito respeitada. Acho que não vai querer ver sua carreira escorrer pelo ralo por causa de um trote, vai?

Glaucia deu as costas à reitora Esther e bateu a porta atrás de si. Seu rosto estava queimando e a pele estava vermelha. O que estava acontecendo ali? Quem era aquela mulher na sala? As coisas estavam saindo do controle em sua vida particular e profissional. Quão profundamente elas estavam ligadas nesse exato momento ela ainda não sabia, mas estava prestes a descobrir, da pior forma.

CAPÍTULO 52

Todos os componentes da primeira marcha juntaram-se à frente da Vila de Abandonados. Mander, montado no equithalo, percorria a fileira de guerreiros junto a Tylon-dat, o general felino, ao seu lado. Todos que podiam lutar estavam ali, ficando na vila apenas os velhos e as crianças, prostrados diante das estátuas de Ogum, como fariam se estivessem em seus mundos de origem, assistindo aos guerreiros aptos partirem para a marcha atrás do deus de guerra. O poder da oração daqueles que acreditavam que o deus Ogum daria a vitória àqueles esquecidos, abandonados após a derrota de incontáveis deuses que marcharam no passado, fazia com que se reconectassem com um sentimento há muito esquecido naquela vila, a fé. Acreditavam que seus pedidos chegariam ao coração do deus e que, se Ogum saísse vitorioso à frente daquele improvável exército, seriam arrebatados pelo Portão de Vitória e veriam o conhecimento prometido viajar pelas estrelas até alcançar um lugar em suas casas que jamais voltariam a ver. Das janelas, anciãos e crianças olhavam para os pés do gigante que se aproximava de seu exército e, aos poucos, a impressão de que aquele exército misto, aquele exército de retalhos, que não seria digno de marchar atrás de um deus de guerra, ia subindo consideravelmente em seus corações, fazendo com que cada um dos componentes fosse, aos poucos, se elevando à condição de heróis. Heróis que lutariam por todos. Heróis que combateriam o impossível.

Mander parou à frente de seus 136 soldados, olhando para as armas em que seus 22 construtores haviam trabalhado intensamente nos últimos dias, enquanto aguardavam os batedores, materializando em seus guerreiros armaduras e capacetes para a batalha e também versões das armas trazidas pelo curioso Jeliath do planeta que ele chamava de Terra. Cada um de seus guerreiros carregava uma besta para atirar setas curtas e também a preciosa boca cuspideira de fogo capaz de efetuar três disparos antes de ser recarregada. Usando a velocidade das montarias e o poder de fogo das escopetas disparadas de boa distância do inimigo, eles provocariam surpresa e temor e, quando estivessem mais próximos, empurrariam os inimigos para a morte. Os animais com selas e arreios vinham de diferentes lares e mundos, cada qual com suas diferenças particulares. O importante é que todos naquele exército, inclusive os construtores, estivessem sobre um deles.

Mander lembrou que também vinte de seus guerreiros carregavam armas que dispariam dardos elétricos nos inimigos, imitando o que Jeliath chamava de pistola taser. Certamente uma inovação naquele campo de batalha. Mesmo aquelas pistolas sendo mais lentas, tanto de operar como para serem construídas, Hanna havia insistido para que guerreiros fossem treinados para usá-las em combate. O general de Dartana olhou para trás, sentindo o tremer do chão e escutando o ribombar dos passos do gigante. Ogum era mais baixo que Belenus, mas era um guerreiro mais forte, mais largo e bastante imponente para encarar qualquer um dos deuses que encontrasse pela frente. As duas feiticeiras planavam, cada uma acima de um de seus ombros, refulgindo em dourado, prontas para atender ao chamado de Ogum. Ele marchava decidido, ainda que tivesse se mostrado contrário à estratégia do general de Dartana de ser um deus de guerra que seguia um mortal, ao invés dos mortais seguirem o deus. O vislumbre de existir para ser um deus de vários mundos surtira efeito. A armadura projetada por Hanna cobria quase todo seu peito. O coração novo não seria um alvo fácil. No lado direito do peito, protegida por uma grade, havia uma estreita abertura, de apenas um metro de largura, dando acesso à cápsula do órgão de transporte. Aquele acesso tinha sido o próprio Ogum que tinha pedido, dizendo que seria por ali que "engoliria" o seu construtor quando precisassem de novas armas para o combate. Por trás das estruturas presas pela construtora para dar mais firmeza ao corpo do gigante, agora batia o coração costurado de Frigga, e seu braço direito, o braço de Ares, que era pouco menor que o braço esquerdo, carregava uma espada longa e de ponta curva. Nas costas, ia uma imensa caixa de madeira, forrada com couro, como um odre gigante, onde descansavam as enguias-elétricas trazidas pelo irmão Jeliath e seu bando expedicionário. As enguias forneceriam a eletricidade necessária para o coração de Ogum não parar de bater no meio do confronto. Atada ao lado da caixa de energia vinha a imensa besta carregada com um longo arpão. Apesar das tiras de couro em seu corpo, do peso da armadura e da grande caixa às suas costas, o deus misto movimentava-se bem e guerrearia com presteza.

Assim que Ogum passou, seu exército, montado em equithalos, faguzes e tantas outras montarias, começou a segui-lo, recolocando Dartana e o povo misto de volta da batalha no Combatheon.

Thaidena ia ladeada por Parten. A namorada sorriu para o seu amado, que conservava um rosto sério e coberto de apreensão. Ela sabia o que se passava no coração assustado de Parten. Estavam mais uma vez marchando. Eles, que já tinham sobrevivido uma vez, iam novamente de encontro ao combate, expondo-se para a morte.

— Parten, anime-se. Dartana tem mais uma chance de ser ajudada.

Parten olhou para Thaidena e fingiu um sorriso que durou poucos segundos.

— Como me animar se posso morrer ainda hoje? Não sou um bom soldado. Não presto para estar aqui. Não sei usar armas e sou covarde.

— Não diga asneiras, Parten. Você sobreviveu ao primeiro combate enquanto centenas morreram.

Parten baixou a cabeça e continuou a marcha em silêncio por um longo momento.

— Acho que só sobrevivi àquele dia porque fugi.

Thaidenna olhou para o namorado erguendo as sobrancelhas.

— Como assim? Você estava do meu lado!

Parten balançou a cabeça em sinal negativo.

— Não, não estava. Corri para o desfiladeiro. Eu estava com medo de morrer. Só sobrevivi porque sou um covarde.

— Parten...

— Eu teria voltado para Dartana se fosse possível. Mas não era, voltei para o campo de guerra desesperado para te encontrar. Quando te vi caída, corri. Foi aí que me acertaram também e eu não lembro de mais nada. Eu me arrependo de estar aqui e estar marchando de novo atrás desse deus inventado por Hanna. Preferiria que não tivesse deus algum e a gente pudesse ficar nessa vila, para sempre.

— Não é justo você pensar assim. Podemos ajudar pessoas que dependem e esperam de nós, Parten. Todos em Dartana têm esperança na gente.

— Eles nem sabem o que está acontecendo aqui, Thai. Estão lá, rezando por Belenus e Belenus já está morto.

— Fique na vila, então, se é tão difícil para você criar coragem para seguir seu deus — se irritou Thaidena.

— Não estou seguindo ele. Estou seguindo você.

Thaidena fechou o rosto, cada vez mais irritada com Parten.

— Não precisa me seguir se está com medo. Acha que não dou conta de lutar? Fique onde acha que é seguro. Não posso ficar aqui com você, parada do seu lado, sabendo que muitos precisam de mim.

Thaidena bateu na barriga de seu equithalo e, pela primeira vez, se afastou de seu namorado.

CAPÍTULO 53

Como previsto pelos batedores de Mander, após oito horas de marcha sem pausas, alcançaram o entorno do lago chamado pelos abandonados de Papandore.

Jeliath e Hanna estavam com os construtores, prontos e atentos para qualquer pedido do deus. Olhando para o reflexo das águas do Papandore, Jeliath se lembrou que horas atrás tinha estado ali, bem mais perto, observando os inimigos quando festejavam e começavam a se recuperar do que parecia ter sido uma sangrenta batalha. Os wundarianos eram muito parecidos com os aquáticos daligares de Dartana. Inclusive seu gosto pela água os deixava ainda mais similares àquelas criaturas que se alimentavam à beira do rio Massar, com bocas longas, cheias de dentes afiados e oportunistas, que estraçalhavam os desavisados pehalts ou haitas que iam até a beira do rio para se banhar ou mesmo os grandes e desprevenidos equithalos, quando baixavam a cabeça para beber tranquilamente nas águas calmas das margens. Os daligares de Dartana fugiam do sol e preferiam as sombras ou o fundo das águas, onde podiam se esconder do calor.

O líder dos construtores olhou para seu deus de guerra, que parecia aguardar o comando de Mander para dar início ao ataque. Jeliath sabia que durante a batalha Ogum poderia querer se conectar com a Terra, enviando-o para observar e trazer mais armas, por isso achava que precisava estar perto do gigante divino. Como Hanna e seus auxiliares conseguiram construir bocas de fogo e bestas para todos os componentes, no início da contenda todos os construtores estariam disponíveis também para o ataque surpresa, disparando com as escopetas. Jeliath comentou com a irmã que torcia para que o gigante dourado não precisasse dele, para que ela experimentasse o campo de batalha. Sua irmã riu, enquanto respondia.

— Normalmente somos nós que precisamos do deus, Jeliath e não o deus que precisa da gente.

Jeliath olhou para o gigante secundado pelas quatro minguadas feiticeiras e tornou a olhar para a irmã.

— Aquele órgão dele, que me engoliu duas vezes... Talvez não esteja funcionando direito. Você o tirou de outro deus?

— Não. Só coloquei lá dentro um coração novo, o resto foi arranjado do lado de fora. Por alguma razão, ele precisou de você, seu petulante. Talvez não precise mais, agora que está de pé e marchando com essas cuspideiras maneiras nas mãos dos soldados.

— Eu, petulante?

— É.

— Foi você quem colocou um coração novo dentro dele para que ele marchasse. Acho que você é mais petulante do que eu. Pegou um deus morto e lhe deu vida.

Hanna parou e sorriu para o irmão.

— Eu não dei vida a ele, bobão. Só segui meu instinto de construtora. Queria fazer algo diferente, queria testar.

— Sentiu aquela coisa, não é? A curiosidade carcomendo por dentro.

Hanna abriu ainda mais o sorriso.

— Finalmente alguém que me entende e não fica me chamando de teimosa! Eu tinha fé, irmão. Eu sabia que podia fazê-lo andar novamente, era só esperar para ter as peças certas, na hora certa.

— Foram as feiticeiras. Elas, de alguma forma, mesmo sem querer, ligaram Ogum de novo.

— E sua curiosidade e coragem. Você cruzou as estrelas, foi para onde ninguém nunca foi, viu coisas que ninguém nunca viu e guardou na sua cabeça para que pudéssemos ligar o coração de Ogum com a eletricidade.

— Hanna abraçou Jeliath apertado. — Estou tão orgulhosa de você!

O exército parou e os homens desmontaram. Eram 18 equithalos apanhados junto às forjas de Dartana, o restante dos animais vinha do mundo de seus donos. Os animais montados pelos lokuns eram os mais imponentes e intimidadores. Eram chamados de faguzes, mais altos que os equithalos, tinham um couro que lembrava seus cavaleiros, vermelhos, mas com manchas negras em padrões diferentes que permitiam, aos mais interessados, distinguir um animal do outro. Quando cavalgavam, diziam que os faguzes esquentavam tanto que seria impossível a qualquer um tocá-los, exceto um lokun, que tinham a pele capaz de suportar a temperatura de um faguz. Essa espetacular montaria parecia ter sido criada para a guerra, uma vez que, em combate diante de um animal inimigo, o faguz cuspia a saliva quente nos olhos do oponente, cegando-o. Os faguzes podiam pular a uma grande altura, superando o salto de qualquer outro animal da Vila de Abandonados, e eram fortes, bons para trabalho, tracionando carroças e grandes cargas sem maiores problemas, já que só aumentavam a temperatura quando estavam em disparada. Bebiam muita água e precisavam de mais alimento do que os outros animais, mas, em contrapartida, faziam um trabalho excepcional.

* * *

Os batedores retornaram, informando a situação. Com o sol alto e o ar quente, as coisas corriam a seu favor. O povo de Wundar, que marchava junto a um deus de guerra imenso de cor cinza-escuro, contornado por um brilho prata, fornido de quatro braços robustos, com uma lança em cada um deles, guardado por pelo menos duas centenas de feiticeiras que voavam ao seu entorno, ainda não sabia, mas ficaria sem deus e sem razão para continuar a batalha. Mander orientou seus soldados montados para a partida e avisou Ogum. Era chegada a hora do combate e do deus de guerra de Dartana seguir as instruções precisas de seu general. Cada passo para tirar proveito da brecha aberta pelos próprios wundarianos era vital para que o exército de Dartana tivesse alguma vantagem.

— Está pronto, meu senhor? — bradou Mander, em direção a Ogum.

O deus de rosto duro como pedra olhou para baixo e balançou a cabeça em sinal positivo. Gritou para os construtores, pedindo que se posicionassem.

Dabbynne, segurando sua barriga já proeminente, sorriu e desceu.

— Jeliath, Ogum quer que você tome o seu lugar para partirmos.

Jeliath olhou para Hanna e os outros construtores sem entender do que a feiticeira falava.

A voz grave e energética de Ogum tornou a vibrar no ar. Seu olhar dourado pesava sobre o construtor. Ogum abaixou a mão em direção a Jeliath.

— Vem, construtor. Você precisa estar no lugar para a batalha — ordenou Ogum.

Jeliath aproximou-se de Ogum e deixou-se apanhar pela mão do gigante. Ogum a puxou para o alto, enquanto começava a marchar. O exército permaneceu parado, sob o comando de Mander, aguardando o primeiro ato demonstrado para o gigante guerreiro. Seria ele, o deus de Dartana, quem daria o primeiro golpe.

Jeliath viu as dobradiças e travas sobre o peito de Ogum se abrirem de forma automática, sem que ele ou as feiticeiras as tocassem. O construtor foi colocado no compartimento de metal, ao lado do coração. Jeliath via as travas se fecharem e grades impedirem que caísse do peito de Ogum. Agarrou-se às barras de ferro vendo o campo de batalha a distância, avançando em posição privilegiada. O compartimento era estreito, caberia outro dartana ali dentro apenas espremido. Os ombros batiam dos dois lados da jaula a cada passo do gigante. Jeliath viu o imenso deus de guerra oponente, de pé, ao lado do lago de Papandore. Acima de sua cabeça voavam centenas de feiticeiras inimigas. Poucos guardas à beira da água e todo o exército daquele deus de que não sabiam o nome estavam dentro da água para reduzir a temperatura de seus corpos, como faziam os daligares em Dartana. Solto nesses pensamentos, Jeliath foi agarrado novamente pela guerra quando os filamentos iluminados desceram do alto da jaula onde estava e tocaram seu corpo. Jeliath prendeu a respiração, imaginando que seu corpo todo seria enrolado e, novamente, sem ter tempo de pensar, seria arremessado a outra realidade para buscar armas para derrotar o inimigo. A voz de Ogum tonitruou no ar e os filamentos em sua cabeça, braços e ombros, vibraram, fazendo parecer que a voz de Ogum entrava em seu corpo através deles. Jeliath sorriu extasiado e assustou-se quando Dabbynne parou na frente das barras de ferro e lhe sorriu.

— Esteja pronto, construtor. Nosso deus irá mandá-lo para buscar armas a qualquer momento.

— Eu o ouvi melhor do que ninguém!

Dabbynne arqueou as sobrancelhas em sinal de indignação.

— Está com medo?

— Claro que estou! Mas vou. Quero ajudar você e seu bebê a ir embora daqui.

Dabbynne sorriu com o comentário inesperado, aproximou-se da grade o máximo que pôde e beijou os lábios de Jeliath.

— Você é fofo, sabia?

— Sabia! — Sorriu Jeliath de volta, beijando a feiticeira mais uma vez.

Ogum pendeu o corpo para trás, fazendo Dabbynne afastar-se voando para perto de Tazziat, e Jeliath se segurar com força às barras junto ao peito do gigante para não bater contra o fundo da cápsula.

Dabbynne se afastou, vendo Ogum erguer a longa besta reproduzida por Hanna e os construtores, ajustada para o seu tamanho. O deus de Dartana levantou a ponta do arpão acima da cabeça e então puxou o gatilho.

No chão, Mander e os soldados estavam em silêncio. O general orientara Ogum a acertar o deus inimigo a distância com o arpão. Só assim teriam alguma chance. Caso as feiticeiras ou os soldados de Wundar fossem alertados, todos os milhares de soldados dentro do lago seriam chamados e deixariam a água, que era o lugar onde teriam que ficar. As centenas de feiticeiras acabariam com Tazziat, Dabbynne e as poucas feiticeiras abandonadas em um segundo, e marchar adiante seria inútil. Um disparo preciso acabaria com o deus oponente e levaria com ele suas feiticeiras. O choque desse ataque repentino faria com que os soldados ficassem perdidos por um precioso momento, quando Mander e seus homens, armados com os artefatos trazidos por Jeliath, espalhariam a morte pelo campo de batalha. Se vencessem o exército de Wundar, poderiam vencer também Ahammit. Os outros exércitos eram menores e seriam apanhados na hora certa.

Mander olhava aflito para o arpão lançado pela besta imensa de Ogum. O projétil descreveu um arco no seu caminho indo em direção ao peito do alvo. Três, quatro, cinco, seis feiticeiras entraram na frente do arpão na esperança vã de desviar sua trajetória, afastando-o de seu deus guerreiro. Todas foram ceifadas e mortas aos pedaços antes de entenderem seu erro. O deus surpreso teve tempo apenas de um movimento lento, próprio daqueles corpos titânicos, mas o suficiente para que o arpão enterrasse em seu ombro, o mantendo vivo e, assim, também suas feiticeiras.

— Ele errou! Estamos perdidos! — gritou Tylon-dat, horrorizado com o resultado da investida.

Com o grito do deus de Wundar, seu exército réptil foi despertado nas águas do Retorno Escuro. As feiticeiras voavam em direção a Ogum, em grande número, desembainhando leves adagas prateadas, prontas para trucidar a minguada guarnição mágica do gigante de Dartana.

Mander olhou para Ogum e depois para seu exército.

— Façam como combinado. Ignorem qualquer inimigo. Mantenham as bestas carregadas e ainda teremos nossa vitória!

Os dartanas gritaram e o alvoroço serviu para despertar os guerreiros de tantas casas, que partiram em cavalgada atrás de Mander e sua ousada estratégia.

Ogum ergueu novamente a besta e baixou um pouco mais a ponta da arma, disparando um segundo arpão. A seta de metal e madeira zuniu no céu mais uma vez, abrindo caminho entre a nuvem de feiticeiras que se aproximavam de Dabbynne e Tazziat. A dupla de feiticeiras de Dartana também desembainhou suas adagas e disparou em voo para longe de Ogum, ganhando altura contra o sol, para dificultar a visão das feiticeiras em forma de daligares. Dabbynne e Tazziat trocaram um olhar cheio de emoção antes de se separarem, pois sabiam que, ao adotar essa estratégia, o plano de Mander tinha ido por água abaixo e elas lutariam por suas vidas até o fim.

Mander, cavalgando com velocidade, sentindo o corpo subir e descer com o trotar de seu equithalo, embainhou a espada e puxou a besta levada ao lado da montaria. Os guardas de prontidão à beira do lago urravam para a imensa mancha escura de companheiros que estavam dentro da água, assistindo incrédulos ao seu deus bambear, com uma imensa flecha afundada no ombro. Era a primeira vez que viam o sangue amarelo de um deus guerreiro vertendo de uma ferida, posto que tinham vencido com certa facilidade o primeiro encontro de gigantes. Descansavam para escolher o próximo inimigo e guerrear em nome de Wundar. Mais incrédulos ficaram ao ver a segunda flecha pousar certeira no meio do peito de Fakhul, fazendo o deus tombar de costas dentro do lago de Papandore, o que gerou uma onda imensa que se esparramou para todos os lados e apanhou o exército, jogando parte dos soldados contra os outros. O torvelinho de água não representava problema algum para o general Tartaz. Seu povo vivia à beira de rios e lagos desde que tinha noção de sua existência. Eram seres que viviam muitos anos, mas, ainda assim, viviam danados pela falta de saber. Uma onda de água não tiraria nenhum deles de combate, mas a visão apavorante de seu deus tombando desprotegido, num momento em que buscavam fugir do sol escaldante e nocivo para seu organismo quando em longa exposição, o que tornava impossível caminhar pelas terras do Combatheon, amargava sua boca. Os soldados ficaram paralisados pelo inesperado e, então, em consequência da queda do deus de guerra, os olhos de todos os wundarianos assistiram às suas belas feiticeiras perderem sua luz e despencarem do céu como chuva. Tartaz ouvia os gritos dos soldados inimigos se aproximando devastadoramente em montarias de raças diferentes, bradando e desviando-se antes, à beira do lago. Via seus soldados, que faziam a guarda daqueles submersos, montando seus guirrés e partindo para o confronto. Tartaz não conseguia saber quantos eram os inimigos, mas uma sombria certeza martelava sua mente. Seu exército tinha sido surpreendido e pagaria caro por isso.

* * *

Ogum, vendo o deus tombado e morto, recarregou a besta para cumprir a estratégia de seu general. Ainda que se sentisse ofendido em receber orientações, tinha que admitir que aquele guerreiro era bom e já estava impregnado com o conhecimento que emanava nas terras do Combatheon. Ogum avançou acelerado em direção ao lago Papandore. Sua missão, agora que o deus inimigo estava derrotado, era suprimir o dano que o exército desesperançado poderia causar a seus guerreiros. O exército de Dartana não tinha um décimo do tamanho do exército de Wundar. Mander, o petulante, fora enfático em dizer que Ogum teria que agir rápido para que boa parte dos inimigos fosse apanhada ainda na água.

* * *

Mander continuou a cavalgada, agora com as bestas erguidas. Centenas de adversários já tinham alcançado as margens do lago e via que, nadando com agilidade, milhares iam se aproximando. Aqueles na margem se levantaram, revelando-se para os guerreiros de Dartana criaturas ágeis e robustas.

— Disparar! — ordenou o general de Dartana.

Sem que a cavalgada de seu conjunto de oitenta soldados diminuísse o ritmo, as bestas foram apontadas para frente e um zunido conjunto tomou o ar, apanhando os primeiros inimigos que alcançavam as montarias. Na primeira leva, poucos tombaram mortos, mas muitos deles foram feridos, caindo dos estranhos animais dotados de placas grossas no dorso.

— Armar!

O brado de Mander foi repetido por todos, que continuaram cavalgando e recarregando as bestas. Agora a horda de inimigos que saía das margens, no desejo de pôr as mãos em armas, estava mais próxima e o resultado da segunda onda de disparos de flechas foi avassalador, derrubando sem vida ao menos trinta elementos e ferindo diversos outros, o que fez aumentar o estado de torpor dos wundarianos com cara de daligares.

Mander ordenou que continuassem firmes em frente e logo suas montarias colidiriam contra a fileira teimosa de répteis que tentava sair do lago. As bestas foram baixadas, dando vez a golpes de espada, infestando a beira do lago de gritos e do som da retaliação de corpos. O general de Dartana tinha conseguido dividir a coluna desesperada, preparando a chegada do segundo batalhão montado, comandado pelo general Tylon-dat.

Tylon-dat conduziu seus soldados pela fenda aberta por Mander, sem espadas nas mãos, mas trazendo, presos às costas, os tanques que terminavam nas pistolas elétricas que imitavam a peça trazida da Terra.

Aterrorizados com a aproximação assustadora do deus de Dartana, que brandia uma espada acima de sua cabeça, muitos dos wundarianos voltaram para dentro do lago. Outra porção, intimidada com a surpresa de um segundo batalhão de guerreiros montados se aproximando da margem, perdeu a iniciativa de correr até as armas. Foi o general Tartaz quem bradou a seus homens e iniciou uma reação em cadeia, fazendo com que os guerreiros voltassem a se mover, para fora da água.

Tylon-dat e seu bando atropelaram os que encontraram pela frente, passando por muitos guerreiros caídos que se contorciam no chão, cegos e doloridos, vitimados pelas cuspidas escaldantes dos faguzes, deixando o acesso à beira do lago ainda mais fácil. Os inimigos se amontoavam aos grupos de dúzias, empurrando uns aos outros, fazendo com que a massa investisse contra os inimigos. Agora, estavam exatamente onde Tylon--dat queria que estivessem. Rapidamente, como ensaiado, os soldados montados se perfilaram à margem do lago e apontaram suas armas para a água, sem nem mesmo mirar os wundarianos. Os dardos voaram para a água e a descarga elétrica provocada pelos sessenta guerreiros fez com que a multidão à margem, com metade do corpo afundado na água, gritasse de dor. Seus corpos se retorciam e muitos afundaram, uns por cima dos outros. Todo guerreiro que chegava , empurrado pelas centenas que vinham atrás, no afã de alcançar o chão seco e suas armas, também era eletrocutado.

Incrédulo, Tartaz assistiu a seus homens serem dizimados à beira do lago. As pedras escarpadas não davam chance para que se refugiassem dentro do acampamento. A imobilidade selaria o destino de todos os wundarianos. Tartaz começou a ordenar que retornassem, quando um silvo agudo cobriu seus berros e centenas de flechas projetaram uma nuvem sobre seus homens.

— Nadem para longe! Nadem!

Mander e Tylon-dat comandavam um novo ataque com as bestas, fazendo o exército numeroso de Tartaz recuar, como previsto. Nesse momento, Ogum alcançou a beira do lago, junto à barragem do Papandore, e desferiu um golpe com sua espada contra a represa que segurava o perigoso cardume de peixes-morte na parte de cima do lago. Livres da barragem, os peixes-morte alcançaram a porção mais rasa do lago, levados por uma imensa e surpreendente onda e, atraídos pelo sangue dos guerreiros feridos, atiraram-se contra o numeroso exército de Wundar, desferindo mordidas velozes e vorazes, espetando-os com seus ferrões mortais, imobilizando suas presas para devorá-los mais tarde. Quando os oponentes afundaram na água e seus corpos tornaram-se imóveis, Mander e Tylon dat afastaram-se com suas montarias sem nem mesmo fazer uso das armas de fogo e vibraram com a primeira vitória.

Dabbynne sobrevoava o lago, cada vez mais quieto e cheio de sangue. Os peixes-morte trabalhavam rápido e de forma silenciosa, porém eficaz, esquartejando centenas dos enormes wundarianos em poucos segundos. Dabbynne sentiu-se culpada por tantas mortes e desceu ao lado de seu deus de guerra, que a olhou por um breve segundo.

Tazziat voou até a grade no peito de Ogum para celebrar a vitória com Jeliath e encontrou o construtor com os olhos esbugalhados e perplexo.

— Estão todos mortos, Tazziat?

— Sim. Graças a você, a sua irmã e a Ogum. Estão todos mortos. Não é para isso que estamos aqui? Não viemos vencer nossos inimigos?

Jeliath, agarrado à grade que protegia a estreita cápsula de transporte, balançou a cabeça em sinal positivo, ainda digerindo aquela estranha sensação que oprimia o seu peito.

CAPÍTULO 54

A noite foi de festa no acampamento mestiço montado ao lado do lago Papandore. Poucos metros separavam os guerreiros do tapete de mortos deixados para trás depois da contenda contra Wundar.

Ogum, o deus de todos os povos, estava sentado, com as pernas cruzadas e os olhos fechados, como se regenerasse suas energias.

Mander bebia a cerveja negra da Vila de Abandonados servida por Spar e seus homens que cuidavam da alimentação dos guerreiros. Spar preparara um banquete com legumes e caldos de carne. O acampamento se transformara numa grande festa, iluminado pela luz de Bara e por meia dúzia de fogueiras onde, ao redor delas, os guerreiros contavam a aventura que tinham vivido uns para os outros, em voz alta, no meio de risadas e brindes com mais cerveja.

Falavam que nenhum soldado mestiço tinha sido morto e poucos trouxeram feridas para o acampamento. Feridas que tinham sido prontamente cuidadas pelas feiticeiras de Dartana que, com seu poder mágico de cura, tinham restabelecido o equilíbrio dos corpos dos pacientes com rapidez. O exército inteiro estava pronto para uma nova luta, o mais rápido possível. Diziam que aquilo tinha sido um sinal enviado das estrelas. Variatu não estava melindrada com eles. Variatu estava abençoando a jornada de Ogum, seu filho que tinha voltado do cemitério.

Mander, empolgado, queria aproveitar aquele momento de euforia de seu exército. Foi com grande prazer que recebeu de Gagar uma nova informação. Não muito longe dali, um exército grande tinha combatido e agora, como os wundarianos, se recuperava em seu acampamento. Era formado por criaturas com feições de lobo e lutava de forma bastante selvagem. Certamente, usaria aquela noite e o dia seguinte para se recuperar dos ferimentos e descansar os guerreiros.

— A quantas horas estão de nosso acampamento?

— Se não se moverem durante a noite, e duvido que vão sair de onde estão, levaríamos quatro horas para chegar lá.

— Hum, não é muito e nem estão tão longe, Gagar. Se os surpreendermos, teremos chance de uma nova vitória e, se vencermos de novo, nossos guerreiros acreditarão que somos imbatíveis.

Gagar sorriu para o general e se retirou enquanto Mander foi confabular com Tylon-dat e Mil-lat. Precisava ganhar de uma vez por todas a confiança do general de Gaulon e sua irmã e conselheira.

※ ※ ※

Jeliath estava sentado com Hanna e os outros construtores ao redor da fogueira ao lado da carroça de mantimentos vigiada por Spar. As conversas ali também eram otimistas, e os construtores festejavam o sucesso da cuspideira e dos tasers. Depois do combate, apenas quatro soldados reclamaram do funcionamento de suas armas de fogo. Hanna e Jeliath tinham verificado os equipamentos e três delas estavam realmente com defeito em uma pequena mola que ajudava a colocar o próximo cartucho no lugar. Em duas horas tinham reparado as três armas e descoberto uma forma prática de aumentar a capacidade de cartuchos em cada uma delas. Ficaram felizes ao perceber que, com pouco esforço, poderiam passar de três para cinco disparos simplesmente ampliando o compartimento onde a munição ficava armazenada, aumentando ainda mais o poder destrutivo do ataque do exército mestiço. A última delas não tinha defeito algum, precisaram apenas ensinar o soldado a usá-la de forma correta. O inexperiente guerreiro esquecera algo importante: para que o disparo acontecesse, era preciso puxar o gatilho, com força, e então a carga mortal seria expelida quando a espoleta fizesse o cartucho explodir.

Jeliath estava distraído com os comentários quando Dabbynne se aproximou e pousou ao seu lado. A feiticeira ficou calada e apenas permaneceu sentada por um longo momento ao lado do construtor, sentindo o calor da fogueira em seu rosto. Jeliath parou para encarar os olhos verdes de Dabbynne, emoldurados por mechas cheias de cabelos vermelhos, e sorriu.

— O que a traz aqui, Dabbynne? Não se aborrece em nos escutar falando de armas e ferramentas?

— Estar ao seu lado, e ouvir as risadas de seu grupo, me faz esquecer do sangue. Vocês não são como os soldados que se orgulham de terem tirado tantas vidas.

Jeliath ficou sem jeito. Há pouco, estava mesmo feliz com a eficiência das escopetas e com a descoberta de que elas poderiam ser melhores e ainda mais mortais.

— Precisamos vencer essa guerra, Dabbynne. Só assim conseguiremos passar pelo Portão de Vitória. A vida pode ser mais tranquila e luminosa depois que formos campeões.

— Conto com isso — respondeu a feiticeira.

Jeliath e Dabbynne trocaram um olhar demorado. O coração do construtor batia acelerado. Ele ia abrir a boca para confessar o quanto a amava, mas foi interrompido por um sobressalto da feiticeira.

— Jeliath! — disse Dabbynne, com os olhos arregalados.

— O que foi? O que está acontecendo?

— Senti uma coisa na minha barriga.

O construtor olhou para a cintura de Dabbynne, que crescia a cada dia, de forma acelerada e incompatível com a gestação das dartanas.

— Ele está se mexendo! Por Belenus! Por Ogum! Meu filho se mexe.

Jeliath sorriu e se aproximou mais de Dabbynne.

— Eu nunca toquei a barriga de uma grávida.

Dabbynne agarrou a mão do construtor e a colocou sobre o ventre.

— Espere. Tenha paciência. Sinta!

Jeliath ficou calado. A mão quente de Dabbynne fez seu coração disparar novamente. Ela forçava sua mão contra o ventre deixando o construtor atônito. Então, de repente, ele sentiu!

— Mexeu!

Os dois ficaram parados mais vez, se olhando por um longo instante. Jeliath, descendo a correnteza de seu coração, aproximou os lábios dos lábios de Dabbynne. A feiticeira recuou um palmo e seu sorriso se apagou. Dabbynne levantou-se e flutuou para o céu, desaparecendo rumo ao colosso sentado à margem do acampamento. Jeliath ficou parado, sem graça, olhando para o trilho dourado que foi se apagando rapidamente. Quando baixou os olhos, Hanna o encarava com um sorriso no rosto.

— Devia ter tentado com a Mil-lat. Ela não ia fugir do seu beijo.

Jeliath ficou vermelho e sentou-se apanhando uma cuia com comida fria. Calou-se e não conversou com mais ninguém naquela noite.

CAPÍTULO 55

O horizonte começava a ser maculado pela aurora quando, de forma organizada e silenciosa, os 1.100 componentes do exército de Athon começaram a se perfilar para receber as instruções de sua general, Damieta. Ao redor do acampamento, fogueiras com os corpos de seus companheiros abatidos no confronto do dia anterior lançavam suas cinzas para o alto, levantando colunas de fumaça que se perdiam na distância da alvorada. O cheiro do sangue dos companheiros e inimigos inundava suas narinas longas e sensíveis aos odores do campo de batalha. Um vento frio e perene varria o acampamento, levando as cinzas e fagulhas para o alto, tombando as colunas em sentido contrário ao largo monte que crescia ao lado esquerdo do terreno, como se fossem sopradas por bocas de gigantes cuidadosos, sentados nos picos distantes da montanha.

Anubis, a gigante de cabeça escura e orelhas e focinho pontudos, tinha os olhos fechados e as feições tranquilas, quatro feiticeiras voavam na altura dos ombros da deusa de Athon, prestando vigília, enquanto duas delas, apesar da aparente tranquilidade da deusa da guerra, traziam as mãos cheias de barro e unguento e tentavam curar uma imensa ferida aberta que nascia no ombro e descia até o meio das costas da criatura. Outras feridas brilhavam junto à emanação de luz alaranjada que vertia da aura de Anúbis, a deusa com feições caninas, o brilho que ressoava pulsante sobre a pele de suas feiticeiras.

As feiticeiras de Athon, bem como suas guerreiras e construtoras, tinham o corpo esguio como o da deusa, traziam as feições lupinas, com focinhos finos e longos e agilidade nos movimentos.

A general Damieta sabia do estado de sua deusa, mas fora a própria Anúbis quem decidira marchar sem nem mesmo parar para uma breve reflexão. As baixas foram ostensivas, reduzindo o exército à metade, mas quem era ela para discutir com a vontade de uma deusa? Sua única função como general, após a decisão tomada, era a de cumprir o desejo de Anúbis e traçar a rota junto aos batedores para o inimigo mais próximo. Era assim que tinha que ser. Derrubariam um inimigo após outro, prestando orações e devoção durante a madrugada, marchando durante o dia, comendo a ração da deusa durante a tarde e erguendo suas adagas aguçadas durante a noite. Damieta deixou a tenda e montou seu dandrião. A criatura que servia como montaria era mais baixa e mais larga que um equithalo de Dartana, e tinha as costas cobertas de escamas prateadas, largas como um punho. Seu dorso era forrado com uma tapeçaria grossa, protegendo a pele das athonianas. A barriga e a parte interna das seis pernas da montaria, recurvadas, eram cobertas por uma penugem rala e de coloração arroxeada, perdendo naquela porção o seu aspecto reptiliano, assemelhando-se a uma ave com uma carapaça no dorso. A general puxou as rédeas da montaria na frente das colunas de guerreiras e ergueu sua lança, fazendo com que um urro uníssono fosse dado. Depois daquela manifestação, o acampamento voltou ao silêncio. Damieta encarou as guerreiras e puxou ar para seu peito.

— Nossa deusa ordenou que partíssemos assim que o sol soltasse das rochas. Iremos de encontro ao nosso mais poderoso inimigo enquanto somos grandes e perigosas!

— Por que não esperamos Anúbis se recuperar das feridas, general Damieta? Por que não aumentamos nossas chances de vitória?

Damieta fuzilou a soldada montada no dandrião bem à sua frente. Apesar do silêncio do exército obediente, Damieta sabia que elas esperavam por uma resposta.

— É a vontade de Anúbis e não a nossa que prevalece no Combatheon. Você se julga mais sábia que uma deusa de guerra?

— Talvez ela só queira testar se valemos ou não a pena, como a testamos quando ela surgiu no Hangar das feiticeiras.

Damieta ergueu os olhos para Anúbis, que estava afastada a uns cem metros, aos cuidados das feiticeiras que ainda fechavam suas feridas com o preparo de lama. O sol tinha vencido mais dois dedos além das cordilheiras e a luz aos poucos ia subindo, fazendo seus raios projetarem sombras douradas através das colunas de fumaça, tornando a visão da deusa de guerra idílica, como se viesse através dos sonhos. Anúbis recebia os cuidados de suas feiticeiras. Damieta voltou a olhar para Mesmine, sempre atrevida e questionadora. O exército respirava à sua frente, todas as guerreiras inalando o cheiro dos corpos das companheiras mortas na última luta, aguardando uma resposta que justificasse a marcha.

— Não há testes no Combatheon! Há crença! Se não deixarmos nosso acampamento certas de que venceremos nosso maior inimigo, é melhor que ergamos nossas espadas umas contra as outras aqui mesmo e pronto. Estamos todas unidas por um único propósito: liberdade. Ou você acredita em sua deusa de guerra e em mim para liderá-la ou desapareça daqui com sua perigosa falta de fé.

Mesmine abaixou a cabeça. Muitas das soldados preferiam lutar durante a noite, emboscando os inimigos, usando suas melhores qualidades e o poder atormentador concedido às feiticeiras athonianas, mas nenhuma tinha coragem de discordar da deusa de guerra. Mesmine não as condenava pelo silêncio, mas sentia-se sozinha e envergonhada. Ela mesmo reunira todas as forças para abrir a boca naquele momento e agora sentia o peso de sua decisão, achatando-a contra a sela de seu dandrião. Ela queria chorar, mas não demonstraria fraqueza.

— Nunca perderei a fé em minha senhora, general. Foi apenas um pensamento que me ocorreu. Essa terra já nos deixou mais espertas do que somos em Athon.

Damieta encheu o peito de ar e suspirou.

— Muitas de nós morreremos hoje. Esse é o nosso destino. Seremos as libertadoras do povo, em vista de nosso prêmio, creio que colocarmos as vidas em risco seja um preço baixo. Deixamos Athon, seguindo nossa deusa e as feiticeiras unidas pelo mesmo propósito e investidas da mesma certeza. Nossa deusa será a campeã. Só uma deusa como Anúbis pode vencer, nenhum outro deus nessas terras será páreo para a soberana, a redentora. Basta apenas cumprirmos nosso papel, seguirmos cegamente o que nos pede Anúbis, levantar as espadas e lutar para defendê-la, enquanto ela abre caminho para sua vitória e a vitória de Athon.

As guerreiras ergueram as espadas e urraram, com exceção da ainda oprimida Mesmine, que se encolheu uma vez mais, sem achar sentido naquela decisão de marchar ao raiar do dia. Damieta sempre mandava as batedoras primeiro e só marchavam quando a tarde ia se aproximando da noite, para que não fossem vistas quando chegava a madrugada. Atacavam como faziam em sua terra natal, quando saíam em bando durante as madrugadas para caçar. Precisavam do manto da noite para se aproximar das presas, em silêncio, com suas patas fofas e traiçoeiras. Marchar à luz do dia, sob o risco de serem vistas pelos batedores de Ahammit, podia pôr tudo a perder, mas ela não podia discordar de sua senhora, envergonhá-la na frente de todos.

— Se derrotarmos o exército de Ahammit, os outros que sobrarão não farão frente a nossa perícia e agilidade. Nos aproximaremos de Ahammit durante o dia, mas só atacaremos no silêncio da chegada da noite, como ordenou Anúbis. Usaremos a soberba de Ahammit como a principal arma. Seremos vitoriosas, guerreiras de Athon! Devemos amparar Anúbis, nossa deusa que ainda sangra de suas feridas por nós, suas guerreiras, mas mesmo ferida, acreditem, Anúbis ainda é mais forte que a adversária. Quando a escuridão for nossa guardiã, desceremos as lanças e as armas contra os inimigos. A surpresa sempre é meia batalha ganha!

Damieta ergueu novamente a lança, fazendo o urro das guerreiras ecoar pela planície cercada pela neblina da alvorada e a fumaça das fogueiras. A general deixou os olhos sobre as colunas de combatentes, todas as guerreiras sedentas pela vitória e libertação das mentes escuras que tinham deixado para trás em Athon. Seu povo, formado por elementos de corpos longilíneos, a pele recoberta por uma pelagem curta e sedosa, castanho-claro nas costas e escurecendo conforme subia até o pescoço, terminando em suas cabeças quase negras e de olhos verdes imensos. Quando as feiticeiras de Athon viram a materialização de Anúbis no Hangar, souberam que aquilo era um sinal. Um deus que quase copiava a imagem de seu povo só podia significar que lutaria por ele até o fim de suas energias e que sairiam vitoriosos da nova empreitada, movidos pela esperança e pelo estímulo das feições do gigante. O sorriso que brotava no rosto da general não se abriu por completo quando as vibrações chegaram às suas orelhas aguçadas. Ela e todas as guerreiras viraram a cabeça na direção da montanha. Para surpresa de todas, Anúbis já estava de pé, contemplando a muralha de nevoeiro. Damieta puxou a rédea de seu dandrião com os pelos do corpo eriçados, em alerta, obrigando a montaria a se erguer ainda mais. O sorriso no rosto desapareceu quando percebeu que o vento soprava em direção à montanha, subindo perigosamente pelas encostas. A general de Athon, que urdia um golpe para apanhar o exército de Ahammit desprevenido, contando com a surpresa como arma, não gostava de imprevistos. Quando sentiu o chão tremendo e pedriscos rolando, descendo das encostas contra o vento e se revelando ao dissipar da névoa, sabia que todo o seu exército estava prestes a provar o gosto amargo do próprio veneno.

Quando o nevoeiro abriu passagem para a silhueta do gigante que encabeçava seu exército, já era tarde demais para as athonianas reagirem de forma organizada. Um arpão negro voava, lançando um zunido agudo aos ouvidos do exército de Athon, algumas das guerreiras chegaram a vergar o corpo com as mãos nos ouvidos, feridas pelo som, soltando suas lanças. Damieta ouriçou-se, arregalando os olhos e vendo o arpão descrever uma curva até que sua ponta afiada e certeira se cravasse no peito de Anúbis, que cambaleou para trás, trespassada pela arma. A deusa tombou de costas diante de suas feiticeiras incrédulas. Anúbis estava acabada.

Para o horror da general, o som de um grito conjunto ganhou volume e logo uma linha larga de guerreiros surgiu à beira do nevoeiro. Guerreiros adversários irromperam, trazendo armas em punho, cercando as soldados. Damieta ergueu sua lança e fez movimentos que indicavam para seu grupamento montado se dividir em dois e atacar as pontas da fila de guerreiros inimigos, mas as amazonas não tiveram chance de avançar. Os inimigos aproximavam-se a toda velocidade, vindo em animais de formas diferentes, bem como seus cavaleiros. O inesperado exército de várias raças apontava estranhos tubos na direção das guerreiras, armas que cuspiram trovões pela boca. Sem entender o porquê, Damieta viu muitas das amazonas caírem de seus dandriões, berrando de dor e se contorcendo no chão. Algumas delas caíram caladas, consumidas pelo silêncio da morte, com buracos abertos na cabeça por onde o sangue vertia, lavando o chão de rocha do pé da montanha. Quem eram eles? Por que um deus marchava seguido por tantas raças? Ela não sabia o que estava acontecendo ao redor. Pálida e assustada, Damieta ordenou uma retirada, mas foi impossível a suas fiéis seguidoras escutar os comandos porque uma nova rajada de trovões escapou das poderosas armas do exército misturado, fazendo novamente com que uma leva de guerreiras tombasse sobre o chão do acampamento. Damieta segurou seu dandrião e encarou a linha de guerreiros que galopavam em sua direção. As armas dos inimigos eram rápidas e poderosas e seu general tinha executado um bom plano. Damieta sabia que aquele combate estava perdido.

* * *

Mander estugou seu equithalo puxando sua linha para frente, saboreando a perplexidade da general inimiga. Cavalgava com a fieira de cabeças inimigas sacudindo nas ancas de sua montaria. Sabia que aquelas cabeças apodrecidas e fétidas de ahammitianos e wundarianos instilariam terror nos olhos dos inimigos. Ele mesmo estava surpreso com a eficiência da arma e de seus soldados, que pouco tinham treinado com as bocas de fogo, usando-as apenas uma vez contra os wundarianos e agora experimentavam sua precisão melhorada pelos esforços dos construtores. Jeliath e Hanna tinham repetido exaustivamente que não tinham conseguido fazer com que a arma disparasse seguidas vezes como a dos humanos do planeta Terra, a arma reproduzida por eles faria apenas dois disparos por vez, então o segundo batalhão de soldados montados, formados em sua maioria pelos lokuns em seus faguzes de fogo, após o segundo disparo com as bocas de fogo, partiriam para cima dos inimigos com as bestas e os cuspes escaldantes de suas montarias, dispersando e confundindo os inimigos, dando tempo ao primeiro batalhão de recarregar as armas de fogo para uma nova saraivada de projéteis metálicos e mortais.

— Disparar! — berrou Mander, erguendo sua besta.

Jeliath tinha ensinado que aquela cruz de ferro na ponta formava a mira, melhorando os resultados observados na primeira batalha. Era só colocar a cabeça do inimigo na frente da cruz que a flecha, muito semelhante ao arpão de Ogum, voaria e cravaria na cabeça ou no peito do adversário, matando ou tirando-o de combate. Assim que Mander colocou a general oponente sob a mira, puxou o gatilho e urrou tomado pelo êxtase ao ver a comandante inimiga tombando de costas, tal qual sua deusa, desmoronando flechada. Agora todo seu exército, de pouco menos de duzentos componentes, bradava e mandava a terceira onda de disparo de escopetas, atingindo mais de cinquenta inimigos que, apanhados de surpresa e amedrontados pelas novas e ruidosas armas de Dartana, corriam, debandando, se afastando do corpo caído de sua general.

Mander contemplou o rosto da inimiga, perdendo alguns instantes, decifrando as formas e semelhanças de uma fêmea lupina. As gaulonianas eram maiores e mais volumosas que as athonianas, que eram bastante esguias e rápidas em seus movimentos. Até suas armaduras leves pareciam feitas daquela forma para preservar a agilidade do corpo feminino. Certamente, eram guerreiras perigosas. Mander, ainda tomado por aquela observação, olhou para outros cadáveres e os inimigos que rastejavam se afastando, com as mãos nas feridas abertas pelos projéteis de arma de fogo, choramingando e gemendo. Achou curioso que o exército de Athon fosse formado apenas por guerreiras.

O general de Dartana bateu com os calcanhares no equithalo e avançou. Não era hora de interromper a batalha. Era hora de lutar, fossem todas fêmeas ou não, estavam naquela terra com o mesmo propósito. Mander levantou a besta e mirou um novo alvo, acertando-a nas costas, quando ela corria, tentando fugir. O sol continuava subindo, iluminando o campo de batalha e espantando a neblina. O general sorriu ao perceber que seu plano frutificava. O volumoso exército de Athon fugia, açoitado pela surpresa e diminuído pelo horror, abrindo caminho para as armas de Dartana. Novamente, uma saraivada expelida pelas armas de fogo derrubou parte daquela massa que fugia.

Dartana avançava, Ogum marchava, secundado pelas feiticeiras mistas, aproximando-se do corpo caído de Anúbis, baixando sua imensa besta com a mão direita e arrancando o arpão do corpo sem vida da deusa oponente. Recolocou o arpão na besta, prendendo-a ao lado da estrutura de madeira e couro que, como um odre, mantinha a energia para que seu coração mestiço não parasse no meio do conflito. Ogum desembainhou a espada, empunhada com o braço de Ares, e marchou para o meio do campo de batalha para auxiliar os guerreiros. Sorriu ao ver que os guerreiros montados faziam um bom trabalho, perseguindo o exército fugitivo e disparando com as bestas pequenas, derrubando as athonianas. As athonianas, muito assustadas, mal revidavam. Algumas viraram-se e arremessavam suas longas lanças com ponta metálica. A maioria delas caindo no nada. Poucas ferindo algum inimigo. O exército mestiço manteve o impulso de guerra por mais meia hora, até que todos os inimigos tivessem se dissipado, algumas delas escapando dos disparos e fugindo, e até que um grupo de oitenta prisioneiras fosse capturado, deixando-as amarradas e jogadas à frente da cabana principal do acampamento athoniano.

Ogum, rodeado pelas feiticeiras mistas, contemplou o campo de batalha agora sem o som de guerra, mas sobrando lamentos e choro de dor e angústia que escapavam da boca das inimigas. Seus homens riam e vibravam, felizes com a nova vitória. Para muitos, era inacreditável, mas o segundo exército tinha caído a seus pés, vítima da armadilha perpetrada por Mander.

Tylon-dat emparelhou sua montaria ao lado da irmã. Os dois guardaram silêncio por um breve instante, cada qual mergulhado em suas impressões e preocupações. Tylon-dat estava perplexo com a facilidade com que tinham dominado aquele grande exército. Ainda que o colosso Ogum tenha feito bem sua parte, derrubando a deusa oponente logo no início, como planejado, aquelas armas cuspidoras de fogo tinham feito um serviço igualmente espetacular. As armas de fogo eram excelentes para o tipo de combate que precisavam fazer: rápido e furtivo. Podiam atingir os inimigos a grande distância, avançando em disparada para cima das linhas inimigas, derrubando-os antes de saberem o que estava acontecendo. Impingindo tantas baixas antes de emparelharem, castigavam não só a carne dos inimigos como também seus espíritos, deflagrando o medo entre os contendores.

— Você acha que ele vai conseguir vencer Ahammit? — perguntou a irmã olhando para o semblante anuviado do irmão.

— Depois do que vi aqui hoje, acho possível. Mas a pergunta certa não é essa, querida irmã.

— Ah, é? Qual é a pergunta certa?

Tylon-dat olhou para Mander em cima de seu equithalo, andando altivo entre os corpos abatidos das athonianas.

— Me pergunto quantas vidas custará essa campanha.

Mil-lat voltou a olhar para o irmão e então olhou para o general do exército mestiço.

— Acho que é um pouco tarde para essa pergunta, irmão. Não faz sentido contar vidas quando se parte para a guerra. Olhe para nossos amigos, nossos guerreiros. Nunca vi Gagar sorrindo desse jeito. São todos guerreiros, a melancolia deve ficar para trás, Tylon.

— Você está certa, irmã. Por ora.

O general de Dartana, percebendo o cessar dos brados de luta e vendo os homens em segurança, voltou com seu equithalo pelo campo de batalha, fazendo-o seguir lentamente. Muitas das athonianas ainda estavam vivas e gemiam, mas não representavam perigo, estavam mortalmente feridas. Quatro athonianas andavam em direção à general Damieta que Mander tinha flechado com a besta no início da batalha, abreviando a resistência do exército oponente. Mander assoviou e seu equithalo começou a se mover. Desmontou ao chegar perto da general e das quatro que se aproximavam. Elas choravam e trocavam palavras de consolo. O quarteto não era de soldados, vestiam-se de forma diferente, vestimentas como a das feiticeiras de Dartana. Eram feiticeiras caídas e sem luz, com os poderes extirpados assim que a deusa de guerra Anúbis tombou morta pela arma de Ogum. Uma delas afagava o cabelo de Damieta, enquanto as outras choravam. As feiticeiras conheciam seu destino. Em pouco tempo, definhariam e morreriam junto com sua deusa Anúbis.

— Lentine, você não brilha mais? — perguntou a general, forçando o pescoço e olhando para as outras feiticeiras sem brilho. — Anúbis está morta?

— Estamos sós agora, Damieta. Cumprimos nosso chamado.

Mander olhou para o outro extremo do acampamento, convertido em campo de batalha, vendo os homens trazendo as prisioneiras.

— Mas não precisa ser assim. Não precisam ficar só nessa terra de morte — afirmou o general.

Damieta, amparada pelas feiticeiras, cuspiu sangue em seu próprio peito. Olhou para o general inimigo sem entender o que ele dizia. Olhou para os homens a sua frente, com as escopetas abaixadas.

— O que são essas armas?

— Eu as chamo de boca de fogo. São eficientes.

— São magníficas, general. Magníficas. Se eu as tivesse contra Ahammit...

Mander abaixou-se e estendeu sua mão.

— Mander.

Damieta cumprimentou e olhou sorrindo para as feiticeiras.

— Viram? Minha tática teria dado certo contra Ahammit. Nós pegaríamos aqueles desgraçados desse jeito, desprevenidos, de surpresa. Faríamos o que esse general fez conosco. Teria dado certo.

Mander forçou um sorriso e olhou para as feiticeiras. A vitória às vezes tinha um gosto ruim, mas, como as águas amargas, era algo que tinham que engolir para seguir em frente.

— Se quiserem se unir ao nosso exército, serão bem-vindas. Somos poucos e estamos aceitando ajuda para lutar contra Ahammit.

As feiticeiras se entreolharam, chocadas com a oferta. O inimigo, que havia acabado de abater sua deusa e roubar sua esperança, estava ali, estendendo a mão. Lentine deixou os olhos percorrerem o rosto dos inimigos e seu corpo virou-se para ver os soldados que andavam pelo acampamento.

— Vocês não são um povo só... são mestiços. É isso que estão fazendo?

Mander balançou a cabeça em sinal negativo.

— Somos vários povos, mas o deus é único. É um deus para libertar a todos.

— Isso não é certo. Deixem-nos morrer em paz e com dignidade, general Mander — pediu a general moribunda. — Já lutamos nosso combate.

Dabbynne pousou ao lado de Mander, olhando para a guerreira ferida. A feiticeira sentia muita dor emanando de todos aqueles corpos.

— Então é verdade! — exclamou uma das feiticeiras, chamando a atenção das outras.

As feiticeiras aproximaram-se de Dabbynne. A mais afoita delas tocou a barriga da feiticeira de Dartana sem pedir permissão, assustando a jovem dartana. Dabbynne recuou, mas as feiticeiras tornaram a aproximar as mãos.

— Não queremos seu mal. Estamos apenas curiosas.

— Ouvimos falar de você, a feiticeira que leva um deus dentro de si.

Dabbynne arregalou os olhos.

— Ele não é um deus. É meu filho! — interveio, afastando a mão da inimiga e afagando a barriga.

— Nunca vimos uma feiticeira prenha.

— Posso tocar de novo? — insistiu a terceira.

Dabbynne, assustada, buscou os olhos de Tazziat. A veterana aquiesceu e então a novata olhou para as athonianas, permitindo que se aproximassem de sua barriga.

— Ele se move? — perguntou a feiticeira com cara de lobo.

— Desde ontem. Foi quando percebi pela primeira vez.

— E como é?

Dabbynne sorriu. Nenhuma delas teria a graça de carregar um filho no ventre. Tazziat também se aproximou mais, reconfortando-a, mas também curiosa com a maternidade residindo em um corpo estranho.

— Na primeira vez, pensei que estivesse soluçando, como se fosse uma coisa na minha barriga.

— Ah! Mas é uma coisa em sua barriga! — interveio a outra. — Uma coisa grande ainda por cima! Uma vida nova.

— Como sabiam da minha existência?

— Uma feiticeira de Ahammit te procurou. Ela esteve aqui, em paz, perguntando sobre você.

Dabbynne lembrou-se do rosto da inimiga, segurando uma adaga e passando a mão em sua barriga. Ela havia percebido, naquele instante, o que ela carregava. Dabbynne calou-se, olhando para Mander e depois para a general que respirava fracamente, cada vez mais indo de encontro ao seu fim. Falavam de vida num mundo que só existia para trazer a morte. Não era num lugar como aquele que queria dar à luz seu filho. Queria que seu exército vencesse e que Ogum atravessasse o Portão de Vitória. Ninguém sabia para onde iriam depois da vitória, mas certamente deixariam aquele lugar sombrio para trás. O filho dela teria a chance de conhecer um mundo mais ensolarado onde a felicidade pudesse ser uma opção. Dentro do Combatheon, essa opção não existia, para todo lado que olhassem veriam sangue e morte, corpos queimando e exércitos se enfrentando. Dabbynne queria levar seu filho dali a qualquer preço.

Tazziat olhou para o chão, vendo que uma das feiticeiras agora chorava, debruçada sobre a general de seu exército. Eram todas fêmeas, não tinha visto nenhum guerreiro macho. Tazziat compadeceu-se da sorte das athonianas, ajoelhou-se ao lado da inimiga que lamentava e passou a mão na cabeça que, em vez de cabelos, possuía uma pelagem macia e curta.

— Posso curá-la. Tenho muito poder.

— Alisha... — murmurou Damieta, puxando a mão da feiticeira.

Tazziat ergueu a mão e deixou o brilho dourado emanar das palmas. O brilho desceu pela flecha, afundando-se no peito da general. As feiticeiras de Athon arregalaram os olhos.

— Esse é o poder reservado a vocês? Vocês podem curar?

Dabbynne balançou a cabeça em sinal positivo.

— E qual era o poder de vocês?

Lentine e Alisha trocaram um olhar rápido. Não havia mais razão de esconderem. Não tinham mais energia para demonstrar, mas podiam contar.

— Entramos na mente de nosso inimigo enquanto ele dorme — começou Alisha.

— E fazemos com que tenham terríveis pesadelos, em que nós os matamos com nossas lanças a distância e nossas adagas rasgando seus pescoços.

Mander ficou hipnotizado com a narrativa. Era um poder e tanto para as feiticeiras de Athon! Era fácil prever o efeito que aqueles pesadelos teriam sobre o moral de seus homens na hora do confronto.

— Fazemos com que vejam Anúbis matando seu deus. Só sobra o medo em suas mentes e então atacamos durante a noite.

Tazziat mantinha a mão espalmada, deixando seu raio regenerativo penetrar o corpo de Damieta.

— Não — gemeu a guerreira ferida. — Deixe-me morrer com honra.

Alisha segurou a mão de Tazziat, impedindo o fluxo de energia curativa. Ao ser interpelada pelos olhos dourados de Tazziat, Alisha apenas balançou a cabeça em sinal negativo.

Tazziat abaixou-se mais, entrando no campo de visão da general.

— Senhora, posso curá-la. E poderemos curar muitos de seus soldados que agonizam no campo de batalha.

— Permita que minhas feiticeiras façam esse trabalho, general — interveio Mander. — Seja curada e recomponha-se. Lute de novo. Não precisamos de mais mortos. Parece que é só isso que essa terra pede, mortos para devorar.

Damieta sustentou o olhar de Mander por alguns segundos. Todos ao redor daquele cena ficaram calados, enquanto durou aquele olhar. Damieta, exaurida, tombou a cabeça de lado, em silêncio.

A líder das feiticeiras de Athon começou a chorar, rodeada por suas amigas.

— Feiticeira prenha, por favor, salve nossa general.

Dabbynne buscou os olhos de Mander e o comandante de Dartana meneou a cabeça em sinal positivo.

Dabbynne e Tazziat espalmaram as mãos e novamente o brilho dourado desceu pela haste da flecha indo em direção à ferida.

— Não! — gritou Damieta.

As feiticeiras baixaram a mão e olharam para Mander. O general de Dartana entrou no círculo das feiticeiras e olhou para a general caída. Damieta ergueu as mãos para Mander.

— Guerreiro, levante-me.

Mander baixou a mão, agarrou o braço de Damieta e a puxou num impulso. Ela gritou e ficou de pé. Estava fraca e balançava. As feiticeiras ainda choravam e acariciavam a líder. Damieta repeliu as mãos de suas amigas e agarrou a flecha em seu peito, vergando-a para baixo até que a haste arrebentasse.

— Vão e falem para minhas meninas que todas podem lutar junto a esse exército mestiço. Anúbis morreu e não há mais nada para nós aqui. Seguir Mander e seus homens é sua única opção. Lutem. Destruam Ahammit. Era esse o nosso propósito.

— Não, Damieta, não a deixaremos ferida aqui nesse acampamento, ficaremos com você.

— Não ficarei aqui, minhas valentes. Não ficarei — respondeu a general.

— Então deixe que a feiticeira prenha te cure! — bradou uma das feiticeiras athonianas.

Damieta baixou a cabeça e olhou para Mander e Tylon-dat.

— Seu pequeno exército já tem generais demais. Mais um general não traria nada de bom, apenas dividiria ainda mais seus homens. Levem minhas guerreiras, elas são valentes e mortais. Não conseguimos conter seu exército porque vocês foram espertos, muito espertos. Atacaram como nós atacamos, em emboscada, na surdina.

— Venha com a gente — pediu Mander. — Cuidarei de você.

Damieta balançou a cabeça em sinal negativo.

— Não. Se alguém fosse cuidar de mim seria uma das minhas, uma athoniana, e não um macho fedorento como você — ela sorriu e inspirou fundo. — General de Dartana, dizem que existe um mundo novo onde os generais são recebidos por cinco guerreiras virgens, um lugar do outro lado da lança. É verdade?

Mander olhou para Tylon-dat e para a feiticeira athoniana a sua frente.

— Eu gostaria muito de ver esse lugar, general. Como iguais, não me negue esse paraíso.

— Não sei se isso que disse é verdade, general de Athon, mas sei que te contaram a história errada. — Mander tirou sua adaga da bainha e apertou o cabo na palma de sua mão.

— Ah, é? O que está errado?

— Elas não são virgens e nem são cinco.

Mander enfiou a adaga no ventre da general de Athon até o cabo e girou-a, puxando, deixando um fluxo farto de sangue quente lavar seus pés. Damieta abriu um sorriso largo, com sangue manchando seus dentes.

— São vinte lindas guerreiras e elas já sabem muito bem o que fazer conosco, general.

Damieta colocou a mão no ombro de Mander, enquanto seus olhos iam se apagando.

— Obrigada — murmurou antes de seu corpo tombar de costas na terra do Combatheon.

As feiticeiras de Athon começaram a chorar e se agruparam ao redor da general morta.

Mander e as feiticeiras se afastaram, deixando que iniciassem seus rituais de despedida.

Tylon-dat, com os olhos ainda arregalados, perplexos pelos últimos acontecimentos, perguntou o que deveriam fazer agora.

— Montem acampamento. Nossa batalha foi cedo e a luta acabou por hoje. Teremos muito trabalho para nos preparar para nosso próximo inimigo. Mande os batedores buscar notícias dos exércitos inimigos mais próximos. Ahammit pode estar marchando para cá nesse exato momento. Depois disso, dê folga para os homens e façam qualquer coisa, só não deem as costas para essas guerreiras, elas perderam a sua líder e são muito ariscas.

— Podemos deixar que Ahammit combata com os inimigos que encontrar, podemos acompanhar isso de olho nos movimentos do general deles. Lutando entre si terão perdas, para os dois lados. O inimigo que vencer estará enfraquecido. Temos que tirar vantagem dessa possibilidade.

Mander parou e ficou olhando para o general de Gaulon.

— É uma boa ideia, Tylon. Uma boa ideia. Mas não sei se é prudente aguardarmos. Nossos homens estão empolgados, vencemos dois exércitos grandes em dois dias. Temos que descansar hoje e amanhã, revermos nossas forças, ainda somos pequenos, mas não podemos deixar essa chama se apagar.

— Vocês podem ser maiores, general — disse uma guerreira athoniana se aproximando.

Mander olhou para a criatura que, como as outras e seu deus, tinha feições de um animal, com focinho longo e olhos estreitos, pelagem a cobrindo da cabeça aos pés.

— Quem é você?

A soldado avançou um passo e estendeu a mão para Mander.

— Sou Mesmine, filha de Damieta. Com a morte de minha mãe, sou agora a nova general de Athon por direito.

— Sua mãe não queria outra general dividindo o comando de nosso exército, Mesmine.

— Eu sei. Minha mãe era uma guerreira sábia. Só quero ajudar. Precisarão de mim para que as sobreviventes sigam com vocês. Com o nosso reforço, seu exército irá dobrar de tamanho e poderemos seguir em frente. Viemos para lutar até o final, era isso que minha mãe queria.

— E quanto a sua posição? Não irá cobrar o comando?

Mesmine olhou para Tylon-dat. Ele tinha as feições de um felino, animal pouco estimado por seu povo, por ser ladrão de caça em suas terras. Mesmine chegou a sorrir e a fazer a analogia entre aquele general e os kawats de sua terra natal.

— Não quero dividir as forças, mas se me for permitido sugerir, estarei à disposição para ser uma conselheira, general. Inclusive, acho muito astuta sua sugestão de deixar que os inimigos se enfrentem primeiro. Teremos um exército a menos para nos preocuparmos e um inimigo enfraquecido pela frente.

Tylon-dat olhou para Mander.

— Será bem-vinda, Mesmine, suas guerreiras também — revelou Mander.

— Posso fazer uma pergunta, general?

— Claro.

— Se ajudarmos e vencermos, poderemos atravessar o Portão de Vitória com seu deus? Nossa terra também será livre da maldição?

Novamente os generais trocaram olhares.

— Primeiro chame Ogum de nosso deus. Aceite-o, ajoelhe-se diante dele e o adore, lute por ele e tenha nele a mesma fé que vocês tinham em Anúbis. Ogum carrega um coração encantado e que já pertenceu à deusa chamada Frigga, conhecida por sua bondade, um coração que aceitará a todos que forem fiéis a ele. Não posso prometer nada ao seu povo e nem mesmo ao meu povo. Não chegamos aqui com Ogum. Ogum foi construído por nossas mãos, é um deus costurado e feito pelas mãos de uma mortal, para marchar e lutar por nosso povo.

— Ele quer destruir Ahammit?

Mander balançou a cabeça em sinal positivo, respondendo à menina com cara de raposa.

Mesmine olhou para as feiticeiras opacas de Athon e depois para as guerreiras prisioneiras mantidas a distância e vigiadas por guerreiros de pele vermelha e quatro braços.

— Seguiremos com você, general de Dartana. Manteremos o exército de Athon na batalha. Acredito que seu deus olhará por nós.

Mesmine afastou-se com as feiticeiras indo até as prisioneiras. Mander ordenou que as guerreiras com cara de raposa fossem libertadas das cordas e em poucos minutos todas estavam perfiladas junto a Mesmine. As athonianas começaram a marchar até onde Ogum mantinha-se parado, vigiando as distantes colunas de fumaça no horizonte que revelavam os acampamentos dos exércitos que ainda marchavam no Combatheon. Ogum virou-se para as oitenta guerreiras, as dezesseis feiticeiras sobreviventes e as trinta e duas construtoras de Athon.

Gagar preocupou-se com a aproximação das guerreiras que tinham apanhado suas armas no caminho e olhou para Tylon-dat. O guerreiro felino fez um sinal para que Gagar as deixasse em paz.

Mesmine parou em frente a Ogum e se ajoelhou, sendo copiada pelas guerreiras e construtoras de seu exército. As feiticeiras trocaram olhares e buscaram Tazziat e Dabbynne, que flutuavam acima dos ombros de Ogum. A líder das feiticeiras, Agaléa, ajoelhou-se também e logo as vozes de todas as athonianas emanavam em conjunto, em uma oração de seu povo.

No momento em que todas estavam orando e suas vozes se levantaram, chamando a atenção de todos os guerreiros e construtores do exército mestiço, obrigando-os a parar imediatamente o que estavam fazendo, Tazziat e Dabbynne seguraram seu fôlego.

Ogum estendeu sua mão sobre o exército de Athon e agora elas não eram mais discípulas de Anúbis. As ex-feiticeiras de Athon agora eram feiticeiras de Ogum, e começaram a emitir um brilho dourado. Agaléa olhou para suas irmãs e logo todas estavam levitando novamente, elevando-se e se juntando a Tazziat e Dabbynne.

— Sejam bem-vindas — tonitruou a voz de Ogum, compreensível para as feiticeiras incorporadas e também as surpresas guerreiras e construtoras de Athon.

— Oh! Grande deus de Dartana! Estamos aqui para servi-lo, meu senhor! — proclamou Agaléa.

— Que assim seja! — tornou o gigante.

Um grupo de construtoras estendeu suas ferramentas diante de si, ofertando-as ao deus novo.

— Nos dê a honra de vencer ao seu lado, meu senhor. Podemos construir suas armas?

Ogum abriu um sorriso em sua face de pedra e olhou para o exército aos seus pés.

— Estão prontas?

— Sim, meu senhor! — bradaram as construtoras em uníssono.

Ogum olhou para elas e bradou a plenos pulmões:

— Dartana! Construir!

O berro conhecido por todos os construtores, fossem de qual terra fossem, fez os pelos dos que tinham pelos se arrepiarem, as penugens de quem tinha penugem se eriçarem e logo todos os construtores correram para a sua frente, esperando as instruções do deus de Dartana, que tinha visto através dos olhos de Jeliath em sua última viagem à Terra a nova arma que seria adicionada ao exército. Os olhos dos construtores brilharam dourados, como os das feiticeiras, por um breve momento enquanto recebiam em sua mente o que deveriam construir. Jeliath reconheceu a arma e seus construtores se alvoroçaram para atender o deus.

CAPÍTULO 56

A manhã terminou com um grande senso de alegria entre os vencedores do exército mestiço. Ainda que a maioria das guerreiras de Athon, com toda razão, ainda sentissem o pesar pela perda das amigas na batalha da manhã, Mander e seus homens não deixaram de celebrar a vitória na grande barraca do comando a despeito do rancor das vencidas.

O general de Dartana, depois de confabular com Gagar e seus batedores, deixou que os soldados relaxassem e, aqueles que quisessem, ajudassem as athonianas a queimar suas semelhantes nos rituais de despedida.

Spar, junto com mais alguns cozinheiros, montou a barraca comum onde todos os guerreiros puderam se alimentar, inclusive a nova general das athonianas, que foi até o refeitório trazendo muitas das guerreiras, num esforço para deixar claro que queriam se misturar ao exército mestiço. Spar e os ajudantes também serviram uma boa quantidade de vinho aos que quiseram se embriagar após a vitória. A maioria festejava o fato de estar viva e de não ter tido nenhuma baixa nos dois últimos confrontos, fato que enchia a todos de confiança frente às estratégias de Mander e Tylon-dat.

Os poucos feridos daquela manhã estavam sob os cuidados das feiticeiras mestiças, que acabaram por herdar o mesmo poder das feiticeiras de Dartana, exceto as novas athonianas, talvez porque essas últimas tivessem se convertido já sendo feiticeiras feitas, diferente daquelas que acenderam na Vila de Abandonados.

As feiticeiras de Athon tratavam os machucados das guerreiras com emplastros, com ervas maceradas. Tazziat ofereceu-se para organizar um turno de cura com suas feiticeiras, garantindo que as feridas seriam fechadas em instantes e que a dor desapareceria completamente em poucas horas. As feiticeiras athonianas demoraram para ceder, mas com o som das súplicas das guerreiras feridas, acabaram abandonando o que lhes restava de orgulho. Sabiam que a cura pelas ervas requereria semanas para as feridas extensas e, se aplacar aquele sofrimento estava ao seu alcance, deixariam que fossem tratadas pelas irmãs iluminadas com o dom da cura.

* * *

Jeliath estava na forja improvisada onde reparavam armaduras e melhoravam as escopetas dos soldados. O som dos martelos e das ferramentas empunhadas pelos construtores não havia parado desde o fim do combate. Não tinham tido tempo de lidar com os equipamentos quando deram conta do primeiro exército, fazendo aquela marcha inesperada no meio da madrugada, culminando com o ataque às guerreiras de Athon. Estava reparando a oitava armadura quando se deu conta de que estava com fome. Soltou o martelo e caminhou para fora da forja em direção ao refeitório de Spar e seus cozinheiros. O cheiro que vinha com o vento só fazia sua fome crescer. Foi então que Parten e Thaidena surgiram a sua frente, o soldado sendo puxado pela namorada.

— Me ajude aqui, Jeliath, essa doida não quer deixar eu ir comer com os outros.

— Estou indo pro refeitório agora mesmo, por que vocês não vêm comigo? — disse Jeliath.

Thaidena continuou puxando Parten, animada e rindo alto.

— Não. Encontrei algo melhor pra gente comer. Venha logo, Parten.

Jeliath, mordido pela curiosidade, parou e encarou o casal.

— O que foi que encontraram?

— Tá com fome? Vem com a gente. Você não vai se arrepender.

Jeliath quis seguir o casal de amigos que começou a se afastar do acampamento, passando entre as colunas de athonianas queimadas, dirigindo para a porção mais baixa onde o chão ficava completamente pedregoso e perdia toda a vegetação rasteira. Um par de lagartias voava junto a um agrupamento de árvores que se formava no fundo de uma vala onde dois morros rochosos se encontravam.

— Não fiquem com medo das lagartias, elas estão longe e, se vierem para cá, temos isso para nos defender — disse Thaidena, tamborilando os dedos em sua escopeta.

Parten, mais ressabiado, tirou sua arma do coldre e verificou se tinha munição.

— Nunca se sabe — disse, lançando um sorriso amarelo para Jeliath.

O trio desceu cerca de duzentos metros, deixando todos para trás, até alcançarem o fundo do declive onde os soldados tinham trazido os animais para beber num regato cristalino que cortava o rebaixo.

No caminho, o trio parou para observar algo interessante. Tylon-dat e Mil-lat treinavam as feiticeiras de Dartana e as athonianas com as bestas. Mander sabia que os combates ficariam cada vez mais difíceis de agora em diante e tinha pedido para que até as feiticeiras pudessem matar na hora da guerra. As athonianas pareciam mais íntimas com as armas, fazendo disparos precisos, enquanto Dabbynne, Tazziat e as abandonadas esforçavam-se para acertar o alvo.

Jeliath olhou para trás, arrependido de ter mudado de caminho. O que a doida da Thaidena estava aprontando agora? Adivinhando a angústia dele, a amiga parou e arrancou um galho de um arbusto seco cortando-o com a lâmina de sua espada.

— Pronto. Chegamos. — Thaidena aproximou o graveto do chão de pedra e levantou-o cheio de uma gosma amarela translúcida e viscosa.

— Feni do Combatheon! — exclamou Parten, agarrando o graveto.

Thaidena cortou outro e estendeu para o amigo Jeliath que caminhou desanimado até onde ela estava.

Jeliath olhou para o pé do arbusto onde havia um monte da feni do Combatheon, apoderou-se do talher ofertado pela amiga e o mergulhou na substância doce e cheirosa. Quando sorveu a primeira porção da feni quente e adocicada esqueceu o aborrecimento da caminhada e a boia de Spar.

Thaidena também começou a se alimentar da feni, lambendo o galho e ingerindo o alimento.

— Estava até com saudade dessa coisa. A gente se acostuma ao sabor.

— O que vocês estão fazendo aqui, tão longe? — perguntou Dabbyne.

O trio virou a cabeça para o aclive e viu a feiticeira descendo do alto e tocando o chão pedregoso ao lado do regato.

— Viemos comer um pouquinho.

— Sua irmã está atrás de você, Jeliath. Parece que ela tem algo urgente para te contar. Foi atrás de você no refeitório e não te encontrou. Como eu vi vocês passando onde treinávamos com as bestas, disse que sabia onde estava.

Thaidena estendeu um galho cheio da feni para Dabbynne. A feiticeira sorriu e aceitou a sua porção de doce. O quarteto ficou calado um segundo, lambendo e lambuzando a boca com a gosma amarela.

— Isso é tão bom. Bem que o Spar podia carregar um pouco naquela carroça dele — queixou-se Parten.

— O que ela queria? — perguntou Jeliath para Dabbynne.

— Ela vai te dizer. Hanna está vindo pra cá.

Mal Dabbynne alertou, Hanna, sorridente, surgiu no declive, descendo até a roda de amigos.

— O que vieram fazer aqui? Tomar banho?

— Não. Já tomei banho essa semana — revelou Parten, sem rir.

— Viemos comer feni — disse Dabbynne, já erguendo a espada para partir outro galho para a irmã de Jeliath.

Hanna parou no meio do quarteto e então seus olhos ficaram fixos nos galhos cobertos da gosma amarela. Depois, ela olhou para as bocas lambuzadas dos conterrâneos e levantou a mão, arrancando o galho de Jeliath.

— Vocês estão loucos! Isso não é feni!

O quarteto ficou imóvel por um segundo, encarando Hanna.

A construtora ficou olhando para eles mais um instante e então sua atenção foi para um amontoado da viscosa substância ao pé de um arbusto seco. Hanna caiu de joelhos e vomitou sobre as pedras.

Dabbynne jogou seu galho no chão, sendo imitada por Thaidena. Parten continuou com o galho na boca, sorvendo um fio amarelo que teimava em pingar para o chão.

— Isso não é feni!

— O que é então? — perguntou o irmão.

Hanna olhou para os lados e para o alto vendo a copa das árvores distantes.

— Venham comigo.

O quarteto saiu no encalço da construtora abandonada, que corria em direção às árvores a quarenta metros dali. Parten ficou ressabiado, vendo na copa das árvores ao menos três daquelas lagartias voadoras. Aos pés das árvores havia uma montanha da feni do Combatheon.

— Olha, quantas! — espantou-se Thaidena.

— Vejam — apontou Hanna.

O quarteto ficou em silêncio observando os estranhos pássaros que pareciam répteis, até um deles virar sua cauda na direção do chão e um jato de excremento amarelo brilhante despencar do alto, amontoando-se ao melado que se juntava no chão.

— Não! — gritou uma estarrecida feiticeira.

— Sim, sim e sim. Aquilo ali não é feni, eu avisei.

— Por Ogum! Estávamos comendo cocô de lagartia?

Hanna deu de ombros e ergueu as mãos para o alto.

Parten, que tinha acabado de sorver mais uma generosa dose da estranha feni do Combatheon, arremessou o graveto no chão e caiu de joelhos vomitando toda a gosma amarela.

— Agora não adianta, Parten — disse Hanna, batendo-lhe no ombro.
— Se eu fosse vocês, beberia muita água.

O quarteto correu para o regato e ali começou a lavar a boca na água cristalina, xingando e protestando, enquanto escutavam o riso nada solidário de Hanna a suas costas.

* * *

Mander caminhou pelo campo de batalha depois de comer um pouco da carne e dos legumes feitos por Spar e seus ajudantes. Um exército precisava se alimentar bem para continuar de pé e manter a marcha. As escopetas trazidas por Jeliath haviam funcionado perfeitamente. A arma era agressiva e conseguia acertar o inimigo com precisão a grande distância, causando um enorme estrago nas fileiras oponentes. Os irmãos construtores tinham prometido aumentar a capacidade dos compartimentos e as bocas de fogo passariam de três para cinco disparos antes da próxima contenda. Assim, aquelas preciosidades seriam ainda mais devastadoras. Os construtores tinham ordem para produzir mais cartuchos que o necessário para uma batalha, posto que Tylon-dat os treinaria exaustivamente com o manejo e a pontaria da arma. Quanto mais distante conseguissem abater um cavaleiro inimigo, maiores seriam as chances de terem êxito. As bestas também faziam um trabalho estupendo. O general podia afirmar categoricamente que seu exército mestiço era um perigo para qualquer inimigo. Bastava olhar ao redor. O exército de Athon era imenso e fora aniquilado em menos de uma hora. Graças a Ogum, que tinha derrubado a deusa Anúbis no primeiro disparo de seu arpão e, depois, seguindo a orientação de Mander, colocando sua espada para dividir as fileiras e os grupos organizados de athonianas que tinham sobrado para combater, enquanto seus guerreiros recarregavam escopetas e bestas.

Eram talvez milhares de corpos abatidos pelos componentes do exército mestiço. Ele mesmo tinha contado quantas mortes tinha infligido. Com sua arma de fogo, derrubara seis athonianas e mais oito com a besta. Não precisou sacar a espada. Tirou apenas a adaga da bainha para abreviar o sofrimento da general Damieta, a pedido da inimiga. Os corpos tinham ficado esparramados por todos os cantos, para comprovar a eficácia da emboscada, elogiada pela própria inimiga. Mander tinha um sorriso largo no rosto, enquanto seus olhos passeavam pelos corpos incinerados. Seu contentamento só perdeu o despudorado brilho quando os olhos pousaram sobre Mesmine, a filha de Damieta.

Mander aproximou-se em silêncio ouvindo a voz da filha orando pela boa ida da mãe, enquanto o corpo de Damieta ardia, dentro de sua armadura leve, deitado de costas, segurando em seu peito sua adaga de guerra. Pelo que Mander tinha entendido, aquelas guerreiras gostavam do combate corpo a corpo, da luta pegada, próxima, pois as adagas eram bastante curtas e a necessidade de se atracarem ao inimigo, era evidente. Mais uma razão para o sucesso surpreendente daquela manhã. Dartana tinha atacado a distância, impedindo que as guerreiras usassem sua melhor ferramenta. Mander aproximou-se mais e viu que Mesmine movimentava algo nos dedos enquanto rezava pela mãe. O general de Dartana aguardou o corpo de Damieta virar cinzas para parar ao lado da jovem guerreira. Mesmine secava suas lágrimas e agora estava com as mãos juntas, segurando o pequeno objeto. Mander caminhou até outro corpo que era incinerado, cercado por três das sobreviventes, que entoavam orações à guerreira que partia. Na mão de uma delas Mander percebeu novamente um objeto. Era uma pequena estátua. Quando deu por si, o general de Dartana estava ladeado por Mesmine, que também observava a cena.

— Fazemos estátuas de nossos entes queridos e daqueles que ficaram para trás. — Mesmine abriu um alforje que vinha em sua cintura e retirou dali mais duas representações de pequenas athonianas.

— São minhas irmãs, que ficaram em Athon, esperando que nossa marcha as libertasse da prisão do pensamento. Hoje à tarde eu fiz a da minha mãe, que está aqui, e agora ficará pendurada em meu pescoço.

Mander olhou para o colar e segurou a pequena estátua de madeira em seus dedos por um segundo.

— Eu usei a adaga dela para entalhar a madeira. Não importa onde ela esteja, lutará sempre ao meu lado.

Mander, que até poucos instantes se vangloriava em seus pensamentos das inimigas abatidas naquela manhã, virou de lado vendo as inúmeras colunas de fumaça branca que subia ao céu. Eram mães, filhas e irmãs que tinham partido da vida para o lado escuro da morte. O general suspirou fundo e torceu mentalmente para que Damieta encontrasse as suas virgens e o tal do falado paraíso dos guerreiros. Sem conseguir olhar nos olhos de Mesmine novamente, Mander se afastou, pensando que ele era também um pai e que poderia ter morrido naquele confronto. Seu desejo cego de abater o general de Ahammit e sua deusa por pura vingança o havia distanciado do que os corações dos guerreiros, construtores e feiticeiras sentiam. Os que acompanhavam seu exército eram como estátuas depositadas em suas mãos. Eram vidas e cada uma delas deveria contar e não serem vistas apenas como ferramentas para atingir seu desejo insano de salvar seus filhos.

Mander foi tirado de sua reflexão quando a voz de Gagar soou atrás dele, chamando sua atenção e aproximando-se montado em seu imponente faguz. O lokun e seus batedores queriam permissão para partir do acampamento. Gagar dizia que precisava determinar quem eram os inimigos mais próximos e se Ahammit marchava na direção do exército mestiço. Após confabularem por alguns minutos, com Mander deixando seus olhos vagarem pelas fogueiras funerais mais uma vez, ficou decidido que deveriam evitar que o próximo confronto fosse contra Ahammit. Depois de duas vitórias, seria bom tentar a terceira contra um exército mais debilitado, aumentando a confiança das athonianas, mostrando que estavam no caminho certo para a vitória e preservando-se de baixas desnecessárias. Deixariam Ahammit guiar suas energias contra inimigos maiores, que lhes dariam mais trabalho e subtrairiam mais vidas.

* * *

Ela passou despercebida pelos lokuns. Os cavaleiros montados em faguzes estavam atarefados demais para perder tempo admirando uma árvore florida, de onde as pétalas de doce aroma se desprendiam com o vento. Sentada em um dos galhos, observando o acampamento a grande distância, Ugaria olhava agora para a feiticeira prenha, que tinha decolado do chão pedregoso, voando entre as colunas de fumaça branca e havia pousado, com sua barriga já proeminente, no ombro de um deus de guerra.

Era um deus robusto, de pele avermelhada, ferruginosa, cercado pelo brilho dourado que tinha sido do deus de guerra do povo da feiticeira. Ugaria estava com a testa enrugada tentando entender o que se sucedia ali e precisou de algumas horas para começar a compreender. A meia dúzia de dartanas que tinham sobrevivido, de alguma forma, tinha constituído um exército com as sobras de outros exércitos. Era isso o que parecia. O que não entendia era aquele deus de guerra, com um braço costurado de outra criatura, com um rasgo no peito e peças de metal que o mantinham de pé. O que era aquela caixa de madeira presa a suas costas? Não era possível! Aquela criatura não era um deus de guerra de verdade. Não poderia. Era uma invenção dos construtores de Dartana. Uma construção como uma máquina de guerra que marchava para eles, imitando um deus.

Como era possível? A feiticeira prenha estava pousada no ombro da criatura e seria inútil Ugaria tentar apanhá-la naquele momento. Outras feiticeiras voavam pelo acampamento, talvez montando vigília. Ugaria torceu os lábios e lutou com suas opções. Talvez a misericordiosa Alkhiss a perdoasse de não ter carregado consigo a feiticeira prenha, já que ela parecia ser a favorita da máquina deus de guerra. Certamente essa feiticeira carregava alguma força anormal, posto que nenhuma feiticeira tinha o direito de trazer outra vida para o Combatheon. Era responsabilidade dela aquela aberração. Era um deus de guerra de outro exército que tinha sido batido e que ela, de alguma forma indecente, o tinha colocado para marchar para aquele arremedo de exército. Um exército feito de restos e farrapos. Bousson também adoraria saber essa novidade e viria rápido como uma pedra de fogo para cima deles, para acabar com aquela desordem. Então, com a cobertura do general de Ahammit, ela poderia colocar as mãos na feiticeira prenha e agradar sua senhora. Ugaria decolou da árvore, tomando a direção das montanhas a suas costas, deixando um rastro púrpura no ar que desapareceu antes que qualquer pessoa no acampamento pudesse notar.

* * *

Mander estava em sua barraca, sozinho, e assim queria ficar pela primeira vez em muitos dias. Não queria ninguém para testemunhar suas lágrimas que desciam de saudades de Lanadie. Como queria ver novamente a esposa, sentir seu cheiro, tocar sua pele. Saudade dos filhos. Como os pequenos estariam enfrentando o Mal do Peito? Haveria esperança para eles naquela luta ensandecida que ele travava no Combatheon?

Sob a luz do pequeno sol que Jeliath tinha trazido da Terra, Mander talhava um terceiro galho de madeira com uma faquinha que trazia atada à canela. Em nada aqueles entalhes pareciam com seus filhos ou com sua amada Lanadie. Em nada. Mesmo assim, aquelas três figuras de madeira eram tudo o que ele tinha de lembrança deles. Mander dobrou-se sobre o abdome, chorando e apertando os entalhes da esposa e dos filhos em suas mãos grossas e machucadas. Ainda ganindo como um cão perdido, fez furinhos em cada uma das estatuetas e passou-as num cordão que terminou por atar ao pescoço.

Era por eles que lutava. Era por eles que movia um exército mestiço encabeçado por um deus máquina. Era por eles que tinha esperança em cada batalha e era por eles que não se importava se ainda precisasse ceifar milhares de vidas em seu caminho. Queria ter a chance de cruzar o Portão de Vitória e levar luz para Dartana, levar luz para seu modesto casebre e a cura para os pequenos que sofriam do Mal do Peito. Queria que Lanadie tivesse um final de vida feliz, amparada pelos pequenos Ralton e Ásper, que um dia seriam grandes homens e que honrariam a lembrança de seu pai, o general que libertou Dartana das trevas do pensamento.

CAPÍTULO 57

Assim que o sol raiou, as tendas do acampamento do exército misto foram embaladas e acondicionadas nas carroças que serviam ao exército. Spar e seu povo cara de ave cuidavam dos suprimentos, desde comida e água, até as armas e armaduras sobressalentes. Mantinham nas carroças o metal para os construtores e também suas ferramentas quando estavam em movimento.

As athonianas montaram seus dandriões mantendo todo o exército misto sobre montarias, assim poderiam mover-se mais rápido que os inimigos, conseguindo alcançá-los antes do esperado ou, ainda, modificar o caminho e surpreendê-los.

Gagar tinha retornado antes da alvorada e despertara Mander de seu sono regado a vinho. O general de Dartana, junto a Tylon-dat, escutou o relato dos batedores para tomar a decisão do próximo passo. Ahammit tinha se afastado, rumando para oeste, contornando a montanha que ladeava o acampamento mestiço, buscando um inimigo de exército numeroso. Portaclus tinha ficado mais próximo e havia se engalfinhado contra um inimigo aguerrido, que tinha lhes tomado muitas vidas antes de ter o deus de guerra opositor destruído. Gagar havia sido categórico ao afirmar que viram pelo menos metade dos portaclonianos serem colocados em duas imensas e profundas valas comuns, sobrando sobre a areia do deserto onde haviam disputado um bando de feridos e desorientados guerreiros.

Era uma oportunidade perfeita para empreender nova vitória para os mestiços. Mander ficou satisfeito com o rumo de Ahammit. Dois exércitos grandes se pegando trariam lucro para a campanha de Dartana e seus agregados. Ahammit perderia muitos soldados ou, até mesmo, poderia ser vencido pelo oponente de bom tamanho, tirando o prazer de

Mander em tomar a vida de Bousson com as próprias mãos, mas ainda assim seria de grande valia para a sua jornada, pensava o general dos mestiços enquanto acariciava as estatuetas no pescoço. A boa notícia era que o exército de Portaclus estava a cinco horas de distância, extenuado e machucado após a intensa batalha e não se recuperaria a tempo antes de serem alcançados. Ainda que restassem cerca de quatrocentos soldados para lutar, Portaclus parecia a presa perfeita nesse momento. Tinham que partir o quanto antes.

Gagar tinha descrito os guerreiros de Portaclus. Eram ferozes e estranhos. O grupo de batedores tinha confrontado os de Portaclus. Gagar dizia que eram exímios com as espadas, tinham quatro pernas finas que os faziam pular grandes distâncias, executando manobras de ataque que poderiam surpreender os soldados mestiços. Os inimigos também tinham armaduras bem equipadas, que protegiam o tórax avantajado e suas cabeças esquisitas. Os guerreiros portaclonianos guardavam semelhança com artrópodes, movendo-se de forma bastante rápida e traiçoeira. Os avisos de Gagar foram levados a sério por Mander. O exército de Ogum contava agora com 325 elementos, sendo 250 soldados, 54 construtores e vinte feiticeiras. Essas últimas constituíam-se das duas feiticeiras sobreviventes de Dartana, Dabbynne e Tazziat, junto com as duas feiticeiras acendidas na Vila de Abandonados e dezesseis feiticeiras de Athon. Lutando com a mesma potência que tinham empregado no confronto anterior, usando as eficientes escopetas, conseguiriam abater os soldados de Portaclus num piscar de olhos. O inimigo, que era imenso ontem, parecia vulnerável hoje.

Gagar, assim que saiu da barraca de Mander, comandou seus homens de confiança, bando formado por oito lokuns como ele e mais três abandonados, dividindo-os em dois grupos, fazendo-os correr ao redor do acampamento, evitando surpresas como a que tinham infligido a Athon na alvorada anterior. Parte dos homens de Gagar subiu as encostas da cordilheira, de onde podiam vigiar quilômetros de distância em todas as direções, enquanto o segundo grupo buscava por possíveis observadores inimigos, impedindo que seus segredos fossem levados dali.

* * *

— Guerreiros e guerreiras do exército misto de Dartana, decidimos seguir em frente e atacar o exército de Portaclus. Eles estão fracos e perderam muitos homens em seu último combate. Nossos batedores os viram enterrando mais da metade dos seus homens. Se não foram espadas inimigas, algo os fez adoecer. Isso prova que seu deus de guerra não é digno da vitória, pois não pode cuidar da saúde de sua companhia. Seguiremos em frente e acabaremos com o penúltimo exército. Estamos em nossa melhor forma, dessa vez teremos de cuidar de dois soldados para cada um dos nossos. Já estivemos em condições bem mais desfavoráveis frente ao exército de Wundar e também contra as athonianas. Concentrem-se em suas armas. Usem as bestas, os dardos, e quando nos aproximarmos poucos deles ainda estarão de pé. A glória será nossa, junto a nosso deus de guerra, Ogum.

Vivas subiram no acampamento, apesar de nem todos ainda estarem seguros do resultado; ainda que tivessem saído campeões, a dúvida ainda pairava no coração de alguns. Lutavam acreditando na chance de Ogum, de alguma forma, ser capaz de interceder por seus povos, em outros planetas que não Dartana. Outros sentiam apenas a euforia, desejando que tudo desse certo ao menos para os dartanas, o que renovaria sua fé de que um dia os seus voltariam a marchar naquelas terras de guerra e sangue e também se sagrariam campeões.

* * *

Jeliath e os construtores tinham se concentrado em produzir mais escopetas para armar as novas guerreiras, com o exército dobrado em tamanho; apesar das construtoras de Athon a seu dispor, o trabalho agora exigia muito mais energia e organização. Eles também tinham substituído todos os magazines de bambu onde acondicionavam a munição e agora as temíveis armas de fogo estavam aptas a disparar cinco vezes antes de precisarem de nova recarga. A todo instante, um chefe de equipe vinha tirar dúvidas e logo a linha de produção estava transformando o metal em chapas que eram torcidas e moldadas para criar as bocas de fogo e também para fazer novas armaduras para os combatentes.

Muitos traziam sugestões para os capacetes e faziam alterações na forma, adicionavam lâminas, transformando o capacete em um tipo de arma quando chegasse a hora do combate corpo a corpo. A diversidade de povos trazia também a diversidade de formas e, principalmente, de experiências. Cada raça de construtores já havia construído armas para seus antigos exércitos, cada marcha tinha levado os construtores a se especializar num tipo de arma. Não restavam dúvidas de que o exército de Dartana era o que possuía o maior sortimento de itens de batalha corpo a corpo.

Hanna era a mais empolgada de todos. Era como se ela tivesse suas preces ouvidas e agora podia dar vazão a todas as coisas que tinha aprendido na longa permanência na Vila de Abandonados. Era ela quem localizava o ferro que virava metal nas forjas, era ela quem mais falava com Ogum, pedindo instruções e empurrando o grupo adiante. As feiticeiras, que poderiam ter o espírito enfraquecido por não mais serem necessárias para a interlocução com o deus de guerra, estavam ocupadas demais com os afazeres para se preocupar com isso. Dabbynne era uma atração para as feiticeiras de Athon, que não paravam de perguntar a todo instante sobre o bebê que crescia cada vez mais. Perguntaram se em Dartana era assim, se a gestação era tão rápida, o que seria para algumas um alívio. Tazziat explicou que não, que os bebês demoravam sete meses para ficar prontos para vir à luz do mundo, o que acontecia com Dabbynne era um fenômeno equivalente a ela estar grávida de um dartana e de um deus ao mesmo tempo.

Jeliath deixou as forjas e foi falar com Mander na alvorada, queria avisá-lo que pela manhã teriam um bom número de capacetes prontos. Além disso, explicaria como funcionavam os que tinham recebido lâminas e pontas no topo, como podiam ser usados em combate. Também precisaria de mais dois dias para ter todas as armas de fogo e munição necessárias para que todas as athonianas recebessem o seu conjunto. Dartana ficaria invencível se todos os guerreiros se tornassem exímios na pontaria. Parou no meio do caminho ao encontrar Thaidena e Parten, treinando com um quarteto de athonianas.

Thaidena tinha adorado a forma como as mulheres com cara de lobo descreviam seus ataques aos inimigos, como conseguiam se aproximar em silêncio e cravar suas facas em pontos vitais com extrema agilidade. Parten apenas ouvia e assistia à dança ágil dos movimentos precisos das athonianas. Quando foi perguntado, disse que preferia mil vezes as bocas de fogo e que estava torcendo para que os construtores conseguissem uma forma de elas poderem disparar mais que três projéteis antes de serem recarregadas.

— Prefiro, mil vezes, as armas de longa distância. Chegar muito perto dos inimigos me dá calafrios — declarou.

— Esse pensamento é errado, guerreiro. Se sua arma falhar, o que você vai fazer? — indagou Mesmine.

— Correr? — perguntou Parten.

A guerreira athoniana sorriu e balançou a cabeça em sinal negativo.

— Algumas vezes, mesmo que pareça loucura, não devemos correr, soldado de Dartana. Tenha sempre uma adaga ao alcance.

Mesmine sacou uma adaga de um coldre na coxa. A arma era curta e curvada, parecendo uma garra de pehalt ou de uma lagartia. Sem sombra de dúvidas, era bastante afiada.

— Tome. Guarde essa adaga como um presente. Foi a primeira arma que minha mãe me deu.

Os olhos de Parten se arregalaram.

— Ó! Não posso aceitar.

Mesmine aproximou-se do soldado e prendeu seu queixo na ponta da adaga.

— Saiba que na minha terra recusar uma arma de presente é um insulto.

Parten começou a tremer e não conseguiu proferir resposta.

Mesmine baixou a adaga e virou o cabo para o jovem dartana.

— Não estamos na minha terra. É claro que você não conhece nossos costumes. — Ainda trêmulo, Parten apanhou a arma. — Um dia te ensinarei como usar uma adaga athoniana, soldado. É preciso ser rápido e corajoso. Suspeito que terei um trabalho imenso com você, não é?

Parten engoliu em seco e agradeceu mais uma vez à general athoniana. Thaidena finalmente entrou no meio da conversa, olhando para Mesmine da cabeça aos pés.

— Não se preocupe com o meu namorado, general de Athon. Já é um milagre ele ter chegado até aqui. Parten aprenderá a ser um bom guerreiro quando a hora dele chegar.

Mesmine apenas sorriu. Outras três adagas repousavam em suas pernas, presas em tiras de couro.

Foi nesse momento que Jeliath escutou os urras e as salvas que vinham da frente da tenda do general. Os guerreiros estavam agrupados e Ogum caminhava naquela direção. Os primeiros raios de sol riscavam o céu. Jeliath sabia que agora não teria tempo de construir mais nenhuma arma. Mander faria o exército marchar. O general de Dartana não concederia aos construtores o tempo necessário para suprir as novas guerreiras. Queria continuar imprimindo aquela cadência avassaladora em sua missão de guerra. Esperar significava deixar outros exércitos evoluírem e descobrirem que existia um novo deus no Combatheon.

Um brilho dourado, pálido, clareou acima de sua cabeça. Jeliath acompanhou o voo da feiticeira prenha e foi mordido pela curiosidade. Viu que Dabbynne tinha pousado no topo de uma árvore seca, sentando em um galho fino que balançava com o peso de seu corpo que assentava. Uma fogueira onde jazia um corpo carbonizado, com os ossos à amostra e a caveira sorrindo para o céu, lançava uma coluna de fumaça que escondia Dabbynne do outro lado. Jeliath caminhou até a árvore, assustando-se quando centenas de pequenos lagartos correram para todos os lados quando ele se aproximou do tronco. Dabbynne olhou para baixo e começou a secar as lágrimas.

— Por que está chorando?

Dabbynne lançou-se do galho e parou em frente ao amigo construtor. Seus olhos dourados o encararam por um breve instante, no qual Jeliath teve a oportunidade de ler a aflição no rosto da feiticeira. Dabbynne sentia que podia desabafar com o construtor, que era sempre tão atento. Tomou as mãos de Jeliath e depois o abraçou, totalmente desamparada.

— É desespero puro, Jeliath.

O construtor de Dartana apertou Dabbynne entre os braços, sentindo o corpo da feiticeira prenha tremer. Ela estava com medo. Muito medo. Dabbynne afastou-se, apoiando uma das mãos no tronco da árvore seca e levando a outra à barriga, soltando um gemido.

— Eu não lembro como foi quando minha irmã nasceu. Só lembro que a casa estava cheia de dartanas a ajudando.

— Tazziat está aqui, ela vai te ajudar.

— Eu queria que minha mãe estivesse aqui comigo agora. Está doendo tanto, Jeliath.

— Você sabe que isso é impossível, não é?

— Sei. É que está doendo.

— Sua mãe partiu faz tempo.

— Eu sei! — gritou Dabbynne. — Querer ainda não é proibido. Eu confiava nela.

— Eu fico com você, o tempo que você quiser. Já te disse isso e confirmo. Também posso correr e trazer Tazziat, se quiser. Ela vai saber o que fazer.

Dabbynne segurou o braço de Jeliath, não deixando que partisse.

— Não! Não chame ninguém, ainda. Fique comigo. Você serve. Fique comigo.

Jeliath tornou a abraçar Dabbynne. A feiticeira tinha um cheiro doce e ele gostava de estar perto dela, ainda que num momento de aflição.

— Ele me deixou, Jeliath, me deixou. Ele era tudo que importava em minha vida.

— Belenus morreu, Dabbynne, ele não teve alternativa.

A feiticeira, em prantos, ergueu os olhos para Jeliath.

— Não estou falando de Belenus, estou falando de Jout dartana. Ele se afastou de mim. Fez uma vida em meu corpo e me largou.

— Não pense nisso agora, Dabbynne. Você precisa se acalmar. — Dabbynne flexionou as pernas, caindo de joelhos e gemendo. — Calma! Fique calma. Vou chamar Tazziat.

— Não! Fique comigo! Já disse, fique comigo! Não quero perder você também. Fique perto de mim! — O coração de Jeliath batia disparado. Ficar com Dabbynne era tudo o que ele queria. Ela parecia estar parindo o filho ali, agora mesmo. — Fique comigo, só isso que eu quero. Não me abandone, como fez aquele imbecil. Não acreditava que existisse coisa alguma aqui no Combatheon, e agora veja onde estamos. E eu estou grávida! Grávida!

Jeliath recostou-se na árvore seca. Alguns dos lagartinhos tinham tomado coragem de voltar para perto e agora olhavam para o construtor e a feiticeira. O jovem puxou Dabbynne e protegeu-a em seu colo.

— Eu fico com você. Pode deixar.

— Assim que o sol despontar, precisaremos lutar novamente e, mesmo que vençamos o novo exército, ainda faltará Ahammit. Não sei se vou conseguir aguentar até lá.

— Eu sei que você teme que seu filho nasça aqui, Dabbynne, mas se nascer, você e ele estarão amparados por Ogum. Você também é a favorita de Ogum, não é? Um deus guerreiro sempre protege sua favorita.

— Ele não está aqui comigo agora, está? É você quem está do meu lado.

— Mas pense nele, fale com ele. Vocês, feiticeiras, têm uma proximidade incrível com o divino, conseguem conversar diretamente com qualquer deus. Peça a ele que te ampare.

— Ele é um deus de guerra, não tem tempo para a vida. Ele comanda a morte.

— Se eu puder fazer alguma coisa...

— Eu só queria não sentir mais medo. Não quero que meu filho nasça nesse mundo horrível. Aqui só falam de guerra, de luta.

— Por uma causa. Todos lutam por seus mundos. Às vezes, fico pensando que ninguém é inimigo de ninguém na verdade. Estão todos buscando o mesmo objetivo.

— Sei que meu filho vai nascer a qualquer instante, Jeliath. Eu tenho medo. Não quero que nasça nessa terra. Não vou conseguir, aqui não tem nada de bom.

— Tem você — disse Jeliath. — Você é tudo de bom. — Dabbynne secou as lágrimas e olhou para o construtor. — Você é sempre durona, não se aproxima de ninguém. Deixe seu coração mais leve, Dabbynne.

— A única pessoa que eu amei, me deixou.

— Agora é a vez de amar seu filho. Ele nunca vai te deixar. Ele é seu filho e filho de um deus. Esqueça Jout, ele não está aqui.

Dabbynne aconchegou-se ainda mais nos braços de Jeliath.

— Eu queria tanto poder te amar, Jeliath. Queria tanto aprender a confiar em alguém de novo.

— Eu espero. Eu esperei todo esse tempo. Que mal fará esperar só mais um pouco? Acalme-se. Ouvi Gagar dizer a Mander que restam pouquíssimos exércitos agora. Os inimigos não ficaram parados enquanto nos preparávamos e tínhamos nossas primeiras lutas. Eles lutaram entre si e se mataram. Podemos sair daqui, Dabbynne, acredite.

Dabbynne finalmente deu um pequeno sorriso e alisou a barriga pontuda.

— Já escolheu o nome? — perguntou o construtor.

Dabbynne ergueu os olhos dourados para o amigo. Suas bochechas estavam rasgadas pelos trilhos de lágrimas.

— Não. — Então, ela soltou um novo gemido. — Não escolhi um nome.

— Posso te ajudar a escolher.

— Não! Não. Eu tenho que escolher. Eu preciso escolher. — Dabbynne fechou os olhos e respirou fundo. — Se for menina, será Tazziat, como minha melhor amiga nessas terras, minha mentora. Se for um menino dartana, não sei. Vou ter que pensar.

— Posso?

Dabbynne viu o amigo com a mão estendida em direção a sua barriga, como sempre faziam as curiosas feiticeiras, que tanto a incomodavam com aquilo. Ao contrário delas, com Jeliath, sentia-se compartilhando o momento, não parecia que a investigava. Dabbynne aquiesceu e Jeliath aproximou-se ainda mais.

— Como será que isso é possível?

— Todas falam que não é possível.

— Não é disso que estou falando. Acho incrível uma dartana gerar vida dentro de si. Qualquer dartana. Vocês são tão mágicas quanto Variatu, que traz vida ao Hangar das feiticeiras.

Dabbynne sorriu, enquanto o bebê moveu-se em seu ventre, iluminando a face de Jeliath, que abriu um sorriso largo.

— É incrível! Ele está se mexendo para mim.

Dabbynne sorriu ainda mais, afastando a nuvem escura que pairava em seus pensamentos por um momento.

— Como é que isso acontece? Eu sei como se faz um filho, não é isso que estou perguntando, mas fico curioso em imaginar como é que a vida começa, como um espírito nos anima e acabamos assim, imensos, seguindo deuses guerreiros através de portais. É tudo tão fascinante.

— A vida é o mais precioso presente dos deuses, Jeliath.

Jeliath olhou fixamente nos olhos de Dabbynne, sentindo um frio na barriga. O brilho dourado emanado de seu corpo realçava os olhos verdes e profundos, deixando-os metálicos, mágicos.

Dabbynne aproximou os lábios de Jeliath e selou um beijo suave em seus lábios. Jeliath queimou por dentro, seu coração parecia que ia sair pela boca. A feiticeira sentia algo por ele.

Ela afastou-se um pouco e levitou, ficando de pé.

— Ogum está à minha espera.

— Sim. Certamente. — Jeliath também levantou num salto. — Mander convocou o exército de mestiços para marchar.

— Ogum marchando. Como você conseguiu fazer isso?

— Só dei uma forcinha pra minha irmã. Ela é que estava brincando de Variatu antes de mim.

— Vocês são incríveis.

— Todos nós que sobrevivemos somos incríveis, Dabbynne. É por isso que penso que tudo dará certo no final. Um exército como o nosso, liderado por um deus erguido por nossas próprias mãos, jamais marchou por essas terras — disse Jeliath, olhando para as palmas das mãos. — Nós somos a novidade.

— Eu tenho fé em nosso deus de guerra, Jeliath, só não sei o que acontecerá depois de Ahammit. Quero que meu filho tenha chance de viver uma vida como vivemos, em Dartana, à beira do rio Massar, junto a minha irmã e minhas amigas, protegido e feliz, comigo ao seu lado e longe de toda essa morte.

Jeliath abraçou Dabbynne apertado e, juntos, partiram em direção à tenda do general Mander.

CAPÍTULO 58

No meio da manhã, o céu surpreendeu a caravana dos mestiços lançando uma ventania poderosa. Mander insistiu para que seguissem marchando atrás de Ogum, mas em menos de uma hora nuvens lutando contra o sol venceram a luz e o caminho à frente tornou-se trevas. O breu era quebrado de minuto a minuto por raios extensos e assustadores que arrebentavam as costas da caravana. Os trovões roncavam junto com o vento e logo grossas gotas de chuva obrigaram os guerreiros a montar às pressas as barracas. O couro esticado e preso por cordas se agitava com o açoite da tempestade repentina, deixando o interior encher-se de vento e água fria. Do lado de fora, Ogum, com a imensa caixa de enguias atada às suas costas, aguardava imóvel, sendo lambido pelas línguas de chuva e vento, aguardando que o temporal cedesse e o caminho se tornasse possível para os guerreiros. Na silhueta do colosso divino apenas uma coisa diferia. Hanna tinha instalado em seu arpão uma longa corrente a pedido do próprio deus de guerra. Ogum dissera que com aquela melhoria poderia causar mais dano a seus oponentes. Os elos cinzentos balançavam pesados com a ventania que produzia um silvo agudo quando atravessava seus contornos.

Dentro de uma das barracas erguidas em frenesi estava deitado o casal Thaidena e Parten. Ele, enrodilhado sobre um amontoado de peças de couro e lã de haitas do Combatheon, tremia a cada trovão que explodia do lado de fora; enquanto Thaidena, abraçada às costas do namorado, acariciava seu cabelo. Parten desde pequeno tinha medo da chuva. Tinha sido durante uma tempestade que perdera um irmão à beira do Massar, quando os dois voltavam para casa depois de brincarem na floresta. Thaidena ficou calada, apenas embalando o namorado e cantando uma cantiga que as mães dartanas costumavam entoar quando os filhos ficavam com medo. Thaidena sabia muito bem que ela não passava nem perto de ser mãe daquele homem em seus braços, mas foi a coisa mais calmante e apaziguadora que lhe ocorreu naquele instante. Ela sabia que era apaixonada por um homem que passava longe da bravura. Mas o que Parten tinha de medroso, também tinha de parceiro e confidente.

Em outra barraca, dois dartanas também se abraçavam e também guardavam silêncio. Jeliath e Dabbynne apenas escutavam a tempestade e, para eles, os trovões eram os menores de seus problemas. Jeliath queria salvar Dabbynne e seu filho do Combatheon e a única forma que conhecia para que isso fosse possível era lutando, dando o melhor de si para que Ogum fosse campeão e abrisse o Portão de Vitória para a passagem do exército mestiço. Não sabia para onde iriam, mas sabia que qualquer lugar seria melhor do que ali. Qualquer lugar onde pudesse viver com Dabbynne e seu filho meio dartana e meio deus.

* * *

Tão repentina quanto começou, a tempestade passou, deixando para trás uma chuva teimosa, encorpada, o acampamento foi desfeito e os guerreiros ensopados subiram em suas montarias e começaram a seguir Ogum, que marchava lentamente.

Spar e os companheiros tinham se ocupado de acender uma fogueira com restos do acampamento inimigo e com troncos de árvores que encontraram no entorno do campo de batalha, para que uma vigorosa coluna de fumaça ficasse para trás, transmitindo a falsa mensagem de que o exército vencedor ainda estava estacionado nas cercanias da última contenda. Olhando para o horizonte, não podiam ver sinal da fogueira. Talvez o temporal tivesse seguido naquela direção, apagando o fogo e estragando o despiste.

Dabbynne, silenciosa e pensativa, abdicou do ombro do deus de guerra para ir sentada na garupa da montaria de Jeliath, sacolejando no lombo do equithalo. Ela abraçou o construtor e deitou a cabeça em seu ombro, seguindo calada por mais de uma hora, com a chuva caindo em seu cabelo e encharcando o manto e a faixa azul.

Com o avançar de duas horas, o terreno ao redor do comboio em marcha foi se modificando. A vegetação rasteira e a mata foram minguando. Até mesmo o terreno pedregoso passou a rarear sob um tapete de areia seca e quente, onde nem uma gota de chuva tinha sobrado. Certamente, a tempestade não tinha vindo dali e fora soprada para o outro lado do caminho.

***

Mander e seu batalhão de guerreiros montados chegaram mansamente à beira do morro. Dali podiam ver o exército oponente ao longe, os guerreiros dispostos em frente a uma grande armação de madeira, onde estava seu general e comandantes; logo atrás dessa edificação, Brinzer, o imenso deus de Portaclus, estava sentado ereto sem suas feiticeiras. Brinzer usava uma armadura prateada que refletia os raios. A cabeça estava coberta por uma aura escura, quase negra, como sua pele, chegando a confundir os olhos de quem o observava, como se a pele não tivesse os limites definidos, como se sua parcela material estivesse a ponto de se dissolver e desaparecer como fumaça no ar ao menor movimento.

As feiticeiras estavam separadas em dois grupos numerosos, ajoelhadas, sobre a terra, dotadas da mesma aura escura de seu deus de guerra. Apesar de mais magras, eram grandes como os guerreiros, parecendo dotadas do couro grosso e da mesma cabeça achatada. Os soldados moviam-se rapidamente, sobre quatro pernas, deslocando-se como insetos, andando lateralmente quando queriam. As pernas eram finas, porém longas, o que lhes dava aquela agilidade perigosa nos movimentos. As cabeças negras traziam nove olhos escuros e intimidadores, como se fossem capazes de olhar para todos os lados. A boca era pequena, contando com três dentes longos que saltavam para fora, dois na parte de baixo e um na parte de cima. O corpo inteiro era recoberto por pelos curtos e duros como os dos batedores. As feiticeiras de Portaclus, ao contrário de todas as outras feiticeiras que tinham visto até agora, voavam com armaduras rígidas no peito e portavam espadas longas que poderiam ser erguidas e manuseadas sem dificuldades com seus braços musculosos. As feiticeiras inimigas, em combate, seriam um perigo a mais para se levar em conta, caso o exército deles estivesse completo.

Aguardando a ordem de comando de Mander, as fileiras de guerreiros montados foram se organizando e se agrupando no topo do morro de areia. O vento forte soprava contra o exército mestiço, erguendo os grãos e incomodando seus olhos, porém trazendo novamente a vantagem de seu cheiro não ser captado com antecedência por nenhum inimigo vigilante.

Tylon-dat estava diante do exército dos abandonados, enquanto Mesmine estava à frente de suas guerreiras. Mander e Tylon confabularam, olhando para o campo de batalha à frente. Os portaclonianos não tinham escolhido bem o terreno para o acampamento. Estavam no fundo de um vale arenoso e deserto, parados num descampado que se abria, propício à batalha, mas cercados por paredes de rocha que impediriam a fuga no caso de um assalto repentino, exatamente o que estava prestes a acontecer.

Ladeando a grande estrutura de madeira central do acampamento, divididas em dois grupos de algumas dezenas, estavam as feiticeiras, debruçadas sobre os mortos que tinham sido enterrados na noite anterior sob a areia quente daquela paisagem desolada. Elas realizavam algum tipo de ritual, ajoelhadas sobre as quatro pernas, distantes do deus de guerra, que parecia desprotegido e seria alvo fácil para o arpão de Ogum. Os guerreiros mortos foram enterrados sob a areia do deserto e não seriam mais problema para o exército mestiço, na verdade pareciam até mesmo estar ajudando, posto que tomavam a atenção de tantas feiticeiras. Algumas delas seguravam correntes que mantinham presas em suas mãos, baixando a testa até a areia, rezando pela alma dos soldados perdidos.

Para Mander e seus comandantes, não havia muito que pensar, a hora era propícia para um ataque, estavam todos os guerreiros concentrados em frente à cabana de teto alto, a melhor tática naquela situação era repetir a investida fulminante que haviam feito contra Athon, descendo o morro em cavalgada, valendo-se das escopetas e bestas, enquanto, a distância, as athonianas arremessariam suas lanças e, agora treinadas, as feiticeiras usariam as bestas, servindo de grande apoio aos soldados que lutavam em terra. Assim que os cavaleiros liquidassem com os soldados desprevenidos e abatidos, Mander dividiria suas forças para cuidar das feiticeiras que permaneciam afastadas, dos dois lados, distantes da estrutura onde aguardavam os soldados. Com o flagelo implantado, Ogum investiria contra Brinzer e derrubaria o inimigo, fazendo com que as feiticeiras se convertessem em um inimigo inócuo.

Thaidena aferrou a mão ao estribo de seu equithalo, fazendo-o acompanhar a velocidade do general. Parten vinha à esquerda, estugando o animal, fazendo acelerar ainda mais. Os guerreiros mistos gritavam, os batalhões tinham sido divididos entre Mander, Tylon-dat, Gagar e Mesmine, todos montados, ligeiros e equipados com os novos capacetes feitos pelos construtores. A estratégia era simples daquela vez, chegar acelerado, como um vento, de surpresa, e varrer a guarnição do deus de Portaclus. Ogum desceria o morro e miraria seu arpão contra o deus Brinzer. Tudo o que tinham que fazer era repetir a vitória dos dois últimos combates e então estariam frente a frente com o maior inimigo, o imenso exército de Ahammit e a poderosa Alkhiss.

Quando Ogum surgiu à beira do morro, descendo, imponente, marchando, com os cavaleiros ganhando distância, foi a primeira vez que Brinzer se moveu. As feiticeiras, distantes, não lhe dariam cobertura, muito menos serviriam de intérprete para o deus caso ele precisasse se conectar com os avatares em outro mundo. As feiticeiras pareciam em transe, ainda afastadas do diminuto exército, com as mãos estendidas sobre os corpos enterrados dos guerreiros, participando de uma cerimônia fúnebre que não teria fim.

Mander colocou-se à frente de seus homens, puxando-os, incentivando-os a cavalgar ainda mais depressa. A velocidade seria imprescindível para a vitória. Cada um dos guerreiros precisava derrubar dois portaclonianos para que fossem vencedores. Dois. Contudo, algo que existe no mundo da guerra, como um espírito, como uma existência que soprava do outro lado do manto, fez os pelos do general se eriçarem. As feiticeiras continuavam imóveis, sobre os mortos, e também imóvel estava o imenso deus guerreiro, Brinzer, emanando seu brilho negro, tornando-o ainda mais sombrio. Havia algo de errado. Mander pressentiu no momento em que seu equithalo alcançava a velocidade mais alta na cavalgada, quando os faguzes ardiam, emanando calor a cada passada, montados por Gagar e seu povo.

    Mander sabia que algo estava errado e já era tarde demais para retroceder. Gritou e os homens ergueram as bestas. No instante seguinte, uma nuvem de flechas escapava dos batalhões montados e chovia sobre o exército imóvel de Portaclus. Quando as setas zuniram, descendo, os portaclonianos finalmente reagiram. A massa de soldados se levantou e uma dezena deles ergueu bastões incandescentes como tochas. Mander não tinha tempo para desvendar o que aquilo significava, só tinha tempo para continuar o ataque e preparar a segunda leva de flechas. Outro brado. Os guerreiros, habilmente treinados, recarregaram as bestas, enquanto as athonianas cavalgavam ainda mais rápido, arremessando as lanças perfeitas num arco mortal contra os inimigos. Muitos deles tombaram no segundo ataque. Foi depois da segunda onda de flechas que Korpio, o general de Portaclus, revelou-se um adversário ardiloso e preparado. Aquilo que pareciam longas toras em que seus homens sentavam, revelavam-se artefatos de guerra perigosamente disfarçados. Dezenas de tubos negros, do tamanho de quatro homens, estavam sendo rolados rapidamente, com os guerreiros inimigos empregando toda força para girar aquilo que parecia pesar muito para poucos soldados. Tocos de madeira foram colocados embaixo daqueles canos, erguendo suas bocas e deixando o fundo recostado na areia. Depois de um urro coletivo, soldados com as varas chamejantes foram para trás, tocando os tubos. Mander bradou para Thaidena e Parten e seus brados foram repetidos até se disseminar por todo o conjunto que atacava. Os soldados do exército misto baixaram as bestas e ergueram as armas de fogo. Nesse momento o rosto de Mander empalideceu. Era isso o que os portaclonianos faziam! Também lhes apontavam armas de fogo. O processo parecia ser o mesmo, canos de ferro e uma fagulha ou fogo que fizesse o disparo, no entanto, as bocas de fogo inimigas eram imensas, precisavam ser carregadas por dezenas deles.

    — Separar! — gritou o general de Dartana para os atônitos companheiros.

Os cavaleiros ficaram perdidos por um instante, baixando os canos de suas armas de fogo, estavam agora a duzentos metros de distância do estático exército de Portaclus e a vitória já parecia garantida uma vez que os inimigos tinham ficado paralisados até aquele instante! Talvez por conta desses pensamentos, talvez pela sensação de vitória a um triz, Tylon-dat tivesse ignorado o brado de Mander e mantido a carga. Mesmine fez uma curva em direção ao flanco oposto de Mander, que atacava pela esquerda, fazendo suas guerreiras abrir um arco à direita, sem reduzir a cavalgada, mudando de direção e dispersando o que, inadvertidamente, dificultaria a mira do inimigo, já que a athoniana não tinha compreendido o motivo do grito de Mander, repetido pelos guerreiros e guerreiras do exército misto até que as explosões começaram.

Mander escutou o zunido de projéteis passando ao redor e, logo depois do ribombar poderoso, vieram os gritos. Não olhou para trás, mas sabia que muitos haviam caído.

— Disparar! Disparar! — gritou Mander.

Os que continuavam em seu encalço, acompanhando sua marcha, ergueram as bocas de fogo e fizeram mira como puderam, lançando a primeira saraivada contra a muralha de guerreiros de Portaclus, derrubando algumas dezenas deles, mas não conseguiram impedir que continuassem a se movimentar e começassem a recarregar os canhões.

Mander virou-se para gritar e só então teve a dimensão do estrago feito pelo primeiro disparo daquelas armas. Metade de seus homens estava no chão, levantando de suas montarias feridas ou eles mesmos sangrando, alguns jaziam imóveis, talvez mortos, e, para piorar, o deus de guerra inimigo tinha despertado de sua conexão e se levantava sem que Ogum tivesse feito seu primeiro disparo. Mander olhou para os guerreiros que ainda vinham ao seu lado, agora se aproximando mais e mais da linha de combatentes de Portaclus, sacou a espada e gritou, incentivando o ataque. Os demais entenderam e aceleraram a marcha. Se os portaclonianos conseguissem recarregar aqueles tubos de fogo, estariam todos perdidos.

* * *

    Instantes antes, Thaidena abaixou o corpo em sua montaria, quase colando o peito à crina de seu equithalo. Sentia que assim ele corria mais, como se ficasse unida ao animal. Olhou para trás, vendo o namorado se esforçar para segui-la. O vento zunia em seus ouvidos. Parten era sempre resistente antes do combate, sugerindo atitudes evasivas, mas no fim das contas ele ia atrás dela, para protegê-la. Isso demonstrava que o amor dele superava o medo. Apesar do pavor que tinha de ser ferido, da experiência horrível do primeiro confronto contra os ahammitianos, estava ali, próximo a ela, mergulhado em suas loucuras. Mander, à sua frente, ordenou que recarregassem as bestas. Os inimigos tinham se mexido e muitos deles levantaram das toras com tochas nas mãos. Thaidena mirou num dos que carregavam o bastão flamejante, sabendo que aquilo seria usado, de alguma forma, como uma arma. Ao berro do general, ela e os demais dispararam setas das bestas. Os projéteis subiram, como tinham que fazer e começaram a chover sobre os inimigos. Thaidena torcia para que muitos deles fossem abatidos e para que aquele combate se encerrasse o mais rápido possível.

    Então Mander gritou mais uma vez. Era a parte que ela mais gostava. As armas de fogo. Ela havia treinado e sabia que agora conseguiria derrubar pelo menos dois daqueles portaclonianos com tochas nas mãos, mas então veio a ordem inesperada. Mander mandava que se separassem. Thaidena repetiu os brados do general, puxando as rédeas de seu equithalo para a direita, começando uma curva. Uma confusão horrível se instalou ao ataque e Thaidena baixou a escopeta, perdendo de vista o inimigo para o qual apontava. A guerreira dartana ergueu mais uma vez sua boca de fogo e encontrou o alvo com a tocha baixada atrás de um daqueles imensos canos escuros. Trovões encheram o céu e o ar se deslocou ao redor de Thaidena. Ela estava voando para frente sem entender como aquilo tinha acontecido. Um hiato de tempo que pareceu uma eternidade a deixou suspensa no ar, sem conseguir firmar o pé em nada, sem sentir seu equithalo entre suas coxas, sem enxergar para onde ia. Seu dedo, ato reflexo, puxou o gatilho, sem mira e sem destino. Sentiu a cabeça comprimir-se contra o chão e o rosto arrastar-se pela areia e tudo ficou escuro. Thaidena gritou desesperada, sentindo o corpo comprimido, como se tivesse sido enterrada. O trotar dos soldados passando ao seu lado e ela sem conseguir ver ou se defender. Gritou mais uma vez, mas não conseguiu mover-se um centímetro. As pernas doíam intensamente. Ela não conseguia movê-las nem enxergá-las. Thaidena roçou o dedo em sua sepultura inesperada. Eram os pelos de seu equithalo. Sua montaria tinha, de alguma forma, sido atingida e tombado sobre ela. Thaidena começou a chorar, tentando controlar a respiração, mas sua mente estava engolfada numa onda horrenda de desespero ao perceber que, se não saísse dali, morreria sufocada em poucos segundos. O peso do equithalo era insuportável e não deixava seu peito se mexer para respirar.

* * *

Sob o comando de Tazziat, as feiticeiras de Dartana acompanhavam a marcha de Ogum, assistindo de longe à ação de Mander e seus soldados. Tazziat ordenou que erguessem os arcos e mirassem contra a reunião de soldados de Portaclus, assim que a líder das feiticeiras bradou uma primeira leva de flechas que voaram contra os inimigos que empunhavam as imensas bocas de fogo. Tazziat tinha 21 feiticeiras sob sua tutela e, juntas, poderiam derrubar alguns soldados para abrir passagem para Mander e os combatentes. Enquanto armava sua besta uma segunda vez, notou que seu conjunto tinha derrubado alguns dos adversários. Nada mal para feiticeiras que tinham treinado tão pouco. Ogum marchava em linha reta, em direção ao deus de guerra Brinzer, que se mantinha sentado sobre a areia, parecendo que ainda estava conectado a seus avatares em outro mundo. Ogum ergueu o braço, fazendo mira com a besta e fazendo o coração de Tazziat disparar. Tudo parecia correr bem até ali. Contudo, assim que ela comandou a segunda onda de disparos, as bocas de fogo de Portaclus revelaram seu poder e fizeram as feiticeiras empalidecerem. Os soldados do exército mestiço estavam feridos!

* * *

O general Korpio correu até uma longa vara erguendo uma bandeira negra, balançou-a uma dúzia de vezes até que Mander entendesse o que estava acontecendo. O exército mestiço já tinha conseguido derrubar boa parte das equipes que empunhavam os pesados canhões, tornando-os lerdos e inúteis, mas agora o habilidoso general inimigo enviara um sinal às suas feiticeiras que, estranhamente, até aquele momento tinham ficado submersas no inusitado ritual junto aos mortos como que hipnotizadas. Mander crispou os lábios e cerrou os olhos, tentando compreender o que acontecia. Temia que o general de Portaclus surgisse com uma nova e mortífera surpresa. Mander as viu levantar do chão de areia, trazendo nas mãos correntes de metal e então, em grande velocidade, voar para o alto em linha reta, carregando as correntes e fazendo longas tábuas voarem. Mander percebia a brilhante estratégia do general inimigo de fechar a grande armadilha pelos dois lados. Os soldados sob a areia não estavam mortos! O ritual fúnebre era um embuste! Os guerreiros tinham, sim, sido enterrados, mas estavam vivos, dentro de enormes valas cavadas no chão de areia e cobertas cuidadosamente pelas tábuas pelos que ficaram de fora, aguardando o momento certo para atacar o inimigo incauto. Agora, duas ondas de incontáveis guerreiros corriam para o centro do campo de batalha e, em pouco tempo, cercariam e trucidariam a tentativa de Mander de vencer no Combatheon e rumar ao encontro de quem seria seu último oponente. O general do exército mestiço soube naquele instante que estava tudo acabado.

* * *

Ogum, que marchava decidido em direção a Brinzer, ergueu sua besta e mirou no inimigo. Seu arpão percorreu o céu, chiando, levando a seta e a longa corrente em direção ao oponente. Brinzer estava sem suas feiticeiras, sentado sobre a areia quente, mas nem por isso menos atento ao deus guerreiro de Dartana. Assim que viu o arpão descendo em sua direção curvou o corpo para trás, evitando o disparo, agarrou a corrente e puxou com firmeza, arrancando a besta das mãos de Ogum. Nem um pouco intimidado, o deus de guerra dos mestiços continuou avançando, diminuindo a distância entre os dois titãs. Ogum desembainhou a espada de Ares. Olhou para seu exército, lutando ferozmente contra homens que empunhavam canhões. Muitos do exército misto estavam no chão, levantando de suas montarias abatidas pelos disparos inimigos. Vários dos guerreiros mistos também tinham sido apanhados pelos projéteis e gemiam, caídos.

— Curem os feridos! — bradou o deus guerreiro para as feiticeiras que voavam ao lado de seus ombros.

Tazziat conclamou Dabbynne e as feiticeiras acesas na Vila de Abandonados. As athonianas que não tinham o poder de curar permaneceram ao lado de Ogum, mirando e disparando com as bestas contra os inimigos no chão.

Dabbynne tinha começado a descida, já buscando o primeiro soldado que acolheria para seu passe de cura quando sentiu uma agulhada em sua barriga, fazendo seu sangue enregelar, ao mesmo tempo que seus ouvidos eram preenchidos por um novo troar de canhões. A sequência ela já conhecia. Depois do ribombar, os guerreiros mistos gritavam e muitos tombavam. A estranha dor no baixo-ventre cessou, deixando-a confusa. Ela não tinha sido atingida por disparo algum. Seus olhos bailaram pelo campo de batalha. Estavam perdendo soldados a cada explosão. Dabbynne respirou fundo, escutando o revide das armas de fogo dos guerreiros de Dartana, bem quando uma segunda agulhada a fez crispar o rosto e perder altitude. A dor lancinante vinha de dentro, era o bebê que se movia, talvez assustado a cada explosão lançada pelas armas de fogo. A feiticeira perdeu a concentração e desceu demais, de forma perigosa, batendo com os pés no chão arenoso, mergulhando no campo de batalha, sentindo o deslocamento de ar quente provocado pela passagem de faguzes que transformavam em vidro a areia em que pisavam. Levantou voo novamente, precisava alcançar os feridos na linha de frente, mas a dor voltou assim que subiu poucos centímetros, fazendo-a cair de joelhos ao mesmo tempo que soltava um longo gemido, olhando para trás e erguendo as mãos, temendo o choque com algum cavaleiro desprevenido.

Ogum viu as feiticeiras de Portaclus levantarem correntes no ar, subindo velozmente e abrindo sulcos escavados na areia de onde escaparam centenas de soldados. Eles partiram das laterais do palco de batalha, cercando todo o exército de Dartana como as ondas do lago de Papandore que tinham dizimado o exército de Wundar. Se não fosse feito, o destino de Dartana estaria selado em questão de minutos, não havia tempo a perder. Precisava acabar com Brinzer e socorrer seus homens. Só assim teria sua chance de glória contra Ahammit e, depois de ser um deus de guerra morto, trazido de volta ao mundo dos deuses vivos, poderia cumprir sua sina, levar sua gente através do Portão de Vitória e libertar seu povo das garras da escuridão. Precisava que ao menos metade deles continuassem vivos. Ogum, com seu braço de Ares, levantou a espada acima de sua cabeça e acelerou em direção ao inimigo que já vinha em seu encontro. Brinzer, de pé e marchando, trazia uma longa lança, com a ponta afiada, dotada de três longos gumes afiados, dourados, fazendo brilhar a luz do sol contra seu rosto, em contraste à emanação de energia negra que a cercava. Ele era esguio, pouco mais alto que Ogum, quatro olhos amendoados tomavam o seu rosto, logo acima de sua boca larga e fina, dotada de dentes aguçados. Os guerreiros de Dartana que a viam do chão mais viam uma fera do que um deus guerreiro. Ogum ergueu ainda mais sua espada, fazendo-a zunir, enquanto Brinzer empunhou as lanças com as duas mãos. O deus de guerra abaixou-se e deu uma estocada surpreendente, lançando a arma para frente, segurando-a apenas pela ponta, cobrindo a distância que o separava de Ogum que, movendo-se para o lado e precisando valer-se da espada, golpeou a lança para fora. Brinzer bradou alto, conclamando suas feiticeiras que já tinham terminado a encenação e libertado o exército escondido. As feiticeiras de Portaclus eram fortes como os guerreiros e vinham protegidas por armaduras e espadas, tornando-se oponentes das feiticeiras de Ogum, que precisariam de toda atenção para se defender e não perecer, limitando seu tempo para curar os soldados feridos, tornando ainda mais difícil a saída daquele cerco de morte. Ogum precisava agir rápido.

* * *

Parten viu Thaidena guinando para a direita e, perdido por um instante, voltou a olhar para frente e puxou o gatilho, vendo o alvo ter a cabeça aberta e cair para trás. Puxou a rédea antes de fazer o segundo disparo, buscando Thaidena, mas agora a coluna de cavaleiros tinha se tornado uma nuvem disforme. O equithalo de Parten parou enquanto seus olhos buscavam a namorada e então um ronco avassalador chicoteou seus ouvidos, fazendo-o olhar para o exército inimigo. Fumaça subia da boca dos canos, enquanto muitos dos companheiros ao redor tombavam de suas montarias. Uma balbúrdia de gritos e gemidos se instaurou enquanto Parten desesperava-se sem compreender o que tinha acontecido e sendo invadido pela sensação de que a morte batia à sua porta. Parten virou o equithalo, mirando o morro e começou a cavalgar em retirada. Tinha que escapar dali com vida. O coração disparado fez perder o controle de sua respiração. Então viu as feiticeiras inimigas decolando do chão e puxando correntes e tábuas para o alto. Das valas fúnebres, a morte surgiu em forma de centenas de guerreiros de Portaclus que começaram a correr em direção ao combate, cercando o exército mestiço. Parten acelerou sua retirada. Se continuasse correndo romperia o cerco e escaparia. Escaparia sem Thaidena. Thaidena, que estava dentro daquela nuvem de fumaça e areia e combatia junto com seus iguais, buscando uma chance para Dartana, fazendo o que ela sempre fazia. Parten puxou as rédeas de seu equithalo e olhou para trás. Thaidena morreria por todos se preciso fosse. Ele só morreria por ela. Nunca deixaria Thaidena!

* * *

Dabbynne ainda estava no chão, com a mão em sua barriga e a testa franzida.

— O que está acontecendo com você, bebezinho? Ainda não é hora de nascer.

Dabbynne ergueu os olhos e viu suas parceiras chegando aos guerreiros caídos, o que elas não tinham visto era a nuvem de feiticeiras de Portaclus voando em sua direção, precisava avisá-las, mas estava presa ao chão devido à tamanha dor. Ela não sabia o que Belenus tinha feito com ela, mas alguma coisa fora alterada. Já não era normal uma feiticeira parir, ainda mais anormal era a velocidade com que a cria tinha se desenvolvido.

— Não nasça agora. Falta pouco. Você precisa deixar a mamãe lutar para te tirar daqui. Não quero que nasça nessa terra de sangue, precisamos lutar e vencer.

Dabbynne baixou a cabeça, soltando um gemido mais longo. Algo estava acontecendo. Sua respiração passou a ficar entrecortada e as agulhadas aumentaram. Quando ergueu a cabeça, quatro feiticeiras portaclonianas estavam descendo em sua direção.

— Ah, não... — gemeu baixinho, tentando se levantar.

Dabbynne tinha que levantar voo, tinha que fugir dali e se esconder, já que não conseguia lutar.

Dabbynne se levantou, seu corpo brilhava intensamente na mesma cor de Ogum, mas parecia que lhe faltava energia para subir. Era a dor que confundia sua cabeça. As feiticeiras a cercaram com facilidade, chegando caladas e com as grandes espadas levantadas. Dabbynne esforçou-se para se manter de pé para prover alguma defesa perante o ataque, mas parecia que sua barriga pegava fogo, ela não conseguia disfarçar a dor e, quando empunhou sua curta adaga, a sua mão tremia.

A primeira feiticeira de Portaclus ergueu a espada e investiu com potência, empurrando Dabbynne três passos para trás ao retinir de metal contra metal. A feiticeira de Dartana gritou, aferrada ao cabo da adaga. Sabia que se soltasse sua arma estaria perdida. A segunda feiticeira atacou-a por trás, dando um chute em suas costas, fazendo-a rolar no chão. A terceira pisou em sua garganta, fazendo-a gritar. As demais feiticeiras se moveram ao seu redor, produzindo um barulho curioso quando se deslocavam. Suas patas aracnídeas estalavam a cada movimento. A primeira a lhe atacar com a espada voltou para frente de Dabbynne e, no meio de um sorriso, ergueu a espada acima da cabeça, pronta para o golpe, quando a quarta aproximou-se lentamente, ordenando:

— Pare, Quenço!

A feiticeira com a espada levantada segurou a posição, mas seu rosto aracnídeo mostrou consternação através do estreitamento dos nove olhos, virando-se para a amiga.

— Por que parar se posso matá-la agora, Dendie?

Dendie aproximou-se e abaixou-se ao lado de Dabbynne, que lutava para respirar com o pé da outra feiticeira em sua garganta. Dabbynne arfava e levantou a adaga, recebendo um chute na mão desferido por Quenço, que também se abaixou, segurando a garganta de Dabbynne, removendo-a desconfortavelmente do pé da irmã.

— Quenço! Ajude-a se levantar — ordenou Dendie. — Não a maltrate.

As feiticeiras colocaram Dabbynne de pé e foi só então que Quenço e as outras duas viram o que Dendie via.

— Não é possível, Dendie! Ela está aguardando!

Dabbynne recurvou-se num espasmo de dor, caindo de joelhos diante das inimigas e soltando um jato de vômito.

— Sim. Acho que não vai aguardar mais muito tempo, Inxsa.

— Por Lana, Dux e Brinzer. Uma feiticeira que aguarda! Logo porá seus ovos.

— Precisamos matá-la, Dendie. O que vai sair daí não deve ser boa coisa!

— Cale-se, Quenço! Venha, feiticeira, sente-se aqui. — Dendie apontou uma pedra enquanto Inxsa auxiliou Dabbynne a se levantar. — Duvido que ela ponha ovos, Inxsa. O povo dela é daqueles que têm leite.

— Que gosto ela tem? — perguntou Quenço. — Nunca comemos a carne de uma feiticeira prenha ou a do seu bebezinho.

— Quenço! Vai matá-la de medo desse jeito! — reclamou Dendie, depois se dirigiu à Dabbynne. — Fique calma. Não comemos carninhas de bebezinhos. Quenço é muito estúpida quando quer.

Explosões e gritos vinham do campo de batalha, Dabbynne dirigiu-se para a pedra apontada, sentindo-se ainda ameaçada, mas ainda mais preocupada com a dor em sua barriga do que com as espadas das inimigas. Ao sentar-se, soltou outro gemido, agora mais parecido com um uivo de dor e levou a mão até o ventre. Suas coxas estavam quentes e logo abaixo de suas vestes de feiticeira surgiu um brilho vermelho.

— Veja, Dendie.

Dendie olhou para as pernas de Dabbynne, as quatro feiticeiras aproximaram-se, espantadas.

— Está perdendo vida, feiticeira.

— Dabbynne.

As quatro franziram a testa e seus olhos negros ficaram ainda mais redondos e protuberantes. Suas cabeças achatadas moviam-se para os lados, talvez uma demonstração de surpresa.

— Meu nome é Dabbynne.

— Ó, sim. Somos feitas para brigar e nos matar, não estou acostumada com apresentações entre feiticeiras. Ah! Ah! — riu Quenço.

Dendie abaixou-se.

— Isso é vida que sai de você. Seu filho está indo embora. Você não quer mais ele dentro de você?

Dabbynne passou a mão nas coxas. Era sangue. Ela gritou mais uma vez e então foram as feiticeiras de Portaclus que começaram a gritar e estremecer. Quenço e Dendie tombaram primeiro. Atrás delas, surgiram Jeliath, Hanna e mais cinco construtores empunhando as armas elétricas. Tinham chegado na surdina, vendo Dabbynne cercada e em apuros, e derrubaram as inimigas com os tasers. Os construtores ergueram os martelos e facas, mas a mão erguida de Dabbynne impediu-os de seguir em frente.

— Deixem-nas desacordadas. Elas não iam me matar... Pelo menos três delas não iam.

Dabbynne levantou-se ainda cambaleando e foi até onde estava sua adaga, apanhando-a do chão e cerrando-a na bainha.

— Temos que ajudar Ogum. Tenho que ajudar Tazziat a curar nossos soldados.

— Você não vai a lugar nenhum! — bradou Jeliath. — Você está sangrando! Vai perder o bebê. É isso que acontece em Dartana quando as mães sangram.

Dabbynne caiu de joelhos mais uma vez, ergueu o rosto e tentou falar, mas seu corpo tombou de lado, desmaiada.

— Vamos tirá-la daqui.

Tazziat desceu no meio da confusão, aproximando-se da feiticeira que sangrava.

— O que aconteceu com você, filha?

— Ela foi atacada pelas portaclonianas. Está perdendo o bebê — intrometeu-se Hanna.

Jeliath olhava aflito para a mancha vermelha que se formava sob o tecido de seu manto.

— Precisamos tirá-la daqui — disse Tazziat.

Os construtores agarraram o corpo de Dabbynne e colocaram-no no alto, carregando-a com rapidez para junto de uma rocha onde poderiam protegê-la dos disparos e se preparar para resistir.

Tazziat debruçou-se sobre Dabbynne e começou a lançar seu poder de cura sobre a barriga da feiticeira. Contudo, Dabbynne tornou a gemer e a contorcer-se de dor.

— Não está funcionando. Meu poder de cura não serve para uma feiticeira grávida — lamentou Tazziat, insistindo com a mão erguida e o passe de luz.

Dabbynne segurou a mão de Tazziat e balançou a cabeça em sinal negativo.

— Está doendo mais, Tazziat. Pare. Meu filho está morrendo.

— Não! Não vou permitir isso! — intercedeu Jeliath. — Vou dar um jeito de te curar.

Hanna puxou o irmão pelos ombros, afastando-o a contragosto de Dabbynne.

— Ela vai morrer, Jeliath — disse Hanna. — Já vi isso mais de dez vezes. Quando começam a sangrar, não param mais. Se o bebê não estiver pronto, os dois morrem.

— Não! Ela tem que viver. Vou salvá-la! Vou dar um jeito.

— Tem coisas que não têm jeito, irmão. Tazziat, que tem poder de cura, não pode ajudá-la. Dabbynne não espera um bebê comum, você bem sabe. Não temos como impedir o inevitável. É a vontade dos deuses.

— Tudo o que precisamos é de conhecimento, Hanna. Eu sei onde encontrar resposta. Não deixarei Dabbynne morrer.

Jeliath partiu correndo para o olho da batalha, sob o olhar dos outros construtores. Perplexos, assistiram ao jovem e destemido construtor desaparecer no meio da fumaça dos corpos em luta sem terem a menor ideia do que ele faria.

— E agora, Hanna? O que ele vai fazer? — perguntou Tazziat, aproximando-se da construtora.

Hanna continuou olhando na direção que Jeliath tinha tomado, em linha reta, seus olhos se encontraram com a figura de Ogum em batalha feroz contra Brinzer.

— Eu sei o que ele vai fazer.
— Diga-me então!
— Meu irmão vai para a Terra. Vai entrar no peito de Ogum.

Dabbynne gemia no chão, tremendo e inconsciente. Tazziat voltou até sua protegida, afagando seus cabelos molhados de suor.

— Ele ama mesmo essa menina — disse, ao final, Hanna.

* * *

As armas dos deuses gigantes retiniam a cada encontro. Ogum sorria a cada investida. Brinzer era bom de luta e derrotá-lo seria um prazer, um treino para Alkhiss. Quando o deus de Portaclus fez outra estocada, Ogum agarrou o cabo da lança, imitando o que ele tinha feito com a corrente de seu arpão e prendeu-a debaixo do braço.

Brinzer arregalou os olhos, surpreso ao ver Ogum descendo a espada com potência contra seu ombro, obrigando-o a soltar a lança para escapar do golpe.

Vendo Brinzer recuar dois passos, Ogum girou rápido a lança ao seu redor, com o braço esquerdo, surpreendendo algumas das feiticeiras inimigas que se aproximavam, derrubando ao menos sete delas, esmagadas pela ponta ou pelo cabo da arma de seu próprio deus. Novos disparos de armas de fogo chamaram a atenção de Ogum. Os inimigos, que erguiam os canhões em sua direção, foram emboscados pelos soldados de Mander, aferrados às potentes escopetas, impedindo-os de disparar, o que os obrigou a lutar pela vida. Quando Ogum ergueu os olhos, Brinzer estava ao seu lado, empunhando uma adaga que foi enterrada em suas costelas, fazendo o sangue vermelho lavar a mão inimiga. Ogum gritou de dor e, em reflexo, soltou a lança do deus de Portaclus, que caiu com um estrondo no chão.

Brinzer, ainda com a arma estocada no dorso do inimigo, abriu um sorriso vitorioso, puxando a adaga e lançando um segundo golpe, contudo, sua investida passou no vazio quando Ogum recuou com um salto para trás e girou o corpo todo, com a espada de Ares descrevendo um arco certeiro em direção ao pescoço do inimigo.

Ogum rasgou a garganta de Brinzer, que levou a mão à correnteza de sangue branco que verteu pela ferida. Os olhos de Brinzer cravaram nos do deus mestiço e um som gutural escapou de sua boca, enquanto a cabeça tombava para trás para o horror de seu exército. Por um instante os canhões se calaram e até as armas de fogo do exército misto cessaram. Todos ficaram imóveis durante os segundos que foram ocupados pela visão da energia negra ao redor do corpo do deus morto se dissipando, das feiticeiras perdendo poderes, despencando das alturas e do gigantesco corpo caindo de joelhos diante de Ogum e terminando por sacudir a terra e levantar uma nuvem de areia quando tombou de frente, aos pés do deus mestiço.

Ogum virou-se para a turba ainda perplexa e caminhou em direção a seus guerreiros. Agora era hora de ajudar os pequenos. Disparou um golpe, varrendo com sua espada duas dúzias de guerreiros de Portaclus, enquanto seus soldados voltaram à carga contra as colunas que os tinham emboscado. O jogo virara, impulsionando todos com a emoção de mais uma vitória iminente.

* * *

Momentos antes, Parten recarregou a arma pela quinta vez. Seus disparos eram precisos e motivados pelo medo do combate corpo a corpo. Avançava decidido pelo campo de batalha, montado em seu imponente equithalo. O jovem temeroso mantinha-se atento, só disparando quando um inimigo o notava e partia para cima dele. Agoniado, Parten varria a paisagem de horror procurando algum sinal de Thaidena. Seus gritos pela namorada não encontravam respostas. Vasculhava o chão e desvirava guerreiras, temendo encontrar o rosto conhecido e perfeito da razão de sua existência. As feiticeiras athonianas eram ferozes e cruzavam o ar com o brilho dourado emprestado de Ogum, engalfinhando-se com as feiticeiras de Portaclus caídas no chão e já sem o brilho de seu deus, contudo ainda aguerridas, usando espadas para atacar quem estivesse mais próximo. Parten voltou os olhos para o chão e paralisou-se quando viu o equithalo de Thaidena, morto, caído na areia. Parten conduziu seu animal até o lugar onde jazia o corpo imóvel da montaria de sua namorada. Parten desceu ao chão de areia e olhou para os lados, perdido num mundo de gritos e retinir de armas se batendo.

Thaidena não estava ali. O desespero de Parten era tanto que ele corria ao redor procurando pelo corpo da namorada, perdendo completamente a fé de encontrá-la respirando, ignorando o chão que tremia conforme Ogum passava ao seu lado. Uma coluna de guerreiros portaclonianos, montados em pesados animais, corria em sua direção. Parten caiu de joelhos, sem desejo de fugir, jogando sua escopeta no chão e murmurando o nome de Thaidena. Para sua surpresa, a espada gigante de Ogum bateu contra a areia, varrendo os cavaleiros inimigos, levantando o chão granulado como uma onda, arremessando-o para trás. A nuvem de areia lançada por Ogum foi tão alta e espessa que a luz do sol desapareceu por alguns segundos. Quando Parten, caído de costas, conseguiu enxergar novamente, Ogum não estava mais lá. O gigante se afastava, socorrendo outros guerreiros. Parten olhou para o lado e notou que o equithalo de Thaidena tinha rolado e uma mão feminina estava agora escapando do buraco na areia onde estivera o animal. Seu coração quase saiu pela boca quando correu em direção àquela mão.

Thaidena estava enterrada sob a areia revolvida por Ogum. Desesperado, Parten começou a gritar em direção ao campo de batalha, precisava de ajuda para desenterrá-la, mas todos estavam engolfados pela luta que ainda explodia entre o exército mestiço e os portaclonianos. Parten começou a cavar ao redor daquela mão. A areia era fina demais e quando voltava a escavar metade da areia já tinha retornado! Aflito, o soldado pegou a escopeta e usou a coronha para revolver mais areia do que a mão podia, contudo o processo era lento e ineficaz. Desesperado, arrancou a armadura do peito e usou-a como pá, agora sim, conseguindo arrancar grandes porções de areia do lugar. Mirou onde acreditava que estava o rosto de Thaidena e acelerou o quanto pôde o processo. Parten chorava e as lágrimas abriram trilhos em seu rosto sujo e empoeirado. Como podia ter pensado em fugir? Por que não tinha persistido e procurado Thaidena antes? A mão para fora da areia não se mexia. Parten gemia de agonia e continuava a cavar. A armadura bateu em alguma coisa e uma mancha de sangue brotou na areia. Ele tinha ferido o queixo de Thaidena. Usou a mão para cavar o entorno do rosto da namorada e abriu caminho até o peito, quando conseguiu puxá-la para seu colo.

— Thaidena! — gritou ele. — Respire, meu amor, respire! Respire!

Parten estava tão transtornado que não conseguia dizer por si só se a namorada respirava ou não. O sangue gotejava do ferimento do queixo da namorada. Sempre tinha escutado que sangrar era bom. Sangrar significava que o coração estava funcionando. Parten soluçava ao não perceber qualquer movimento no rosto da garota. Levantou-se, removendo-a completamente daquela cova, apanhando-a no colo. Seus olhos, que buscavam ajuda, viram uma feiticeira mestiça sentada em uma pedra a poucos passos de distância. Parten correu até ela com Thaidena em seu colo. Ela era da Vila de Abandonados e sabia curar. Em sua agonia, Parten não notou que a feiticeira não brilhava, mantinha apenas o corpo de pé e seus ombros balançavam estranhamente. Quando o jovem aflito chegou à frente da feiticeira, assustou-se, estacando por um momento. Duas feiticeiras apagadas de Portaclus seguravam os ombros da feiticeira mestiça e alternavam suas bocas arrancando pedaços de tripas do abdome da inimiga morta.

— Não, não, não. Não é possível... — gemeu o soldado, começando a dar passos para trás.

As feiticeiras inimigas viraram suas faces hediondas para Parten, deixando gotas grossas de sangue caírem sobre a areia. Uma delas tinha um pedaço de órgão na boca e sugou-o olhando com seus nove olhos para o casal a sua frente. O jovem consciente e petrificado começou a se afastar, mas as feiticeiras, dotadas de quatro patas ágeis, moveram-se muito mais rápido, erguendo as espadas.

Parten soltou Thaidena e levou a mão ao ombro, sentindo o sangue gelar. Tinha deixado a escopeta na cova de areia e sua besta estava na sela do equithalo. Parten estava desarmado frente a duas inimigas vorazes. Num piscar de olhos a feiticeira à direita voou sobre o corpo caído de Thaidena, agarrando as pernas da soldado. Parten, paralisado pelo medo, olhava para a que estava à esquerda, com a espada erguida, se aproximando. Se ela o golpeasse com a espada, ele não teria a menor chance de se defender. Estava à mercê daquelas duas feiticeiras que andavam como aranhas e devoravam a carne dos inimigos.

— Preferimos atacar as feiticeiras, elas têm mais sabor — revelou a feiticeira portacloniana, andando para perto de Parten.

Parten ergueu as mãos, temendo o golpe da espada que era brandida a sua frente, balançando com o movimento da inimiga.

A segunda feiticeira, que arrastava Thaidena, abaixou-se e lambeu o queixo da soldado.

— Essa aqui é muito gostosa. Dizem que se tomarmos o sangue dos inimigos podemos voltar a acender mais uma vez e não vamos morrer. Temos que comer rápido, Anaska.

— Muito rápido — confirmou a primeira.

Parten caiu de joelhos, chorando e tremendo de pavor. Seu fim seria aquele? Devorado por malucas que sonhavam em continuar acesas? Como poderia lutar? Para que deveria lutar? Estava cansado de ter medo. Estava cansado de sempre correr. Toda sua luta e sua bravura falsa até ali atendia pelo nome de Thaidena, sua namorada morta. Parten dobrou o corpo e fechou os olhos, seria mais fácil aceitar o destino. Não queria viver sem Thaidena. Thaidena não viveria sem ele. Iriam juntos para o paraíso dos guerreiros. Juntos. Como tinham prometido a eles mesmos, como tinham prometido a Mander quando ainda estava na forja de Dartana.

A feiticeira próxima a Parten ergueu sua espada. O alvo dócil parecia se entregar à imolação. Sua boca pequena, dotada de três dentes grandes, salivava. Sabia que teria de ser rápida. Uma vez separada a cabeça do pescoço, o sangue jorraria em profusão, quente e regenerador.

Foi então que Thaidena tossiu, cuspindo areia.

Parten arregalou os olhos enquanto a feiticeira que estava perto da namorada se afastava, esfregando seus nove olhos negros que tinham sido cobertos pela areia lançada pela namorada.

— Aaaah! Que horror! Meus olhos!

Parten, abaixado, fechou as suas mãos em um ato reflexo e as encheu de areia. Então arremessou contra os olhos de Anaska, que ainda estava com a espada erguida, surpresa com a tosse da soldado dartana e os berros da sua semelhante. O golpe fatal passou a poucos centímetros acima da cabeça de Parten, que tinha rolado para frente, dando uma cambalhota, enquanto a feiticeira também berrava como sua igual, e alcançou a canela de Thaidena, arrancando a faca da namorada da bainha. Ato contínuo, já estava de pé e saltou para cima da feiticeira que tinha lambido Thaidena, fechando o espaço entre seus corpos, inutilizando a espada longa que varreu no vazio a sua frente. Com a memória ainda fresca das lições das athonianas, Parten passou por baixo do braço estendido da feiticeira, trombou com sua perna, mas agarrou-se firmemente ao ombro da inimiga, enterrando a faca no pescoço da feiticeira e saltando para trás.

Anaska, ainda esfregando os olhos, tentou golpear o vulto a sua frente. O rapaz se movia depressa e obrigou que ela girasse sobre suas quatro patas, conseguindo desferir um potente soco com a mão aferrada ao cabo da espada longa. Parten caiu de lado e deu outro rolamento, fugindo da espada que descia em direção a sua cabeça, fazendo com que a lâmina enterrasse na areia. Parten encontrou espaço entre as pernas numerosas da criatura e novamente conseguiu colar seu corpo ao de Anaska. A feiticeira, surpreendida mais uma vez, arregalou os olhos e abriu sua boca tenebrosa soltando um gemido quando a lâmina da pequena faca abriu seu pescoço de fora a fora. A feiticeira levou as mãos à ferida, incapaz de conter o sangue branco que começou a derramar pelo corte. As duas feiticeiras de Portaclus tombaram ao mesmo tempo, enquanto Parten recuava em direção à Thaidena, que o observava com os olhos arregalados.

— Parten, você me salvou — murmurou Thaidena, com a voz fraca de uma quase morta.

Parten tomou a namorada no colo mais uma vez. Thaidena soltou um gemido longo, sentindo muita dor.

— Eu salvei a gente, meu amor. Salvei a gente.

O soldado levou Thaidena até seu equithalo e a colocou na transversal. Encontraria uma feiticeira de Dartana e pediria que ajudasse a namorada. Parten estava feliz, não pelo seu rompante de coragem, mas por terminarem vivos mais um dia.

* * *

Mander saltou de seu equithalo, passando ao combate no chão, empurrando para trás os incrédulos portaclonianos. A cada golpe, uma ferida nova era aberta e um inimigo a menos sobrava no campo de combate. As investidas eram potentes para poder atravessar o couro grosso daquele povo estranho que se movimentava sobre quatro pernas e vertia sangue branco como leite. Eram ágeis e perigosos, davam saltos longos e surpreendentes, mas não conseguiram fazer frente à fúria do general de Dartana e seu exército mestiço. Mander lutava por sua família deixada numa terra distante. Eram seus filhos que ocupavam sua mente a cada estocada. Era sua esposa que lhe dava força e soprava em seus ouvidos antecipando cada movimento do inimigo, tornando-o uma máquina furiosa e incansável.

Com a chegada de Ogum e sua espada de Ares, logo o exército de Portaclus foi sufocado, os que podiam lutar começaram a abandonar o campo de batalha e trinta daqueles bravos soldados que tentaram resistir, ainda empunhando a espada, foram dominados e desarmados, terminando por serem amarrados e feitos prisioneiros.

Mander tinha sentido o peso daquele confronto, terminando com um rasgo no braço direito e um pé esmagado, provavelmente com os ossos quebrados, fazendo com que o pé começasse a inchar e a doer a cada tentativa de dar um passo. Suas feridas, no entanto, eram os menores de seus problemas. Ogum estava ferido. O deus de Dartana tinha sido surpreendido por Brinzer e um buraco por onde passaria um homem tinha sido aberto no flanco esquerdo de suas costelas, por onde vazava sangue e luz. Com o campo de batalha acalmado pelo fim da contenda, sem som de espadas ou gritos desesperados, os ânimos arrefeciam e todos se reuniam ao redor do deus de guerra que começava a ser atendido pelas feiticeiras, ofertando, como consolação após as agruras do confronto, um espetáculo interessante. As feiticeiras mestiças giravam acima de Ogum, fazendo descer delas fios de luz de um brilho dourado, que enredavam o deus guerreiro, fortalecendo-o, regenerando-o. Ogum, abatido, mantinha um dos joelhos no chão, respirando lentamente, com a caixa de madeira presa a suas costas vertendo água com a inclinação, segurando em uma das mãos a espada ainda desembainhada. Algo curioso aconteceu no meio do processo de cura, fraco como Ogum estava, logo as feiticeiras começaram a brilhar em suas cores originais, lembrando um arco-íris, com as luzes que tingiam o céu após a chuva em Dartana.

O general de Dartana olhou ao redor, buscando rostos amigos. Encontrou Parten amparando Thaidena, levando-a ao encontro das feiticeiras para ser curada. O jovem guerreiro tinha sido ferido seriamente no rosto e tinha o lado direito do olho bastante inchado, mas, a despeito da aparência, mantinha-se firme carregando a namorada. Thaidena gritava a cada passo que era obrigada a dar, mancando, sem conseguir firmeza. Certamente, ela também tinha algum osso quebrado. Mander viu Gagar caminhando em sua direção, com uma faixa de tecido amarrada em seu ombro, amparando seus dois braços direitos, o de cima, estava rasgado e bastante ferido, o segundo, estava um bocado inchado. Ao que parecia, aquele combate tinha deixado marcas em todos os guerreiros que tinham sobrado vivos e daria muito trabalho para as feiticeiras de Ogum. O rosto de Gagar era de apreensão pura.

— General, meus homens avistaram batedores de Ahammit.

— Quantos?

— Ao menos oito deles, senhor.

— Não podemos perdê-los de vista, Gagar. Mande um destacamento atrás desses linguarudos.

— Elas já providenciaram isso, senhor — disse o guerreiro vermelho, erguendo o queixo em direção às athonianas.

— Nenhum deles pode escapar.

— Não seria bom que um fugisse e contasse sobre nosso triunfo aos guerreiros de Ahammit? — questionou o rubicundo lokun.

Mander olhou para o guerreiro e balançou a cabeça negativamente.

— Não triunfamos hoje, Gagar, sobrevivemos, apenas isso. Precisamos contar nossos mortos. Nosso deus foi atingido e a maioria dos nossos homens, como você e eu, foi ferida. Precisaremos de tempo para nos recuperar. Se chegar aos ouvidos do general de Ahammit o estado lastimável em que nos encontramos, sei que ele virá com toda sua força nos liquidar de uma vez por todas.

— Compreendo. Irei pessoalmente no rastro deles, senhor. Tomarei o cuidado para que o general de Ahammit jamais saiba o que se passou aqui essa tarde.

— Gagar, peça que tomem cuidado. Já perdemos muita gente hoje.

Mesmine, ladeada por suas guerreiras cara de lobo, aproximou-se de Mander montada em seu dandrião.

— E quanto aos sobreviventes, Mander? Alguns portaclonianos foram capturados.

Mander olhou para o campo de batalha coberto por corpos dos dois exércitos. Os portaclonianos eram a grande maioria. Eram grandes e assustadores, mas tinham caído frente aos esforços dos mestiços.

— Quantos são os prisioneiros?

— Temos pelo menos cinquenta deles.

— Perdemos tanta gente que para mim é uma tentação tentar colocá-los ao nosso lado, mas não posso confiar em soldados que comem a carne de outros soldados.

— O que faço com todos?

Mander olhou para a estátua de Damieta pendurada no pescoço de Mesmine.

— Faça o que sua mãe faria.

Mesmine aquiesceu e olhou para suas parceiras athonianas. Puxando as rédeas das montarias, fizeram os dandriões darem meia-volta. Com a espada desembainhada, a general das athonianas partiu rumo aos cativos.

＊＊＊

Hanna chegou esbaforida à concentração de soldados e feiticeiras e passou direto pelo grupo, chamando a atenção de muitos soldados. A construtora de Dartana parou diante de Ogum. O deus estava sentado no chão, com uma das pernas estendidas à sua frente e a segunda flexionada. Hanna contornou-o e olhou para o seu peito, onde a caixa do órgão de transporte mantinha-se aberta. Hanna suspirou ao ter sua suspeita confirmada. O órgão de transporte pulsava, com a parte superior latejando e, a cada pulsação, transferindo parte da energia para a parte inferior que guardava o imenso casulo na forma de Jeliath. Seu irmão não estava mais nas terras do Combatheon. Jeliath tinha partido para outro planeta para buscar ajuda para Dabbynne.

CAPÍTULO 59

Longe do cheiro de fogo e sangue, sem saber o desfecho do combate de seus iguais, Jeliath abriu os olhos na escuridão de outro mundo. Ainda que distante do campo de batalha, sua mente era consumida pela aflição. Tinha que livrar Dabbynne da dor e salvar o filho que ela carregava no ventre. Para isso, precisava de mais conhecimento, de mais saber, e era por isso que havia entrado no peito de seu deus de guerra no calor da batalha e pedido para ser transportado para a Terra uma vez mais.

Não conseguia ver nada, mas ouvia. Eram as pessoas da Terra que falavam, em tom baixo, sussurrando como se estivessem à espreita de um inimigo. Jeliath se moveu, derrubando coisas que não podia ver, fazendo barulho e ficando imóvel logo em seguida, apreensivo. Achou curioso que toda vez que surgia naquela terra encontrava-se num lugar escuro e longe dos olhos de qualquer pessoa. Certamente era Ogum intercedendo pelo seu bom destino. Moveu-se lentamente, afastando objetos que tinham caído sobre seu corpo. Os olhos foram se adaptando à escuridão, permitindo que o dartana desvendasse os contornos de onde se enconta-va, enquanto os ouvidos, cada vez mais, captavam os sussurros das pessoas do lado de fora, em conjunto com alguns barulhos estranhos que vinham de algum lugar distante.

Jeliath não reconheceu nada do que o cercava. Eram objetos exóticos, de vários formatos, colocados lado a lado no chão. Jeliath identificou uma porta, parecida com a que manipulara enquanto era mantido preso para exames pela doutora Glaucia. Era na feiticeira humana que conhecia o corpo em quem ele pensava, enquanto as fibras do órgão transportador enrolavam seu corpo e pulsavam, fazendo-o surgir ali, naquele planeta. A doutora Glaucia sabia como funcionava um coração, então saberia como funcionaria a barriga de uma feiticeira de Dartana. Ela poderia salvar o filho de Dabbynne. Jeliath tocou a maçaneta e girou-a lentamente. O som das vozes aumentou. Encontrou um corredor que tinha o chão coberto por uma pele macia. Ainda estava escuro, com luzes vazando das paredes em pontos distantes que deixavam tudo na penumbra, como se estivesse em um Hangar de feiticeiras. Jeliath, curioso com a maciez do chão, abaixou-se e o alisou delicadamente. Baixou o nariz até o chão e inalou o ar. Muitos tinham pisado ali. A parede também parecia recoberta por um material semelhante ao do chão. Aconchegante. Ele ouvia as vozes, eram muitas, como se estivessem em uma reunião, num jantar comum. O construtor de Dartana começou a andar pelo corredor, se aproximando lentamente do vozerio. Prevenido com a experiência que sua presença provocava nos humanos, ia devagar, temendo ser descoberto antes de conseguir a ajuda que precisava. Como encontraria a curandeira Glaucia? Como explicaria para ela a sua missão ali na Terra dessa vez? Jeliath parou de se mover, ensimesmado com as indagações. Só despertou quando uma corrente sonora o retirou do torpor. Era como o som da chuva.

Curioso, Jeliath se arrastou na direção de onde vinha o barulho cadente, lembrando-se da primeira vez em que viu a doutora Glaucia. Alcançou uma nova porta, mais larga e mais alta que qualquer uma que já vira na vida, indo para um ambiente um pouco mais iluminado e entendendo a razão de tantas vozes. Eram os humanos. Estavam sentados em cadeiras, como aquelas pequeninas em que se sentou ouvindo a médica falar do coração e da eletricidade. Só que aquela sala era muitas vezes maior que a primeira, era imensa, mais alta que Ogum empilhado três vezes, mais ampla que o Hangar das feiticeiras. Observar tantos humanos, paralisados nas cadeiras, era um espetáculo que ainda não compreendia. Parados ali, cochichando uns com os outros como se reverenciassem um grande deus de guerra, em número incontável, pareciam também um exército, reunido, olhando para um palco. Jeliath parou junto à porta, curvado, temendo ser descoberto, olhando de forma sorrateira e arisca para todas aquelas pessoas que batiam suas mãos, provocando aquela explosão sonora que fizera seus pelos se arrepiarem e confundir o som com a chuva que batia no telhado de seu casebre em Dartana.

Reverenciavam algum tipo de deus naquela cerimônia? Os guerreiros batiam assim com as mãos algumas vezes, logo depois da vitória, quando, entusiasmados, se agrupavam para festejar. Mas o que os humanos festejavam?

Jeliath olhou para o imenso palco. Um tecido negro como o céu sem Bara repartiu-se diante de seus olhos, cativando sua atenção pela suavidade do movimento. Jeliath ficou hipnotizado e, sem querer, suas defesas caíram, levantando um pouco mais o corpo e observando com a maior atenção. Novamente, os humanos bateram as mãos, provocando aquele trovão. Luzes se acenderam, assustando Jeliath, que se escorou junto à parede, buscando a penumbra de forma automática, ainda atraído sobremaneira por tudo o que acontecia naquele palco, mergulhando num mistério inesperado.

Um grupo de humanos estava lá embaixo, iluminado naquela clareira pelas máquinas criadas pelos pequeninos, alguns deles empunhavam armas reluzentes, feitas de um metal dourado. Jeliath abriu um sorriso involuntário. A maioria do grande grupo estava sentada. Pareciam um exército! Sim! Pareciam soldados, com trajes negros e brancos, segurando aquelas armas reluzentes, douradas e prateadas, de todas as formas, absolutamente incompreensíveis. Os humanos que assistiam àquele exército se calaram e repousaram as mãos na cadeira. Jeliath não entendia bem o que acontecia, mas nenhuma explicação seria suficiente para prepará-lo para o que sentiria a seguir. Os humanos na clareira, o exército com armas reluzentes, eram o centro das atenções agora. Muitos deles ergueram suas armas até a boca, outros ergueram ao alto bastões que serviriam para golpear. Então a sala inteira vibrou quando eles atacaram. Jeliath ficou estático, apanhado pelo golpe daquelas armas poderosas que inundaram o seu corpo inteiro, fazendo-o tremer dos pés ao último fio da cabeça. Contudo, não era dor o que o deixava paralisado. Era emoção. As armas no palco não disparavam projéteis, mas, sim, sons. Não era um exército, não era uma batalha. Eles eram encantados como as feiticeiras. O som tinha ritmo de uma forma que Jeliath jamais ouvira e uma intensidade que o empurrava para trás, fazendo seu corpo colar no batente da porta e seus olhos se encherem de lágrimas. Aqueles homens, com aquelas coisas nas mãos, pareciam tê-lo enfeitiçado e faziam com que milhares de histórias contadas em todos os cantos do universo entrassem em seus ouvidos. Era sublime. Como produziam aquele efeito? Jeliath queria saber, precisava saber. Seu sangue foi encharcado de entusiasmo.

Quando se deu conta, Jeliath já tinha invadido a área onde os humanos assistiam, até ali, calados àquela impressionante apresentação. Só se deu conta de seu erro quando os primeiros gritos e imprecações começaram a ecoar e então a música parou. De repente, aqueles homens no alto do palco não eram donos da atenção. Todos os olhos e luzes-máquina convergiam para Jeliath que, assustado, lentamente, começou a voltar para o corredor sombrio de onde viera. Ele correu até encontrar a porta por onde entrara. A sala, ainda escura, não tinha uma saída, obrigando-o a retornar ao corredor, agora tomado por curiosos dos dois lados, que disparavam luzes contra seus olhos, empunhando pequenos aparelhos em suas mãos. Do meio da multidão, surgiram os primeiros homens uniformizados que logo o fizeram lembrar-se dos seguranças da universidade. Eles erguiam as mãos, tentando acalmá-lo, tirando pequenos bastões da cintura. Para grande surpresa de Jeliath, um rosto conhecido surgiu no meio da multidão.

— Parem! Ele não quer fazer mal a ninguém!

A voz conhecida soou tão magnífica quanto o som que saía dos aparelhos dos homens na clareira. Era ela, a mulher que queria tanto encontrar, que poderia ajudá-lo a salvar Dabbynne e a criança. A feiticeira Glaucia. Jeliath ficou imóvel por alguns segundos. A feiticeira surgiu diante de seus olhos dentro de um vestido prateado e com o rosto totalmente diferente de como a tinha visto no primeiro encontro. Ela ainda usava os óculos e talvez esse objeto pendurado em seu nariz tenha sido o detalhe que o fez reconhecê-la. Seu rosto cintilava e estava carregado de cores, os lábios estavam mais rosados e também brilhantes. Era como se a feiticeira tivesse se preparado para grandes festejos, como faziam de vez em quando em Dartana.

Glaucia se interpôs aos curiosos, ficando ao lado de Jeliath. Olhava para o jovem Dartana com os olhos arregalados, depois olhou para trás, preocupada com a multidão de curiosos que ia aumentando. Como ele aparecera ali? Glaucia se perguntava se ainda era coincidência ele estar ali, próximo a ela mais uma vez.

— Se a senhora o conhece, peça que venha com a gente — disse um dos seguranças, se aproximando. — Temos que tirá-lo daqui para a segurança de todos.

— Ele não é violento. Só está perdido.

Jeliath olhou para Glaucia e se aproximou dela.

— Não estou perdido. Eu vim atrás de você.

Vozes começaram a murmurar, celulares em punho filmavam o visitante de Dartana.

— É o anjo que está no YouTube! — gritou alguém.

Glaucia deu a mão para Jeliath e o puxou para o corredor. O construtor olhou para trás, curioso com os pequenos aparelhos luminosos que eram apontados para ele.

— Venha, Jeliath. Temos que sair daqui. Querem prender você.

Jeliath percebeu os seguranças, parecidos com os homens da universidade, aproximando-se dele e segurou-se ao ombro de Glaucia.

— Preciso de ajuda, doutora. Preciso de ajuda para minha amiga.

A médica olhou para o jovem, notando aflição em sua voz. Ele trajava uma armadura, ainda que estivesse descalço, não estava mais coberto por aquelas peças.

Glaucia e os seguranças chegaram ao elevador. Enquanto aguardavam, o líder dos homens falava no rádio, pedindo que chamassem a polícia e avisassem da presença do estranho que estava em todos os noticiários da TV e portais de notícias da internet.

Glaucia, discretamente, abriu o zíper da pequena bolsa dourada que trazia na mão e perdeu seus dedos lá dentro. Assim que as portas do elevador se abriram, ela entrou com Jeliath, apressada, e apertou o botão do piso do estacionamento. Quando o primeiro segurança andou em direção ao elevador para embarcar, Glaucia ergueu um spray de pimenta e disparou o jato na direção dos seguranças que começaram a gritar e protestar. As portas se fecharam, encerrando Glaucia e seu protegido lá dentro. Jeliath olhava espantado para a mulher e para as portas que se movimentavam sozinhas. Abaixou-se perto do painel, olhando para o botão iluminado. Jeliath começou a apertá-los por curiosidade.

— Não, Jeliath! Agora estamos fritos!

Jeliath ergueu os olhos para a feiticeira humana enquanto via as portas se abrirem automaticamente diante de seus olhos mais uma vez.

— Vem! — Glaucia puxou Jeliath e caminhou com ele até as escadas. — Vamos por aqui. Preciso te tirar daqui. Algumas pessoas estão querendo prender você.

— Serei um prisioneiro? — inquiriu Jeliath, surpreso com as palavras.

— Eles não entendem você e isso os deixa assustados. Entraram no meu escritório na universidade e levaram tudo. Sabem que você é diferente e agora querem pegar você de todo jeito. Querem te examinar, saber como você chega e como sai daqui.

Jeliath ouvia as palavras e tentava encontrar sentido em tudo aquilo, enquanto perseguia a bela doutora Glaucia por um corredor vazio. Ela parou, preocupada, olhando para os lados até encontrar desenhos na parede. Atravessaram duas portas, chegando a uma gruta fria e com cheiro de fumaça.

— Venha.

Jeliath continuou a segui-la, descendo uma escada interminável. O construtor reparou que a feiticeira da Terra se vestia de um jeito diferente, como se fosse a uma junção especial, cheia de significado. Como se fosse se unir a outro dartana. Jeliath sorriu do próprio pensamento. Ela nunca se juntaria a um dartana. Era humana e se juntaria a outro humano.

— Eles querem te levar para um lugar onde não poderei te ver, Jeliath. Precisamos sair daqui.

O sorriso no rosto de Jeliath desapareceu. Não queria ficar sem a feiticeira doutora humana.

Glaucia abriu outra porta metálica e puxou o imenso dartana.

— Venha.

Atravessaram uma segunda porta e mais uma vez Jeliath ficou impressionado com o que viu. Dezenas daquelas carroças que vira na estrada negra na última visita. Algumas estavam em movimento, com lanternas poderosas na frente, iluminando a caverna escura. Quando olhou para a feiticeira, ela o encarava. Ficou surpreso quando ela acariciou o rosto dele.

— Você não está aqui por acaso, eu sei. Veio atrás de mim. O que você quer, Jeliath? Como posso te ajudar?

Jeliath fez que sim com a cabeça. Estava lá por causa dela, isso era verdade. Só não sabia como tinha conseguido surgir próximo a ela novamente. Ogum havia providenciado aquilo. Precisava de ajuda para Dabbynne, que perdia o filho, que sangrava e poderia morrer. O construtor apontou para a barriga de Glaucia.

— Minha barriga? O que tem?

Jeliath puxou o tecido do vestido, estufando-o.

— Meu vestido? Você quer o meu vestido? — ela perguntou, sorridente.

Jeliath fez que não veementemente.

— Não! — ele disse.

— Queria tanto te entender, Jeliath. Queria tanto conversar com você. Ensiná-lo a falar minha língua.

Glaucia puxou o gigante de Dartana pelo estacionamento, foram passando por uma fileira de carros.

— Minhas chaves estão com o manobrista. Não vamos conseguir pegá-las se ele vir você, eu preciso te tirar daqui. Vou te levar para um lugar seguro. Fique aqui, quieto, já venho te pegar.

Glaucia saiu caminhando em seu vestido brilhante, deixando Jeliath hipnotizado com seu movimento. Ela usava sapatos estranhos que a deixavam mais alta e atraente. Jeliath sorriu ao perceber que achava a feiticeira terrena bonita daquele jeito tão diferente do primeiro encontro.

Ele olhou para trás, para a porta por onde tinham chegado, estava escuro e a caverna toda tinha um cheiro de fumaça. Mais duas carroças passaram por ele, indo em direção à doutora Glaucia, que tinha parado em frente a uma mesa muito alta, conversando com um homem. Ele a estendeu algo. Talvez fossem as tais "chaves" que ela mencionara.

Uma carroça prateada parou a sua frente. Um casal estava lá dentro, com luzes clareando seus rostos. A mulher usava aquele pequeno aparelho que todo mundo lhe apontava. A carroça fazia um ruído alto. Como se movia se não tinha um equithalo para puxá-la? Aquele ronco era a resposta. Algum tipo de animal ou de força mágica estava dentro da carroça. Jeliath lembrou-se do ninho de luz à beira da estrada e o caminhão carregando várias carroças nas costas. O construtor, intrigado, deixou o esconderijo e se aproximou para examinar. Os dois ocupantes do veículo ficaram surpresos com a aproximação do gigante com cabelo desgrenhado e trajando uma armadura sobre o peito, terminando com um saiote de couro escuro cobrindo a virilha. O motorista pisou fundo no acelerador tirando o carro dali, quebrando o braço da cancela e fazendo Glaucia pular para o lado.

— Jeliath! — protestou a médica, começando a correr em direção a seu carro que era entregue por um manobrista. — Entre no carro.

O construtor alcançou a médica e ficou parado do lado de fora do veículo. Passou a mão em sua porta e no vidro sem conseguir fazer o "carro" se abrir para ele. Glaucia espichou-se do lado de dentro e destravou a porta, empurrando-a para que o viajante entrasse.

— Puxe a porta!

Jeliath se sentou espremido no banco de couro do veículo, olhando para o painel iluminado da máquina, extasiado com o que via. O interior do carro era maravilhoso. A feiticeira terrestre segurou a roda entre as mãos e então o automóvel se deslocou como se fosse empurrado pela força do pensamento. A máquina subiu uma rampa e ganhou a rua iluminada por luzes elétricas presas no alto de longos troncos de concreto. Quando Glaucia subiu sobre o chão negro, o veículo acelerou e Jeliath sentiu seu corpo ser impelido para trás, fazendo suas costas arqueadas afundarem no banco de couro. Os olhos não conseguiam evitar o lado de fora do carro. A cidade era uma festa de luzes elétricas e carros diferentes. As pessoas andavam pelas calçadas, todas tão diferentes, usando roupas que ele nunca imaginou que pudessem existir. Dezenas de veículos em duas rodas ultrapassavam o carro de Glaucia, que olhava para trás, com medo de estar sendo seguida. Um trinado ecoou dentro do carro.

— Droga.

O trinado continuou, fazendo Jeliath dançar com os olhos no painel e nas laterais do veículo. A feiticeira estava viajando rápido demais, a todo instante os alertas de Jeliath eram colocados à prova, pois parecia que o carro se acocharia contra o da frente ou contra os que surgiam do seu lado.

— Alô?

— Você está com ele, não está?

Glaucia ficou calada, acelerando o carro, tomando o rumo de sua casa. Jeliath podia ouvir a voz vinda de algum lugar. Outro artefato mágico que a feiticeira possuía.

— Eu preciso dele, Glaucia. Ele não deveria estar aqui, mas voltou, atrás de você. Você não acha isso coincidência demais?

— Não existem coincidências.

— O que ele quer?

Glaucia olhou para Jeliath. Sabia que ele queria armas para lutar, mas agora havia apontado para a sua barriga.

— Traga-o para mim, Glaucia. Garanto que você terá todo acesso que precisar, poderá estudá-lo, mas temos que mantê-lo sob o meu controle, tirá-lo das ruas.

— Para que você quer escondê-lo?

— Seu nome e o do anjo já estão em todo lugar na internet. Já postaram um vídeo dele na Sala São Paulo. O que ele foi fazer lá?

— Ele precisa de ajuda.

— Ele precisa ser detido, isso sim. Você ouviu Doralice — tornou Álvaro.

Glaucia olhou para Jeliath, que continuava calado.

— Eu vi o seu protegido, Gla. Por que ele apareceu para você primeiro? A história de nosso irmão está se repetindo. Você está acreditando nessa coisa que vai acabar matando você e nossa sobrinha.

Jeliath balançou a cabeça em sinal negativo.

— Eu não quero matar ninguém aqui. Só preciso de armas para Ogum — disse o construtor, com sua língua incompreensível para a médica.

— Ele não quer me matar e nem a Dora. Ele só está perdido.

— Diga-me onde você está, eu vou buscar vocês. Vamos acabar com isso. Se ele não quer matar ninguém, então não tem problema algum ficar sob minha custódia. Nada vai acontecer.

— Ele não deve ser escondido, Álvaro. Sinto algo estranho quando olho para ele. Parece que ele quer trazer uma mensagem. Ele quer dizer algo para nós que ainda não compreendemos.

— Escute a você mesma, Glaucia! Você está falando igual ao Renato.

Glaucia começou a subir uma avenida longa, uma ambulância passou ao seu lado com o giroflex ligado e a sirene soando alto, furando o farol vermelho. Glaucia parou o carro, sentindo-se perdida. Glaucia desligou o celular. O irmão tentava convencê-la a abrir mão de Jeliath. Ela sabia o que Álvaro queria. Queria controlá-lo, queria sumir com ele para que ninguém mais o visse e que não surgisse um culto ao redor do homem que veio das estrelas.

Uma cigana bateu no vidro do carro assustando ela e Jeliath. Glaucia atravessou o farol vermelho, fazendo carros frearem e buzinarem, enquanto o interior de seu veículo se encheu com a luminosidade da avenida Paulista. Jeliath gritou quando um ônibus freou a poucos centímetros da frente do carro da mulher, então Glaucia acelerou e mergulhou atrás do MASP, dirigindo-se à avenida Nove de Julho. Tinha que esconder Jeliath por algumas horas onde Álvaro jamais pensaria em procurar.

Minutos mais tarde, Glaucia estacionava na garagem de um prédio na Vila Clementino. O porteiro a conhecia desde a adolescência e por isso não fazia perguntas quando ela chegava, mesmo que tarde da noite. O apartamento de Álvaro ficava no quinto andar e ela estava certa de que Doralice dormia ali, no quarto dela. Pediu que Jeliath ficasse no corredor porque sabia que o irmão não era tonto e era bem provável que tivesse deixado um ou dois agentes cuidando da pequena Dora, só por precaução. Temeu que até mesmo a fechadura tivesse sido trocada, mas ficou feliz quando a chave girou no segredo, destrancando o apartamento. A sala estava escura e, quando ela acendeu a luz, o agente de Álvaro deu um pulo no sofá, levantando uma pistola. Glaucia ergueu as mãos.

— Calma! Abaixa isso.

— Desculpa, dona Glaucia, é costume.

— Se você está de serviço aqui, é melhor ficar acordado. A Dora está no quarto dela?

— Está, jogando videogame. A danada é mais viciada que meu filho.

Glaucia, fingindo desinteresse na figura do agente, viu o celular do homem em cima do aparador do corredor. Ao passar pelo móvel, apanhou o celular e, no corredor, o colocou no bolso. Quando abriu a porta do quarto da sobrinha o agente a interpelou.

— A senhora pretende sair com ela?

— Sim. Sou sua tia. O Álvaro me pediu para ir com ela ao cinema, para ela se distrair.

— Ele não me falou nada — disse o homem, um sujeito de traços orientais, com 1,80m de altura.

— É? Bem, então, eu estou dizendo.

Glaucia abriu a porta e meteu a mão para dentro, vendo o sorriso largo de Doralice.

— Tia! Como você está elegante!

— Oi, meu amor!

As duas se abraçaram enquanto Glaucia apanhava a chave do quarto da sobrinha.

— A gente vai ao cinema. Não quer colocar uma blusa?

— Nossa! A gente vai ver o quê?

— O que estiver passando.

— E o Nando?

— Nando? Quem é o Nando?

— É o amigo do tio que tá fingindo que é minha babá — riu a menina, seguida da tia.

Glaucia olhou para trás e Nando estava parado atrás dela.

— O Nando vai ficar aqui esperando o tio voltar.

— De jeito nenhum, senhora. Seu irmão foi categórico, eu preciso ficar de olho nela. Principalmente enquanto a senhora estiver por perto.

— Tia Glaucia, espera só um pouquinho, eu vou pôr um vestido também. A senhora está muito bonita para eu ir vestida assim, de qualquer jeito.

— Não, filhinha, vai demorar demais. O filme já vai começar — disse Glaucia estendendo a mão para a sobrinha. — Se você fizer questão, a gente compra um no shopping.

Doralice, que apanhava uma blusa no guarda-roupa, parou e olhou para a tia, perdendo o sorriso.

— Ah, é? O que você está aprontando, tia?

— Vem logo.

Doralice saiu para o corredor congestionado pela tia e pelo segurança corpulento.

— Eu preciso falar com o seu irmão antes da senhora sair. Me desculpe mesmo.

— Ok. Tudo bem. Mas ele vai te dar uma bronca por estar atrasando a gente.

Fernando virou-se para o aparador onde deixara o aparelho, sem encontrá-lo.

— Estava aqui agora — reclamou ele.

O trio chegou até a sala, enquanto Glaucia lançava um olhar impaciente para o segurança, que vasculhava o seu paletó sobre a poltrona onde tinha cochilado.

— Diacho!

— É um celular branco e azul?

— Isso.

— Eu o vi no quarto da Dora. Ache rápido que não tenho tempo para suas trapalhadas.

Doralice olhou para a tia, estranhando o seu jeito de falar, que normalmente era doce e paciente, mas que agora parecia um bocado irritante.

Nando atravessou o corredor e entrou no quarto, seguido de perto por Glaucia. O agente adentrou o dormitório, então ela o aguardou afundar depois da cama, examinando a escrivaninha da sobrinha, e então puxou a porta e passou a chave. O segurança começou a bater contra a porta e a gritar.

— Vamos! — disse a tia puxando a sobrinha pelo braço.

No saguão, Glaucia tirou a chave do lado de dentro da porta e também a trancou. Isso iria atrasar um bocado o agente de Álvaro, ganhando tempo para o plano dela de última hora.

Glaucia abriu então a porta de incêndio e tirou Jeliath do esconderijo, vendo Doralice ficar perplexa com a presença do alienígena.

— Ele vai com a gente, tia?

— Sim, querida. Eu preciso de você para entendê-lo. Você disse que nos seus sonhos escutava sua deusa, não é? E também disse que entendia tudo o que ele falava quando o viu no vídeo, certo?

A menina balançou a cabeça em sinal positivo.

— Minha deusa disse que ele vai me matar.

Jeliath balançou a cabeça em sinal negativo e ajoelhou-se em frente à menina terrestre.

— Eu nunca mataria uma criança. Eu nunca matarei você, prometo.

Doralice continuou estática, enquanto Glaucia se preocupava com os gritos de socorro, as sacudidas na porta dentro do apartamento e a demora do elevador em chegar ao quinto andar. O tempo estava correndo e ela sabia que não tardaria para Álvaro descobrir sua manobra.

Dora ergueu a mão, alisou o rosto de Jeliath e sorriu para o alienígena.

— Eu acredito em você — ela disse.

Os olhos de Glaucia encheram-se de lágrimas ao ver Jeliath abraçando sua sobrinha. A campainha do elevador disparou e as portas se abriram. O trio entrou e desceu ao subsolo, em menos de um minuto já estavam de volta às ruas de São Paulo.

Dentro do carro, Jeliath ia à frente com Glaucia, enquanto a sobrinha ia entre os dois bancos, com cara de curiosa, querendo entender o que acontecia.

— Querida, Jeliath veio para a Terra atrás de mim. A tia tem razões científicas para acreditar que ele vem mesmo de outro lugar, de outro planeta.

— Ele vem, sim, titia. Eu sei. Minha deusa falou, lembra?

Glaucia olhou para a sobrinha pelo retrovisor. Se ela, a médica, a estudiosa, acreditava que Jeliath, de alguma forma, havia viajado pelas estrelas, por que era difícil para ela acreditar naquela parte? Acreditar que um ser metafísico conversara com sua sobrinha? Como poderia ser cheia de dons e falar com aquela criatura? Glaucia estava convencida que tinha que deixar a lógica de lado e aproveitar aquele momento mágico para conseguir o máximo de informações sobre Jeliath.

— Por que ele está aqui?

— Ele quer descobrir armas para o seu deus de guerra — disse Doralice, sem olhar para Jeliath.

— Não. Eu vim por outra coisa dessa vez — retrucou o construtor, olhando para a pequena que entendia suas palavras.

Doralice franziu a testa e olhou para a tia.

— Parece que ele quer outra coisa.

— Minha namorada.

— A namorada dele... — sussurrou a pequena.

— Ela está sangrando aqui embaixo — disse, levando a mão ao seu ventre. — Ela está grávida, seu bebê quer sair.

A pequena explicou a urgência para a tia conforme ele falava.

— E você, feiticeira Glaucia, conhece o corpo, conhece o coração. Já ajudou uma vez meu deus a se levantar. Eu preciso que ajude minha namorada. As feiticeiras de Dartana são boas em curar, mas não conseguem fazê-la parar de sofrer e sangrar. Ela sente muita dor.

Glaucia parou o carro, encostando junto ao meio-fio. Seus olhar era tenso e cheio de piedade.

— Sua namorada está perdendo o bebê? É por isso que você veio aqui?

Jeliath balançou a cabeça em sinal positivo.

— O bebê também é parte deus. Isso nunca aconteceu antes. É uma criança muito especial, sua chegada salvará meu povo, salvará Dartana. Eu não sei o que fazer, não sei como ajudar Dabbynne.

Assim que Doralice traduziu, Glaucia passou a mão no rosto de Jeliath.

— Uma criança parte deus. Como isso é possível?

— Nosso primeiro deus de guerra morreu no Combatheon e emprestou a vida para Dabbynne e para o bebê, dizendo que, daquele momento em diante, ele seria parte deus também. Dabbynne e o bebê são um milagre naquela terra de morte.

— Eu não consigo entender tudo isso, Jeliath. Eu tento, sério, mas é muito doido. Não sou médica obstetra, ou seja, não cuido de mulheres que estão para ter filhos. Você sabe há quanto tempo ela está grávida? Nem sei se isso se aplica à sua raça, seu povo...

— Descobrimos há duas semanas, mas não é assim em Dartana. É diferente com ela.

— Ela está perdendo o bebê. A melhor coisa que você pode fazer é trazê-la aqui.

Jeliath balançou a cabeça em sinal negativo.

— Não tem como, feiticeira. Ela não é uma construtora. Não sei se será possível, não sei se Ogum permitirá.

Glaucia respirava aflita, tomada de ansiedade. Aquele jovem tinha viajado pelas estrelas para buscar ajuda para a namorada, possivelmente para seu filho que nascia e, pelo que ele contava, a tal de Dabbynne estava tendo uma hemorragia e, muito provavelmente, estava abortando aquela criança. Ela não podia medicá-la. Não conhecia as funções fisiológicas daquela raça e nem mesmo se a medicação da Terra seria eficaz em seus corpos. A coisa mais lógica era, de alguma maneira, Jeliath levar aquela fêmea dartana para lá, para que fosse assistida num centro cirúrgico. Não podia nem mesmo falar muito sobre aquilo, pois Doralice poderia contar o plano para Álvaro. Se ele já surtara com a presença de Jeliath e com toda essa loucura, o que faria se soubesse que teria a chance de botar as mãos em um bebê alienígena e "parte deus".

— Não e não. É impossível trazê-la para cá. Você precisa me ensinar como tirar o bebê e salvar os dois, feiticeira.

Doralice traduziu e riu no final.

— O que foi? — perguntou a tia.

— Ele te chama de feiticeira. Ah! Ah! Ah! — riu a menina.

— Explique a ele que não sou feiticeira, que sou médica, então.

— Ele entende o que você diz, tia. Esqueceu? Só você que não entende a língua dos anjos.

Glaucia ficou pensativa. Não tinha como passar instrução alguma para Jeliath, aconselhar qualquer medicação, seria irresponsabilidade e arriscado demais. Estava angustiada por ter sido procurada e não conseguir ajudar o viajante. Teriam que confiar na natureza dos corpos de Dartana para que tudo corresse bem. Ainda que contrariando seus princípios, Glaucia parou o carro em uma farmácia e comprou duas caixas de Buscopan. O máximo que poderia fazer era diminuir a dor e, com isso, tendo muita fé, diminuir também o risco de aborto espontâneo daquela criatura. Glaucia se apegava à crença de que algo grande acontecia com ela e não por acaso aquele sujeito cruzara o universo para ser ajudado.

— Isso é um remédio, Jeliath. Ele só vai ajudar a reduzir a dor da barriga dela. Dê dois comprimidos para ela assim que voltar. Depois, dê um comprimido de manhã, um de tarde e um de noite. Entendeu?

Jeliath balançou a cabeça em sinal positivo.

Glaucia abriu uma das caixas e tirou um dos comprimidos da cartela.

— Veja. Você tira o comprimido e ela tem que engolir, tomando água. Entendeu? — perguntou, devolvendo a embalagem e o comprimido solto para dentro da caixa.

— Sim — respondeu o construtor.

— Eu estou morrendo de medo, Jeliath. Não sei como o organismo de seu povo funciona. Não sei como essas drogas vão agir no corpo dela, mas tenho fé de que servirão para algum conforto. Por favor, Jeliath, seja cuidadoso. Se ela não melhorar com a primeira dose, se sentir mais desconforto, se vomitar depois de tomar o remédio, não dê mais nenhum comprimido para ela, ok?

— O que é "ok"?

Doralice traduziu e sorriu no final, dando ela mesma a resposta:

— É igual a "tudo bem". Entendeu tudo o que minha tia disse? Ela é muito esperta.

— Sim, entendi. Ok.

Glaucia passou a sacola plástica para Jeliath.

— Esse remédio vai ajudá-la. Se a dor passar, eu não prometo, mas é possível que ela segure o bebê e tudo corra bem. Ela precisa beber bastante água e ficar em repouso. Você tem que ter fé em seu deus, Jeliath. Peça a ele para ajudá-los.

— Meu deus só sabe coisas da guerra, feiticeira Glaucia. Ele não entende de coisas da vida.

— Você consegue fazer com que ela repouse?

— Ela não pode voar? Ela voa muito.

Glaucia e Doralice trocaram um olhar. Doralice sorria, enquanto a médica ficava com o rosto ainda mais enrugado, denotando sua preocupação.

— Ela tem que descansar, Jeliath. Nada de deus de guerra para ela, nada de voar. Precisa descansar e beber água para salvar a criança.

Glaucia ligou o carro novamente. Em seguida, para a surpresa do trio, um veículo blindado fechou sua passagem. Agentes de segurança uniformizados e soldados da PM desceram, cercando o veículo.

Álvaro surgiu em um veículo civil, descendo dele e vindo até o lado do carro.

— Fiquem quietos. Jeliath, meu irmão trouxe esses homens armados, por favor, fique imóvel.

Jeliath apertou a sacola em sua mão. Ele não podia ser pego, não agora. Ele enfiou a sacola com os remédios para Dabbynne no alforje de couro que trazia junto ao corpo e ficou de olhos arregalados, junto com Doralice, examinando as armas que os soldados traziam. O carro foi cercado por homens com escudos metálicos e armas apontadas para o veículo da médica.

Álvaro bateu na janela da motorista e Glaucia baixou o vidro.

— Por favor, maninha, não cause uma cena aqui, ok?

Glaucia e os passageiros permaneceram quietos. Doralice olhava para as armas de fogo, seus olhos brilharam arroxeados por uma fração de segundo.

— Sua sobrinha está aqui dentro, Álvaro. Para que todas essas armas?

— Até onde eu sei, foi você quem buscou isso. Até que foi esperta. Meu agente te subestimou. Agora ela está aqui, no olho do furacão. — Álvaro se abaixou, olhando para Jeliath com os próprios olhos pela primeira vez. — Ora, ora se não é o viajante das estrelas.

— Ele é meu inimigo, tio! Ele quer matar minha deusa! — gritou Doralice, de dentro do carro.

Jeliath e Glaucia viraram-se para Doralice, surpresos com a mudança de humor da menina.

— Ele quer me matar, me tire daqui! — gritou a pequena.

Álvaro, assustado, tentou abrir a porta de trás, mas estava travada.

— Destranque a porta, Glaucia! — ordenou.

O som de um helicóptero pairando acima do veículo, jogando um facho de luz de holofote, encheu o quarteirão de barulho e chamou a atenção dos encurralados.

— Destranque, Glaucia.

— Prometa que não vai fazer mal a ele!

— Você não tem moral e nem está em posição de pedir nada.

— Álvaro! — berrou a irmã.

Jeliath estava hipnotizado pela nave pairando acima do veículo.

— O que é isso? — perguntou, olhando para Doralice.

Agora a menina o encarava de um jeito diferente, com o rosto fechado, como uma inimiga. Jeliath não sabia, mas algo mudara dentro dela.

— Eu sou filha de Alkhiss — revelou a criança, na língua dos anjos, sem deixar que os tios entendessem o que dizia. — Minha deusa vai esmagar você e seu deus ilegítimo!

Jeliath sentiu os pelos dos braços se arrepiarem. Como aquilo era possível? Não era mais a pequena Doralice quem falava. Ela parecia agora uma feiticeira de Ahammit.

Com sua pistola, Álvaro deu uma coronhada no vidro do carro da irmã e destravou a porta por dentro, puxando Doralice para fora. No processo, a menina lançou um sorriso malicioso para Jeliath e a tia.

— Doralice... — gemeu a tia, desamparada, estranhando a expressão sinistra que cobrira o rosto da sobrinha.

Os olhos de Jeliath foram para fora mais uma vez. Os homens usando aquelas placas se aproximavam, empunhando armas de fogo em sua direção.

— Eu quero ele vivo! — bradou Álvaro. — Isso depende mais de você do que de mim, irmãzinha.

Glaucia chorava aterrorizada pela situação. Sabia que se desistisse de Jeliath tudo estaria perdido.

Jeliath não temia os soldados do exército inimigo. Seu espírito já estava acostumado ao combate. Havia um único temor rondando seu pensamento: falhar com Dabbynne. Precisava voltar para o Combatheon como havia feito das outras vezes. Ele sabia que isso aconteceria, muito provavelmente, quando a incômoda dor de cabeça retornasse e começasse a crescer.

"Vamos, Jeliath. Vamos sair daqui. Preciso de você vivo, filho."

Jeliath estremeceu da cabeça aos pés. Ele conhecia aquela voz. Era Ogum voltando à sua mente. Voltando para guiá-lo contra os inimigos.

"Nenhum deles vai conseguir te fazer mal algum se você seguir o que eu comando. Eu preciso que você fique calmo para observar as armas, Jeliath. Nossa guerra ainda não acabou."

O construtor de Dartana voltou a encarar os soldados. As placas metálicas erguidas eram incríveis. Simples em tudo. Jeliath poderia fazer aquilo. Ele sabia para que serviam. Caso ele arremessasse um objeto para abrir caminho, aquelas chapas grossas protegeriam os soldados ali atrás. Podia fazer aquilo para Dartana se continuasse vivo para voltar ao Combatheon.

— Não se mexa, Jeliath. Eles podem atirar em você — disse Glaucia, ao seu lado.

"O líder deles é irmão dela. Ele não quer que ela morra. Ele poderia matar você, mas não mataria ela."

— Saiam do carro, com as mãos sobre a cabeça. Inclusive você, Glaucia.

— Escroto. Sempre foi exibido — resmungou a irmã.

"Deite-se sobre ela."

Jeliath obedeceu de pronto, deitando sobre as pernas macias de Glaucia.

— O que você está fazendo?

"Rápido! Com a sua mão, empurre o pé direito dela até tocar o chão do carro."

Álvaro tinha o carro cercado em frente à farmácia e não via como perder o alienígena, no entanto sua irmã fez o impensável. Mesmo com dois soldados à frente do carro, ela acelerou furiosamente o seu Cruze, que voou sobre a calçada, atropelando os dois soldados da frente e invadindo a fachada envidraçada do comércio. Gritos e protestos explodiram enquanto o carro avançava dentro da loja, derrubando prateleiras de produtos.

— Jeliath! — gritou a médica.

O carro parou no meio do salão e o construtor, obedecendo ao deus de guerra, deixou o carro e puxou a mulher para fora. Um dos soldados tinha ficado preso à frente do veículo e tomou um soco no rosto que o fez desmaiar. Jeliath apanhou sua submetralhadora e, usando Glaucia como escudo, apontou a arma para os soldados que invadiam a farmácia. Funcionários e clientes pulavam pela porta destroçada, ganhando a rua desesperados, alguns aos prantos.

Álvaro, à frente dos soldados, vendo a irmã feita de escudo humano, ergueu a mão.

— Não matem minha irmã. Precisamos dos dois vivos, quem conseguir pegar...

Antes que terminasse a frase, foram obrigados a se jogar de barriga contra o chão, pois o alienígena abriu fogo, recuando para o fundo da farmácia e invadindo a área de funcionários.

Jeliath estava no estoque, indo para o fundo da loja, puxando Glaucia pela mão dessa vez.

— Fique comigo, tudo vai ficar bem — disse, com suas palavras incompreensíveis.

Sem a sobrinha, Glaucia voltou a ficar distante do entendimento verbal, mas a mão quente de Jeliath puxando a sua mostrava que ele a queria proteger.

No fundo da sala, guiado por Ogum, e ainda de posse da metralhadora, Jeliath desferiu uma coronhada contra um cadeado que se soltou. Girou a maçaneta e estavam num corredor por onde a luz do holofote do helicóptero entrava.

— Eles sabem que estamos aqui — advertiu Glaucia.

— Ogum está nos guiando.

— Eu só entendi Ogum. Espero que ele esteja no comando dessa loucura.

Jeliath abaixou-se e rasgou a fenda do vestido de Glaucia e também tirou uma fatia longa da vestimenta, facilitando os movimentos da doutora.

— Vem.

Jeliath agarrou Glaucia pela cintura e a tirou do chão, começando a subir uma escada de inspeção no final do estreito corredor externo da farmácia. Chegou ao telhado, sempre acompanhado pela luz do holofote. Ogum tinha dito que não atirariam e não fariam mal a ele. O humano o queria vivo ainda. Os soldados começaram a subir no telhado, enquanto outros, no chão, circundavam o prédio da farmácia.

— Jeliath, você precisa fugir! — gritou Glaucia. — Meu irmão quer vender você. Quer trancafiá-lo e estudar seu corpo. Não é seguro ficar aqui. Ele está a serviço de gente muito poderosa.

— Eu estou a serviço de Ogum, duvido que alguém aqui nesse mundo seja mais poderoso do que meu deus.

— Ele acredita que você vai matar nossa sobrinha — insistiu Glaucia, sem entender o que Jeliath dizia.

— Não. Nunca.

Glaucia, emocionada, abraçou o gigante. O "não" ela entendia muito bem, ainda mais junto com a sacudida de cabeça em sinal negativo.

— Afaste-se dele, senhora. Temos que atirar. Ele está armado.

Jeliath arremessou a submetralhadora para os fundos da farmácia, derrubando-a no corredor a comando de Ogum, alastrando um princípio de confusão entre os soldados no telhado, que passaram a se comunicar com Álvaro pelo rádio. O helicóptero continuava sobre as suas cabeças, Jeliath estava deslumbrado com a máquina que podia voar.

— Adeus, feiticeira — disse, soltando Glaucia, correndo sobre o telhado e arremessando-se do alto.

Glaucia gritou enquanto dois soldados abriram fogo tentando evitar a fuga do alienígena.

Jeliath atravessou o ar, caindo sobre o caminhão blindado da polícia militar, fazendo o veículo sacolejar e atraindo novos disparos de arma de fogo. O número de viaturas com seus giroflex ligados, rodando e enchendo de luz o quarteirão, tinha aumentado. Jeliath saltava sobre os carros sem parar. Os policiais sabiam da ordem para não matar o visitante, que deveria ser detido e capturado com vida, contudo, assustados com o tamanho e a velocidade do fugitivo, muitos ignoravam a ordem e disparavam suas pistolas. Jeliath saltava na direção apontada por Ogum. Pulou no meio de dois policiais e agarrou-os, jogando-se sobre a viatura. Ogum dizia para correr pela rua movimentada, usando um ônibus como escudo. O construtor não ousava parar para pensar, apenas obedecia à voz em sua cabeça. Dentro do ônibus, as pessoas gritaram quando reconheceram o visitante das estrelas que já estavam chamando de "o anjo", levantando seus celulares para tirar fotos e filmar a passagem de Jeliath.

O construtor de Dartana avançou pela calçada, correndo velozmente por uma rua elevada, perseguido por policiais a pé e ouvindo sirenes de carros de polícia que começavam a se deslocar. A luz do holofote da surpreendente nave ainda o perseguia pela rua, sinalizando onde estava o tempo todo. Jeliath viu um rapaz descendo a rua em cima de uma tábua com rodas e quase parou para examinar o pequeno veículo, mas a voz de Ogum em sua mente não o deixava parar. O construtor chegou à esquina da rua onde os carros passavam e foi ali a primeira vez que ficou em dúvida sobre seguir a voz em sua cabeça. Ogum dizia para ele pular no meio da rua. Agora ele gritava em sua mente. Jeliath obedeceu, saltando para o asfalto negro, à frente de diversos veículos em alta velocidade. Freadas, buzinas e uma colisão.

"Entre no meio dos carros, Jeliath, os outros veículos não poderão mais te perseguir."

O dartana começou a correr no meio das fileiras de veículos que buzinavam ensandecidos. Os gritos dos policiais iam ficando para trás. Ele encontrou a entrada da caverna da qual Ogum falava. Era a caverna de que aquela fila interminável de veículos saía. Jeliath ficou assustado com o cheiro da fumaça, com o som das buzinas e com os veículos de duas rodas que passavam a toda velocidade entre os carros. A procissão de gente saindo dos carros e o fotografando e filmando também era notória. Todos pareciam saber quem era Jeliath, o gigante de outro mundo. O visitante que falava a língua dos anjos.

Jeliath alcançou uma ponte do outro lado do túnel e a voz de Ogum mandou que entrasse em um prédio. O construtor saltou o portão trancado e atravessou um extenso jardim. Tentou quatro portas até que encontrasse uma aberta. Entrou e a fechou atrás de si. Ali não parecia um bom lugar para se esconder, porque as paredes eram de vidro. Precisou abaixar atrás das prateleiras do prédio deserto e deitar para se aquietar. Só então sentiu a dor insistente do lado direito, abaixo da axila. Passou a mão na couraça e seu dedo encontrou um buraco. Tornou a colocar as mãos diante dos olhos. Seu dedo estava vermelho de sangue.

"Você não vai morrer, Jeliath. Apenas descanse. Eu te levarei para casa."

Jeliath deitou-se de costas com o coração disparado.

"Acalme-se. Confie em mim."

O gigante de Dartana sentia a cabeça começar a doer. Sabia que a hora de deixar o planeta Terra estava se aproximando.

— Eu queria ter ficado com a arma.

"Eles teriam matado você, diante de todo mundo. Poderiam até mesmo matar a sua amiga Glaucia."

— Ela está bem?

"Está com medo, mas não está ferida como você. Acalme-se."

Jeliath ficou ali dentro, deitado no silêncio, enquanto do lado de fora o mundo parecia viver uma tempestade de barulhos. Viaturas de polícia, buzinas, a surpreendente máquina que voava com a luz! Como era possível existir tudo aquilo? Teriam aqueles pequeninos um dia sido tão rudimentares como eram seus ancestrais em Dartana?

— Que lugar é esse, senhor?

Jeliath ficou calado, observando o prédio escuro, cheio de prateleiras cobertas por objetos de diversos tamanhos. Ainda que apagados, Jeliath podia ver os enormes candelabros que sustentavam incontáveis lâmpadas.

"É uma biblioteca", finalmente disse a voz apaziguadora de Ogum em sua mente.

— O que é uma biblioteca?

"É a casa do conhecimento, Jeliath. Tudo o que os humanos aprendem eles arquivam aqui."

— O que é arquivar?

"É guardar. Guardar para o futuro. Eles escrevem o conhecimento em livros, esses calhamaços que estão em cada prateleira. Cada um deles detém conhecimento ou conta uma história. Às vezes fazem as duas coisas ao mesmo tempo."

Jeliath sentou-se, gemendo, e apanhou um livro da prateleira.

"Aquiete-se, construtor, não vai demorar agora."

Jeliath abriu o livro, sem entender as letras. Eram as figuras que via por toda parte naquele mundo.

"Isso é a escrita, Jeliath. Um mundo, para desenvolver o conhecimento, precisa saber compartilhar esse conhecimento."

Folheando aquele livro, Jeliath deixou os olhos viajarem pelas gravuras. Existiam desenhos de máquinas incríveis que os humanos sabiam construir.

"O conhecimento é algo necessário, mas um bocado perigoso. Aqui, nesse mundo, ele desviou seus habitantes do seu passado, da sua fé."

— Como é possível?

"O saber deixou o homem cheio de si, Jeliath. No início, sabiam que o saber vinha do sagrado, trazido por força de uma grande batalha, mas, depois, esqueceram-se disso e passaram a crer que eram donos do seu destino. Abandonaram a fé em seu deus."

— Se vencermos, meu senhor, nunca permitirei isso. Nunca permitirei que nos separemos.

Ogum tornou a ficar calado, enquanto Jeliath se contraía de dor no chão da biblioteca. Seu ferimento doía, mas a cabeça parecia que estava pegando fogo.

Os olhos do construtor voltaram para o livro. Jeliath queria saber mais sobre aquelas incríveis máquinas. Vasculhou a prateleira onde tinha apanhado um volume e então encontrou um livro com a máquina voadora em sua capa. Jeliath ajoelhou-se mais uma vez, fazendo uma trilha de sangue por onde tinha passado. Com o livro no colo, folheou suas páginas, intrigado. As letras por todos os lados esparramavam o conhecimento cifrado para ele. Jeliath viu mais máquinas voadoras. Viu asas nas quais os homens se penduravam e voavam como pássaros. Asas que não careciam de motores e que imitavam as dos grandes pássaros. Queria entender aquelas letras e queria poder tentar construir aquilo para os seus guerreiros no Combatheon. Enfiou o livro no alforje e deitou-se sobre o piso frio mais uma vez, soltando sua armadura. Tudo começou a escurecer e um túnel escuro afunilou a vista. Jeliath sorriu e ergueu a mão ao ver o rosto de Dabbynne à esquerda e o da doutora Glaucia à sua direita. Estava rodeado por suas feiticeiras. Jeliath tentou se levantar para mostrar para Dabbynne o que tinha encontrado, contudo perdeu as forças e foi abraçado pelas sombras da inconsciência.

CAPÍTULO 60

Bousson ouvia seu batedor com atenção. Seus comandantes, ao redor, se fossem perguntados, não saberiam interpretar sua expressão. O general sempre dava atenção a todas as informações que recebia, mas aquela história era incrível. O exército de Dartana, que tinha sido destruído, marchava novamente e, mais do que isso, vinha destruindo inimigos pelo caminho, vencendo as últimas batalhas. Ao final do relato, Bousson apertou os lábios e andou de um lado para o outro da tenda de comando. Por alguns segundos, apenas o som do crepitar das chamas na fogueira central reverberou no ambiente.

— Um deus de guerra montado aos pedaços está marchando sobre o Combatheon — disse o general, para os presentes, olhando para seus homens. — É algo curioso, sem sombra de dúvidas, mas temos coisas mais sérias para lidar, não vamos perseguir essa imitação de deus.

Os gul riram, acostumados à espirituosidade do general.

O batedor ergueu os olhos para seu general e depois encarou os comandantes.

— Eles são bravos e devastadores, senhor. Uma temeridade.

As risadas foram diminuindo, enquanto Bousson voltava lentamente para a frente de seu batedor.

— São bravos?

— Sim! Sabem manejar suas armas, são organizados no ataque e bastante valentes.

Bousson balançou a cabeça negativamente.

— Nós já vencemos o exército de Dartana e seus guerreiros não nos pareceram valentes naquela ocasião. Não precisamos vencê-los de novo. São arruaceiros e só estão tirando da frente o nosso trabalho. Estão nos ajudando. São indignos de nossa atenção.

— Senhor, se vierem até nós, podem fazer um bom estrago.

— Quantos eles são? Você me disse alguma coisa... Que muitos deles morreram e outros tantos foram feridos.

— Sim, meu general. Chegaram em grande número ao encontro de Portaclus, mas muitos foram abatidos. Os portaclonianos tinham canhões e estratégia. Eram bons competidores.

— E como foram vencidos no fim das contas? Estou curioso.

O batedor hesitou, balançando a cabeça.

— Não sei, meu general. Não era para o exército mestiço de Dartana ter ganhado. Só consigo explicar lembrando a garra do deus de guerra deles. Ele tinha uma espada maravilhosa e, mesmo ferido, conseguiu arrancar a cabeça de Brinzer. Depois disso, os soldados do deus de Portaclus ficaram confusos e os mestiços partiram para cima com tudo.

— Espere um minuto. Você está me dizendo que até mesmo o deus deles está ferido?

— Exato, meu senhor. Brinzer tinha uma adaga curta e a enterrou nas costelas de Ogum. Eu vi com meus próprios olhos. Agora ele deve estar caído, recebendo os cuidados das feiticeiras, que são poucas. Se partirmos agora, pegaremos todos desprevenidos e enfraquecidos. Acabaremos com eles enquanto estão fracos.

— Não, não. Você não pode estar pensando que eu me preocuparei com esse arremedo de exército para valer, não é? Estamos a dois dias de marchar atrás do último exército de verdade, de um deus legítimo. Ele sim é motivo de preocupação. Não voltarei três dias de marcha em busca dessa imitação barata de um exército, que juntou um punhado de raças perdidas para perturbar os legítimos contendores. Nem sei por que estou me explicando para você, batedor.

— Eles não são legítimos, senhor, mas são bons guerreiros juntos e, assim que se recuperarem, virão atrás de nós. É uma temeridade.

— Temeridade? Como ousa falar em temeridade? Ainda está se referindo ao mesmo exército? Exército? Nem sei se é essa a palavra pra descrever esse amontoado desesperado! — Bousson estava possesso, olhava para o batedor e também para seus homens. Aproximou-se do soldado e falou-lhe entre dentes, tentando conter a voz: — Não repita uma mentira dessas! Até lá já teremos acabado com os guerreiros de Maumury.

É até uma tentação deixar que esse amontoado de sobras confronte e enfraqueça Maumury para nós. Mas não precisamos disso, não é? — Bousson afastou-se e abriu um sorriso nervoso. — Anime-se, batedor. Quando Dartana levantar para caminhar mais uma vez, já estaremos de frente ao Portão de Vitória, partindo daqui, campeões, e deixando esses baderneiros para trás.

— Eu vi do que eles são capazes, senhor. Por isso temo.

Bousson parou de andar pela tenda ficando junto à fogueira. Fechou os olhos por um segundo enquanto o ar parecia solidificar, prendendo todos onde estavam. Virou-se para o batedor covarde, retirando a espada da bainha.

— Então cale sua preocupação e sua boca. Já te adverti. Não perturbe nosso exército com histórias sem pé nem cabeça. A marcha deles é inútil! O deus de guerra deles não é legítimo! — A voz crescia com sua cólera. — Destroçamos o deus verdadeiro deles há muitas luas. O que fazem agora é digno de anedota. Dispensado, batedor, suma da minha frente e não abra mais a boca dentro deste acampamento. Juro que minha vontade é arrancar sua cabeça bem agora, na frente de todos. Forme outro time e vá em busca de informações dos preparativos de Maumury e seu exército, descubra seu ponto fraco e suas armas. Eles, sim, merecem atenção, Maumury é um exército de verdade. Estão moribundos e não serão problema para nossas tropas bem aparelhadas e motivadas. Esqueça os arruaceiros de Dartana.

O batedor retirou-se, enquanto o general voltou a suas almofadas, guardando a espada sem uso, sentando-se junto a seus comandantes.

— Se me permite opinar, senhor.

Bousson olhou para seu ix, seu braço direito durante todo o treinamento dado aos guerreiros de Ahammit.

— Somos poderosos e nada irá nos deter agora que estamos próximos do final. Ainda que Dartana não seja um exército digno, acho que dispomos de recursos o suficiente para não deixar que uma bobagem floresça e, na melhor das hipóteses, nos gere contratempos.

— O que está sugerindo, Pardeglan? Que eu dê ouvidos a esse batedor insolente, que fugiu dos homens despreparados de Dartana?

— Outros exércitos foram mortos nos poupando trabalho, talvez esses dartanas não sejam tão ingênuos assim. E digo mais, meu senhor, eles queriam também esse último batedor morto. Era para estarmos sem informação alguma. Então começo a me perguntar, o que eles têm tanto para esconder da gente?

Bousson passou o dedo indicador na testa, refletindo. Tamborilou com os dedos da outra mão sobre o tablado onde estavam as bebidas.

— Está bem, Pardeglan-ix, está bem! Sou contra, mas você disse bem, temos recursos suficientes para esse luxo. Os deuses guerreiros de Maumury e Dartana estão feridos. Dartana tem pouco mais de uma centena de homens bons para lutar, enquanto Maumury passa de mil. Pegue um terço de nossos homens e marche para exterminar os mestiços. Não quero ficar pensando nisso. Preciso manter minha mente leve. Os homens que ficarem aqui serão mais do que suficientes para destruir a esperança de Maumury e garantir nossa vitória. Temos que ter fé em nossa deusa invicta e poderosa. Ahammit será campeã e nossa terra conquistará o que veio buscar. Ahammit florescerá com o conhecimento e escapará das trevas, para sempre.

Pardeglan sorriu para o general e fez uma reverência.

— Nos encontraremos no Portão de Vitória, senhor.

— Sim, Pardeglan. Conto com isso.

Os comandantes tornaram a se acomodar e a encher suas taças com galu, enquanto algumas das feiticeiras faziam uma apresentação para os guerreiros. Elas brincavam em cima de um tablado, flutuavam quase na altura do teto da tenda para não chamarem a atenção enquanto faziam acontecer uma peripécia sobre o palco por meio de bonecos que imitavam guerreiros e grandes deuses de guerra em combate. Todos caíam ridiculamente diante da representação de Alkhiss, uma guerreira poderosa, com seu elmo de crina vermelha, que arrancava a cabeça de todos os inimigos com mordidas ferozes, imitando um dragão impiedoso. Bousson e seus gul riam das aventuras interpretadas pelos fantoches naquele palco.

* * *

Ugaria apressou-se a se apresentar diante de sua senhora e prostrou-se de joelhos diante da colossal Alkhiss.

— Assim que te ouvi, eu vim, minha senhora — disse a feiticeira, com a cabeça abaixada, evitando os olhos inquisidores da deusa de Ahammit.

— Feiticeira, soube que parte de meu exército marchará amanhã sem minha presença.

— Disso eu nada sei, minha senhora.

— Quero que você vá e siga Pardeglan-ix nessa batalha.

— O que devo fazer para agradá-la, grande Alkhiss?

— Deve se redimir, voltar a ser uma feiticeira digna de estar ao meu lado.

Ugaria levantou os olhos arregalados, assustada.

— Pardeglan-ix marchará de encontro ao exército mestiço. Quero que você vá e traga a feiticeira prenha viva! Ela é a razão do tormento no Combatheon. Eu a quero do meu lado.

Alkhiss, num movimento rápido, levou seu dedo indicador, dotado de uma longa e pontiaguda unha, até o queixo de Ugaria, ferindo sua pele e fazendo o sangue marrom da feiticeira gotejar.

— Ugaria, não falhe comigo mais uma vez. Se você não apanhar a feiticeira, não precisa mais voltar.

CAPÍTULO 61

Jeliath abriu os olhos e inspirou fundo. Seu corpo tinha sido limpo da gosma do órgão de transporte e estava nu, sob uma cama de peles esticadas. Tazziat estava ao seu lado, derrubando sobre ele um passe de luz dourada. Certamente aquele poder de cura tinha salvado sua vida.

— Tazziat... Onde está Dabbynne?

— Chiu. Calma, ainda não acabei. Você foi ferido. Perdeu muito sangue. Precisa descansar.

— Não posso, Tazziat — teimou o construtor. — Eu preciso ajudar Dabbynne.

O jovem começou a vestir suas peles sob o olhar da feiticeira-mestra.

— Por onde você andou, Jeliath?

— Dormi em uma biblioteca. Onde estão minhas coisas?

Tazziat apontou para o canto.

— Fui perseguido. Vi armas incríveis dessa vez, mas não consegui trazer nenhuma, me concentrar em nenhuma. Só queria voltar e ajudar Dabbynne. Ela está bem?

Tazziat ficou parada, demorando em dar uma resposta, o que enervou o construtor.

— Por favor, Tazziat, não me deixe agoniado. Onde ela está?

— Ela também perdeu muito sangue, Jeliath. Tenho medo que ela e o bebê não sobrevivam até o fim dessa guerra.

— Ela vai sobreviver, sim. Eu trouxe um remédio. Eu trouxe ajuda da Terra.

Jeliath deixou a barraca ainda entorpecido pelo ferimento. Caminhando até o acampamento das feiticeiras, passou em frente ao gigante Ogum, ainda deitado, imóvel e ferido. Era como se o colosso divino estivesse dormindo. Jeliath aproximou-se e tocou o gigante.

— Obrigado, senhor. Sem sua ajuda eu jamais voltaria.

Ogum continuou imóvel e Jeliath sentiu uma comoção repentina tomar sua alma. Tocou a cabeça no braço do deus de guerra e começou a chorar. Só depois de retomar o controle e secar as lágrimas, dirigiu-se para as barracas das feiticeiras, procurando por Dabbynne.

Encontrou a amada deitada sobre um estrado de madeira afofado com peles de animais de couro semelhante ao das haitas. Não havia sinais de sangue em suas pernas, o que já era um alívio. O rosto dourado de Dabbynne iluminou-se ainda mais quando o construtor surgiu.

— Jeliath! Você está de pé!

Jeliath ajoelhou-se ao lado da feiticeira e beijou-a ternamente, sendo correspondido de pronto. Ficou calado um momento e então passou a mão pela barriga de Dabbynne, que tinha crescido ainda mais desde a última vez que a vira.

— Tive tanto medo de falhar, de não conseguir voltar pra você. Está melhor?

Dabbynne abraçou-o forte e suspirou profundamente.

— Também tive medo de não te ver mais, meu amor. Ainda dói muito quando me levanto. Ela às vezes fica dura também e parece que meu coração vai sair pela boca. Tazziat disse que isso é normal quando as crianças de Dartana querem nascer, mas ninguém aqui viu um bebê crescer tão rápido.

— Fui até a Terra para procurar ajuda. Trouxe um remédio de lá, dado pela mesma feiticeira que me ensinou a ligar o coração de Ogum. A feiticeira Glaucia cuida dos corpos dos humanos, ela não sabe se esse remédio vai funcionar... Inclusive, pediu para termos muito cuidado.

Jeliath abriu o alforje e retirou a sacola plástica. O objeto, por si só, chamou a atenção de Dabbynne e de Khelp, que se aproximou escutando o crepitar da sacolinha sendo manipulada. Jeliath ficou olhando para a caixa aberta por Glaucia e, apertando a embalagem meio desajeitado, relembrando como Glaucia tinha lhe ensinado, removeu um comprimido, apanhando o outro que estava solto na embalagem.

— Traga-me água, Khelp.

Assim que a feiticeira retornou com a cuia de água, Jeliath pediu que Dabbynne engolisse a medicação. Ficaram os dois na cama, a feiticeira prenha com a cabeça deitada nas pernas do construtor, que passou a contar sua última aventura naquele mundo distante, contando os detalhes e as armas impressionantes que tinha visto.

Em menos de uma hora, Dabbynne estava surpresa com o remédio da Terra. A dor em sua barriga tinha desaparecido e ela conseguiu ficar em pé por alguns minutos, revigorando-se fora da cama que a escravizara o dia inteiro. Os dois continuaram conversando e logo suas mentes mergulharam novamente numa perspectiva sombria, o que fez com que suas línguas se calassem. Dabbynne adormeceu ao lado de Jeliath, que conseguiu então deixar a barraca das feiticeiras para encontrar Hanna. Ele tinha visto coisas e precisava construir novas armas para os soldados de Dartana. Um plano começava a se formar em sua mente. Se desse certo, teria alguma chance de surpreender Ahammit e salvar Dabbynne de seu pior pesadelo.

* * *

Quando amanheceu, Mander, Tylon-dat, Mil-lat, Mesmine e Gagar estavam na tenda de comando do exército mestiço ouvindo as feiticeiras de Dartana e Athon. Elas diziam que a maioria dos homens tinha sido curada e que logo poderiam partir no encalço de Ahammit ou Maumury. Mander sabia por antecipação que Ahammit seria o próximo alvo. Pelos relatos dos batedores, Ahammit estava muito mais próxima do acampamento de Maumury do que eles e, assim sendo, conhecendo Bousson, sabiam que o líder do exército ahammitiano não desperdiçaria a chance de guerrear contra um inimigo abalado pelo último combate. Mander segurava as estatuetas de madeira dos filhos, penduradas em seu pescoço, em sua mão. Os olhos de Mesmine e das feiticeiras athonianas não deixaram passar aquele sinal. Mander era um bom guerreiro que se apropriava do melhor que todos os exércitos que cruzavam o seu caminho apresentavam. Desde muito tempo, as athonianas sabiam que carregar os seus junto ao corpo aumentava a coragem e bravura no campo de batalha. Era como se os entes queridos os empurrassem contra lanças e espadas, de uma forma gentil, para a glória ou à unificação da morte.

O general de Dartana pesava o golpe da última guerra. Sabia que, mesmo que estivesse enganado em seu julgamento, se Ahammit marchasse primeiro contra Maumury, Maumury não venceria a ardileza de Bousson. Assim que o general de Ahammit terminasse com os soldados do oponente, e com seu deus de guerra, viria, babando, para cima de Dartana. A única diferença no seu erro de cálculo seria que teriam mais tempo para curar Ogum, que continuava imóvel, e preparar armas novas, já que Jeliath sobrevivera à última viagem. Certamente o enviado de Ogum teria encontrado alguma coisa nova que pudesse pegar os inimigos de jeito.

Mander encarou seus comandantes, líderes de guerreiros de outros mundos. Residia naqueles estranhos parte de sua esperança que era ainda dividida com um deus feito de pedaços e, com ele mesmo, a certeza de que poderia superar aquele desafio usando os braços, a mente e as armas. O general mordeu os lábios, tentando esconder um sorriso de loucura. Como um general naquele estado podia ter certeza de alguma coisa? Mander tinha menos homens e um deus de guerra ferido. Ahammit tinha milhares de componentes, sendo, talvez, vinte vezes maior que seu exército. Mander desenhara todo o trajeto que tinham feito da Vila de Abandonados até ali e estudado o território que conhecia com seus generais. Só havia um jeito de vencer; era deixando Ahammit vir atrás deles. Isso começaria em poucos dias. Ele usaria a velocidade de seu exército menor para atacar e manobrar, para bater e então correr, se afastando da grande massa que era Ahammit. Precisavam de mais armas e mais soldados. Precisavam saber onde queriam ser encontrados por Ahammit e seu exército numeroso e, com isso, armar as melhores emboscadas possíveis. Ahammit não seria vencida numa batalha só. O caminho até a vitória seria perigoso e penoso para qualquer um dos lados.

— Tragam Jeliath até aqui.

* * *

Quando escutou o galopar do batedor, Jeliath pediu a seus homens que abaixassem as novas armas e as cobrissem. Só queria revelá-las no momento do combate, isso já fora combinado com o general Mander e sabia que elas despertariam a curiosidade de muitos pelo poder que representavam. O batedor rodeou a forja dos construtores e nem mesmo desmontou o faguz, avisando a Jeliath que Mander queria vê-lo imediatamente.

Movido por esse espírito de urgência, Jeliath seguiu o batedor em um equithalo até a tenda dos generais. Apesar de, a princípio, não saber o que Mander queria, o pesar no rosto de todos os soldados no caminho o fez intuir o que temia. Mander revelou-lhe que deveriam marchar, o quanto antes, de encontro ao exército de Ahammit.

— Isso é loucura! — redarguiu o construtor, sem pensar. — A maioria de nossos soldados ainda convalesce! Ahammit, Ahammit é imenso! Ogum está seriamente ferido.

— Não temos escolha, construtor. Espero que tenha trazido armas potentes dessa vez. Em poucos dias, teremos que encarar Ahammit e devemos estar preparados. Nossos batedores permanecerão vigilantes e podemos ter que partir a qualquer momento, Jeliath. Até lá, as feiticeiras deixarão Ogum melhor. Nosso deus estará de pé e iremos surpreender o inimigo. A surpresa é a melhor arma que temos nas mãos.

Jeliath olhou para os soldados e os generais ao lado de Mander com os olhos arregalados e as mãos erguidas. Só ele achava aquilo uma loucura?

— Suas novas armas estarão prontas, Jeliath?

— Já comecei a construí-las, mas tenho que testá-las, senhor. Preciso de tempo. Teremos alguma vantagem, mas contra um exército tão gigante, precisaremos de um milagre para vencê-lo.

— Não temos tempo, Jeliath e, pelo visto, nem mesmo fé. Logo você, que viaja por outros mundos, que vê o que não podemos ver.

Mander abriu um sorriso.

— Eu acredito em Ogum e também nos números, senhor. Ahammit tem quase vinte vezes nosso tamanho. Isso significa que cada um de nós aqui, cada soldado ferido, cada feiticeira, cada construtor, teria que matar ao menos vinte homens. Só assim venceríamos Ahammit. Lamento se pareço ter pouca fé.

Mander olhou para os generais que lhe olhavam de volta.

— Jeliath, nós já somos um exército morto! Lembra? Já perdemos a batalha assim que pisamos nessa terra! Marchar contra Ahammit será uma honra para quem já foi derrotado! De que vale vocês terem construído um deus de guerra se não acreditam nele? De que vale construir armas se não tem esperança na vitória?

Jeliath ficou sem palavras por alguns instantes. Todos olhavam para ele.

— Eu tenho esperança, Mander, mas você parece não se importar com o preço que a vitória poderá custar. Quantas vidas vamos perder agora porque você quer surpreender Ahammit no campo de batalha?

— Terei um plano até amanhã, construtor. Não conte as vidas que podemos perder. Conte quantos passos vamos nos aproximar do Portão de Vitória. Salvaremos todos aqui, Jeliath.

— Você não pode dizer isso, Mander! Não pode prometer isso para essa gente. Você quer salvar seus filhos, é isso.

— Entregue as armas novas para meus soldados, Jeliath. Eles saberão o que fazer — comandou.

Jeliath balançou a cabeça negativamente.

— Não, meu general. Essas armas não são para os soldados. São para os construtores ajudarem seus homens no campo de batalha. Fiz armas para as feiticeiras usarem em conjunto com os melhores arqueiros. Se é de surpresa que precisamos, garanto que é isso que teremos.

— É assim que se fala, filho! Acredite que poderemos vencer Ahammit!

O brado de Mander agitou os soldados, que ergueram suas espadas.

— Só uma coisa, general. Depois que eu e meus homens atacarmos, ficaremos expostos e indefesos! Nossas armas vão disparar uma vez só. Assim que elas causarem seu estrago, nos tire do meio da confusão.

— Eu protegerei vocês, Jeliath, não tema. Não perderemos esse combate por nada, não importa nosso tamanho. O que importa é que nossa vontade seja maior que a deles e que nossa mente seja mais sagaz. Usaremos o tamanho de Ahammit contra eles mesmos.

Jeliath voltou a montar seu equithalo. Ficou parado um breve momento sobre o animal, assistindo aos soldados capazes ajudando os ainda feridos a irem a um toldo aberto improvisado ao lado da tenda dos generais. Eles eram carregados em padiolas que os construtores tinham produzido e acomodados debaixo da proteção do toldo.

Era uma enfermaria. Metade dos soldados estava lá e gemia, sendo cuidada pelas feiticeiras de Dartana e pelas acesas na Vila de Abandonados. Só que eram muitos feridos para poucas feiticeiras. O construtor de Dartana estugou seu equithalo, que começou a se mover lentamente, penetrando naquele acampamento desencorajador pós-batalha. As feiticeiras transpiravam, exaustas, de uma forma que ele nunca vira. Era como se derramassem toda sua energia sobre as feridas daqueles homens para que, novamente, estivessem prontos para a guerra. Se ao menos ele pudesse levá-los às instalações da doutora Glaucia. Jeliath sabia que ela possuía meios e conhecimento para curar a todos ali num instante. Jeliath bateu a mão em seu alforje, tocando a caixa de remédios dada pela amiga curandeira. Olhou para Dabbynne, já era hora de uma nova dose. Apesar do corpo suado e do rosto cansado, ela parecia não estar mais sofrendo as dores que deixaram os dois desesperados no dia anterior. Queria que a cápsula de Ogum pudesse transportar dois corpos por vez. Levaria a doutora Glaucia para o Combatheon para que ela ajudasse as feiticeiras com todo o seu conhecimento. Talvez pudesse até dar um jeito no corpo colossal de Ogum, que permanecia deitado, com duas feiticeiras sobre ele o tempo todo, emanando energia na brutal ferida em suas costelas.

Mander era um louco e Jeliath já sabia disso há muito tempo, mas tinham selado um pacto. Jamais abandonaria seus amigos. Lutariam juntos, até o fim.

Jeliath continuou lentamente com sua montaria e aproximou-se das covas abertas onde os corpos dos soldados mortos eram colocados. Quantos dartanas! Quantos mestiços! Já as athonianas não colocavam seus mortos em um buraco de terra. Prepararam um tablado e enfileiraram as seis guerreiras que haviam perecido. Em seguida, atearam fogo à madeira, repetindo a cerimônia que Jeliath vira após a batalha no acampamento de Athon. As labaredas subindo e lançando ao céu a fumaça pareciam levar para outro lugar os corpos daquelas fêmeas guerreiras.

Aquilo mostrava que Mander estava louco. Se contra Portaclus tantos tinham perecido, marchar contra Ahammit, sem uma grande estratégia definida, seria como ajoelhar e oferecer o pescoço ao inimigo. As feiticeiras não conseguiriam proteger Ogum por muito tempo, mesmo não precisando mais transmitir suas ordens sagradas aos ouvidos dos construtores. Ogum falava a língua de todos e não viajava durante as batalhas. A busca por armas novas já não era tão importante. Depois da última viagem, Jeliath sentia que já tinham construído tudo o que poderiam naquela campanha. Depois do encontro com Ahammit, seria tudo ou nada. Talvez amanhã mesmo, aquela hora do dia, ou estariam marchando para o Portão de Vitória ou estariam todos mortos juntos com Ogum, carcomidos pelos karanklos que sobrevoavam o campo de batalha.

O construtor baixou a cabeça e fez uma breve prece, pedindo a Ogum mais tempo. Precisava terminar de fazer as armas novas, que seriam usadas pelos construtores, e também a estratégia que seria engendrada pelas feiticeiras. Precisava treinar os soldados que atuariam com elas, para aumentar a surpresa contra Ahammit. Não poderia fazer nada disso em apenas um dia. Jeliath puxou as rédeas de seu equithalo e cavalgou de volta à forja provisória. Havia muito o que fazer e o que testar, para terem a mínima chance no começo da batalha. Se suas duas armas novas funcionassem, Dartana teria ao menos o sabor de tirar algumas vidas antes do sombrio combate.

O líder dos construtores terminou aquele dia com o rosto sombrio novamente, sem conseguir olhar para os amigos. O temor se apoderara dele. A única coisa que queria era passar suas derradeiras horas com Dabbynne. A feiticeira também sabia que aquela noite poderia ser uma despedida.

* * *

— Eu pensei que tivesse perdido você — disse Parten, quando Thaidena acordou.

A namorada espreguiçou-se dentro da barraca, estava aconchegada no peito quente do namorado, que acariciava seus cabelos.

— Tazziat diz que eu morri. Isso é tão bizarro — murmurou a garota, sentando-se. — Se eu estava morta, eu não senti nada.

Parten olhou para o corpo nu da namorada e sorriu.

— Pois então você é a morta mais linda que conheço.

Thaidena olhou pela fresta da barraca.

— Já escureceu. Quanto eu dormi?

— Bastante. Você dormiu a tarde toda. Tazziat ficou horas com você e depois Dabbynne também veio te dar um passe com aquela luz dourada. Elas salvaram você.

— Não, senhor. Elas não me salvaram! — protestou Thaidena, virando-se para encarar o namorado.

— Como assim? Se elas não ficassem te dando atenção...

— Chiu! — fez Thaidena, levando um dedo ao rosto do namorado. — Eu lembro muito bem. Foi você quem me defendeu. Lutou contra aquelas malditas feiticeiras comedoras de carne.

— Elas queriam matar você. Eu não podia deixar.

Thaidena debruçou-se sobre Parten e beijou-lhe a boca.

— Matou todas elas, com a adaga de Damieta.

— Eu estava morrendo de medo, pode acreditar.

— Não me parece mais um medroso, Parten. Foi muito corajoso. Foi bravo e lutou por minha vida.

Parten sorriu e abraçou a namorada, beijando com vontade.

— Por você, meu amor, enfrento qualquer inimigo. Nunca te abandonarei.

* * *

Dabbynne e Tazziat estavam exaustas e, ainda assim, continuavam junto ao gigante Ogum, lançando o poder de cura sobre as feridas dele. Nem Dabbynne nem Tazziat queriam deixar o deus de guerra. Os ferimentos impingidos por Brinzer tinham sido profundos e demorariam a cicatrizar. Ogum estava adormecido, sentado sobre o chão arenoso, recebendo o vento da planície à sua frente, que fazia com que grãos de areia grudassem sobre o rosto e as feridas molhadas de sangue sagrado. Imóvel e parecendo distante do mundo da guerra, o gigante aguardava o chamado de Mander para marchar.

Jeliath aproximou-se do cenário em silêncio. Dabbynne, ao vê-lo, sorriu e desceu, tocando o chão com os pés. O construtor aproximou-se da feiticeira e abraçou-a calado.

— Eu também senti sua falta — disse Dabbynne.

— Queria ter uma forma de te tirar daqui, Dabbynne. Afastar você das horas amargas que se aproximam.

— Vamos marchar novamente?

— Mander quer investir contra Ahammit sem descanso. Quer atacar o quanto antes.

Jeliath passou a mão sobre a barriga da feiticeira, vendo seus dedos tornarem-se dourados por um instante.

— Queria tanto saber como é isso...

— O quê? Queria estar grávido? Esperando um bebê?

Jeliath passou a mão no rosto da amada e tornou a sorrir.

— Não. Queria saber como é ser pai. Ter um filho com alguém que você ama mais do que qualquer outra coisa na vida.

Dabbynne ficou séria e segurou a mão de Jeliath.

— Eu sei que você pode não estar pronta para isso, Dabbynne, mas eu tenho certeza de que você é a dartana da minha vida. Queria viver para sempre ao seu lado.

— Jeliath... não diga isso. Estamos a poucas horas de marchar.

— Fique comigo, Dabbynne. Temo que, se Mander partir amanhã, não estejamos mais juntos. Eu não sei se ele vai conseguir vencer Ahammit. O exército de Alkhiss é imenso.

— Você precisa ter mais fé, Jeliath.

— Eu tenho fé. Nossa fé nos trouxe até aqui. Nunca pensei em abandonar Ogum ou Mander. É como dissemos lá atrás, quando ainda estávamos nas forjas de Dartana. Seguiremos juntos. Mas não sei se podemos vencer Alkhiss.

— E sua arma nova?

Jeliath sorriu para a garota de olhos verdes e pele dourada.

— É uma arma poderosa. Rezo para Ogum por mais tempo. Precisamos treinar mais para atingir os inimigos em cheio, só assim teremos alguma chance, usando-as poderemos surpreender Ahammit.

— Surpreendê-los já é um ótimo começo.

— Hanna e eu estudamos o livro da Terra e preparamos uma arma nova para os soldados usarem em conjunto com as feiticeiras. Temo que você não possa ajudar por causa da sua dor...

— Pode parar com isso. O remédio que você me trouxe é mágico. Minha dor desapareceu. Ainda sinto a barriga endurecer, mas dura alguns segundos, a dor foi embora.

— É arriscado demais, Dabbynne.

— Todos nós estamos nos arriscando, Jeliath. Não ficarei de braços cruzados enquanto vocês colocam o pescoço em risco.

Jeliath beijou Dabbynne e abraçou-a.

— Tenho medo de te perder.

— Pense no Portão de Vitória, Jeliath. Se cruzarmos aquele portão, não teremos que temer mais nada. Terei meu filho longe daqui e você me terá para sempre.

— Que Ogum olhe por nós, seus construtores e guerreiros.

Dabbynne beijou a testa de seu namorado e murmurou:

— Também vou olhar por você, prometo.

Jeliath abraçou Dabbynne mais uma vez. A feiticeira retribuiu o carinho e apertou o jovem dartana entre os braços. A barriga pontuda e enorme separava seus corpos, mas o calor fluía entre os dois amantes dartanas.

Dabbynne pediu que Tazziat ficasse junto a Ogum para que ela pudesse ficar ali, talvez em suas derradeiras horas antes de enfrentar Ahammit. Passariam aquela noite juntos na barraca de Jeliath, abraçados e solidários, e sonhariam com um futuro que lhes parecia impossível e distante.

CAPÍTULO 62

Dois dias se passaram, com os homens calados e a angústia aumentando entre o reduzido exército mestiço. Os batedores dos dois lados tinham se avistado e trocado gentilezas, posto que não entraram em conflito. Cada grupo colheu as informações que buscava. Agora Gagar e Mander atravessavam o extenso desfiladeiro que os levaria ao provável palco da batalha. Depois que as paredes de rocha se abriram, encontraram um longo descampado de chão de pedra, perfeito para o combate.

A margem esquerda era guarnecida por dois quilômetros de mata, começando a quinhentos metros de distância de onde estavam. Mander mirou o penhasco. Se precisassem bater em retirada, o exército de Ahammit não poderia acompanhá-los em velocidade, pois ficaria espremido entre as paredes de pedra do desfiladeiro. Mander queria que Ogum esperasse ali, na garganta de pedras, onde seus ataques com arpões seriam mais eficazes e letais, contudo o gigante divino disse com uma voz fraca que se levantaria até a hora do combate e que estaria na linha de frente, ajudando seus mestiços. O general de Dartana não revelara a ninguém qual era o seu plano para enfrentar um inimigo tão numeroso quanto Ahammit, e olhando para o campo de batalha à sua frente, com o céu começando a perder o véu negro com a chegada dos primeiros raios de sol que alaranjavam o firmamento, Mander escrutinava o terreno, também se perguntando qual seria a melhor forma de enfrentar os guerreiros de Alkhiss.

Mander tinha chegado até ali e não fazia ideia de como derrubaria o inimigo. Seu melhor pensamento era ter para onde correr com os soldados montados quando a coisa ficasse feia e começasse a sair do controle. Mesmo que tivessem sucesso contra a infantaria de Ahammit, ainda teriam todo um exército atrás deles e aquelas máquinas fabulosas que lançavam pedras incandescentes. Atirar-se furiosamente contra aquele mar de inimigos parecia ser a única coisa a fazer e, então, reunir-se com os sobreviventes da primeira carga e escapar pelo desfiladeiro. Do outro lado da garganta de pedra, teriam tempo de se recuperar e se Ahammit viesse em seu encalço, ele e os guerreiros retrocederiam, usando a velocidade das montarias para se distanciar de Ahammit, aguardando a hora certa de atacá-los, sempre em frações, quando possível, até conseguirem finalmente lutar em pé de igualdade. Se o comandante de Ahammit persistisse em segui-los, daria vantagem a Mander e seus homens, pois Ahammit era um exército imenso e não teria a mesma agilidade que o bando de Dartana tinha. O general Iokun virou-se e viu Mander o observando, como se lesse seus pensamentos mais profundos, como se pudesse escutar a angústia berrando em sua alma.

— Pense pelo lado positivo, guerreiro dartana. Ao menos experimentamos o gosto da esperança mais uma vez.

Mander ficou calado, encarando o Iokun que estava livre das ataduras e curado de seus ferimentos nos braços direitos.

— Se todos tiverem a fé que eu tenho, Iokun, poderemos vencer.

Gagar abriu um sorriso e mirou o distante aclive de pedras por onde, em breve, chegaria o exército inimigo. Gagar podia ver as fileiras de infantaria e o numeroso exército logo atrás dos guerreiros montados. Olhou para a garganta de pedra percebendo que não seriam nem mesmo sombra do que estava por vir.

— Você não tem fé, general. Você tem vontade. Sabe que não vamos vencer, mas quer combater e matar o inimigo mesmo assim. Não sei se chegaremos sequer perto da vitória, quando for a hora, meu general, mas saiba que eu respeito sua vontade. Aqueles que sobreviverem em Ahammit terão uma história e tanto para contar do outro lado do Portão de Vitória. Vão falar sobre o dia em que quase perderam a campanha.

— Sua fala é bonita, Gagar, mas está errada — Mander girou o equithalo e começou a cavalgar em direção à garganta. — Quem estará do outro lado do Portão de Vitória seremos nós, meu amigo vermelho!

* * *

 Jeliath e seus construtores partiram do acampamento agarrados nas novas armas de combate dentro de duas carroças providenciadas pelo discreto Spar. O guerreiro com jeito de ave tinha reportado a Jeliath os números sombrios da última batalha. Haviam perdido 69 combatentes no total, entre soldados, construtores e feiticeiras. Agora os construtores eram apenas 48 indivíduos, e todos seriam usados no ataque ousado que Jeliath planejara.

 Jeliath seguiu em silêncio até que a carroça parou e Spar ressurgiu para auxiliá-los no desembarque. O construtor de Dartana tinha pedido para que fossem deixados a sós ao final da garganta. Apesar da pressão da batalha iminente, Jeliath sentia-se menos atormentado do que no último encontro com Mander. Tinha conseguido treinar seus soldados e também as feiticeiras e os arqueiros. Teriam a chance de surpreender Ahammit e ajudar Mander e os guerreiros. Jeliath puxou a fila de construtores, entrando em formação como um pequeno pelotão e assim seguiriam à frente do exército dos mestiços. Ele pediu a Ogum que vigiasse seus passos, pois estariam expostos o tempo todo, e só teriam alguma proteção quando pudessem usar as armas contra o exército inimigo. Jeliath e os 47 companheiros construtores mantinham as novidades cobertas com pedaços de couro, deixando-as escondidas dos olhos dos inimigos. O líder e seus construtores trocaram olhares enquanto a carroça se afastava, voltando para a coluna de guerreiros montados de Dartana. A sombra de Ogum saindo do desfiladeiro fez o coração do construtor se acelerar. Jeliath olhou para a elevação do terreno mais de um quilômetro à frente.

 Os guerreiros de Ahammit aguardavam à beira do descampado pedregoso e certamente desceriam correndo aquela encosta. As primeiras catapultas já podiam ser vistas na linha de batalha, prontas para disparar e destruir o tímido pelotão de construtores. Os guerreiros de Ahammit seguravam as montarias e as armas, estavam a postos e ansiosos para exterminar o ridículo exército de mestiços. Jeliath ergueu sua arma e começou a andar, olhando para os amigos, orando para que Ogum os protegesse se qualquer coisa em seu plano saísse errado.

— Vamos. Chegou a hora.

— Tomara que seu plano dê certo, irmãozinho — murmurou Hanna, erguendo sua arma coberta e caminhando ao lado do jovem dartana.

* * *

— Deixe-os! São tão poucos.

— Mas, senhor, estão carregando alguma coisa debaixo daqueles tecidos. Certamente trazem armas para nos atacar.

— Cale-se, Zanir-gul. Se tem uma coisa boa que aprendi com nosso general Bousson, foi me divertir com os inimigos antes de matá-los — disse o comandante, começando uma risada.

O riso de Pardeglan-ix começou a ser acompanhado pelos outros comandantes de Bousson, logo se transformando numa gargalhada. O comandante externou seu pensamento, perguntando a todos ao redor o que aquele punhado de mestiços poderia fazer contra a parede de ahammitianos que havia surgido em seu caminho.

Quando partiram do acampamento de Ahammit, levando apenas um terço do exército de Alkhiss, Pardeglan-ix contava com 18 comandantes sob sua supervisão, somando 984 componentes ao seu dispor. Como marcharam destacados da deusa de guerra, os construtores não foram requisitados, ficando para trás, vindo naquele número de combatentes quarenta feiticeiras por ordem expressa de Ugaria. Os batedores de Bousson tinham sido precisos em dizer que o arremedo de exército tinha tido muitas baixas e contava com pouco mais de duzentos componentes aptos a lutar. Os adversários estavam cansados, feridos e desesperançados, persistindo naquela marcha inútil guiados apenas pela loucura de um general inconsequente, que estava determinado a sacrificar a vida de todos os seus guerreiros para continuar marchando.

Aquela insanidade do exército mestiço acabaria agora. A ordem expressa era exterminar aquele petulante aglomerado de homens e mulheres que seguravam espadas e se diziam guerreiros, e também usar força máxima para pôr abaixo aquele pastiche de deus de guerra, feito de um apanhado de pedaços costurados, ilegítimos, terminando numa caricatura, uma pantomima que marchava ao comando dos homens e não ao comando do sagrado. Nenhum homem ou mulher daquele exército mestiço chegaria a outro lugar que não à cova. Como ousavam profanar o campo sagrado do Combatheon, esparramando histórias que viajavam acampamentos e destilavam temor e risos onde chegavam? Ogum não era um deus! Dartana não era um exército! Que fizessem o seu número de bufões e depois caíssem diante de Ahammit. E se perguntassem então como Dartana e os restos de exércitos que a ela se juntaram, marchando atrás de um deus falso, tinham vencido tantos oponentes, se eram tão desprezíveis, a resposta seria óbvia! A ilegalidade, a ardileza daqueles guerreiros causava surpresa e só assim conquistavam vitória atrás de vitória, limpando o caminho e fazendo um imenso favor para a deusa guerreira legítima, Alkhiss, a que tinha direito a passar pelo Portão de Vitória e libertar sua terra das garras da escuridão do pensamento. Dartana era só uma distração e seu exército de mestiços não impressionava nem um pouco os guerreiros de Ahammit. Que viessem brincar, pouco importava, logo Pardeglan-ix providenciaria que todos se arrependessem de terem pisado no Combatheon.

Os generais por fim se calaram, assistindo à aproximação daqueles poucos homens, curiosos. Zanir-gul contou-os, eram 48. Queria relatar com precisão ao seu general supremo aquela decisão relapsa de um de seus comandados após a vitória. Mesmo com a vitória certa, Zanir-gul não hesitaria um segundo em ordenar que as catapultas fossem voltadas para o grupo ou que o seu numeroso pelotão de arqueiros desse fim àquela ousadia, exterminando-os em nome da segurança do destacamento. Guerreiros deveriam ser tratados como guerreiros.

Um silêncio solene tomou conta do descampado onde os exércitos se encontraram. De um lado, o minúsculo contingente de Dartana, avançando e se afastando do desfiladeiro que ficava às suas costas. Os 48 guerreiros distanciavam-se cada vez mais do restante do exército, como se fossem capazes, de sozinhos, enfrentar o destacamento de Ahammit. Do outro lado, emoldurados pela grandeza do campo pedregoso que ia desde o descampado até a colina cinzenta, estava a linha gigante de guerreiros numerosos de Ahammit.

Tylon-dat, Mesmine e Gagar olhavam para Mander, buscando na face do general algo que superasse a sensação de loucura que sentiam agora diante das fileiras do exército incompleto de Ahammit. Seria impossível passar por aquela muralha, quanto mais vencê-la, ainda que não vissem sinal de Alkhiss atrás dos guerreiros.

Mander entendera a mensagem do general de Ahammit ao ver à sua frente apenas uma fração do exército oponente. O que deveria enchê-lo de ódio e impetuosidade pela afronta acabou por trazer-lhe serenidade. O acaso tinha agido a seu favor naquele momento. Vendo um terço de Ahammit à sua frente, ficava mais do que claro que seu arroubo de loucura e seu desejo de guerra colocariam por terra todos os seus aliados e terminariam com a morte do deus de guerra Ogum. No entanto, a demonstração de vaidade do general inimigo lhe proporcionaria um suspiro, uma brasa de esperança. Era possível vencer aquele destacamento, deixar Ahammit minada em suas forças e renovar a confiança de seus homens para o próximo embate. Sua escopeta trabalharia como nunca aquela manhã, cada disparo levaria consigo uma vida do inimigo. Juntos, poderiam causar um verdadeiro tormento. Juntos, poderiam superar aquele combate e fazer com que Ogum continuasse sua marcha. Juntos!

Mander olhou para os comandantes. Minutos atrás, tinham revisto o plano de ataque. Tinham que ser fulminantes, precisos e fatais. Assim que os construtores abrissem fogo contra Ahammit, distraindo e surpreendendo o inimigo, partiriam todos montados, usando a velocidade e a força de suas montarias para penetrar nas linhas inimigas, repartindo o destacamento de Ahammit e lhes roubando a melhor posição no campo de batalha. Teriam que tomar cuidado com as inúmeras máquinas de guerra que aquele exército mais avançado na arte de construir tinha em seu poder, mas, uma vez vencida a distância, fariam o que tinham feito até ali, lutariam como loucos, como se não existisse um amanhã, fazendo com que sua determinação e selvageria derrubassem um inimigo após o outro com as armas de fogo. Assim que as catapultas começassem a funcionar, eles correriam para o desfiladeiro.

— Lutem como se já estivessem mortos, meus senhores! Lutem usando no cabo da espada a força de todos os que ficaram para trás, nas batalhas e em suas casas esperando um dia de libertação!

Os generais aquiesceram e firmaram as mãos em suas rédeas. Nenhum ousou proferir uma palavra sequer. Nenhum deles queria lembrar o impossível.

Ogum, como orientado em todas as batalhas, permaneceu parado atrás da coluna de guerreiros, aguardando seu momento de agir, igual a todo soldado do exército mestiço. Ele seria peça decisiva nessa batalha sem a deusa guerreira oponente. Sabiam que o deus de guerra seria o primeiro alvo das máquinas, mas teriam de confiar nos construtores e na sua estratégia maluca. Mander confiaria em Jeliath até o fim. O que os mortos tinham a perder no final das contas?

— Jeliath! — bradou Mander para o seu construtor.

* * *

O coração de Jeliath bombeava disparado. Nunca havia entrado na linha de frente nos combates. Agora, ele e os construtores do exército mestiço estavam ali, a grande distância de qualquer proteção, no meio do campo de batalha. Eram presas fáceis para arqueiros, máquinas de guerra e toda sorte de armas que disparassem projéteis. Apesar do sombrio e certo desfecho daquela sua estratégia, ele jamais se recusaria a saciar sua curiosidade, seu instinto. Sabia que, graças a sua perspicácia, levaria consigo muitas vidas antes de tombar no chão de pedras do Combatheon. Jeliath queria saber se sua ideia daria ou não certo. Tinha fé que suas novas armas, combinadas em dois movimentos, funcionariam e abririam vantagem para que o exército mestiço tivesse ao menos um pingo de chance frente àquela muralha de Ahammit. Guiado pelo grito de prontidão de Mander, Jeliath deu início ao ataque, derrubando as mantas de couro de cima de suas armas em conjunto com seus 47 construtores. Jeliath virou-se de costas para o exército de Ahammit e encarou seu time.

— Agora, senhores! Vamos atacar!

* * *

Pardeglan-ix, ladeado por seus comandantes, assistiu curioso ao grupo do exército mestiço derrubar a manta de couro que cobria suas armas. Se é que podiam chamar de armas aquelas coisas. Eram disformes, estranhas e, de longe, pareciam inofensivas. Ao seu lado, Zanir-gul e Sion-gul ergueram os braços, fazendo as catapultas tensionarem suas cordas e rangerem preparando-se para o primeiro disparo mortal. Pardeglan-ix, com um sorriso no rosto, balançou a cabeça negativamente, fazendo Zanir-gul, contrariado, e Sion-gul baixarem as mãos, postergando o ataque. Ahammit permaneceu imóvel e em silêncio, observando aqueles homens sob a mira de 270 arqueiros, tesos, com as flechas prontas para o disparo, se movimentarem como bufões, sem que artefato algum fosse disparado contra seu exército.

— Vejam. Que vergonha. Não sabem usar as armas que construíram — comentou Pardeglan-ix. — É disso que têm tanto medo, Zanir-gul?

— Vamos acabar logo com isso, senhor — aconselhou o precavido comandante. — Devemos tratá-los como guerreiros.

— Olhe para isso! Onde você vê guerreiros, gul? São um bando de patetas! Podemos trucidá-los em um minuto, se quisermos. O deus deles continua lá atrás, como um covarde. Espera que seus homens percam a vida antes dele, aposto...

A frase de Pardeglan-ix perdeu-se no ar porque o campo de batalha foi tomado por um som maior do que qualquer voz. Os olhos do comandante-chefe foram novamente para os homens do exército mestiço parados no meio do campo de batalha, a menos de cinquenta metros de onde estavam. Pardeglan-ix sorriu e olhou para o lado.

Os homens do exército misto não empunhavam as armas como deveriam. Algumas delas estavam em suas bocas. Outras no chão com seu dono de pé ao seu lado, erguendo um cabo de madeira acima da cabeça. Aquele sujeito de costas ergueu as mãos e então aconteceu. Uma onda sonora varreu o campo de batalha, atingindo-os de supetão. Os mestiços continuaram, se movimentando e fazendo o som escapar numa cadência nunca ouvida antes. Eles não estavam atacando Ahammit, estavam fazendo outra coisa, estavam emitindo um som diferente atrás do outro, criando ritmo, criando uma espécie de encanto. As feiticeiras de Alkhiss que flutuavam no céu deixaram os ouvidos se encherem daquela melodia belíssima e, aos poucos, sem se darem conta, foram se aproximando lentamente, descendo até tocar o chão e ficar a poucos metros dos estranhos oponentes, hipnotizadas, paralisadas. O exército de Ahammit eventualmente usava cornucópias para organizar seus movimentos no campo de batalha, mas nunca tinha produzido sons tão raros e ricos como aqueles. Os mestiços ali não eram soldados, eram feiticeiros, faziam uma mágica poderosa que tinha apanhado o exército de Ahammit.

Os arqueiros afrouxaram os arcos e baixaram as flechas, abrindo sorrisos largos e olhando para os companheiros ao lado que tinham os olhos mais arregalados que os seus. Soldados mostravam aos outros os pelos que recobriam seus braços eriçados, emocionados com a cadência daquela melodia.

Pardeglan-ix ficou com o ar preso dentro do peito, sem compreender o que acontecia. Só sabia que seu coração tinha se apertado e que sua montaria havia se agitado debaixo de seu corpo.

Zanir-gul ergueu a luva até os olhos de onde uma lágrima inesperada rolava. O que era aquilo? Era um tipo de presente ou algum tipo de feitiço? Aquela miríade fantástica sonora entrava pelos ouvidos, mas não parava ali. Parecia que o ritmo se esparramava por seu corpo, passando por seus músculos, nervos, veias, acertando seu coração em cheio.

* * *

Do outro lado do campo de batalha, Mander sinalizou para Tylon-dat que ergueu uma longa vara com um tecido tingido de vermelho para o ar, imitando a comunicação dos guerreiros portaclonianos. O movimento foi repetido por mais dez soldados e então as feiticeiras, escondidas nas árvores na margem esquerda do campo, puseram em ação o segundo movimento do plano de Jeliath. Elas evocaram toda energia que tinham para decolar das árvores, com cintas de couro amarradas no tórax, ganhando altura e tracionando da copa das árvores estruturas de varas e couro fino, em forma de asas de ave, que Jeliath chamava de "voadores". Em cada voador erguido por uma feiticeira vinha um arqueiro do exército mestiço também preso por cintas ao aparato, ganhando altura, enquanto um segundo e terceiro vinham em seu encalço, até que cinco deles estivessem enfileirados no ar, puxados por uma única feiticeira.

O empuxo necessário para tirá-los da copa das árvores era pesado no início, mas, conforme tinham percebido no treinamento, ficava muito mais fácil depois que o último deles decolava. As quinze feiticeiras que tinham restado ao exército de Dartana ganharam altitude e guiaram setenta e cinco arqueiros em direção ao inimigo, de forma silenciosa e rápida, na torcida de que por conta do encanto proporcionado pelos construtores o inimigo se daria conta do ousado ataque só quando fosse tarde demais.

Mander, em terra, tirou os pedaços de couro dos ouvidos, sendo imitado por seus generais e soldados. Jeliath tinha prevenido que aquilo que ele chamava de música também afetaria os soldados de Dartana. Mander não perdeu um segundo, Jeliath tinha dito que não sabia quanto tempo eles ficariam hipnotizados caso o plano desse certo, o fato é que o plano do construtor maluco estava funcionando e era hora de ação. Ao seu comando, o exército montado partiu em direção ao campo de batalha. A música parecia ser algo tão poderoso que nem mesmo a troada das montarias tirou a atenção dos soldados inimigos do grupo que tocava os instrumentos.

* * *

Jeliath ouvia os instrumentos explodindo e lançando a onda sonora para todos os lados. Em nada o seu ajuntamento de guerreiros que sopravam e batiam contra as máquinas de fazer barulho lembrava aquele grupo a que ele assistiu na gigantesca sala escura, mas havia conseguido o efeito que ele esperava. Os guerreiros inimigos estavam imobilizados, tinham sido apanhados pela sua armadilha sonora. Estavam presos ao feitiço e agora o exército mestiço tirava partido daquele efeito.

* * *

Zanir-gul balançou a cabeça e ergueu os olhos percebendo as feiticeiras inimigas, secundadas por estranhos simulacros de aves se aproximando.

— Pardeglan! — gritou o comandante. — Pardeglan-ix!

— Cale a boca, Zanir-gul! — retrucou o outro.

Zanir-gul ergueu a mão comandando o ataque das catapultas com pedras de fogo. Para sua surpresa, as armas continuaram imóveis e os soldados, enfeitiçados, permaneceram olhando para aquele grupo de inimigos. Sem pensar duas vezes, Zanir-gul sacou a espada e partiu em direção ao grupo de Jeliath. O construtor, vendo aquele guerreiro se aproximar, arregalou os olhos, mas continuou comandando a orquestra, fazendo movimentos com a batuta improvisada, mantendo a música fluindo e arrebatando o exército de Ahammit.

Para sorte de Jeliath, antes que o comandante de Ahammit o alcançasse, um zunido cortante sobressaiu ao som dos trompetes e uma flecha varou o ombro de Zanir-gul, fazendo-o cair com um gemido de dor.

Logo uma chuva de zunidos infestou o ar e mais uma dezena de guerreiros foi ao chão, com seus gritos tomando conta do campo de batalha e fazendo a magia da música ser desfeita.

Parvos e apavorados, nem comandantes, nem soldados esboçaram uma reação coesa, dando tempo para que uma segunda saraivada de flechas varasse o ar e suas pontas atravessassem a carne de mais dezenas de soldados.

Ugaria, liberta do feitiço sonoro que tomara sua mente, olhou para o alto e identificou de imediato o que procurava. A feiticeira prenha!

— Lá está ela! Vamos!

As feiticeiras decolaram no encalço de Dabbynne, enquanto a orquestra improvisada de Jeliath batia em retirada, correndo pelo campo de batalha, escutando o trotar das primeiras montarias dos inimigos em seu encalço.

Cinco das feiticeiras, incluindo Dabbynne, seguiram o roteiro ensaiado com Jeliath, voltando para o grupo em fuga e protegendo-o com os arqueiros disparando contra quem se aproximasse.

Com os voadores atrelados ao peito, as outras feiticeiras ficaram mais lentas, mas ainda assim conseguiam se deslocar mais rápido que as montarias, percorrendo grandes porções da fileira de guerreiros de Ahammit. Assim, faziam bom estrago a cada saraivada que os arqueiros disparavam contra a linha de combatentes, destilando confusão e medo.

As mortais catapultas de Ahammit entraram em ação, lançando os imensos bólidos de rocha flamejantes contra o exército mestiço que, atento a essa máquina de guerra, tentava a todo custo desviar do caminho dos projéteis.

* * *

Thaidena e Parten cavalgavam com as armas de fogo erguidas. A duzentos metros já estavam fazendo disparos certeiros por conta da crescente habilidade que ganhavam. Eles não eram muitos, mas eram bons! Ainda que os disparos não varassem a cabeça do oponente, tinham destreza suficiente para acertá-los no peito, no ombro ou perna, incapacitando-os a grande distância. Alternadamente, na recarregavam as escopetas, deixando-as prontas para mais cinco disparos fatais. Se de longe conseguiam derrubar muitos inimigos, caso encurtassem a distância, seus tiros eram mortais. O exército de mestiços era um exército a ser temido.

No campo de batalha, os inimigos eram numerosos, contudo ainda estavam estarrecidos e vulneráveis diante do ataque estrondoso dos cavaleiros com escopetas. Para a glória de Ogum, cada explosão mandava ao chão um dos oponentes, abrindo caminho para o avanço da cavalaria de Dartana, que fenderia a coluna de Ahammit em dois pontos, desorganizando-os e desnorteando-os ainda mais em um ataque fulminante. Os soldados do exército de Alkhiss nunca tinham se visto naquela posição, frente à necessidade premente de se defender, e aquilo aumentou ainda mais a confusão nas linhas inimigas, que não souberam como agir de imediato. Ainda que parecesse impossível pela disparidade numérica, o exército mestiço tinha uma chance de vencer Ahammit.

* * *

Dabbynne sentiu novamente a fisgada no ventre, perdendo altitude e fazendo os voadores descerem um pouco com ela. Agilmente, ela soltou a cinta de couro, deixando-os soltos no ar. Jeliath havia garantido que eles desceriam suavemente caso alguma feiticeira precisasse se separar. A feiticeira, descendo mais rápido agora, crispando o rosto de dor, viu os planadores se soltarem, distanciando-se, com os arqueiros ainda efetuando disparos certeiros. Os guerreiros de Ahammit agora contra-atacavam, disparando flechas para o céu, tentando derrubar suas amigas e também os voadores, ao mesmo tempo que centenas de cavaleiros despertavam do transe e da imobilidade, movendo-se e despregando-se da coluna de Ahammit, partindo contra os poucos soldados de Dartana.

O plano de Jeliath funcionara, aprisionando os inimigos com o encanto da música, coisa que nenhum deles jamais tinha ouvido, a não ser escapando do bico das aves que povoavam as matas e os campos de Dartana, dando tempo para as feiticeiras e Mander iniciarem a ofensiva.

Outra pontada forte desconcentrou Dabbynne que caiu, batendo os pés no cascalho do campo de batalha e rolando até uma rocha onde apoiou a mão para não cair de novo. Mais uma vez, isolada e vulnerável, elas se viu rodeada por feiticeiras inimigas. Ela reconhecia a de olhos vermelhos. Era Ugaria, a que queria levá-la à presença da deusa de guerra Alkhiss e tomar seu filho.

— Ora, ora, se não é a queridinha de Alkhiss.

Dabbynne arfava agoniada, uma nova contração no ventre esparramou-se em ondas de dor por seus nervos e músculos, fazendo-a contrair o rosto e a mão sobre a rocha. Onde estava Jeliath e suas drogas terrenas?

O desconforto foi notado pelas feiticeiras mais próximas, ampliando o sorriso da feiticeira-líder.

— Que interessante. A feiticeira prenha parece que está chegando ao fim de sua jornada. — Ugaria retirou sua adaga da bainha. — Seria um imenso prazer ajudá-la a trazer à luz essa pequena criatura que quer escapar de suas entranhas.

Dabbynne encarou os olhos frios da feiticeira que se aproximava. Ainda tinha energia. Poderia voar para trás das fileiras de Dartana. Estavam todos aferrados em combate, mas, certamente, alguém notaria as feiticeiras inimigas em seu encalço e isso lhe daria tempo para melhor se proteger.

— Mas tenho que avisá-la. É muito perigoso o que vou fazer. A mamãe pode morrer no fim das contas... Ou o bebê. — Ugaria sorria de forma doentia enquanto erguia a adaga. — Algumas vezes morrem os dois!

— Jeliath...

Dabbynne sabia que se se rendesse ali, longe de todos, jamais voltaria a ver seus amigos, e temia nem mesmo chegar a conhecer a criança que trazia no ventre. Ela levou a mão esquerda à barriga, como se assim pudesse proteger seu filho de todo o mal. A mão direita encontrou a adaga, que ergueu em direção a Ugaria. As feiticeiras apertaram o cerco, bloqueando a visão de Dabbynne, que só ouvia o rugido da batalha.

Ugaria franziu o cenho indignada com a ousadia daquela feiticeira. Cercada por quarenta inimigas, mas audaciosa o suficiente para erguer uma arma contra ela. Por que aquela criatura chamara a atenção de sua mestra? Por que Alkhiss tinha olhos para aquela feiticeira imunda e maltrapilha? Ugaria apertou os olhos, rememorando as palavras de Alkhiss, um comando irrecusável. Alkhiss queria a aberração, queria conhecer a feiticeira que tinha o que nenhuma outra, em qualquer outro mundo, já tivera. A feiticeira que carregava um filho. Ugaria abaixou a adaga e embainhou a arma. Obedeceria a sua senhora e mostraria que no fim das contas aquilo não era nada demais, aquela feiticeira suja e malvestida não era uma joia ou preciosidade. Era apenas uma aberração, só uma coisa feita diferente. Alkhiss jamais deixaria de amá-la em primeiro lugar. A deusa não ia preteri-la frente a uma estrangeira maltrapilha. Presa nessa corrente de pensamentos, Ugaria notou o cerco se afrouxando, as feiticeiras dando passos para trás, alarmadas. A feiticeira-líder olhou para a prenha. O rosto de Dabbynne se contraíra novamente, agora uma corrente de água descia por suas pernas e finalmente um jato d'água lavou o solo de cascalhos. Ugaria sorriu. Era assim que começava. Ela teria o filho e voltaria a ser só uma feiticeira desinteressante. Levaria o bebê parte deus para Alkhiss. Só uma deusa de guerra poderia ser uma boa mãe para uma criança parte deus.

Dabbynne também sabia o que aquilo significava. Já havia ajudado muitas mães em Dartana a darem à luz. Era assim que começava. A água da vida descia, trazendo para o mundo o filho gerado no calor de suas vísceras. A feiticeira sabia que seu filho nasceria. As palavras de Belenus voltaram à sua mente. Ele prometera que seu filho nasceria. Que tinha plantado em seu ventre, junto a seu filho em agonia, a semente de energia para ele chegar ao mundo. E o momento era agora. Seu corpo todo se incendiou com o brilho dourado de Ogum, fazendo com que as feiticeiras de Ahammit dessem outro passo para trás. Dabbynne não hesitou um instante, aproveitando que estavam encantadas com a música, deu um salto para o alto, empreendendo um voo rápido, riscando o céu de dourado, rumando ao encontro de Ogum, que batalhava junto aos seus homens.

* * *

Quando uma das pedras incandescentes explodiu junto à fileira do batalhão de cavalaria, Thaidena foi lançada ao chão. O som do estrondo fez seus ouvidos silverem e as tantas vezes que rolou no chão pedroso contribuíram para que ficasse completamente desnorteada. Antes de abrir os olhos e se colocar de joelhos, já se perguntava onde estava sua escopeta. Precisava encontrar a arma naquela maré de pedras flamejantes, lutando contra as ondas de dor que tentavam afogar sua consciência.

Parten virou seu equithalo para trás. Uma fisgada na coxa não o distraiu do intento de voltar a tempo de tirar Thaidena do chão. A sombra que passava sobre sua cabeça dizia que era tarde demais. O som do bólido e o ar morno que esparramava em sua passagem aumentavam sua vontade de varar a distância e agarrar a mão de sua amada antes que ela fosse esmagada pelo projétil e queimada pelas chamas. As lágrimas que desprenderam de seus olhos nada tinham a ver com a seta que abrira uma ferida profunda em sua coxa. As lágrimas desciam pela pele sussurrando que era tarde demais e que toda aquela guerra estava perdida, agora que Thaidena não mais existiria para alegrar qualquer vitória. A pedra fumegante desceu sobre a namorada bem quando ela finalmente levantava a escopeta movida pelo desejo de lutar até o último segundo. Então a pedra explodiu!

Parten, desmontou seu equithalo soltando um grito de alegria e gratidão! Ogum estava lá, atrás de Thaidena, e o braço de Ares tinha golpeado o pedregulho, fazendo chover milhares de britas fumegantes para todos os lados, envolvendo ambos num manto de fumaça que, ao ser desfeito, revelou a amada dele, levantando com a escopeta na mão, disparando contra os arqueiros que faziam mira sobre Parten mais uma vez.

Ogum deu dois passos à frente, protegendo os cavaleiros desmontados, olhando para os feridos no chão. O deus de guerra viu o campo de batalha, as feiticeiras e bradou:

— Dartana! Curar!

As feiticeiras de cura iluminaram seus olhos dourados e se desvencilharam dos voadores nas asas construídas por Jeliath. A ordem do deus era imperativa e elas pararam tudo o que faziam para começar a curar os feridos ávidos por retornar ao combate.

Ogum desviou um passo para o lado e agarrou outro bólido de rocha. Torceu o corpo para trás, absorvendo a energia do arremesso da catapulta e jogando-o de volta contra a máquina mortífera. O bólido flamejante roncou pelo ar e acertou a catapulta, esmigalhando-a e a incendiando de imediato. Ela seria o alvo de Ogum.

* * *

Zanir-gul estugou a montaria e percorreu a linha de catapultas ao perceber a manobra do deus de guerra. O comandante de Bousson estava aflito e amedrontado, pois sabia que a tarefa de esmagar o gigante tinha ficado a seu cargo. Todas as catapultas tinham que se concentrar em destruir Ogum. O comandante cortou a linha invadida pelos cavaleiros de Dartana, ouvindo o clangor de espadas e sentindo os zunidos dos disparos de armas de fogo a poucos metros de onde estava. Ele bradou com todos os chefes de máquinas que passaram a ajustar suas miras. Não havia tempo a perder. Zanir-gul olhou para a fileira de guerreiros de Ahammit. Os soldados, pela primeira vez no Combatheon, estavam apavorados.

* * *

Com o braço de Ares, Ogum destruiu o terceiro balaço lançado em sua direção, e com a mão direita apanhou outra pedra, fazendo os soldados urrarem. O deus da guerra olhou a catapulta mais próxima da linha de seus homens e arremessou o projétil de volta, estraçalhando a segunda máquina de guerra. Enquanto os soldados de Dartana explodiam em êxtase, redobrando a confiança e agressividade de seu ataque, os olhos de Ogum foram atraídos pela faixa dourada que voava em sua direção. Era Dabbynne, a favorita de Belenus, agora também a sua favorita, que vinha ao seu encontro, perseguida por um bom número de feiticeiras inimigas. A feiticeira de Dartana mal teve tempo de alcançá-lo quando Ogum, distraído, foi atingido no ombro por uma das pedras flamejantes que o empurrou para trás, tirando seu equilíbrio. A pedra rolou para o alto e caiu metros atrás dele, estourando no chão, longe de qualquer soldado. Ogum foi para trás e estendeu o braço, explodindo com um soco uma nova pedra que chegava, disparada contra a feiticeira dourada e, em ato contínuo, agarrou-a, colocando-a em seu peito, para protegê-la com o corpo. Sem tempo para pensar, Ogum ergueu o braço esquerdo, rebatendo o novo projétil em direção ao grupo de feiticeiras que vinham atrás de Dabbynne, os pedregulhos flamejantes atingiram uma porção delas, tirando-as dali, matando ao menos dez e ferindo outras tantas, obrigando-as a mudar de rumo.

Ugaria empalideceu momentos antes, freando seu voo, quando viu uma das pedras voando em direção certeira a Dabbynne, chegando ao cúmulo de agradecer a interferência divina de Ogum. A feiticeira prenha esmagada não lhe serviria de nada e ainda custaria a sua própria vida. Viu o deus inimigo colocar a feiticeira dentro dele, naquela estranha caixa que já vira uma vez antes. Ugaria desviou dos cacos de pedra e fogo que foram arremessados pelo gigante, voando para o alto sem olhar para trás, para suas irmãs feridas. Não tinha tempo para socorrê-las, precisava sobrevoar o gigante de guerra cuidadosamente, mantendo-se vigilante, para que a feiticeira prenha não escapasse num descuido.

O deus de guerra não suportaria a carga a que era submetido e tombaria cedo ou tarde. Era questão de tempo. Todas as catapultas estavam apontadas para ele e o ritmo dos projéteis aumentava. Seu exército, engolfado e cercado pelos homens de Ahammit, não teria chance de salvar seu deus.

*　*　*

Mander olhou para trás. Ogum destruía com o punho as pedras voadoras, mas o número de projéteis estava crescendo e, se o deus falhasse uma única vez, o desfecho do impacto seria fatal. Virou-se para os homens mais próximos e gritou:

— Temos que ajudar Ogum! Destruam as catapultas!

Seu grupo, com sessenta soldados, estava dividido em três batalhões, vinte sob o comando de Gagar, outros vinte seguindo Mesmine, deixando vinte para ele. Repartiram-se com a nova missão. Ogum continuaria atacando as catapultas, e eles dariam conta de tantas quanto pudessem. Só assim sobreviveriam àquele ataque e teriam chance de continuar a guerra contra Ahammit. O problema era que teriam que se concentrar nos homens dentro das máquinas de madeira e dariam chance para serem atingidos pelos arqueiros e guerreiros no chão.

O comandante das tropas montadas e dos homens com lanças de Ahammit, Pardeglan-ix, demorou a abandonar sua perplexidade. É certo dizer que se Zanir-gul não tivesse tomado as rédeas da batalha, Ahammit estaria em maus lençóis. Pardeglan-ix açoitou seu zirgo e retrocedeu nas colunas, conclamando as armas de fogo que sempre eram usadas quando o inimigo lutava a curta distância. Em todos os combates, as cuspideiras foram decisivas, disparando centenas de projéteis por minuto, dizimando toda e qualquer resistência. As metralhadoras normalmente se levantavam com a ordem do general supremo, Bousson, ao final da batalha. Bousson afirmava gostar de ver os guerreiros caindo e estremecendo como peixes colocados fora d'água, balançando desajeitados e terminando com as bocas movendo-se lentamente, buscando ar para continuar a vida, em haustos que beiravam o cômico.

O cenário era muito diferente desta vez, pois Pardeglan-ix conclamava os atiradores com extrema urgência e alarido, bem diferente da frieza de Bousson, que ordenava de forma branda e contida, apenas preparando o teatro de guerra para um novo espetáculo. Já o comandante-chefe daquela batalha via seus homens serem atingidos por todos os lados e via também o deus de guerra, oponente, perigosamente destruir os bólidos de fogo! Ogum revidava, arremessando de volta as pedras flamejantes como se não tivessem peso algum, destruindo as preciosas catapultas e ferindo e matando seus homens. Com que cara chegaria a Bousson ao final daquele combate, se metade de seus homens estivessem mortos e quase todas as máquinas de guerra destruídas? Jamais! Usaria as metralhadoras agora e retomaria o controle da contenda. Nunca seria motivo de chacota entre os subordinados.

Mander fazia seu conjunto misto trovejar frente à coluna de guerreiros de Ahammit. Tantos exércitos foram vencidos por aqueles homens que agora lhe pareciam um bando de meninos assustados com vontade de ir embora dali a cada explosão conjunta de suas escopetas. Cinco tiros, cinco mortes. O batalhão avançava para a catapulta mais próxima e, graças às armas de fogo, metade do caminho fora aberto. Destruir aquelas máquinas seria crucial para dar alguma chance a Ogum continuar. Mais uma vez, no campo de batalha, o que faziam os homens de carne e osso determinava o futuro da criatura vinda dos céus. Mander puxou o gatilho, ouvindo um estalo seco. Tinha mais munição na algibeira, mas não haveria tempo para recarga. Quando seu equithalo avançou sobre os primeiros adversários, barrando o caminho, o comandante de Dartana sacou a espada e saltou da sela berrando:

— Dartana! Atacar!

Equithalos e dandriões esmagaram ossos dos soldados inimigos que começaram a gritar. Em seguida, soldados de Dartana, fazendo seus últimos disparos de escopetas, imitaram o general, saltando das montarias com espadas em punho, buscando frestas nas armaduras espessas dos ahammitianos, cortando e arrancando membros, avançando para a catapulta. Em questão de segundos, diante do olhar estupefato de Zanir-gul, os mestiços estavam dentro da máquina, arremessando corpos de inimigos pelas frestas da máquina e a incendiando para que nada mais sobrasse.

Mander colocou a cabeça para fora da catapulta e gritou vitorioso! A ideia era partir imediatamente em busca da próxima, mas não houve tempo. Um trovejar cadenciado e conhecido começou à esquerda da máquina de guerra e então o soldado ao seu lado começou a estremecer, como se mãos invisíveis o golpeassem, caindo transfixado por projéteis, gorgolejando com sangue na garganta. Mander mal teve tempo de recostar o corpo contra as largas toras da catapulta em chamas que serviram de abrigo para metade do grupo, enquanto a outra metade tentava fugir correndo de volta às montarias. Para desespero de todos atrás da catapulta, nenhum dos guerreiros descobertos conseguiu alcançar abrigo a tempo, sendo alvejados e tombando ao chão, mortos ou agonizantes junto com os animais. O ronco das armas de fogo continuava, vindo de diversos pontos, revelando que ela não era uma só e que os outros grupos de soldados também estavam sob ataque. Mander apertou os lábios e espreitou por uma fresta, tentando vislumbrar o cenário do combate. Algo em seu peito dizia que o exército de Dartana ruía naquele exato instante. Ordenou que os homens recarregassem as escopetas e aguardassem um intervalo nos disparos. As armas de fogo do inimigo, cedo ou tarde, como as deles, teriam que ser recarregadas. Abriu a algibeira apanhando mais cartuchos de munição. Se ficassem encurralados, as catapultas continuariam disparando e dariam tempo para o perigoso exército de Ahammit se reorganizar. Se isso acontecesse, se os inimigos se reagrupassem e retomassem o controle, Mander sabia que seus homens só seriam salvos por algum tipo de milagre.

*　*　*

Ogum conseguiu arremessar mais um bólido contra outra das máquinas, reduzindo o número de ataques. Ele avançou um passo para proteger os soldados que rastejavam aos seus pés em busca de salvação. Viu quando a coluna de fogo subiu de outra máquina de guerra, enquanto socava com o braço de ares mais um daqueles projéteis flamejantes. Precisava proteger seus homens ou tudo estaria perdido, a marcha seria interrompida e Dartana condenada a mais um ciclo de escuridão. Ogum levantou sua besta e disparou contra outra das catapultas. O arpão errou o alvo pois, no preciso momento em que Ogum puxava o gatilho, outra pedra atingiu-lhe o ombro, desequilibrando-o mais uma vez.

Chacoalhando no interior de Ogum, Dabbynne gemia de dor, e cada contração em seu útero tentava expulsar o bebê pronto para chegar à vida. Dabbynne chorava. Ainda que protegida no peito do deus de guerra, sabia que o gigante sofria com os ataques cada vez mais recorrentes e porque ela sentia medo e frustração por não ter conseguido ajudar seu exército o suficiente para que o bebê tivesse a chance de nascer longe dali, longe daquela terra de sangue e morte. Agora era tarde demais.

Dabbynne sentia a cabeça da criança escorrendo no meio de suas pernas. Ainda que estivesse no coração de um deus, sentia-se sozinha naquele momento em que trazia uma nova vida à existência. A existência que um dia acabava com um fechar de olhos, nos devolvendo para a escuridão de nossas mães. A feiticeira agora se sentia uma dessas mães, mãe do mistério, mãe da escuridão, concebendo uma estrela que iluminaria seus dias até o fim da vida, um filho, um que era parte deus. Dabbynne retirou do peito o colete de couro e enrolou o bebê que pranteava sua chegada ao mundo. O impacto da rocha contra o corpo de Ogum, fazendo-o inclinar-se para o lado, jogou mãe e filho para o canto da apertada cápsula, geralmente ocupada por Jeliath. Dabbynne agachou-se, agarrada ao bebê, puxando sua adaga da bainha. Mesmo vivendo um tormento extremo, sentindo-se exaurida, o instinto materno falava alto. Ela vira como as feiticeiras faziam quando um dartana novo chegava ao mundo. Rompiam aquele cordão que unia mãe e filho. Era preciso. Depois de cortá-lo, tinha que amarrar o cordão para que o filho parasse de sangrar. Dabbynne não hesitou. O cordão cuspiu sangue e ela usou uma das tiras de couro para amarrar a barriga do bebê, comprimindo o cotoco do cordão no abdome da criança.

Outro golpe de pedra e fogo sacudiu Ogum da cabeça aos pés. A coisa não ia bem. Ela queria ajudar, mas continuava engolida pelas memórias que, no Combatheon, eram cristalinas. Ela precisava arrancar de si os restos grudados ao cordão. Dabbynne tinha visto como fazia, mas tinha medo que doesse. As outras mães de Dartana eram sortudas. Estavam sempre rodeadas de vizinhas e, quando algo ia mal, eram amparadas pelas feiticeiras. Dabbynne não estava só, mas sentia-se lançada à própria sorte. Tinha seu menino, um bebê. Tinha um deus atarefado que não podia olhar por ela naquele momento. Três criaturas lutando por suas vidas ao mesmo tempo. Puxou o cordão, trazendo coisas de dentro dela, ao mesmo tempo que gritava consumida por uma dor aguda, jogando as carnes para fora da cápsula. Dabbynne recostou-se na parede de metal, arfando, e, retomando o controle sobre seus pensamentos, aferrou-se ao amado filho, aguardando o momento certo para escapar dali e salvar o bebê, esperando como uma mulher dartana com um filhote no colo esperava no fundo de uma gruta escura a tempestade passar do lado de fora.

E a tempestade passou.

* * *

Ogum esmurrou mais dois bólidos que voavam para cima de uma coluna de soldados que recuavam. Preocupado em protegê-los por conta de seu coração de Frigga, Ogum abaixou-se demais, tentando alcançar os guerreiros antes do impacto e acabou acertado em seu tornozelo, tendo o pé esmagado e o equilíbrio comprometido. O passo seguinte que deu mostrava um pé pendendo na articulação e o deus caiu de joelhos frente ao exército de Ahammit. Uma segunda pedra flamejante acertou em cheio a caixa de enguias em suas costas, destroçando-a. Foi nesse momento que Ogum tombou o corpo para frente, imóvel. Houve um grande silêncio. Espadas pararam no ar. As catapultas cessaram os disparos e os olhos se viraram para o deus abatido.

— Não — murmurou Jeliath.

Mander, pela primeira vez, esmoreceu, caindo de joelhos atrás da proteção onde ainda guardava posição.

As feiticeiras despencaram do alto, perdendo o brilho dourado de Ogum.

No segundo seguinte, o exército todo de Ahammit explodiu num grito de alegria e alívio, contemplando a vitória sobre o deus de guerra inimigo, vangloriando-se de terem feito com as próprias mãos, sem a ajuda de Alkhiss. O exército misto estava derrotado.

* * *

Dabbynne recostou a cabeça à cápsula, respirando lentamente. Ela segurava o pequeno rebento junto ao peito, cantarolando uma canção de ninar antiga, repetida por todas as mães de Dartana, ensinada pelas feiticeiras que vieram antes dela, e antes ainda. Quando escutou a própria voz, Dabbynne, exausta, abriu os olhos. Um silêncio brutal tomava conta do entorno, como se não estivesse mais lá, no meio da guerra. Era como se a tormenta tivesse passado. Lentamente, ela se levantou e assomou à abertura da cápsula. A feiticeira viu o campo de batalha repleto de mortos e feridos. Os poucos soldados ainda vivos zanzavam em meio à fumaça. Ela mal podia dividi-los entre mestiços e ahammitianos. Ogum estava imóvel. No mesmo instante em que ela desconfiou do que se passava, uma explosão de gritos e vivas irrompeu no campo de batalha.

— Não, não, não! Não pode ser! Meu deus, Ogum!

Dabbynne olhou para o chão. Ogum estava ajoelhado e morto. A feiticeira olhou para as amigas no chão, chorando e se aproximando. Elas não tinham mais brilho, porém Dabbynne baixou os olhos para os próprios braços e eles ainda brilhavam. Olhou para o pequeno filho parte deus e ele também brilhava, como uma feiticeira. De alguma forma, eles não tinham perdido a energia de Ogum. Dabbynne abaixou-se, olhando para as mãos e as estendeu, desejando curar Ogum. Fios prateados se desprenderam de suas mãos e esparramaram-se pela cápsula, espalhando-se para a parte interna do deus, contiguamente. Ela olhou para o filho e sorriu.

— Belenus...

Ogum perecer era a última coisa que podia acontecer. Dabbynne sentia a força dada por Belenus, a energia para que a semente nascesse irradiando de seu corpo, passando para Ogum. Dabbynne concentrou-se e então seu brilho aumentou de uma forma nunca vista.

* * *

Ugaria olhava incrédula para o deus caído. Via a cabeça da feiticeira assomando no peito do deus morto. A feiticeira de Ahammit estava feliz, pois agora poderia se aproximar e aprisionar mãe e criança de uma vez só. Talvez apenas a criança bastasse para aplacar a curiosidade de Alkhiss e a feiticeira, agora vazia por dentro, não despertasse mais nenhum interesse em sua deusa. Ugaria passaria sentada sobre o ombro de Alkhiss, ainda como sua única preferida. Já saboreava a vitória, antevendo o clímax a que chegaria, quando notou algo estranho. Dabbynne, diferente das feiticeiras caídas, ainda brilhava cor de ouro. Ela não apenas brilhava como agora refulgia incandescente como uma estrela!

— Não! — berrou Ugaria.

* * *

Dabbynne despejou toda sua energia contra a cápsula de Ogum, vendo raios dourados esparramarem-se pelo deus, subindo até sua cabeça e descendo aos pés divinos. Os olhos de Ogum se abriram e o gigante inclinou-se, tentando se firmar com o tornozelo esmagado. O resultado foi que o exército de Ahammit, mais uma vez, ficou paralisado e perplexo, frente a algo antes nunca visto. Agora a música tocava-lhes os olhos, entrando em suas cabeças e dizendo que o impossível podia tornar-se possível. Ogum, balançando e guinchando, levantava-se. Os raios dourados de Dabbynne intensificaram-se a tal ponto que os guerreiros tiveram que se curvar e tapar os olhos sob o risco de ficarem cegos com tanta luz emanando do peito de Ogum. Essas serpentes douradas de energia rastejaram pelo chão do Combatheon, escapando dos pés de Ogum, indo ao encontro dos corpos de todos os soldados do exército mestiço que tinham tombado no campo de batalha. Os mortos, invadidos pela energia dourada despejada em seus corpos, levantaram-se, enquanto os feridos foram curados ao serem envolvidos pela energia dourada enviada pelo deus máquina e a feiticeira-mãe. As feiticeiras caídas também recuperaram o brilho, acendendo novamente, voltando a voar e girar acima da cabeça do deus de guerra erguido, como se uma auréola viva o coroasse. Elas sentiam que a energia era mais potente agora. Algo tinha mudado dentro delas, ainda que não entendessem completamente o que estava acontecendo.

Dabbynne urrou ao final de seu gesto e tombou ajoelhada dentro da caixa de ferro, agarrando novamente seu bebê, que mais uma vez chorava. O filho relampejava pequenos raios dourados que percorriam as paredes da cápsula, ricocheteando de forma feroz, mas sem apresentar risco aparente para Dabbynne e para ele. A feiticeira abriu um sorriso por ter colocado o seu deus de guerra de pé e por ter colocado a esperança de volta no caminho do exército mestiço. Dabbynne aproximou-se da abertura da cápsula e berrou para o exército congelado a sua frente:

— Dartana! Destruir!

Assim que seu grito retumbou, foi como se o tempo voltasse a correr e os gritos dos guerreiros, agora do exército de mestiços, dessem vida à contenda.

Mander deixou sua proteção atrás da catapulta incendiada e correu para o campo aberto, cheio de inimigos.

— Feiticeiras! Curem-me! — ordenou o general.

As feiticeiras foram capturadas pelo grito do general e obedeceram imediatamente, voando até ele. Então, todas ao mesmo tempo emanaram seus fios de energia sobre o corpo de Mander, que continuava correndo com a espada erguida. Depois da emanação de energia de Dabbynne, todas as feiticeiras mestiças podiam curar e era isso que estavam fazendo naquele momento, despejando o poder de cura sobre o corpo do general, tornando-o imbatível.

Quando a metralhadora de Pardeglan-ix virou-se para o general de Dartana e começou a dardejar seus projéteis, Mander não interrompeu a marcha, com o corpo balançando a cada balaço recebido, mas com as feiticeiras ainda derramando sobre ele a magia de cura, permitindo que avançasse como um fantasma, como um pesadelo vivo, sobre os inimigos. Desse modo, diante de olhares de puro terror e incredulidade, Mander alcançou os atiradores e os retalhou, urrando a cada passada da lâmina de sua espada. Empurrados pelo ato heroico que se desenrolava diante de seus olhos, vibrando com a chance de vitória, os guerreiros de Dartana partiram para cima dos oponentes, com espadas erguidas, escopetas recarregadas, cortando e disparando contra quem surgisse a sua frente.

* * *

Dabbynne, exaurida pela descarga de energia, sentiu seu corpo amolecer e as forças faltarem, tombando no fundo da cápsula com o bebê em seus braços, sentindo a dor causada por um objeto metálico embaixo de sua nádega. Não deu maior atenção à dor simplesmente porque lutava para manter-se de olhos abertos. A visão nublava e escurecia, fazendo-a temer perder os sentidos. Dabbynne, apreensiva, notou uma sombra invadir o retângulo metálico pelo alto. Ela arregalou os olhos e apertou o filho nos braços.

Seu pior pesadelo se materializava diante dos olhos. A feiticeira de Ahammit aproximou-se do peito aberto de Ogum e abriu um sorriso maldoso.

— Agora esse bebê é meu! — gritou Ugaria, colocando parte do corpo para dentro da cápsula de transporte.

Ugaria gritou quando sentiu as costas arderem. Temeu que uma flecha a tivesse atravessado, mas então ouviu o miado do pehalt que mordeu seu ombro, fazendo dois filetes de seu sangue marrom escaparem pela pele desprotegida de sua armadura de feiticeira, rasgada pelas presas do animal.

Dabbynne, tremendo, assustada, abaixou-se novamente na caixa de ferro de Ogum. Ela precisava se defender. Sem seu cajado, não conseguiria atacar a feiticeira inimiga que lutava contra Nullgox. Olhou para baixo, com o filho protegido em sua faixa de feiticeira, e então lembrou-se da dor quando sentou e passou a mão pelo fundo da cápsula. A pistola elétrica de Jeliath estava ali!

Ugaria agarrou a cabeça do animal da feiticeira oponente e arremessou-o por cima de seu ombro, fazendo-o cair no fundo da cápsula no peito de Ogum. Seu golpe foi tão potente e investido de fúria que Nulgox caiu desacordado. Aquilo estava demorando mais do que ela queria. Sua missão era simples e cristalina. Só precisava passar a adaga na garganta de Dabbynne e roubar a criança. Tinha que fazer a inimiga se afogar no próprio sangue e desaparecer da existência.

Dabbynne, vendo o pehalt ferido no fundo da caixa, levantou-se lutando contra a dor e estendeu o braço, puxando o gatilho. Ugaria, com o rosto contrito de ódio e dor, arregalou os olhos e voou para trás após sentir a ferroada na testa. A corrente elétrica da arma fez a feiticeira inimiga gritar e tombar do alto, sentindo a carne rasgar quando o pequeno grampo soltou-se de sua testa. Ugaria estremeceu no chão e se colocou de joelhos, ainda gritando de dor, com a estranha arma caída ao seu lado. Livrou-se do cordão que a prendia àquela máquina de outro planeta e viu a cápsula no peito do deus imóvel brilhar.

— Não! Não! — explodiu a feiticeira de Ahammit, olhando para cima.

Dentro da caixa, Dabbynne havia erguido a mão para curar seu amado pehalt desacordado, emanando seu brilho dourado que recusou passar direto para o bicho de estimação que lhe salvara a vida. A energia da feiticeira, recusando o alvo primitivo, subiu pelas paredes de ferro, acertando o órgão de transporte, adormecido no alto do tórax de seu deus de guerra. Nesse momento, os fios dourados que selavam o topo da cápsula se soltaram e descerem serpenteando, enrodilhando o corpo de Dabbynne e seu filho numa fração de segundo, impedindo-a de gritar e de nem sequer entender o que acontecia.

Ugaria, com a adaga na mão, voou o mais rápido que pôde de volta ao peito do gigante, chegando a tempo de ver os olhos de sua inimiga serem cobertos por aqueles bizarros fios de cabelos dourados, encerrando-a num casulo. Furiosa e sem perder tempo, Ugaria desferiu um golpe contra o casulo na altura da garganta da feiticeira-mãe. O rosto da feiticeira de Ahammit se contorceu mais, trincando seus dentes de puro ódio. O casulo estava vazio. A feiticeira de Dartana desaparecera!

Ugaria olhou para cima. O brilho dourado da feiticeira que estivera ali segundos atrás tinha abandonado o deus de guerra. Ugaria soltou-se do peito de Ogum e levantou voo, distanciando-se e fugindo, reagrupando-se com as feiticeiras que haviam restado. Olhando para trás, viu o deus mestiço tombando para frente e caindo, desmoronando contra o solo pedregoso. A batalha tinha sido um desastre, mas ao menos os guerreiros de Ahammit haviam conseguido derrubar Ogum.

* * *

Mander olhava para o deus de guerra caído no campo de batalha. O deus de guerra tinha resistido o quanto pôde. Tinha feito com que os mortos se levantassem e marchassem mais uma vez. Tinha derrubado boa parte das máquinas de guerra inimigas e dado um sopro de esperança para os guerreiros mestiços até que os guerreiros inimigos começassem a fugir, amedrontados com a força de Ogum e a obstinação de seus guerreiros. Não houve prisioneiros nesse combate. Só sobreviveram poucos inimigos daquele imenso batalhão para contar a vergonha que tinham passado naquela manhã.

O general de Dartana caminhou pelo campo de batalha, olhando para os mortos e sobreviventes, parando aos pés de Ogum. Os sobreviventes também convergiram para o deus mestiço, vivendo um misto de veneração e incredulidade. Tinham visto a luz dourada jorrar do peito de Ogum, dar vida aos guerreiros que já estavam mortos e fazer com que as feiticeiras mestiças brilhassem como estrelas. O pulso de energia do deus de guerra curara as feridas dos que sofriam e tinha restaurado seus corpos para que lutassem mais uma vez.

A luz dourada desaparecera das feiticeiras athonianas e das abandonadas, restando apenas ao redor de Tazziat, que pousava sobre o peito de Ogum, procurando a irmã de Dartana. Contudo, as feiticeiras mestiças não tinham apagado. Brilhavam novamente na cor original do deus de guerra que as havia levado ao Combatheon.

Mander escalou o corpo do deus tombado e olhou ao redor.

— O que fará agora, general? — perguntou Tazziat.

— Tantas mortes, feiticeira. Tantas mortes para conseguirmos avançar. O que nos resta agora?

Tazziat olhou para frente. Tylon-dat, com o corpo e os pelos felinos lavados de sangue, andava em direção a Ogum. Gagar e um segundo lokun levavam os corpos de dois conterrâneos para perto das feiticeiras.

— Chegamos muito longe e já pagamos com vidas demais para desistirmos, Mander. Vamos continuar te seguindo e devemos lutar — disse a feiticeira. — Juntarei minhas meninas e vamos curar nosso deus.

Mander encarou os olhos apagados de Ogum e balançou a cabeça em sinal negativo.

Hanna aproximou-se do corpo caído do deus de guerra e olhou para o seu general.

— Anime-se, Mander! A gente consegue arrumá-lo, acredite. Vamos colocar nosso deus de guerra de pé de novo.

— Eles ainda têm o dobro de guerreiros do que enfrentamos hoje. Não sei se Ogum vai aguentar, menina construtora.

— O que você fez hoje foi muito inteligente, general. Sem sua astúcia e sua bravura não teríamos virado o jogo contra Ahammit. Você vai dar um jeito de derrubar nosso inimigo.

* * *

Jeliath procurou Dabbynne por todo o campo de batalha. Então, junto ao peito de Ogum, começou a encontrar as primeiras pistas. Encontrou restos de carne que as mães expeliam quando tinham suas crias. Havia também sangue sobre o peito de Ogum, manchas abundantes dentro da caixa do peito. Dabbynne tinha estado ali e tivera seu filho. Os pelos do corpo de Jeliath se arrepiaram quando ele teve um lampejo do que havia acontecido e então seus olhos se arregalaram ao confirmar suas suspeitas. O órgão de transporte estava com sua porção superior cheia e o casulo preenchido, como que enrodilhando a silhueta de uma dartana. Jeliath não sabia se sorria ou se chorava, tamanho o seu desespero. Dabbynne tinha conseguido o que queria. Tirara seu filho daquela terra de morte, mas a pergunta agora era, onde ela e seu rebento estavam?

CAPÍTULO 63

O choro enchia tudo e não deixava Dabbynne escutar mais nada. Não ouvia mais a guerra, o clangor das espadas, nem mesmo outro choro de dor que não fosse aquele choro de novidade. Era um choro de mundo novo, sem medo, de pura existência. Era o choro de seu bebê. Ele estava enrolado no tecido sujo e ensanguentado. O tecido azul que envolvia o manto das feiticeiras de Dartana servia para proteger seu diminuto corpo nu. A visão foi se ajustando aos poucos àquela luz brutal que vinha de todos os lados. A grama pinicava as costas e os braços, que mal se moviam. Os dedos estavam agarrados ao bebê, por medo de perdê-lo das mãos. Será que o estava apertando demais? Dabbynne afrouxou um pouco mais os dedos, encarando a criaturinha. Os olhos dela, agora adaptados a tanta claridade, encontraram pela primeira vez o ser mais amado de toda sua vida. Seu filho. Seu grande milagre. O presente derradeiro de Belenus agora estava fora de seu ventre e respirava o ar daquele lugar diferente. Ogum a tinha protegido de Ugaria. De alguma forma a tinha retirado do campo de batalha pedregoso. Os olhos de Dabbynne encheram-se de lágrimas, primeiro, de emoção, encontrando o passado nos contornos daquele pequeno rostinho, e, depois, de impotência, por ter falhado, por não ter conseguido escapar do Combatheon antes de dar à luz o pequeno Bel.

O olhar da feiticeira se ergueu e sua respiração ficou presa por um breve momento, enquanto seus lábios se separavam. Não havia mais gritos de dor nem repiques de espadas porque ela não estava mais parada no peito de Ogum. Suas costas repousavam no robusto tronco de uma árvore e agora a luz agradável do sol vazava por entre as folhas da vasta copa. Estava num lugar luminoso e calmo, onde o chilreio dos pássaros fazia companhia ao choro, agora minguado, do pequeno Bel.

Dabbynne se levantou, sentindo-se zonza e fraca. Ela observou o horizonte e viu pequenos pontos de fumaça. Não fazia a mínima ideia de onde estava e nem em qual direção tinha que seguir para voltar ao acampamento dos mestiços. Dabbynne sentiu um frio na barriga ao pensar sobre a sua atual localização. E se não estivesse mais no Combatheon? Seria ali o planeta do qual Jeliath falava com tanta empolgação? Se fosse, deveria haver o som rouco e assustador das máquinas que percorriam ruas negras e também as aves de metal roncando no céu. A feiticeira de Dartana recostou-se novamente ao tronco e se sentou, levando a boca de Bel ao seio, alimentando-o como faziam as mães de Dartana, recebendo dele um sorriso inesperado. O bebê ainda resmungou por alguns segundos, até conseguir sugar o seio da mãe. Eram duas criaturas estranhando seus afazeres, mas finalmente se encontrando. Bel passou a sugar o leite de sua mãe enquanto Dabbynne, instintivamente, segurando-o com uma das mãos, começou a afagar sua delicada cabecinha com a outra, enquanto lágrimas novas desciam pelo rosto. Ela não sabia onde estava, mas imaginar que não estava mais naquela terra de guerra e morte lhe bastava por ora.

Nullgox ficou girando ao redor da árvore, caçando criaturinhas que voavam entre a grama e as flores que surgiam no caminho.

Dabbynne, exausta, adormeceu.

* * *

Os olhos da feiticeira se abriram repentinamente quando um choramingo do filho no colo a trouxe desesperadamente de volta à consciência. O coração da feiticeira-mãe se acelerou imediatamente, lançando-a a uma sensação de angústia, assustada e culpada por ter se dado ao luxo do mergulho naquele sono profundo, imaginando quantos perigos tinham rondado o bebê enquanto estava ausente. Um inseto zanzando pela floresta poderia pousar entre seus braços e tê-lo picado ou até mesmo um animal selvagem poderia tê-la surpreendido e arrebatado o filho de suas mãos. Levou um tempo para se acalmar, um pouco tranquilizada pela figura de Nullgox cochilando na relva ao seu lado. O pehalt vivia alerta quando coisas estranhas aconteciam ao redor ou criaturas desconhecidas rondavam, contudo o animal estava deitado, preguiçoso, com a cabeça recostada no chão gramado.

Ela olhou para o alto demoradamente, procurando o céu depois das folhas das árvores, enquanto Bel dormia, alheio à situação, inocente em sua ignorância. Levantou-se e começou a descer a colina gramada com o filho enrolado no pano. Não fazia ideia de quanto tempo havia dormido na mata, mas não deveria ter sido muito. Dabbynne tinha a impressão de ter se distanciado por horas, mas, de fato, a luz não tinha mudado muito e o filho parecia confortável, se chorasse de fome de novo seria uma dica de o tempo ter corrido. Ela é quem estava com as entranhas queimando, faminta e fraca após o trabalho de parto, precisava procurar por algum tipo de fruta que a alimentasse, algum tipo de abrigo antes que anoitecesse e, acima de tudo, tinha de descobrir onde estava. Pelas histórias escutadas da boca de Jeliath, poucos eram os humanos receptivos à presença de um dartana. Dabbynne, inconscientemente, mesmo querendo evitar os humanos, caminhava em direção às colunas de fumaça que via. Se fosse como em Dartana, aquelas colunas significavam que havia fogo dentro de uma casa e que, provavelmente, haveria comida também. Parou quando chegou à beira das árvores da floresta que lhe emprestavam uma sensação de proteção.

Talvez fosse boa ideia enfrentar o cansaço e a fome ali mesmo, escondida, longe de olhos curiosos. Jeliath sempre voltava para o peito de Ogum. Ele dizia que isso acontecia quando a dor de cabeça começava e chegava ao ponto de ficar insuportável. Dabbynne suspirou e fechou os olhos. A cabeça ainda não doía. Decidiu caminhar para afugentar os maus pensamentos. Uma hora ela voltaria para aquela terra de lutas e sangue. Tinha que aproveitar a calma daquela mata distante do Combatheon. Aproveitar que seu desejo fora atendido e agora Bel estava longe daquele mundo perigoso, cercado de morte. Não queria que o filho crescesse na Vila de Abandonados. Não queria voltar com a certeza de que Ogum e o exército mestiço seriam massacrados pelo restante do exército de Ahammit. Se aquele pedaço pequeno de Ahammit havia feito tanto estrago, sem Ogum inteiro para interceder pelos guerreiros, o que seria quando Bousson e aquela detestável Ugaria retornassem? Certamente tomariam seu filho para o prazer de Alkhiss. Dabbynne abraçou o filho ainda navegando naquele pântano de sentimentos, deixando uma lágrima rolar e cair sobre os dedos finos e expostos do pequeno. Bel estremeceu, estranhando o espaço farto fora da barriga da mãe.

Dabbynne ergueu os olhos para a relva diante de si e ficou imóvel, congelada por uma fração de segundo. Quando se viu livre da hipnose, olhou para trás, para se certificar de que a floresta continuava às suas costas e de que aquilo que via agora não era um sonho, uma ilusão que a mente lhe pregava. Dabbynne sorriu e colocou a mão sobre os lábios. Havia um arbusto a quinze metros de distância, onde um pássaro agora gorjeava um canto lindo. Um canto conhecido. Aquela música eriçou todos os pelos do corpo dela, erguendo os fios da nuca. Chorar já não era novidade, mas a emoção foi tão poderosa que as pernas enfraqueceram. Ela conhecia aquela música. Era a de um brasaviva. A ave era pequena, mas tinha certeza de que era um brasaviva. Brasavivas cresciam em ninhos de um ovo só e por isso eram raros em Dartana. Os pais ficavam em dupla no ninho e defendiam com a própria vida o pequeno e indefeso filhote, que só ficava pronto para voar depois de seis semanas. Em geral, o pai ou a mãe morria nessa fase, posto que os filhotes de brasavivas eram iguarias muito procuradas por diversos predadores. Os brasavivas eram um sinal de resistência. Aquele canto era único. A coloração deles era similar a uma labareda. Um fogo que anunciava que um novo brasaviva sobrevivera à batalha pela vida e também a chegada da época das frutas amarelas nos arbustos de tâncias, de ramos e folhagens abastadas. Por impulso, Dabbynne avançou alguns passos rumo ao pássaro. Ele parou o gorjeio e ficou fitando-a, preparado para a fuga.

— Cante!

O pássaro continuou olhando para Dabbynne, com as asas abertas, e então seu trinado voltou a encher a relva, obedecendo à feiticeira.

— Não vou te fazer mal. Fique aí — acalmou ela.

Dabbynne avançou até o arbusto e então viu os ramos cheios de pontos amarelos. Tâncias! Impossível seu sorriso ficar ainda maior. O canto do pássaro virou música, enquanto ele a observava e saltitava de um galho a outro, desviando-se das mãos de Dabbynne, que coletavam algumas frutas. A feiticeira colocou a primeira na boca e a casca sedosa do pequeno fruto aveludado resistiu por uma fração de segundo à mordida e então o líquido espesso, misturado às esferas adocicadas que se guardavam dentro da tância, infestou a língua.

Dabbynne ergueu os olhos para as colunas de fumaça, limpando as lágrimas que riscavam seu rosto. O brasaviva alçou voo, indo direto para o meio das árvores. Dabbynne estava em casa.

* * *

Por um bom tempo, seus passos erraram sem destino, apenas descendo a encosta relvada do monte Ji-Hau, buscando confirmação em tudo o que via no caminho, certificando-se de que estava mesmo em Dartana, sua terra natal, a terra para a qual, em todas as narrativas contadas pelas feiticeiras, jamais voltaria. Parecia um sonho. Era como se estivesse apenas lá, recostada ao fundo da cápsula do peito de Ogum, onde seu filho nascera, e tivesse adormecido, viajando dentro do sono para o lugar onde mais queria estar no universo.

Dabbynne parou, ouvindo as primeiras vozes de gente do povoado à sua frente. O balido das haitas, enquanto outra suspeita brotava no peito. Olhou para o filho com tamanha ternura enquanto aventava a possibilidade de não estarem mesmo ali, unidos e caminhando pelas trilhas de Dartana. E se ela vivesse o sonho dos mortos? Seu corpo poderia ter sido apanhado por uma das pedras incandescentes junto com o deus de guerra Ogum, e agora tanto ela quanto o filho eram desencarnados. A última coisa que tinha visto no Combatheon tinha sido a feiticeira inimiga Ugaria. E se ela tivesse conseguido, no fim de tudo, tomar-lhe a vida porque, como a mãe de um brasaviva, ela se recusara a largar a cria?

Dabbynne mordeu o lábio até machucar. Da dor intensa brotou o sangue quente e afastou a sombra da loucura. Seus pés, que empurravam sua cabeça, que, naquele momento, não sabia aonde ir, pararam em frente a um casebre. Era cedo. As pessoas ainda não tinham deixado o leito para ir buscar a massa comum em Daargrad. Os pastores não tinham ainda saído de suas casas para lidar com as criações que vagavam em torno das casas. Nem os lenhadores tinham deixado o lar com suas ferramentas. Então era muito provável que ele ainda estivesse ali, deitado em sua cama. Dabbynne tocou na porta de Jout e a empurrou levemente.

A casa, sempre fria, estava em silêncio. O bebê resmungou, quase inaudível, remexendo-se no colo da mãe. Dabbynne sorriu. Será que ele sabia que entrava na casa do pai? Havia como um bebê, que não tinha visto nada da vida, intuir ou imaginar que seu criador estava ali, ao lado, repousando em uma cama sem ele? Era possível que o criador soubesse que estava recebendo um filho nascido em outro mundo? Dabbynne foi atraída por um lume tremeluzente vindo através da porta que servia o quarto de Jout. As peles que o rapaz vestia para trabalhar estavam no chão e tinham seu cheiro. Uma faca rudimentar feita por feiticeiras jazia perto da porta, suja de sangue.

Se ela pudesse ficar ali, poderia contar a Jout sobre tantas outras formas de lâminas; ensinar a ele pelo menos oito armadilhas diferentes para caçar e fazer para ele tantas facas e machados que ele seria um rei em Dartana. O rei de todos os reis daquele mundo, o mais poderoso, o mais sábio, mesmo não tendo vivido o que ela viveu e por apenas ter ouvido de sua boca tudo o que ela, feiticeira de Dartana, vira no Combatheon. Dabbynne se prendeu mais uma vez ao silêncio, antes de cruzar aquela porta para saciar a curiosidade. Dartana inteira dormia, enquanto seus guerreiros, que semanas atrás tinham cruzado os portões de guerra, lutavam pelo destino de todo aquele povo, alheio a tudo o que existia lá em cima, em algum lugar que nunca tinham visto e jamais veriam. Dabbynne adentrou o quarto com o máximo cuidado. Não queria acordar Jout, apesar de saber que devia fazê-lo imediatamente. Sua cabeça ainda não doía, mas um sentimento de urgência a consumia. Sabia que seria dragada de volta ao Combatheon de uma hora para outra. Essa era sua chance. A chance desenhada lá atrás pela visão de Belenus. Ela não escaparia de seu destino num mundo de guerra e trevas, mas teria a chance de deixar o filho, Bel, viver uma vida melhor, plena, a salvo de toda a maldição de Dartana, ao lado do pai. Ele cresceria, inteligente e perspicaz, com a mente livre e já tocada pela luz do conhecimento. Seria diferente.

Dentro do quarto, Dabbynne teve duas surpresas. A primeira, inusitada, um altar com a figura de Belenus. Por um breve segundo, a feiticeira se enterneceu, pensando que Jout, tão contrário à crença de que haveria de fato o outro lado do Portão de Batalha, havia se dobrado e agora acreditava em um deus e em uma guerra nos quais nunca tinha acreditado antes, só para que ela tivesse alguma chance naquela nova dimensão. Pensava no quanto Jout era cabeça-dura, no significado daquele altar e o quanto ele haveria de tê-la em consideração para que deixasse o orgulho de lado e assumisse aquele ato de fé. Então a segunda surpresa, ao contrário das tâncias, aquela destilou um gosto amargo que desceu de sua boca até o estômago. Raiza estava ali, deitada nua na cama em que ela já estivera tantas vezes. Dabbynne não conseguiu evitar aquela apatia e imobilidade que fizeram seus pés pesarem como rocha. O bebê soltou outro gemido, a mãe, acreditando que agora ele sentia seu sofrimento, retirando-a daquele torpor momentâneo. Dabbynne começou a recuar, quando foi surpreendida pela mão em seu pescoço e um puxão no cabelo, fazendo-a bater contra a parede na cozinha do casebre. Quando ergueu os olhos, deparou com uma faca apontada para seu rosto e a expressão dura de Jout, transformando-se. A faca, outrora firmemente empunhada, agora bambeava e caía contra o chão de pedra.

— Como? — balbuciou a voz fraca de Jout.

A luz que entrava pela única janela da cozinha batia no colo de Dabbynne. Os olhos treinados de Jout foram capturados pelo curto movimento das mãos do bebê adormecido. Ele encarou Dabbynne novamente sem palavras para expressar o que sentia.

— Jout, o outro lado existe!

O jovem lenhador começou a tremer, caminhou para trás, pisando em bacias e fazendo barulho. Seu corpo bateu contra a parede, enquanto os joelhos se arquearam. Jout levou a mão à boca, incrédulo.

Dabbynne olhou para trás, para o quarto ainda silencioso, temendo que Raiza acordasse.

— Venha, precisamos conversar fora daqui e rápido. O destino dessa criança depende disso.

— Eu vi você partir, Dabbynne. Você foi para o outro lado. Como é possível?

Os dois ficaram quietos. Dabbynne andou até a mesa e apanhou um pedaço de pão, enfiando-o no bolso.

— E essa criança?

— Essa criança é nossa, Jout. Nosso bebê.

Jout abriu a boca, mas não saiu nenhuma palavra. Antes que pudesse pensar ou dizer algo, Dabbynne já desaparecera pela porta da casa.

* * *

O trajeto até a proteção das árvores foi feito em silêncio. Ambos surpresos. Jout carregava o bebê no colo, sem crer que aquele pequeno dartana era seu filho.

— Eu não posso tocá-lo mais, Jout. Essa criança é sua agora.

Jout olhava para Dabbynne como quem vê um fantasma. Tudo o que vinha à sua mente era Dabbynne cruzando o Portão de Batalha e desaparecendo, como milhares e milhares de dartanas no passado, sem que nenhum deles jamais voltasse. Jout não acreditava em nada daquilo. Para ele, quem cruzasse aqueles portões jamais tornaria a existir. O Portão de Batalha era uma farsa e agora ela estava ali, diante de seus olhos, colocando toda a sua sanidade à prova.

— Como? — soou a voz rouca do caçador.

Dabbynne deixou a pergunta sem resposta até que alcançaram o arvoredo e lá ela se sentou, tirando do bolso da bata suja e surrada o pedaço de pão apanhado às pressas na cozinha.

— Quando você partiu... Você não parecia prenha.

— Nem eu sabia, Jout.

— Feiticeiras não ficam prenhas. Você partiu daqui flutuando, voando como uma feiticeira.

— Ainda sou uma feiticeira. E das boas.

— É um menino?

— Sim. É nosso menino. Parte dartana, parte filho de um deus.

Jout baixou a cabeça, balançando repetidas vezes.

— Não estou entendendo nada, Dabbynne. O que está falando?

— Jout, não sei quanto tempo terei aqui. Sei que logo voltarei para o Combatheon. Aquela terra é real e agora, nesse exato momento em que conversamos, nossos guerreiros e nosso deus de guerra lutam para libertar Dartana!

— Não pode ser!

— É, Jout! Acredite! Só poderei deixar Bel aqui contigo se acreditar em minhas palavras! Acredite!

— Nunca ninguém voltou, nunca ninguém contou o que acontece! — retrucou Jout.

— Agora estou aqui e estou te contando! — gritou Dabbynne, aflita.

Jout continuou calado, olhando para a ex-namorada.

— Para contar tudo o que aconteceu, preciso que acredite em mim. Você acredita, Jout? Acredita que voltei do Combatheon? — perguntou a feiticeira.

Jout mordeu os lábios e baixou a cabeça.

— Jeliath, Parten, Thaidena e Mander estão lá! Sobreviveram! E estão fazendo o impossível para que Dartana tenha uma chance. Precisamos de você, Jout! Precisamos da fé de todos em Dartana. Acredite em mim! Eu cruzei as estrelas para salvar nosso filho da morte! Acredite em mim!

Jout começou a chorar, lágrimas caíram sobre Bel e logo o caçador soluçava com o filho nas mãos. Ele olhou para Dabbynne. Ela possuía um brilho, uma energia poderosa que começava a emanar de sua aura dourada.

— Como fui tolo! Como estive errado! Me perdoe, Dabbynne.

Dabbynne olhou para seus braços e arregalou os olhos.

— Acho que está começando, Jout! Estou indo embora! Isso não é justo!

Jout ajoelhou-se aos pés de Dabbynne e curvou-se em lágrimas.

— Não vá! Não vá, meu amor! Eu acredito! Acredito em tudo que me contar!

— Quando cruzei os Portões de Guerra eu não sabia que carregava um filho nosso.

— Como é possível? Não faz tanto tempo assim.

— Assim que me tornei feiticeira e acendi, assim que cruzei o Portão de Batalha, as dores começaram. Eu estava perdendo nosso filho. Mas não era apenas eu quem perdia no Combatheon, Jout. Quando pusemos os pés no campo de batalha, o exército de Dartana foi trucidado.

Jout ergueu os olhos para Dabbynne. Nullgox chegou correndo, vendo sua dona brilhar.

— Como?

— Um exército inimigo, de uma deusa de guerra muito poderosa, estava nos arredores de nossa forja e não tivemos a menor chance. Poucos de nós sobreviveram. Belenus, nosso deus de guerra, num ato derradeiro, dividiu sua energia entre mim, Jeliath e Mander.

— Belenus está morto?

— Sim.

— Não entendo. Então como você ainda é uma feiticeira? Como está aqui?

— Basta saber que Belenus me concedeu a dádiva de ter nosso filho, do contrário eu o perderia, esvaindo-me em sangue. Nenhuma feiticeira até hoje teve um filho. Para tanto, ele disse que a criança teria três progenitores, pois Bel é filho de dois dartanas e de um deus de guerra.

Jout olhou para o pequeno em suas mãos.

— Entende agora a importância dessa criança em seus braços?

— Essa criança seria importante de qualquer jeito, Dabbynne. Ele é nosso filho.

— Fugi do Combatheon para tirá-lo dum mundo de sangue e dor.

O brilho ao redor de Dabbynne começou a se intensificar e a pulsar na cor dourada do brilho de Ogum.

— Não deixem que saibam que ele é filho de uma feiticeira. Diga a todos que é filho seu e de Raiza. Proteja-o a todo custo, Jout.

Ele aquiesceu.

— Tenho mais duas coisas a te pedir, Jout, antes que eu seja arrebatada daqui.

— Peça, Dabbynne.

— Primeiro, cuide de Eldora e de Math para mim. Não terei tempo de vê-los — suplicou a feiticeira, com os olhos rasos d'água.

— Cuidarei, meu amor. Cuidarei. Math não fala mais comigo desde o acontecido na garganta.

— É. Ele está tomando juízo — disse Dabbynne, secando as lágrimas e encarando novamente Jout. — Segundo, eu preciso que acredite em nós, em nossos homens e em nosso deus de guerra.

— Você disse que Belenus morreu... Todos oram por Belenus, até mesmo Raiza colocou aquela estátua ridícula em nossa casa.

Dabbynne balançou a cabeça negativamente.

— Perdoe-me, Dabbynne, perdoe-me! Mas até meia hora atrás, eu era um dartana que em nada disso acreditava, agora tenho um filho parte deus nos braços. Tenho remorso e quero reparar meu erro.

— Então diga a todos que estão orando pelo deus errado. Belenus partiu! Orem por Ogum!

Jout balançou a cabeça em sinal positivo.

— Orem por Ogum que serão todos libertados do manto da ignorância quando nosso exército sagrar-se campeão!

— Sou sua pior escolha, Dabbynne! Nunca acreditei em nada e agora pedirei que orem a um deus morto?

— Convença-os, Jout! Dartana inteira depende de você agora!

Nullgox soltou um miado estridente e afastou-se alguns passos, chamando a atenção de Jout. No segundo seguinte, um ronco irrompeu a floresta junto com um golpe de ar que jogou Jout para longe, agarrado ao bebê. Quando Jout levantou-se e abriu os olhos, Dabbynne não estava mais lá. A árvore debaixo da qual conversavam tinha se tornado um tronco fumegante, com as folhas e os galhos torrados. De forma tão mágica quanto tinha chegado ali, Dabbynne partiu.

CAPÍTULO 64

Horas antes, Bousson levantou o braço, vitorioso. Ele e todos seus gul tinham aos seus pés o último exército inimigo, dizimado por suas máquinas de guerra e metralhadoras. Assim que Alkhiss retirou sua cimitarra de cinco metros do peito do deus inimigo, vendo os olhos do oponente se apagarem junto com seu brilho místico, roubando-lhe a continuação da marcha e a vida, a deusa de guerra virou-se para o horizonte, onde uma luz poderosa explodiu.

— O Portão de Vitória, general — murmurou Alkhiss, abrindo um sorriso, maravilhada.

Os gritos eufóricos dos guerreiros de Ahammit encheram o campo de batalha. Haviam vencido. Tinham derrubado todos os oponentes de Alkhiss e agora só precisavam marchar para o Portão de Vitória para garantir que Ahammit fosse libertada da maldição do pensamento.

Em poucos minutos, sob as ordens de Bousson, os gul organizaram seus batalhões, fazendo com que todos os soldados sobreviventes retomassem a marcha. Alkhiss, ladeada pelas feiticeiras, encetou em direção à luminosidade azul que vibrava no horizonte, como um novo sol poente, um sol que poderia ser tocado e atravessado para uma nova realidade. Para onde iriam os guerreiros que venciam no Combatheon? Nem guerreiro, nem feiticeira, nem deusa, ninguém tinha resposta. O futuro dos glorificados era desconhecido. Saber que extinguiriam a maldição do pensamento bastava para que continuassem marchando e encerrassem aquele ciclo. O exército marchou por horas sem interrupção, vencendo a distância e aproximando-se cada vez mais do Portão de Vitória. O brilho no horizonte se intensificava cada vez mais e, conforme a luminosidade aumentava, servia de combustível para que o exército de Ahammit continuasse avançando.

Porém, longe dali, do campo de batalha onde Ahammit havia exterminado o exército de Nadrel, derrubando seu patético deus de guerra, uma anomalia acontecia. Uma feiticeira voltava de sua viagem pelas estrelas e trazia com ela a força dourada que ela não deveria mais ter. Sua energia mágica caminhou do peito do deus mestiço para os olhos do gigante divino que os abriu mais uma vez. Ainda que caído e com o corpo ferido, Ogum estava vivo mais uma vez.

Alkhiss olhou para o horizonte e viu a luz azul desaparecer. O Portão de Batalha estava fechado. Um deus além dela estava vivo de novo.

— Ugaria! — vociferou a deusa de brilho púrpura.

Bousson, o general que não permitira ao exército esmorecer em nenhum momento, transferindo a cada um de seus homens a impavidez necessária para derrotarem todos os inimigos, estremeceu quando Alkhiss gritou o nome da feiticeira favorita. Os olhos do general procuraram o sol azul na linha do horizonte sem conseguir enxergá-lo. Não tinham mais a estrela que os guiaria para a saída do Combatheon. A luz se apagara. Foi a primeira vez que o general de Ahammit virou seu zirgo e olhou para trás, para as terras sobre as quais já tinham marchado e não deveriam voltar.

Agora, um risco roxo rasgava o céu em direção a seu exército. Um tipo diferente de estrela se aproximava. Uma estrela que prenunciava uma desgraça.

Ugaria pousou diante de Alkhiss e Bousson, descendo descontrolada, com o rosto lavado por lágrimas, esparramando pedriscos para os lados e fazendo o zirgo do general levantar as patas dianteiras, assustado. Bousson, aferrando as rédeas da montaria, mirava em silêncio a feiticeira.

— Ugaria... a feiticeira prenha... O que aconteceu? — perguntou a deusa de guerra, com a voz vacilante, embebida em raiva e desapontamento.

A feiticeira levantou os olhos purpúreos para a deusa e balançou a cabeça em sinal negativo.

— Eu falhei, minha senhora. Por pura vaidade, eu falhei.

— Ugaria! — berrou a deusa mais uma vez.

— Eles venceram nossos homens, meu general. Venceram nossas armas. O deus de guerra deles foi destruído, mas nossos homens foram derrotados.

— Impossível — tartamudeou Bousson.

— Eles são selvagens, astutos. Atacam com gana e têm muita sorte. O deus de guerra dos mestiços é bravo e derrubava as pedras de fogo.

— Onde está Pardeglan?

Ugaria levantou os olhos para o general.

— Está morto. Poucos sobraram. Eles nos caçaram enquanto fugíamos. Atiravam do céu, como se fossem pássaros. Eles não vão desistir enquanto não acabarem conosco.

A cimitarra de Alkhiss assobiou no ar, cravando na rocha à frente de Bousson. O general segurou as rédeas de seu zirgo, que empinou mais uma vez, e seus olhos subiram para o rosto transfigurado de Alkhiss. A deusa espumava pela boca, arrancando a lâmina da rocha.

O general olhou para a feiticeira caída à sua frente com o braço direito amputado. Ugaria gritava e gemia, rolando no chão e esparramando seu sangue marrom para todos os lados, enquanto Alkhiss levantava a lâmina mais uma vez, crispando os lábios e exibindo suas presas afiadas.

Ugaria colocou-se de joelhos e elevou a mão esquerda ao céu.

— Clemência, minha senhora. Perdoe-me se pequei. Não sou sábia e nem forte como a senhora...

Alkhiss abaixou sua espada e guardou-a na bainha enquanto Ugaria, ainda incrédula, choramingava segurando o cotoco do braço, tentando impedir a hemorragia. As outras feiticeiras acercaram-se da cena, mas temiam acudir a irmã, ante a cólera da deusa de guerra.

— A feiticeira prenha? O que aconteceu com ela?

Ugaria olhou para Alkhiss e para Bousson com o rosto lavado de lágrimas.

— Ela fugiu de mim. Ela teve o bebê e agora é mãe. É tudo culpa dela. Quando matamos o deus dela, ela o fez se levantar. Ela tem poderes de um demônio enganador, minha senhora. Agora tudo está claro na minha mente. Ela me confundiu, fez-me ir contra a senhora. Me perdoe.

— Chega, Ugaria!

— Os mestiços virão atrás de nós, senhora. Virão atrás de nosso exército. Eles querem o Portão de Vitória.

— Nunca! — bradou Bousson. — Nunca nos vencerão. Vou acabar com essa intromissão de uma vez por todas. Matarei o general mestiço com as próprias mãos.

Alkhiss olhou para Bousson.

— Faça isso rápido, general de Ahammit. Prepare-se para o combate. Traga suas máquinas de guerra com força total. A feiticeira-mãe é poderosa e fez com que o deus mestiço se levantasse mais uma vez. O poder que ela tem não é de uma feiticeira. É de uma filha de Variatu. Não estou gostando nada disso.

CAPÍTULO 65

Álvaro olhava para a tela do tablet repetidamente, enquanto Doralice desenhava aos seus pés. Através do aparelho, ele via o alvoroço que o visitante das estrelas tinha causado em sua última visita, driblando o cerco que ele montara com seus agentes e com a colaboração da Polícia Militar. Por sorte, ainda tinha seu emprego, afinal de contas, estava mergulhado naquela história até o pescoço e havia a esperança de que o espécime continuasse visitando o planeta Terra. Por alguma razão que ainda não conseguia entender, ele sempre aparecia próximo a sua irmã. Quando fizesse isso de novo, seria capturado de uma vez por todas. Álvaro agora tinha permissão para ser mais persuasivo se fosse necessário. A despeito da popularidade do espécime, poderia usar de todos os recursos que julgasse necessário para mantê-lo cativo e para que seu precioso corpo extraterreno terminasse na mesa certa para ser estudado, esquadrinhado, milimetricamente. A corporação que resolvera mantê-lo na ativa e na liderança daquele projeto estava disposta a ceder recursos ilimitados para a tecnologia que fazia com que aquele ser de evidente conhecimento rudimentar pudesse viajar de um planeta para outro. Havia alguma tecnologia escondida no espécime, talvez internamente, talvez em suas células, tecnologia que valeria bilhões, que precisava ser desvendada a qualquer preço.

— Ele virá atrás da titia de novo. Eu sei.

Álvaro baixou o tablet e olhou para Doralice aos seus pés.

— O senhor não quer acreditar que isso acontece por causa dos deuses. O senhor pensa que isso não existe, mas deveria pensar diferente. Seria melhor para nós dois.

— Por quê? — perguntou o tio.

— Porque ele vai voltar. Vai voltar para me matar.

— E por que ele quer te matar?

Doralice parou de rabiscar o papel onde dois corpos erguiam espadas. Um era amarelo e o outro era roxo. A menina baixou o caderno de desenhos e andou até o tio, parando em frente a sua poltrona.

— Porque nossa guerra está acabando, lá no alto, lá onde os deuses devem lutar até a morte. Ele serve ao deus Ogum e eu sirvo à minha deusa de guerra Alkhiss — disse Doralice, apontando para o desenho amarelo e depois para o roxo. — Eles vão se enfrentar e ele sabe que eu vejo armas para minha senhora, titio. Ele virá para cá para me matar, para que o deus dele veja mais e seja o vencedor.

Álvaro estava com os pelos dos braços arrepiados. Sua sobrinha o olhava com os olhos transformados. Um brilho roxo refulgiu duas vezes enquanto ela falava, de forma breve, ilusória, mas ele sabia que tinha visto.

— Em nosso mundo, pensam que é um anjo. Eu sei que o senhor viu isso aí no tablet — Doralice apontou a mão para a TV, que ligou automaticamente, fazendo a tela se iluminar e se conectar à internet, começando a exibir um vídeo no YouTube. — Veja, eles o adoram. Pensam que é um anjo, que é um deus, um enviado de deus.

Álvaro via multidões com cartazes festejando a presença de Jeliath. Passavam também vídeos feitos por pessoas únicas, como em depoimentos, chorando e dizendo que o Juízo Final se aproximava e que Jeliath era um anjo do Senhor.

— Eles fariam qualquer coisa por ele, titio. Você, que está tão perto de mim, também deveria acreditar. Acredite que minha deusa existe, titio, e ela te salvará.

Álvaro ajoelhou-se na frente da sobrinha e tomou sua mão, beijando-a.

— Eu acredito, filha. Acredito. Aquele monstro nunca mais chegará perto de você. Eu prometo.

Doralice sorriu para o tio Álvaro e tornou a sentar-se sobre o carpete, retomando seu lúdico passatempo, rabiscar o caderno.

CAPÍTULO 66

Jout e Raiza olhavam para o pequeno Bel. O bebê dormia profundamente com a barriguinha cheia de leite de cabra. Raiza tinha explicado que suas irmãs tinham crescido assim, bebendo leite de cabra.

Jout contou a ela como aquela criança divina tinha chegado até sua casa. Contou do seu jeito, para que o ciúme de Raiza não se tornasse um entrave na missão que tinha pela frente. Segundo ele, uma criatura de luz vinda dos céus escolhera aquela casa para entregar uma criança muito especial, como um presente para a nova Dartana que iria surgir. Quando ela perguntou por que a criança era especial, Jout revelou que era parte filho de um deus. Além disso, o bebê estava sendo perseguido por forças do mal, que queriam tirar-lhe a vida por pura inveja, porque um deus nunca teve um filho de carne e osso que poderia viver no céu, inalcançável para a carne ou no meio da carne, no chão, onde os dartanas caminhavam. Raiza ficou assombrada com aquela revelação, sem entender por que a casa deles tinha sido escolhida para receber o menino vindo do céu.

Jout disse que ele também estava assustado, porque era, certamente, o mais descrente de toda Dartana, era o rebelde que nunca tinha aceitado a história de que os deuses de guerra marchavam através do portal de luz para que algo de bom acontecesse. Contudo, ele tinha visto e fora visitado pela criatura de luz, que entregou-lhe a criança em suas mãos. Agora, além de ter a missão de cuidar de um filho de Belenus, também tinha a missão de contar sobre a morte de Belenus e a glória de Ogum, que fora revivido no Combatheon, para guerrear por Dartana.

Jout correu até o altar e apontou para a estátua de Belenus.

— Precisamos avisar a todos em Dartana, para todos em Daargrad. Ninguém deve orar por Belenus mais. Devem orar por nossos guerreiros e para que Ogum tenha poder para vencer. A criatura de luz me disse que assim Ogum terá forças para marchar com os próprios pés mais uma vez.

— E o que isso significa?

Jout esfregou o rosto com a mão e ficou olhando para o bebê na cama por um instante.

— Eu não sei, Raiza. Não sei. Só sei que é isso que temos que fazer, para o bem de Dartana, para o bem de nossa criança. Temos que ter fé, acreditar que as orações têm poder de atravessar as estrelas e ajudar aqueles que precisam lutar por nós.

— Precisamos ir até o Hangar das feiticeiras. Você precisa dizer tudo isso para as guardiãs que ficaram — afirmou Raiza, apanhando a criança e indo à porta do quarto.

Jout bloqueou sua passagem.

— Vamos contar tudo o que a criatura de luz me contou, menos uma coisa.

Raiza ergueu os olhos para Jout.

— A criança. Não vamos falar que nosso filho veio lá de cima. Elas nunca vão acreditar que a criança foi dada a nós. Vão querer tirá-lo da gente. Precisamos proteger meu filho.

Raiza passou pela porta e parou na cozinha, olhando para a criança dormindo em seus braços. Ele se parecia com qualquer outra criança de Dartana, nada indicava que era mesmo um filho de um deus, uma criança das estrelas. Não sabia se Jout estava enlouquecendo ou encobrindo qualquer outra história. Ela não tinha ideia de como aquela criança tinha ido parar ali, dentro de sua casa, mas de uma coisa sabia: já amava aquele pequeno enjeitado.

— Nosso filho, Jout.

Jout aproximou-se de Raiza e abraçou-a ternamente, grato até o fundo da alma por ela ter aceitado aquela criança levada por Dabbynne, o que seria um segredo para sempre. Jout beijou Raiza por prontamente aceitar Bel em seu lar. Ele, Raiza e o pequeno Bel, abraçados no meio daquela cozinha rudimentar, pela primeira vez, eram uma família.

CAPÍTULO 67

Dabbynne abriu os olhos assim que os filetes luminosos libertaram o seu corpo dentro da cápsula no peito de Ogum. A feiticeira desfaleceu dentro da caixa metálica e viu sua energia dourada irradiar pelas paredes da cápsula, como se Ogum a drenasse assim que ela chegou. Dabbynne levitou para fora e desceu ao chão pedregoso, sendo cercada por Jeliath, pelos construtores e também por todas as feiticeiras que pairavam acima de Ogum, tentando curá-lo de suas feridas. Ela viu o deus começar a brilhar mais uma vez e então a energia dourada explodiu num pulso de luz, esparramando o fulgor dourado até encontrarem as nuvens carregadas que passavam acima de suas cabeças.

Dabbynne baixou os olhos. Estava cansada de tudo aquilo. Estava cansada de estar naquele lugar e cansada daquela guerra. A feiticeira caiu de joelhos. Seus braços leves eram na verdade um fardo. A feiticeira sentia a dor mais cara que uma mãe poderia sentir em vida. Seu filho não estava mais ali. Ainda que tivesse feito o que achava ser melhor para a criança, Dabbynne já se arrependia até o último fio de cabelo. Seu pequeno Bel não seria mais amamentado em seu seio. Seu filhinho parte deus estava distante, protegido daquele mundo frio, de sangue e guerra, pela distância das estrelas. Seu pranto irrompeu, enchendo o Combatheon, entristecendo a todos. Ogum, deitado e imóvel, estendeu o braço de Ares até tocar a feiticeira, empurrando-a levemente. Dabbynne, inconsolável, não parava de chorar. Levantou-se e abraçou o dedo de Ogum.

Jeliath e os demais entenderam o que acontecera. Dabbynne não tinha mais a barriga volumosa como trazia ainda aquela manhã, antes do combate. Havia parido o filho e desaparecido dentro do peito de Ogum. Agora, voltava de braços vazios e tomada por uma tristeza profunda. Nada mais era preciso ser dito. O bebê parte deus tinha ido embora do Combatheon.

* * *

Mander e os generais estavam na tenda montada no campo de batalha. Rememoravam os momentos da luta daquela manhã, alternando entre o entusiasmo e o esmorecimento ao narrar as façanhas, o heroísmo e o engenho de Jeliath e Mander, decisivos para tirá-los da desvantagem e encher de medo as colunas de Ahammit e os instantes de agonia e a lembrança das perdas irreparáveis daquela manhã. O pequeno exército mestiço tinha encolhido ainda mais, ficando agora com a metade de soldados que tinha antes de confrontar apenas um terço do exército de Ahammit.

Tylon-dat e Mil-lat tinham dito que sabiam exatamente onde o exército oponente estava no momento. O general Bousson deveria estar contando com a vitória certa sobre Dartana e seu último inimigo, e deveria estar marchando ao encontro do Portão de Vitória, local que ele e a irmã conheciam muito bem. Os dois e muitos outros abandonados, quando percebiam que se aproximava o final da rodada de marcha, costumavam cavalgar durante dias até o despenhadeiro que guardava o Portão de Vitória e assistiam mesmerizados e melancólicos ao novo deus vitorioso partir para salvar o mundo dele. A experiência trazia para o exército mestiço a chance de conhecer de antemão o terreno por onde o exército de Ahammit teria que passar para retornar e enfrentá-los. Mander saberia como tirar proveito dessa situação e converter a empáfia do general inimigo em vantagem.

Assim que Mander tomou conhecimento das viagens de Tylon-dat e Mil-lat, pediu que os irmãos gaulonianos desenhassem os caminhos que já haviam percorrido e como seria a melhor forma de encontrar Ahammit sem serem vistos. O general de Gaulon apanhou um carvão na fogueira e começou a riscar o tampo de madeira ao lado do grupo reunido.

— Acredito que agora aquele general de Ahammit terá no que pensar.

— O que quer dizer com isso, Gagar?

— Não somos nós que devemos temê-los, senhor. Com todo o respeito aos nossos mortos, mas agora só sobraram os melhores em nosso exército. Bousson sabe que vai entrar em um terreno muito perigoso quando nos encontrar.

— Isso se ele nos encontrar.

Foi a vez de Gagar, com os outros generais, fazer cara de indagação.

— Temos que usar todas as táticas a nosso favor, todo o terreno, daqui até a forja de Dartana, fazendo com que aquele exército nos persiga, perdendo cada vez mais seus homens e sua coragem a cada encontro. Ainda sobraram muitos deles. Se o enfrentarmos mais uma vez em campo aberto, perderemos. Eu sei exatamente o que fazer.

— Existe outra coisa importante a seu favor, general.

Todos os olhos se viraram para Mesmine, a líder athoniana.

— Jeliath. Ahammit não tem um Jeliath. Seu construtor é incrível. O que foi aquilo que ele fez?

— Ele chama de música — disse Mil-lat. — É algo fantástico, que funcionou muito bem contra os ahammitianos.

— É, funcionou, mas agora não é mais surpresa e eles não cairão mais nessa — disse Gagar.

— Temos um construtor incrível, sem sombra de dúvidas, mas estamos sem um deus para lutar ao nosso lado. Ogum está muito ferido. Seus pés estão esmagados.

— Por isso que temos que avançar e começar a machucar o exército de Ahammit o quanto antes. Assim ganharemos tempo para que Hanna e as feiticeiras consertem nosso deus de guerra — disse Gagar.

— Eu nunca vi isso antes em todos esses anos que observo o Combatheon — disse Tylon-dat. — Um povo que luta sem um deus. Um povo que altera e arruma o próprio deus.

— Jeliath disse que vai melhorar as pernas de Ogum, vai fazê-lo andar mais depressa, ser mais ágil e mais poderoso. Do jeito que Ogum está, não nos servirá, é preciso modificá-lo agora mesmo. Se Jeliath e os construtores conseguirem fazer o que prometem, Ogum será imbatível e nossa vitória dependerá apenas de nossas mãos e de nossa coragem para enfrentar o destino. Tivemos sorte essa manhã. Tivemos muita sorte. E lembre-se que todas as vitórias que tivemos estavam ligadas a Jeliath e seus construtores. As melhorias nas armas, as asas voadoras e até a ajuda da feiticeira vieram por conta do construtor de Dartana. A fé que todos nós temos não deve ser depositada apenas no que o nosso deus de guerra faz, temos que ter fé em nós mesmos também. Só assim conseguiremos dobrar nosso último inimigo, o único que nos impede de chegar à vitória. Temos que crer que podemos vencê-lo com ou sem um deus de guerra.

— Mas, Mander, sem um deus de guerra nossa vitória será inútil. O ser sagrado é a chave que abre o Portão de Vitória.

Mander olhou para Tylon-dat e confirmou com a cabeça.

— Você pode estar certo, gauloniano. No entanto, ainda escuto a voz de meus filhos e sinto o calor de minha casa em Dartana. Falta tão pouco para limparmos o caminho e darmos uma chance para os que ficaram se verem livres do mal da escuridão do pensamento, tão pouco.

— Ogum precisa marchar, Mander. Se ele não estiver conosco quando vencermos, não vamos atravessar aquele portão. Todo nosso esforço e sacrifício terão sido em vão e ninguém mais vai acreditar em suas palavras. Ninguém mais seguirá você, general.

— Nosso deus estará pronto quando o inimigo chegar. Precisamos ganhar tempo para Hanna e Jeliath. Quantos guerreiros nos restaram?

— Pouco mais de cem soldados. Tivemos uma batalha dura essa manhã.

— E quantas feiticeiras restaram?

— Elas são nove, contando com a feiticeira Dabbynne.

— Acha que esse número de guerreiros será suficiente, general? — perguntou Mesmine.

Mander balançou a cabeça em sinal positivo.

— Terá que ser. As armas foram melhoradas pelos construtores. Nossas escopetas estão fazendo um bom trabalho até aqui. Cem guerreiros disparando cinco tiros perfeitos fazem quinhentas mortes. Não podemos errar. Cada disparo conta.

Tylon-dat e Mil-lat terminaram o desenho sobre o tampo da mesa, onde agora todos podiam ver onde estavam, junto ao deus de guerra Ogum e onde Ahammit provavelmente estaria naquele momento, rumo ao Portão de Vitória. A distância seria suficiente para uma noite de descanso, apenas. Se Ahammit quisesse alcançá-los na manhã seguinte, seria possível. Contudo, era de se esperar que o general inimigo deixasse seus guerreiros se recuperarem do confronto do dia anterior. Bousson não seria louco de se atirar contra meia dúzia de guerreiros mestiços antes de recuperar suas tropas. Era de se esperar, com a surra que os mestiços tinham dado no terço de Ahammit, que o general inimigo tivesse aprendido a lição.

Tylon-dat e Mil-lat olharam desanimados para o mapa. O que poderiam fazer com um número tão reduzido de soldados? Como deter o colosso de Ahammit? Balançaram a cabeça em sinal negativo, prevendo que a luta mais difícil e impossível de ser vencida se aproximava, contudo já haviam participado de todas as batalhas com Mander e sabiam que o general de Dartana falava sério quando dizia que podiam vencer. Ao menos ele acreditava naquelas palavras. Precisavam continuar ao seu lado, agora que só restava Ahammit adiante. Ahammit, a terra que tirara sua deusa de guerra do caminho na última marcha de Gaulon, finalmente pagaria o preço por destruir os gaulonianos.

— Ainda temos guerreiros suficientes, para surpreender Ahammit, generais.

Os olhos convergiram novamente para Mander.

— Precisamos ser mais espertos do que eles, Tylon-dat — continuou o dartana. — Precisamos atormentá-los, como fantasmas. Ouvi dizer que as feiticeiras voltaram a brilhar na cor original de suas marchas, isso é verdade?

Mesmine sorriu para Mander e confirmou com a cabeça.

— Sim, Mander. É verdade.

— Chame as feiticeiras athonianas, Mesmine. Eu tenho um plano.

CAPÍTULO 68

Reconhecer cada curva no horizonte e saber por experiência que aquele era um bom terreno para assentar o exército traziam um gosto amargo para os ahammitianos. Aquele povo tinha conhecido apenas vitórias e todas as marchas foram embaladas pelo êxito e pela certeza de que cada passo novo era dado em direção ao fim daquela guerra. Sentiam que não deveriam estar ali, cercados mais uma vez pela mesma paisagem, retrocedendo, retornando ao palco de batalhas antigas. O sabor, como de um remédio novo para um mal desconhecido, vinha duplamente desagradável. O Portão de Vitória tinha lhes negado a passagem porque um deus de guerra ainda vivia no Combatheon além de Alkhiss. E o deus de guerra inimigo tinha sido erguido de pedaços, pelas mãos dos guerreiros de um exército que já tinham vencido.

A maioria dos guerreiros de Ahammit estava em suas barracas de campanha, prostrados no chão, orando para que Alkhiss fosse a vitoriosa na próxima batalha. Alkhiss, a deusa de guerra, que agora estava calada e imóvel, tinha suas feiticeiras voando acima da cabeça, coroando-a com a luz púrpura, destacando ainda mais o longo penacho vermelho que descia do elmo. A deusa estava sempre pronta para o confronto seguinte. Alkhiss, a invicta, nunca fora ferida no campo de batalha. Nenhuma arma de outro deus profanara seu corpo superior e sagrado. Talvez essa inexperiência a tivesse calado. Nenhum ahammitiano tinha licença para supor o que ia na cabeça de sua deusa e, muito menos, coragem para contestar suas ordens.

A deusa de guerra estava insatisfeita com o exército e tinha dito que teriam apenas um dia de descanso antes de continuar a marcha atrás do deus mestiço, o deus erguido pela mão de outros povos, outros mundos. Aquilo não era um deus de verdade. Por que o Combatheon escutava os passos daquele ser indigno? Para Alkhiss, o deus adversário era impuro e não seria correto ele passar pelo Portão de Vitória. Ogum era um deus morto. Andava porque muitos dos sobreviventes ainda acreditavam nele. Que tipo de fé era aquela que depositavam num amontoado de restos de deuses? Essa fé valeria tanto quanto as orações que recebia nesse preciso momento dos soldados e do povo distante em Ahammit? Ela era uma deusa viva, legítima, caída das estrelas para o berço do Hangar das feiticeiras de Ahammit, adorada e venerada por um mundo inteiro, só dela. O que era Ogum? Alkhiss abriu os olhos e mirou o horizonte. Muito longe dali havia outro acampamento e talvez aquele deus remendado estivesse pensando nela também e na situação singular em que se encontravam. Alkhiss fechou os olhos. Teria que deixar sua consciência viajar pelas estrelas e encontrar um recipiente para que os olhos vissem novas armas naquele velho mundo. Sua mente se distanciaria e as feiticeiras guardariam seu corpo divino enquanto ela andaria sobre pés mundanos, encharcando-se de verdade, sons e cheiros de um povo que já tinha esquecido que um dia seu deus de guerra tinha existido, marchado e cumprido aquela mesma jornada para que sua mente fosse livre.

* * *

Bousson passou a tarde toda interpelando Zanir-gul e Sion-gul a respeito da vexatória derrota da manhã. O exército havia sido seriamente desfalcado. A vontade que tinha era de degolar aqueles dois comandantes que deixaram um exército de maltrapilhos impingir tão gritante humilhação à campanha de Ahammit e, mais que a vergonha, haviam permitido que os inimigos interferissem no destino. O general Bousson esbravejara repetidas vezes que eles tinham sido desleixados e, não importava quantas vezes Zanir-gul descrevesse o ato inesperado da feiticeira-mãe e suas consequências, o general parecia não ter ouvidos para aquele trecho do relato. O fato é que aquelas passagens, repetidas tantas vezes durante o interrogatório, escaparam da tenda e não demoraram a percorrer as fileiras de soldados e construtores, que já não viam o exército mestiço como um inimigo tão fácil. Os relatos, aumentados por cada narrador, acabaram por criar um adversário cheio de mistérios, comandados por um general heroico e destemido, que arriscaria a própria vida para salvar a de seus soldados encurralados. Antes da noite cobrir o Combatheon com seu manto de escuridão, Dartana e seu deus de guerra mestiço tinham ganhado o vulto de uma lenda. Um exército que era protegido por um deus máquina e uma feiticeira-mãe.

A noite já entrara alta quando, ainda na tenda dos comandantes, Bousson abriu um mapa desenhado por uma das feiticeiras e mostrou aos seus gul onde o inepto Pardeglan havia deixado parte de Ahammit cair e onde, muito provavelmente, os inimigos segurariam a posição, esperando-os para o confronto. Cabia a ele, Bousson, decidir se marchariam de encontro ao exército mestiço ou se aguardariam que todos os homens se recuperassem.

— Amanhã, com a primeira luz da alvorada, partiremos no encalço do inimigo. Todas as tropas, todas as armas, e não seremos clementes com ninguém.

— Por que acredita que estarão lá, no mesmo lugar, senhor? — perguntou Sion-gul.

— Porque ao menos uma boa notícia vocês me trouxeram. O deus deles foi derrubado. É um deus máquina e, como qualquer máquina, vão tentar consertá-lo. Não há vitória no Combatheon sem um deus pelo qual marchar.

Os comandantes assentiram e murmuraram positivamente, concordando com o pensamento do general.

Zanir-gul afligiu-se de imediato e não conseguiu calar sua preocupação.

— Já mandou batedores adiantados, meu senhor?

Bousson, que sorria junto a Helgar-ix, fechou o cenho, olhando para o comandante das máquinas.

— Não mandei e nem será preciso, Zanir-gul. Iremos com força total e não daremos tempo para esses imbecis sequer respirarem enquanto atacamos. Somos maiores em número e inteligência. Amanhã, antes da hora do almoço, seremos novamente os únicos e legítimos campeões a marchar pelo Combatheon, e veremos o Portão de Vitória brilhar de novo.

— Ontem estávamos com quase mil soldados e Paderglan-ix os subestimou, senhor. A única coisa que temo é que o senhor cometa o mesmo erro. Não os subestime. Eles são guerreiros obstinados.

Bousson socou a mesa, irritado.

— Cale-se, Zanir! Não chame mais Pardeglan de ix. Um ix de meu exército não teria perdido aquela batalha!

Novamente, a tenda foi lançada ao silêncio.

— Desculpe-me, senhor, eu estive lá, só quero ajudar...

— Cale-se!

Zanir-gul baixou a cabeça.

Bousson desembainhou a espada e descreveu um arco, parando a lâmina a poucos centímetros da garganta de seu comandante, fazendo o metal retinir. Zanir ergueu o queixo, sentindo o fio da espada contra a pele. Seus olhos permaneceram serenos, encarando o general.

— Suas lamúrias me irritam! Cale-se de uma vez por todas. Você não é mais um gul. Será soldado raso, irá atrás de todos, carregando água para nossos zirgos. Irá aprender novamente, desde o chão até o topo de uma sela de ix, como honrar o exército pelo qual luta. Somos imbatíveis, somos os melhores e mais preparados. Seremos amanhã mais, muito mais que dois mil soldados contra o resto daquele exército que nem merece um nome. Eles mal têm duzentos soldados, Zanir. Quem deve temer?

Zanir continuou calado, olhando para o general.

— Agora que eu pergunto, você se cala? Estou no fim da minha paciência aqui! Alkhiss está desapontada comigo! Nós somos imbatíveis, senhores! Imbatíveis! Então eu lhe pergunto, novamente, carregador de água de zirgos, a quem você deve temer?

O silêncio solene dentro da tenda foi quebrado com a chegada perturbadora de um soldado raso, com a lança erguida e o rosto pingando suor. Todos os olhos convergiram para ele, enquanto a espada de Bousson descia rente a sua perna.

— Senhor! Eles estão aqui!

Bousson franziu a testa.

— Quem?

— O exército de Dartana! Estão matando nossos homens em suas barracas!

Os olhos agora foram para o general de Ahammit.

— Im-impossível! Eles não viriam aqui... Eles não ousariam... É suicídio... É impossível!

O soldado continuou parado, com a lança erguida, esperando algum comando.

— Nós somos maiores, podemos esmagá-los quando quisermos... Por que viriam aqui? Que audácia é essa?!

— Acordem todos os soldados! Façam barulho, despertem todos! Encontrem os invasores e tragam-nos aqui, vivos ou mortos! — comandou Zanir.

O soldado desapareceu e logo começaram a ouvir os gritos das sentinelas, colocando em alerta o acampamento. Dentro da tenda, Bousson caiu sentado sobre a poltrona, olhando incrédulo para os comandantes. Zanir fez uma mesura e se retirou da tenda. Agora não era digno de permanecer ali, já que não era mais um gul e nunca chegaria a ser elevado a ix.

O alvoroço durou horas, até que todas as barracas fossem revistadas, todos os soldados colocados de pé. As feiticeiras voaram, percorrendo as fileiras do acampamento, buscando com seus olhos mais iluminados entre as zonas mais escuras, enquanto metade delas guardava a deusa de guerra que parecia distante, conectada a outro mundo através dos olhos de algum avatar, alheia a tudo que a cercava e vulnerável naquele momento.

Ao final da inspeção, não foi encontrado nenhum inimigo. Contudo, os achados eram desconcertantes para o general de Ahammit. Cadáveres de 68 soldados e construtores deixados para trás. Todos mortos em suas camas, indefesos, sem que tivessem tido a chance de se defender dos inimigos. Inimigos que foram descritos como sombras com cabeças de lobos, que dobravam esquinas, que sumiam depois das barracas, que se evadiram para fora do acampamento, desaparecendo nas pedras do caminho, nos troncos das árvores, sem que ao menos um deles fosse apanhado.

Nas barracas, muitos soldados contavam para os outros que tinham mergulhado em pesadelos horríveis, assistindo aos guerreiros mestiços dispararem contra sua cabeça. Os guerreiros mestiços vinham em montarias de todo tipo e forma e erguiam bocas de fogo que não erravam o alvo. Outros diziam ter assistido como se fosse verdade à espada do deus Ogum arrancar a cabeça de Alkhiss e viram sua fúria virar-se contra os pequenos soldados, golpeando-os e os matando às dezenas. Muitos repetiam os pesadelos, propagando-os entre os que não tinham ainda adormecido e sonhado. Os pesadelos eram como augúrios. Adiantavam o futuro e agora soldados apavorados duvidavam que alguma coisa boa pudesse vir depois de se encontrarem com os oponentes.

O medo habitava o coração do exército de Ahammit.

* * *

Longe da algazarra instaurada no acampamento inimigo, as athonianas se reagrupavam num lugar seguro e com a missão dada por Mander cumprida. Cessaram o ataque assim que o primeiro alarme foi dado e se evadiram dali sem serem vistas, para aumentar o medo nos inimigos.

Mesmine guardava a adaga com resistência. Queria ter continuado. Os soldados, desprevenidos, eram ceifados com facilidade e poderiam ter feito um número ainda maior de vítimas, mas Mander tinha sido categórico. Deveriam sair antes de serem vistas. O medo do desconhecido deixaria muitos soldados inimigos acordados e sem descanso por aquela noite. As gargantas abertas somadas aos pesadelos provocados pelas feiticeiras de Athon lançariam o acampamento às corredeiras traiçoeiras do pânico. Em silêncio e em velocidade, seguidas pelas três feiticeiras que esparramaram os pesadelos pelas barracas dos soldados, as athonianas montaram seus dandriões e deixaram os arredores do imenso acampamento de Ahammit, que teriam uma noite como nunca tinham tido antes, mergulhados em terror e olhos abertos, abrindo caminho para o próximo engenho do general do exército mestiço.

* * *

Quando o sol começou seu trabalho imutável e eterno, manchando com luz o véu noturno, Bousson atravessou as ruas do acampamento cercado por sua guarda pessoal. Suas ordens tinham sido claras. Chicotear até a morte os que abrissem a boca para falar do ocorrido no dia anterior. Apesar do ataque furtivo dos mestiços ter levado a vida de tantos membros de seu exército, Bousson não queria escutar sobre gargantas cortadas e pesadelos escabrosos. A marcha de Ahammit não deveria ser manchada por um único dia inglório. Ninguém estava autorizado a rememorar a derrota dos mil homens contra os mestiços e ninguém deveria demonstrar o menor temor do exército que iriam destruir naquele dia. Se alguém abrisse o bico para mencionar o ataque silencioso e mortal perpetrado por invasores não encontrados, também pagaria com a vida. Bousson tinha que manter elevado o moral dos soldados e não podia se dar ao luxo da dúvida florescer na mente dos guerreiros, tinha que varrer o medo para longe das fileiras de soldados. Eram superiores e mais equipados que os mestiços, isso era o que deveria ser repetido entre os soldados. Ahammit não se dobraria a uma dúzia de maltrapilhos, sarapintados, e assim, com orgulho e determinação, o exército de Ahammit começou a marchar, encabeçado pela deusa guerreira Alkhiss e seu general.

Ugaria, para sua vergonha e decepção, voava atrás das feiticeiras, não era mais a favorita da deusa, que lhe amputara um braço. Ugaria tentava manter-se invisível, longe dos olhos de todos, remoendo-se de raiva e desejando vingança. Já que não poderia colocar mais as mãos na feiticeira-mãe, ela se vingaria de todas as feiticeiras de Dartana, arrancando-lhes os olhos antes de cravar a adaga em seus corações. A noite tinha sido de dor e agonia, mas dor física alguma superaria a que lhe consumia a alma. A feiticeira preterida estava sozinha, afastada de sua deusa. Ugaria não era mais ninguém.

Quando a claridade venceu a noite, o imenso exército de Ahammit já estava pronto. Movido pela vontade de Alkhiss, deixou para trás o acampamento, marchando lentamente atrás da deusa de guerra. Batedores seguiam à frente, usando os melhores zirgos, empreendendo velocidade, para deslindar os planos dos inimigos e trazer informações ao alto-comando de Ahammit. Depois do ataque furtivo que tinham sofrido, Bousson achou prudente investigar o caminho mesmo que ainda acreditasse que fosse uma bobeira se preocupar tanto com aquele resto de gente baderneira e covarde que atacava às escondidas. Aquele expediente era humilhante, mas era sua obrigação garantir que os apanhariam. As surpresas tinham acabado e agora os petulantes soldados do exército mestiço pagariam com sangue por atrapalhar o caminho de Alkhiss.

* * *

O exército de Ahammit parou antes do sol chegar ao ápice do dia, para que os animais bebessem água fresca, direto do riacho que corria no rebaixo entre as rochas cinzentas. Dali já podiam ver a floresta que crescia à direita, a três quilômetros de onde estavam, indo terminar recostada à garganta de pedras, sobrando no meio, logo após a colina que repousava diante dos guerreiros de Ahammit, o palco da guerra da manhã anterior, de onde os poucos sobreviventes haviam fugido.

Bousson recebeu os batedores, que confirmaram a presença do inimigo após a colina. Os soldados do exército mestiço eram poucos, bem menos que cem indivíduos, e estavam desfalcados de seu deus. O gigante repousava diante da garganta de pedras, deitado de costas, encoberto por um longo cobertor de peças de couro costuradas. A única parte visível do gigante eram os pés que, confirmando os depoimentos de Zanir, encontravam-se destruídos. Ogum não levantaria para defender seus poucos homens.

O general de Ahammit remoeu aquelas informações. Por que tinham ousado invadir o acampamento na noite anterior? Tinha sido um último arroubo de ousadia? Com tão poucos soldados restando, eles sabiam que não adiantava mais lutar. Se o deus oponente estava caído, por que o Portão de Vitória estava fechado? Talvez tivessem que matar a feiticeira-mãe que carregava tanta energia divina. Talvez toda aquela incongruência com as histórias que eram contadas pelas feiticeiras-anciãs viessem daquele ponto obscuro e estranho na jornada no Combatheon. Eram teimosos. Só podia ser isso. Com seu deus de guerra tombado e inútil não existia mais razão naquele enfrentamento. Bousson não entendia por que insistiam em perseguir e molestar Ahammit, um exército legítimo! Maldito dia aquele que não exterminou até o último dartana quando seus destinos se cruzaram!

Assim que os animais beberam e comeram, Bousson ordenou que seguissem em conjunto até o topo da colina, marchando para o último confronto. No alto do terreno, Bousson e seus gul puderam visualizar o campo de batalha à frente e se juntaram para confabular. Dois quilômetros de distância, ao final do terreno pedregoso inclinado por uma descida suave, começava o descampado onde a resistência dos mestiços aguardava pelas espadas de Ahammit. Lá o chão mudava de cor, ficando marrom e amarelo. Era só essa distância que separava Bousson da vitória final. O patético exército minguado de Dartana estava lá, parado no meio do campo de batalha, pronto para ser destruído. Assim que os homens se alinharam no alto da colina, Bousson foi ladeado por seus comandantes, Helgar-ix à direita, enquanto todos os seus gul permaneciam à esquerda. Todos tinham sido instruídos e sabiam exatamente como massacrar aquela diminuta resistência que não passava de duas centenas de guerreiros cansados e moribundos.

— Não vejo o deus de guerra mestiço.

Bousson torceu a boca num esgar e colocou a mão em concha sobre os olhos. Via uma trilha feita por veículos pesados rumando para o norte, distanciando-se do campo de batalha na direção da garganta de pedras. À direita de onde estavam, distante das fileiras de inimigos que aguardavam o começo do combate, começava uma área coberta por uma luxuriante floresta verde, com altas árvores e mata fechada. Terreno ótimo para plantar algum tipo de armadilha. Orientou seus gul para que evitassem a mata fechada e que não deixassem os inimigos fugirem para lá, posto que ali poderiam esconder algum ardil. Seus olhos voltaram para o descampado e varreram até adiante, quando viu, junto à abertura do desfiladeiro, o amontoado de pedaços de deus encoberto pelo couro costurado. Os sobreviventes tinham dito a verdade. Ogum fora derrubado.

— Ele não vai lutar. No fim das contas, a investida de Pardeglan resultou em alguma coisa. Bendito seja Pardeglan em seu descanso. Ogum ficou tão ferido que deve ter voltado para a terra dos mortos mais uma vez.

— O que faremos agora, senhor?

— Mate-os, Helgar! Todos. Acabe com cada um daqueles infelizes. Vão se arrepender por essa resistência inútil e patética.

Helgar aquiesceu e cobriu a cabeça com o capacete. Deu duas batidas rápidas no peito de sua armadura e estugou seu zirgo, fazendo-o ir para frente. Helgar ergueu a mão direita e então mais dez dos comandantes gul repetiram o gesto. Um segundo depois, embalados pelos gritos, urros e o sopro nas cornucópias, estavam todos, comandantes e seus soldados, descendo a colina a toda velocidade.

Alkhiss olhou para o general e abriu um sorriso. Sabiam que era a última batalha. Depois daquele encontro, poderiam marchar de volta ao Portão de Vitória e seguir seu destino. A deusa tinha vigiado o outro mundo e visto uma nova e devastadora arma de guerra, mas manteve sua boca e mente fechadas ao perceber que os inimigos eram tão poucos. A nova arma os destruiria rápido demais. Queria que sofressem e se arrependessem de ter um dia sonhado enfrentar seu povo.

— Ahammit! Marchar! — urrou a deusa, fazendo com que toda a massa de soldados e armas começasse a se movimentar atrás de Helgar e seus homens.

Helgar e os arqueiros montados continuaram a toda velocidade, até atingirem a distância mínima necessária para começar os disparos. Novamente, à frente de seus homens, ele ergueu a mão direita, sem que os zirgos diminuíssem a marcha, sendo imitado por todos os gul. Um segundo depois quinhentas flechas eram colocadas nos arcos e suas setas afiadas foram erguidas para o céu. O som da chuva de flechas tomou seus ouvidos.

Os arqueiros voltaram a carregar os arcos e, antes que a primeira leva de projéteis caísse contra o exército mestiço, a segunda nuvem de flechas já voava, anunciada pelo sibilante coral. Helgar ergueu a mão novamente e se aferrou às rédeas do zirgo, imitado pelo batalhão atrás. Quando a segunda onda se arrebentou certeira contra os oponentes, Helgar sorriu.

O exército misto era pequeno, menor que seu exército de arqueiros, e, além dos arqueiros, existia toda uma legião de Ahammit às suas costas. Seria impossível para os mestiços resistirem.

Helgar queria levar a vitória pela mão de seus homens, ter a honra de ser o ix de Bousson que havia saído para caçar e voltado para casa com tudo resolvido. Daria um tapinha nas costas dos outros gul, dizendo que tudo já acabara. Mas seu sorriso foi morrendo aos poucos, à medida que os zirgos avançavam em alta velocidade, aproximando-se ainda mais dos guerreiros mestiços. A segunda onda deveria ter provocado um espetáculo de gritos e choro. Muitos daqueles guerreiros ainda parados a sua frente, segurando corajosamente suas posições, deveriam ter caído transfixados pelas flechas, um bom tanto deles mortos, e os outros desejando que a morte chegasse ligeira.

Só que não havia gritos e nem movimento, o que colocou toda a experiência de luta de Helgar em alerta. Havia algo muito errado naquele cenário. Ele levantou a mão esquerda aberta e a balançou rapidamente para os lados, sendo imitado pelos seus gul. O ix de Ahammit puxou as rédeas de seu zirgo, diminuindo a velocidade. Ele mesmo ergueu o arco, agora a trezentos metros da primeira fileira de guerreiros. Seu tiro era preciso mesmo àquela distância. Os soldados foram se perfilando ao seu lado enquanto o ix disparava a flecha. Helgar viu a seta subir e começar sua descida letal, empurrada calculada e suavemente à direita por conta do vento cruzado no campo de batalha, indo estalar precisamente contra o alvo. O som do toque a flecha estava errado, fazendo Helgar franzir o cenho. A flecha fincou na cabeça do inimigo que girou para a direita, caindo no chão. O comandante olhou para trás. Todos os gul e seus arqueiros estavam parados, assistindo intrigados àquela cena. Helgar estugou o zirgo e foi seguido por seus homens até a margem do exército inimigo, parando a vinte metros da primeira coluna de oponentes. Helgar e todos os outros estavam com a boca aberta, tentando encontrar palavras para explicar aquele vexaminoso acontecimento. O exército que enfrentavam era um embuste. Não tinha ninguém ali! Não passava de um amontoado de pedras que simulavam corpos de guerreiros de pé, enfileirados, usando armaduras de mortos, imitando um exército organizado e pronto para o combate. O chão estava forrado por um tapete de mato seco e também pelas flechas disparadas pelos arqueiros de Ahammit. Munição gasta estupidamente contra soldados de pedra.

Sion-gul aproximou de seu comandante.

— O que é isso, Helgar-ix?

— Fomos enganados.

— Mas por quê? Por que não querem lutar?

— Zanir disse que muitos deles foram feridos. Só pode ser isso. Estão assustados e machucados demais para lutar contra nós. Só querem ganhar tempo.

Helgar bateu os calcanhares em seu zirgo, avançando para dentro das colunas das centenas de guerreiros de pedras. O ix andava com seu zirgo, cruzando as fileiras, fazendo o mato seco estalar, passando por guerreiros e derrubando as cabeças com sua espada. O cheiro que subia do chão o fez olhar detidamente para as fileiras que se abriam dentro daquele regimento inanimado. O que queriam os mestiços? Fazê-los perder tempo ali para que conseguissem escapar da contenda? Por que tinham derramado lama negra no chão? A lama que os artilheiros de catapultas usavam para incinerar as pedras, torná-las mais perigosas com o fogo. Mas ali, jogada sobre o mato seco, sem fogo, a lama não era um perigo. Queriam o quê, que os zirgos escorregassem? Os mestiços eram patéticos.

— Os covardes nos fizeram de tolos, Sion-gul! Só querem ganhar tempo para fugir. Cuidado com a lama negra. Ela pode fazer o zirgo escorregar. Imbecis.

Sion-gul sentiu um calafrio ao adentrar aquele campo de soldados falsos. Concordava com seu comandante ix. Eram covardes. Só queriam detê-los ali por um tempo para se afastar em segurança, ganhar mais algumas horas. Sion sabia que agora Bousson mandaria os batedores na frente para que o exército de mestiços não tivesse descanso.

* * *

Zanir alcançou o topo da colina com uma trave sobre os ombros, trazendo dois pesados odres carregados de água em cada ponta. A água seria ofertada aos zirgos. Seus olhos varreram a planície diante dele, vendo o exército de Dartana sendo pacificamente abordado pelos arqueiros de Helgar-ix. Não entendeu por que aquilo acontecia. Os guerreiros de Ahammit caminhavam entre os de Dartana, que continuavam imóveis, como se tivessem sido subjugados apenas pela presença de Helgar-ix e seu numeroso contingente de arqueiros. Contudo, Zanir podia sentir de longe o cheiro do perigo. Aqueles guerreiros nada tinham a ver com os que tinham combatido no dia anterior, aguerridos, destemidos, que jamais se dobrariam sem luta. Estavam imóveis demais, como se não fossem mesmo guerreiros e apenas uma miragem no campo de batalha, miragem destinada a atrair a atenção dos contendores de Ahammit, de atraí-los como faziam as carnívoras em Ahammit quando queriam se alimentar daqueles que estavam longe do alcance de suas folhas venenosas.

O exército mestiço preparara uma armadilha para Ahammit e era tarde demais para avisar o orgulhoso general Bousson. Os olhos de Zanir foram até a floresta que ladeava o campo de batalha, onde árvores verdes de caules largos contrastavam com o terreno de luta, feito de pedriscos e rochas. Era um terreno perfeito para Ahammit, onde os guerreiros das máquinas encontravam com certa facilidade os grandes bólidos de pedra que arremessavam das catapultas. O terreno, que era perfeito para Ahammit, agora se mostrava a favor de Dartana. Zanir sentiu o sangue gelar quando as colunas de fumaça negra surgiram no meio das árvores, protegidas até o último instante pela floresta robusta, permitindo que, quando os olhos dos guerreiros entre as fileiras estranhamente imóveis percebessem aquele perigoso sinal, já fosse tarde demais para qualquer reação.

* * *

Diante dos olhos incrédulos de Helgar-ix e seus arqueiros, cinco bolas de fogo cruzaram o céu, voando certeiras de encontro ao conjunto de batalha. Os bólidos incandescentes explodiram contra as fileiras de soldados falsos, lançando cacos de rocha flamejante para todos os lados. Finalmente Helgar ouvia os gritos, gemidos e choros que tinha dado falta, contudo, aquele som de agonia e sofrimento escapava das gargantas de seus soldados. Boa parte dos homens rolava no chão em chamas, tentando se livrar do fogo que impregnava suas armaduras e comia suas peles enquanto os que estavam montados, como ele mesmo, permaneceram parvos por longos, segundos até tomarem consciência de que tinham que fugir dali, sem terem como ajudar os soldados caídos.

Quando Helgar finalmente golpeou a barriga de seu zirgo para deixar o meio das fileiras de soldados de pedra, o animal pareceu também engolfado pela surpresa e agonia, lançando, as patas para o alto, forçando Helgar a se agarrar firme em suas rédeas. As labaredas esparramavam-se perigosamente pelo traje dos soldados de pedra, revelando a engenhosidade da armadilha. As roupas dos soldados falsos estavam embebidas em algum combustível, que agora ardia e erguia uma cortina de fumaça negra que sufocava, fazia seus olhos arderem e impedia que os zirgos se movimentassem obedientes, pois estavam apavorados com o calor e a fumaça. Helgar não teve tempo de lamentar mais. Ele conhecia muito bem o som das catapultas e o zumbido que as pedras voadoras lançavam quando estavam rolando no céu rumo aos alvos. Quando a segunda leva de pedras estourou no campo de batalha, um pedaço afiado de rocha flamejante rodopiou ao acaso, cravando-se certeira na garganta de Helgar que caiu no chão, gritando de dor, com a pele aberta pelo corte e machucada pelo fogo que se aninhou no pescoço. Os jatos de sangue escapando de seu pescoço, tingindo suas mãos, drenaram a consciência do general, que sucumbiu ao som dos gritos de seus homens, sua última visão foi o céu negro, rajado pelas colunas de fumaça que selaram seu destino.

* * *

Bousson e seus comandantes pararam a marcha assim que viram Helgar adentrar o estranho e imóvel exército de mestiços. O general ergueu a mão esquerda fazendo com que todos estacionassem.

Alkhiss apertou seus olhos vislumbrando o que acontecia com os soldados.

— É um embuste — disse a deusa, com sua voz tonitruante.

— O que acontece, minha senhora?

— Não são soldados de verdade. Dartana não está ali.

Bousson arqueou os lábios, descontente. É claro que não estavam ali! Já tinham tido muita sorte de guerrear contra um terço de seu exército no dia anterior. É claro que agora estavam querendo ganhar tempo. O ataque furtivo e desleal da noite passada já era parte do plano. Queriam assustar Ahammit, fazer com que detivesse seu exército, como se ele ainda fosse um menino, com medo de coisas que não podia ver. Bando de tolos, isso sim era o que eram. Ahammit jamais se deteria por conta de uma tática tão vil e pequena. Tinham matado soldados que dormiam em suas cabanas. Era óbvio que temeriam encarar todo o exército desperto de Ahammit no campo de batalha.

— São simulacros — tornou Alkhiss. — Estátuas de pedras que imitam guerreiros.

— Eles querem ganhar tempo, minha senhora. Devemos avançar, com todos os nossos homens e seguir adiante. Eles estão à frente, escondidos nas beiradas da floresta ou ainda mais longe, através do desfiladeiro, tentando ganhar algumas horas para que recuperem seu deus mestiço, para que ele possa tentar combatê-la. Não podemos permitir, senhora. Vamos em frente.

— Não — bradou Alkhiss.

Bousson ficou sem palavras, olhando para sua senhora, buscando entender o que se passava na mente da deusa de guerra.

— Eles querem que fiquemos aqui, aturdidos e confusos, senhora. É exatamente esse o plano deles. Devemos seguir.

Foi então que as cinco bolas de fogo surgiram da floresta, voando em direção aos soldados. O general de Ahammit segurou a respiração até que aquele espetáculo macabro tivesse fim. As pedras estouraram contra o chão e os soldados de Ahammit, montados em zirgos. Eles tentaram fugir, mas o fogo se esparramou mais rápido do que o normal, como que alimentado por uma força mágica, enchendo as fileiras de soldados de pedra de labaredas alaranjadas e fumaça negra, engolfando os quinhentos arqueiros.

— Ajudem eles! Ajudem! — bradou Bousson.

As feiticeiras partiram, flutuando em direção ao campo de batalha, enquanto cavaleiros correram com espadas nas mãos para a floresta onde deveriam encontrar as catapultas roubadas de seu próprio exército.

Diante de um general incrédulo e uma deusa impressionada, uma segunda onda de bolas de fogo cruzou o céu, rugindo e explodindo contra os guerreiros antes que as feiticeiras conseguissem chegar.

— Feiticeiras! — gritou Alkhiss. — Tire-os daí!

Ugaria e as companheiras mergulharam na nuvem negra, tentando salvar os soldados que lutavam para respirar no meio daquela fumaça negra. O trabalho era difícil e muitos dos corpos que encontravam já tinham sido levados para o outro lado do manto da existência. Agarraram quantos puderam, mas não havia muito mais o que fazer por eles.

Ao ver os homens feridos sendo enfileirados fora do círculo de fogo, Bousson soube que o engenhoso general inimigo tinha conseguido o que queria. Ao obrigá-los a cuidar dos homens feridos, Dartana conseguira tempo para fugir. Eram covardes e seriam destruídos a qualquer preço. Bousson sentiu um gosto ferruginoso na boca e cuspiu sangue no chão. Tenso com o andar da batalha, tinha comprimido demais os dentes contra os lábios, abrindo feridas dos dois lados. Queria pisar na garganta do general inimigo e fazê-lo pagar por tê-lo feito passar por aquele papel ridículo mais uma vez. Era a segunda batalha que Ahammit se dobrava frente aos resistentes mestiços. O general enviou dois gul e seus batalhões para investigar a floresta, recuperar as catapultas e matar quem encontrassem pelo caminho. Ordenou que outro destacamento, com dez soldados, incendiasse os restos mortais do inútil Ogum. Não demorou muito para que esses dez homens retornassem, deixando para trás uma coluna de fumaça que tomou o descampado e subiu ao céu, trazendo uma notícia surpreendente e constrangedora. Não havia restos de deus nenhum, exceto seus dois pés. O tecido de couro cobria apenas destroços do que tinham sido catapultas do exército de Ahammit.

— Malditos sejam os dartanas — xingou Bousson.

Meia hora mais tarde, os combatentes enviados à floresta voltaram com prisioneiros encontrados tentando fugir. Aqueles farrapos humanos, que vinham com os punhos amarrados e seus corpos arrastados pelos zirgos de batalha, foram os responsáveis pelos disparos das catapultas roubadas de Pardeglan.

Um deles, de aparência felina, era alto e forte, e sangrava pelo corpo todo, com feridas abertas pelas pedras afiadas do caminho até a presença de Bousson. Seus pelos estavam empapados e os olhos, fechados.

Bousson desmontou e apanhou a espada. Com o fio da arma ergueu o queixo do prisioneiro ajoelhado. Mais vinte cativos foram colocados à sua frente, todos abaixados e com as mãos amarradas para trás. Bousson percorreu a fileira vendo a incrível mistura de raças. O que aquele general insolente queria com aquilo? O que estava fazendo? Apanhando restos de exércitos pelo caminho para enfrentar Ahammit? Agora nem mesmo um deus eles tinham, apenas pedaços de um que tinha sido derrubado por um terço de seus soldados. Alkhiss queria vê-los derrotados. Vê-los destruídos e sua feiticeira-mãe morta.

— Qual é o nome do seu general? — indagou Bousson para o guerreiro com rosto felino.

O soldado ergueu o rosto inchado e se manteve calado.

— Querem dificultar as coisas? É isso?

Os prisioneiros, com rostos arranhados e corpos ensanguentados, olhavam para Bousson de boca fechada.

— Para onde vai o seu exército? Acham que podem se esconder por muito tempo?

O soldado felino começou a rir.

Bousson, irritado, desferiu um potente soco no prisioneiro, que tombou de lado. No chão, o soldado mestiço continuou rindo, fazendo com que todos os demais também começassem a gargalhar.

O general de Ahammit olhou estupefato para seus soldados. Uma saraivada de socos e pontapés terminou por derrubar todos os prisioneiros do exército mestiço.

— Por que você está rindo? — perguntou irritado o general, agarrando o soldado pela armadura e voltando a colocá-lo de joelhos.

O gauloniano cuspiu sangue no chão de pedras e ficou olhando sorridente para Bousson.

— Levante-os também.

Bousson olhou para o gul ao seu lado e ordenou que parassem de bater nos cativos, tornando a deixá-los de joelhos. Para surpresa e estranhamento dos soldados de Ahammit, os capturados continuavam rindo, segurando-se para não gargalhar.

— Por que estão rindo?

O gauloniano de cara inchada encarou Bousson parando de rir.

— Estou rindo porque você me perguntou onde Mander, nosso general, queria se esconder.

— Sim. É o que quero saber.

— Você parece estúpido, general de Ahammit — disse o altivo gauloniano. — Até agora não percebeu que Mander não está se escondendo? Mander está apenas se preparando. Ele vai matar todos vocês!

Bousson ficou pálido e retomou sua postura ereta à frente do desaforado prisioneiro, seus olhos buscaram apoio nos gul pela primeira vez naquela campanha. O que ele dizia era de um atrevimento, uma imoralidade insuportável.

— Mander vai matar todos vocês! — bradou o gauloniano.

A fileira de prisioneiros começou a gargalhar mais uma vez.

Bousson ergueu sua espada e decapitou o felino, fazendo a boca dele se calar para sempre. O general fez um meneio com a cabeça e saiu andando, afastando-se da fileira de prisioneiros.

Seus soldados ergueram lanças e atravessaram os corações dos que tinham restado. Apenas quando o último deles tombou, as risadas cessaram, deixando Bousson extremamente perturbado com o que tinha acabado de ouvir.

CAPÍTULO 69

O general de Dartana contemplava a imensa carroça construída por Jeliath e seus construtores, que trabalharam incessantemente durante a noite para concluir aquele feito. As madeiras postas sobre quatro eixos que levavam quatro rodas cada um, formando um longo leito onde repousava o corpo de Ogum. Apesar da energia de cura das feiticeiras, Ogum ainda estava fraco e os pés ainda não tinham sido substituídos. Jeliath tinha algo em mente e Mander sabia que os construtores tinham se assustado com a ideia do arrojado jovem líder, mas diziam que, se conseguissem construir o que Jeliath pensava, teriam um deus de guerra imbatível.

Mander agora marchava junto ao general gauloniano, Tylon-dat, e com ele comentava as impressões sobre o terreno onde tinham lutado. Mander se ressentia de ter deixado para trás o desfiladeiro de pedras, onde tinha visto claramente uma ótima oportunidade para empregar conhecimentos trazidos da Terra por Jeliath. Poderiam se esconder nas rochas e atacar com flechas e escopetas quando o exército de Ahammit tivesse que se espremer para passar pela estreita garganta de pedras. Tylon-dat rebateu que não teriam tido tempo de se preparar para o confronto. Haviam surpreendido três vezes o exército de Ahammit, derrubando quase mil deles na batalha do terço e, com os últimos dois ataques surpresa, o exército inimigo baixara para quase mil e seiscentos guerreiros. Tylon ergueu o queixo para frente fazendo Mander olhar para o seu diminuto exército. Eram apenas 135 agora. Não sabiam se os poucos homens deixados para trás para disparar as catapultas conseguiriam fugir a tempo, talvez não. Tinham que contar com o contingente reduzido que estava à sua frente. Mander lamentou uma vez mais. A garganta de pedras seria perfeita para uma nova emboscada. Tylon parou o dandrião e olhou para Mander. Abriu diante do general de Dartana o mapa que tinham desenhado e apontou.

— O que é isso?

— Se desviarmos nossa marcha, chegaremos a este desfiladeiro. Aqui é mais estreito e mais longo do que o último. Se quiser mesmo testar sua teoria, general, terá sua chance bem aqui — revelou o general de Gaulon.

Mander olhou para o couro rabiscado e tornou a encarar o amigo.

— Estamos muito longe?

— Mais três horas de marcha. Peça para Gagar juntar alguns batedores. Se Ahammit não passar deste ponto até o fim da tarde, teremos uma noite para descansar e para os construtores trabalharem mais em nosso deus de guerra. A parte mecânica de Ogum está quase pronta.

— E eu terei tempo de preparar uma nova armadilha. Se conseguirmos derrubar ao menos metade dos homens de Alkhiss, seu exército ficará com tanto medo que fugirá, deixando a deusa indefesa.

— Não conte com isso, Mander. Você pode até conseguir matar metade do exército inimigo, mas nunca os verá fugindo. Ninguém deixa seu deus de guerra para trás.

CAPÍTULO 70

Bousson, à frente do que restava de seu exército, marchava mais uma vez rumo ao norte. Interromperam estrategicamente a marcha quatro horas após o nascer do sol, sem montar acampamento, apenas para alimentar os soldados e dar de beber aos zirgos. O general também queria escutar o que os batedores enviados durante a madrugada tinham a dizer. Quando os comandantes perguntaram sobre os batedores, não disse que era uma precaução e nem mesmo admitiu que existia um temor em antecipar o que viria pela frente, aborrecido com os seguidos ardis encabeçados pelo general do exército mestiço. Bousson justificou a atitude dizendo que enviara os batedores para que o exército de Dartana tivesse chance de se preparar para o combate, que os batedores tinham ordem de se fazerem visíveis e se identificarem. Assim, teriam informação e conseguiriam acabar com aquele inconveniente de uma vez por todas. Eram onze vezes maiores que o exército mestiço. Precisavam acossá-los, encontrar um terreno em que os inimigos pudessem ser encurralados e exterminados. Ahammit tinha força e número suficiente para isso. Por isso, tinham que marchar o mais rápido que podiam, roubando dos mestiços o precioso tempo para se precaver e pensar.

Aos comandantes, restara apenas concordar. Não interpelariam o general, mas sabiam que o exército de mestiços já era muito mais do que um inconveniente. Aquela mistura de restos de exércitos tinha se organizado e havia aprendido alguma coisa nos últimos combates, pois conseguiram acabar com um batalhão de quinhentos arqueiros. Só tinham sobrevivido aqueles que tinham sido salvos pelas feiticeiras, removidos das chamas grudentas. Os comandantes não tinham coragem, mas começavam a se perguntar quando Alkhiss agiria como uma deusa de guerra, protegendo-os e destroçando os insignificantes dartanas, antevendo as armadilhas e livrando o povo do sofrimento desnecessário. Ela era uma deusa poderosa que, até então, só experimentara o gosto da vitória.

Do que eram feitas as deusas de guerra se não da vontade de vencer no Combatheon e libertar todo um povo das garras da escuridão do pensamento? Segundo contavam as feiticeiras de Ahammit, um deus de guerra só marchava com esse propósito. Então, quais poderes teria Alkhiss para deter o avanço de Ogum? nem ao menos era um deus de guerra legítimo e, segundo se sabia, estava com as pernas quebradas! Como o exército de Ahammit tinha conseguido, sem a ajuda da deusa de guerra, impingir tanta destruição e dor contra um deus inimigo? Eram perguntas que voavam na mente dos comandantes e soldados, mas estavam proibidos de fazê-las em voz alta, por força do orgulho de seu general. Restava a todos que lutavam apenas uma certeza, Dartana não era um inconveniente. Dartana era uma questão de vida ou morte.

* * *

Zanir não reconhecia a paisagem, na campanha pela vitória nunca estivera ali antes, o que não era um bom sinal. Andavam em terreno desconhecido. Ainda relegado a abastecer e manter os zirgos dos soldados com água fresca, não tinha sequer o direito de se aproximar de Bousson e dos comandantes para exprimir o incômodo que a paisagem logo à frente evocava.

Bousson escolhera montar acampamento ali, próximo ao dos mestiços, separados apenas pela garganta escarpada que levantava duas paredes de rocha nas laterais, deixando pouco espaço para as manobras de ambos os exércitos naquele estreito e irregular caminho formado ao fundo. Galhos secos desprendiam-se das paredes rochosas como dedos prontos para apanhar qualquer soldado desprevenido que ousasse atravessar a garganta. A vegetação esparramava uma folhagem seca pelo chão, tornando impossível transpor o terreno em confortável e ardiloso silêncio. O exército inimigo estava do outro lado, aguardando, deixando o tempo passar e esperando pela iniciativa de Ahammit. Ao menos o chão de folhas secas também seria um bom alarme para os soldados de Ahammit. Os galhos pelados dos arbustos diziam muito.

Zanir andou próximo à garganta de pedras, examinando detidamente a galhada. Não chovia muito ali, do contrário todas as plantas e os arbustos monocromáticos estariam vicejando, deixando as paredes recobertas de um verde vibrante e vivo. A toalha marrom e amarela de folhas farfalhava com um vento teimoso que soprava de lá para cá, como se o deus de guerra inimigo estivesse ali, depois de uma ou duas pedras, respirando seu hálito sobre os soldados de Ahammit.

Podiam sentir o cheiro dos animais mestiços e também da fumaça vinda do acampamento. Saber que os inimigos estavam a menos de dois quilômetros de distância certamente seria uma tentação para Bousson. Sem sombra de dúvida, se Zanir fosse o estrategista daquele ataque, eles não fariam pouso naquela clareira. Estavam expostos demais. Contudo, Zanir sabia que o orgulho de seu general jamais permitiria que ele tomasse medidas notáveis de precaução ou se escondesse daquele bando remanescente.

Ver as feiticeiras em grupos de seis patrulhando o acampamento do céu, deixando suas luzes roxas para trás a cada passagem, já era surpreendente, deixando saber que Bousson tinha ao menos sentido o impacto dos dois últimos confrontos. Por isso, as feiticeiras não paravam, voavam para dentro da boca e pousavam em pedras altas, mantendo vigília cerrada sobre a passagem, para que ninguém fosse apanhado de surpresa durante a estada ali. Também via um destacamento de soldados com construtores, improvisando no alto das árvores que seguiam até bem perto da garganta, torres de vigia guarnecidas por armas de fogo que preveniam uma aproximação furtiva do inimigo. Zanir chegou a sorrir pensando que um pouco de cuidado não faria mal a ninguém àquela altura. Seus ex-comandados ainda lhe prestavam continência ao cruzar seu caminho. Muito respeitosamente, alguns chegavam a oferecer ajuda para carregar a trave com os odres cheios d'água, mas eram repelidos gentilmente pelo ex-gul, que seguia então em frente, com a espada na cintura e a dignidade nos ombros.

* * *

Mais três horas se passaram, o que impacientou o general Bousson. Ele queria ver o inimigo desafiando, vindo pela garganta, de encontro ao seu exército superior. Bousson tiraria vantagem daquele terreno estreito para acabar com todos eles, fazendo o mesmo que tinham feito na batalha anterior. As imensas catapultas estavam alinhadas e preparadas para mandar os bólidos de fogo através da garganta de pedras. Mesmo que as rochas não acertassem os soldados inimigos, elas se chocariam contra as altas escarpas do desfiladeiro e promoveria uma chuva de pedregulhos e fogo sobre os inimigos de Alkhiss. Bousson deu ordem de prontidão imediata a seus comandantes, que colocaram os soldados em posição de guerra. O general de Ahammit sentia falta de Helgar-ix ao seu lado. Ao menos aquele sentimento de perda serviria de combustível para esmagar cada mestiço que surgisse no caminho. A vitória daquele dia seria dedicada ao seu braço direito, que tinha voltado ao céu de Ahammit, embalado pelas feiticeiras e encomendado a energia de Daal onde viveria para sempre empunhando seu arco de flechas precisas.

Sob o som das cornucópias roncando pelo acampamento, o exército se agitou e, em poucos minutos, estavam todos em seus postos, enchendo os batalhões com o som da guerra. As fileiras de soldados e cavaleiros se dispuseram em uma longa linha, encarando a garganta estreita que os obrigaria a marchar lado a lado para alcançar o inimigo que ameaçava fugir, protegido do outro lado do desfiladeiro.

Bousson olhou para Alkhiss. A deusa de guerra trazia sua chibata e sua cimitarra de cinco metros nas mãos, dando sinal de que já estava pronta. O general ergueu a mão direita e gesticulou para as feiticeiras.

Um grupo pequeno de vinte delas flutuou, deixando as mais de duzentas irmãs para trás. Ugaria, ainda se acostumando a voar com o desequilíbrio de um único braço, ia à frente do bando, liderando o grupo que faria o papel de batedoras aladas. A missão era fazer um ataque furtivo e retroceder, provocando o inimigo, instigando-o a iniciar o ataque ou prevenindo a fuga dos mestiços, caso estivessem pensando em recuar para ganhar mais tempo.

As feiticeiras púrpuras de Ahammit adentraram a fenda da garganta sentindo o ar esfriar imediatamente ao serem tomadas pela penumbra. Nila, logo atrás de Ugaria, cravou os olhos nas rochas das escarpas, desviando para o lado, sentindo uma vibração ruim, como se aqueles galhos de árvores secas, pendurados às beiras das rochas, realmente quisessem apanhar e ferir. Era como se os galhos tivessem ainda mais vida do que a que lhes era permitida. Nila subiu mais e olhou para frente, preocupando-se em alcançar Ugaria e se preparando para o início da sua missão. A garganta tinha quase um quilômetro de extensão com Daal mergulhando ao fundo, obrigando seus olhos a se estreitarem conforme avançavam em direção à luz.

* * *

Quando chegaram ao fim da travessia, Ugaria e as feiticeiras se lançaram para fora da garganta de encontro ao exército de Dartana. O acampamento estava a uns quatrocentos metros depois do estreito, no topo de uma suave colina, em posição privilegiada de observação. Ugaria não se preocupou em ser notada, fazia parte do plano que os inimigos soubessem o que foi que lhes atingiu. Elas iriam atacar rapidamente os soldados da frente, tomando cuidado com os arqueiros do exército mestiço. Tão logo ferissem alguns deles, bateriam em falsa retirada, atraindo-os para a garganta, onde deveriam entrar para serem exterminados pelos soldados ahammitianos. Os olhos de Ugaria procuraram o deus de guerra inimigo e encontraram apenas um grande volume deitado, coberto por couro de animais. As pernas que surgiam ao final da cobertura de couro não tinham pés, confirmando a situação de Ogum. A feiticeira líder abriu um sorriso ao compreender que o deus de guerra de Dartana não podia mais se levantar e ainda estava fora do jogo. Sorriu novamente, ao notar que poucos arqueiros tinham sobrado para os mestiços, posto que apenas oito deles erguiam suas armas e disparavam com as bestas em direção a suas vinte irmãs feiticeiras.

— Eles não têm mais catapultas, como disse Zanir-gul — animou-se Nila.

Ugaria, ainda sorridente, virou-se para a amiga e retrucou:

— Ele não é mais um gul. É um carregador de odres.

As feiticeiras baixaram e rodopiaram, evadindo-se das flechas lançadas, ficando cada vez mais próximas dos guerreiros. Ugaria sentia que, se fossem rápidas, poderiam elas mesmas acabar com aquela guerra de uma vez por todas. Quantos oponentes tinham ali? Não chegavam a quarenta. Os outros teriam sucumbido após a batalha? Teriam desistido da loucura que era enfrentar a poderosa Ahammit? Ugaria encontrou o resto dos inimigos e entendeu o que acontecia. O que sobrara do exército mestiço disparou com as montarias, fazendo Ugaria perder o sorriso da face.

— Estão fugindo! — gritou Nila, convidando as amigas a uma atitude.

Os covardes do exército mestiço estavam fugindo, montados em seus animais, debandando pelo outro lado da colina. Ainda assim eram poucos, mas empreender uma perseguição com um número tão baixo de feiticeiras não seria prudente. Ugaria urrou de raiva e gritou para as parceiras.

— Temos que voltar e avisar Alkhiss! — sugeriu Ugaria.

— Eles vão abandonar seu deus de guerra para trás?! — espantou-se uma delas, olhando para o deus coberto pelo manto de couro.

— Eles não têm mais esperanças de vencer. Só temos que acabar com seu deus e com a feiticeira-mãe, mas essa decisão tem que ser tomada por Bousson e não por mim — decretou Nila, retomando a liderança da situação.

As feiticeiras se reagruparam e voaram em direção à garganta, acelerando o quanto conseguiram, pois não podiam deixar que o exército mestiço ganhasse mais tempo com essas manobras evasivas.

Ugaria acelerou ainda mais. Queria ser a primeira a chegar, mostrar seu valor, voltar a ser a favorita de Alkhiss. Queria ser a feiticeira que cruzaria sentada no ombro da deusa o Portão de Vitória. Alkhiss, a deusa que podia tudo, devolveria o braço morto e Ugaria voltaria a ser inteira.

— Para que tanta pressa, Ugaria? Está com medo de perder outro braço? — brincou Nila, um pouco atrás.

Ugaria parou o voo e olhou para a feiticeira que a ultrapassou, rindo.

— Não adianta correr agora, Ugaria. Você não é mais a favorita — escarneceu outra feiticeira. — Se fosse, estaria lá, no ombro de Alkhiss, com seus dois braços se segurando nela.

— Alkhiss nos disse que você não existe mais, Ugaria. Nunca mais será querida por ela — gritou Nila, distanciando-se ainda mais.

— Não! — gritou Ugaria, automaticamente, em resposta.

Ugaria escutou mais risadas conforme as outras feiticeiras cruzavam com ela. A feiticeira ficou tão aturdida que desacelerou completamente, perdendo altura e batendo contra o chão pedregoso. Ficou olhando para as companheiras adiantadas, lá no alto, pintando o céu de roxo por onde passavam com a luz prateada de Daal a suas costas.

Com lágrimas descendo pelos olhos e a mão esquerda passando pelo cotoco do braço direito, Ugaria voltou a voar, subindo devagar, adentrando o desfiladeiro frio e escuro bem a tempo de ouvir um zunido passando ao lado direito de sua cabeça, não dando muito importância, imaginando que tivesse quase trombado com um pássaro por conta da distração que a zombaria lhe causou. Então o grito da feiticeira Nila a fez se virar e olhar para o meio da garganta, vendo a companheira de armas despencando, com uma flecha cravada na clavícula. Quando o corpo da colega cadente virou, ela pôde ver a ponta da flecha tingida de sangue.

Ugaria completou o giro, escutando agora dezenas de zunidos passando rentes a seu corpo, por puro acaso nenhuma flecha a atingiu. Ugaria acelerou o quanto pôde e subiu em velocidade, olhando de relance para o trilho de luz púrpura, vendo mais quatro feiticeiras de Ahammit transfixadas, socorridas por outras quatro. Ugaria e mais dez se reagruparam no início da garganta e dispararam, alternando altitude e velocidade, lutando contra as flechas que vinham em sua direção, arremessando-se para dentro do corredor de escarpas, tentando alcançar a boca iluminada da garganta do outro lado, representando a salvação daquela emboscada.

Os olhos de pupilas roxas de Ugaria varreram a parede cravejada de arbustos secos, só discernindo no último instante os arqueiros de Dartana, pendurados nos galhos secos das árvores. Ugaria conseguiu manobrar o corpo, escapando das pontas aguçadas dos projéteis, dando um rasante, quase raspando a barriga e as pernas no fundo do desfiladeiro, erguendo as folhas secas do chão que revolutearam no ar, sendo imitada pelas outras quatro feiticeiras que conseguiram passar, fazendo daquelas folhas secas uma cortina para a fuga. Desesperadas, as feiticeiras subiram e desceram novamente e conseguiram chegar ao fim da garganta, surgindo aturdidas e amedrontadas, sendo amparadas pelas irmãs. Nenhuma delas, exceto Ugaria, havia notado o embuste dos arqueiros, escondidos pelas roupas pintadas na cor das paredes cinzentas das escarpas.

Sem conseguir repelir e dominar a ansiedade, Bousson estugou seu zirgo, fazendo-o trotar até as feiticeiras, faminto por notícias e preocupado por ver um número tão reduzido delas.

— O que aconteceu? — Bousson via no rosto preocupado e suado de Ugaria um ninho para maior aflição. A feiticeira respirava em haustos prolongados, tomando fôlego para poder narrar o sucedido. Ela primeiro ergueu o dedo, apontando para a passagem e depois se calou, colocando-se de pé. A feiticeira preterida passou a mão pelo cotoco do braço uma vez mais, lembrando-se das risadas de Nila e de suas antigas amigas de devoção. Ao final, olhou para Bousson e para Alkhiss e apontou novamente para a garganta.

— Eles estão fugindo! Eles não vão lutar!

— Por quê? — perguntou o general, com o rosto franzido pela incompreensão.

— Porque são covardes! Porque seu deus de guerra está tombado! Estão fugindo em suas montarias! — urrou a feiticeira.

— Não vai ser tão simples assim, Ugaria! Eles não vão escapar da minha vingança!

Bousson se virou e ergueu a mão direita, ordenando o ataque.

A deusa de guerra parou, olhando para Ugaria aos seus pés. A feiticeira se colocou de joelhos por alguns segundos e beijou o pé de sua deusa, depois partiu, voando para o fundo das colunas de guerreiros de Ahammit perseguida pelo peso dos olhos púrpuras de Alkhiss.

Os comandantes de batalhões, ávidos pela luta, dispararam com seus zirgos no encalço do exército mestiço. Queriam a cabeça do general inimigo espetada em uma lança.

Alkhiss, também sedenta pelo fim daquela campanha, e a um passo de libertar seu povo do manto da escuridão do pensamento, afastou a cisma com Ugaria da mente e também marchou rumo à garganta de pedras do desfiladeiro. Voltaria para o acampamento trazendo o coração quente do deus mestiço, pulsando em suas mãos, se ainda existisse tanta vida dentro do inimigo. Já que era feito de pedaços de outros deuses, Alkhiss tinha todo o direito de desmontá-lo peça por peça.

* * *

Sion-gul ia à frente de seus homens, galopando o mais veloz que o animal podia. Ele adentrou a fenda de pedra vendo a luz do Daal na outra ponta. A garganta tinha o fundo com quinze metros de largura, permitindo que se formasse uma fileira intimidadora de cavaleiros. O gul batia com um chicote no dorso de seu zirgo, fazendo as cerdas estalarem contra o couro grosso e sulcado do animal. O tropel promovido pelos guerreiros montados no seu encalço foi crescendo e se adensando, conforme ele avançava pela garganta. A batida ritmada das patas ecoava nas paredes da garganta e, quando o número de soldados passou de 250, ali dentro as paredes reverberavam o som crescente, tremendo e fazendo pedriscos rolarem das encostas. Os soldados de Ahammit, em suas vistosas armaduras negras e roxas, com a cabeça protegida por elmos com penachos vermelhos no alto, aferraram-se ainda mais às rédeas de seus zirgos.

Sion-gul viu os oponentes do outro lado do desfiladeiro e logo sacou a espada, sendo imitado por todos os guerreiros que fizeram o retinir das lâminas ecoar pelo estreito. O exército mestiço não estava batendo em retirada, eles vinham, com armas erguidas, ao encontro do combate.

Bousson, ainda aguardando na entrada do desfiladeiro, olhou para seu comandante de máquinas logo atrás das fileiras de soldados que ainda se arremetiam para dentro da garganta.

— Não podemos disparar, meu general. Podemos atingir nossos homens — afirmou o comandante de máquinas.

Bousson sinalizou para o segundo comandante ao seu lado, que colocou os homens com as armas de fogo para marchar para dentro da garganta. Provavelmente os poucos cavaleiros mestiços nada poderiam fazer contra a investida de Sion-gul. Mesmo o oponente sendo diminuto frente ao contingente de Ahammit, Bousson não daria mais chances para Dartana. Era hora de extinguir qualquer ameaça.

* * *

Mander, à frente de seus cavaleiros, freou o equithalo depois de percorrer um terço do desfiladeiro. Poucos foram os companheiros que ultrapassaram o general, todos imitando sua atitude e contendo suas montarias. O exército de Ahammit vinha a toda carga, cavalgando e erguendo espadas, fazendo o fundo da garganta tremer com as passadas dos pesados zirgos de seis patas. Mander deu meia-volta e começou e cavalgar para fora da passagem de pedra, como se fugisse do encontro. O som do exército inimigo avançando, que faria estremecer qualquer general dono de um contingente tão resumido, soou como música para o general de Dartana. Mander lançou um olhar de relance e abriu um sorriso assustador. Ahammit ainda não sabia, mas a morte soprava seu bafo gélido e dissimulado naquele desfiladeiro.

Sion-gul, vendo os cavaleiros inimigos em retirada, estugou a montaria e aumentou a velocidade do ataque. Queria apanhá-los ainda naquele estreito, antes que tivessem a chance de escapar para campo aberto. O comandante começou a gritar e logo todo o exército de Ahammit ululava, entusiasmado com a proximidade do inimigo. Ninguém conseguiu entender por que o zirgo de Sion caiu de repente, guinchando de dor, com as patas dianteiras arremessadas ao chão, fazendo seu corpo tombar. Depois dele, mais dois cavaleiros também perderam suas montarias e a inevitável onda de zirgos que vinham a toda carga atrás passou atropelando os cavaleiros que caíam de seus animais, formando um bolo contra o qual todos foram batendo até que a onda conseguisse conter a investida.

Bousson estava boquiaberto assistindo à colisão de seus zirgos que acabaram eclipsados por uma nuvem de folhas secas e poeira das pedras do fundo do desfiladeiro. A interrupção do avanço era incompreensível. O que os malditos dartanas estavam tramando agora? Quando a poeira começou a assentar, os guerreiros de Ahammit ficaram presos ao chão, apanhados pela surpresa da sombra do colosso do outro lado. Ogum estava lá, ou parte dele, sentado sobre uma imensa plataforma de madeira com rodas, que foi colocada ao fim do desfiladeiro. O deus de guerra inimigo levantou sua arma, uma besta, apontando-a para Alkhiss, presa entre as paredes de pedra, sem ter para onde correr.

Ogum puxou o gatilho e o arpão chiou cruzando o céu. Uma nuvem de feiticeiras de Ahammit voou através da garganta, tentando proteger a deusa, mas as que entraram no caminho do arpão foram prontamente colhidas e partidas ao meio, outras arrastadas, presas aos ganchos laterais da arma do deus de Dartana e, por fim, confirmando o terror a todos os ahammitianos, o arpão enterrou-se, em cheio, nas costelas de Alkhiss, que tentava se virar e fugir do ataque de Ogum.

A deusa púrpura gritou de dor pela primeira vez em sua marcha, vergando o corpo e levando a mão ao cabo do arpão. Seu grito desesperado fez as paredes do desfiladeiro vibrarem e o exército de Ahammit congelar por um instante, vendo o pesadelo de muitos se tornar realidade. Alkhiss, a deusa imbatível, sangrava e gemia. A gigante sacudiu a cauda longa, fazendo-a bater forte contra as paredes do desfiladeiro, esmagando uma dúzia de guerreiros de cada lado. Seu grito tornou a estremecer as paredes da garganta, fazendo com que milhares de pedriscos rolassem para o leito rochoso, enquanto ela cravava um dos joelhos no chão, virando-se de volta à entrada da garganta, na tentativa de fugir daquela armadilha infernal, incrédula com a poça de seu próprio sangue que começava a se formar abaixo das costelas. Alkhiss estava assustada e de joelhos pela primeira vez naquela guerra.

O sangue gelou nas veias de Bousson, que abriu a boca sem conseguir gritar seu próximo comando. Alkhiss estava caída, vergada pelo ataque daqueles baderneiros. Seu elmo gigante sacudia a imensa crina vermelha, enquanto a deusa gemia de dor e erguia as mãos tentando se proteger de disparos que começaram a vir do alto. Bousson tinha congelado e não conseguia comandar seus guerreiros. Aquela imagem de dor e derrota à sua frente era inacreditável.

* * *

Mander comandava o ataque aos berros, fazendo com que as montarias de todos os mundos puxassem a carroça de madeira mais uma vez e tirasse Ogum da linha de tiro. O deus de Dartana puxou a corrente tentando arrastar Alkhiss para o meio do desfiladeiro, impedindo-a de fugir e vergando-a aos inimigos. A deusa gritava de dor a cada tranco dado pelas mãos poderosas de Ogum, que ainda não estava pronto para o combate direto, mas já dera sua preciosa contribuição para o episódio, mostrando aos guerreiros inimigos que sua deusa podia ser ferida e sentir dor. Desesperada, Alkhiss agarrou a corrente do arpão e lançou um pulso de sua energia púrpura que viajou pelo metal até subir pelos dedos de Ogum, fazendo as mãos e a cabeça dele fumegarem, enquanto o gigante de Dartana soltava um grito, tombando de costas na grande carroça. Mander, vendo Ogum tombado e a corrente do arpão caída no chão, gritou para que seus homens tornassem a agarrá-la e puxá-la para manter o suplício da deusa inimiga. Agora era só o plano engenhoso desenhado por Mander e Jeliath ter suas peças se movendo e funcionando até o final. Era preciso crer, até o último minuto de luta, que seria possível parar aquele exército e vencer a deusa de Ahammit.

* * *

Parten e Thaidena comandavam o ataque do alto. Escondidos com as roupas e as peles cobertas de barro que os deixavam nos mesmos tons marrons e cinzentos dos paredões, estavam em posição privilegiada para atirar contra os confusos e perdidos soldados inimigos. Parten foi quem percebeu a oportunidade de ouro ao ver a deusa inimiga caída logo abaixo, com seu corpo longo e esguio, tombado no leito da fenda, gritando de dor e desespero, fisgada pelo arpão de Ogum, que tinha a corrente puxada por cinco guerreiros e suas montarias.

— Atirem em Alkhiss! — ordenou o dartana, sendo obedecido pelos exímios atiradores que começaram a espicaçar a pele da deusa guerreira.

* * *

Bousson espumava de fúria. Sua deusa estava caída, abatida por metade de um deus de guerra mecânico, recebendo disparos de armas de fogo e gritando de dor. Seus homens estavam também atordoados e feridos, emboscados e aterrorizados por aparentemente duas dúzias de inimigos. Para Bousson, era inadmissível perder naquele cenário. Quem aquele general mestiço pensava que era para atormentá-lo daquele jeito? Bousson tirou a espada e gritou para as feiticeiras e os soldados, fazendo com que voltassem à carga imediatamente.

À frente, Sion-gul, com um braço quebrado e uma ponta de osso escapando pela manga de sua cota de general, tossia enquanto se levantava. Zirgos empinavam as patas e cavaleiros desmontavam, gritando e protestando, tentando acalmar os animais. Outros soldados se aproximaram, amparando Sion-gul, interpelando-o sobre seu estado e sobre o que fariam agora. Muitos dos cavaleiros que permaneceram em suas montarias, obedecendo aos berros de Bousson, voltaram a cavalgar em direção à boca do desfiladeiro, no encalço do exército mestiço, e muitos voltaram a cair de seus zirgos que tombavam e se debatiam, guinchando de dor.

Sion-gul se arrastou até o zirgo e compreendeu a armadilha montada pelos dartanas. Eles tinham escavado o chão onde as pedras se separavam, produzindo buracos com mais de um metro de profundidade, colocando ali hastes afiadas de bambus, terminando por cobrir as armadilhas com a folhagem seca do fundo do penhasco, o que criou a ilusão de que o caminho era seguro. Os cavaleiros tinham que parar, mas já era tarde demais. Sion-gul olhou para cima, vendo a nuvem de luz roxa atravessando a garganta. Só assim, pelo ar, seria seguro atravessar o desfiladeiro.

Ugaria ficou com os olhos cheios d'água quando escutou os gritos de sua senhora. A ex-favorita voava no meio da nuvem de feiticeiras que atacavam os guerreiros mestiços, que disparavam contra os soldados do outro extremo do desfiladeiro, sem perceber que Alkhiss também estava sendo vítima das armas de fogo. Alkhiss era gigante, mas os ferimentos poderiam prosperar e ferir de morte a deusa de guerra. Ugaria sabia que muitos dos atiradores estavam escondidos nas encostas da garganta, quase invisíveis, como se algum feitiço poderoso os mantivesse imperceptíveis. Se ela salvasse Alkhiss daquele flagelo, poderia ser perdoada e receber o braço amputado de volta.

Sob seus brados, Ugaria reuniu novamente as feiticeiras, que esqueceram a vergonha e o banimento da ex-favorita. De forma coordenada, ela fez suas irmãs cobrirem o corpo de Alkhiss, projetando uma parede de luz púrpura sobre a deusa caída, confundindo os atiradores e dando tempo para que Bousson organizasse o contra-ataque. O general pousou os olhos sobre Ugaria e suas irmãs e ordenou que as metralhadoras cuspideiras varressem as paredes do desfiladeiro, obrigando os inimigos a desviarem sua atenção do corpo ferido de Alkhiss.

— Eles estão nos rochedos! — urrou Ugaria para os soldados no chão.

Arqueiros e atiradores passaram a procurar os guerreiros mestiços revelados nos arbustos e em bases de rochas. Era difícil encontrá-los e, para o aumento do terror dos guerreiros de Ahammit, para cada guerreiro mestiço abatido, ao menos cinco dos ahammitianos tombavam ao seu lado. A cada companheiro caído no fundo da garganta, os demais ahammitianos perdiam a gana de luta e tinham vontade de fugir daquela armadilha.

Ugaria, mais uma vez movida pelo desejo de ser notada por sua deusa de guerra, negligenciou o perigo que tinha visto antes, acreditando que sua vontade bastaria para vencer os mestiços que estavam escondidos nas escarpas das gargantas. Para azar das feiticeiras, os soldados do exército mestiço as tinham em ótima posição. A maioria delas ainda tentava proteger Alkhiss, convertendo-se em presas fáceis para as escopetas que disparavam incansavelmente e eram reabastecidas após um ciclo de cinco disparos. Cada tiro era aproveitado, transfixando os corpos das inimigas voadoras e as fazendo tombarem do céu de encontro ao leito do desfiladeiro. Quando as armas de fogo paravam para recarregar, um grupo munido das bestas dava cobertura, enchendo o ar com o silvo das flechas, aumentando ainda mais o desespero e a confusão entre as fileiras encurraladas do exército de Ahammit.

Bousson interrompeu sua marcha em cima do zirgo, cercado por seus homens com armas de fogo ao ver as feiticeiras simplesmente "choverem" do alto, como que apanhadas por algum feitiço. O cenário era de pesadelo. Os homens no chão não conseguiam seguir em frente e muitos menos revidar. Um disparo de catapulta finalmente rompeu a corrente que aumentava a ferida da deusa Alkhiss, mas teve o seu custo. Como previsto pelo comandante de máquinas, o bólido destruiu a corrente, mas se espatifou, lançando uma chuva de pedras e fogo sobre os próprios combatentes, aumentando a confusão e o desespero.

O general de Ahammit precisou ver um soldado tombar à sua frente para decifrar o que acontecia. Os disparos de armas de fogo vinham do alto, do meio das pedras, de onde não conseguiam enxergar os atiradores. A cada leva de disparos, soldados gritavam e eram derrubados, sobrando um rastro de mortos e feridos para trás, conforme o exército de Ahammit, aos empurrões, se retirava do estreito leito de morte daquele maldito desfiladeiro. Bousson parecia uma estátua de sal, imóvel. Desesperado, o líder de Ahammit viu o que pensava que nunca veria. Alkhiss, terrivelmente ferida e exausta, não se aguentando mais sobre os joelhos, tombou de frente, esmagando homens que estavam no caminho. A boca de Bousson abriu-se sem que fosse possível palavra alguma sair da garganta. Não podia ser! Alkhiss estava morta! A deusa de guerra de Ahammit estava acabada, era isso! Os malditos mestiços tinham feito o que nenhum outro exército fora capaz. Destruíram Alkhiss.

Todos os guerreiros ao lado do general de Ahammit também congelaram em seus pés, estacando ao lado do comandante. Então, as mãos de Alkhiss estremeceram e a deusa começou a rastejar, agarrando-se a um fio de vida, movendo seu corpo abalado de volta à boca do desfiladeiro, recebendo centenas de disparos de armas de fogo em suas costas, já que que a maioria das feiticeiras tinha sido dizimada. Ela ergueu para Bousson sua mão titânica cheia de sangue e os olhos lacrimejantes, como se fosse ele e não ela o deus da guerra de Ahammit. Bousson olhou para o comandante ao seu lado e ordenou, espumando de raiva e vergonha:

— Retirar! Tirem todos dessa armadilha, agora!

* * *

O restante das resistentes feiticeiras ainda tentou atacar os soldados mestiços escondidos nas fendas rochosas, mas para cada guerreiro em que conseguiam colocar as mãos, dez delas tombavam, obrigando-as por fim a obedecer Ugaria, retrocedendo, deixando para trás o rastro de dor e sangue proporcionado pelos mestiços. As feiticeiras se recolheram e os mortos de Ahammit foram abandonados. As sobreviventes precisavam se refazer e começar a preparar as poções de cura para os soldados.

Ugaria olhou para Alkhiss, que havia sentado ao largo do acampamento. A deusa de guerra respirava com dificuldade e seu sangue marrom ainda vertia das incontáveis feridas e ainda em profusão daquela aberta pelo deus inimigo, o arpão ainda enterrado em sua carne. Alkhiss lançou um olhar silencioso para a ex-favorita, que ficou imóvel diante de sua senhora por alguns minutos, terminando por ajoelhar-se e tocar o chão com sua testa, prostrada em orações. Aquela seria também a primeira vez que ela e suas companheiras preparariam uma poção de cura para a deusa.

* * *

Eufóricos com o resultado da batalha na garganta, Tylon-dat e Jeliath gritavam junto aos generais Mander e Mesmine.

— Eles estão abalados! Foram arrasados moralmente, podemos acabar com todos eles agora! — bradava o entusiasmado general gauloniano.

— Temos ainda muita munição, Mander. E podemos ajudar — informou o construtor, apontando para os amigos a suas costas.

Mander olhou para a garganta e as colunas de fumaça do outro lado, onde agora existia o acampamento de Ahammit. Também olhou para os soldados que ladeavam Mesmine, Jeliath e Tylon-dat. Ainda que tivessem aplicado um ataque estupendo contra Bousson e feito Ahammit entender que podiam, sim, ser vencidos pelos guerreiros mestiços, o exército inimigo ainda era grande demais para ser atacado em campo aberto. O general de Dartana bufou, dividido por sua ânsia e pela razão. Seus homens e mulheres precisavam ser curados das feridas antes de se engajar em um novo combate. Não era só ele quem deveria vencer e se comprazer em salvar sua terra natal. Aquela luta era de todos e por todos.

— É tentador. O que mais quero na vida é acabar com Ahammit e cruzar o Portão de Vitória para que meus filhos tenham uma chance de vencer essa maldita doença, mas não acho prudente atacarmos Bousson em campo aberto. Eles possuem muitos soldados e aquelas cuspideiras.

— Estamos queimando por dentro, general. Nossas escopetas ainda estão carregadas. Podemos acabar com eles — disse Parten, engrossando o couro.

Mander sorriu para Parten e pousou a mão em seu ombro.

— Olhem ao redor. Nossas feiticeiras precisarão curar muitos feridos e ainda temos que enterrar os mortos.

— Mander, esse diálogo é insólito. Nós estamos tentando convencer o louco a nos acompanhar.

— Acreditem em mim: vamos vencer Ahammit, mas não será no território deles, será no nosso. — O general virou-se para Jeliath. — Vamos em frente. Precisamos seguir com a grande carroça e levar Ogum para longe daqui, para que vocês possam dar um jeito nele. Precisaremos de Ogum para vencer Alkhiss.

Jeliath e os demais se voltaram para o gigante abatido. A euforia com a surra que tinham dado em seus inimigos tinha nublado seus pensamentos e eles se esqueceram do que acontecera com Ogum. De alguma forma, Alkhiss também tinha ferido o deus de guerra dos mestiços. Desde o golpe de energia do inimigo, ele permanecia imóvel.

— Ele vive? — perguntou Shal, aproximando-se de Jeliath.

Dabbynne e Tazziat voavam sobre o gigante, derramando sobre ele a energia curativa que possuíam.

— Vive... — murmurou Jeliath. — Ogum está vivo.

— E por que não está se movendo? — questionou Hanna.

Jeliath baixou a cabeça desanimado e então ergueu-a, olhando para os colegas construtores e soldados que estavam no seu entorno.

— Eu vou descobrir. Vou dar um jeito de curá-lo de vez.

* * *

Mais tarde, quando os atiradores e arqueiros se reuniram novamente com o general Mander e o resto do exército mestiço, depois da contagem de mortos e feridos, foi feita a contagem e tinham sido perdidos 46 amigos, restando agora ao exército de Dartana 89 componentes no total. Mesmo assim, todos se juntaram com muita alegria.

As mortes pesavam, principalmente aos seus parceiros mais próximos, mas era impossível não festejar a grande vitória contra Ahammit. Mander sabia que Bousson não deixaria aquele ataque passar batido e continuaria atrás de Dartana e do deus de guerra do exército mestiço. Mander lamentava os atiradores não terem tido a sorte de liquidar a deusa Alkhiss de uma vez por todas, mas era compreensível. As feiticeiras inimigas, que somadas eram maiores que o próprio exército de Dartana, formaram um verdadeiro escudo vivo ao redor da deusa, tornando impossível executá-la do alto dos paredões.

Contudo, muitos dos arqueiros e atiradores sobreviventes testemunharam o ápice do ataque, quando o exército inimigo, em retirada, ainda viu sua deusa de guerra deixar a garganta rastejando e implorando por ajuda das mãos dos pequenos ahammitianos. As poucas feiticeiras sobreviventes estariam agora muito ocupadas tentando salvar a deusa, curando suas feridas e negligenciando os soldados machucados, elevando o número de perdas do lado de lá. Mander enviaria batedores para o desfiladeiro para contar os corpos dos mortos de Ahammit e, assim, estimar o tamanho do estrago que tinham perpetrado.

Mander permitiu que aquela noite bebessem, festejassem e dançassem ao som dos estranhos instrumentos de Jeliath. Ele deixou que os homens se lembrassem de casa, da razão pela qual lutavam. O general sabia que teria um pouco de tempo para que Jeliath terminasse o ousado reparo em Ogum, mas Ahammit também teria que esperar pela cura de sua deusa Alkhiss. Seus soldados continuariam furiosos e Mander sabia como transformar aquela fúria em vitória.

CAPÍTULO 71

A primeira decisão de Bousson foi a de não enviar os guerreiros para a garganta para recuperar os corpos. Todos dentro daquela marcha sabiam que estavam sujeitos a esse destino ingrato, o de não ter seus funerais executados propriamente, mas não seria uma desonra no todo, afinal eram guerreiros e haviam perecido como deveriam perecer. Acontecia de aquele gosto acre estar ganhando mais força e formando um volume dolorido no estômago de todos os soldados e feiticeiras de Ahammit. Nunca tinham visto seu general paralisado de medo, nem uma retirada maciça. Nunca viram sua deusa de guerra no chão se arrastando e pedindo socorro.

Bousson, pela primeira vez em toda aquela campanha, havia se recolhido calado e abatido à tenda dos comandantes, considerando por alguns momentos a possibilidade da derrota. Ficou mudo até que o guardião de seu desespero voltasse com a informação. O batedor, prostrado a sua frente, foi autorizado a levantar a cabeça e abrir a boca.

— 427 companheiros foram se encontrar com a luz de Daal, meu senhor.

Bousson, sentado no trono, continuou calado, com o olhar perdido. Era a primeira vez que sentia culpa. Sabia que todos marchavam com o mesmo objetivo, ninguém teria o direito de lhe apontar o dedo e cobrar por aquelas vidas. Nem mesmo os mortos lhe lançariam maldições. Só existiam no Combatheon para marchar e lutar, era assim desde o princípio dos tempos, era assim desde que ele, pequeno, tinha se descoberto uma pessoa andando nos arredores do Hangar das Feiticeiras em Ahammit, onde recebia o que comer e o calor com o qual se esquentava quando Daal os afligia com sua ausência, endurecendo seus corpos e suas almas para resistirem no Combatheon. Só assim, ao lado das feiticeiras, Bousson não passou fome. Por elas foi adotado, já que há muito e muito tempo seus pais não mais existiam, deixando-o à sua própria sorte para marchar atrás do deus de guerra que tinha precedido Alkhiss.

Bousson carregou odres de água para saciar a sede dos zirgos acumulados pelas feiticeiras, carregou ferro com o qual as feiticeiras ensinaram em suas forjas rudimentares aos aspirantes a construtores a malharem o metal em brasa quente, dando-lhe forma, mergulhando-o em brasa vermelha e amarela dentro da água, construindo as primeiras armas para um novo exército quando já sabiam que o tempo do livramento da maldição se avizinhava e que a nova e angustiante espera se levantava diante de todos. Elas, as feiticeiras de Ahammit, então voaram pelos campos da terra, procurava aqueles que seriam os novos soldados, o novo exército, e os prepararam como nunca os tinham preparado antes, para que o novo deus de guerra, que um dia se ergueria daquela gosma escura, marchasse através do Portão de Batalha para que toda a Ahammit tivesse mais do que esperança, que a certeza da vitória queimasse em seu peito, seguindo atrás de seu novo deus de guerra e atrás de seu novo general consagrado, o homem que um dia tinha sido menino e adormecido tantas noites sob as rochas frias do Hangar.

Por conta de sua avidez, seu exército estava agora muito menor, machucado pelas mãos daqueles ilegítimos que imitavam um exército marchando para o Portão de Vitória. O que aconteceria se por acaso os inimigos vencessem? Era uma loucura imaginar que isso fosse possível, mas se, de alguma forma impensada e ultrajosa aquilo acontecesse, seria concebível que os mestiços, pelos próprios pés, atravessassem o Portão de Vitória? Será que o Portão de Vitória se iluminaria para aquele bando de gente de todas as raças e de todos os mundos, amparados por um deus que eles mesmos tinham inventando e erguido com as próprias mãos? Haveria, para aqueles indivíduos, uma nova existência sem um deus de verdade? Bousson não podia acreditar naquilo nem mesmo na sua imaginação, era desconcertante e humilhante demais estar ali, imaginando aquele cenário ultrajante.

O general tinha que reunir seus homens agora que Alkhiss estava pronta para realizar as vontades do povo de Ahammit e acabar com Ogum de uma vez por todas. Dar a seu povo o sonhado livramento da maldição da escuridão do pensamento. Ahammit floresceria após aquela marcha, que seria contada em sua terra, enquanto o conhecimento se esparramaria, permitindo que todos os deixados na terra pudessem pensar como pensavam os construtores e os soldados exilados no Combatheon. Olhariam para as estrelas e aprenderiam a navegar, aprenderiam a magia do tempo. Suas mentes seriam livres para entender o que quisessem e fazer o melhor uso do acúmulo do conhecimento. Um dia, criariam máquinas tão fascinantes quanto aquelas mostradas por Ahammit a seus construtores ou como os aparelhos que faziam música para o petulante exército dartana. Bousson se remoía por dentro, mas teria que instruir os soldados e fazê-los marchar.

Alkhiss estava conectada aos olhos dos avatares em busca de novas armas. Avatares que viviam em um planeta distante, um ninho do saber do assassinato e da morte, que tinham contato com o resultado do conhecimento desenvolvido por um povo que vicejou nas guerras e na necessidade, criando maravilhas que explodiam e mutilavam os inimigos. Bousson abriu a boca quando tomou consciência da dor lancinante em seus lábios e, mais uma vez, cuspiu sangue no chão da tenda. Seus dentes cortavam a pele querendo impedi-lo que abrisse a boca e desse ordens tão humilhantes. Bousson precisava pedir que seus comandantes tomassem cuidado com o caminho e ficassem de olho nos inimigos de Dartana, que ficassem alertas e prevenidos. Esse pedido foi proferido carregado de um grande peso de vergonha. As palavras, ao saírem de sua boca, pareciam cheias de espinhos.

O general de Ahammit deixou a tenda contemplando o acampamento todo em silêncio enquanto se afastava. Chovia. A água corria das encostas da garganta de pedra e dos sulcos dos morros ao lado do acampamento, deixando o chão de pedriscos e lama bastante traiçoeiro. Bousson virou-se e os soldados que o ladeavam abriram espaço enquanto o general olhava novamente para o acampamento. A água batia sobre as tendas e fazia uma rápida névoa de gotículas. Os soldados sabiam que estavam a poucas horas da nova marcha, que seria a final. Era claro que venceriam Dartana no fim das contas, mas agora todos se perguntavam quantos deles estariam vivos para celebrar o amargo triunfo.

As catapultas, com seus braços longos desmontados e dobrados, prontas para partir sobre as rodas, engatadas em zirgos de tração, quase desapareciam por conta do céu fechado pelas gotas de chuva. A paisagem era um bocado melancólica. Junto à garganta de pedras, estava sentada no chão, com as pernas cruzadas e os olhos fechados, a recuperada e poderosa deusa de guerra, com a cabeça rodeada pelo voo contínuo das feiticeiras, mesmo sob a chuva. As feiticeiras mantinham esse ritual incessante, como se quisessem profanar a mente de Alkhiss e roubar os pensamentos da criatura gigante e sagrada. Se pudesse, Bousson roubaria apenas um segredo. Ele queria ver o futuro, saber se aqueles pés que deslizavam na lama, caminhando ao encontro de Alkhiss, sentindo-se como o menino que mendigava comida às feiticeiras em Ahammit, pequeno e indefeso, também cruzariam o Portão de Vitória. Bousson queria triunfar mais do que tudo e marchar através do Portão de Vitória parecia ser a única coisa que faria sua vida ter algum sentido. Se não fosse vencedor, que tombasse morto pela espada inimiga. Custava ter do outro lado daquela garganta de pedra um inimigo à altura em vez daquele exército maldito de maltrapilhos?

Bousson parou diante de sua senhora. Alkhiss estava sentada, com as pernas cruzadas e sua longa cauda ondulando lentamente. Suas mãos repousavam sobre os joelhos e os olhos, ainda fechados, emanavam o conhecido brilho roxo de sua aura.

Ugaria pousou ao lado do general e ficou em silêncio, contemplando a deusa.

— Ela pode marchar? — perguntou Bousson para a ex-favorita.

Ugaria balançou a cabeça em sinal positivo.

— Já é hora. Ela quer a cabeça de Ogum. Ela não está aqui nesse instante. Alkhiss viajou pelas estrelas e está procurando uma arma poderosa o suficiente para acabar com a guerra.

* * *

Doralice agora tinha sua segurança reforçada para que ninguém tivesse a menor chance de se aproximar. Álvaro tinha levado a sério o recado de sua sobrinha e, quando se olhava no espelho, não estranhava o fato de ver refulgir dentro de seus olhos o mesmo brilho púrpura que tinha encontrado nos olhos de Doralice.

A menina não estava mais em seu apartamento e sim acomodada na cobertura de um grande hotel. Estava diante de uma imensa tela de TV assistindo a seu desenho favorito. Ria sozinha, despreocupada, cercada de mimos e com os soldados armados do lado de fora, onde ela não podia ver suas armas. Nem por isso estava sendo menos útil à deusa de guerra que se conectava a ela naquele instante. Os olhos, agora de Alkhiss, ficaram pregados naquela imensa tela de TV. Os canais começaram a rodar autômatos até que pararam em uma imagem intrigante. Dois exércitos combatiam em um filme de guerra. Metralhadoras, que Alkhiss já conhecia, disparavam, crivando dezenas de corpos de balas. Então a explosão laranja e amarela encantou seus olhos e a fez se aproximar da TV sob a forma da menininha. Homens carregavam mochilas nas costas e empunhavam mangueiras com disparadores que, quando apertados, ejetavam línguas de fogo que incineravam os inimigos. Doralice começou a rir, chamando a atenção da babá que estava com ela no quarto. A mulher se aproximou assustada com aquela risada longa e profunda, enquanto assistia a corpos serem queimados às dúzias na tela da TV.

— Posso mudar de canal, Dorinha?

Doralice, com seus olhos arroxeados, virou-se para ela e fechou sua expressão de alegria.

— Não toque n-isso — rugiu a menina.

A babá, assustada, se afastou sem ver o degrau que separava a sala e caiu de costas batendo a cabeça na mesa de centro e tombando desacordada, enquanto uma poça vermelha de sangue se formava ao redor de sua cabeça.

Doralice aproximou-se dela, abriu um sorriso largo e começou a rir.

* * *

Alkhiss, rindo, olhou para os construtores a seus pés. Os comandados esperavam suas ordens debaixo da chuva pesada. Muitos deles erguendo a mão em concha diante da fronte para poder melhorar um pouco a visão. A deusa visitara a Terra por meio dos olhos de seu avatar.

Uma nova arma tinha sido percebida e estava em sua retina. Alkhiss desenrolou o braço em direção a seus construtores e apontou o dedo para eles. Do indicador, subia sua energia púrpura, percorrendo todo o corpo.

— Ahammit! Construir! — berrou Alkhiss.

O chão vibrou com a voz poderosa da colossal deusa de guerra. As feiticeiras pararam de girar no alto de sua cabeça e a orgulhosa Ugaria sentou-se ao ombro da deusa quando ela começou a proferir as ordens seguintes. A feiticeira preterida tinha tido permissão para estar ali. Contente com as migalhas atiradas por Alkhiss, retransmitia sua fala aos construtores que começavam a desenhar no chão molhado tudo o que lhes era contado.

Os dias tinham se passado e um construtor clemente havia provido Ugaria com um braço falso, feito de pedaços de madeira e ferro, que se prendiam ao pescoço e ao ombro com tiras de couro. O braço falso não se movia, mas restabelecia, até certo ponto, a harmonia simétrica ao corpo multilado. Era com essa mão de madeira que Ugaria se apoiava à carne da deusa de guerra e observava os curiosos construtores às voltas com o desenho da nova arma.

* * *

— Devemos nos preparar para partir, senhor? — perguntou Sion-gul.

O general encarou o seu gul ferido, com o braço preso por trapos e incapaz de levantar uma espada, mas, ainda assim, sedento para continuar em frente.

— Ainda não. Agora, nossos construtores vão transformar o sonho dos mestiços em pesadelo. Deixem que construam as novas armas, então partiremos.

— Isso pode levar dias, senhor.

O chefe dos construtores, que estava próximo o suficiente para ouvir os brados do comandante Sion, aproximou-se de Bousson. Uma nuvem de insetos revoava o acampamento sobre as feridas dos soldados machucados. Um bom número deles incomodava Sion-gul, revoluteando seus curativos e precisando ser repelidos insistentemente.

— Faremos essa arma de forma rápida, senhor. Apesar de ser algo que nunca construí, sei que posso fazer, é uma máquina formidável e engenhosa. Vai matar muita gente para Alkhiss, senhor.

— Ela mata rápido?

O construtor ergueu os olhos para o general.

— Bem, ela é incrível, pode matar rápido ou, se o senhor quiser, pode causar dor antes de matar.

— Quanta dor pode causar?

— Muita, senhor. Muita dor. Garanto que valerá a pena esperar até que fique pronta.

Bousson olhou para Sion-gul.

— Mantenha aquele grupo de baderneiros sob vigia. Eles podem andar o quanto quiserem. Não interfira, deixe que pensem que têm todo o tempo do mundo. Só precisamos saber onde eles estão, o tempo todo.

— Farei isso, senhor.

— Quanto tempo Alkhiss precisa para ficar pronta?

— Nila esteve aqui. Pediu ao menos mais dois dias de descanso para nossa deusa de guerra. As feridas dela cicatrizam devagar, mas logo estará pronta para a luta.

— Quero que esteja de pé e pronta para a batalha. Ela nunca me perdoaria se eu atacasse sem sua benção e glória ao nosso lado.

Bousson aproximou-se do construtor, olhando para o desenho que surgia, e então um sorriso brotou em sua face. O exército dos mestiços teria uma terrível surpresa em breve.

CAPÍTULO 72

Já era noite no Combatheon quando as nuvens negras que revolutea-vam acima do acampamento de Dartana começaram a roncar. Uma chuva fina deslizava do alto, dançando solta com a ventania que soprava o couro das cabanas, fazendo as tendas balançarem. O silvo do ar agitado invadia o sono dos soldados do exército mestiço.

Ogum, com as pernas reparadas por Hanna e seu time de construtores, estava deitado sobre as quatro patas que agora lhe pertenciam, amarrado sobre a imensa carroça construída para o seu transporte. O deus de guerra tinha sido completamente transformado da cintura para baixo para combater Alkhiss e seu exército, ganhando outra forma. Contudo, todo o acampamento, recolhido por conta da chuva, lançava preces para o portento divino que permanecia imóvel por dias, como se toda sua energia tivesse se esvaído, abandonando seu corpo. Ainda que a grande caixa de madeira guardasse as enguias elétricas, que fizessem o seu coração bater, Ogum havia permanecido de olhos cerrados e sem vontade de guerra desde a última batalha, transmitindo aos soldados uma pesada sensação de desânimo, deixando todos abatidos e temerosos por conta do combate que se acercava.

Todos estavam em frente à carroça, aguardando Mander debaixo da chuva, alguns protegidos pelos capuzes de couro costurados pelas habilidosas guerreiras lokuns. O clima geral nunca tinha sido tão trevoso e cheio de desesperança.

O general, com o corpo curvado, pela primeira vez, subiu no tablado da carroça e, com Ogum às suas costas, pediu a atenção de todos.

— Estamos rumando para o Cemitério de Deuses, amigos de armas. Nosso deus, apesar de vivo, não retornou para a guerra. Por isso, eu prevejo que contaremos apenas com nossos braços e nossa vontade. Ogum ainda está entre nós, em nossos pensamentos, em nossos corações. Serei eternamente grato ao senhor meu deus de guerra por nos trazer até aqui. Contudo, essa é a minha luta, fiz tudo o que fiz porque acreditava que iria salvar meus filhos e por eles irei lutar enquanto existir vida dentro de mim. Quero dizer que vocês não precisam perder suas vidas por meus filhos. Vocês devem arriscar suas vidas porque querem e não porque eu peço. Se qualquer um de vocês deixar o acampamento, não tem problema, tentarei matar mais inimigos. Lutarei até o final por aquilo em que eu acredito. Ainda preservo minha fé, ainda quero salvar minha família, mas com o preço do meu sangue e não o de vocês. Não julgarei ninguém, estão todos livres para partir se assim quiserem.

O céu roncou e dois relâmpagos ligeiros cruzaram o céu.

— Do Cemitério de Deuses, tiramos Ogum. Para o cemitério nós o devolveremos se for essa sua vontade. Lá montarei nosso último acampamento e lá teremos nosso último combate. Juntos! — completou o general.

Parten, no meio dos espectadores, levantou a mão acima das cabeças e também gritou:

— Juntos!

Thaidena, encharcada pela chuva, levantou o braço também e deu novo grito.

Logo o bando todo de guerreiros elevou seus punhos ao céu e em uníssono gritou de volta ao general dos mestiços:

— Juntos!

Jeliath e Dabbynne sorriram para Mander e balançaram a cabeça em sinal positivo. Juntos até o final, fosse ele qual fosse. Assim seria escrita a história daqueles seis sobreviventes de Dartana.

CAPÍTULO 73

Quando as novas máquinas de guerra começaram a tomar forma, Bousson soube que poderiam marchar de novo. Alkhiss estava melhor fisicamente, mas o general sabia que algo mudara dentro de sua deusa. Ela trazia mais raiva, mais ódio no olhar. Seu espírito tinha sido castigado pela última derrota, sentia-se humilhada por ter ficado com medo, por ter demonstrado aos súditos e adoradores seu pavor. Alkhiss nunca havia sentido aquilo antes. Tinha sido um embrulho no estômago. Temeu mais que a derrota, temeu a morte dos deuses. Contudo, Bousson agora lia em seus olhos o desejo de vingança. Os pés da colossal deusa de Ahammit moviam-se com determinação; por pedido de seu general, Alkhiss não encabeçava a marcha. A deusa seguia protegida pelos soldados à sua frente e à sua retaguarda, rodeada pelo que lhe tinha sobrado das feiticeiras.

Bousson parou seu zirgo numa encruzilhada. Era dia e mesmo assim pouca luz passava pela cortina de nuvens, sem pistas de que o sol voltaria tão cedo. Os batedores estavam ali, onde a estrada se dividia em três caminhos adiante.

— A chuva é forte, meu senhor. Aqui, a água desce da colina e forma um regato que lavou boa parte do rastro dos mestiços.

O general de Ahammit fez um muxoxo e saltou de cima do zirgo, encharcando as botas negras de couro. Caminhou pela água fazendo barulho em cada passada, observando as três trilhas à frente.

— Aqui eles se dividiram, senhor. Não usaram a trilha do meio, pegaram as duas das pontas.

— Eles não pararam durante a noite, marcharam madrugada adentro — resmungou o general.

— Provavelmente enviaram batedores e sabiam que estávamos indo em seu encalço — supôs Sion-gul.

— Não importa o que sabem, gul. As novas armas farão o serviço. Nossos homens estão treinados e não daremos chance para que sobre um mestiço vivo.

Os batedores permaneceram perfilados ao lado de Bousson, esperando suas ordens.

Um relâmpago clareou as fileiras e revelou o rosto soturno de Alkhiss que parava ao lado de seu general. A deusa olhou para as trilhas a sua frente e farejou no ar.

— Não perca tempo com seus batedores, general. Ogum e seus mestiços seguiram por aqui.

Os homens olharam para a estrada à esquerda.

— Eles seguiram para o Cemitério de Deuses — disse Alkhiss para a feiticeira aos seus pés, que, como sempre, reproduziu a fala da divindade.

Bousson olhou para Sion-gul, ainda com o braço enfaixado e inútil, e para os batedores. Alkhiss era a deusa de guerra. Se ela dizia que era por ali que marcharia, era para lá que iriam.

— Perfeito — disse Bousson. — Acho um lugar muito apropriado para nossa última escaramuça. Lá será a morada definitiva dessa aberração que chamam de Ogum. — Bousson olhou para sua deusa e sorriu. — Não sei o que a senhora fez com ele, mas sei que ele ainda sofre as consequências.

— Me sentirei melhor quando arrancar o coração de Ogum, general.

Bousson voltou a montar o zirgo e aproximou-se dos batedores.

— Sigam em frente. Vejam onde eles estão e o que tramam. Não podemos cair em novas armadilhas. Dessa vez, quem vai surpreendê-los, com nossas armas, somos nós.

CAPÍTULO 74

Jout olhava para a multidão à sua frente. Tinha conversado com os amigos rebeldes e pediu que espalhassem a notícia de que ele tinha recebido novidades da marcha de Dartana no Combatheon. Seus amigos de resistência ficaram de olhos arregalados e se perguntando do que Jout estava falando. O rebelde foi breve, sem se alongar em explicações, dizendo que todos precisavam trazer as famílias, os amigos e o maior número de pessoas porque ele tinha sido visitado, recebido uma mensagem importante e precisava que o maior número de pessoas possível também escutasse a boa-nova. Dartana estava lutando longe nas estrelas e precisava de ajuda crucial de todos aqueles que acreditavam na jornada do exército além do Portão de Batalha.

Seus seguidores perceberam a seriedade de Jout e deixaram a casa do lenhador, considerando toda a transformação em suas palavras. Tinham discutido, estavam confusos, mas tinham obedecido a Jout mais uma vez, mesmo indo no sentido oposto sobre tudo pelo que tinham se reunido para combater até agora. Não só parentes e amigos tinham vindo, juntando um grupo de mais de uma centena de pessoas, como também algumas feiticeiras ouviram o falatório nas ruelas de Daargrad e subiram o morro relvado até a margem da floresta após a casa do lenhador Jout e agora, como toda a população que tinha atendido ao chamado, aguardavam caladas, observando.

Jout notou as três feiticeiras-anciãs agregadas à multidão e temeu os desdobramentos do que aconteceria. Até então, somente elas eram autorizadas a falar em nome dos mistérios do divino. Raiza, ao seu lado, com o pequeno Bel no colo, segurou a mão de Jout, dando-lhe apoio.

— Nessa manhã, eu recebi a visita de um ser iluminado, um ser que veio do outro lado do manto de luz do Portão de Batalhas.

As pessoas começaram a murmurar e olhar umas para as outras.

— Eu sei que é difícil para vocês acreditarem em mim, logo eu que sempre lutei contra a história de seguir um deus de batalha.

Algumas pessoas chegaram até a rir nesse momento, mas as três feiticeiras de leve brilho dourado vieram mais para frente, ainda misturadas à multidão, de olhos grudados no jovem orador.

— Eu não acreditava no Combatheon, mas esse lugar em que tantos de vocês acreditam piamente realmente existe. Esse ser de luz veio de lá e trouxe notícias. O exército de Dartana precisa de nossa ajuda.

O murmúrio virou uma grande algazarra, as pessoas se agruparam ainda mais, se aproximando de Jout, que era protegido pelos seguidores que permaneceram entre ele e a multidão.

— Vocês precisam acreditar em mim. A visitante disse que nosso exército depende de que façam o que vou pedir.

— Silêncio! — gritou a feiticeira, fazendo a multidão se calar. — Prossiga, lenhador. Diga-nos o que a visitante lhe pediu.

— Ela disse que precisamos orar, orar por nosso deus de guerra.

— Mas isso fazemos todos os dias — reclamou alguém na multidão.

— Belenus está morto! — revelou Jout.

A multidão novamente voltou a falar e se agitar. A feiticeira-anciã levantou sua mão, restaurando o silêncio.

— Belenus foi atacado assim que cruzou o Portão de Batalha. Nosso exército foi derrotado, mas foi salvo. Salvo por Ogum. Ogum está do outro lado, vivo, lutando por Dartana, e devemos rezar por ele e nossos guerreiros.

— Mas Ogum não é o deus de guerra dessa marcha — disse pacificamente a primeira feiticeira.

A segunda anciã voou até Jout e parou à sua frente, erguendo o nariz e farejando a pele do lenhador.

— Ele parece falar a verdade. Não tem cheiro de mentira.

— É porque não estou mentindo! Ela veio e disse que precisam de nós. Disse que veio até aqui, através das estrelas, para nos alertar, para dizer que Belenus não existe mais e que Ogum precisa de nossas preces.

A segunda anciã olhou para Raiza ao lado de Jout e seus olhos de brilho dourado pararam sobre a criança. Raiza, notando o interesse da velha feiticeira, virou uma estátua, sentindo um frio na barriga. Para sua sorte, Jout falou novamente.

— Precisamos todos crer e colocar Ogum em nossos altares. Precisamos rezar para que nosso exército seja vitorioso.

A feiticeira voltou a olhar para o lenhador e Raiza aproveitou-se para esgueirar-se dali para as árvores na floresta, sendo seguida de perto por Nullgox.

— Onde você se encontrou com a visitante e como é que ela sabe tanto sobre nós? — inquiriu a anciã.

Jout encarou a feiticeira e olhou para o povo. Viu Raiza se afastando com o pequeno Bel, percebendo que não seria bom ela ficar próxima das feiticeiras.

— Ela brilhava na cor dourada, brilhava intensamente, e eu percebi que era uma de nós. Era uma feiticeira de Dartana. Ela foi até a minha casa e disse que eu, que não acreditava em nada, teria que acreditar primeiro e espalhar a novidade. Ela me trouxe até aqui, contando tudo o que aconteceu no Combatheon, e então desapareceu, fazendo os galhos dessa árvore arderem.

Jout apontou para a árvore de tronco e galhos enegrecidos perante a plateia silenciosa. As pessoas começaram a se aproximar e a tocar a árvore.

— Orem por Ogum. Enviem ao nosso deus de guerra toda a energia que ele precisa para continuar a marchar. Dartana marcha contra um exército muito poderoso. O último exército em seu caminho. O último a ser enfrentado para que sejamos libertos da maldição do pensamento. Precisamos nos unir, por nossos guerreiros, por nosso deus de guerra e por Dartana!

Todos que ouviam Jout sentiram uma corrente de energia passar por sua pele, eriçando seus pelos, sentindo a verdade emanar da boca do lenhador. Ele dizia que alguém tinha vindo do outro lado do manto de energia, voltado da terra de onde ninguém nunca tinha voltado e dizia que ainda existia esperança, pela primeira vez em muito tempo. A população se emocionou e começou a dobrar os joelhos, olhando para a árvore queimada e se curvando para rezar por Ogum, pedindo que o deus de guerra fosse forte e lutasse por todos eles.

Jout ficou impressionado olhando para aquela multidão a seus pés, orando e rezando e levando suas vozes prontamente em direção ao sagrado, ao distante Ogum e ao corajoso exército de Dartana. Jout sorriu e olhou para as únicas que se mantinham de pé, as três feiticeiras de Dartana.

* * *

A notícia do sermão na colina diante da árvore queimada se esparramou por todas as ruas de Daargrad, por todas as vielas e casebres de Dartana. As pessoas começaram a peregrinar até a árvore onde o anjo iluminado tinha estado do outro lado do manto de luz para dizer que havia esperança para o povo de Dartana. Outros caminhavam até a casa do lenhador, o jovem Jout, que havia recebido a visita da criatura de luz e escutado suas palavras. Eles queriam que ele contasse de novo, que dissesse como era a visitante e que repetisse as suas palavras até que decorassem. Traziam velhas estátuas de Ogum que tinham sido lançadas em seus terreiros, esquecidas. Pediam que Jout as tocasse, que lhes dissesse como tinham que orar e pedir ao deus de guerra que desse uma chance para Dartana.

Jout sentia-se perdido, mas tocado com as pessoas batendo à sua porta, formando filas e continuando a chegar até a noite entrar. Elas vinham com candeias, lanternas e formavam trilhas de luz pela mata ao redor da casa do lenhador.

O choro do bebê era ouvido do lado de fora e Raiza tentava de todas as formas confortar o pequeno Bel, servindo-lhe leite de cabra e cantarolando para que dormisse enquanto ela escutava vozes à porta de casa. A noite já ia alta quando um Jout cansado entrou no quarto e, sem se banhar e ou comer, deitou-se na cama de palha ao lado dela. Jout ficou olhando para Raiza e para o pequeno Bel, em silêncio, por um longo instante. Então, apanhou a lamparina na cabeceira da cama e a levou até o altar em seu quarto e se ajoelhou, iluminando a dúzia de pequenas estátuas de barro de Ogum que ganhara durante a tarde. Jout se curvou e orou, despejando suas esperanças e confiança sobre Ogum, pedindo que tanto o exército quanto o deus de Dartana tivessem uma boa hora no campo de batalha.

CAPÍTULO 75

Hanna e os construtores seguiam as ordens de Jeliath. Ele tinha visto algo em sua última viagem que ajudaria muito a ganhar tempo naquele cerco, fazendo as escopetas serem ainda mais letais contra Ahammit. Todos sabiam que Bousson e seus homens estavam nas vizinhanças, se aproximando do Cemitério de Deuses para o confronto final.

— Vejam, essa aqui é a grande carroça de Ogum. É onde ficaremos, Mander quer lutar aqui, junto a Ogum, até o final.

— Mas, se ficarmos concentrados, não deixaremos as coisas mais fáceis para Ahammit?

Jeliath sorriu para Hanna.

— É o que vai parecer, mas vamos enganá-los um pouquinho mais, Hanna. Veja.

Jeliath começou a desenhar palitos em torno da carroça.

— O que é isso?

— Serão escudos. Eu vi na terra.

— E o que isso faz exatamente? Que tipo de arma é?

— Não é exatamente uma arma. É uma defesa. Se forem feitos do tamanho certo, nossos homens podem andar empurrando-os, é como carregar um pedaço de parede para se esconder atrás e evitar tiros e espadas.

— Brilhante! — disse Shal, o construtor cara de pássaro.

— Faremos escudos grandes e pesados, enterraremos sua base no chão para que aguentem até mesmo a carga das montarias inimigas. Nossos homens poderão se esconder aqui e correr de um escudo para outro, protegendo todo o entorno da carroça. Mander saberá como posicionar os guerreiros para que ganhemos tempo e matemos mais inimigos.

Jeliath olhou para os rostos abatidos dos construtores. Uma centelha de esperança brilhava nos olhos de uns poucos, mas a maioria ainda estava como o restante dos mestiços, com o coração apertado, afinal de contas Ogum não tinha retornado à atividade, continuava recolhido sobre a grande carroça que o trouxera desde o último confronto contra Alkhiss. Seria assim, com o espírito alquebrado, que receberiam o exército oponente.

Mander, exausto da fuga e postergação do combate, tinha decidido que ali colocariam um fim no conflito. O Cemitério de Deuses era a sua última chance no Combatheon. Recebeu de Jeliath a notícia dos escudos e das vantagens que teriam usando as proteções de madeira. O rosto do general iluminou-se olhando ao redor.

— Jeliath, você é incrível!
— Por quê?
— Sua ideia é formidável. Agora, não sei se estou ficando louco ou contaminado com sua inteligência...
— Diga.
— Podemos montar escudos melhores.
— Como?
— Olhe a sua volta. Todos esses corpos de deuses mortos.

Jeliath olhou o entorno melancólico, cercado de carcaças, sem entender aonde Mander queria chegar.

— Jeliath, as armaduras dos deuses mortos! Podemos usá-las e proteger Ogum melhor. Podemos colocar essas peças ao redor da carroça e defenderemos Ogum até o final.
— De fato. Junte seus homens, Mander, e faça isso. Eu ainda quero tentar uma coisa. As orações que estão vindo da Vila de Abandonados e de Dartana talvez ainda não sejam suficientes.
— O que tem em mente?
— Vou viajar, Mander. Irei para a Terra mais uma vez.
— Buscar armas?
— Não.
— O que vai buscar então?
— Fé, Mander. Fé. Precisamos que o povo da Terra ore por Ogum, fortaleça nosso deus. Só assim venceremos essa guerra.

Mander pousou sua mão pesada no ombro do construtor de Dartana e terminou por abraçá-lo.

— Boa sorte, garoto.

* * *

Jeliath e sua amada feiticeira se postaram diante de Ogum e se curvaram, fazendo uma última oração em respeito ao deus mestiço. Jeliath pedia a Ogum uma última viagem à Terra. A única chance de Dartana residia nessa derradeira esperança, nesse último plano do líder dos construtores.

Jeliath sabia o que precisava fazer. A escolha que tinha diante de si era proporcional ao desafio de enfrentar sozinho o restante do exército de Ahammit. Jeliath tinha que voltar à Terra. Não só pelo fato de precisar de armas novas para tentar mais uma vez surpreender seu inimigo. Precisava voltar à Terra porque poderia ser a sua última chance de contemplar o conhecimento materializado, naqueles lindos e brilhantes objetos. Também seria seu último contato com aquela outra sabedoria, que emanava da boca de Glaucia toda vez que conversavam. Não haveria mais batalhas no Combatheon nem na Terra. Jeliath não sabia se morreria entre os seus ou mergulhado no conhecimento do planeta distante. O construtor de Dartana queria estar com a humana e pedir a ela o último socorro. Precisava que os humanos soubessem de Ogum, que orassem por seu deus de guerra.

Seus pés se moviam reticentes ao encontro de Ogum. O deus de guerra do exército mestiço recebia a cura das feiticeiras e a solda dos construtores. Hanna conseguira fazer os ajustes finais para que Ogum marchasse mais uma vez, livre da ajuda da grande carroça que o transportara nos últimos dias. Ogum despertaria mais uma vez e ficaria de pé para acabar com Alkhiss. Só podia ser assim. Não existia um final onde os dois deuses conversassem e seus povos se uniriam para que o Portão de Vitória recebesse todos os filhos dos mundos que caminhavam sobre aquelas terras. Seria Dartana ou Ahammit. O que Jeliath mais queria naquele momento era continuar e compartilhar com todos os semelhantes tudo o que aprendera, todo o conhecimento, toda a beleza da construção.

Ogum estava com os olhos fechados e não percebeu a aproximação de Jeliath. O construtor subiu pela escada de madeira que chegava ao peito do deus de guerra e adentrou a cápsula de conexão, recostou-se ao fundo e suspirou. Logo os feixes dourados começaram a descer e a enrodilhar seu corpo de construtor. Jeliath estava indo para a Terra.

* * *

Jeliath, mais uma vez, abriu os olhos em um lugar escuro. O construtor inspirou fundo e olhou para os lados, deixando a visão se acostumar com a escuridão. Precisava de armas, mas também queria algo mais. Independentemente do que aconteceria no Combatheon, Jeliath sabia que aquela poderia ser a última vez que veria a doutora Glaucia. Tinha que agradecê-la por tê-lo ajudado tantas vezes. Jeliath girou sobre os pés, estranhando o silêncio. Nunca antes chegara num lugar tão quieto naquele planeta. Era perturbador. Uma luz se acendeu no teto, assustando-o. Estava numa sala de bom tamanho, sem ninguém dentro. Jeliath ergueu sua escopeta quando outras luzes se acenderam e correu para um dos cantos da sala, olhando para um estranho objeto que parecia segui-lo para onde quer que andasse. A sala era fria como uma caverna de Dartana e toda cinza. Ainda assustado, Jeliath virou-se para uma porta dupla que se abriu de supetão, deixando entrar uma enxurrada de homens. Eram novamente os soldados da Terra, com uniformes negros, capacetes escuros com uma interessante proteção cristalina sobre seus rostos, empunhando chapas metálicas que cobriam seus corpos. Jeliath disparou com a escopeta, assustado com aqueles homens que entravam na sala, vindo em sua direção. Deu mais dois tiros contra os soldados, mas as balas bateram contra as chapas metálicas fazendo com que o dartana desse um sorriso ao lembrar-se do confronto com a tropa de choque.

— Não atirem! — gritou Álvaro. — Precisamos dele vivo.

Jeliath começou a andar para trás conforme a parede de homens ia entrando e avançando pela sala, cercando-o. Eles também carregavam armas que estavam apontadas para ele.

— O que eu faço, meu deus? Por que vim parar aqui, na frente deles?

Jeliath tentava falar com seu deus de guerra, mas Ogum não respondia suas palavras.

— Jeliath! Você não devia ter vindo me ver. — A voz chorosa de Glaucia encheu a sala.

Glaucia surgiu sob o poder de dois daqueles soldados, com Álvaro atrás dela. Os olhos do construtor chegaram à feiticeira humana, fazendo-o se agitar.

— Glaucia! — gritou o construtor.

— Fuja, Jeliath! Você tem que fugir! Eles querem te matar!

Jeliath arregalou os olhos observando os soldados se aproximando lentamente, encurralando-o no canto esquerdo do fundo da sala, cercando-o, com suas perigosas armas terrenas erguidas e apontadas para ele.

— Ogum, já está na hora do senhor falar comigo — murmurou o construtor, encolhendo-se e retrocedendo até seu corpo bater contra a parede do fundo da sala.

Jeliath não entendia como fora parar naquela arapuca. Ogum não o lançaria ali, onde correria perigo à toa. Será que sua vontade de ver mais uma vez a feiticeira humana o tinha colocado naquela enrascada? Por que Ogum não lhe dizia como sair daquele cerco? Ogum estaria tão mal assim no Combatheon que não conseguiria falar com ele? Jeliath tinha mais perguntas do que respostas.

— Eles me usaram, Jeliath! Eles sabiam que você viria até a mim! — esperneou Glaucia, sendo arrastada por dois soldados para fora da sala.

— Acalme-se, Jeliath. Acalme-se. Só queremos aprender com você.

Jeliath mantinha a escopeta erguida, apontada para os soldados que tinham apertado o cerco e agora aguardavam instruções.

— Acabem com isso — ordenou Álvaro, parado à frente da porta.

Um dos soldados apontou um cano para Jeliath e disparou. Jeliath gritou, sentindo uma fisgada no braço. Olhou para um dardo espetado na pele e o puxou, jogando-o no chão, fazendo seu braço sangrar.

— Glaucia! — gritou o construtor, começando a correr. — Fuja!

Jeliath bateu com a escopeta contra a chapa de metal do soldado mais próximo a ele, empurrando e abrindo caminho. Os soldados gritaram e dois deles entraram no caminho de Jeliath.

— Cuidado! Não o machuquem! — alertou Álvaro. — Queremos ele vivo, por enquanto.

— O dardo pode ter falhado! — alertou o que estava com a arma levantada.

— Não. Não falhou — teimou o agente.

Jeliath deu mais dois passos para frente e caiu de joelhos. Sentia-se tonto e balançava a cabeça repetidas vezes.

— Fechem a passagem com os escudos. Não o deixem sair dessa sala.

Prontamente, três soldados bloquearam a porta dupla, assistindo a Jeliath tentar se arrastar na direção deles. Finalmente, o extraterrestre bateu com o rosto no chão, perdendo os sentidos.

Sob o comando de Álvaro, o corpo do gigante foi colocado numa maca e as mãos e os pés foram presos. Os homens empurraram o construtor para o corredor onde Glaucia o aguardava.

— Agora que ele está aqui, irmã, pode ir — disse o homem. — Eu cuido dele.

— Não vou a lugar nenhum! Vou ficar aqui com ele. Ele veio atrás de mim. Juro que não vou permitir que encostem em um fio de cabelo dele! — esbravejou a médica.

— Vai ser difícil você manter essa sua jura, maninha. Primeiro, vamos ter que estudá-lo. Você, melhor que ninguém, sabe o valor sobre o conhecimento. Segundo, quem manda aqui sou eu. Precisamos entender o que ele está fazendo aqui. Por que veio aqui. A segurança de nosso mundo vem em primeiro lugar, não acha?

— Você não vai conseguir ficar com ele, Álvaro. Ele não te pertence. Ele não pertence a esse mundo.

— Posso ficar com ele pelo menos por três horas. Foi assim das outras vezes. Ele ficou aproximadamente três horas em nosso mundo. Se eu não puder ficar com ele, vou ficar com uma boa parte, te garanto. Levem-no para a sala.

— Se ficar aqui, ele vai morrer, Álvaro, você sabe disso.

Os soldados começaram a empurrar a maca em direção ao ambulatório sob os protestos da doutora Glaucia.

— Tire ela daqui. Ela só vai deixá-lo agitado.

Glaucia foi escoltada contra sua vontade para fora do galpão. A médica chorava, pois sabia que Álvaro não estava brincando. Ela caminhou até o seu carro. O Chevrolet Cruze, ainda estacionado ao lado do galpão, teve o vidro da porta substituído, mas a frente ainda guardava algumas avarias que não tinham sido consertadas. Ela fora levada até ali à força e mantida lá por quatro dias após o evento da farmácia, sem poder voltar para casa, com todos os seus direitos corrompidos frente o desejo de Álvaro e seus superiores de colocar as mãos em Jeliath.

Ela sabia que poderia denunciar o irmão. Apanhou o celular e acessou os contatos, mandando uma mensagem para a jornalista que pedira uma entrevista. Ela teria uma exclusiva e uma história espetacular para contar. Encostada no carro, Glaucia baixou o celular assim que a mensagem apareceu como enviada. A jornalista estava lendo neste exato momento sua promessa. A médica derrubou lágrimas de angústia e frustração. E daí que aquela história seria manchete? Quando as pessoas soubessem, seria tarde demais para Jeliath. Álvaro, amparado pelos bilhões da indústria farmacêutica, desapareceria com cada molécula do alienígena que só tinha vindo até ela para pedir ajuda. O coitado viraria cobaia nas mãos de Álvaro e, pior que isso, seria mesmo morto quando o prazo de três horas chegasse ao final, numa tentativa egoísta de manter Jeliath preso à Terra. Glaucia entrou no veículo e, devastada por sua impotência frente aos fatos, baixou a cabeça sobre o volante chorando copiosamente. O que mais poderia fazer? Ir até as autoridades? Quem a ouviria? Quem entraria em ação em menos de três horas? Ninguém. Estavam todos contra ela. O destino de Jeliath parecia selado. Foi então que ouviu uma voz serena que falava com ela.

"*Não o deixe.*"

Glaucia ergueu a cabeça e olhou para o banco de trás. Não havia ninguém ali. Ela segurava firme o volante do carro, seus dedos afundavam no couro da direção. Ela olhou pelos retrovisores, procurando de onde a voz vinha.

"*Ele é teimoso, só queria ver você mais uma vez.*"

Glaucia arregalou os olhos e tornou a olhar para trás. Ela desceu do carro e rodeou o Cruze. Não tinha ninguém ali. Estava ficando louca?

"*Não. Você não está louca. Só está me ouvindo. Faça o que eu mando e tiraremos Jeliath dali de dentro.*"

Glaucia soltou um grito e fechou os olhos, encostando a testa no vidro do carro. Ela estava enlouquecendo. Era isso! Só podia ser isso.

"*Eu sou Ogum! O deus de guerra de Jeliath! Confie em mim, Glaucia, e salve meu construtor!*"

Glaucia abriu os olhos vendo os dois soldados na frente do galpão. Eles olhavam para ela e riam, haviam percebido sua perturbação.

— Eles têm armas. Como vou conseguir?

"*Confie em mim. Faça o que eu ordenar, só isso.*"

— Isso é loucura. Loucura. Estou ficando doidinha agora mesmo.

— "*Se você não começar a me escutar agora, Jeliath e todo seu povo serão mortos.*"

— Ok! Ok! Vou te escutar! Vou tentar!

Glaucia voltou para o carro e, obedecendo à voz em sua cabeça, deu a partida. Um dos soldados foi em direção ao portão e destrancou o cadeado numa grossa corrente. Glaucia continuou parada, olhando para o soldado e seu fuzil, enquanto o outro guardava a frente do galpão, guarnecida por uma porta deslizante de metal. Glaucia voltou a olhar para o primeiro soldado, que agora abriu o portão, dando passagem para a rua. Ela apanhou sua bolsa e tirou o celular de lá de dentro. Acessou sua conta do Twitter e mandou uma mensagem. O soldado terminou de abrir o portão e parou, encarando-a impaciente. De rabo de olho ela viu a tela de seu celular enchendo-se de notificações.

"*Acelere quando eu mandar. Siga cada instrução que eu te der, sem questionar. Na minha companhia, mal algum vai te alcançar.*"

Glaucia ficou com o pé pronto para o acelerador. O soldado gesticulava, mostrando o caminho aberto.

"*Ainda não.*"

Glaucia sentiu um frio na barriga. Não acreditava no que estava acontecendo, contudo era forçada a crer em tudo. Há poucas semanas jamais acreditaria existir outro mundo chamado Dartana. Jamais acreditaria que existisse um ser como Jeliath. Um ser mágico que podia entendê-la e entender a qualquer um que chegasse perto dele. Uma criatura que viajava entre mundos para ajudar o seu deus, deus que agora falava dentro da cabeça dela e fazia seu coração disparar. O soldado parado em frente ao portão estava impaciente, tinha puxado um rádio até a boca e falava através do aparelho. Glaucia mantinha o motor ligado, mas o carro parado. Ele saiu do portão e veio andando até o lado dela. Glaucia manteve os olhos para a frente, obedecendo Ogum, que havia lhe prometido que mal algum aconteceria. Quando a porta metálica deslizou para o lado deixando sair mais três soldados de dentro do galpão, os olhos de Glaucia se iluminaram.

"*Agora!*", gritou o deus dentro da cabeça dela. Glaucia pisou fundo no acelerador, mas girou o volante para a direita, afastando-se do portão, entrando com o carro através da porta e invadindo o corredor do galpão, obrigando os poucos soldados que estavam lá dentro a se jogarem por portas abertas. Conforme o Cruze avançava, o corredor tinha suas folhas arrancadas do batente. O carro raspava ora no lado direito ora no lado esquerdo, parecendo um rinoceronte em disparada, roçando e arrancando chispas do metal contra o concreto. Quando Glaucia parou, viu a janela direita estourada e os vidros estilhaçados em pequenos cubinhos caídos sobre o couro do banco de passageiro. Um fuzil estava parado no para-brisa e as luzes do corredor tremeluziam.

"*Saia do carro pelo lado direito. Pegue a arma*" — ordenou Ogum.

— Não dá para abrir a porta — resmungou Glaucia, ainda meio tonta com toda aquela loucura.

"*Saia do carro. Se você não sair agora, você e Jeliath serão mortos em vinte segundos.*"

— Tá bom! Tá bom! — gritou Glaucia, apavorada.

A médica esgueirou-se pela janela estourada quando os primeiros disparos vindos do lado de fora espocaram contra a lataria do carro.

Glaucia abaixou-se no corredor, tremendo.

"*Doze segundos.*"

Levantou-se mais empurrada pela voz em sua mente do que pela decisão de seus músculos. Agarrou o fuzil no para-brisas e voltou ao chão por conta de uma saraivada de balas contra o veículo.

"Entre agora!"

Glaucia entrou com a arma na sala convertida em laboratório onde o corpo de Jeliath estava deitado na maca. O construtor balançou a cabeça, completamente dopado.

"Diga o que eu te disser."

Os olhos de Glaucia se encontraram com três soldados ali dentro, de fuzis em riste, prontos para atirar.

— Ok, eu falo, mas diga logo! — gritou a médica, consigo mesma, dando mais um passo para dentro da sala.

— Não atirem! — gritou Álvaro. — Ela não sabe usar isso!

— Eu não sei usar, mas posso usar se quiser, Álvaro! Liberte Jeliath!

Álvaro estava ladeado por três soldados. O agente empunhava uma pistola e apontou-a para a cabeça de Jeliath.

— Sua doida varrida! O que está fazendo com isso? Prefere mesmo proteger essa aberração do que nossa sobrinha? Ele quer matá-la!

— Jeliath veio de outro mundo porque serve a um deus. Ele é filho de Ogum e busca armas para o seu deus, para libertar seu povo. Ele... ele não quer fazer nada contra Doralice!

— Cale a boca. Ninguém vai acreditar no que você está falando!

— Ao menos você deveria, Álvaro. Por que quer matar Jeliath?

— Eu não quero matá-lo, mas vou precisar fazer isso. Como ele apareceu aqui, atrás de você, ele pode aparecer para Doralice.

— Você tem medo dele, Álvaro. Você teme por nossa sobrinha. Ela também fala com um deus, ela sabe que ele está falando a verdade.

Álvaro ficou calado um instante.

— Ele é filho de Ogum e não deve ser morto. Se eu precisar sacrificar minha vida por ele eu sacrificarei. Abaixem suas armas, agora.

Os soldados vacilaram um segundo, mantinham os canos erguidos contra a médica que avançava, mas olhavam para o homem no comando.

— Ela não sabe disparar.

Assim que Álvaro abriu a boca, Glaucia puxou o gatilho, disparando contra o irmão que se abaixou, quase sendo atingido.

— Ele é filho de Ogum. Não deve morrer, Álvaro! Largue a pistola! — gritou a médica, com firmeza.

— Pare com isso, Glaucia! Não me obrigue a fazer o que não quero! Perdemos nosso irmão para essas coisas que apareceram de outro mundo, exigindo devoção! Ele enlouqueceu até matar a esposa e se matar! É isso que quer para nossa família? Quer que NÓS terminemos o serviço que Renato não acabou? Não vou me arriscar dessa vez — gritou Álvaro, do chão.

— Deixe-me salvar Jeliath, Álvaro. Ele não quer fazer mal algum.

— Soldados, preparem os tranquilizantes e disparem. Derrubem-na.

Glaucia lançou-se contra a parede, cobrindo-se em uma coluna à sua direita quando os três soldados abriram fogo com os rifles munidos de tranquilizantes. Os dardos pontudos penetravam na parede, esfarelando o revestimento de gesso. Do corredor, escutou o som de passos dos soldados que estavam do lado de fora se aproximando. Glaucia fechou os olhos.

Álvaro sentiu uma tontura repentina e segurou-se na parede. O soldado ao seu lado encarou o chefe e teve a impressão de ver um brilho roxo refulgindo nos olhos do comandante da ação.

— Esqueçam o que eu disse. Ela é perigosa. Matem o espécime. Mantem-na se for preciso — ordenou Álvaro.

"Não é mais seu irmão quem está falando, filha. Não se aborreça com suas palavras, mas lute por sua vida, você morrerá se não o fizer. Vou te proteger, faça o que eu mandar, agora!"

Os soldados de Álvaro baixaram os rifles de dardos tranquilizantes e levantaram as submetralhadoras, como se fossem leões amordaçados que se viam livres para o banquete. Dois deles se movimentaram para frente e, trocando sinais, abriram fogo na direção da coluna onde Glaucia se escondia.

A médica estava num tipo de transe, apenas ouvia Ogum em sua mente. Obedecendo à entidade, Glaucia abaixou-se sob a nuvem de poeira do gesso lançado ao alto pelos disparos dos soldados e atirou duas vezes, acertando o da ponta esquerda. Os outros dois, ao lado de Álvaro, ainda no chão, ergueram novamente as armas e voltaram a disparar. Glaucia esperou um intervalo e meteu o fuzil para fora da coluna, dando mais dois disparos que pegaram o soldado da ponta direita.

O soldado que sobrou abaixou-se atrás de uma bancada de gavetas com material médico e colocou o fuzil no alto, mirando na coluna. A sala tinha se enchido de gritos de dor. Glaucia atirou nas luzes acima dos dois homens que sobraram de pé, fazendo cacos de vidro irem ao chão e escurecendo parte da sala. Quando o primeiro soldado surgiu na porta do corredor, Glaucia disparou seguidamente, fazendo-o recuar. O tempo tinha acabado, mas as falas de Ogum em sua mente, não.

Glaucia girou para frente, saindo da proteção de uma coluna para outra. O soldado atirou cinco vezes, voltando a fazer o concreto escapar, sem conseguir acertá-la. Glaucia atirou contra a bancada, que começou a se esfarelar, forçando o soldado a jogar-se contra a porta do fundo, abrindo e saindo para outro corredor. Glaucia soltou o fuzil, saltou por cima da maca onde estava Jeliath e alcançou Álvaro, que estava abaixado, sentado contra a parede. Quando o homem estendeu a mão, Glaucia segurou-a com força e girou a pistola, tomando-a dele.

— Levante-se!

A pequena médica parecia uma perita militar, agarrando o irmão pelos cabelos e forçando sua nuca com a pistola.

— Ele não pode fazer mal a nossa sobrinha. Ele não pode sair daqui.

— Mande-os parar, Álvaro! Agora!

Os soldados que entravam se detiveram à frente do chefe.

— Coloquem Jeliath dentro do meu carro.

Os olhos dos soldados pareciam de animais de rapina, esperando um deslize de Glaucia para atirarem contra a médica.

Glaucia aguardou que cumprissem sua ordem e viu Jeliath ser transportado para o banco de trás de seu carro sob o esforço de quatro soldados. O que havia saído pela porta dos fundos já estava a sua frente, aguardando qualquer vacilo. Glaucia ordenou que se reunisse aos demais ao lado da porta.

— Você não vai conseguir sair daqui, Glaucia. Como vai entrar no seu carro? Acha que vamos ficar só assistindo você partir?

— Não. Vocês vão ficar aqui, nessa sala, até eu partir.

— Você arrancou a porta da sala, Glaucia.

— Não vou precisar da porta. Entrem.

Glaucia puxou o cabelo de Álvaro mais uma vez, arrancando um gemido do irmão.

— Você vem comigo — disse Glaucia, batendo com a coronha no vidro do lado do motorista, fazendo-o estourar igual ao do lado direito.

Os soldados obedeceram a Álvaro, voltando para a sala e se afastando. Assim que a mulher e o refém rodearam o veículo, Glaucia enfiou a mão no bolso e puxou o pino da granada que roubara do soldado caído. O artefato quicou dentro da sala diante do olhar incrédulo dos soldados, que começaram a correr e se acotovelar, tentando escapar pela porta do corredor dos fundos. Álvaro passou para dentro do carro pela janela estourada, sendo seguido por Glaucia. A granada explodiu dentro da sala, produzindo fumaça e lançando detritos para todos os lados. Quando o zumbido no ouvido do agente de segurança reduziu, o ronco do motor já estava alto e Glaucia engatava marcha a ré.

O Cruze saiu voando pelo corredor diante de um olhar perplexo do agente que jamais imaginou que a irmã tivesse tanta perícia ou mesmo ousadia para realizar um resgate tão arriscado.

Glaucia lançou o carro contra o portão, estourando as correntes e ganhando a rua. Não sabia como, mas tinha escapado lá de dentro com Jeliath se remexendo no banco traseiro e um boquiaberto Álvaro ao seu lado.

— Ele não deve morrer. Ele não vai fazer nada contra nossa sobrinha.

— Como você pode ter tanta certeza? Confia no que ele disse?

— Ogum está falando comigo, igual Alkhiss fez com você, entrando na sua cabeça e fazendo você querer me matar. Acredita em mim agora?

Álvaro encarou os olhos da irmã em silêncio.

— Eu jamais faria isso. Jamais mataria você. Só sobramos nós, irmãzinha.

— Está vendo como as coisas estão ficando estranhas hoje? Olhe o meu carro! Você mandou seus homens atirarem em mim!

— Você está confusa, só isso. Esse espécime vai ficar comigo.

— O nome dele é Jeliath.

Glaucia entrou na via expressa, deixando para trás o galpão e dirigindo-se para o centro.

— E o que você sabe dele? Como sabe que não é perigoso?

— Ele é um garoto inocente, Álvaro, bem diferente de você e de mim! Eu sei que você está fazendo tudo isso só para defender a Dora. O que você acha? Que Jeliath vai atrás dela?

— Eu não acredito em nada disso. Acontece que muita gente perto de mim começou a ficar interessada nesse sujeito desde que ele apareceu, inclusive você.

— O deus dele, Ogum, falou na minha cabeça. Ele está dentro de mim para eu proteger seu pupilo. Jeliath não veio aqui para fazer mal a ninguém. Só veio atrás de armas para o exército em que ele luta.

— Então ele é um militar?

— Não é do jeito que você pensa.

Álvaro lançou um olhar para a pistola no colo de Glaucia.

— E nem pense nisso também.

— O que você acha que vai acontecer quando você parar esse carro? Você acha que ninguém virá atrás de mim? Eles vão nos achar mais rápido do que você imagina.

— Não estou preocupada em ser encontrada, Álvaro. Não estou nem um pouco preocupada comigo agora. Só quero tirar ele das suas garras. A única coisa que espero é conseguir ajudar Jeliath e seu deus, Ogum.

— Você precisa se ouvir falando isso, Glaucia. Uma médica falando de entidades que não existem.

— Você acha mesmo que eu conseguiria fazer tudo aquilo? Enfiar meu carro num galpão e tomar um dartana desacordado de você e dos seus homens? Você acha que tenho esse poder?

Álvaro calou-se mais uma vez. Precisava pensar enquanto Glaucia dirigia. Seu celular logo seria rastreado e a irmã ficaria sem escapatória. Se acreditava que a sobrinha estava mesmo falando com um deus, por que não podia acreditar no que a irmã dizia? Glaucia estava mancomunada com toda aquela história. Ela poderia ser uma inimiga no final das contas. A pior hipótese é a que assombrava sua mente agora. Sua família deveria estar fadada à loucura. Todos acreditando em seres que não existiam e não podiam ser vistos, transformando a vida de todos num inferno na Terra.

A adrenalina começava a baixar na corrente sanguínea de Glaucia e ela era incapaz de acreditar em tudo o que tinha feito minutos atrás, pois jamais tinha colocado a mão numa arma antes. A voz em sua cabeça tinha se calado desde que saíra com o carro pelo corredor e ganhado as ruas da cidade. Imaginava então que o que resolvera fazer tinha sido aprovado pela divindade. Assim que o carro parcialmente destruído ganhou as ruas do centro, Glaucia apanhou o celular e verificou a tela inicial. As notificações tinham batido mais de mil e o aplicativo tinha parado de contar. Aquilo era incrível.

— O que você vai fazer? Ligar para a polícia? Hahaha! — zombou Álvaro.

— Não. Nem de perto. Vou fazer algo muito melhor para o meu amigo e garantir que ele consiga o que veio buscar.

Jeliath levantou-se no banco de trás e resmungou passando a mão na cabeça.

— Que bom que você acordou, Jeliath, precisamos sair daqui.

Glaucia freou o carro em frente ao largo do Anhangabaú. Do outro lado das pistas largas, via o terreno tomado por uma multidão que trazia cartazes. Ela contornou o carro, com outros buzinando logo atrás, reclamando do estacionamento em local proibido, travando o trânsito. A médica precisou fazer força para abrir a porta de trás do veículo e puxou Jeliath para fora, deixando a arma lá dentro. A voz de Ogum tinha se calado, mas ela sabia o que tinha que fazer, por ora. Quando o gigante de Dartana ficou de pé, a multidão correu em sua direção, parando ao seu redor e gritando seu nome em coro, encaminhando-se para o largo.

— Gel-iate! Gel-iate! Gel-iate!

Glaucia pediu que abrissem passagem e todos foram conduzidos para o centro da praça. Jeliath não escondia o espanto em seu rosto, olhando para todos aqueles aparelhinhos que eram apontados em sua direção, vendo luzes explodirem aqui e ali, fazendo-o estremecer e recuar algumas vezes. Álvaro deixou o carro e seguiu Glaucia e Jeliath de perto, assombrado com aquela multidão que tinha rodeado os dois.

Glaucia sorriu ao ver o seu intérprete ao pé de um obelisco, que lhe apontava o seu aparelho celular.

— Amaral, é você mesmo?

— Sim. Não podia ficar fora dessa.

Um time de jornalistas e cinegrafistas cercou a médica Glaucia, com as lentes apontadas para o gigante de Dartana.

— Estamos aqui, ao vivo, do Anhangabaú, transmitindo esse evento emocionante e único para todo o Brasil. A doutora Glaucia lançou um apelo na internet, pedindo que o maior número possível de fãs do suposto alienígena, Gel-iate, mundialmente famoso com um vídeo que teve mais de 120 milhões de visualizações nas últimas semanas, se reunisse aqui, nesse lugar. O que vemos aqui é de tirar o fôlego. O número dos que atenderam ao chamado da doutora Glaucia já passa de dois mil e as pessoas não param de chegar.

Ao lado de Glaucia, outros jornalistas também anunciavam sua presença. A imprensa estava lá graças à ligação dela para a jornalista Ana Rita, que não poupara esforços e contatos para colocar o plano de Glaucia no centro das atenções da imprensa, em troca da promessa de uma entrevista exclusiva com a médica que tentava salvar o alienígena da voracidade de uma grande corporação. Em poucos minutos, a notícia de que Jeliath estava em risco e precisava da ajuda de todos se esparramou pelas redes sociais. Jeliath era o fenômeno mais potente do momento e seu nome causava furor onde quer que aparecesse na internet. Agora, sua presença diante das lentes da multidão na praça comprovava que ele era real e não uma fraude, como muitos tentavam classificá-lo a respeito de seus vídeos no YouTube.

— Por que você fez esse chamado urgente, conclamando o povo para esse encontro, doutora Glaucia? — perguntou a repórter mais próxima.

Glaucia apertou a mão de Jeliath na sua. O gigante olhava para a multidão ainda bastante impressionado. Parecia que nunca tinha visto tanta gente junta ao mesmo tempo. Um repórter passou a sobrevoar a praça, capturando a atenção do gigante de Dartana.

— Jeliath não é desse mundo, é um visitante que está na Terra e precisa de nossa ajuda.

Os jornalistas começaram a se concentrar na frente de Glaucia. Após sua afirmação, um alvoroço se formou ali e os microfones começaram a brotar em seu rosto.

— A senhora confirma que ele é alienígena?

Glaucia ficou olhando para o rapaz com o microfone em seu rosto. Depois olhou para cima, para Jeliath, que ainda prestava atenção no helicóptero.

— Sim. Eu o examinei e, sim, ele é alienígena.

A multidão começou a gritar novamente. Glaucia não entendeu o motivo, até que mãos insistentes apontando para o alto a fizeram se virar e olhar para o outro lado da rua. O largo, rodeado de gente que não parava de chegar, tinha vista para um imenso telão de publicidade que tinha passado a transmitir ao vivo e mostrava o rosto de Glaucia na imensa tela. Ato reflexo, a médica tirou os cabelos que cobriam o rosto e os fios que se prendiam nos lábios. Depois a tela mostrou também Jeliath que olhava para o alto, concentrado no helicóptero, sorrindo levemente.

— E como Jeliath chegou aqui no Brasil? Veio em uma nave?

Glaucia olhou para Álvaro, que se mantinha perto dela, e tornou a olhar para o repórter.

— Não sabemos. Como chega e como parte de nosso planeta ainda é um completo mistério.

— Irão estudá-lo?

— Adoraríamos, mas temo não ser possível. Este homem quer matar Jeliath. Ele diz que Jeliath é uma ameaça, mas ele não conhece Jeliath como eu conheço. — Jeliath, ouvindo seu nome repetido diversas vezes, aproximou-se de Glaucia. — Fiquei presa por quatro dias. Tudo parte de uma armadilha para capturar Jeliath. Essa criatura, de outro mundo, não quer nos fazer mal algum.

— O que Jeliath quer, então?

Glaucia olhou para o telão com o rosto de Jeliath focado. O gigante tinha entendido a pergunta do repórter. A médica olhou para o intérprete e chamou, a multidão abriu passagem para o rapaz que se postou entre a médica e Jeliath.

— Vocês querem saber o que ele quer? É melhor perguntar para ele.

Os repórteres apontaram os microfones para Jeliath, amontoando-se na frente do gigante. A multidão, acompanhando o que acontecia pelo telão que exibia agora as hashtags #jeliatsejabemvindo, #jeliathalienígena e #jeliathtelefoneminhacasa, ficou em silêncio, tomada pela grandiosidade do momento. Era a primeira vez que uma forma de vida de fora do planeta falava para a TV, a internet e o mundo todo.

— Primeiro de tudo, Jeliath, como já fiquei sabendo pelas redes sociais, você entende tudo o que a gente fala, só que a gente não entende o que você diz.

— Amaral está aqui para isso. Ele fala a língua que Jeliath fala.

— Jeliath, o que você quer no planeta Terra?

Jeliath olhou para Glaucia, que sorriu para ele. O construtor de Dartana mirou-se no gigantesco painel que exibia seu rosto e depois olhou para o repórter novamente.

— Eu quero armas!

— Ele quer armas! — traduziu Amaral.

Os jornalistas trocaram olhares e o repórter à frente continuou a interpelar o alienígena.

— Mas sua amiga, Glaucia, nos disse que você não quer fazer mal nenhum ao nosso planeta. O que podemos esperar se você diz que quer armas? Você vai nos atacar?

Jeliath ficou olhando para o repórter tentando desvendar aquelas palavras. Depois de alguns segundos, balançou a cabeça em sinal negativo.

— Não! Eu não vou atacar ninguém aqui. Preciso de armas para o meu deus de guerra. Para Ogum!

A multidão ergueu os braços e gritou quando o gigante pronunciou o nome de seu deus.

Várias viaturas da Polícia Militar começaram a adentrar o Vale do Anhangabaú e um pelotão de cavalaria começou a formar um cordão numa das pontas, a apenas cinquenta metros de distância de onde Glaucia e os jornalistas se encontravam.

— Lá no alto... — continuou Jeliath, apontando para o céu. — Brigamos em um lugar, meu deus contra outros deuses. Agora meu deus está ferido e precisa de toda ajuda que eu puder levar. Preciso de armas para Ogum e também preciso que rezem por ele, rezem para que Ogum vença a guerra por Dartana, por Athon, por Gaulon e tantos mundos que lutam ao seu lado. Ele vai libertar meu povo e muitos outros povos. Ogum é o deus de todos os povos.

A praça foi ao delírio novamente, conforme Amaral traduzia o que Jeliath falava.

— Que língua é essa que Jeliath fala? — perguntou o repórter para Amaral.

— É uma língua arcaica que os fiéis a Deus conhecem como a língua dos anjos ou, simplesmente, "línguas".

— Então podemos dizer que Jeliath é um anjo que pede ajuda para o seu deus? — perguntou outra repórter.

— Sim! — respondeu Jeliath, sendo entendido nessa palavra. — Rezem por Ogum. Ogum precisa de suas preces para se levantar e lutar!

A praça toda começou a gritar novamente o nome de Jeliath. As câmeras mostravam para o mundo todo a multidão eufórica, gritando o nome do alienígena, dizendo que ele era um anjo enviado do céu, um anjo de Ogum. Muitos se ajoelharam ao redor do "anjo" e tinham começado a orar pelo visitante e seu deus de guerra que precisava de ajuda em algum lugar no universo. Glaucia estava fascinada com a concentração de pessoas que só aumentava. Foi então, no meio desse maravilhamento, que a médica abaixou-se ao ouvir o primeiro disparo. Uma lata enfumaçada riscou o céu e caiu próxima de onde estavam fazendo a multidão gritar.

— Já era hora — disse Álvaro, mantendo-se próximo a Jeliath.

— Querem levá-lo e querem matá-lo! — gritou Glaucia. — Não permitam!

Então a lata no chão explodiu, lançando uma nuvem de gás lacrimogêneo para todos os lados, afastando ainda mais a multidão. Jeliath, intrigado com o artefato, ficou admirando-o por alguns segundos. Então ouviu outra explosão e se levantou o mais alto que pôde para ver o que era. Outra daquelas latas cruzou o céu e explodiu no chão, fazendo mais gente gritar. Era uma arma que espalhava o terror sobre aquelas pessoas. Era uma arma potente. Seus olhos curiosos continuaram olhando, vendo o homem que disparava, atrás de uma parede daqueles escudos levantados por dúzias de soldados uniformizados. Jeliath viu um deles, com um estranho capacete, descendo de um grande carro, trazendo armas de disparar latas para mais dois soldados. Era lá que guardavam o armamento.

A médica, temendo pelo destino de Jeliath, correu até o repórter que tinha a câmera conectada ao telão e agarrou o microfone.

— Eles querem matá-lo! Não permitam isso! Eles vão matar Jeliath!

A multidão fugiu do gás lacrimogêneo, mas se manteve na praça, assistindo ao apelo de Glaucia no telão. Então começaram a lançar objetos contra a tropa de choque que entrava na praça.

Jeliath ajoelhou-se, com a cabeça latejando, perseguiu Glaucia e Amaral, que se afastaram do bando de repórteres que se dividia entre seguir Jeliath e cobrir a invasão da praça pela Polícia Militar. Mais explosões às suas costas fizeram o dartana olhar para trás. Os soldados tinham se agrupado com aquelas chapas metálicas novamente, outros traziam chapas transparentes e, com elas, desviavam as garrafas e pedras que eram arremessadas contra eles. Jeliath sorriu. Podia fazer aquilo! Viu outra lata enfumaçada passar voando acima de sua cabeça e estourar no meio da multidão.

— Não respire isso, Jeliath! É gás lacrimogêneo!

Jeliath não entendeu o que era, mas entendeu que não era para respirar a fumaça. As pessoas corriam da névoa branca, erguendo sua roupa e cobrindo seu rosto. Outros daqueles artefatos começaram a cair ao redor, explodindo e infestando a praça com a fumaça. A confusão e a gritaria tinham transformado aquele lugar em algo muito próximo ao Combatheon.

— Eles não podem pegá-lo! — gritou Glaucia. — Se levarem Jeliath, vão matá-lo!

A multidão começou a propagar os gritos de Glaucia, que arrastava Jeliath para longe do cordão de isolamento formado pelos escudos da tropa de choque. Homens da cavalaria adentraram a praça com cassetetes em punho, afugentando a multidão para o centro. Eles queriam isolar os manifestantes e separar Jeliath do amontoado de gente. Contudo, mesmo com gás lacrimogêneo se alastrando, as pessoas passaram a se reunir, resistindo e gritando o nome de Jeliath, repetindo inúmeras vezes, mostrando que estavam unidos e que não iam facilitar o trabalho da polícia. Logo os fãs do visitante se reorganizaram e voltaram a carga, arremessando pedaços de concreto que arrancavam das muretas que cercavam os jardins da praça, sarrafos que arrancavam dos bancos, causando uma depredação descomunal.

Vários desconhecidos começaram a cercar Jeliath e formar uma parede humana ao seu redor. Conforme o batalhão de choque avançava, mais e mais gente corria, enrolando Jeliath e Glaucia em camadas e camadas de manifestantes. Só colocariam a mão em Jeliath se um massacre acontecesse, ao vivo, para o mundo todo. Acima da praça havia três helicópteros de TV sobrevoando o local, apontando suas câmeras para a confusão. Glaucia olhou para cima dos prédios e puxou Jeliath para baixo. E se a polícia usasse rifles de precisão para atingi-lo?

— Fique abaixado, Jeliath, não é seguro.

O construtor cravou um joelho no chão, ainda aturdido demais com tudo aquilo. Estava tonto e a cabeça latejava.

Mais cápsulas de gás lacrimogêneo foram disparadas, mas o cordão humano ao redor de Jeliath e Glaucia não se desfez. A fumaça branca chegou até a dupla engolfada pela multidão, fazendo Glaucia se abaixar também. Jeliath começou a tossir e seus olhos ardiam. Ele tinha que sair dali. Ficou de pé, apavorado com o efeito do gás lacrimogêneo, abrindo caminho pela multidão que passou a acompanhá-lo. Muitos dos manifestantes caíram no chão da praça, enrolados em seus abdômens, tossindo e alguns vomitando.

Quando a tropa de choque avançou com os cassetetes, a praça virou um campo de guerra, com parte da multidão reagindo e tentando proteger aquele que acreditavam ser um anjo enviado das alturas para interceder pela alma dos homens na Terra. Tiros de bala de borracha fizeram muitos na multidão tombarem de dor, mas não havia armas suficientes para conter o aglomerado de protetores e os gritos de palavras de ordem voltaram a encher a praça, vitimando ao menos dez soldados do choque, que foram arrastados. A cavalaria partiu para cima da turba, que reagia, sem deixar que chegassem perto de Jeliath e Glaucia, que eram arrastados pelos manifestantes para longe. Os soldados tornaram a disparar granadas de gás na tentativa de conter e debelar o agrupamento.

Jeliath, ainda assustado e temendo por não ouvir a voz de Ogum, só via seu medo crescer. O gás ainda entrava na garganta pela boca e pelas narinas. Ele já não conseguia enxergar a doutora Glaucia, sendo afastado pelos próprios manifestantes. Então, alguém colocou algo em seu rosto. Primeiro Jeliath tentou se afastar, temendo ser mais alguma arma usada contra ele, então entendeu, olhando para o rosto de uma garota que o ajudava.

— Respire, anjo! Respire com a máscara!

Jeliath segurou o estranho objeto escuro, encaixando-o em sua face. Quando viu aquilo na cabeça do soldado que atirava, tinha pensado que era um capacete, mas a garota chamava aquilo de máscara. A jovem tentou prender a alça na nuca de Jeliath, mas o construtor tinha o crânio muito grande. Ela pressionou a máscara enquanto tossia, colocando sua integridade em risco para que Jeliath tivesse chance de sair dali. Os olhos do dartana ainda ardiam sobremaneira, mas com a máscara ele conseguia enxergar de novo através dos olhos de acrílico no equipamento. Jeliath segurou a máscara e se levantou, correndo na direção do bando que carregava Glaucia no colo. O gigante ficou aflito, temendo que a médica tivesse morrido sufocada com o gás. Parou ao lado dela e colocou a máscara no rosto da mulher, encarando os pequenos humanos com os olhos vermelhos.

— Vamos, Jeliath, não pare, vamos sair daqui.

Jeliath reconheceu Amaral, o rapaz que Glaucia tinha dito que entendia sua língua. O construtor pegou a médica no colo e se levantou, seguindo o rapaz, tomando o cuidado de sempre respirar com a máscara sobre o rosto, alternando dele para Glaucia enquanto avançava. A fumaça tinha tomado toda a praça e a confusão só aumentava. A população, entendendo que Jeliath tinha que fugir, interpunha-se à tropa de choque e à cavalaria, derrubando soldados e empurrando escudos, detendo-os como podiam. As equipes de TV perderam Jeliath de vista e continuavam estarrecidas com a crescente escalada de violência diante das câmeras. Os policiais não podiam deixar a situação escapar ainda mais do controle e não estavam dispostos a perder sua presa de vista. Tinham que conter a turba frenética e deter o espécime a qualquer preço. Foi quando o primeiro disparo de arma de fogo aconteceu, estourando a cabeça de uma jovem em frente à fileira de escudos da tropa de choque. A multidão começou a gritar e novos objetos foram lançados contra os policiais. Então uma rajada de disparos explodiu contra os manifestantes, derrubando meia dúzia deles. A multidão começou a correr desesperada para o outro lado da praça, se afastando dos policiais e fugindo, lançando gritos de pavor e alastrando o barulho do tropel, correndo para os túneis do metrô e esparramando-se para as ruas adjacentes. A situação estava fora de controle.

Amaral distanciava-se do Anhangabaú, envolto por uma turba de pessoas que permaneciam fiéis ao propósito de salvar Jeliath, arrastando-o de rua em rua, deixando para trás a tropa de choque e o gás lacrimogêneo. Jeliath respirava bem, apesar dos olhos vermelhos, como a maioria dos manifestantes próximos a eles. O efeito do gás ainda demoraria um pouco para passar. Uma das garotas trouxe uma garrafa com água para Jeliath.

— Toma, anjo, lave seus olhos.

Amaral segurou a garrafa e fez um sinal de não para Jeliath.

— Ela quer ajudar — disse o construtor, olhando para Amaral e a garota, sendo entendido apenas pelo estudioso de línguas.

O grupo não parava de se mexer, Amaral olhou para o alto, o helicóptero da polícia militar continuava perseguindo-os, certamente orientando policiais militares fora do cerco, que não tardariam a interceptá-los.

— A água não vai ajudar, Jeliath. Esse gás penetra na pele e nos olhos e a água só deixa tudo mais ardido.

Jeliath coçava a pele do braço com a mão que segurava a cabeça da doutora Glaucia.

— Temos que esconder vocês dois — avisou Amaral, preocupado.

— Ela vai morrer? — preocupou-se Jeliath.

— Não. Ela não está morta. Ela deve acordar logo. O gás não mata, apenas machuca a gente — tentou explicar Amaral, falando em português.

Jeliath parou, olhando para o rosto avermelhado de Glaucia.

— Ela é minha única amiga na Terra.

Amaral puxou o braço de Jeliath para que continuassem andando. Por onde passavam, multidões paravam nas ruas e erguiam seus celulares, fotografando e filmando o anjo e suas centenas de guardiões.

— Venha por aqui.

Jeliath viu o portal para onde se dirigiam e sorriu.

— Eu conheço isso. Glaucia já veio aqui comigo.

— Precisamos sumir daqui de cima, venha.

Jeliath seguiu Amaral, cercado pelos manifestantes, descendo as escadarias da estação São Bento do metrô. Novamente, olhares surpresos convergiram para o grupo que correu em direção às cancelas e saltou as catracas. Jeliath, carregando a médica, desceu pela escada rolante, abismado com o chão que se movia de forma autômata debaixo de seus pés, levando-o para baixo da terra, para longe da tropa de choque e dos helicópteros que vigiavam seus passos. Chegaram a uma plataforma abarrotada de gente que se virou, admirando-o. Tal como um messias, seus seguidores, os manifestantes, iam abrindo caminho para sua passagem. Todos reconheciam Jeliath dos portais de internet, dos vídeos postados no YouTube e dos noticiários da TV. Chamavam-no de anjo e muitos gritavam o nome de Ogum repetidamente, levantando os celulares para registrar aquela presença única, aquela criatura que tinha os olhos tão pacíficos e que todos diziam ter vindo de outro mundo. Parte dos que aguardavam na plataforma procurou as escadarias, aterrorizada com o extraterrestre, mas a grande maioria ficou parada, em silêncio, contemplando de perto os movimentos do estrangeiro. A composição do metrô parou na estação e abriu as portas, soltando o alarme sonoro, pessoas desceram e então Jeliath foi conduzido para dentro de um vagão, deixando a estação para trás.

— Vai ser difícil despistar a polícia, Jeliath. As pessoas estão te fotografando e postando nas redes sociais onde te encontraram e, infelizmente, não tem como a gente te disfarçar, você é muito alto, muito grande e, não leve a mal, fede horrores.

Jeliath não cabia no banco, sentou-se no chão, deitando Glaucia num dos bancos deixados livres pelas pessoas que se afastaram, se amontoando no fundo do vagão. Assim que a médica foi deitada, ela começou a tossir e abriu os olhos, ainda tonta. Jeliath sorriu e apontou-a para Amaral.

— Olha.

O rapaz rechonchudo sorriu de volta para o visitante.

— Eu disse.

Um apito encheu o vagão, agitando Jeliath. As portas se fecharam como se tivessem vida própria, deixando o construtor novamente impressionado e, ao mesmo tempo, aterrorizado.

— Estamos presos. Pegaram a gente.

Amaral o acalmou dizendo que o metrô precisava seguir de portas fechadas. Era comum, não era uma armadilha.

Jeliath respirou fundo e se encolheu, sentindo-se perdido naquele mundo onde parecia ter fracassado no seu propósito de buscar mais armas para lutar. Sua ida à Terra parecia ter sido inútil, colocando a vida de tantos em risco. O construtor de Dartana ergueu os olhos para um monitor que passava propagandas, lembrando-se da TV que tinha visto na universidade. Naquela tela, mostravam uma bebida negra que dois jovens bebiam eufóricos. Jeliath ajoelhou-se apontando para a tela do monitor. Então imagens do Anhangabaú surgiram, fotografias ilustradas por letras que o construtor não conhecia. O rosto de Jeliath tomou a tela e um alvoroço começou dentro do vagão.

As letras que Jeliath não conhecia diziam que ele estava armado e era muito perigoso, diziam ainda que especialistas temiam que o extraterrestre possuísse um vírus mortal capaz de dizimar toda a humanidade e que ele deveria ser entregue imediatamente às autoridades por motivo de segurança nacional. As pessoas falavam umas com as outras e, novamente, um turbilhão de fotografias e vídeos foi feito. Gente chorava, com medo de ser atacada por Jeliath. A composição parou quando alguém puxou uma trava de emergência, fazendo todos gritarem e alarmes de portas dispararem conforme elas se abriram mecanicamente.

Amaral e os demais confabularam depressa. Se ficassem ali, seriam aprisionados e Jeliath seria pego. Tinham que deixar a composição antes que ela voltasse a andar e se esgueirar, de alguma forma, pelos túneis de serviço usados pelas equipes dos metroviários. Eles começavam a sair e a procurar com as lanternas de seus celulares um caminho para seguir, preocupados com o trânsito e a eletricidade nas vias, quando Amaral notou que Jeliath estava de pé, parado em frente ao monitor, quase tocando a tela.

— O que foi, Jeliath?

Era um anúncio de uma agência de viagens que exibia uma filmagem aérea de Stonehenge. A imagem ia ficando cada vez maior, exibindo o complexo de rochas ao sul da Inglaterra, no pôr do sol, pintando suas paredes de dourado, convidando os espectadores a uma visita mediante suaves prestações no cartão de crédito. Jeliath virou-se sorridente para Amaral, como uma criança, e perguntou:

— Vocês também têm um Hangar?

Amaral balançou a cabeça sem entender, curioso, mais preocupado com a urgência pela qual passavam do que com a observação do extraterreno. Os protetores de Jeliath do lado de fora gritavam aflitos, temendo a chegada de outro metrô e pediam que saíssem dali agora.

— Hangar? Não sei se entendi bem, Jeliath. Você falou Hangar?

— Isso. É onde vivem as feiticeiras de Dartana. Muito parecido. Vocês também têm um Hangar! — afirmou Jeliath. — Falta um pedaço aqui.

Amaral viu o gigante apontar para o círculo de pedras de Stonehenge.

— Falta o berço também, mas vocês têm um Hangar!

Jeliath estava extasiado. Os humanos também tinham combatido no Combatheon e vencido. Isso explicava muita coisa. Por isso suas mentes eram tão livres para criar. Queria conhecer o deus de guerra de todos eles.

— Esse lugar é longe daqui. Fica em outro país.

— País? O que é um país?

— Venha, Jeliath, não temos tempo. Eu vou amar conversar com você e te explicar tudo, mas precisamos nos mexer. Nós levamos a Glaucia. Desça com cuidado, eles vão te mostrar onde pisar. O trilho tem eletricidade, é bastante perigoso.

Diante do olhar atônito dos passageiros, Jeliath e o bando de protetores desapareceram pelo túnel escuro.

***

Mais tarde, o grupo que tinha fugido com Jeliath permanecia embaixo da terra, dentro dos corredores de serviço entre a estação São Bento e a estação da Luz. Apesar de terem encontrado uma escada de acesso que poderia levá-los para fora, decidiram permanecer no subsolo pelo maior tempo que pudessem. Jeliath estava inquieto, com a cabeça latejando e doendo e Glaucia sabia o que aquilo queria dizer. O tempo do alienígena na Terra estava se esgotando e, como no último encontro, sem mais nem menos, ele desapareceria dali, diante de seus olhos. Não adiantava irem para a casa ou o apartamento de ninguém, uma vez expostos na rua, seriam localizados em questão de minutos. Mesmo ficando ali embaixo, sabiam que as autoridades não ficariam de braços cruzados, simplesmente esperando que Jeliath aparecesse em postagens na internet, sorrindo e acenando. Iriam vasculhar as galerias do metrô e logo estariam ali perto. Só precisavam ganhar tempo. Ficaram parados ao pé da escada de serviço e, ao menor barulho nos corredores, começariam a subir para tirar Jeliath dali.

— Jeliath, conte-me sobre Ogum — pediu a médica.

— Ele é nosso deus de guerra. Um bom guerreiro.

Amaral traduziu para Glaucia o que Jeliath dizia.

— E como funciona isso? Essa história de você vir para a Terra para buscar armas.

Jeliath abaixou-se, se sentando ao lado de Amaral, olhando para todos os presentes que o circularam.

— Em minha terra, Dartana, nós não guardamos o que aprendemos. Sofremos com uma maldição que não nos deixa pensar nem evoluir corretamente. Quando partimos atrás de nosso deus de guerra, para lutar no Combatheon, precisamos de armas.

— Entendo. Vocês lutam contra quem?

— Lutamos contra todos, Glaucia. Lutamos contra muitos exércitos que chegam lá para fazer a mesma coisa, guerrear. Então precisamos ver as armas para aprender a fazê-las, a copiá-las, para defender nosso deus de guerra e atacar nossos inimigos. Só vai se livrar da maldição o exército que conseguir sobreviver no final e marchar com seu deus de guerra através do Portão de Vitória.

Muitos no grupo filmavam o depoimento de Jeliath, certamente fariam um documentário quando tudo aquilo acabasse, e as palavras do alienígena seriam conhecidas em todo o mundo.

— Aqui nós temos muitos deuses, muitas histórias, Jeliath — disse Amaral.

— É possível. Em Dartana, temos muitos deuses também. Muitos marcharam antes de Ogum e tentaram a vitória. Belenus é o que nos levou até o Combatheon, mas é Ogum quem está no comando agora. Belenus foi destruído e minha irmã construiu Ogum com pedaços de outros deuses para deixá-lo mais forte. Só um deus pode cruzar o Portão de Vitória. Só um deus da Terra venceu no Combatheon. E vocês têm um Hangar. Eu vi na televisão. Aquilo é um Hangar de feiticeiras, seu deus marchou lá uma vez.

— Do que ele está falando? — perguntou Glaucia.

— Dentro do vagão tinha um monitor com publicidade. Eles começaram a mostrar Stonehenge e ele pirou, apontando para as pedras, dizendo que aquilo era um Hangar. Não sei o que isso quer dizer e nem sei se estou usando a palavra certa.

— É a palavra certa — esclareceu Jeliath. — O Hangar é a casa das feiticeiras de Dartana. Vocês têm feiticeiras aqui também. Precisam achá-las, elas são importantes. Elas falam com os deuses e ensinam a gente. Se vencermos no Combatheon, nosso mundo será livre da maldição e os dartanas serão livres para aprender e pensar.

— Isso é demais para mim, Jeliath — disse Glaucia. — Essa história é incrível. Um deus levou vocês para a guerra, é isso?

Jeliath sorriu e balançou a cabeça em sinal positivo.

— Sim. Belenus despertou e nosso exército marchou atrás dele através da parede de luz. É assim que chegamos ao Combatheon.

— Você também atravessa uma parede de luz para chegar aqui? — perguntou um rapaz curioso com essa parte da conversa.

Jeliath olhou para ele. O jovem apontava um daqueles aparelhos com luz para ele.

— Não. Os construtores não devem viajar pelas estrelas. São os deuses que viajam. Eles não vêm aqui, eles olham através dos olhos dos seus avatares e procuram por armas.

— Igual à minha Doralice?

Jeliath fez que sim com a cabeça.

— E como você consegue vir para cá tantas vezes?

— Essa é minha última viagem para a Terra — disse Jeliath. — Eu não virei mais. Nosso último combate contra Ahammit se aproxima. Eu deveria ter vindo descobrir uma nova arma para defender nosso exército. Somos poucos agora, menos de noventa. Ahammit ainda é um exército imenso.

— Como você vem? — insistiu Amaral.

— Eu entro no peito de Ogum e ele me manda para a Terra. Sempre para a Terra. Vocês têm muitas guerras e muitas armas. Os deuses de guerra gostam daqui. Estamos passando por dificuldades nesse exato momento. Preciso voltar para ajudar meu povo, mas não encontrei armas novas até agora. Ogum foi ferido dias atrás, enquanto nos defendia e cuidava da feiticeira-mãe.

O grupo calado continuou olhando para Jeliath, que tinha baixado a cabeça, entristecido com as lembranças.

— É por isso que estou pedindo as orações de seu povo. Se muitos acreditarem, se muitos rezarem por Ogum, sei que ele vai ser curado, vai abrir seus olhos de guerreiro e salvar meu povo. Vocês podem me ajudar a salvar Dartana.

O grupo trocou olhares mais uma vez.

— Tudo isso é incrível, Jeliath. Tenho tantas perguntas para fazer. Queria tanto poder ver esse lugar com você.

Jeliath arregalou os olhos.

— Não, feiticeira Glaucia! Não! O Combatheon não é um lugar para alguém como você. Além do mais, seu mundo já esteve lá e vocês já venceram os deuses de guerra para poderem evoluir! Eu vi o Hangar da Terra. Vocês também lutaram no Combatheon.

— Ele está falando de Stonehenge — adicionou Amaral, lembrando da admiração de Jeliath frente ao anúncio da agência de viagens.

Glaucia sorriu.

— Eu não sou feiticeira.

— Eu também queria muito poder ficar aqui. Sinto que tenho tanto a aprender com vocês. Não queria saber só das armas. Queria aprender sobre os trens, sobre os helicópteros. Queria muito poder construir essas coisas para o meu povo. É tudo tão impressionante.

Glaucia passou a mão no rosto de Jeliath.

— É tão injusto você ter que partir, Jeliath. Tão injusto. Nós também queríamos aprender com você.

Jeliath tocou a mão da médica e sustentou seu olhar.

— Não queria que você fosse embora de nosso mundo. É como você tão bem disse, não somos feitos só de armas, Jeliath. Poderíamos ensinar coisas para que vocês não cometessem os mesmos erros que nós cometemos no passado.

— Eu queria muito ver o deus de guerra de vocês. Vocês podem me mostrá-lo?

Glaucia esperou Amaral terminar a tradução do pedido de Jeliath e todos ficaram olhando para o construtor.

— Nós não temos um deus de guerra, Jeliath. Isso, para nós, eram só histórias.

Jeliath pareceu ficar desapontado com as palavras de Glaucia e sentou-se no chão, recostando a cabeça na parede. A dor estava se intensificando.

— Vejam isso! — berrou uma das jovens, embaixo do duto que chegava até a rua, iluminada por um halo de luz. — Eu consegui sinal aqui e vocês não vão acreditar no que eu estou vendo.

Todos correram para a jovem, assistindo, amontoados sobre seus ombros, à tela do celular que exibia imagens ao vivo do mundo lá em cima.

Glaucia suprimiu sua curiosidade e ficou junto ao amigo de outro mundo, acariciando seu cabelo embaraçado, confortando-o naquele momento de dor enquanto ele se contorcia.

— Jeliath, Jeliath... Eu poderia aprender tanto com você.

A garota, empolgada com o celular na mão, mostrava aos outros o Anhangabaú tomado por uma multidão sem fim. A tropa de choque agora aguardava ao largo e os enfrentamentos tinham acabado. Pessoas, aos milhares, traziam velas e as depositavam no centro da praça, onde cartazes com o rosto de Jeliath e outros com o nome de Ogum escrito se concentravam.

— Estão rezando por você e pelo seu deus de guerra, Jeliath! Se era disso que você precisava, conseguiu! Estão fazendo isso no mundo todo!

Pela pequena tela do celular, todos viram as imagens viajando ao redor do globo terrestre, onde agências de notícias capturavam ao vivo as ações de diversos humanos, tocados pelo apelo daquele "anjo enviado do céu" para que orassem por seu povo e por seu deus chamado Ogum. Uma das reportagens mostrava escrito na tela: Milhões oram por Ogum.

— Você escutou isso, Jeliath?

O construtor não conseguia responder. Estava fraco e com os olhos baços.

— Eu não consegui armas para o meu exército. Apenas isso — disse ele, olhando para a máscara em suas mãos.

Jeliath balançou a peça e então seu rosto se iluminou ao se lembrar da grande carroça dos soldados onde tinham dezenas daquelas máscaras e centenas de poderosas armas de lançar fumaça e de criar explosões.

— Glaucia!

A médica olhou para o amigo das estrelas.

— Preciso voltar até a carroça dos soldados! Preciso salvar Ogum!

— Impossível, Jeliath! Nem pense numa coisa dessas.

— Essa é a minha última chance aqui, feiticeira. Preciso salvar meus amigos.

Jeliath levantou-se, sentindo-se tonto pela dor debilitante. Arqueou o corpo amparado pela médica.

— Seus lábios estão cianóticos, você precisa se aquietar. Não sei se é isso que faz você voltar, mas acho que nossa atmosfera não é adequada para seu organismo.

— Não tenho tempo para entender, Glaucia. Agora preciso agir.

Glaucia e Amaral trocaram um olhar e um longo suspiro. Não tinham ideia do que Jeliath queria com aquele plano insano de voltar ao meio da confusão.

— Eu só preciso entrar naquela carroça.

CAPÍTULO 76

Horas antes, no Combatheon, tão distante do planeta Terra, a chuva tinha cessado e as nuvens se abriram fazendo com que os raios de Daal enchessem o caminho de cor e calor. Bousson preferia a escuridão, achando que as trevas combinariam muito mais com o cenário da batalha que se avizinhava. Parou seu exército a dois quilômetros do Cemitério de Deuses e deixou os batedores livres para percorrerem a distância e voltarem uma hora mais tarde com preciosas informações.

Ao que parecia, o exército mestiço estava cansado de fugir, exausto pelas marchas dos últimos dias, obrigados a correrem de Ahammit na esperança de que seu deus máquina voltasse a funcionar. Estavam à sua mercê agora que sabiam que o deus que chamavam de Ogum continuava deitado sobre a carroça que o levava. O deus de guerra não estava morto, do contrário o Portão de Vitória estaria aberto, mas estava danificado, como se algo lhe faltasse para mover as engrenagens, como se um parafuso tivesse escapado e seu funcionamento ficasse comprometido, tornando-se tão útil quanto uma catapulta sem munição. O deus de guerra estava quebrado. Alkhiss o alcançaria com facilidade e o retalharia, transformando aquele deus máquina em pedaços desconjuntados, tal qual seus guerreiros fariam com os inimigos mortais de posse das novas armas.

Bousson sinalizou para Sion-ix. Agora, seu melhor homem, ainda que com o braço ferido, comandava os gul e saberia o que fazer para garantir a vitória final contra os mestiços que, exauridos e sem um deus de guerra, seriam abatidos sistematicamente. Seus batedores garantiam que não havia armadilhas nem dispositivos escondidos dessa vez. Eles tinham escolhido um lugar apropriado para resistir e morrer. Os mestiços tinham se entrincheirado atrás de seu deus. Bousson estava consciente de que o general inimigo sabia que postergar aquele encontro não levaria a nada. O melhor que poderia acontecer para os inimigos era seu deus de guerra voltar a funcionar, mas nem mesmo isso garantiria a vitória daqueles oitenta e poucos esfarrapados contra os mais de mil componentes do exército de Ahammit.

Sion-ix percorreu a fileira de zirgos. Quatro batalhões com as novas armas vistas em outro mundo por Alkhiss estavam prontos para abrir caminho para a infantaria e os arqueiros de Ahammit. A ordem era seguirem em silêncio o maior tempo possível. As caldeiras que alimentavam o novo perigo no Combatheon levantavam quatro longas colunas de fumaça. A máquina era também um tipo de cuspideira, mas o que ela cuspia era muito pior do que os projéteis de ferro. Ahammit estava preparada para o último confronto.

* * *

Do outro lado do Cemitério dos Deuses, Mander assistia às colunas de fumaça ganharem o céu. Sem deus e sem Jeliath e suas ideias, o fim parecia de fato se aproximar. Mander colocou os soldados estrategicamente ao redor de Ogum, a carroça e os escudos seriam sua fortaleza, seu chão de resistência. Se protegeriam sob o corpo do gigante e por ele lutariam até o fim, dando seu sangue e suas vidas para que Ogum tivesse chance de se levantar e vencer. Fariam isso até o último instante. Todos que haviam permanecido ao lado de Mander sabiam qual seria seu destino. Cada um movido por sua própria fé e expectativa tinha ficado ali para lutar. Agora, vendo as manobras dos inimigos se movimentando lentamente em direção a Ogum, mergulhavam suas mentes em preces, pedindo não só a Ogum, mas também a um mortal igual a eles, que voltasse e trouxesse da Terra uma arma capaz de mudar o futuro sombrio. Eles depositavam em Jeliath esperança igual à que depositavam na força do deus de guerra.

Thaidena viu a infinita fileira de guerreiros de Ahammit se espraiar e começar o cerco definitivo. Confiava em seu general e rezava para o seu deus de guerra, mas não conseguia ver resposta nem no corpo divino e inerte e nem na estratégia louca de Mander de simplesmente ficar ali, sem armadilhas, sem novas armas, confiando apenas nas escopetas e nos escudos de madeira e pedaços de armaduras de gigantes que foram fincados ao chão no entorno da carroça. Não tinham como vencer. Não tinham mais energia para combater. Thaidena olhou ao redor, encontrando olhos e corpos cansados e feridos. Parten, logo atrás dela, aferrado a sua escopeta, tinha decidido ficar ao lado de Mander. Tudo o que poderiam fazer era atirar e resistir até que Jeliath voltasse da Terra com as novas armas, armas que ainda teriam que ser compreendidas e montadas para enfrentar Ahammit às pressas. Ainda existia o pequeno fio de esperança de que Ogum, de alguma forma milagrosa, recuperasse sua força e voltasse ao combate para defendê-los um pouco mais, ganhando tempo e mudando o jogo. Caso nem Jeliath nem o deus de guerra dessem sinal de vida, dispariam até que a munição acabasse e Bousson e seus guerreiros fechassem o cerco e terminassem de uma vez por todas com aquela agonia do exército mestiço no Combatheon.

Todos os sobreviventes estavam ali, sobre a grande carroça, protegidos contra o corpo de Ogum e contra os escudos e espinhos erguidos. Com o som dos passos dos inimigos enchendo seus ouvidos, começaram a carregar as escopetas e deixaram as bestas à mão para mandarem as flechas quando a munição de fogo tivesse acabado. Mander pediu atenção e paciência ao puxarem o gatilho das escopetas. Cada disparo valeria uma vida. Não podiam errar. Como em todos os outros combates, a capacidade de prolongar ou até mesmo sobreviver àquele confronto dependia da pontaria e da precisão dos atiradores.

* * *

O exército inimigo estava mais perto a cada minuto, arrastando quatro máquinas que cuspiam fumaça negra para o alto, cercado de soldados de Ahammit que empunhavam tubos longos e grossos que requeriam muitos guerreiros para erguê-los e movimentá-los, com suas pontas longas e metálicas, imitando bocas de fogo, pesadas e amparadas por dois soldados cada. Eram armas bem diferentes de todas as outras que tinham visto até ali.

Dabbynne e as três derradeiras feiticeiras continuavam lançando suas auras douradas sobre o coração de Ogum, mantendo-o vivo para que tivesse a chance de se levantar e lutar, imprimindo toda a fé e esperança no deus de guerra dos mestiços. Não poderiam acudir os feridos que viriam a surgir assim que os ataques começassem e mal poderiam proteger a si mesmas, por isso estavam todas enfiadas dentro do oco do peito do gigante, na tentativa de se manterem distantes dos disparos das armas de fogo.

O som da marcha e o arrastar das quatro máquinas de guerra já eram alcançados por todos os ouvidos dos oitenta e oito componentes do exército de Dartana.

— Aguardem. Temos que ter certeza de que podemos acertá-los.

Mander saltou das costas de Ogum para o tablado da carroça e caminhou até a frente de seu peito.

— Tazziat! — gritou o general.

A feiticeira de Dartana baixou suas mãos que iluminavam o peito de Ogum e flutuou até a abertura, olhando para baixo.

— Ele vai voltar?

Tazziat sabia o que Mander queria. Olhou para o órgão de transporte que ainda pulsava, com a porção inferior já bastante cheia, em seus últimos espasmos antes de trazer de volta o dartana que viajava pelas estrelas.

— Vai, Mander, só não sei quando.

— E o nosso deus?

Tazziat ergueu os ombros e nada disse. Mander teria que começar aquele combate com o que tinha em mãos. Teria que resistir o máximo que pudesse, até que Jeliath trouxesse o último milagre do planeta Terra.

— Tazziat, por favor, traga Jeliath de volta! — suplicou Hanna ao lado do general.

Os nove lokuns guerreiros seguravam duas escopetas cada e duas bestas nas mãos de baixo. Estavam nas costas ampliadas de Ogum, que permanecia sentado e com a cabeça baixa, apoiado em suas quatro patas recolhidas. Gagar estava sereno, encarando as engenhocas desconhecidas, cada vez mais próximas da barricada, mas se afastando umas das outras e rodeando a carroça, cada uma dirigindo-se para um extremo. Junto com Mander e Tylon-dat presumiram que os soldados inimigos não atacariam até que o cerco estivesse formado, com as máquinas se colocando ao norte e ao sul da carroça, também a leste e oeste. Apesar dos protestos de Tylon-dat para ensaiarem um plano de fuga com todos os combatentes, Mander dizia que tinha dado a chance para quem não quisesse mais lutar, não quisesse mais seguir o deus mestiço, que deixasse o Cemitério de Deuses para trás, todos optaram em permanecer, por suas razões e por seus próprios pés, agora todos lutariam e não haveria plano de fuga. Dariam suas vidas por Ogum. Dariam suas vidas pela guerra e assim seria.

O general de Dartana lançou um olhar para os soldados e para o campo no entorno, além da ameaça que se aproximava, contemplando o campo de deuses mortos e abatidos. Tão impressionante quanto da primeira vez que estivera ali, o campo emanava força estranha, que o fazia mais valente e decidido a encarar seu inimigo, todos os deuses ao seu entorno tiveram seus generais e, como ele, tinham também encontrado o seu fim no campo de batalha. Mander segurou as estátuas mal esculpidas penduradas em seu peito e afagou a imagem dos filhos e da esposa. Como adoraria vê-los mais uma vez. Como amaria selar um beijo na boca de sua amada Lanadie. Os olhos de Mander pairaram sobre Parten e Thaidena e depois sobre todos os dartanas que podia ver nas costas e nas tábuas da carroça e contra os escudos de madeira erguidos para defender seus soldados dos tiros dos inimigos.

— Preparar! — berrou Mander, do alto de Ogum.

Os guerreiros mestiços começaram a descer da carroça e escolher os muros de madeira e os pedaços de armaduras dos gigantes para se protegerem atrás e fazerem mira contra os oponentes. As armas carregadas ansiavam pela briga. Os inimigos descobertos começariam a tombar e, exceto que suas novas armas pudessem destruí-los todos de uma vez, muito sangue ahammitiano seria derramado aquela tarde.

Hanna, atrás de uma gigante couraça feita de metal e madeira que estivera sobre o peito de um deus em forma de elefante, fechou os olhos e rezou. Não queria a benção para tirar a vida de incontáveis guerreiros oponentes. Queria apenas a graça de ver e estar com o irmão mais uma vez antes de morrer. A construtora de Dartana, convertida em guerreira naquele momento, deixou o martelo ao lado de seu pé enquanto conferia a munição de sua escopeta. Tinha ainda mais oito cargas de cinco tiros depois daquela primeira. Precisavam resistir. Resistir até que seu irmão retornasse da Terra.

* * *

Amaral e os defensores de Jeliath olharam pela esquina. A multidão ainda estava no Anhangabaú. Agora as pessoas estavam muito mais calmas e apenas prostradas no chão, trazendo velas em procissão até o local onde um grande poste de madeira tinha sido erguido com uma fotografia de Jeliath. Certamente a PM tinha sido orientada a apenas vigiar aquele novo ponto de peregrinação na cidade sem confrontar mais os simpatizantes daquele que estava sendo chamado de "anjo de Ogum".

Amaral disse a Jeliath que todo o aparato da polícia ainda estava na praça, e que um cerco de barreiras e o pelotão de cavalaria faziam a vigilância dos veículos militares.

— Eu sei o que fazer — disse Jeliath, imediatamente traduzido.

Jeliath deixou o canto escuro onde se protegiam e começou a rumar em direção ao vale, encurvado e procurando que fosse percebido o mais tarde possível.

— O que você vai fazer, Jeliath? É loucura se enfiar no Vale do Anhangabaú de novo! Eles vão prender você.

— Eu preciso que me prendam, Glaucia. Eu preciso que me recebam.

— Você está louco. Isso não vai dar certo.

Jeliath virou-se para Glaucia e colocou a mão na cabeça fazendo uma careta.

— Eu tenho fé, Glaucia. Ainda que eu não ouça a voz de meu deus, ainda que muitos pensem que ele está morto, eu sei que ele está vivo. Eu acredito que ainda que ele não fale comigo, ele está aqui, do meu lado, esperando que eu faça o que tenho que fazer.

Jeliath virou-se mais uma vez para o cerco da PM, evitando a multidão, saltando por um jardim e caminhando entre as plantas e os arbustos. Quando saltou para fora do canteiro, já estava aos pés de um cavaleiro da PM, o soldado arregalou os olhos e seu cavalo empinou, chamando a atenção dos demais soldados.

Jeliath saltou a cerca, deixando Glaucia e todos os demais para trás, estupefatos com sua atitude.

O gigante de Dartana, o anjo de Ogum, caiu de joelhos, com o rosto crispado pela dor e ergueu os braços em sinal de total entrega. Os soldados que o cercaram com as armas em punho percebiam que ele não queria lutar.

Um tenente tomou a frente da situação, comandando seus homens.

— Não atirem! Ele não quer fazer nada!

Jeliath levantou o rosto para o policial e sorriu. Novamente uma onda de dor infestou sua cabeça fazendo-o tombar para frente.

— Ainda não — gemeu Jeliath. — Ogum, onde está você? Eu preciso de mais tempo.

* * *

As máquinas que soltavam fumaça e os primeiros guerreiros de Ahammit estavam a menos de vinte metros das primeiras barreiras de madeira.

Sion-ix aproximou-se de seu general e parou seu zirgo puxando as rédeas.

— As catapultas, senhor?

— Olhe a sua frente, ix. Acha mesmo necessário? Se dispararmos agora não teremos o gosto de matá-los na ponta da espada.

— Senhor... Me perdoe a insolência, mas já cometemos esse erro.

— Eles eram mais, mais perigosos, agora veja! Estão acuados, agarrados à casca de seu deus que continua imóvel. Alkhiss não terá a menor dificuldade em destruí-lo.

— Senhor, meu general, rogo que apenas dessa vez, apenas nessa que será nossa última batalha, não dê chance alguma para nossos inimigos.

Bousson olhou para os olhos de Sion-ix e para o seu braço quebrado. Aquele soldado tinha estado ao seu lado durante toda a campanha e era um homem sensato e corajoso. Por isso não sacou sua espada e não a cravou no peito dele por tamanha insolência. O general olhou para o terreno à sua frente e para as novas máquinas posicionadas. Os inimigos não sobreviveriam ao ataque. Não havia como.

— Não sei por que te escutarei, valoroso ix de Ahammit. Veja! Estão encolhidos, amedrontados, exauridos!

— Fico feliz que me escute, meu senhor. Autorizarei o ataque das novas armas.

— Prepare as catapultas, mas não dispare. Quero ouvi-los gritar, primeiro. Eles fizeram música com aquelas besteiras inúteis. Nossas máquinas também farão música agora.

Sion-ix partiu em seu zirgo ao encontro da fileira de guerreiros que se alinhavam com as grandes caldeiras. Dentro delas, o vapor da água tinha se acumulado, deixando-as prontas para liberarem sua força mortífera.

— Atacar!

Os guerreiros agarraram os canos que carregavam e apontaram para os escudos de madeira que tinham sido plantados ao redor da imensa carroça, enquanto um número igual de soldados corria até as máquinas fumegantes, voltando com uma tocha acesa para o soldado que empunhava o cano. Os construtores tinham permanecido junto às complexas caldeiras, puxavam alavancas e giravam registros, libertando a força do vapor da barriga de ferro, que fazia um chiado comprido escapar da máquina de metal junto com línguas de fumaça branca que encobriam as caldeiras. As mangueiras pareceram ganhar vida instantaneamente e começar a chacoalhar e balançar, enchendo-se de um líquido espesso que viajou até os bastões empunhados por atiradores, fazendo mira nas barreiras de madeira onde se escondiam muitos dos guerreiros mestiços.

* * *

Tylon-dat, ao lado de Mesmine, olhava intrigado para as mangueiras arrastadas e para a caldeira que estava coisa de trinta metros para frente. A grande máquina gemia e agora parecia soprar. Os guerreiros em uniformes negros reluzentes faziam força para apontar longos canos na direção dos escudos de madeira, enquanto outros traziam tochas acesas. Os tubos apontados contra eles que assobiavam pararam de fazer barulho e passaram a cuspir sobre suas cabeças, acertando nas escoras de madeira e nos escudos para trás um líquido negro e espesso com cheiro ardido. Era o mesmo líquido que tinham encontrado na floresta e usado na armadilha incendiária. Tylon-dat e Mesmine trocaram olhares e voltaram a encarar o movimento dos inimigos.

Mander sentiu o coração gelar prevendo o que viria a seguir.

— General! — alertou Tylon.

— Disparar! — gritou Mander também entendendo o que estava prestes a acontecer.

Tylon ergueu sua escopeta e fez mira no inimigo que corria com a tocha, se aproximando do outro que tinha o cano erguido e lançava mais daquele líquido contra os escudos e os guerreiros mestiços. Ao menos quinze mestiços estavam daquele lado e suas escopetas explodiram quase na mesma hora, derrubando dez dos inimigos.

Mesmine derrubou também um guerreiro com tocha e o segundo disparo foi contra o que erguia o cano de descarga de líquido negro. O líquido lançado contra eles ia se infiltrando perigosamente no chão de pedras frias. Outros fios escuros chegavam a alcançar a carroça e partes do corpo de Ogum.

Mander, apreensivo, disparou novamente, derrubando outro ahammitiano. Ao menos quarenta deles tinham tombado daquele lado, mas sempre surgia outro para continuar correndo e avançando em seu lugar, arrastando aquelas malditas mangueiras e cuspindo o líquido fedorento sobre as barreiras de madeira. Quando o primeiro deles conseguiu chegar com a tocha e tocá-la na ponta da mangueira, os olhos do general de Dartana se arregalaram em puro pânico. Uma língua de fogo incandesceu e começou a avançar como que carregada por dedos mágicos e invisíveis até atingir os escudos de madeira da frente. Então o fogo se esparramou entre as fileiras, atingindo as barreiras e seus guerreiros, que começaram a correr e abandonar as posições.

Gagar, no lado norte da tímida fortificação de Dartana, disparava com as escopetas. Enquanto suas mãos ágeis recarregavam a arma, os braços de baixo erguiam-se e disparavam com as bestas, fazendo mais vítimas e ganhando tempo para o exército mestiço. Mesmo ele estando ladeado por seus amigos de pele vermelha e múltiplos membros, os inimigos o alcançaram com as mangueiras que agora cuspiam fogo para todos os lados, inutilizando os escudos da frente.

— Lokuns! Lokuns! — bradou Gagar, chamando a atenção de seus irmãos.

Os guerreiros de pele vermelha seguiram Gagar, sem parar de disparar um instante sequer, derrubando mais uma dúzia dos ahammitianos enquanto perseguiam o líder que desceu da carroça e, ao contrário dos guerreiros que fugiam das chamas, corriam para mais perto delas.

Mander lutava para manter o ataque e conter os soldados que apontavam as mangueiras para a carroça e para Ogum. Partes da armadura do deus de guerra estavam incendiadas e ao menos quinze de seus homens tinham deixado suas posições para tentar conter o fogo. O general viu Tylon-dat e Mesmine se afastarem da frente de batalha, fugindo das labaredas e do líquido negro que corria pelo solo, carregando com ele mais fogo e calor.

* * *

Dabbynne, ouvindo os primeiros disparos e o chiado vindo das caldeiras, levitou para a abertura do peito de Ogum e olhou pela cavidade. Ondas amarelas e laranja rastejavam ao redor da carroça, esparramando calor e queimando os guerreiros mestiços que fugiam atônitos, tentando encontrar um caminho livre do fogo para alcançar a carroça novamente. Alguns deles gritavam com parte dos corpos sendo consumidas pelas labaredas, arrastando-se pelo chão e perdendo-se na fumaça.

— Vocês precisam sair! — ordenou Dabbynne. — Eu fico aqui e continuo curando Ogum.

Tazziat, Nara e Khelp dispararam para fora, voando em direção aos mestiços feridos, agarrando seus corpos, levando-os para cima da carroça e colocando-os no dorso abaixado de Ogum.

— Aqui! — gritou Tylon-dat, chamando Nara, a feiticeira mais próxima.

Tylon carregava Mesmine, levando-a para trás de um escudo de madeira ainda não incendiado. A athoniana estava tossindo, apanhada por uma coluna de fumaça quando tentava salvar uma irmã de guerra das chamas. Tylon virou-se para frente, estavam perdidos! As mangueiras cuspindo fogo estavam voltando e eles seriam apanhados dessa vez, não havia como deter Ahammit. Mander tinha conseguido levá-los até ali, tinha sido incrível e não se arrependia mais em ter seguido os exércitos de mestiços, mas não tinham como vencer.

Dabbynne lançava o que lhe restava de energia sobre o órgão do gigante que batia de forma incerta e fraca. A feiticeira temia que sua força não fosse suficiente para sustentar o resto de vida dentro do colosso de Dartana. Se ele morresse, o que seria de Jeliath que ainda não tinha voltado? Dabbynne sabia que não conseguiria viver sem seu novo amor. Ogum não podia morrer.

"Dabbynne."

A feiticeira sentiu o corpo inteiro se arrepiar. Ela reconhecia aquela voz. Era seu senhor, seu deus de guerra que falava com ela, sem usar sua garganta, entrando diretamente em sua mente. Dabbynne olhou ao redor. O coração de Ogum continuava fraco, da mesma forma.

"Ele precisa de mais tempo para nos salvar, meu pequeno anjo de Dartana."

— Jeliath? — lançou uma indagação sussurrada.

"Ele está na Terra e ainda não tem as armas para nos salvar. Esqueça meu coração, Dabbynne."

— Não posso. Não podemos perder o senhor. Se o senhor morrer, Jeliath também ficará preso na Terra.

"Esqueça meu coração. Derrame sua força sobre o órgão de transporte. Eu não estou conseguindo falar com Jeliath. Não estou conseguindo me conectar a ele. Ele precisa de nossa ajuda para nos salvar."

— O que eu posso fazer?

"Acredite em mim. Esqueça meu coração. Pense apenas em Jeliath. Somente ele poderá nos salvar agora. Ele está sofrendo e precisa de mais tempo."

Dabbynne afastou-se do coração de Ogum e encarou o órgão de transporte. Levantou suas mãos em direção ao órgão e começou a enviar sua força curativa para Jeliath através daquela estranha bolsa viva e latejante. Seus olhos encheram-se de lágrimas ao perceber o coração de Ogum enfraquecer até o ponto em que as batidas ficaram quase imperceptíveis. O deus de guerra de Dartana estava morrendo.

"Mais energia, Dabbynne! Mais! Só temos uma chance de trazê-lo de volta."
Dabbynne respirou fundo, evocando toda a energia que lhe sobrara de Belenus, flutuou até o órgão de conexão e disparou tudo o que tinha de força e fé. O pequeno órgão acendeu-se como uma estrela enquanto Dabbynne caía desmaiada contra o chão do peito de Ogum.

Do lado de fora, as feiticeiras que voavam para acudir os feridos sentiram uma fisgada elétrica em seus corpos e também apagaram, tombando sobre a carroça e perdendo o poder de curar os feridos que iam se amontoando ao seu redor. O trio de feiticeiras apagadas olhou para o peito aberto de Ogum.

— Dabbynne — murmurou Tazziat.

* * *

Jeliath apertou os olhos, sozinho no chão daquele lugar tão cheio de gente. Sentiu sua pele esfriar e sabia que era isso que acontecia quando começava a voltar. Abriu os olhos esperando ver os filamentos do órgão de transporte ao redor, mas ainda estava na praça, vendo a pistola do tenente apontada para sua cabeça e os animais tão parecidos com os equithalos de Dartana bailando ao seu redor. A multidão gritava o nome dele e voltava a se alvoroçar.

— Eu preciso tirá-lo daqui, Jeliath — disse o tenente em tom calmo e estranhamente racional. — Consegue se levantar?

Jeliath balançou a cabeça em sinal positivo. A dor estava diminuindo e ele conseguia pensar de novo. Lembrou-se do que queria com aquela inesperada incursão. Queria a carroça dos soldados onde eles guardavam seus equipamentos, suas armas.

O gigante de Dartana colocou-se de pé e sempre deixava os humanos impressionados quando fazia aquilo.

— Posso ajudar você, Jeliath? — perguntou o tenente se aproximando mais. — Eu acredito em você e acredito no seu deus Ogum.

Foi a vez de Jeliath ficar impressionado e emocionado. O homem estendeu-lhe a mão e Jeliath retribuiu, cumprimentando-o.

Jeliath apontou para o ônibus da tropa de choque e juntos seguiram até lá.

Um sargento levou seu rádio até a boca e avisou que o "anjo" tinha sido capturado e que estava sendo conduzido para a custódia dentro do ônibus do Choque.

Não muito longe dali, Álvaro ouviu a notícia e um sorriso voltou ao seu rosto.

Jeliath adentrou o ônibus, obrigando-o a avançar com a cabeça abaixada. Seu nome continuava sendo entoado em coro do lado de fora, causando uma vibração muito poderosa. O construtor de Dartana avançou até o fundo do ônibus olhando para cassetetes, coletes à prova de bala, disparadores de granadas, fuzis e metralhadoras presos em prateleiras trancadas, examinando-os detidamente com o olhar. O tenente seguia logo atrás tentando entender o que buscava o viajante das estrelas.

Jeliath parou diante de um saco de couro cheio de máscaras iguais à que havia usado para se proteger do gás lacrimogêneo. O gigante de Dartana apanhou o saco e olhou para o tenente, que fez um sinal positivo com a cabeça. Jeliath sorriu e puxou a alça, colocando o saco em seu ombro e apontando para a porta traseira do ônibus.

— Obrigado — disse Jeliath.

O tenente guardou sua pistola no coldre e abriu passagem para Jeliath. O gigante sorridente só parou de avançar quando a porta abriu e Álvaro invadiu o ônibus, olhando para o seu relógio de pulso.

— Você está um pouco atrasado, mas o que importa é que ainda está aqui. — Álvaro ergueu uma pistola e a apontou para o peito de Jeliath. — Será que essa sua armadura aguenta um tiro desses?

— Abaixe a arma, senhor — ordenou o tenente.

— Fique fora disso, oficial. O que está acontecendo aqui está muito longe da sua alçada.

— Ele é um sujeito de bem, não permitirei que o machuque.

Álvaro contraiu o rosto, incomodado com a interferência do policial.

— Quer ser preso? Quer que eu traga seu comandante aqui, agora mesmo?

Jeliath ficou parado, olhando ora para um, ora para outro, com a mão aferrada à bolsa que tinha vindo buscar.

— Senhor, ouça a voz da multidão. Não é possível que estejam errados.

— Não seja ingênuo, tenente. Não misture religião com seu trabalho. Você acha mesmo que isso aí é o que eles dizem? Que ele é um anjo?

— Acredito.

— E está disposto a levar um tiro ou a ser preso por conta dessa crença absurda?

O tenente passou a frente de Jeliath, protegendo o dartana.

— Estou. Abaixe a arma. O senhor está preso.

Álvaro deu de ombros.

— Já que insiste. — Ele fez menção de baixar sua pistola, mas disparou com o punho torcido, acertando a garganta do policial, que também disparou por reflexo e caiu no assoalho do ônibus.

Atraídos pelo som dos disparos, outros policiais invadiram o ônibus da tropa de choque e se armou uma balbúrdia do lado de fora com as pessoas furando o perímetro que tinha sido levantado pela cavalaria. Antes que a porta se fechasse, com a multidão batendo e chacoalhando o ônibus, Glaucia chegou e ficou chocada com o que viu. O policial agonizava no assoalho do ônibus, com as pernas tremendo em espasmos, enquanto Álvaro era cercado e desarmado pelos policiais que entraram. Álvaro gritava, dizendo que não era responsável por aquilo e que o invasor tinha reagido à detenção. Glaucia correu até o policial e iniciou os primeiros socorros. O ferimento tinha feito muito estrago, a hemorragia abundante mostrava que a jugular podia ter sido perfurada e o som gutural que vinha da garganta do policial sugeria danos à traqueia. Pelo rádio pediram a presença imediata de um helicóptero para a remoção expressa do tenente, contudo Glaucia sabia que as chances de sobrevivência àquele tipo de trauma eram reduzidas. Apenas um milagre pouparia a vida do homem.

Jeliath se ajoelhou ao lado do tenente que tinha lhe salvado a vida. Estava perturbado com a cor e o olhar que o valente soldado lhe lançava. Aquele homem sofria. O construtor de Dartana estendeu a mão e, para a surpresa de todos, uma película dourada cobria sua pele naquele momento. Os policiais se aproximaram com armas erguidas, temendo que

Jeliath perpetrasse alguma maldade. Contudo, Glaucia lançou a eles um olhar de reprovação, erguendo as mãos e ordenando que baixassem as armas. Álvaro, algemado, gritava, dizendo que Jeliath era uma ameaça e que precisava ser morto.

O brilho dourado de Jeliath era surpresa para ele próprio, que olhava para as mãos e os braços, sem acreditar no que estava acontecendo, contudo ele sabia o que era aquilo. Era o brilho de Ogum. Jeliath esticou a mão direita sobre a ferida do tenente. Ao fazer isso, as serpentes douradas saltaram de seus dedos e envolveram todo o pescoço do homem. O dartana sorriu ao perceber que estava dando um passe de cura igual ao das feiticeiras de Dartana. Em poucos segundos, o sangue parou de minar da ferida que, milagrosamente, se fechou. O tenente, num salto inesperado, ficou sentado e inalou ar para os pulmões, sorvendo de forma longa e barulhenta. Os soldados gritaram surpresos e eletrificados com a situação.

Glaucia virou os olhos para Jeliath, capturando mais uma vez o sorriso largo e dócil do construtor de Dartana.

— Eu vou voltar para o Combatheon, graças a você, doutora Glaucia. Vou salvar Ogum e Ogum salvará sua sobrinha. Prometo.

Glaucia sorriu de volta para o anjo de Dartana. Ninguém tinha traduzido as palavras do jovem visitante, mas ela entendeu cada uma delas. No instante seguinte, o brilho ao redor de Jeliath cresceu de forma intensa até se transformar num pulso insuportável de luz que fez todos cobrirem seus olhos. Quando puderam ver mais uma vez, Jeliath não estava mais lá.

Glaucia desceu do veículo vendo seu irmão ser levado sob custódia. Sabia que Álvaro não seria preso afinal de contas. Não era do interesse do conglomerado TechGalaxy deixar Álvaro depor. Ele pagaria o preço de sua cegueira de outra forma. Tudo o que a médica queria era voltar para perto de Doralice e garantir que a sobrinha ficasse livre daquele martírio chamado Alkhiss, que entrava na mente dela e a dominava. Glaucia estava ansiosa, mas acreditava nas últimas palavras que tinha ouvido do visitante. Sua sobrinha seria curada.

* * *

Bousson ria ao lado de Sion-ix, que tinha retornado à fileira de comando.

— Viu? Não precisaremos das catapultas dessa vez, ix. Nossos incendiários estão fazendo um bom trabalho. Eles gritam como criancinhas. Nenhum dos nossos inimigos conseguirá deixar o cerco e logo todos serão queimados ou sufocados pela fumaça.

— Concordo, senhor. Mas permita que nossos arqueiros façam seu trabalho para abreviar a espera. Nossa deusa, Alkhiss, está ansiosa para deitar sua cimitarra no peito de Ogum.

Bousson olhou para Alkhiss, que aguardava pacientemente o desfecho do episódio. A deusa de olhos cor de ferrugem, brilhando com sua energia roxa, não demonstrava ansiedade alguma, na realidade parecia se comprazer do final trágico ao qual seus inimigos tinham sido atirados. As labaredas não poupavam nem mesmo o deus de guerra oponente, partes do corpo de Ogum estavam queimando e as feiticeiras estavam ocupadas demais para socorrê-lo.

* * *

Dabbynne não podia ver, mas, apesar do coração imóvel de Frigga, o órgão de conexão começou a acender, ganhando o brilho dourado que fora da feiticeira. A embalagem em forma de ampulheta ganhou vida, pulsando como um coração e terminando, de forma acelerada, o seu processo de enchimento. Então os finos fios que formavam o casulo também ganharam a cor dourada e começaram a se abrir, liberando o corpo de Jeliath. O construtor tossia e parecia bastante atordoado. Ele abriu os olhos ao escutar as explosões do lado de fora. O combate já tinha começado. O construtor olhou para as mãos. Elas ainda brilhavam intensamente, como brilhavam na Terra. Puxou o saco de lona de trás das suas costas, deixando algumas máscaras caírem no chão. Seus olhos encontraram o corpo de Dabbynne caído.

— Dabbynne! Meu amor! Dabbynne, não! Não!

Jeliath se dobrou sobre a amada e a colocou no colo. Uma explosão fez o corpo de Ogum sacudir. Estavam sob ataque cerrado do exército inimigo, não havia tempo para pausa, apenas para a luta, mas não poderia deixar Dabbynne ali.

— Dabbynne! Acorde! Acorde, por favor! Eu viajei pelas estrelas para voltar pra você. Eu lutei pra ficar vivo por você! Dabbynne, não faça isso comigo!

O rosto da feiticeira estava frio e Jeliath percebia que o coração dela não batia mais.

— Não!

Jeliath levantou-se e olhou para Ogum.

— Meu deus! Fale comigo! Levante-se! Eu trouxe suas orações!

Jeliath virou-se para o órgão de transporte, ele estava vivo e dourado. O coração do deus continuava cinza e imóvel. O construtor olhou para Dabbynne e para o coração de Ogum e respirou fundo.

— Não há razão para desespero, Ogum! Eu vi tudo. Eu sei como vencer! As orações, Ogum, elas vieram para nos salvar. Estão todos lançando preces ao senhor!

Jeliath beijou Dabbynne e tocou o peito da feiticeira deixando parte da energia que envolvia seu corpo passar para ela.

— Dabbynne, eu preciso de você aqui!

O construtor deitou a namorada aos seus pés e se levantou. Em seguida, cravou as palmas das mãos sobre o coração do gigante e a energia restante que envolvia seu corpo começou a passar para o coração de Ogum. O órgão imóvel por alguns segundos começou a vibrar e bater, ganhando ritmo e velocidade.

Dabbynne respirou de forma longa e sonora, sentando-se automaticamente, inalando ar até seus pulmões se encherem por inteiro. Seu coração de feiticeira batia junto com o coração de Ogum. Ela retomou o controle da respiração e arregalou os olhos. Não acreditava no que via e nem no que ouvia. Jeliath, coberto daquela gosma do saco de transporte, brilhando intensamente, como se fosse o próprio sol dentro do peito do deus de guerra.

O construtor voltou-se para a feiticeira e ajoelhou-se ao seu lado.

— Dabbynne...

A feiticeira sentou-se e sorriu para Jeliath.

— Você conseguiu. Você o trouxe de volta — ela disse.

— Eu recebi a oração e a fé, Dabbynne. Os humanos começaram a orar por Ogum, mas a energia dessa fé, a força das preces não conseguiu viajar pelas estrelas até aqui, só quando a conexão com Ogum voltou que a energia veio, através de mim. Não sei como, mas veio através de mim. Agora eu preciso que você cure nosso deus de guerra, Dabbynne. Faça ele se levantar para guerrear e se conectar com as orações.

— Eu já tentei, já fiz de tudo.

Dabbynne então parou e olhou para o coração. O barulho que ouvia era o órgão do deus de guerra batendo veloz, acelerado.

— Por que ele não se levanta? — perguntou Dabbynne.

— Ele precisa de você. Precisa que você o traga de volta.

— Como?

Jeliath sorriu novamente.

— Eu vi tudo o que nosso deus vê, Dabbynne. Se você fizer o que eu mandar, nós vamos vencer essa guerra! Ele estava preso, Dabbynne. Alkhiss, de alguma forma, estragou o seu órgão de conexão. Agora, com sua ajuda, vamos fazer com que ele volte. Me ajude!

Jeliath e Dabbynne apontaram suas mãos para o órgão de conexão, expulsando a energia de seus corpos e fazendo com que se iluminasse até que explodisse num pulso de luz que escapou pela fresta do peito aberto de Ogum, lançando um raio dourado que varreu o Cemitério de Deuses. Os fios começaram a sair do órgão que latejava majestoso, que começou a subir, flutuando para fora do peito de Ogum em direção ao céu.

* * *

Os feridos se aglomeravam ao redor das feiticeiras, que estavam boquiabertas ao voltarem a se iluminar, mais brilhantes e mais poderosas do que nunca. Sem parar para pensar, começaram a dar seus passes de cura nos queimados e aflitos guerreiros mestiços, propiciando que muitos deles voltassem à contenda.

* * *

Dabbynne voou para o céu, subindo acima das colunas de fumaça, deixando a carroça ficar pequena, vendo Ogum e Alkhiss lá do alto, alcançando o órgão dourado que agora parecia uma estrela iluminando tudo abaixo e acima dele, fazendo as grossas nuvens se abrirem. Então a feiticeira tocou o órgão luminoso e espalmou a sua outra mão para o céu, liberando uma corrente de energia tão intensa que a fez gritar.

O raio de luz deixou o corpo de Dabbynne e correu para o alto e para baixo ao mesmo tempo, dobrando a intensidade do brilho. Agora Dabbynne quem fulgurava como um sol dourado, acima da cabeça dos exércitos de Dartana e de Ahammit. Um círculo de luz se formou no firmamento como um disco dourado e explodiu para todos os lados.

* * *

— O que é aquilo, Sion-ix? Que arma é aquela?

O zirgo do comandante se mexia, obrigando-os a manobrar com firmeza. Sion colocou a mão enluvada em concha diante de seus olhos.

— Parece que é uma feiticeira.

— Não perca tempo, Sion! Não perca tempo! Mandem disparar as catapultas!

* * *

Ugaria, voando com suas companheiras feiticeiras acima de Alkhiss para protegê-la, teve que levar as mãos aos olhos para se proteger daquela luz que as atravessou, esquentando suavemente seus corpos. Ugaria estava incrédula. Era a feiticeira-mãe! A desgraçada ainda estava viva e ainda atormentava seu exército.

Alkhiss olhou para o alto. O clarão foi tão potente que a deusa de guerra teve que fechar os olhos e ficou ofuscada por alguns segundos.

Ugaria, pousando em seu ombro, não acreditava no que via.

— Alkhiss, isso é obra da feiticeira-mãe.

— Acabe com ela de uma vez por todas, Ugaria! Mate-a agora!

Ugaria decolou do ombro de Alkhiss e partiu no encalço de Dabbynne. Por fim, Alkhiss tinha autorizado e pedido o que ela mais queria: acabar com a vida da feiticeira favorita de Dartana.

* * *

Thaidena gritou para Parten e Gagar. Eles deveriam disparar contra as mangueiras das máquinas inimigas. Esse era o ponto fraco daquele dispositivo de ceifador de vidas. Assim que entendeu, o lokun comandou seus semelhantes, enquanto Thaidena e Parten esparramavam a esperança de deter o avanço dos soldados de Ahammit. Thaidena alcançou a lateral da carroça e saltou para o chão pedregoso, já livre do líquido negro e inflamável, e dali começou a disparar com sua escopeta. Em geral, as mangueiras levavam três disparos para que se rompessem e o líquido negro parasse de ser ejetado do bico empunhado pelos inimigos, interrompendo as línguas de fogo. Aos brados a estratégia foi se espalhando e então, antes que a cavalaria alcançasse as bordas da imensa carroça de carga, os novos alvos dos atiradores passaram a ser as mangueiras.

Tiro após tiro, as armas incendiárias foram perdendo força. O líquido negro passou a jorrar pelos buracos abertos pelas armas dos dartanas, encharcando os pés dos soldados de Ahammit, criando um anel perigoso no entorno. Apreensivos com o que viam, os comandantes das máquinas correram, tentando avisar aos construtores que lidavam com as caldeiras para que interrompessem o fluxo de vapor, para que parassem de mandar combustível para as mangueiras diaceradas.

Mander saltou das costas de Ogum para o meio dos escudos de madeira incendiados, buscando caminho entre as chamas e a fumaça, sorrindo ao perceber a grande oportunidade que tinham. A cavalaria de Ahammit estava dentro do círculo de líquido negro e inflamável que era cuspido pelas mangueiras arrebentadas. O general de Dartana, sob os disparos das flechas dos arqueiros, protegido por seus soldados que moviam os escudos de madeira a sua frente, apanhou uma das tochas inimigas caídas logo após a barreira de madeira e arremessou-a contra o lago negro que contornava a carroça. Mander se deleitou ao ver a surpresa amarela e laranja pintar os olhos dos guerreiros dentro das elegantes e intimidadoras armaduras pretas, batendo em retirada. A maioria não teve tempo de se safar das chamas que enrodilharam mais uma vez a carroça onde se protegia o diminuto exército mestiço, agora a favor dos guerreiros de múltiplas raças, ganhando tempo para que se reorganizassem e para que os feridos fossem atendidos pelas feiticeiras douradas.

Os soldados de Ahammit se afastaram aos berros e o campo de batalha se infestou do cheiro de carne queimada quando muitos deles tombaram vítimas da calcinação.

* * *

Alkhiss também cessou a marcha quando o círculo de fogo se levantou fechando o caminho até Ogum. Para sua surpresa, ela assistiu às mangueiras se incendiarem e a larga mancha de líquido negro se inflamar, apanhando quase toda a cavalaria. A deusa virou-se para seu general com os olhos injetados de raiva.

— Bousson! — urrou a deusa de guerra.

Pela primeira vez na vida, o general tremeu de medo. Alkhiss vociferava contra ele, exigindo que providências imediatas fossem tomadas. O general, por sua vez, urrou com seu ix, ordenando que as catapultas começassem a disparar contra o cerco dos mestiços, mas sua voz não foi escutada porque uma explosão catastrófica varreu o ar derrubando Bousson e todos aqueles que ainda estavam montados. As caldeiras foram apanhadas pelas chamas e colapsaram; os construtores não as conheciam o suficiente para evitar a reação em cadeia. Uma após a outra, as quatro máquinas de guerra explodiram incinerando instantaneamente os soldados mais próximos e produzindo ainda mais estilhaços de metal que voaram a quilômetros de distância e arrancaram pedaços dos pobres soldados e construtores que estavam próximos a elas.

Assim que o general se levantou, viu que o cenário era tenebroso. Alkhiss estava caída de costas, levantando-se com o elmo arrancado de sua cabeça, sangrando na testa com um grande pedaço de caldeira enfiado em seu crânio liso. Soldados e feiticeiras estavam no chão, gemendo e implorando para que fossem levados dali ou sacrificados de uma vez. Bousson estava atordoado. Ainda lhe restava um bom número de soldados para se reagrupar e voltar a assediar o ninho dos malditos mestiços.

— Às catapultas! Disparem! — voltou a berrar insanamente o general que fora até ali tão arrogante e cheio de si.

Bousson parecia uma criança perdida, com medo de levar um castigo dos pais por conta de uma arte cometida.

Alkhiss ainda se refazia do golpe, segurando a ferida e urrando de dor ao tentar remover o pedaço de ferro de sua testa profanada.

* * *

Além da cortina de fumaça e fogo, para aumentar o terror do lado de Ahammit, uma sombra gigante se levantou. Ogum, o deus de Dartana e de todos os povos, estava de pé mais uma vez para marchar.

Jeliath, ainda sujo da gosma gelatinosa, em cima da carroça que tremia de ponta a ponta enquanto o gigante se erguia, caminhou até o boquiaberto Mander, carregando o saco de lona com as máscaras que tinha trazido da Terra.

— Mander, eu tenho uma ideia. Deixe Ogum cuidar de Alkhiss enquanto acabamos com Bousson e o que restou de seu exército.

Mander olhou para Jeliath com as sobrancelhas erguidas.

— O quê? Eu não consigo escutar nada, quando aquelas coisas explodiram, por Ogum, meu ouvido só apita!

— Reúna seus homens! — gritou Jeliath. — Vamos acabar com Bousson!

Mander colocou a mão no ombro do construtor e riu, abraçando-o.

— Mesmo que morrêssemos agora, pequeno Jeliath, eu morreria feliz. Você foi um grande herói para Dartana e todo seu povo.

— Depois a gente comemora, general! Ainda temos que lutar! — tornou a gritar o construtor.

* * *

Os ouvidos de Ugaria zumbiam sem parar. Sua visão ia e vinha, sucumbindo à escuridão e ressurgindo num inferno laranja e negro, cheio de fumaça e gritos. Ela não conseguia escutar o choro e os sons pareciam distantes, apenas o zumbido continuava persistente, como se algo dentro de seus ouvidos tivesse estragado. A feiticeira tentou se sentar, mas se desequilibrou e caiu de queixo no chão. Seu rosto inteiro ardia, como se milhares de insetos a picassem ao mesmo tempo. Seu simulacro de braço tinha se partido e estava retorcido e inútil. Passou a mão sobre os olhos tirando o sangue que empapava as pálpebras. Seu corpo inteiro doía. Ela estava se levantando quando sentiu um choque atordoante contra seu corpo. A feiticeira-mãe tinha voado com os pés em seu peito, derrubando-a de costas. Dabbynne ergueu a espada que trazia acima de sua cabeça e desceu veloz sobre o braço bom de Ugaria, arrancando da inimiga um grito gutural de dor junto com um pedaço de sua carne. Ugaria rolou pelo chão enlameado com o cotoco de seu braço jorrando golfadas de seu sangue marrom.

Dabbynne saltou sobre ela mais uma vez, arremessando a espada para o lado e prendendo Ugaria com a sola do pé. Não fraquejou nem se apiedou da inimiga ao ver seu rosto transfigurado por queimaduras e sangrando abundantemente. A dartana levantou sua mão dourada e tocou o cotoco de Ugaria que novamente gritou de dor. Depois passou sua outra mão brilhante sobre o rosto da inimiga, apenas curando o sangramento e fazendo as feridas do rosto cicatrizarem instantaneamente sem, no entanto, salvá-la das eternas marcas das queimaduras que a partir de agora fariam parte de sua face como uma máscara impossível de se remover.

— Vou poupar sua vida, como você poupou a minha. Terá vida o suficiente para vagar por essas terras mesmo depois que sua deusa de guerra partir.

Ugaria olhou para baixo vendo o que tinha sobrado de seu corpo e sua armadura brilhando em roxo.

— Minha senhora ainda vive.

— Não por muito tempo, feiticeira.

Ugaria urrou e tentou se levantar e levitar, mas sem os braços faltou-lhe equilíbrio, caindo aos pés de sua inimiga.

— Fique aqui e apodreça, Ugaria — disse Dabbynne, saltando para o céu e voando, abandonando a inimiga mutilada na lama e no sangue de seu povo.

* * *

Zanir, o carregador de água, viu quando o minguado exército de Dartana atiçou os equithalos e faguzes que puxavam a carroça e a colocaram em movimento. Estavam tentando fugir, escapar do cerco. Zanir montou o zirgo de um soldado e galopou até a linha de comando, aproximando-se de Bousson, que tinha os olhos arregalados de pavor e o acolheu em desespero.

— Zanir-gul! Meu bom soldado!

— Não sou mais um gul, senhor!

Bousson, no chão, apanhou um capacete de gul e entregou a Zanir que o segurou sem jeito.

— Deixe disso! Preciso de todo homem bom para sair dessa enrascada.

A primeira catapulta fez seu disparo, com o bólido incandescente voando sobre a cortina de fogo, sem mira e sem objetivo.

— As catapultas não vão adiantar agora, meu senhor.

— Como?

— Eles estão atiçando as montarias para levar a carroça para outro lugar. Precisamos nos reagrupar o mais rápido possível, apanhar o máximo de nossos zirgos e partir antes que deixem o cerco. Só assim poderemos estrangulá-los, senhor.

Bousson olhou para os lados. Seus melhores homens estavam mortos, seu ix não estava mais ali, sua deusa de guerra parecia uma louca ferida, ainda tentando arrancar um pedaço de metal da cabeça enquanto a sombra de Ogum crescia atrás da fumaça e das chamas.

— Claro, Zanir-gul. Sou todo ouvidos. Seguirei seus conselhos! Farei o que você quiser, mas salve-nos!

— Então junte os homens! — Zanir pôs as mãos nos ombros do general. — Eles só ouvem o senhor. Precisa agir agora!

Zanir olhou compadecido o general Bousson cambaleando em direção ao primeiro grupo de soldados que encontrou, entre destroços e fumaça lançada das fornalhas destruídas. Ele começou a chamá-los, com uma voz aflita que nunca tinha sido escutada saindo da boca dele. Zanir colocou o capacete de gul e voltou a montar seu zirgo, partindo em galope, bradando com os soldados, retomando seus ânimos e atenção.

— Rápido, companheiros! Reúnam-se, ainda somos muitos!

Zanir e Bousson levaram mais de dez minutos para reunir cerca de duzentos homens e partiram no encalço da longa carroça de Dartana que se movia lentamente, vencendo o cerco de fogo, criando uma ponte para que os mestiços pudessem escapar.

* * *

Ogum marchava em direção a sua atordoada inimiga Alkhiss. Não poderia proteger seus homens enquanto a deusa de Ahammit continuasse viva. Ogum atravessou as chamas sem dar importância, surgindo do outro lado, chamuscado pelo incêndio anterior ao seu despertar. Seu corpo revelado se mostrava surpreendente, fazendo que os ainda combalidos soldados inimigos parassem para admirá-lo.

Zanir-gul puxou as rédeas de seu zirgo, sendo imitado pela centena de soldados que vinha logo atrás e também por seu alquebrado general.

— O que é isso, Zanir-gul? O que fizeram com ele?

Ogum marchava em suas quatro patas, exibindo um corpo de centauro, com seu tórax robusto sentado sobre um corpo mecânico imitando um equithalo de Dartana. A caixa de madeira não era mais aparente, tendo seu conteúdo inserido no dorso de equithalo, diminuindo a vulnerabilidade do apetrecho que mantinha as enguias elétricas conectadas ao coração do deus de guerra.

— Alkhiss dará um jeito, meu senhor, temos que seguir os mestiços ou tudo estará perdido!

Ogum levantou sua espada, deixando de lado a besta, trotando de encontro a Alkhiss. A deusa de Ahammit mal teve tempo de levantar sua cimitarra, sendo golpeada pelo corpo imenso de Ogum, rolando para o chão e o golpeando contra as patas com sua longa cauda reptiliana. O deus de Dartana, ainda não acostumado com as novas adaptações, cambaleou e foi ao chão, permitindo que Alkhiss se levantasse e erguesse sua imensa cimitarra acima de sua cabeça.

Bousson, olhando para trás em relance, estugou sua montaria certo de que Alkhiss se sairia bem contra o grotesco deus feito de pedaços.

* * *

Mander e seus soldados restantes, agora somando um número de 27 componentes, saltavam por cima da carroça e libertavam os equithalos das amarras que puxavam o veículo do deus de Dartana. Com o som do trotar dos zirgos inimigos em seu encalço, o general seguia Jeliath o mais rápido que podia. Torcia para que o construtor não tivesse perdido a cabeça, forçando-os a deixar a posição confortável que tinham atrás dos escudos de madeira, ainda que incendiados, e a estrutura do carroção. Agora estavam correndo em campo aberto, com muito menos de um terço dos soldados que tinham começado a batalha aquele dia e com um bom número de ahammitianos em seu encalço.

Thaidena sentiu o coração gelar conforme se afastavam da carroça e via para onde Jeliath se dirigia. Cavalgaram por mais cinco minutos, ouvindo os brados da persistente presença dos ahammitianos em seus calcanhares. Se parassem, por qualquer motivo, entrariam em combate corpo a corpo contra os soldados de Bousson, que tentavam a todo custo terminar com a guerra no Combatheon. Não sabia o que Jeliath e Mander estavam tramando, mas estavam, decididamente, entrando em um jogo muito perigoso.

— Parten! Haja o que houver, fique ao meu lado!

Parten ergueu os olhos para frente vendo centenas de torres secas apontarem na paisagem. Eram as torres de poeira que Thaidena tinha lhe contado, onde Jeliath quase perdera a vida a caminho da Vila de Abandonados. Parten chibatou o seu equithalo emparelhando com Thaidena.

Assim que atingiram os limites da floresta de colunas que variavam entre quinze e trinta metros de altura, como troncos de árvores secas, Jeliath, com o saco de lona preso às costas, freou sua montaria para surpresa dos homens mestiços e espantou seu equithalo de volta por onde tinham vindo. Sem perguntas, logo foi imitado pelos demais, sendo seguido por Mander, Tylon-dat e Mesmine. Parten e Thaidena também entraram e procuraram se afundar o mais rápido possível dentro do campo de torres secas.

A sombra de dois imensos lagartos voadores, curiosos com toda aquela movimentação, fez os mestiços levantarem a cabeça. Thaidena, por reflexo, apertou o cabo da espada.

— E agora, Jeliath? O que faremos?

— Fiquem comigo e esperem.

— Eles chegarão logo, Jeliath! Esqueceu que aqui não é seguro para ficarmos? — inquiriu Thaidena.

— Como eu disse, fiquem perto de mim.

Jeliath colocou seu saco de lona no chão sob o olhar curioso dos guerreiros.

— Não saiam daqui por nada. Vamos acabar com isso de uma vez por todas.

* * *

Bousson e Zanir-gul pararam na entrada da floresta de colunas secas. Zanir, por instinto e pela experiência de tantas armadilhas, imitou os mestiços, dispensando seus zirgos e, antes de avançar a pé, ficou olhando para aquelas estranhas formações.

— Cuidado, Zanir-gul. Esses mestiços são demônios — advertiu Bousson, com medo da estranha floresta a sua frente. — Eles devem ter armado outra armadilha contra nós.

Zanir empurrou o queixo em direção ao campo com torres secas, fez um sinal com a mão que logo foi entendido pelos soldados. Eles abriram-se numa longa coluna e adentraram o terreno formando um arco. Novamente procurariam cercar os inimigos.

Bousson, vindo logo atrás, no encalço do seu gul refeito, perguntou-lhe:

— Você acha seguro? Podemos mesmo entrar atrás deles?

Zanir olhou para seu general sem reconhecê-lo.

— Vamos vencê-los, Bousson. Nossa jornada acaba agora. Somos maiores e eles não têm para onde correr.

Os guerreiros de Ahammit avançaram, vendo a luz do sol entrar riscada pela sombra das longas colunas, resfriando o ar. Ao longe, viam os guerreiros mestiços agrupados. Eram poucos. Não chegavam a trinta contra mais de duzentos ahammitianos. Ainda que atirassem com as bocas de fogo, seriam alcançados.

* * *

Mander olhava para a ferramenta em sua mão. Jeliath dizia que não venceriam com as espadas, venceriam com os martelos dos poucos construtores e com aquelas estranhas peças negras retiradas do saco de lona trazido do planeta Terra.

Ogum levantou-se após a queda, agarrando a cauda de Alkhiss que vinha em sua direção mais uma vez. O deus mestiço deu um puxão no rabo de lagarto da criatura, fazendo-a girar. Alkhiss ergueu sua cimitarra, desequilibrada, dando um golpe no vazio. O gigante de Dartana empinou suas patas frontais, assustando Alkhiss, que deu um passo para trás, e golpeou Ogum com a lâmina. As espadas vibraram, batendo fio contra fio e fazendo os dois titãs gemerem com o esforço, empurrando as espadas um contra o outro.

Alkhiss jogou o corpo de lado e conseguiu acertar a ponta da cimitarra no braço implantado de Ogum, abrindo uma ferida extensa e fazendo o gigante gritar de dor. Renovada em sua força e ambição, a deusa de Ahammit atacou mais uma vez, feroz e certeira, decepando o braço de Ares, mutilando e desarmando Ogum com um golpe só. O deus de Dartana empinou em suas patas dianteiras, mais uma vez tentando afastar a deusa reptiliana que tombou de costas, grunhindo como um bicho acuado, lançando um novo e corajoso golpe, enterrando sua cimitarra gigante no ventre de Ogum, impedindo-o que voltasse a se firmar no chão. Alkhiss abriu um sorriso largo, exibindo seus dentes serrilhados e rindo alto, percebendo ter atingido em cheio seu inimigo. Ogum, no entanto, não sangrou no ventre, uma vez que aquela parte era mecânica. O deus mestiço forçou suas patas para o chão, acertando a deusa inimiga com os cascos de ferro das patas dianteiras, fazendo-a tombar ao chão novamente. Com seu braço bom, Ogum levou a mão à besta, largando a arma e valendo-se apenas de seu longo arpão metálico. Alkhiss tentou enroscar as pernas de Ogum com sua cauda longa e forte, mas gritou ao sentir um dos cascos de Ogum apertar a perna dela contra o chão de pedra. O deus de todos os povos, Ogum, ergueu o arpão acima de sua cabeça, como uma lança; com os olhos injetados de fúria encarou o rosto monstruoso de sua inimiga e baixou o arpão com velocidade, atravessando a cabeça de Alkhiss.

— Morra! — gritou Ogum.

Alkhiss gemeu enquanto o arpão era enterrado em sua cabeça até sair em seu queixo, banhando sua boca e sua língua com sangue marrom.

Ogum puxou o arpão, fitando os olhos da deusa que perdeu o brilho roxo, assistindo-a tombar quando as forças abandonaram seu corpo. A deusa de Ahammit estava morta.

Um brilho azul potente explodiu no horizonte e varreu a superfície do Combatheon, carregando luz e ventania pela terra de guerra.

Ogum, ferido e sangrando, abriu um sorriso. O Portão de Vitória tinha se iluminado, lançando um clarão que lavou o céu sombrio do Combatheon.

* * *

Bousson olhou para trás, atraído pelo clarão azul. Via pedriscos rolando pelo chão, arrastados pelo vento, enquanto assistia ao deus de guerra mestiço levantando um arpão, vitorioso, enquanto o corpo de Alkhiss jazia tombado ao chão.

— Não pode ser.

Todo o exército de Ahammit virou-se também e baixou as armas, não acreditavam no que viam. Alkhiss estava morta. Estava tudo acabado.

— Não! Não baixem suas armas — gritou Bousson.

Zanir-gul tirou o capacete e jogou-o no chão, olhando para Alkhiss vencida. Olhou também para Bousson enquanto jogava sua espada no solo.

— Zanir! O que está fazendo?

— Acabou, general. Alkhiss está morta. Chega.

— Não!

Bousson ergueu a arma, sendo imitado por seus soldados. O general de Ahammit caminhou com sua espada levantada em direção aos mestiços.

Mander separou-se de seu grupo também carregando sua espada.

Bousson virou-se e segurou o ombro de Zanir e apontou para Mander e seus adversários.

— Veja! Esses excrementos! Eles também tinham um deus morto e lutaram até aqui!

Zanir balançou a cabeça em sinal negativo.

— Acabou, general. Fomos derrotados. Reconheça.

— Nunca! Somos duzentos. Eles não dão vinte!

— Faça o que o senhor quiser.

Zanir começou a andar e então parou com o corpo estremecendo, vendo a ponta da espada de Bousson surgindo em seu peito.

— Abaixe sua espada! — gritou Mander.

Bousson puxou a lâmina das costas de Zanir e encarou Mander com sua espada ensanguentada. O corpo de Zanir bateu seco contra a terra.

O general de Ahammit bufava, encarando seu inimigo.

— Vai mesmo enfrentar meu exército? — perguntou Bousson.

— Eu acabei com seu exército, imbecil. Nós, juntos, acabamos. Cada um desses homens está determinado a dar sua vida para terminar com o que restou de vocês.

Bousson ergueu sua mão livre e seus homens ergueram as espadas.

— Podemos lutar apenas nós dois, general. Eu e você. O que acha? Quem vencer leva seus homens para casa — sugeriu Mander.

Bousson desceu a mão e correu para cima de Mander, mirando seu pescoço com o golpe de espada.

Mander aparou o golpe, enquanto via as centenas de inimigos correrem para cima de seus homens.

— Protejam-se! — berrou Jeliath, girando seu martelo e atingindo uma das torres secas e fazendo-a tombar contra a coluna de ahammitianos que se aproximavam.

O construtor de Dartana golpeou mais duas das torres, potencializando o efeito em cadeia que começou a derrubar uma coluna atrás da outra. Quando a nuvem de poeira se levantou, cercando a todos, Jeliath gritou de novo:

— Respirem!

Jeliath ergueu a máscara preta que tinha trazido da Terra. Cada um dos guerreiros mestiços já tinha sua máscara presa às costas, imitando Jeliath enquanto os soldados de Ahammit eram engolfados pela nuvem de pó. O céu escureceu em segundos. Jeliath tirou a máscara para gritar e reagrupar os mestiços, voltando a cobrir a boca com a máscara de gás.

Sem enxergar nada, ouviam apenas os inimigos tossindo e centenas de vultos se dobrando e caindo de joelhos.

Aos poucos, os derradeiros mestiços foram caminhando para fora da nuvem mortal, um apoiando o outro, arrastando um único ahammitiano com eles, com seu rosto também atado a uma das máscaras terrenas. Zanir, ferido, ainda respirava quando conseguiram escapar do céu escuro e voltar a enxergar a luz do sol.

Dabbynne foi a primeira a descer ao lado de Jeliath.

— Cure-o, Dabbynne.

A feiticeira titubeou, vendo o ahammitiano tossindo aos seus pés.

— Rápido. Ele foi ferido por seu general.

Dabbynne levantou suas mãos e os raios dourados serpentearam pela armadura e pelo peito do guerreiro ferido.

Mander olhava para a nuvem que não se alastrava mais e começava a baixar. Era inacreditável. Tinham escapado do cerco de Ahammit e agora tinham vencido seu general. Os corpos asfixiados dos soldados inimigos estavam imóveis, com as mãos em suas gargantas ou lançadas para o alto, envoltos pela poeira que os tinha matado e transformado em estátuas de mortos, que ficariam ali, para sempre, à margem do Cemitério de Deuses.

Thaidena e Parten, com os rostos sujos pelo pó, se abraçaram e se beijaram e caminharam até os seus equithalos.

Mander, Tylon-dat e Mil-lat se juntaram a Jeliath. Zanir, o ahammitiano, voltou a respirar e abriu os olhos, incrédulo. Olhou para os inimigos e começou a se arrastar sobre o chão de pedras.

— Acalme-se — disse Mesmine, abaixando-se e tocando seu ombro. — Nós salvamos você.

Zanir engoliu em seco, seus olhos dançaram entre tantos guerreiros de tantas raças. Um grupo de soldados vermelhos com quatro braços e vestindo as estranhas máscaras negras se aproximou.

Dabbynne levantou-se, sorriu para Jeliath e foi abraçada com força pelo construtor.

— Conseguimos, Dabbynne! Nós vamos sair daqui!

Jeliath beijou a feiticeira ardentemente e, quando ela flutuou, segurou-a firme no chão. Dabbynne descolou seus lábios e encarou Jeliath com um sorriso ainda mais aberto.

— Eu te amo, Jeliath.

— Eu sei.

Hanna bateu nas costas do irmão e o trio começou a andar em direção à carroça enquanto às suas costas o bando sobrevivente de soldados mestiços soltava vivas de alegria e contentamento. O sofrimento e a angústia pareciam ter abandonado suas pobres almas.

CAPÍTULO 77

Em quatro dias, o povo mestiço da Vila de Abandonados montou nove carroças de bom tamanho sobre as quais os velhos e as crianças deixariam para trás suas casas e o pedaço de terra que a maioria deles chamou de lar por muitos e muitos anos.

Durante esse tempo, Hanna e os construtores sobreviventes também se ocuparam de reparar o corpo ferido do novo Ogum, substituindo seu braço partido e fechando suas feridas com o auxílio das feiticeiras de Dartana.

Poucos quiseram permanecer ali, presos por alguma sensação de pertencimento, de enraizamento, gostando do cheiro das colinas e das plantações de sítari, preferindo a certeza do que tinham ali, do que podiam tocar e saber que era seu, a uma nova jornada, ao mergulho no desconhecido.

Uma das pessoas que quis ficar na Vila de Abandonados, dizendo que ali era seu lugar em todo o universo, promovendo uma despedida sofrida, foi Hanna. Jeliath esvaziou-se de palavras tentando demover a irmã, pedindo que ela seguisse em frente e afirmando que o desconhecido poderia guardar muitas surpresas. Hanna disse que pela primeira vez na vida estava satisfeita de aventuras.

Até mesmo o gigante Ogum veio até a frente do galpão de Hanna. Não ousou ordenar que seguisse com o exército mestiço, apenas abençoou sua escolha e disse que lamentava perder uma guerreira tão valiosa quanto ela. Ogum curvou-se e baixou sua mão. Hanna ficou olhando para o gigante, sem entender de imediato o que ele queria.

— Suba — disse Tazziat. — Ele quer falar com você.

Hanna subiu na palma da mão do gigante e foi levada até a altura de seu rosto.

— Tenho uma dívida eterna com você, construtora, pois se hoje sou o deus vencedor, marchando pelos mestiços, é porque tive duas mães. Uma mãe divina, com quem irei me encontrar, muito provavelmente, depois que atravessar o Portão de Vitória. A minha segunda mãe, a que me tirou da escuridão do Cemitério de Deuses, é você, Hanna, e qualquer coisa de que precisar, basta pedir e estarei te escutando onde quer que eu vá. Essa é minha promessa a você.

— Obrigada, meu senhor. Não precisa se preocupar comigo.

Ogum sorriu largamente.

— Adeus, minha mãe.

O deus dos mestiços baixou a mão e deixou Hanna seguir. A mortal e seu irmão, Jeliath, abraçaram-se ternamente mais uma vez, então o jovem construtor de Dartana subiu em seu equithalo, com Dabbynne de carona nas costas. Jeliath olhou mais uma vez para a irmã e sorriu-lhe.

— Você não vai perguntar por que quero ficar?

Jeliath abriu ainda mais seu sorriso e balançou a cabeça em sinal negativo.

— Não vou perguntar, irmã. Eu te entendo.

O construtor bateu os calcanhares em seu equithalo e alcançou o general Mander, seguindo ao lado dele na frente da fila que rumava para o Portão de Vitória. Segundo Tylon-dat e Mil-lat, naquela velocidade, a caravana levaria uns cinco dias para alcançar o desfiladeiro onde repousava a passagem. Thaidena preocupou-se com a demora em chegar ao destino, seu temor era de que o portal se fechasse antes. Mil-lat tranquilizou-a, dizendo que não era assim que funcionava. Tinha assistido a muitos deuses vitoriosos cruzarem o caminho da Vila de Abandonados, alguns haviam levado semanas até alcançar o Portão de Vitória. Aquela passagem só se fecharia depois que o deus de guerra e seu exército atravessassem seus batentes.

Mander olhou para Jeliath e sorriu. O construtor viu o general afagar as estatuetas em seu peito, cheio de contentamento.

— Eles vão conseguir, senhor. Vão sarar e viver para contar que o pai deles foi o general que venceu a batalha no Combatheon.

Mander nada disse, mas Jeliath percebeu que os olhos do grande líder, que tinha feito cada homem daquele misturado exército dar o melhor de si, abandonar o conforto da vila que ficava para trás e arriscar tudo para ter a chance de fazer o que faziam agora, marchar através do Portão de Vitória, haviam se nublado.

* * *

Os dias foram passando com calma. Voltaram a pisar em terrenos que já conheciam, como a beira do rio onde tinham vencido os gigantes de Wundar e o terreno desértico sobre o qual combateram os estranhos seres de forma aracnídea de Portaclus. Atravessaram o desfiladeiro onde encurralaram o exército de Ahammit e onde Alkhiss foi ferida pela primeira vez. Avançaram com o sol radiante pintando o céu, os animais e os arbustos floridos no caminho, e continuaram marchando quando o céu enegreceu, tomado por pesadas nuvens que derramaram tempestade e gritos sobre suas cabeças. Nada daquilo os faria parar. Já tinham enfrentado o que havia de pior sobre aquelas terras, e cada um deles tinha perdido alguém de que gostava. O cansaço, o calor e o granizo não eram nada. Paravam apenas quando a noite chegava, quando o acampamento era organizado pelos sobreviventes da marcha contemplando as estrelas, imaginando o que seria deles agora que atravessariam o Portão de Vitória. Ficavam até altas horas ao redor da fogueira, contando histórias de batalhas que tinham vivido, momentos que tinham superado e que tudo parecia acabado. Outros falavam do amanhã depois do portão. Falavam da terra calma que herdariam e da vida eterna que era prometida a todos que acreditavam em seu deus de guerra e que por ele tinham marchado. Alguns acreditavam no Paraíso, na Terra Prometida, outros apenas esperavam e davam um passo de cada vez em direção ao último portal. Ogum não dizia uma palavra sobre o amanhã. O deus já tinha dito que o futuro além do Portão de Vitória era desconhecido até mesmo para ele e, assim como muitos dos mortais que o seguiam, ele apenas marchava até lá, porque era isso o que deveriam fazer os vitoriosos.

Zanir, recuperado da ferida em seu peito, tinha passado os primeiros dias recluso, afastado dos mestiços, observando-os calado. O guerreiro, apesar da armadura que tinha vestido novamente, não carregava mais a espada, mas seu rosto deixava saber que ainda travava uma luta intensa, e sentimentos antipodais colidiam a todo instante em seus pensamentos.

Finalmente Zanir caminhou de sua barraca até a fogueira onde muitos se reuniam e parou ao lado de Mander. O general dos mestiços apontou o tronco à sua direita e pediu que o ahammitiano se sentasse.

— Por que me pouparam? Por que não me deixaram morrer com meu general?

Mander e Jeliath ficaram calados um instante. Jeliath tinha agido com o coração, tinha visto Bousson atacar traiçoeiro um homem que o tinha aconselhado a cessar o ataque.

Mander tinha poupado o ahammitiano por outros motivos.

— Não sei o que vamos encontrar do outro lado, comandante de Ahammit. Você foi honrado no final, diferente de Bousson.

— Ainda assim, sou seu inimigo.

— Eu não tenho mais inimigos, Zanir. Ninguém aqui precisa ser inimigo. Acho que, até a próxima marcha, essa terra já recebeu o sangue que queria.

— Nós podíamos ter vencido vocês se Bousson não fosse tão prepotente e teimoso.

— Vocês venceram, Zanir. Venceram assim que nós pisamos no Combatheon. Seu general nos viu e nos atacou.

— E por que estou conversando agora com você, e não com meu general?

Mander olhou para Jeliath e depois para Ogum.

— Porque nenhum de nós desistiu, Zanir. Lutamos juntos, juntos até o final. Demos o nosso jeito. Este aqui usou a criatividade. A feiticeira teve poder e eu só levei meu exército para onde a guerra estava, sem desistir e sem perder a fé.

— Vocês construíram um deus para marchar — murmurou Zanir, olhando para a ponta do acampamento onde Ogum repousava com suas patas dobradas.

— Sim. Construímos. Descobrimos que, quando se quer muito uma coisa, tudo é possível — continuou Jeliath. — Não foi fácil, mas chegamos aqui.

Zanir continuou admirando o gigante de Dartana que repousava, energizando-se para a marcha da manhã. Um ser incrível, restaurado pelos construtores após a batalha do Cemitério de Deuses.

***

Assim que a luz do sol rasgou o manto da noite, o acampamento foi recolhido. Ficaram para trás rastros de fogueiras, fumaças que subiam das brasas, restos de comida e sulcos na terra que diziam que ali tinha pousado um exército que marchava rumo ao Portão de Vitória.

Quatro horas se passaram até que as carroças e os soldados montados nos equithalos avistassem a luz azul que refulgia do portal. Uma corrente de vivas e gritos de exortação fez os passos se acelerarem e os sorrisos fixarem morada naqueles rostos cansados.

Dabbynne e Tazziat se elevaram, voando para perto de Ogum. Dali podiam ver todo o caminho até o Portão de Vitória, aceso, aguardando por eles. Nada além da distância separava o exército de mestiços do final da jornada, quando a maldição do pensamento seria banida de Dartana e de todos os mundos de onde vinha cada raça. Nada mais poderia dar errado e em menos de uma hora todos já teriam atravessado o estreito caminho sobre a estreita ponte de pedra que atravessava em arco o precipício que guarnecia o portal.

Mander ouvia as risadas de Lanadie em seus ouvidos. Talvez a mulher brincasse com os filhos assim que eles estivessem curados. Talvez tivesse a chance de vê-los crescer fortes e capazes de aprender, como aprendiam os construtores de Dartana. Seriam inteligentes e um dia criariam carroças como aquelas que transportavam os velhos e as crianças no Combatheon.

Thaidena e Parten desmontaram os equithalos e enrodilharam-se num abraço longo. Thaidena beijava o namorado, feliz por ter à sua frente o mais corajoso de todos os dartanas: o homem que tinha lutado por ela em todas as batalhas e o soldado que tinha ajudado a salvar seu povo.

— Eu te amo, Parten — disse a dartana, ainda mais apaixonada.

— Conseguimos, meu amor. Sinto até um frio na barriga ao ver o portal.

— Parten!

— Olha como é fina aquela ponte! Ogum pode ser pesado demais e fazê-la ruir. Se estivermos perto dele, podemos morrer!

— Pare com isso! Você não me engana mais com esse medo que não existe.

— Existe, sim! Morro de medo de altura. Mas luto contra qualquer medo para ficar com você.

***

Jeliath olhou para trás. Dabbynne acelerou em direção ao namorado, deixando um trilho dourado atrás de si. Ela atravessaria o Portão de Vitória sentada na sela de seu amado. Poderia ainda ser a favorita de Ogum, mas Jeliath era agora o seu favorito. A feiticeira abraçou o namorado, que se virou mais uma vez. Jeliath apontou o portal com o queixo e lhe disse:

— Veja, Dabbynne. O que será que encontraremos do outro lado?

— Não sei. Tazziat também não sabe. As junções das feiticeiras só narram até o portal. Depois dele, nada sabemos.

— Então se segure em mim. Vamos descobrir antes de todos.

— Você é louco, Jeliath?

— Não. Só sou curioso demais para esperar essas lesmas aí atrás.

O equithalo de Jeliath disparou, afastando-se de Ogum e do exército de mestiços, levantando poeira das pedras e acelerando até alcançarem a ponte.

— Jeliath! Devagar!

O construtor freou a montaria, que derrapou sobre as pedras até tocar a ponte.

— As carroças vão conseguir passar? — perguntou Dabbynne.

— Não precisam passar. Os velhos e as crianças podem andar.

— Ogum?

Jeliath olhou para o gigante que mantinha sua velocidade enquanto os primeiros cavaleiros, também movidos pelo entusiasmo e pela curiosidade, se desprendiam da fila dos mestiços.

— Ele consegue. É um deus de guerra.

— Talvez, do outro lado, não seja uma terra de morte, Jeliath. Talvez seja uma terra de vida — murmurou Dabbynne.

— Só tem um jeito de descobrir, feiticeira.

Os olhos de Dabbynne se arregalaram quando o equithalo empinou sobre as patas traseiras por conta dos golpes de Jeliath no estribo.

— Iáááá! — gritou Jeliath, fazendo a montaria disparar de novo.

A luz do portão banhava os corpos de Jeliath e Dabbynne. Quando se aproximaram do portal de luz, o equithalo saltou num mergulho no clarão azul, fazendo Tazziat e Mander prenderem a respiração.

Em menos de vinte minutos, os 89 componentes, entre sobreviventes, idosos e crianças, atravessaram o Portão de Vitória atrás do imenso deus de guerra, Ogum de Dartana. A campanha de Ogum finalmente tinha se encerrado, e quando Tazziat, a última dartana, atravessou, o portão se apagou, e assim permaneceria até que o novo turno de guerra tivesse início.

CAPÍTULO 78

Jeliath abriu os olhos como se tivesse passado por um grande sono. Não estava mais montado em seu equithalo e Dabbynne não estava mais atrás dele. Olhou ao redor e não viu luz, não viu portal, não viu mais ninguém.

— Dabbynne! — gritou Jeliath.

O silêncio respondeu. Estava sozinho na relva macia. Seu coração acelerou enquanto ele girava o corpo, procurando qualquer sinal de Mander, de Tazziat, Thaidena ou Mil-lat. Qualquer um lhe serviria para apaziguar seu coração. O que tinha acontecido quando o equithalo tinha saltado para dentro do portal? Lembrava-se da ventania, igual quando atravessaram o Combatheon. Então o frio e agora o despertar solitário naquele chão gramado, salpicado de árvores altas aqui e ali. Jeliath andou até uma delas tocando sua casca. Recuperou o controle de sua respiração e de sua ansiedade para perdê-lo novamente assim que notou algo muito importante. Apesar de estar sozinho, conhecia aquela paisagem. Estava a poucos metros de sua casa! Estava em Dartana!

Jeliath começou a tremer descontroladamente, carregado de emoção. Onde estava Dabbynne? Deveria correr até a casa dela? Ela também teria surgido próxima a sua velha casa onde vivera com a irmã? Deveria correr até lá, mas estava perto de sua casa também. Talvez sua mãe estivesse lá. Zelayla. Jeliath curvou o corpo, apoiando-se sobre os joelhos, sentindo um engulho no estômago vazio. Continuou andando pela relva até achar a trilha do caminho. Longe, viu o vulto de duas pessoas. Seriam outros viajantes do Combatheon? Gagar, Mesmine, Tylon estariam ali em Dartana, trazidos por Ogum ou teriam também viajado para suas terras? Jeliath queria saber de tudo, mas precisava ver sua mãe e encontrar Dabbynne. Começou a correr, inquieto, arquejante. Precisava contar para a mãe que tinham vencido o Combatheon. Dartana estava livre da maldição!

Ele tinha que ir ao Hangar contar às feiticeiras o que se sucedia depois do deus de guerra triunfar. Os vultos distantes eram dartanas comuns, que não tinham viajado através do portal. Gente que não tinha pegado em armas, que não sonhava com as athonianas nem entenderia o que eram os portaclonianos. Jeliath passou correndo por eles. Não lhe interessavam agora. Queria que sua mãe soubesse tudo de sua boca. Imediatamente. Mais uma trilha, o pomar de yabas com as frutas vergando os galhos carregados de doçura. O canto afiado dos brasavivas. Tudo parecia Dartana. Aquilo não era um engodo. Estava mesmo lá, em sua terra. A terra por qual tinha lutado tenazmente. A terra pela qual tantos morreram. Ficou triste porque Danvai não sobrevivera para ver e viver aquilo. Nem Sarzel. Tantos rostos não voltariam a seus parentes. Mas os festejos apagariam toda a tristeza. Dartana era livre da maldição do pensamento. Tinham vencido o Combatheon. Não importava mais a conta dos mortos. Tinham conquistado o bem maior. O coração de Jeliath estava quase saindo pela boca de tanta emoção. Lá estava sua casa. A porta da frente aberta. O construtor entrou correndo para o cômodo que era uma sala de visita, cozinha e seu quarto. O quarto da mãe ficava no segundo cômodo.

— Mãe! — gritou Jeliath.

Nenhuma resposta.

— Mãe, você está aí?

Jeliath parou, respirando ofegante, mais pela ansiedade do que pelo cansaço. Ouviu um barulho no quarto.

— Mãe! — gritou, transbordando de alegria.

Zelayla apareceu na porta do quarto, com as sobrancelhas erguidas, curiosa.

— Mãe, nós vencemos.

Jeliath avançou para abraçar a velha mãe, que se mantinha calada.

* * *

Mander irrompeu pela porta. O general de Dartana tremia. Caiu de joelhos ao ver a esposa, em frente ao fogão, vigiando uma panela de barro. Mander levou a mão à boca, sufocando o grito que queria dar. Queria fazer uma surpresa. Queria que ela se virasse e desse com ele ali, mas ele não ia aguentar represar tudo o que sentia. Ia colocar-se de pé, então ouviu a risada de Ásper vindo lá de fora, entrando correndo no grande cômodo principal da casa. Seu filho estava vivo e livre da doença. Mas onde estava Ralton? Seus olhos encontraram os pés do filho deitado no leito. Ralton, o gêmeo mais alto, ainda convalescia. As lágrimas não paravam de cair dos olhos de Mander.

— Nós conseguimos, amor de toda minha vida. Nós conseguimos — disse Mander, quebrando o silêncio e levantando-se para abraçar Lanadie pela cintura.

A esposa virou-se sorrindo, deixando a panela um instante e indo até o leito de Ralton.

— Silêncio, Ásper. Seu irmão acaba de dormir. Foi uma noite difícil.

O filho caçula de Mander parou perto do leito do irmão e o olhou.

— Ele vai viver, mamãe?

Mander, sem compreender como Ásper estava curado, olhou para o caçula, ainda trêmulo, e voltou a olhar para Lanadie sem entender como ela não tinha se atirado sobre ele.

— Lanadie, filho... — murmurou o general.

Lanadie olhou para Mander e caminhou séria em sua direção.

— A comida vai grudar no fundo.

A esposa do general voltou ao fogão atravessando-o completamente, como se ele não existisse, como se fosse um fantasma.

* * *

Dabbynne não continha as lágrimas. Suas mãos brincavam em cima da cama com os dedos de seu filho, o pequeno Bel. Contudo, seus dedos não conseguiam tocar os dedos do filho, que apenas mantinha o bracinho erguido com os olhos fechados, embarcado num sono gostoso. Dabbynne não entendia. O que tinha acontecido com eles? Estavam de volta a Dartana, mas também não estavam. Seus corpos não estavam ali, pois Jout a tinha ignorado quando ela entrou na casa e sua companheira, Raiza, tinha lhe atravessado surpreendentemente quando Dabbynne tentara entrar no quarto para ver o filhote. Dabbynne cansou-se de chamar Jout que, algumas vezes, parecia mesmo ter-lhe escutado. O lenhador, por duas vezes, quando Dabbynne, no auge de seu desespero e incompreensão, tinha gritado o nome dele, chegou a sair do casebre, rodeando a casa, olhando para todos os lados, como se ouvisse alguma coisa.

    Derrotada, Dabbynne deixou o casebre, caminhando em direção a sua antiga casa. Lá, ansiosa para reencontrar os irmãos que tinha deixado para trás, viveu a mesma desconcertante experiência. É como se ela fosse um fantasma, como se não existisse mais para eles. Não podia tocá-los, apenas observá-los. Não podia ser ouvida. Flutuando à deriva nessa mescla de melancolia e distância, ainda que estivesse ao lado de Eldora, Dabbynne ao menos sentiu algum conforto. Eldora e Math pareciam bem. Não sonhavam com os acontecidos no Combatheon, ainda não sabiam que o deus mestiço tinha vencido e que agora suas mentes seriam preparadas para receber o conhecimento. Quando começariam a entender as coisas? Dabbynne ainda não sabia a resposta. Deixou sua velha casa e rumou para a de Jeliath para tentar encontrar alguma pista do que tinha se sucedido com eles durante a travessia. Se tinha alguém que agora sabia mais do que todos os outros, esse alguém era o seu amado construtor de Dartana.

* * *

    Jeliath estava paralisado no meio da sala. Sua mãe tinha acabado de atravessar o seu corpo e sair pela porta, parando no meio do terreiro, agitando as haitas que ainda habitavam o cercado deixado pelo construtor de Dartana. Jeliath olhou para sua mãe, do lado de fora, boquiaberto, vendo-a colocar a mão em concha sobre os olhos e girar a cabeça para os lados. Então ela voltou repetindo o estranho feito de atravessar sua carne como se ele não existisse.

    — Estou perdendo o juízo. Podia jurar que escutei Jeliath.

    O construtor suspirou sem entender e aproximou-se da mãe, tocando-lhe os cabelos. Seus dedos afundaram na cabeça da mãe, que se movia, causando-lhe muita estranheza. O construtor acabou recolhendo a mão.

    — Mãe. Nós conseguimos, libertamos Dartana — murmurou. — Agora todo mundo está livre da maldição do pensamento e logo tudo vai melhorar.

Inquieta, a mãe se levantou novamente e foi para a frente da casa, seguida de perto pelo filho que ela não via. As haitas se agitaram mais uma vez e uma delas se encostou à cerca, abrindo o portão e ameaçando fugir. Zelayla encostou novamente o portão e enxotou a haita. Outra delas se aproximou da entrada e seu corpo acabou abrindo mais uma vez o cercado.

— Ora! — ralhou a mãe do construtor, empurrando a rudimentar portinhola sem trava.

Jeliath olhou para o problema que a mãe enfrentava e compadeceu-se da senhora, percebendo que resolver aquilo era uma coisa tão simples. Tinha aprendido a fazer tantas travas e tantos fechos que poderia ensinar uma dúzia para a velha mãe. Jeliath olhou no entorno do terreiro e viu grandes pedras recostadas a um tronco de yaba.

— Mãe, escore a cerca.

Zelayla olhou para as pedras no meio das raízes proeminentes da yaba e depois olhou para a cerca. A velha andou até os pés da árvore quando outra haita jogou-se contra a portinhola do cercado e saiu para o terreiro, balindo desdenhosa. Zelayla suspirou sem ver um angustiado e esperançoso Jeliath ao seu lado.

— Escore a cerca, mãe. Vai funcionar por enquanto.

A velha ficou com os olhos parados um instante e então olhou para a abertura da cerca.

— Como eu nunca pensei nisso antes? — resmungou, abaixando-se e arfando, sentindo o peso da grande pedra.

— Não carregue assim, é difícil. Role, como uma roda.

Zelayla curvou as costas e começou a rolar a pedra, começando a rir sozinha.

— Que está acontecendo com essa minha cabeça velha?

No final, recostou a pedra na cerca, fechando a passagem das haitas. Zelayla abriu um sorriso diante do olhar curioso de Jeliath. Sua mãe repetiu a operação, colocando quatro pedras grandes na portinhola do cercado. Ao ver que uma das haitas se aproximava, ela se afastou. O animal recostou-se sobre a cerca que dessa vez não conseguiu abrir por conta do lastro de pedras. Zelayla bateu as mãos, satisfeita.

— Até parece coisa do Jeliath. Usar pedras para fechar o portão. Que coisa! Que Ogum proteja o meu filho.

Zelayla entrou no casebre enquanto o atônito Jeliath olhava para o amontoado de pedras cumprindo sua função. Sua mãe, que nunca tinha construído nada na vida, tinha acabado de ter uma ideia para que as haitas não escapassem do cercado. O construtor teve vontade de correr atrás de Zelayla, porém um ruído vindo do cercado chamou sua atenção. Uma sombra percorrendo o terreno na altura do chão, passando por baixo das haitas sem que os bichos pudessem percebê-la ou sequer se abalar com sua presença, aproximou-se das pedras que prendiam o cercado. A sombra sem formas definidas, que parecia ter pequenas pernas e braços curtos, ficou girando ao redor do feito de Zelayla. Jeliath, curioso com aquele estranho fenômeno, se aproximou da criatura que pareceu ficar de pé quando ele chegou perto, encarando-o. O rapaz teve uma sensação ruim ao encarar o estranho ser, nunca antes percebido em seu quintal. Ele não tinha rosto, não tinha olhos e nem boca, mesmo assim parecia encará-lo com raiva, com uma intenção maléfica. De repente, a criaturinha disparou pelo terreno, entrando em sua casa, sendo perseguida pelo construtor.

Lá dentro, Zelayla parecia feliz e contente com o seu feito. Ela criara uma forma de fechar o cercado. Era um grande feito! E ela estava consciente de como tinha feito aquilo. Era simples! A mulher sentou-se em um toco de árvore junto à casca de madeira que fazia sua mesa. O animalzinho em forma de sombra se aproximou dos pés da senhora e começou a subir em suas pernas.

— Ei! Saia daí! Deixe-a em paz! — reclamou Jeliath, aproximando-se, mas temendo tocá-lo.

— Ah! Como queria que você estivesse aqui, Jeliath! — disse a mãe em voz alta. — Isso até parece coisa da sua cabeça, meu filho!

O bicho-sombra continuou subindo e só quando chegou mais perto Jeliath se deu conta de sua coloração verde-escura.

— Agora eu posso prender quantas haitas eu quiser. É tão fácil.

A criatura feita de sombra escalou até chegar à cabeça de Zelayla, quando surgiu uma fenda em seu rosto e ela começou a engolir a cabeça da mulher com sua sombra, ficando translúcida.

Jeliath, de olhos arregalados, podia ainda ver a cabeça da mãe dentro da criatura que parecia querer engoli-la.

— É só pegar uma pedra. É só... — Zelayla perdeu a animação e pareceu ficar com sono. — E depois? Eu pego a pedra e faço o quê?

Jeliath arregalou os olhos novamente e agarrou a criatura-sombra, arremessando-a contra o chão da cozinha da mãe.

— É! Pego outra pedra. Eu empilho. Elas ficam pesadas e não deixam as haitas abrirem o portão. É isso. Amanhã eu vou contar para Lanadie como é que se faz. A pequena Eldora vai adorar saber fazer isso também. Vou ensinar todo mundo.

O bicho-sombra caiu no chão e começou a soltar um gemido, como se fosse um choro. Jeliath não teve dúvidas. Pisou em cima dele fazendo explodir em minúsculos pedacinhos que começaram a se liquefazer até sumirem do assoalho de pedra. Estava perplexo com o que tinha visto ali. Aquela criatura queria roubar o conhecimento de sua mãe. Aquela criatura fazia parte da maldição do pensamento. Jeliath levantou o rosto e tomou um susto. Teve vontade de gritar para sua mãe sair daquela casa naquele instante. No teto da casa surgiram centenas dos pequenos bichos-sombra. Eles puseram a cabeça para dentro da grande sala e cozinha e, ainda que não tivessem olhos, observaram Jeliath. Para onde o construtor se movia, suas pequenas e apavorantes cabecinhas giravam, perseguindo-o. Então, tão misteriosamente quanto apareceram, sumiram, deixando Jeliath e Zelayla em paz.

* * *

Estavam abismados quando se encontraram no Hangar das feiticeiras. Nem mesmo elas, as criaturas mais iluminadas de Dartana, se davam conta de sua presença. Estavam todos reunidos ali, sem entender coisa alguma. Ainda mais intrigados com os novos aparatos de seus corpos. Dabbynne e Tazziat conservavam o brilho dourado, mas agora todos eles, mesmo os que não brilhavam, ainda podiam levitar. Todos eles tinham imponentes pares de asas nas costas, como se fossem aves, como se tivessem nascido com aquilo. Ao redor do Hangar, Jeliath, Mander, Thaidena e Parten se reuniram vendo chegar Gagar e Tylon-dat e logo depois muitos outros. Os sobreviventes de outras raças se perguntavam além da transformação a razão de estarem ali, em Dartana, e não em seus planetas natais. Não entendiam por que Ogum tinha feito aquilo com eles e não sabiam, até o momento, onde o deus de guerra estava. Tudo o que sabiam é que tinham sido vencedores no Combatheon e agora eram guardiões daquela nova terra e seria trabalho deles livrar a todos em Dartana da maldição do pensamento. Através deles, os que sabiam e protegiam o conhecimento, aquele povo aprenderia e evoluiria, como tinham evoluído os guerreiros do planeta Terra.

Os dartanas aprenderiam e acumulariam conhecimento, transformariam o seu entorno para que pudessem viver cada vez mais e melhor, até o dia que esqueceriam que um dia um deus de guerra tinha lutado por eles e que os guardara por muito tempo, vigiando seu desabrochar, em algum lugar nas alturas, alimentando-se de suas preces, onde os olhos de carne não poderiam mais enxergá-lo e os ouvidos de carne não poderiam mais ouvi-lo.

FIM

Impressão e Acabamento:
GRÁFICA STAMPPA LTDA.